**Daphne
Du Maurier**

*Dreh
dich nicht
um*

Daphne Du Maurier

Dreh dich nicht um

Neun Meisterwerke
subtiler Spannung

Scherz

Copyright © 1995 an dieser Auswahl
beim Scherz Verlag Bern, München, Wien.
Alle Rechte der Verbreitung, auch durch Funk, Fernsehen
und auszugsweisen Nachdruck, sind vorbehalten.
Schutzumschlag unter Verwendung eines Fotos
von Gerd Weissing, Nürnberg.

Inhalt

Die Vögel	7
Das Alibi	52
Der kleine Photograph	100
Nicht nach Mitternacht	152
Das Rendezvous	205
Träum erst, wenn es dunkel wird	233
Zum Tode erwacht	245
Wenn die Gondeln Trauer tragen	280
Ganymed	339
Quellenverzeichnis	384

Die Vögel

Am dritten Dezember schlug der Wind über Nacht um, und es wurde Winter. Bis dahin war der Herbst milde gewesen, lind. Das Laub hatte goldrot an den Ästen gehangen, die Hecken waren noch grün gewesen. Wo der Pflug die Erde aufgeworfen hatte, glänzte sie fett und fruchtbar.

Nat Hocken bezog wegen seiner Kriegsverletzung eine Rente und war auf dem Gehöft nicht vollbeschäftigt. Er hatte dort nur drei Tage in der Woche zu tun, und man überließ ihm die leichteren Arbeiten: Hecken stutzen, Dachstroh legen, Ställe und Scheunen instand halten.

Obgleich er Frau und Kinder hatte, war er ein Einzelgänger; er arbeitete am liebsten allein. Wenn er an der äußersten Spitze der Halbinsel, dort, wo das Meer die Äcker von zwei Seiten umspülte, das Ufer zu befestigen oder ein Gatter auszubessern hatte, war er glücklich. Zur Mittagszeit pflegte er Rast zu halten, die Fleischpastete zu essen, die seine Frau ihm gebacken hatte, und von seinem Platz auf dem Klippenrand die Vögel zu beobachten.

Der Herbst war die beste Zeit dafür. Besser als der Frühling. Im Frühling flogen die Vögel landeinwärts, unbeirrbar, zielsicher; sie wußten, wohin sie gehörten, Rhythmus und Gesetz ihres Lebens duldeten keinen Aufschub. Im Herbst wurden alle, die nicht über das Meer fortzogen, sondern im Lande überwintern wollten, von der gleichen, drängenden Unruhe gepackt, folgten aber, da ihnen der Flug in die Ferne versagt war, ihren eigenen Regeln. In großen Schwärmen strichen sie über die Halbinsel, rastlos, getrieben und sich in der Bewegung erschöpfend; bald schraubten sie sich kreisend in den Himmel, bald stießen sie zur Futtersuche auf den fetten, umgebrochenen

7

Boden herab; aber selbst das Fressen geschah gleichsam ohne Hunger, ohne Gier. Rastlosigkeit trieb sie wieder in die Lüfte empor. Schwarz und Weiß gemischt, Dohlen und Möwen in seltsamer Verbrüderung suchten Befreiung; niemals zufrieden, niemals in Ruhe. Schwärme von Staren, rauschend wie Seide, zogen, von demselben Wandertrieb beherrscht, zu neuen Futterplätzen, und die kleineren Vögel, die Finken und Lerchen, schwirrten, wie unter einem Zwang, von den Bäumen in die Hecken.

Nat sah ihnen zu; er beobachtete auch die Seevögel, die unten in der Bucht gelassen auf die Ebbe warteten. Austerndiebe, Rotschenkel, Wasserläufer und Brachvögel schaukelten lauernd vor der Küste auf dem Wasser; wenn die träge See sich saugend vom Ufer zurückzog, Streifen von Seetang bloßlegte und die Kieselsteine gegeneinander schepperten, stürzten sie an den Strand. Dann erfaßte auch sie derselbe Zugtrieb. Kreischend, pfeifend, gellend glitten sie über die blanke See und verließen die Küste. Hastig, drängend; wohin aber und zu welchem Ziel? Der ruhelose Trieb des Herbstes, dunkel und unersättlich, hatte sie in seinen Bann geschlagen; sie mußten sich scharen, kreisen, kreischen, sie mußten sich im Fluge erschöpfen, bevor der Winter kam.

Vielleicht empfangen die Vögel im Herbst eine Botschaft, eine Mahnung, dachte Nat, während er auf dem Klippenrand an seiner Pastete kaute. Der Winter naht. Viele von ihnen werden zugrunde gehen; und wie Menschen, die ihren vorzeitigen Tod ahnen, zu Taten oder Narrheiten getrieben werden, so auch die Vögel.

In diesem Herbst waren die Vögel ruheloser als sonst, ihre Erregtheit spürbarer gewesen, da die Tage so still waren. Wenn der Traktor seine Spur die westlichen Hügel hinauf und hinunter zog und Nat, beim Heckenschneiden, ihn hinabkriechen und wenden und die Silhouette des Bauern auf dem Führersitz sah, verschwand die ganze Maschine mit dem Mann darauf zeitweise in einer großen Wolke schwirrender, kreischender Vögel. Es waren viel mehr als gewöhnlich, dessen war Nat sicher. Im Herbst folgten sie stets dem Pflug, jedoch bei weitem nicht in so großen und lärmenden Schwärmen wie jetzt.

Nat erwähnte es am Feierabend.

»Ja, es sind mehr Vögel da als sonst, ich hab's auch bemerkt«, meinte der Bauer. »Und frech sind sie, haben nicht mal vor dem Traktor Respekt. Heute nachmittag schossen ein paar Möwen so dicht an meinem Kopf vorbei, daß ich dachte, sie reißen mir die Mütze ab. Als sie über mir waren und mir die Sonne noch dazu in die Augen schien, konnte ich kaum erkennen, was ich vor Händen hatte. Ich hab' das Gefühl, wir kriegen anderes Wetter. Es wird einen bösen Winter geben. Darum sind die Vögel auch so unruhig.«

Als Nat über die Äcker heimwärts stapfte und in den Hekkenweg zu seinem Häuschen einbog, sah er in der letzten Sonnenglut noch immer die Vögel über den westlichen Hügeln schwärmen. Kein Wind. Die graue See ganz ruhig, trotz der Flut. An den Hecken noch immer blühende Lichtnelken, die Luft milde.

Der Bauer behielt recht, denn in dieser Nacht schlug das Wetter um. Das Schlafzimmer des Häuschens ging nach Osten. Nat erwachte kurz nach zwei und hörte den Wind im Schornstein pfeifen. Nicht das Brausen und Tosen des Südweststurmes, der Regen bringt, sondern den Ostwind, kalt und trocken. Es heulte hohl im Schornstein. Auf dem Dach klapperte eine lose Schieferplatte. Nat lauschte, er konnte das Brüllen der See von der Bucht her hören. Sogar die Luft in dem kleinen Schlafzimmer war eisig geworden, ein kalter Zugwind blies durch die Türritze über das Bett hinweg. Nat wickelte sich fester in seine Decke und schmiegte sich enger an den Rücken seiner schlafenden Frau. Er blieb jedoch wach, lauschend, von einer grundlosen bösen Ahnung befallen.

Da hörte er etwas gegen das Fenster schlagen. An der Hauswand rankten keine Kletterpflanzen, die sich losgerissen haben konnten; trotzdem dieses Peitschen gegen die Fensterscheibe.

Er horchte, das Schlagen wollte nicht aufhören. Schließlich kroch er, durch das Geräusch beunruhigt, aus dem Bett und tastete sich zum Fenster. Er öffnete es; in demselben Augenblick strich etwas über seine Hand, hackte etwas nach seinen Knöcheln, ritzte seine Haut. Dann spürte er ein Flattern von Flügeln, und fort war es, hinweg über das Dach, verschwunden hinter dem Häuschen.

Es war ein Vogel gewesen. Was für ein Vogel, wußte er nicht. Der Wind hatte ihn wohl gezwungen, am Fenstersims Schutz zu suchen.

Er schloß das Fenster und kroch ins Bett zurück; seine Knöchel fühlten sich feucht an. Er legte die Lippen an die Wunde. Der Vogel hatte ihm die Haut aufgerissen. Er hatte wohl Schutz gesucht und in seiner Angst und Verwirrung in der Dunkelheit nach ihm gepickt. Nat versuchte wieder einzuschlafen.

Gleich darauf ertönte das Pochen aufs neue; diesmal heftiger, beharrlicher. Jetzt erwachte auch seine Frau durch das Geräusch, sie drehte sich auf die andere Seite und murmelte: »Schau mal nach dem Fenster, Nat, es klappert.«

»Ich hab' schon nachgesehen«, antwortete er, »da ist irgendein Vogel, der versucht hereinzukommen. Hörst du den Wind? Er weht von Osten, zwingt die Vögel, Schutz zu suchen.«

»Verscheuch sie«, sagte sie, »ich kann bei dem Geklapper nicht schlafen.«

Zum zweiten Male ging er zum Fenster, und als er es jetzt öffnete, saß nicht nur ein Vogel auf dem Gesims, sondern wohl ein halbes Dutzend; sie schossen pfeilgerade auf sein Gesicht zu und fielen ihn an.

Er schrie auf, schlug mit den Armen nach ihnen und verscheuchte sie; sie flogen, ebenso wie der erste, über das Dach davon und verschwanden. Rasch ließ er das Fenster herab.

»Hat man so was schon erlebt?« rief er. »Sie gingen auf mich los, versuchten, mir die Augen auszuhacken!« Er blieb am Fenser stehen und starrte in die Dunkelheit, konnte jedoch nichts erkennen. Seine Frau murmelte schlaftrunken etwas vom Bett her.

»Ich bilde mir durchaus nichts ein«, widerlegte er ärgerlich ihre Äußerung. »Ich sage dir, die Vögel hockten auf dem Fenstersims und wollten ins Zimmer herein.«

Plötzlich ertönte aus der Kammer jenseits des Flurs, wo die Kinder schliefen, ein ängstlicher Schrei.

»Das ist Jill«, rief seine Frau, die bei dem Schrei aufgefahren war, »geh hinüber und sieh nach, was los ist.«

Nat zündete eine Kerze an; als er aber die Schlafzimmertür öffnete und über den Flur gehen wollte, blies der Zugwind die Flamme aus.

Jetzt erklang ein zweiter Schrei, voll Entsetzen, diesmal von beiden Kindern. Stolpernd erreichte Nat die Kammer und spürte in der Dunkelheit das Schlagen von Flügeln um sich. Das Fenster stand weit offen. Die Vögel kamen hereingeschwirrt, stießen zuerst gegen Decke und Wände, machten dann mitten im Fluge kehrt und schossen auf die Kinder in den Betten zu.

»Keine Angst, ich bin da«, rief Nat, und die Kinder warfen sich ihm schreiend entgegen; in der Dunkelheit flogen die Vögel auf, stießen herab und griffen ihn wieder an.

»Was ist los, Nat? Ist etwas geschehen?« rief seine Frau vom Schlafzimmer; rasch schob er die Kinder durch die Tür auf den Flur und schloß sie hinter ihnen, so daß er jetzt in der Kammer mit den Vögeln allein war.

Er riß die Decke vom Bett und schwenkte sie wie eine Waffe rechts und links über sich durch die Luft. Er hörte das Aufklatschen von Körpern, das Flattern von Schwingen, aber noch waren sie nicht besiegt, denn wieder und wieder kehrten sie zum Angriff zurück, hackten ihm nach den Händen, dem Kopf; die kleinen Schnäbel stachen scharf wie spitze Gabeln. Die Wolldecke wurde zur Verteidigungswaffe, er wickelte sie sich um den Kopf und schlug, nun in völliger Finsternis, mit den bloßen Händen nach den Vögeln. Er wagte nicht, sich zur Tür zu tasten und sie zu öffnen, aus Furcht, daß ihm die Vögel folgen könnten.

Wie lange er mit ihnen in der Dunkelheit gekämpft hatte, wußte er nicht, aber schließlich wurde das Flügelschlagen schwächer und erstarb; durch das dichte Wollgewebe der Decke nahm er Licht wahr. Er wartete, lauschte, kein Laut erklang außer dem bitterlichen Weinen der Kinder aus dem

Schlafzimmer. Das Flattern, das Schwirren der Flügel hatte aufgehört.

Er streifte die Decke vom Kopf und blickte umher. Die Kammer lag im klaren, grauen Morgenlicht. Die Morgendämmerung und das offene Fenster hatten die lebenden Vögel zurückgerufen, die toten lagen auf dem Fußboden. Nat starrte auf die toten, kleinen Leiber. Bestürzt und entsetzt. Es waren nur kleine Vögel, nicht ein größerer war dabei. Es mochten etwa fünfzig sein, die dort auf dem Fußboden lagen. Rotkehlchen, Finken, Spatzen, Blaumeisen, Lerchen und Ammern; Vögel, die sich sonst nach dem Naturgesetz nur zu ihrer eigenen Gattung, an ihren eigenen Bereich hielten und die sich jetzt in ihrer Kampfeswut miteinander verbündeten, hatten sich an den Wänden der Schlafkammer zu Tode geschlagen oder waren durch ihn vernichtet worden. Einige hatten bei dem Gefecht Federn verloren, anderen klebte Blut, sein Blut, an den Schnäbeln.

Angewidert ging Nat zum Fenster und sah über sein Gärtchen hinweg auf die Felder.

Es war eisig kalt, die Erde blinkte hart und schwarz von Frost. Kein weißer Frost, der in der Morgensonne glitzerte, sondern der schwarze Frost, den der Ostwind bringt. Das Meer, jetzt aufgewühlt durch den Gezeitenwechsel, brodelnd und mit weißen Schaumkronen, brach sich heftig in der Bucht. Von den Vögeln keine Spur. Nicht ein einziger Spatz zwitscherte in der Hecke hinter der Gartenpforte, keine frühe Misteldrossel oder Amsel pickte im Gras nach Würmern. Kein Laut, nur der Ostwind und das Meer.

Nat schloß das Fenster, zog die Kammertür hinter sich zu und ging über den Flur ins Schlafzimmer zurück.

Seine Frau saß aufrecht im Bett. Das eine Kind lag schlafend neben ihr; das kleinere, mit verbundenem Gesicht, hielt sie in den Armen. Die Vorhänge waren dicht zugezogen, ein paar Kerzen angezündet. Ihr Gesicht leuchtete bleich in dem gelben Licht. Sie schüttelte, Schweigen heischend, den Kopf.

»Er ist eben erst eingeschlafen«, flüsterte sie. »Irgend etwas muß ihn geritzt haben, er hatte Blut in den Augenwinkeln. Jill sagt, es seien die Vögel gewesen. Sie behauptete, sie sei aufgewacht und da seien die Vögel schon in der Kammer gewesen.«

Verstört sah sie zu Nat auf, forschte in seinem Gesicht nach Bestätigung. Nat wollte ihr nicht zeigen, daß auch er durch die Ereignisse der letzten Stunden erregt, ja fast betäubt war.

»Sie sind noch in der Kammer«, sagte er, »lauter tote Vögel, wohl fünfzig Stück. Rotkehlchen, Zaunkönige, nur kleine Vögel hier aus der Umgegend. Sie scheinen ganz von Sinnen gewesen zu sein, das macht wohl der Ostwind.« Er hockte sich neben seine Frau auf den Bettrand und ergriff ihre Hand.

»Es ist das böse Wetter«, meinte er, »das muß es sein, dieses schlimme Wetter. Vielleicht sind es auch gar nicht unsere Vögel hier aus der Gegend. Der Wind hat sie hierher verschlagen, aus dem Inland.«

»Aber Nat«, flüsterte die Frau, »das Wetter hat sich doch erst in dieser Nacht geändert. Es gab ja noch keinen Schnee, der sie vertrieben haben könnte. Und sie können auch noch nicht hungrig sein. Draußen auf den Feldern gibt es doch noch genug Futter.«

»Es liegt am Wetter«, wiederholte Nat. »Glaub mir, es liegt am Wetter.«

Ratlosigkeit und Ermüdung spiegelten sich auf ihren Gesichtern; eine Weile starrten sie einander wortlos an.

»Ich gehe hinunter und mache uns eine Tasse Tee«, sagte er schließlich.

Der Anblick der vertrauten Küche gab ihm sein Gleichgewicht wieder. Tassen und Teller, ordentlich auf dem Küchenbord aufgereiht, Tisch und Stühle, das Strickzeug seiner Frau auf dem Korbstuhl, die Spielsachen der Kinder im Eckschränkchen.

Er kniete nieder, scharrte die Asche zusammen und entzündete ein Feuer. Mit den brennenden Scheiten, dem dampfenden Kessel und der braunen Teekanne kehrten Traulichkeit und die gewohnte Sicherheit wieder. Er trank seinen Tee und trug seiner Frau eine Tasse hinauf. Dann wusch er sich in der Spülküche, zog seine Stiefel an und öffnete die Hintertür.

Der Himmel war bleiern und schwer. Die braunen Hügel,

die tags zuvor im Sonnenlicht erglüht waren, lagen kahl und düster da. Der Ostwind fuhr mit scharfer Klinge über die Bäume, das raschelnde, dürre Laub erbebte und flatterte im Winde davon. Nat stieß mit der Stiefelspitze gegen den hartgefrorenen Boden. Nie zuvor hatte er einen so gewaltsamen und plötzlichen Wechsel erlebt. In einer einzigen Nacht war ein trockener, kalter Winter hereingebrochen.

Die Kinder waren jetzt wach. Jill plapperte und schwatzte, der kleine Johnny begann wieder zu weinen. Nat hörte die Stimme seiner Frau, tröstend, besänftigend. Gleich darauf kam sie hinunter. Er hatte das Frühstück für die Familie fertig, das alltägliche Leben begann.

»Hast du die Vögel weggejagt?« fragte Jill, von ihrer Angst befreit, weil das Feuer brannte, weil es Tag war, weil es Frühstück gab.

»Ja, jetzt sind sie alle fort«, antwortete Nat, »der Ostwind hat sie hierher getrieben; sie waren wohl verängstigt und außer sich und suchten nur Schutz.«

»Sie haben aber nach uns gepickt«, sagte Jill, »und Johnny sogar nach den Augen.«

»Das haben sie nur aus Angst getan«, erklärte Nat.

»Hoffentlich kommen sie nicht wieder«, meinte Jill. »Wir können ihnen vielleicht Brotkrumen vors Fenster streuen, die fressen sie dann auf und fliegen weg.«

Sie stand vom Frühstückstisch auf, holte ihren Mantel und ihr Mützchen, ihre Schulbücher und ihren Schulsack. Nat schwieg, seine Frau warf ihm über den Tisch einen Blick zu, eine stumme Botschaft.

»Ich werde dich zum Bus bringen«, sagte er, »ich arbeite heute nicht auf dem Hof.«

Und während das Kind sich in der Spülküche die Hände wusch, meinte er leise zu seiner Frau: »Halte alle Fenster geschlossen, und auch die Türen. Nur aus Vorsicht. Ich gehe nachher zum Hof hinüber. Will doch hören, ob sie heute nacht auch etwas gemerkt haben.« Dann ging er mit seinem Töchterchen den Heckenweg entlang. Die Kleine schien die Erlebnisse der Nacht vergessen zu haben. Sie hüpfte vor ihm her und haschte nach den fallenden Blättern; die Kälte ließ ihr Gesichtchen unter der Zipfelmütze rosig erglühen.

»Wird es schneien, Papa?« fragte sie. »Es ist doch kalt genug, nicht?«

Er blickte zum grauen Himmel empor, fühlte den eisigen Wind an seinen Schultern zerren. »Nein, es wird nicht schneien. Diesmal gibt es einen schwarzen Winter, keinen weißen.«

Die ganze Zeit über suchte er mit den Augen die Hecken nach den Vögeln ab, spähte über die Felder, blickte forschend zu dem Wäldchen jenseits des Hofes, wo sonst die Saatkrähen und Dohlen kreisten; er sah nicht einen einzigen Vogel.

Die anderen Kinder, verpackt und eingemummt wie Jill, warteten an der Bushaltestelle; sie sahen verfroren aus und hatten weiße Nasenspitzen.

Jill winkte und lief auf sie zu. »Mein Papa sagt, es gibt keinen Schnee«, rief sie, »es gibt einen schwarzen Winter.«

Von den Vögeln sagte sie nichts. Sie begann sich mit einem anderen kleinen Mädchen zu balgen. Der Autobus kam schwerfällig die Anhöhe heraufgekrochen. Nat wartete, bis sie eingestiegen war, kehrte dann um und ging zum Hof hinüber. Es war heute für ihn kein Arbeitstag. Er wollte sich aber davon überzeugen, daß alles in Ordnung sei. Jim, der Kuhhirt, rumorte bei den Ställen herum.

»Ist der Bauer da?« fragte Nat.

»Zum Markt«, brummte Jim. »Heute ist doch Dienstag.« Er stapfte davon und verschwand hinter einem Schuppen. Er hatte keine Zeit für Nat. Nat sei etwas Besseres, hieß es. Las Bücher und solches Zeug.

Nat hatte nicht daran gedacht, daß Dienstag war. Daran erkannte er, wie sehr ihn die Ereignisse der vergangenen Nacht mitgenommen hatten. Als er um das Bauernhaus herum zur Hintertür ging, hörte er die Bäuerin, Frau Trigg, in der Küche singen; das Radio spielte die Begleitung.

»Sind Sie da, Frau Trigg?« rief Nat.

Sie kam an die Tür, vergnügt, heiter und mit der Welt zufrieden.

»Guten Tag, Hocken«, rief sie, »können Sie mir erklären, woher diese plötzliche Kälte kommt? Aus Rußland vielleicht? So einen Wetterumschlag hab' ich mein Lebtag noch nicht mitgemacht. Und es soll anhalten, sagt das Radio. Soll irgendwas mit dem Polarkreis zu tun haben.«

»Wir haben das Radio heute früh gar nicht angedreht«, sagte Nat. »Wir haben nämlich eine unruhige Nacht hinter uns.«

»Sind die Kinder krank?«

»Nein . . .« Er wußte nicht recht, wie er es vorbringen sollte. Jetzt, am hellichten Tage, mußte die Geschichte mit den Vögeln verrückt klingen.

Er versuchte Frau Trigg zu erzählen, was geschehen war, konnte aber an ihren Augen ablesen, daß sie das Ganze für einen Alptraum hielt.

»Richtige Vögel?« fragte sie lächelnd. »Nicht doch vielleicht solch merkwürdige Dinger, wie sie die Männer nach einem feuchtfröhlichen Abend gern sehen?«

»Frau Trigg«, sagte er, »in unserem Kinderzimmer liegen fünfzig Vögel, Rotkehlchen, Zaunkönige und alle möglichen Arten, tot auf dem Fußboden. Sie gingen auf mich los, sie versuchten dem kleinen Johnny die Augen auszuhacken.«

Frau Trigg starrte ihn ungläubig an. »Na, so was«, meinte sie dann, »wissen Sie, das macht der Ostwind; da sie nun einmal in der Kammer waren, konnten sie nicht mehr zurückfinden. Vielleicht sind es doch fremde Vögel, vom Polarkreis da oben.«

»Nein, alles Vögel, wie man sie hier jeden Tag sehen kann.«

»Komisch«, meinte Frau Trigg, »das kann man sich wirklich nicht erklären. Sie müßten mal an die Zeitung schreiben und dort nachfragen. Die wissen auf alles Antwort. Ich muß nun wieder an die Arbeit.«

Sie nickte ihm zu, lächelte und verschwand in der Küche.

Unbefriedigt ging Nat auf das Hoftor zu. Lägen nicht die toten Vögel, die er jetzt aufsammeln und irgendwo vergraben mußte, in der Schlafkammer, so hätte er die ganze Geschichte für eine Ausgeburt seiner Phantasie gehalten.

Er begegnete Jim am Hoftor.

»Haben die Vögel euch auch zugesetzt?« fragte Nat.

»Vögel? Was denn für Vögel?«

»Heut nacht waren sie bei uns im Haus. Massenweise, in der Schlafkammer der Kinder. Ganz wild waren sie.«

Es dauerte geraume Zeit, bis etwas in Jims Schädel hineinging. »Hab' niemals von wildgewordenen Vögeln gehört«, sagte er schließlich. »Eher kriegt man sie manchmal zahm. Hab' oft genug erlebt, wie sie ans Fenster kommen und Krumen picken.

»Diese Vögel heut nacht waren nicht zahm.«

»Nicht zahm? Das macht vielleicht die Kälte. Oder der Hunger. Streut einfach ein paar Brotkrumen.«

Jim zeigte ebensowenig Interesse wie Frau Trigg. Es ist dasselbe wie mit den Fliegerangriffen im Krieg, dachte Nat. Kein Mensch hier auf dem Lande begriff, was die Leute in Plymouth durchmachten. Um etwas verstehen zu können, muß man es erst am eigenen Leib spüren.

Er ging den Heckenpfad zurück, stieg über den Zauntritt und trat ins Haus. Seine Frau saß mit dem kleinen Johnny in der Küche.

»Hast du jemand gesprochen?« fragte sie.

»Frau Trigg und Jim. Ich fürchte, sie haben mir nicht geglaubt. Jedenfalls ist dort drüben alles in Ordnung.«

»Du mußt die Vögel wegschaffen«, sagte sie. »Ich traue mich nicht hinein, um die Betten zu machen, ehe sie nicht weg sind. Ich habe Angst.«

»Jetzt brauchst du keine Angst mehr zu haben. Sie sind doch tot.«

Er ging mit einem Sack hinauf und ließ die toten Vogelleiber, einen nach dem anderen, hineinfallen. Ja, es waren wirklich fünfzig. Alles kleine heimische Vögel. Kein einziger auch nur so groß wie eine Amsel. Es mußte der Schrecken gewesen sein, der sie dazu getrieben hatte. Blaumeisen und Zaunkönige; es war unfaßlich, daß diese kleinen Schnäbel noch vor ein paar Stunden mit solcher Wucht nach seinem Gesicht und seinen Händen gehackt hatten.

Er trug den Sack in den Garten und sah sich jetzt einer neuen Schwierigkeit gegenüber. Der Boden war zu hart gefroren, als daß man hätte ein Loch schaufeln können. Der Frost saß tief in der Erde; und doch hatte es noch nicht einmal geschneit; es war eigentlich nichts geschehen, nur der Ostwind war gekommen. Es war unnatürlich, seltsam. Die Wettervorhersage hatte wohl doch recht. Wahrscheinlich hing der Wetterumschlag irgendwie mit dem Polarkreis zusammen.

Als er dort stand, grübelnd, den Sack in der Hand, ließ ihn der eisige Wind bis ins Mark erschauern. Unten in der Bucht brachen sich die schaumgekrönten Wellen. Er beschloß, die Vögel an den Strand zu tragen und dort einzuscharren.

Als er die Klippe hinabgeklettert war, konnte er sich kaum aufrecht halten, so heftig fuhr ihm der Ostwind entgegen. Das Atemholen schmerzte, seine bloßen Hände waren blaugefroren. Niemals zuvor hatte er solche Kälte erlebt, und dabei konnte er sich an viele harte Winter erinnern. Es war Ebbe; er schritt über die knirschenden Kiesel zum weichen, feuchten Sand und öffnete, mit dem Rücken gegen den Wind, den Sack.

Mit dem Absatz scharrte er eine Vertiefung aus, um die Vögel hineinzuschütten. In diesem Augenblick aber trug ein Sturmstoß sie davon, hob sie in die Höhe, so daß es schien, als flögen sie; die fünfzig steifgefrorenen Vogelleichen wurden von ihm dort über die Bucht geweht, wie Federn durcheinandergewirbelt und in alle Richtungen zerstreut. Der Anblick hatte etwas Grausiges, er war ihm zuwider. Im Nu hatte der Wind die toten Vögel weggefegt.

»Die Flut wird sie holen«, sagte er sich.

Er blickte über das Meer, sah die weißschäumenden, grünlichen Brecher, die jäh in die Höhe wuchsen, sich kräuselten und vornüber brachen. Das Rauschen kam von fernher, dumpf; es war Ebbe, das Brüllen und Tosen der Flut fehlte.

Da, plötzlich, sah er sie. Die Möwen. Weit draußen auf den Wellen reitend.

Was er zuerst für weiße Schaumkronen gehalten hatte, waren Möwen. Hunderte, Tausende, Zehntausende ... Sie stiegen und fielen mit der wogenden See; die Köpfe gegen den Wind gerichtet, warteten sie auf die Flut gleich einer mächtigen Flotte, die vor Anker liegt. Von Osten bis Westen, so weit das

Auge reichte, waren Möwen; Möwen in geschlossener Formation, Linie auf Linie. Wäre das Meer ruhig gewesen, so hätten sie die Bucht gleich einer weißen Wolke bedeckt, Kopf an Kopf, Körper an Körper gepreßt. Einzig die hochgepeitschte See verbarg sie dem Auge.

Nat machte jäh kehrt, verließ die Bucht und kletterte den steilen Pfad nach Hause empor. Irgend jemand müßte davon erfahren. Irgend jemand müßte man es mitteilen. Es bereitete sich etwas vor, was er nicht begriff; vielleicht lag es am Ostwind, vielleicht an der Kälte. Er überlegte, ob er nicht zur Telephonzelle an der Bushaltestelle laufen sollte, um die Polizei anzurufen. Aber was hätte die tun können? Konnte überhaupt irgendeiner etwas tun? Tausende von Möwen hatten sich in der Bucht versammelt, vielleicht aus Hunger, vielleicht des Sturmes wegen. Die Polizei würde ihn entweder für verrückt oder betrunken halten oder die Mitteilung gelassen entgegennehmen. »Vielen Dank. Wir haben bereits davon gehört: das schwere Wetter treibt die Vögel in großer Zahl landeinwärts.«

Nat sah umher. Noch immer keine Spur von den anderen Vögeln. Hatte die Kälte sie vielleicht tiefer ins Land gejagt? Als er sich dem Häuschen näherte, kam ihm seine Frau schon an der Tür entgegen. »Nat«, rief sie aufgeregt. »Das Radio hat es gebracht, sie haben eben eine Meldung durchgegeben. Ich habe sie mitgeschrieben.«

»Worüber denn?« fragte er.

»Über die Vögel. Es ist nicht nur hier so, es ist überall dasselbe. In London, im ganzen Land. Irgend etwas ist mit den Vögeln los.«

Gemeinsam betraten sie die Küche. Er las den Zettel, der auf dem Tisch lag.

»Bekanntmachung des Innenministeriums, 11 Uhr vormittags. Aus dem ganzen Land gehen stündlich Berichte über riesige Mengen von Vögeln ein, die sich über Städten, Dörfern und Gehöften zusammenscharen. Diese Schwärme richten Schaden an, rufen Verkehrsstockungen hervor und greifen sogar vereinzelt Personen an. Vermutlich bewirken Luftströmungen aus der Polarzone, die gegenwärtig die Britischen Inseln überfluten, die Abwanderung so zahlreicher Vögel nach Süden. Durch Futtermangel und Hunger werden sie offenbar dazu getrieben, selbst Menschen anzufallen. Alle Haushaltvorstände werden hiermit aufgefordert, Fenster, Türen und Schornsteine abzudichten und alle notwendigen Maßnahmen, insbesondere für die Sicherheit der Kinder, zu ergreifen.«

Nat empfand etwas wie Triumph; erregt sah er seine Frau an. »Da haben wir's«, sagte er, »hoffentlich hören sie es auch auf dem Hof. Dann wird ja auch die Bäuerin merken, daß ich ihr keinen Bären aufgebunden habe, daß es die reine Wahrheit war. Also überall im Land. Den ganzen Morgen habe ich gespürt, daß irgend etwas in der Luft liegt. Und gerade eben war ich unten an der Bucht, und wie ich so über das Wasser sehe, entdecke ich plötzlich die Möwen, Tausende und Abertausende von Möwen, so dicht geschart, daß man keine Nadel zwischen sie fallen lassen könnte. Sie schwimmen da draußen, schaukeln auf den Wellen, warten ab.«

»Worauf warten sie, Nat?« fragte sie.

Er starrte sie an, dann senkte er den Blick auf den Zettel. »Ich weiß es nicht«, sagte er zögernd. »Hier steht, sie sollen ausgehungert ein.«

Er zog eine Schublade auf und nahm Hammer und Werkzeug heraus.

»Was hast du vor, Nat?«

»Die Fenster abdichten und die Schornsteine auch, wie es angeordnet ist.«

»Du glaubst doch nicht etwa, daß sie hier eindringen können, wenn die Fenster geschlossen sind? Spatzen, Rotkehlchen und all das kleine Federvieh. Wie sollte denn das möglich sein?«

Er gab keine Antwort. Er dachte nicht an Spatzen und Rotkehlchen. Er dachte an die Möwen . . .

Dann ging er nach oben und verbrachte den Rest des Vormittags damit, die Fenster in den Schlafräumen zu verschalen und die Kamine zu verstopfen. Ein Glück, daß er seinen freien Tag hatte und nicht auf dem Hof zu arbeiten brauchte. Es war wie vor Jahren, bei Kriegsbeginn. Damals war er noch nicht verheiratet gewesen und hatte im Haus seiner Mutter in Plymouth alle Verdunklungsvorrichtungen angebracht. Hatte auch den Luftschutzraum angelegt. Nicht, daß all dies von besonderem Nutzen gewesen wäre, als es dann losging.

Er fragte sich, ob sie wohl auch auf dem Hof diese Vorsichtsmaßnahmen trafen. Er bezweifelte es. Zu leichtsinnig, diese beiden. Harry Trigg und seine Frau. Wahrscheinlich lachten sie darüber und verbrachten irgendwo einen vergnügten Abend.

»Das Essen ist fertig«, rief seine Frau von der Küche herauf.

»Gut, ich komme.«

Er war mit seinem Werk zufrieden. Die Verschalungen paßten genau vor die Fenster und die Bretter vor die Kaminöffnungen.

Nach dem Mittagessen spülte seine Frau das Geschirr, und Nat drehte die Ein-Uhr-Nachrichten an. Es wurde dieselbe Bekanntmachung wiederholt, die seine Frau am Vormittag notiert hatte, jetzt aber war sie durch eine neue Mitteilung erweitert:

»Die Vogelschwärme haben in allen Gegenden Unruhe hervorgerufen«, verkündete der Ansager, »und in London war heute morgen um zehn Uhr der Himmel wie von einer riesigen schwarzen Wolke verdunkelt. Die Schwärme ließen sich auf Dachfirsten, Fenstersimsen und Schornsteinen nieder. Man beobachtete die verschiedensten Arten, wie Schwarzdrosseln, Finken, Sperlinge und, wie es für die Hauptstadt zu erwarten war, eine zahllose Menge von Tauben und Staren und, in der Nähe der Themseufer, Lachmöwen. Dieser ungewöhnliche Anblick brachte in vielen Straßen den Verkehr zum Stillstand, die Arbeit in den Geschäften und Büros wurde unterbrochen, und Fahrdämme und Bürgersteige waren voller Menschen, die die Vögel beobachteten.«

Der Ansager berichtete anschließend von verschiedenen Zwischenfällen, gab als mutmaßlichen Grund für das Zusammenscharen der Vögel aufs neue Kälte und Hunger an und wiederholte die Ratschläge an die Haushaltvorstände. Seine Stimme klang unbewegt heiter; Nat hatte den Eindruck, als behandle er die ganze Angelegenheit wie einen ausgemachten

Spaß. Andere würden ebenso reagieren, die meisten, die nicht wußten, was es hieß, sich in der Finsternis gegen einen Schwarm Vögel zu wehren. In London würde man heute abend sicher Parties geben, wie an Wahltagen. Die Leute würden schwatzend und lachend herumstehen und allmählich beschwipst werden. »Kommt, wir schauen uns die Vögel an.«

Nat stellte das Radio ab. Er stand auf und begann, an den Küchenfenstern zu arbeiten. Seine Frau sah ihm verwundert zu, der kleine Johnny hing an ihrem Rockzipfel.

»Was, auch hier unten Bretter?« fragte sie. »Da muß ich ja jetzt schon Licht machen. Hier sind doch keine Bretter nötig.«

»Vorsicht kann nicht schaden«, antwortete Nat, »ich will kein Risiko eingehen.«

»Eigentlich hätte die Regierung dafür zu sorgen, daß Militär eingesetzt wird und man die Vögel abschießt. Damit würde man sie schon vertreiben.«

»Selbst wenn sie es wollten, wie sollten sie es denn anfangen?« fragte Nat.

»Sie schicken ja auch Militär auf die Docks, wenn die Dockarbeiter streiken. Dann gehen die Soldaten an Bord und löschen die Ladung.«

»Gewiß, aber London hat eine Bevölkerung von über acht Millionen, stell dir all die Wohnungen vor, all die Gebäude und Häuser. Glaubst du, wir haben genug Soldaten, um von jedem Dach die Vögel herunterzuknallen?«

»Das weiß ich nicht, aber irgend etwas muß doch getan werden. Sie haben die Pflicht, etwas zu unternehmen.«

Nat dachte im stillen, daß »sie« dieses Problem zweifellos in diesem Augenblick besprachen, aber was sie auch in London und den großen Städten beschließen würden, könnte ihnen hier draußen, dreihundert Meilen entfernt, wenig nützen. Jeder Hausvater mußte selbst nach dem Rechten sehen.

»Was haben wir an Lebensmitteln im Hause?« fragte er.

»Aber Nat, was denn nicht noch alles!«

»Frag nicht. Was hast du in deiner Speisekammer?«

»Du weißt doch, daß morgen mein Einkaufstag ist. Ich hab' nicht so viel Lebensmittel herumstehen, sie verbrauchen sich so schnell. Der Fleischer kommt erst übermorgen. Aber ich kann etwas mitbringen, wenn ich morgen zum Einkaufen fahre.«

Nat wollte sie nicht beunruhigen. Er hielt es nicht für ausgeschlossen, daß sie morgen gar nicht zur Stadt fahren konnte. Er sah selbst in der Speisekammer und im Küchenschrank, wo sie die Konserven aufbewahrt hielt, nach.

Für ein paar Tage würde es schon reichen. Brot war allerdings knapp.

»Und wie ist es mit dem Bäcker?«

»Er kommt auch morgen.«

Falls der Bäcker ausblieb, war Mehl genug vorhanden, um selbst ein Brot zu backen.

»Früher war man doch besser dran«, sagte er, »da haben die Frauen zweimal in der Woche gebacken, es gab immer eine Tonne mit Salzheringen im Haus, und es waren stets so viel Lebensmittel da, daß eine Familie sogar eine Belagerung überstehen konnte, wenn es sein mußte.«

»Die Kinder mögen gesalzenen Fisch nicht«, meinte sie.

Er hämmerte weiter an den Verschalungen der Küchenfenster. Kerzen! Die Kerzen gingen auch zur Neige. Wahrscheinlich wollte sie morgen neue kaufen. Nun, da war nichts zu machen. Sie mußten heute eben zeitig zu Bett gehen. Das heißt, falls . . .

Er stand auf, ging durch die Hintertür in den Garten und sah über das Meer. Den ganzen Tag hatte die Sonne sich nicht gezeigt, und jetzt, obwohl es erst drei Uhr war, herrschte schon Zwielicht. Der Himmel war schwer, düster und farblos wie Salz. Er konnte die wütende See an die Felsen trommeln hören. Er ging den Pfad entlang bis halbwegs zur Bucht. Dort blieb er stehen. Die Flut war gekommen. Ein Felsen, den man vormittags noch sehen konnte, war jetzt überspült; und dennoch war es nicht die See, die seinen Blick gefangen hielt. Die Möwen hatten sich erhoben. Sie kreisten, hoben ihre Schwingen gegen den Wind, zu Hunderten, zu Tausenden. Es waren die Möwen, die den Himmel verdunkelten. Und sie waren still. Sie gaben keinen Laut. Sie schwebten und kreisten, stiegen und fielen, erprobten ihre Kräfte gegen den Sturm.

Nat machte kehrt. Er lief den Pfad hinauf, zurück zu seinem Häuschen.

»Ich hole Jill ab«, sagte er, »ich warte an der Bushaltestelle auf sie!«

»Was ist geschehen?« fragte seine Frau. »Du bist ganz blaß.«

»Paß auf, daß Johnny im Hause bleibt«, entgegnete er, »halte die Türen geschlossen. Zünde Licht an, jetzt gleich, und zieh die Vorhänge zu.«

»Aber es ist erst drei Uhr«, sagte sie.

»Macht nichts. Tu, was ich sage.«

Er schaute in den Geräteschuppen hinter dem Haus. Nichts, was von großem Nutzen sein könnte. Der Spaten war zu schwer, die Gabel taugte auch nichts. Er ergriff die Hacke. Es war das einzige Gerät, das in Frage kam und leicht genug zum Tragen war.

Er eilte den Heckenpfad entlang zur Bushaltestelle; immer wieder blickte er über die Schulter zurück. Die Möwen waren jetzt höher gestiegen, ihre Kreise größer, weiter geworden; sie verteilten sich in riesigen Formationen über den ganzen Himmel.

Er hastete weiter. Obwohl er wußte, daß der Bus nicht vor vier Uhr auf der Anhöhe sein konnte, trieb es ihn vorwärts. Niemand begegnete ihm. Er war froh darüber, es war keine Zeit, stehenzubleiben und zu schwatzen.

Oben auf dem Hügel angelangt, wartete er. Es war noch viel zu früh. Eine halbe Stunde mußte er ausharren. Pfeifend kam der Ostwind über die Felder gefegt. Er stampfte mit den Füßen und blies in die Hände. In der Ferne konnte er die Kreidefelsen sehen, blinzelnd weiß gegen den bleiernen, düsteren Himmel. Dahinter stieg etwas Schwarzes auf, zunächst wie ein Rauchschwaden, dann wuchs es und wurde dichter, der Schwaden wurde zu einer Wolke, teilte sich wiederum in fünf weitere Wolken, die sich nach Norden, Osten, Süden und Westen zerstreuten. Aber die Wolken waren gar keine Wolken, es waren Vögel. Er sah sie über den Himmel ziehen, und als ein Schwarm gerade über ihm, in einer Höhe von siebzig bis hundert Metern, dahinstob, erkannte er an dem eiligen Flug, daß diese Vögel landeinwärts strebten, daß sie sich nicht um die Menschen hier auf der Halbinsel kümmerten. Es waren Saatkrähen und Nebelkrähen, Dohlen, Elstern und Häher, alles Vögel, die sonst die kleineren Arten jagten; an diesem Nachmittag aber gehorchten sie einem anderen Befehl.

Ihnen sind die Städte anbefohlen worden, dachte Nat, sie wissen, was sie zu tun haben. Wir hier zählen nicht. Für uns genügen die Möwen. Die anderen ziehen in die Städte.

Er ging zur Telephonzelle, zog die Tür hinter sich zu und hob den Hörer ab. Er wollte nur das Amt anrufen, von dort würde man die Nachricht schon weitergeben. »Ich spreche vom Highway«, sagte er, »an der Bushaltestelle. Ich möchte Ihnen mitteilen, daß große Vogelzüge landeinwärts fliegen und die Möwen sich in der Bucht versammelt haben.«

»Ja, in Ordnung«, antwortete die Stimme, gleichmütig, gelangweilt.

»Geben Sie die Nachricht auch bestimmt an die richtige Stelle weiter?«

»Ja . . . selbstverständlich . . .« Jetzt ungeduldig, verdrossen. Das Summzeichen ertönte.

Wieder eine, die sich nicht darum kümmert, dachte Nat. Vielleicht hat sie den ganzen Tag solche Anrufe beantworten müssen, und vielleicht will sie heute abend ins Kino gehen. Sie wird Hand in Hand mit einem Burschen dahinschlendern, zum Himmel zeigen und sagen: »Sieh mal, all die Vögel.« Sie macht sich nichts daraus.

Der Autobus kam ratternd die Anhöhe herauf. Jill kletterte heraus und drei oder vier andere Kinder. Der Bus fuhr weiter zur Stadt.

»Warum hast du die Hacke mit, Papa?«

Sie drängten sich lachend und mit den Fingern darauf zeigend um ihn.

»Ich hab' sie gerade bei mir gehabt«, sagte er. »Marsch jetzt, wir gehen nach Hause. Es ist kalt, nicht gebummelt. Nun paßt mal auf, ihr anderen, ich möchte sehen, wie schnell ihr über die Felder laufen könnt.«

Er hatte sich an Jills Schulkameraden gewandt, Kinder

zweier Familien, die in den Gemeindehäuschen wohnten. Wenn sie die Abkürzungen über die Felder nahmen, waren sie schnell zu Hause.

»Wir wollen noch ein bißchen am Heckenpfad spielen«, sagte eines der Kinder.

»Nein, das gibt's nicht! Vorwärts, nach Hause, oder ich sag's eurer Mama.«

Sie tuschelten miteinander, machten runde Augen und trollten sich schließlich querfeldein. Jill sah ihren Vater verdutzt an und verzog das Mäulchen.

»Wir spielen aber immer am Heckenpfad«, trotzte sie.

»Heut nicht, heut gibt's das nicht. Los jetzt, schnell.« Er konnte sehen, wie die Möwen sich dem Land näherten, schon über den Feldern kreisten. Noch immer kein Laut. Noch immer ganz stumm.

»Schau, Papa, schau mal, da drüben, all die vielen Möwen.«

»Ja, ja, schnell jetzt.«

»Wohin fliegen sie denn?«

»Landeinwärts wahrscheinlich. Wo es wärmer ist.«

Er packte sie bei der Hand und zog sie hinter sich her den Pfad entlang.

»Lauf doch nicht so, Papa. Ich kann nicht so schnell!«

Die Möwen taten es den Saatkrähen und Dohlen gleich. In riesigen Formationen verteilten sie sich über den ganzen Himmel. In Schwärmen zu Tausenden steuerten sie in die vier Himmelsrichtungen.

»Papa, was ist los mit den Möwen? Was tun sie da oben?«

Ihr Flug war jedoch nicht so zielbewußt wie der der Krähen und Dohlen. Sie kreisten noch immer über ihnen. Sie flogen auch nicht so hoch. Es war, als warteten sie auf ein Signal, als sei die Entscheidung noch nicht gefallen, der Befehl noch nicht klar.

»Soll ich dich tragen, Jill? Komm, huckepack.«

Auf diese Weise hoffte er, schneller vorwärtszukommen. Aber er irrte sich. Jill war schwer. Sie rutschte dauernd hinunter und begann nun auch noch zu weinen. Seine eigene Bedrängnis und Furcht hatten sich dem Kinde mitgeteilt.

»Die Möwen sollen wieder weggehen! Ich kann sie nicht leiden. Sie kommen immer näher.«

Er setzte sie wieder ab. Nun begann er zu laufen, zerrte Jill hinter sich her. Als sie an der Abzweigung, die zum Gehöft führte, vorbeikamen, sah er, wie der Bauer sein Auto in die Garage fahren wollte. Nat rief ihn an.

»Können Sie uns heimfahren?«

»Was ist los?«

Der Bauer drehte sich auf dem Führersitz um und starrte sie an. Dann grinste er über sein ganzes gutmütiges, frisches Gesicht.

»Es sieht ja aus, als ob wir einen Heidenspaß kriegen«, meinte er. »Haben Sie die Möwen gesehen, Hocken? Wir werden ihnen eins aufbrennen, Jim und ich. Alle Leute sind ja ganz übergeschnappt wegen dieser Vögel, reden von nichts anderem. Ich hab' gehört, daß Sie heute nacht Ärger mit ihnen hatten. Soll ich Ihnen eine Flinte leihen?«

Nat schüttelte den Kopf.

Das kleine Auto war vollgepackt, es war gerade noch Platz für Jill, wenn sie hinten auf die Petroleumkanister kletterte.

»Danke, ich brauche keine Flinte«, entgegnete Nat, »aber ich wäre sehr froh, wenn Sie Jill nach Hause brächten. Sie fürchtet sich vor den Vögeln.«

Er wollte vor Jill nicht so viel von der Sache reden.

»Mach ich«, erklärte der Bauer, »ich fahr sie heim. Aber bleiben Sie doch hier und machen Sie unsere Schießerei mit. Wir werden die Federn schon tanzen lassen.«

Jill kletterte hinein, der Bauer wendete das Auto und brauste den Pfad entlang. Nat folgte. Trigg mußte toll sein. Was konnte denn eine Flinte gegen einen ganzen Himmel voller Vögel ausrichten?

Jetzt, da ihm die Sorge um Jill abgenommen war, nahm er sich Zeit, umherzuschauen. Noch immer kreisten die Vögel über den Feldern. Fast ausschließlich Silbermöwen, aber auch Mantelmöwen waren darunter. Sonst pflegten sie sich gesondert zu halten, jetzt flogen sie zusammen, wie durch ein Band vereint. Die Mantelmöwen griffen oft kleinere Vögel an, ja

27

selbst neugeborene Lämmer, behauptete man. Er hatte es zwar nie mit eigenen Augen gesehen, aber er mußte daran denken, als er sie über sich am Himmel sah.

Die Möwen schienen sich dem Gehöft zu nähern. Jetzt zogen sie ihre Kreise niedriger, die Mantelmöwen an der Spitze. Ja, das Gehöft war ihr Ziel, dorthin steuerten sie.

Nat beschleunigte seine Schritte. Jetzt sah er das Auto des Bauern wenden und den Heckenpfad entlangfahren. Mit einem Ruck hielt der Wagen neben ihm.

»Die Kleine ist hineingelaufen«, sagte der Bauer. »Ihre Frau hatte sie schon erwartet. Na, was halten Sie von dem Ganzen? Man munkelt ja, die Russen seien schuld daran, sie hätten die Vögel vergiftet.«

»Wie sollte denn das möglich sein?« fragte Nat.

»Fragen Sie mich nicht. Man weiß ja, wie solch Gerede aufkommt. Nun, wollen Sie nicht doch bei der Schießerei mitmachen?«

»Nein, ich gehe nach Hause. Meine Frau sorgt sich sonst.«

»Meine Alte sagt, wenn man Möwen wenigstens essen könnte, hätte die Geschichte ja noch einen Sinn. Dann könnten wir Möwen kochen, braten und sie obendrein noch sauer einlegen. Warten Sie mal ab, bis ich den Biestern ein paar Ladungen verabreicht habe. Das wird sie schon abschrecken.«

»Haben Sie Ihre Fenster vernagelt?« fragte Nat.

»Ach wo, alles Blödsinn. Die im Radio bauschen immer alles auf. Ich hab' heut weiß Gott anderes zu tun gehabt, als herumzulaufen und die Fenster zu vernageln.«

»Ich an Ihrer Stelle würde sie noch mit Brettern abdichten.«

»Dummes Zeug! – Aber wenn Sie bange sind, übernachten Sie doch bei uns.«

»Nein, vielen Dank.«

»Gut, wir sehen uns also morgen. Dann lad' ich Sie zum Möwenfrühstück ein.«

Der Bauer grinste und bog mit dem Auto ins Hoftor ein. Nat eilte weiter, vorbei am Wäldchen, vorbei an der alten Scheune und dann über den Zauntritt, um den letzten Acker zu überqueren.

Als er über den Zauntritt sprang, hörte er das Geschwirr von Flügeln. Eine Mantelmöwe schoß aus der Höhe auf ihn herab. Sie verfehlte ihn, wendete im Fluge und stieg empor, um erneut niederzustoßen. Sofort schlossen sich ihr andere an, sechs, sieben, ein Dutzend, Mantelmöwen und Silbermöwen durcheinander. Nat ließ die Hacke fallen. Eine Hacke war jetzt nutzlos. Die Arme über den Kopf haltend, rannte er auf das Häuschen zu. Unablässig stießen sie auf ihn herab, ohne einen Laut, stumm, nur das Rauschen von Flügeln war zu hören. Diese entsetzlichen flatternden Schwingen. Er spürte, wie ihm das Blut über die Hände, die Gelenke, den Nacken rann. Jeder Hieb ihrer erbarmungslosen Schnäbel zerriß ihm das Fleisch. Wenn er nur seine Augen vor ihnen schützen konnte. Alles andere war unwichtig. Er mußte seine Augen schützen!

Noch hatten sie nicht gelernt, sich in die Schultern zu krallen, die Kleider zu zerfetzen, in Massen herabzustoßen, auf den Schädel, auf den Leib zu. Doch mit jedem Niederstoßen, mit jedem Angriff wurden sie kühner. Und sie nahmen keine Rücksicht auf ihr eigenes Leben. Wenn sie ihn im Herabschießen verfehlten, klatschten sie zerschmettert zu Boden.

Nat hastete und stolperte vorwärts, im Laufen stieß er immer wieder an die am Boden liegenden Vogelleichen. Schließlich erreichte er das Häuschen; mit blutenden Händen hämmerte er gegen die Tür. Durch die vernagelten Fenster drang kein Lichtschein. Alles dunkel.

»Mach auf«, schrie er, »ich bin's Nat. Aufmachen!«

Er rief laut, um das Flügelrauschen zu übertönen.

Da erblickte er über sich in der Luft den weißen Seeraben, bereit zum Niederstoßen. Die Möwen kreisten, zogen sich zurück und schnellten, eine nach der anderen, gegen den Wind in die Luft empor. Nur der Seerabe blieb. Als einziger Vogel über ihm in der Luft. Plötzlich falteten sich seine Flügel eng an den Leib. Er fiel herab wie ein Stein. Nat schrie auf; da öffnete sich die Tür. Er taumelte über die Schwelle, seine Frau warf sich mit ihrem ganzen Gewicht gegen die Tür.

Sie hörten das schwere Aufschlagen des Vogels.

Seine Frau untersuchte die Wunden. Sie waren nicht tief. Die Handrücken und Gelenke hatten am meisten abbekommen. Hätte er nicht die Mütze aufgehabt, wäre auch sein Kopf übel zugerichtet worden. Und dieser Seerabe ... er hätte ihm den Schädel spalten können.

Die Kinder weinten. Sie hatten das Blut an den Händen des Vaters gesehen.

»Ist schon gut«, tröstete er sie, »war ja nicht schlimm, nur ein paar Schrammen. Spiel ein bißchen mit Johnny, Jill. Mama wird mir die Kratzer auswaschen.«

Er zog die Tür der Spülküche hinter sich zu, damit die Kinder nicht zuschauen konnten. Seine Frau war leichenblaß. Sie drehte den Wasserhahn über dem Ausguß an.

»Ich hab' sie gesehen«, flüsterte sie, »gerade als Jill mit Trigg kam, fingen sie an, sich zusammenzuscharen. Ich machte die Tür fest zu. Sie klemmte, deshalb konnte ich nicht gleich öffnen, als du klopftest.«

»Gottlob, daß sie gewartet haben, bis ich allein war«, sagte er, »um Jill wäre es sofort geschehen gewesen.«

Während sie seine Hände und seinen Nacken verband, flüsterten die beiden verstohlen, um die Kinder nicht zu beunruhigen.

»Sie fliegen jetzt zu Tausenden landeinwärts«, sagte er. »Dohlen, Krähen und all die größeren Vögel. Ich hab' sie von der Bushaltestelle aus gesehen. Sie ziehen zu den Städten.«

»Aber was werden sie tun, Nat?«

»Angreifen. Sie werden über jeden einzelnen herfallen, der sich auf der Straße blicken läßt. Dann werden sie versuchen, durch die Fenster und Schornsteine einzudringen.«

»Warum unternimmt denn die Regierung nichts dagegen? Warum setzt man nicht Militär ein, Maschinengewehre, irgend etwas?«

»Dazu ist es zu spät. Kein Mensch ist vorbereitet. Wir wollen hören, was die Sechs-Uhr-Nachrichten bringen.«

Nat ging wieder in die Küche, seine Frau folgte ihm. Johnny spielte friedlich auf dem Fußboden. Jill sah ängstlich drein.

»Ich kann die Vögel hören«, sagte sie, »horch, Papa.«

Nat lauschte. Dumpfe Schläge erklangen von den Fenstern, von der Tür her. Streifende Flügel und Krallen, gleitend, kratzend, suchten einen Weg hinein. Das scharrende Geräusch vieler zusammengepreßter Körper auf den Fenstersimsen. Hin und wieder erklang ein dumpfer Aufschlag, ein Klatschen: ein Vogel war herabgestoßen und zu Boden gestürzt. Viele werden sich auf diese Weise selbst töten, dachte er, aber nicht genug. Lange nicht genug.

»Hab keine Angst, Jill«, sagte er laut, »ich habe Bretter vor die Fenster genagelt. Die Vögel können nicht herein.«

Er ging durch das Haus und untersuchte noch einmal alle Luken. Er hatte gründliche Arbeit geleistet. Jeder Spalt war geschlossen. Aber er wollte sich doch noch einmal vergewissern. Er suchte Keile, Blech von alten Konservendosen, Holzleisten und Metallstückchen und fügte sie an den Seiten ein, um die Verschalungen noch haltbarer zu machen. Das Hämmern half die Geräusche der Vögel übertönen, dieses Scharren und Pochen und, was schrecklicher war – was er Frau und Kinder nicht hören lassen wollte –, das Splittern und Klirren von Glas.

»Dreh das Radio an«, sagte er, »wir wollen ein bißchen Musik hören.«

Das würde dieses unheimliche Geräusch übertönen. Er ging hinauf in die Schlafzimmer und verstärkte auch dort die Bretter vor den Fenstern. Hier oben konnte er die Vögel auf dem Dach hören, das Kratzen der Krallen, ein Rascheln und Tappen.

Ihm wurde klar, daß sie alle in der Küche schlafen mußten; die Matratzen mußten hinuntergeschafft und auf dem Fußboden ausgebreitet werden. Er traute den Kaminen in den Schlafzimmern nicht. Die Bretter, die er vor die offenen Kamine eingefügt hatte, konnten nachgeben. In der Küche aber würden sie durch das Feuer sicher sein. Man mußte so tun, als sei alles nur ein Spaß. Mußte die Kinder glauben machen, daß sie heute abend Zeltlager spielten. Falls das Schlimmste geschah und die Vögel durch die Schlafzimmerkamine durchbrechen sollten, würde es Stunden, ja vielleicht Tage dauern, bevor die Türen unter ihren Schnäbeln und Krallen nachgaben. Die Vögel wären dann in den Schlafzimmern gefangen. Dort konnten sie kein Unheil anrichten. In Scharen zusammengepreßt, würden sie allmählich ersticken und sterben.

Er begann die Matratzen hinunterzutragen. Furcht weitete die Augen seiner Frau bei diesem Anblick; sie glaubte, die Vögel seien oben schon eingedrungen.

»Heut nacht schlafen wir alle zusammen in der Küche«, erklärte er mit gespielter Fröhlichkeit. »Hier am Feuer ist es am gemütlichsten. Und hier werden uns die dummen Vögel mit ihrem Gepoche auch nicht stören.«

Er ermunterte die Kinder, beim Umstellen der Möbel mitanzufassen. Vorsichtshalber schob er den Küchenschrank mit Hilfe seiner Frau vor das Fenster. Er paßte genau dorthin. Es war eine zusätzliche Sicherung. Dort, wo der Schrank gestanden hatte, konnten jetzt die Matratzen, eine neben der anderen, ausgebreitet werten.

Jetzt sind wir wirklich in Sicherheit, dacht er, verbarrikadiert und abgeschlossen wie in einem Luftschutzbunker. Wir können aushalten. Nur die Lebensmittel machen mir Sorgen. Das Essen und auch die Kohlen für den Herd. Für zwei oder drei Tage reicht es vielleicht, aber nicht länger. Dann wird wohl . . .

Doch darüber brauchte man sich noch nicht den Kopf zu zerbrechen. Bis dahin gab das Radio sicher neue Anweisungen durch. Sie werden den Leuten schon sagen, was sie zu tun haben.

Trotz all seiner sorgenvollen Gedanken merkte er plötzlich, daß nur Tanzmusik gesendet wurde. Kein Kinderfunk, wie das Programm angab. Er warf einen Blick auf die Skala. Ja, er hatte den richtigen Sender eingestellt. Tanzplatten. Er drehte weiter, bekam einen anderen Sender: dasselbe Programm. Er wußte den Grund. Das reguläre Programm war unterbrochen worden. Das geschah nur bei außergewöhnlichen Ereignissen. Wahlen und ähnlichem. Er versuchte, sich zu erinnern, ob es auch im Krieg vorgekommen war, während der schweren Angriffe auf London. Richtig, die BBC war während des Krieges nicht in London stationiert gewesen. Das Programm war provisorisch von anderen Orten aus gesendet worden.

Hier draußen sind wir besser dran, dachte er, hier sind wir sicherer als die Leute in den Städten. Hier in unserer Küche, mit verrammelten Fenstern und Türen. Gott sei Dank, daß wir nicht in der Stadt wohnen.

Um sechs Uhr hörte die Plattenmusik auf. Das Zeitzeichen ertönte. Ganz gleich, ob es die Kinder ängstigte, er mußte die Nachrichten hören. Nach dem Zeitzeichen kam eine Pause. Dann sprach der Ansager. Seine Stimme klang feierlich, ernst. Ganz anders als am Mittag.

»Hier spricht London«, sagte er. »Heute nachmittag um vier Uhr ist der nationale Notstand erklärt worden. Um die Sicherheit von Leben und Eigentum der Bevölkerung zu gewährleisten, sind geeignete Maßnahmen ergriffen worden. Da die gegenwärtige Krise nicht vorauszusehen war und in der Geschichte des Landes ohne Beispiel ist, muß leider damit gerechnet werden, daß diese Maßnahmen nicht sofort und in vollem Umfang Abhilfe schaffen können. Jeder Hauseigentümer ist verpflichtet, Sicherungsvorkehrungen für die eigenen Gebäude zu treffen. In Mietshäusern, wo mehrere Familien zusammenwohnen, müssen diese gemeinsam alle Kräfte aufbieten, um ein Eindringen zu verhüten. Es ist unbedingt erforderlich, daß heute nacht jedermann zu Hause bleibt. Niemand darf sich auf Straßen, Fahrwegen, offenen Plätzen, Höfen oder sonst außerhalb von Gebäuden aufhalten. Die Vögel greifen in riesiger Zahl jeden an, den sie erblicken. Hier und da haben bereits Angriffe auf Häuser stattgefunden. Sofern jedoch alle die nötige Vorsicht walten lassen, dürften Gebäude hinreichend Schutz bieten. Die Bevölkerung wird aufgefordert, Ruhe und Besonnenheit zu bewahren. In Anbetracht der außergewöhnlichen Umstände, die diesen Notstand bedingt haben, ist von keiner Sendestation vor morgen früh um sieben Uhr mit einer neuen Bekanntgabe zu rechnen.«

Sie spielten die Nationalhymne. Weiter geschah nichts. Nat schaltete den Apparat ab. Er sah seine Frau an; sie starrte zu ihm hinüber.

»Was bedeutet das?« fragte Jill. »Was haben sie eben in den Nachrichten gesagt?«

»Es ist Schluß für heute mit dem Programm«, sagte Nat. »Eine Störung.«

»Durch die Vögel?« fragte Jill. »Sind die Vögel schuld daran?«

»Nein«, sagte Nat, »aber alle haben jetzt eine Menge zu tun, denn natürlich wollen sie die Vögel loswerden. In den Städten machen sie ja auch eine Menge Schmutz. Nun, ich denke, wir können auch einmal ohne Radio auskommen, was?«

»Wenn wir wenigstens ein Grammophon hätten!« meinte Jill. »Das wäre besser als gar nichts.«

Sie hielt ihr Gesicht dabei dem Küchenschrank zugewandt, der mit dem Rücken gegen das Fenster stand. Obwohl sie sich alle bemühten, so zu tun, als sei nichts Besonderes los, lauschten sie insgeheim doch angespannt dem Scharren und Pochen, dem unaufhörlichen Schlagen und Rauschen von Flügeln.

»Wir wollen heute früher Abendbrot essen als sonst«, schlug Nat vor, »irgend etwas Gutes. Fragt mal Mama, vielleicht macht sie uns überbackene Käsebrote oder sonst etwas Feines, was wir alle gern essen.«

Er zwinkerte und nickte seiner Frau zu; er wünschte den Ausdruck von Bestürzung und Angst aus Jills Gesicht zu tilgen.

Beim Abendbrot war er behilflich, pfiff und summte und machte soviel Lärm wie möglich, und allmählich schien es ihm wirklich, als sei das Scharren und Tappen schwächer geworden. Sofort ging er in die Schlafzimmer hinauf und lauschte. Auch hier war nichts mehr zu hören.

Sie sind allmählich zur Vernunft gekommen, dachte er, sie haben gemerkt, wie schwer es ist, hier einzudringen. Vielleicht versuchen sie es jetzt anderswo. Wahrscheinlich haben sie keine Lust mehr, ihre Kräfte hier bei uns zu vergeuden.

Das Abendbrot verlief ohne Zwischenfall, und dann, beim Abräumen, hörten sie einen neuen Laut, dröhnend, vertraut, einen Laut, den sie alle kannten und verstanden.

Seine Frau sah auf, ihre Züge erhellten sich. »Flugzeuge«, sagte sie, »sie schicken Flugzeuge aus gegen die Vögel. Ich habe ja immer gesagt, daß sie etwas tun müssen. Jetzt geht's den Bie-

34

stern an den Kragen. Horch, wird da nicht geschossen? Sind das Kanonen?«

Es konnte Geschützfeuer sein, draußen auf See. Nat wußte es nicht. Große Schiffskanonen konnten auf See vielleicht mit den Möwen fertig werden, aber jetzt waren sie über dem Lande, und die Küsten konnte man der Bevölkerung wegen nicht bombardieren.

»Es tut richtig gut, die Flugzeuge zu hören, nicht wahr?« fragte seine Frau. Und Jill, von der Begeisterung der Mutter angesteckt, hopste mit Johnny auf den Matratzen auf und nieder. »Die Flieger schießen die Vögel tot, die Flieger schießen die Vögel tot!«

In diesem Augeblick hörten sie in der Ferne ein Krachen, es folgte ein zweites, ein drittes. Das Dröhnen ebbte ab und erstarb über dem Meer.

»Was war denn das?« fragte seine Frau. »Ob sie Bomben auf die Vögel geworfen haben?«

»Ich weiß nicht«, antwortete Nat, »ich glaube kaum.«

Er brachte es nicht über sich, ihr zu sagen, daß es das Getöse zerschellender Flugzeuge gewesen war. Ohne Zweifel hatte die Regierung es gewagt, Erkundungsflugzeuge auszuschicken; aber sie hätte wissen müssen, daß es ein selbstmörderisches Unterfangen war. Was konnten denn Flugzeuge gegen Vögel ausrichten, die sich todeswütig gegen Propeller und Rumpf schleuderten? Sie mußten selbst in die Tiefe stürzen. Wahrscheinlich geschah dies jetzt überall im Lande. Und um welchen Preis! Jemand in der Regierung schien den Kopf verloren zu haben.

»Wo sind die Flieger jetzt hin, Papa?« fragte Jill.

»Zurück zum Flugplatz«, antwortete Nat, »aber jetzt ist's Zeit, ins Bett zu kriechen.«

Es hielt seine Frau wenigstens eine Weile beschäftigt, die Kinder vor dem Kaminfeuer auszuziehen, sie ins Bett zu bringen und alles für die Nacht zu ordnen. Inzwischen machte er einen Rundgang durch das Haus, um sich noch einmal zu vergewissern, daß sich keine Verschalung gelockert hatte. Kein Dröhnen von Flugzeugen mehr, auch die Schiffskanonen waren verstummt. Vergeudung von Menschenleben und Kräften, dachte Nat. Auf diese Art kann man nicht genug vernichten. Zu kostspielig. Natürlich gibt es Giftgas. Vielleicht werden sie es mit Gas versuchen, Senfgas. In dem Fall würde man uns natürlich erst warnen. Das ist bestimmt ein Problem, worüber sich die klügsten Männer im ganzen Land heute abend den Kopf zerbrechen.

Irgendwie beruhigte ihn diese Vorstellung. In Gedanken sah er Wissenschaftler, Physiker, Techniker und alle diese Spezialisten zu einer Beratung versammelt; die brüten jetzt darüber, wie sie der Gefahr Herr werden könnten. Dies war keine Aufgabe für die Politiker, die Generäle; diesmal hatten sie nur die Anordnungen der Fachleute auszuführen.

Sie werden rücksichtslos vorgehen müssen, dachte er, und wo die Bedrohung am stärksten ist, werden sie noch mehr Leben aufs Spiel setzen müssen, nämlich dann, wenn sie zu Gas greifen. Der ganze Viehbestand, selbst der Boden, alles würde vergiftet werden. Wenn nur keine Panik ausbricht! Das ist das Wichtigste. Wenn nur alles ruhig Blut bewahrt! Die BBC hatte schon recht, uns zu ermahnen.

Oben in den Schlafzimmern war alles ruhig. Kein Kratzen mehr, kein Hacken auf die Fenster. Eine Ruhepause in der Schlacht. Eine Umgruppierung der Kräfte. Hieß es nicht immer so in den Kriegsberichten, vor ein paar Jahren?

Der Sturm war nicht abgeflaut. Er konnte ihn noch immer in den Schornsteinen tosen hören. Und auch die schweren Brecher unten an der Küste. Da fiel ihm ein, daß jetzt Ebbe sein mußte. Vielleicht hing die Ruhe in der Schlacht mit der Ebbe zusammen. Es mußte irgendein Gesetz geben, dem die Vögel gehorchten, sie mußten einem Trieb folgen, der durch die Gezeiten und den Ostwind bestimmt wurde.

Er warf einen Blick auf die Uhr. Beinahe acht. Schon seit einer Stunde mußte das Wasser im Fallen sein. Das erklärte die Ruhepause. Die Vögel griffen mit der Flut an. Vielleicht war es im Inland anders. Aber hier an der Küste schienen sie diesen Rhythmus einzuhalten. Er berechnete die Zeitspanne, die ihnen blieb. Sie hatten also sechs Stunden ohne Angriff vor sich.

Wenn die Flut um ein Uhr zwanzig in der Frühe einsetzte, würden die Vögel zurückkommen ...

Es blieben ihm zwei Dinge zu tun. Das erste war, zu ruhen; auch Frau und Kinder mußten soviel Schlaf wie möglich haben bis in die frühen Morgenstunden. Das zweite war, hinauszugehen und nachzuschauen, ob das Telephon noch in Betrieb war, damit man wenigstens über das Amt Neues erfahren konnte.

Er rief leise nach seiner Frau, die gerade die Kinder zu Bett gebracht hatte. Sie kam ihm auf der Treppe entgegen, und er teilte ihr flüsternd seine Überlegungen mit.

»Du darfst nicht fortgehen«, sagte sie erregt, »du darfst nicht fortgehen und mich mit den Kindern allein lassen. Das ertrag ich nicht!«

Ihre Stimme war schrill geworden, hysterisch. Er beschwichtigte sie, redete ihr gut zu.

»Schon gut, schon gut«, sagte er. »Ich warte bis morgen früh. Dann können wir auch um sieben Uhr die Nachrichten hören. Aber morgen, wenn wieder Ebbe ist, versuche ich zum Hof durchzukommen. Sie helfen uns vielleicht mit Brot und Kartoffeln und auch Milch aus.«

Seine Gedanken arbeiteten fieberhaft, schmiedeten Pläne für diesen Notfall. Heute abend hatten sie auf dem Hof natürlich nicht melken können. Die Kühe würden am Tor stehen, sich wartend auf dem Hofplatz drängen; denn das ganze Anwesen würde verrammelt und mit Brettern vernagelt sein wie hier ihr Häuschen. Falls ihnen dazu überhaupt noch Zeit geblieben war, heißt das. Er mußte an den Bauern denken, wie er ihm vom Auto aus zugelächelt hatte. Eine Jagdpartie hatte er bestimmt nicht veranstaltet. Nicht an diesem Abend.

Die Kinder waren eingeschlafen. Seine Frau saß noch angezogen auf ihrer Matratze. Sie sah ihn forschend mit ängstlichen Augen an.

»Was hast du vor?« fragte sie flüsternd.

Er schüttelte beruhigend den Kopf. Sachte, vorsichtig öffnete er die Hintertür und schaute hinaus.

Es war pechschwarz draußen. Der Wind blies heftiger noch als zuvor, kam eisig, in gleichmäßigen, erbarmungslosen Stößen herangefegt. Er scharrte mit dem Stiefel über die Stufe vor der Tür. Sie lag voller Vögel. Tote Vögel überall. Unter den Fenstern, an den Wänden. Es waren die Selbstmörder, die Sturzflieger, die sich das Genick gebrochen hatten. Von den lebenden keine Spur; sie waren mit der Ebbe meerwärts geflogen. Die Möwen würden jetzt wieder auf den Wellen reiten wie am Vormittag.

In der Ferne, auf dem Hügel, wo vor zwei Tagen der Traktor gefahren war, brannte etwas. Eins der abgestürzten Flugzeuge; das Feuer hatte, durch den Sturm entfacht, einen Heuschober in Brand gesetzt.

Er betrachtete die Vogelleichen; ihm kam der Einfall, daß, wenn er sie auf den Fenstersimsen aufeinanderstapelte, dies ein zusätzlicher Schutz beim nächsten Angriff wäre. Vielleicht half es nicht viel, aber immerhin etwas. Die toten Vögel mußten erst mit Klauen und Schnäbeln von den lebenden gepackt und beiseite gezerrt werden, bevor diese einen Halt auf den Gesimsen fanden und auf die Fensterscheiben einhacken konnten.

Er machte sich in der Finsternis an die Arbeit. Es war unheimlich; die Berührung ekelte ihn. Die Vogelleichen waren noch warm, ihr Gefieder von Blut verklebt. Der Magen wollte sich ihm umdrehen, aber er zwang sich, weiterzuarbeiten. Voller Ingrimm stellte er fest, daß nicht eine einzige Fensterscheibe heil geblieben war. Allein die Bretter hatten die Vögel daran gehindert, einzudringen. Er stopfte die zerbrochenen Scheiben mit den blutigen Vogelleibern aus.

Als er damit fertig war, kehrte er ins Haus zurück. Er verbarrikadierte die Küchentür, sicherte sie besonders sorgfältig. Dann entfernte er die Mullbinden, die nicht durch seine eigenen Wunden, sondern durch das Vogelblut fleckig geworden waren, und erneuerte den Verband.

Seine Frau hatte ihm Kakao gekocht, er trank in durstigen Zügen. Er fühlte sich jetzt sehr müde.

»Alles in Ordnung«, sagte er mit einem Lächeln, »mach dir keine Sorgen, wir kommen schon durch.«

Dann legte er sich auf seine Matratze und schloß die Augen. Er schlief sofort ein. Ihm träumte schwer, irgendein Versäumnis zog sich quälend durch seine Träume. Irgendeine Arbeit, die er vernachlässigt hatte, die er hätte tun müssen. Irgendeine Vorsichtsmaßnahme, von der er wußte, die er aber unterlassen hatte. Und in seinen Träumen konnte er keinen Namen dafür finden. Auf unbegreifbare Weise hing es mit dem brennenden Flugzeug zusammen und mit dem Heuschober auf dem Hügel. Er schlief jedoch weiter, erwachte nicht. Erst als seine Frau ihn bei der Schulter packte und rüttelte, wurde er wach.

»Sie haben wieder angefangen«, schluchzte sie, »schon vor einer Stunde. Ich kann es nicht länger ertragen. Es riecht auch so brenzlig. Irgend etwas muß hier schwelen.«

Da wußte er es! Er hatte vergessen, Kohlen nachzulegen. Das Feuer glomm nur noch schwach, war beinahe erloschen. Er sprang rasch auf und zündete die Lampe an. Das Hämmern gegen die Fenster und Türen war wieder in vollem Gange, aber seine Sorge galt etwas anderem: dem Geruch versengter Federn. Die ganze Küche war von Gestank erfüllt. Er begriff sofort, was es zu bedeuten hatte. Die Vögel kamen durch den Rauchfang, preßten sich zur Herdstelle hinunter.

Er griff nach Spaltholz und Papier und warf es auf die Asche. Dann packte er die Petroleumkanne.

»Zurück!« schrie er seiner Frau zu. »Wir müssen es riskieren!«

Er goß das Petroleum aufs Feuer. Die Flamme schlug zischend in den Schornstein empor, und herab auf das Feuer fielen schwarze, versengte Vogelleichen.

Die Kinder erwachten und schrien. »Was ist los?« fragte Jill. »Was ist passiert?«

Nat hatte keine Zeit, ihr zu antworten. Er scharrte die toten Vögel vom Herd auf den Fußboden. Die Flammen prasselten immer noch wild; die Gefahr, daß der Schornstein Feuer fing, mußte er auf sich nehmen. Das Feuer würde die Vögel oben vom Schornstein vertreiben. Aber mit dem unteren Teil war es schwieriger. Er war vollgepfropft mit schwelenden, eingeklemmten Vogelleibern.

Nat nahm kaum den Angriff auf Fenster und Türen wahr; mochten sie doch bei dem Versuch, einzudringen, ihre Flügel

39

knicken, ihre Schnäbel zersplittern, ihr Leben dransetzen. Es würde ihnen nicht gelingen! Er dankte Gott, daß er ein so altes Häuschen besaß, mit kleinen Fenstern und dicken Wänden. Nicht eins von diesen neuen Gemeindehäusern. Der Himmel mochte denen oben am Heckenpfad in den neuen Gemeindehäusern beistehen!

»Hört auf zu heulen«, rief er den Kindern zu, »ihr braucht keine Angst zu haben, hört schon auf!«

Er fuhr fort, die brennenden, glimmenden Vogelleichen, die ins Feuer purzelten, herauszuzerren.

»Das wird sie verjagen«, sagte er zu sich selbst, »der Zug und die Flammen. Solange der Schornstein nicht Feuer fängt, sind wir in Sicherheit. Ich verdiente dafür gehenkt zu werden. Es ist meine Schuld. Ich hätte unbedingt das Feuer in Gang halten müssen. Ich wußte ja, daß etwas nicht in Ordnung war.«

Mitten in das Kratzen und Hacken an der Fensterverschalung erklang plötzlich das trauliche Schlagen der Küchenuhr. Drei Uhr. Immer noch gut vier Stunden. Er wußte nicht genau, wann die Flut einsetzte, rechnete aber aus, daß die Gezeiten kaum vor halb acht Uhr wechseln würden.

»Zünd den Primuskocher an«, sagte er zu seiner Frau, »koch uns ein bißchen Tee und den Kindern Kakao, es hat keinen Sinn, herumzusitzen und den Kopf hängen zu lassen.«

So mußte er es machen! Er mußte seine Frau beschäftigen und die Kinder auch. Man mußte sich bewegen, essen, trinken, irgendwas tun, nur nicht den Mut verlieren.

Er stand abwartend am Herd. Die Flammen waren am Verlöschen, es fielen keine verkohlten Vogelleichen mehr herab. Er stieß mit seinem Feuerhaken so hoch hinauf, wie es nur ging, fand aber nichts mehr. Der Schornstein war frei. Er wischte sich den Schweiß von der Stirn.

»Los, Jill«, sagte er, »bring mir ein bißchen Spaltholz. Jetzt machen wir ein gemütliches Feuer an.« Das Kind wagte sich jedoch nicht in seine Nähe. Es starrte auf den Haufen versengter Vögel.

»Hab keine Angst«, sagte er, »sobald das Feuer tüchtig brennt, schaff ich sie in den Gang hinaus.«

Die Gefahr, daß die Vögel durch den Schornstein eindrangen, war gebannt. Sie konnte sich nicht wiederholen, wenn er das Feuer Tag und Nacht brennen ließ.

Morgen muß ich mehr Brennmaterial vom Hof holen, dachte er, dies bißchen hier reicht nicht lange. Ich werde es schon schaffen. Wenn erst Ebbe ist, kann ich alles erledigen. Kann alles besorgen, was wir brauchen, wenn erst die Flut zurückgegangen ist. Wir müssen uns nur anpassen, das ist alles.

Sie tranken Tee und Kakao und aßen Butterbrote. Nur noch ein halber Laib Brot übrig, stellte Nat fest. Tat nichts. Sie würden durchkommen.

»Aufhören!« rief der kleine Johnny und wies mit seinem Löffel nach dem Fenster. »Aufhören, ihr dummen Vögel!«

»So ist's richtig«, meinte Nat lächelnd. »Wir wollen von diesem frechen Pack nichts mehr wissen, was? Haben es jetzt satt.«

Nun jubelten sie, wenn sie das Aufschlagen eines gestürzten Vogels hörten.

»Schon wieder einer«, rief Jill, »der muckst sich nicht mehr!«

»Ja, den hat's erwischt«, sagte Nat, »ein Quälgeist weniger.«

So mußte man die Sache ansehen. Das war die richtige Einstellung. Falls sie bis sieben Uhr, wenn die Nachrichten kamen, so durchhielten und nicht den Mut sinken ließen, dann war schon etwas gewonnen.

»Spendier uns eine Zigarette«, sagte er zu seiner Frau, »ein bißchen Tabaksqualm wird den Gestank von versengten Federn schon vertreiben.«

»Es sind nur noch zwei da«, sagte sie, »ich wollte dir morgen im Konsum ein Päckchen kaufen.«

»Gib mir eine«, sagte er, »die andere sparen wir für einen Regentag.«

Es hatte keinen Sinn, die Kinder schlafen zu legen. Solange das Kratzen und Klopfen an den Fenstern weiterging, war nicht an Ruhe zu denken. Sie saßen auf den Matratzen, eingehüllt in die Wolldecken. Nat hatte einen Arm um Jill, den anderen um seine Frau, die Johnny auf dem Schoß hielt, gelegt.

»Man muß diese Kerle doch bewundern«, sagte er, »sie sind hartnäckig. Man sollte meinen, sie hätten das Spiel jetzt satt, aber keine Rede davon.«

Es war schwer, Bewunderung zu heucheln. Das Pochen ging weiter, immer weiter, ein neues, ratschendes Geräusch ertönte; es klang, als hätten jetzt schärfere Schnäbel die anderen abgelöst. Er versuchte, sich an die Namen von Vögeln zu erinnern, versuchte herauszufinden, welche Arten wohl jetzt an der Arbeit sein könnten. Es war nicht das Hacken des Spechts. Das klänge leichter, rascher. Dieses Hacken hörte sich bedrohlicher an; wenn es andauerte, würde das Holz ebenso splittern wie das Glas. Da fielen ihm die Habichte ein. Hatten die Habichte vielleicht die Möwen abgelöst? Hockten jetzt auf dem Fenstersims vielleicht Bussarde, die außer den Schnäbeln auch ihre Klauen gebrauchten? Habichte, Bussarde, Sperber und Falken; er hatte nicht an die Raubvögel gedacht, hatte die Kraft ihrer Klauen vergessen. Noch drei Stunden! Und während der ganzen Zeit das Geräusch splitternden Holzes, das Reißen der Klauen.

Nat sah sich um und überlegte, welches Möbelstück er opfern könne, um die Tür zu verstärken. Die Fenster waren durch den schweren Schrank gesichert. Aber auf die Tür war kein Verlaß. Er ging nach oben, als er aber den Treppenabsatz erreicht hatte, blieb er stehen und lauschte. Ein leises Schlagen und Klatschen gegen den Fußboden im Kinderzimmer. Die Vögel waren durchgebrochen . . .

Er legte sein Ohr an die Tür. Es war kein Irrtum. Er konnte das Rascheln der Flügel hören, ein suchendes Huschen über den Fußboden. Noch war das andere Schlafzimmer frei. Er ging hinein und begann die Möbel herauszuschleppen und sie vor der Tür des Kinderzimmers aufeinanderzustapeln.

»Komm herunter, Nat! Was machst du denn da?« rief seine Frau.

»Es dauert nicht lange«, rief er. »Ich sehe hier oben nur mal nach dem Rechten.«

42

Er wollte verhindern, daß sie heraufkäme. Wollte nicht, daß sie das Tappen von Vogelfüßen im Kinderzimmer hörte, das Fegen von Flügeln an der Tür.

Gegen halb sechs schlug er vor, Frühstück zu machen, Speck und Toast. Sei es auch nur, um die wachsende Angst, die in den Augen seiner Frau stand, zu dämpfen und die verstörten Kinder zu beruhigen.

Sie hatte nichts von den Vögeln oben gemerkt. Glücklicherweise lagen die Schlafzimmer nicht über der Küche. Sonst hätte man zweifellos die Geräusche dort oben gehört, das Schlagen gegen die Dielen und das selbstmörderische, sinnlose Aufklatschen dieser wahnwitzigen Vögel, die in die Schlafkammer flogen und ihre Köpfe an den Wänden zerschellten. Er kannte sie gut, diese Silbermöwen. Sie hatten nicht viel Verstand. Aber die Mantelmöwen waren anders, sie wußten, was sie taten. Und ebenso die Bussarde, die Habichte . . .

Er ertappte sich dabei, wie er auf die Uhr starrte und gespannt beobachtete, wie der Zeiger auf dem Zifferblatt weiterkroch. Wenn seine Annahme nicht stimmte, wenn der Angriff mit eintretender Ebbe nicht aussetzte, dann war es um sie geschehen, das wußte er. Sie konnten nicht einen langen Tag durchhalten, ohne Schlaf, ohne neue Lebensmittel, ohne frische Luft, ohne . . . Seine Gedanken überstürzten sich. Er wußte wohl, daß man vieler Dinge bedurfte, um eine Belagerung zu überstehen. Sie waren nicht hinreichend versorgt, nicht richtig vorbereitet. Vielleicht war man alles in allem doch sicherer in den Städten. Wenn es ihm gelänge, um Hilfe zu bitten. Vom Hof aus seinen Vetter anzurufen. Er wohnte nicht weit, nur eine kurze Zugreise. Vielleicht könnte er ein Auto mieten. Es würde noch schneller gehen, ein Auto, solange Ebbe war . . .

Die Stimme seiner Frau, die ihn rief, vertrieb das plötzliche unwiderstehliche Bedürfnis nach Schlaf.

»Was ist los? Was ist denn jetzt?« fragte er erregt.

»Das Radio«, sagte seine Frau, »ich hab' nach der Uhr gesehen, es ist gleich sieben.«

»Dreh doch nicht am Knopf«, sagte er, zum erstenmal unwirsch. »Es ist ja unser Sender. Der bringt die Nachrichten.«

Sie warteten. Die Küchenuhr schlug sieben. Kein Laut. Kein Sendezeichen. Keine Musik. Sie warteten bis ein Viertel nach sieben. Stellten dann einen anderen Sender ein. Dasselbe Ergebnis. Auch hier keine Nachrichten.

»Wir haben uns wohl verhört«, sagte er, »die Sendung beginnt sicher erst um acht.«

Sie ließen das Radio angestellt. Nat dachte an die Batterie, überlegte, wie lange sie noch reichen würde. Sie ließen sie immer auffüllen, wenn seine Frau zum Einkaufen in die Stadt fuhr. Wenn die Batterie leer war, würden sie ohne weitere Anweisungen für Sicherheitsmaßnahmen hier sitzen.

»Es wird schon hell«, flüsterte seine Frau, »Man kann es hier nicht sehen, aber ich spüre es. Und die Vögel hämmern auch nicht mehr so laut.«

Sie hatte recht. Das Scharren und Kratzen wurde mit jedem Augenblick schwächer. Das Schubsen und Drängen auf den Stufen und den Simsen erstarb allmählich. Die Ebbe setzte also ein. Um acht Uhr herrschte völlige Stille. Nur das Pfeifen des Windes war zu hören. Die Kinder schliefen, eingelullt durch die Stille. Um halb neun stellte Nat das Radio ab.

»Was tust du denn? Wir werden die Nachrichten verpassen«, rief seine Frau.

»Es gibt keine Nachrichten mehr,« erklärte Nat, »wir sind jetzt auf uns selbst angewiesen.«

Er ging zur Tür und schob vorsichtig die Verbarrikadierung beiseite, dann zog er den Riegel zurück, stieß die toten Vögel, die vor der Tür lagen, von den Stufen und atmete tief die kalte Luft ein. Er hatte sechs Stunden für die Arbeit vor sich, und er wußte, daß er seine Kräfte für das Wichtigste sparen, daß er damit haushalten mußte. Lebensmittel, Licht und Brennmaterial, das waren die nötigsten Dinge. Falls er ausreichende Mengen davon bekommen konnte, bestand Hoffnung, wieder eine Nacht zu überdauern.

Er schritt durch den Garten, und nun sah er die lebenden Vögel. Die Möwen hatten sich davongemacht, um wie zuvor auf den Wellen zu schaukeln. Sie suchten wohl im Meer nach Futter und gingen erst mit Rückkehr der Flut erneut zum Angriff vor.

Anders die Landvögel. Sie warteten, beobachteten. Nat sah sie überall hocken, in den Hecken, auf den Äckern, dicht gedrängt in den Bäumen und draußen, auf den Feldern, Reihe auf Reihe, untätig. Sie rührten sich nicht, ließen ihn aber nicht aus den Augen. Er ging bis zum Ende des Gärtchens.

»Ich muß Lebensmittel haben«, murmelte er vor sich hin, »ich muß zum Hof gehen und Lebensmittel holen.«

Er kehrte ins Häuschen zurück. Besichtigte Fenster und Türen. Dann ging er nach oben und öffnete das Kinderzimmer. Es war leer, bis auf die toten Vögel auf dem Fußboden. Die lebenden hockten draußen, im Garten, auf den Feldern. Er ging wieder nach unten.

»Ich gehe jetzt zum Hof hinüber«, erklärte er.

Seine Frau klammerte sich an ihn. Durch die offene Tür hatte sie die lebenden Vögel entdeckt.

»Nimm uns mit«, bettelte sie, »laß uns hier nicht allein. Lieber will ich sterben, als hier allein bleiben.«

Er überlegte. Dann nickte er.

»Also gut, hol Körbe und Taschen und Johnnys Kinderwagen. Wir können ihn vollpacken.«

Sie zogen sich warm an gegen die beißende Kälte. Dicke Fausthandschuhe und Wollschals. Nat nahm Jill bei der Hand, seine Frau setzte Johnny in den Wagen.

»Die Vögel«, wimmerte Jill, »da sitzen sie alle.«

»Sie tun uns nichts«, beschwichtige er sie, »nicht solange es hell ist.«

Sie wanderten über die Felder auf den Zauntritt zu, die Vögel rührten sich nicht. Alle warteten, die Köpfe gegen den Wind gedreht.

Als sie die Wegbiegung kurz vor dem Hof erreichten, blieb Nat stehen und befahl seiner Frau, mit den beiden Kindern im Schutz der Hecken zu warten.

»Ich muß aber Frau Trigg sprechen«, protestierte sie, »falls sie gestern auf dem Markt war, können wir noch dies und jenes borgen. Nicht nur Brot, sondern auch . . .«

»Warte hier«, unterbrach Nat sie, »ich bin sofort wieder da.«

45

Die Kühe brüllten und trabten unruhig auf dem Hofplatz umher. Der Küchengarten vor dem Bauernhaus war voller Schafe; sie hatten die Hürden durchbrochen. Kein Rauch aus dem Schornstein. Eine böse Ahnung befiel Nat. Deshalb wollte er auch nicht, daß seine Frau und die Kinder das Gehöft betraten.

»Widersprich nicht und tu, was ich sage!« zischte Nat.

Sie zog den Kinderwagen an die Hecke zurück, um dort mit den Kindern im Windschutz zu stehen.

Er ging allein zum Hof, zwängte sich durch die brüllenden Kühe, die sich mit vollen Eutern hilfesuchend um ihn drängten. Vor dem Eingang stand das Auto, niemand hatte es in die Garage gefahren. Die Fensterscheiben des Bauernhauses waren zerbrochen. Auf dem Hofplatz und rund um das Haus herum lagen tote Möwen. Die lebenden Vögel hockten dichtgedrängt auf dem Dach und den Bäumen hinter dem Gehöft. Sie waren unheimlich still. Sie beobachteten ihn.

Jim, der Kuhhirt, lag tot auf dem Hofplatz . . . das, was von ihm übrig war. Nachdem die Vögel ihr Werk beendet hatten, waren die Kühe über ihn hinweggetrampelt. Neben ihm lag seine Flinte. Die Haustür war verschlossen und verriegelt; doch da die Fenster zertrümmert waren, war es Nat ein leichtes, hineinzuklettern. Die Leiche des Bauern lag neben dem Telephon. Er mußte gerade versucht haben, Hilfe herbeizurufen, als die Vögel über ihn hergefallen waren. Der Hörer baumelte lose herab, der Apparat war aus der Wand gerissen. Keine Spur von Frau Trigg. Sie mußte im oberen Stockwerk liegen. Was hatte es für einen Sinn, hinaufzugehen? Ihm wurde elend bei dem Gedanken, was er dort vorfinden würde.

Dem Himmel sei Dank, dacht er, sie hatten wenigstens keine Kinder.

Er zwang sich, die Treppe hinaufzugehen, kehrte aber auf halbem Wege wieder um. Auf der Schwelle der Schlafzimmertür hatte er ihre Beine sehen können. Neben ihr tote Mantelmöwen und ein zerbrochener Schirm.

Es ist zwecklos, dachte Nat, man kann nichts mehr tun. Mir bleiben nur noch fünf Stunden, und kaum das. Triggs würden es verstehen. Ich muß zusammenraffen, was ich finden kann.

Er kehrte zu Frau und Kindern zurück.

»Ich packe das Auto voll«, erklärte er, »zuerst Kohlen und dann Petroleum für den Kocher. Das schaffen wir nach Hause und holen dann eine neue Ladung.«

»Wo sind Triggs?« fragte seine Frau.

»Sie sind wohl zu Nachbarn gegangen«, antwortete er.

»Soll ich dir nicht helfen?«

»Nein, laß nur, da sieht es so wüst aus. Überall rennen Kühe und Schafe herum. Warte hier, ich hole den Wagen. Du kannst dich mit den Kindern hineinsetzen.«

Unbeholfen steuerte er den Wagen rückwärts aus dem Hof und auf den Heckenpfad. Von hier aus konnten seine Frau und die Kinder Jims Leiche nicht sehen.

»Ihr bleibt hier«, befahl er, »laß den Kinderwagen dort stehen. Wir können ihn später holen. Ich packe jetzt das Auto voll.«

Ihre Augen folgten ihm unentwegt. Wahrscheinlich hatte sie begriffen, sonst hätte sie wohl darauf bestanden, die Lebensmittel selbst zusammenzusuchen.

Insgesamt machten sie drei Fahrten, hin und her zwischen Häuschen und Gehöft. Erst dann war er sicher, daß sie alles Notwendige beisammen hatten. Es war unfaßlich, wie viele Dinge man brauchte, wenn man erst einmal anfing, darüber nachzudenken. Das Wichtigste von allem waren Planken für die Fenster. Er kletterte überall umher und suchte nach Brettern. Die Verschalungen zu Hause an den Fenstern mußten erneuert werden. Kerzen, Petroleum, Nägel, Konserven; die Liste nahm kein Ende. Außerdem melkte er drei Kühe. Die übrigen mußten weiterbrüllen, die armen Tiere.

Beim letztenmal fuhr er bis zur Bushaltestelle, stieg aus und ging in die Telephonzelle. Er nahm den Hörer ab und wartete. Nichts. Läutete immer wieder. Es hatte keinen Zweck. Die Leitung war tot. Draußen kletterte er auf einen Abhang und blickte über das Land. Nirgends ein Lebenszeichen, überall nur die hockenden, lauernden Vögel. Einige schliefen, die Schnäbel im Gefieder.

»Man sollte meinen, daß sie jetzt auf Futtersuche gingen, anstatt so dazusitzen«, murmelte er vor sich hin.

Aber da fiel es ihm ein. Sie waren ja gemästet, hatten sich vollgefressen, die ganze Nacht hindurch.

Auch aus den Gemeindehäusern stieg kein Rauch. Er mußte an die Kinder denken, die tags zuvor über die Felder gelaufen waren.

Ich hätte es wissen müssen, dachte er, ich hätte sie mit zu uns nehmen sollen.

Er blickte zum Himmel empor. Farblos, grau. Die kahlen Bäume standen schwarz und gekrümmt im Ostwind. Die Kälte schien den Vögeln, die überall auf den Feldern hockten, nichts anzuhaben.

Jetzt wäre der richtige Augenblick, sie zu erledigen, dachte Nat. Jetzt gäben sie eine gute Zielscheibe ab. Im ganzen Land müßte man die Gelegenheit nützen. Warum schicken sie jetzt keine Flugzeuge aus und vernichten die Biester mit Senfgas? Was tun denn all die hohen Herren? Sie müssen doch selber sehen, was los ist.

Er kehrte zum Auto zurück und setzte sich ans Steuer.

»Fahr schnell am zweiten Tor vorbei«, flüsterte seine Frau, »dort liegt der Briefträger. Ich will nicht, daß Jill ihn sieht.«

Er gab Gas. Das kleine Auto rumpelte und ratterte den Pfad entlang. Die Kinder quietschten vor Freude.

»Hoppe, hoppe Reiter«, krähte der kleine Johnny.

Als sie das Häuschen erreicht hatten, war es mittlerweile dreiviertel eins geworden. Nur noch eine Stunde Frist.

»Mach mir ein Brot«, sagte Nat, »und wärme du dir und den Kindern irgend etwas auf, eine von den Konservendosen. Ich hab' jetzt keine Zeit zum Essen. Muß erst all die Sachen hereinschaffen.«

Er schleppte alles ins Häuschen. Man konnte es später ordnen. Es würde ihnen helfen, die langen Stunden zu vertreiben. Zuerst mußte er Fenster und Türen abdichten.

Er ging durch das Haus und prüfte jedes Fenster und jede Tür sorgfältig. Er kletterte sogar auf das Dach und befestigte über jedem Schornstein, mit Ausnahme von dem über der Küche, Planken. Die Kälte war so beißend, daß er sie kaum ertragen konnte, aber die Arbeit mußte getan werden. Immer wieder suchte er den Himmel nach Flugzeugen ab. Nicht eines war zu sehen. Er verfluchte die Untüchtigkeit der Behörden.

»Immer wieder dasselbe«, brummte er, »sie lassen uns immer sitzen. Ein ewiges Durcheinander! Keine Planung, keine wirkliche Organisation. Und wir hier unten zählen schon gar nicht! So ist es. Die Leute im Inland kommen immer zuerst dran. Da setzen sie bestimmt Flugzeuge und Giftgas ein. Wir hier können warten und müssen nehmen, was kommt.«

Nachdem er die Arbeit am Schlafzimmerschornstein beendet hatte, machte er eine Pause und sah über das Meer. Da draußen bewegte sich etwas. Zwischen den Brechern tauchte etwas Grauweißes auf.

Ja, unsere Flotte, dachte er, die läßt uns nicht im Stich. Da kommen sie, in der Bucht werden sie beidrehen.

Er wartete. Die Augen tränten ihm in dem scharfen Wind, angestrengt blickte er über die See. Aber er hatte sich geirrt. Es waren keine Schiffe. Es war nicht die Flotte. Es waren die Möwen. Sie erhoben sich jetzt vom Wasser. Auch die Scharen auf den Feldern flogen in riesigen Schwärmen mit gesträubten Federn vom Boden auf und schraubten sich, Schwinge an Schwinge, zum Himmel empor. Die Flut war wiedergekehrt.

Nat kletterte die Leiter hinunter und ging in die Küche. Die Familie saß beim Mittagessen. Es war kurz nach zwei. Er verriegelte die Tür, stapelte die Möbel davor auf und zündete die Lampe an.

»Jetzt ist es Abend«, sagte der kleine Johnny.

Seine Frau drehte noch einmal das Radio an. Wieder kein Laut.

»Ich habe es auf der ganzen Skala versucht«, sagte sie, »auch ausländische Stationen, eine nach der anderen. Ich kriege nichts.«

»Vielleicht haben sie dort dieselben Sorgen«, sagte er, »vielleicht ist es überall in ganz Europa dasselbe.«

Sie schöpfte ihm einen Teller voll Suppe aus Triggs Konservendosen. Schnitt ihm eine dicke Scheibe von Triggs Brot und strich ihm ein wenig Bratenfett darauf.

Sie aßen schweigend. Ein Fetttropfen rann Johnnys Wangen und Kinn hinab und fiel auf den Tisch.

»Benimm dich, Johnny«, sagte Jill, »du mußt endlich lernen, dir den Mund abzuwischen.«

Da begann wieder das Pochen an den Fenstern, an der Tür. Das Rascheln und Schubsen, das Drängen und Stoßen nach Platz auf den Gesimsen. Der erste dumpfe Aufschlag der selbstmörderischen Möwen auf den Stufen.

»Ob Amerika uns nicht helfen kann?« fragte seine Frau. »Sie sind doch immer unsere Verbündeten gewesen, nicht wahr? Amerika wird sicherlich etwas unternehmen.«

Nat antwortete nicht. Die Bretter vor den Fenstern waren dick genug, die über dem Schornstein auch. Das Häuschen war voller Vorräte, Brennstoff und allem, was sie für die nächsten Tage brauchten. Nach dem Essen würde er alle Sachen verstauen, alles ordentlich wegpacken, übersichtlich ordnen und griffbereit hinlegen. Frau und Kinder konnten ihm dabei helfen. Sie mußten sich tüchtig müde arbeiten, bis die Ebbe ein Viertel vor neun einsetzte; dann würde er sie auf die Matratze packen, damit sie bis drei Uhr morgens fest und tief schliefen.

Für die Fenster hatte er sich etwas Neues ausgedacht; vor den Brettern wollte er Stacheldraht befestigen. Er hatte eine große Rolle vom Gehöft mitgenommen. Unangenehm war nur, daß er in der Dunkelheit arbeiten mußte, während der Ruhepause zwischen neun und drei. Schade, daß er nicht früher daran gedacht hatte. Immerhin, wenn nur Frau und Kinder schlafen konnten.

Jetzt waren die kleineren Vögel wieder an den Fenstern. Er merkte es an dem leichteren Picken ihrer Schnäbel, dem weicheren Streifen der Flügel. Die Habichte kümmerten sich nicht um die Fenster. Sie richteten ihre Angriffe nur auf die Tür. Er lauschte dem Splittern von Spänen und überlegte, wieviel jahrmillionenalte Erinnerungen in diesen kleinen Gehirnen, hinter diesen hackenden Schnäbeln, in diesen stechenen Augen aufgespeichert lagen, die die Vögel nun dazu trieben, mit der flinken Präzision von Maschinen über die Menschheit herzufallen.

»Ich rauche jetzt meine letzte Zigarette«, sagte er zu seiner

50

Frau, »zu dumm, es ist das einzige, was ich vergessen habe mit-
zubringen.«

Er griff nach dem Päckchen und drehte das stumme Radio
an. Dann warf er die leere Hülle ins Feuer und sah zu, wie sie
verbrannte.

Das Alibi

Fentons unternahmen ihren üblichen Sonntagsspaziergang über das Embankment. Sie waren bei der Albert Bridge angelangt und blieben stehen, wie sie das immer taten, bevor sie sich entschieden, ob sie über die Brücke und in den Park oder längs der Hausboote weitergehen sollten; und Fentons Frau, einer Gedankenkette folgend, von der er nichts wußte, sagte:

»Erinnere mich, daß ich Alhusons anrufe, wenn wir heimkommen; sie könnten ein Glas bei uns trinken. Jetzt sind sie an der Reihe.«

Fenton hatte die Blicke gleichgültig auf den Verkehr gerichtet. Er bemerkte einen Lastwagen, der allzu schnell über die Brücke schwankte, einen Sportwagen mit geräuschvollem Auspuff, ein Kindermädchen in grauer Tracht, das einen Wagen vor sich herschob, in dem Zwillinge, mit Gesichtern rund wie holländische Käse, lagen. Jetzt wandte sie sich nach links über die Brücke nach Battersea.

»Welche Richtung?« fragte seine Frau, und er schaute sie an, ohne sie zu erkennen, denn er stand unter dem überwältigenden, furchtbaren Eindruck, als wäre sie, als wären all die anderen Leute, die längs des Ufers oder über die Brücke gingen, winzige Puppen, die an Schnüren baumelten. Ja, die Schritte, die sie taten, waren ein Zappeln, ein Hopsen, eine greuliche Nachahmung der Wirklichkeit dessen, was sie tatsächlich sein sollten, und das Gesicht seiner Frau – die porzellanblauen Augen, die allzu stark geröteten Lippen, der neue, kokett schief sitzende Frühjahrshut – war nichts als eine von Meisterhand hastig bemalte Maske, von der Hand, welche die Puppen hielt, auf das Stückchen lebloses Holz gemalt, auf dieses dünne Holz, daraus die Marionetten geformt waren.

Schnell wandte er den Blick von ihr ab und auf den Boden, hastig zeichnete er mit seinem Spazierstock die Umrisse eines Quadrates auf das Pflaster und setzte einen Punkt in die Mitte dieses Quadrates. Dann hörte er sich sagen: »Ich kann nicht weitergehen.«

»Was ist denn los?« fragte seine Frau. »Hast du Seitenstechen?«

Er wußte, daß er auf der Hut sein mußte. Jeder Versuch einer Erklärung würde dazu führen, daß diese großen Augen ihn bestürzt mustern, daß dieser Mund ihm, ebenso bestürzt, drängende Fragen stellen würde; und sie würden kehrtmachen und über das verhaßte Embankment zurückgehen, den Wind diesmal barmherzig hinter sich, der sie dennoch unerbittlich zu dem Tod der nächsten Stunde wehen würde, genau wie die Strömung des Flusses neben ihnen Holz und leere Kisten nach irgendeinem unvermeidlichen, stinkenden Schlammufer unterhalb des Docks trug.

Listig deutete er seine Worte jetzt so, daß sie sich beruhigen konnte. »Was ich meine, ist, daß wir nicht längs der Hausboote gehen können. Das ist ja eine Sackgasse. Und deine Absätze ...«

Er sah auf ihre Schuhe hinunter. ». . . deine Absätze taugen nicht für den langen Weg um Battersea. Ich brauche ein wenig Bewegung, und du kannst kaum Schritt halten. Der Nachmittag ist ohnehin nicht besonders schön.«

Seine Frau schaute zum Himmel auf, an dem tief, undurchsichtig die Wolken hingen, und da ließ zudem noch eine Bö sie in ihrem allzu dünnen Mantel erschauern. Sie hob die Hand, um den Frühjahrshut festzuhalten.

»Ich glaube es selbst«, sagte sie, und dann setzte sie mißtrauisch hinzu: »Bist du auch sicher, daß du kein Seitenstechen hast? Du siehst so blaß aus.«

»Nein, mir fehlt gar nichts«, erwiderte er. »Ich werde allein schneller gehen.«

Dann sah er gerade ein Taxi, das sich ihnen näherte, und winkte ihm. »»Spring hinein«, sagte er zu seiner Frau. »Es hat keinen Zweck, sich zu erkälten.«

Bevor sie protestieren konnte, hatte er schon die Tür geöffnet und dem Chauffeur die Adresse genannt. Es war keine Zeit zu einer Diskussion. Er drängte sie hinein, und während das Taxi sie entführte, sah er, wie sie mit dem geschlossenen Fenster kämpfte, um ihm irgend etwas zuzurufen. Wahrscheinlich, daß er nicht zu spät kommen solle oder daß sie Alhusons anrufen werde. Er beobachtete das Taxi, bis es entschwand, und es war, als schaute er einer für immer vergangenen Epoche seines Lebens nach.

Er wandte sich von Fluß und Embankment ab, ließ Anblick und Geräusch des Verkehrs hinter sich, tauchte in das Gewirr schmaler Gassen und Plätze, das zwischen ihm und der Fulham Road lag. Er ging ohne ein anderes Ziel, als sich selber zu verlieren, den Gedanken an das Ritual des Sonntags zu verdrängen, das ihn einkerkerte.

Nie zuvor war ihm der Gedanke an eine Flucht gekommen. Es war, als wäre irgend etwas in seinem Hirn eingeschnappt, als seine Frau von Alhusons gesprochen hatte: »Erinnere mich, daß ich Alhusons anrufe, wenn wir heimkommen. Jetzt sind sie an der Reihe.« Der Ertrinkende, der sein ganzes Leben vorüberziehen sieht, während die Flut ihn verschlingt, war ihm jetzt verständlich geworden. Das Läuten an der Haustür, die heiteren Stimmen der Alhusons, die Gläser auf dem Serviertisch, man stand eine Weile herum, dann setzte man sich – all diese Dinge wurden zu bloßen Teilchen der Tapeten, zwischen denen sich seine lebenslängliche Kerkerhaft abspielte, täglich mit dem Wegziehen der Vorhänge beginnend, der ersten Tasse Tee, dem Aufschlagen des Morgenblatts, dem Frühstück in dem kleinen Eßzimmer, wo das Feuer im Gaskamin der Ersparnis halber klein gedreht war und bläulich brannte; dann kam die Fahrt in der Untergrundbahn nach der City, die verfließenden Stunden methodischer Arbeit, die Rückkehr in der Untergrundbahn, wo er in der ihn umdrängenden Menge das Abendblatt entfaltete, das Ablegen von Hut und Mantel und Schirm, das Geräusch des Fernsehapparats, das sich vielleicht mit der Stimme seiner Frau mischte, die telefonierte. Und es war Winter oder Sommer oder Frühling oder Herbst, denn mit

54

dem Wechsel der Jahreszeiten wurden die Bezüge von Stühlen und Sofa im Wohnzimmer gereinigt und durch andere ersetzt, oder die Bäume auf dem Platz draußen trugen Blätter oder waren kahl.

»Jetzt sind sie an der Reihe«, und Alhusons, an ihren Schnüren hüpfend und Grimassen schneidend, kamen und verbeugten sich und verschwanden, und die Gastgeber, die sie empfangen hatten, wurden ihrerseits Gäste, wenn sie an der Reihe waren, zappelten und grinsten, und die Tanzpaare fanden sich nach einer alten Melodie.

Jetzt, mit einemmal, als sie bei der Albert Bridge stehengeblieben waren und Edna die Bemerkung gemacht hatte, da war auch die Zeit stehengeblieben; oder vielmehr, sie hatte ihren Weg für Edna fortgesetzt, für Alhusons, die sich am Telefon melden würden, für die andern Partner beim Tanz; für ihn aber war alles verwandelt. Er war sich eines Machtgefühls bewußt. Er war es, der herrschte. Sein war die Meisterhand, welche die Puppen zappeln ließ. Und Edna, die arme Edna, die in dem Taxi ihrer vorbestimmten Rolle entgegenfuhr, Getränke vorzubereiten, Kissen zurechtzuklopfen, Salzmandeln aus einer Büchse zu schütten hatte, Edna hatte keine Ahnung davon, wie er soeben aus seiner Fron in eine neue Dimension entronnen war.

Die Gleichgültigkeit des Sonntags lag über den Straßen. Die Häuser waren geschlossen, entrückt.

›Sie wissen nicht‹, dachte er, ›diese Leute dort drin, wie eine Geste von mir jetzt, in dieser Minute, ihre Welt verändern kann. Ein Klopfen an der Tür, und jemand antwortet – eine gähnende Frau, ein alter Mann in Pantoffeln, ein Kind, von seinen verärgerten Eltern geschickt; und je nach meinem Willen, nach meinem Beschluß, entscheidet sich ihre ganze Zukunft. Gesichter werden zerschmettert, jäher Mord, Diebstahl, Feuer.‹ So einfach war das!

Er sah auf die Uhr. Halb vier. Er beschloß, nach einem System von Nummern zu handeln. Er würde noch drei Straßen weitergehen, und dann, je nach dem Namen der dritten Straße, in der er sich dann gerade befand, je nach der Zahl der Buchsta-

55

ben ihres Namens, würde er die Nummer seines Schicksals wählen.

Er ging rasch, sein Interesse wuchs. Aber nicht mogeln, sagte er sich. Ob Wohnhäuser oder die Vereinigten Molkereien, das war gleichgültig. Es stellte sich heraus, daß diese dritte Straße lang war; auf der einen Seite wurde sie von grauen Villen aus der Viktorianischen Zeit gesäumt, die vor etwa fünfzig Jahren stattlich gewesen sein mochten, jetzt aber, in Wohnungen oder möblierte Zimmer eingeteilt, ihr Ansehen verloren hatten. Sie hieß Boulting Street. Acht Buchstaben bedeutete Nummer acht. Zuversichtlich überquerte er die Straße, musterte die Türen, unabgeschreckt von den steilen Steinstufen, die zu jeder Villa führten, von den ungestrichenen Gartentüren, dem Kellergeschoß, der ganzen Atmosphäre von Armut und Verfall, die in so starkem Gegensatz zu den Häusern auf seinem eigenen kleinen Platz stand, mit ihren hellen Türen und den Fensterkästen.

Nummer acht war nicht anders als ihre Nachbarn. Die Gartentür war vielleicht noch schäbiger, die Vorhänge an dem langen, häßlichen Fenster im Erdgeschoß noch trauriger. Ein Kind von etwa drei Jahren, ein Knabe, saß auf der obersten Stufe, mit blassem Gesicht, ausdruckslosen Augen, auf seltsame Art an den Schuhabstreifer gebunden. Die Haustür war angelehnt.

James Fenton stieg die Stufen hinauf und suchte die Glocke. Ein Fetzen Papier war darüber geklebt, und da stand: *Funktioniert nicht.* Daneben aber war eine altmodische Glockenschnur. Es wäre natürlich eine Sache von wenigen Sekunden gewesen, den Knoten zu lösen, mit dem das Kind angebunden war, es unter dem Arm die Stufen hinunterzutragen und dann mit ihm nach Lust und Laune zu verfahren. Doch Gewalt schien gerade jetzt noch nicht angezeigt; und es war nicht das, wonach es ihn verlangte, denn das Machtgefühl in ihm ersehnte eine länger andauernde Freiheit.

Er zog an der Glocke. Das schwache Klingeln tönte in ein dunkles Vorzimmer hinein. Das Kind schaute reglos zu ihm auf. Fenton wandte sich von der Tür ab, blickte nach der Straße, auf die Platane am Straßenrand, an der die ersten Blätter sproßten, auf die braune, gelbgefleckte Rinde, auf eine schwarze

Katze unter dem Baum, die eine verwundete Pfote leckte; und er genoß dieses Warten, das gerade seiner Ungewißheit wegen so köstlich war.

Er hörte, wie hinter ihm die Tür sich weiter öffnete und eine Frauenstimme mit ausländischem Akzent fragte: »Womit kann ich Ihnen dienen?«

Fenton zog den Hut. Es drängte ihn zu sagen: ›Ich bin gekommen, um Sie zu erdrosseln. Sie und Ihr Kind. Ich habe gar nichts gegen Sie. Ich bin nur einfach das Instrument des Schicksals und zu diesem Zweck ausgesandt.‹ Statt dessen lächelte er. Die Frau war blaß wie das Kind auf der Stufe, hatte die gleichen ausdruckslosen Augen, das gleiche schlichte Haar. Sie konnte ebensogut zwanzig wie fünfunddreißig sein. Sie trug eine gestrickte Wolljacke, die zu groß für sie war, und in dem dunklen bauschigen Rock, der bis zu den Knöcheln reichte, wirkte sie vierschrötig.

»Vermieten Sie Zimmer?« fragte Fenton.

Ein Licht trat in die stumpfen Augen, eine Hoffnung. Es war beinahe, als wäre dies die Frage, nach der sie sich gesehnt, die sie nicht mehr erwartet hatte. Doch das Licht verglomm sofort wieder, und der ausdruckslose Blick war wieder da.

»Das Haus gehört nicht mir«, sagte sie. »Der Hausbesitzer hat früher Zimmer vermietet, doch jetzt soll es, ebenso wie das Haus daneben, abgerissen werden; man will Wohnungen bauen.«

»Sie meinen damit, daß der Hausbesitzer keine Zimmer mehr vermietet?«

»Nein. Er sagte mir, es lohne sich jetzt nicht mehr, denn jeden Tag könne mit dem Abreißen begonnen werden. Er bezahlt mir einen kleinen Betrag, damit ich das Haus hüte, solange es noch steht. Ich wohne im Kellergeschoß.«

»Aha!«

Es sah aus, als hätte die Unterhaltung nun ein Ende gefunden. Dennoch blieb Fenton stehen. Das Mädchen oder die Frau – beides war möglich – schaute an ihm vorüber nach dem Kind und hieß es, still zu sein, obgleich es ohnehin kaum einen Laut von sich gab.

»Sie könnten mir wohl nicht eines der Zimmer im Kellergeschoß vermieten?« fragte Fenton. »Das wäre eine Vereinbarung zwischen uns beiden, solange Sie eben noch im Haus sind. Dagegen hätte der Hausbesitzer ja nichts einzuwenden.«

Er beobachtete, wie sie sich bemühte, seine Frage zu erwägen. Sein Angebot, so unwahrscheinlich, so überraschend von einem Mann seines Auftretens, vermochte sie nicht zu begreifen. Da aber Überraschung die beste Form des Angriffs ist, machte er sich seinen Vorteil zunutze. »Ich brauche nur ein Zimmer«, fuhr er rasch fort, »und nur für wenige Stunden am Tag. Ich würde nicht hier übernachten.«

Nein, diese Lage zu verstehen, überstieg offenbar die Möglichkeiten der Frau – der Tweedanzug, ebenso geeignet für London wie fürs Land, der elegante weiche Filzhut, die frische, gesunde Gesichtsfarbe, die fünfundvierzig oder fünfzig Jahre. Er sah, wie ihre dunklen Augen größer und noch leerer wurden, als sie versuchte, seine Erscheinung mit seiner ungewöhnlichen Bitte in Einklang zu bringen.

»Wozu würden Sie das Zimmer denn brauchen?« fragte sie argwöhnisch.

Das war die kritische Frage. Um dich und das Kind zu ermorden, meine Liebe, den Boden aufzureißen und euch unter Dielen zu begraben. Doch noch nicht.

»Das läßt sich schwer erklären«, erwiderte er rasch. »Ich habe einen Beruf mit langen Arbeitsstunden. Aber in der letzten Zeit haben Veränderungen stattgefunden, und ich muß ein Zimmer haben, wo ich jeden Tag ein paar Stunden verbringen und völlig allein sein kann. Sie haben keine Ahnung, wie schwer es ist, das Richtige zu finden. Dies hier ist anscheinend für meine Zwecke die ideale Lösung.« Er wendete den Blick von dem leeren Haus auf das Kind und lächelte. »Ihr kleiner Junge zum Beispiel. Just das richtige Alter. Er würde mich nicht stören.«

Ein Hauch von einem Lächeln glitt über ihr Gesicht. »Oh, Johnnie ist sehr ruhig. Stundenlang sitzt er hier; der würde Sie nicht belästigen.« Dann verblich das Lächeln, der Zweifel kehrte zurück. »Ich weiß nicht, was ich sagen soll . . . wir wohnen in der Küche, und daneben ist das Schlafzimmer. Gewiß, hinter dem Schlafzimmer ist noch ein Raum, wo ich ein paar Möbel eingestellt habe, aber ich glaube nicht, daß der Ihnen zusagen würde. Wissen Sie, es hängt davon ab, was Sie hier tun wollen . . .«

Ihre Stimme versickerte. Ihre Abgestumpftheit war genau das, was er brauchte. Er fragte sich, ob sie einen schweren Schlaf hatte; oder auch Mittel nahm. Die dunklen Schatten unter den Augen ließen vermuten, daß sie Mittel schluckte. Nun, desto besser! Und eine Ausländerin war sie auch! Es gab ihrer nur zu viele im Land!

»Wenn Sie mir den Raum zeigen wollten«, sagte er, »könnte ich Ihnen sofort eine Antwort geben.«

Ganz plötzlich drehte sie sich um und ging durch das enge, schmutzige Vorzimmer voran. Sie drehte eine Lampe über der Kellertreppe an und murmelte beständig Entschuldigungen vor sich hin, während sie Fenton hinunterführte. Das waren natürlich in der Viktorianischen Zeit die Wirtschaftsräume gewesen. Die Küche, die Spülküche, die Speisekammer waren jetzt zu Wohnzimmer, Küche und Schlafzimmer der Frau geworden, und diese Umwandlung hatte Schmutz und Unordnung noch gesteigert. Die häßlichen Röhren, der unbenützte Boiler, der alte Küchenherd mochten einmal einen Anspruch auf Brauchbarkeit erhoben haben, als die Röhren weiß getrichen und der Herd geputzt waren. Selbst das Buffet, das noch immer dastand und fast die ganze Länge einer Wand einnahm, mochte vor etlichen fünfzig Jahren mit blinkenden Kupferpfannen und einem schöngemusterten Eßgeschirr hierher gepaßt haben, wo eine Köchin, ganz in Weiß gekleidet, die Arme mit Mehl bestäubt, einem Hilfsmädchen in der Spülküche Befehle zurief. Jetzt aber schuppte sich der schmierige gelbe Anstrich, das vertretene Linoleum war zerrissen, und auf dem Buffet standen nur allerlei Dinge, die gar keine Beziehung zu seinem ursprünglichen Zweck hatten – ein abgenütztes Radio, dessen Antenne auf den Boden hing, ein Stoß alter Zeitschriften und Zeitungen, eine unvollendete Strickerei, zerbrochene Spielsachen, Stücke von einem Kuchen, eine Zahnbürste und verschiedene Schuhe. Hilflos sah die Frau sich um.

»Es ist nicht leicht«, sagte sie. »Mit einem Kind. Die ganze Zeit muß man aufräumen.«

Doch offenbar räumte sie nie auf, hatte sie die Waffen gestreckt, offenbar war ihr schwankender Gang, den er beobachtet hatte, ihre Antwort auf die Probleme des Lebens; aber Fenton sagte nichts, nickte nur höflich und lächelte. Durch eine halboffene Tür sah er ein ungemachtes Bett, das seine Annahme bestätigte; ja, sie hatte einen schweren Schlaf, und sein Läuten mußte sie aufgeschreckt haben. Doch als sie seinen Blick bemerkte, schloß sie hastig die Tür, und in einer nur halbbewußten Anstrengung, sich ein wenig in Ordnung zu bringen, knöpfte sie ihre Strickjacke zu und strich das Haar mit den Fingern zurecht.

»Und der Raum, den Sie nicht benützen?« fragte er.

»Ach, ja . . . richtig . . . ja . . .« Es klang ungewiß, verschwommen, als hätte sie vergessen, warum sie ihn eigentlich in das Kellergeschoß geführt hatte. Sie ging durch den Gang zurück, an einem Kohlenkeller vorbei – recht verwendbar, dachte Fenton –, an einem Klosett, in dessen offener Tür das Töpfchen des Kindes und daneben ein zerrissenes Exemplar des *Daily Mirror* zu sehen waren, und weiter zu einem Raum, dessen Tür geschlossen war.

»Ich glaube nicht, daß es Ihnen genügen wird«, sagte sie seufzend und ergab sich schon in die Enttäuschung. Und tatsächlich, es hätte keinem Menschen genügt außer ihm, der von dem Bewußtsein seiner Macht und seines Zieles erfüllt war; denn als sie die knarrende Tür aufstieß und den Raum durchquerte, um den Vorhang zur Seite zu schieben, der aus altem, während des Krieges zur Verdunklung benütztem Stoff angefertigt war, drang der Geruch der Feuchtigkeit so heftig auf ihn ein wie eine jähe Nebelbildung am Flußufer und gleichzeitig, unverkennbar, auch der Geruch von ausströmendem Gas. Sie schnupperten beide.

»Ja, das ist schlimm«, sagte sie. »Die Leute vom Gaswerk sollten es richten, aber sie kommen nie.«

Als sie am Vorhang zog, um Luft hereinzulassen, brach die Stange, an der er befestigt war, und durch eine zerschlagene Fensterscheibe sprang die schwarze Katze, die Fenton unter der Platane vor dem Haus bemerkt hatte, als sie sich die wunde Pfote leckte. Die Frau bemühte sich ohne Ergebnis, das Tier zu verscheuchen. Die Katze war an diese Umgebung gewöhnt, hinkte in eine Ecke, sprang auf eine Kiste und richtete sich dort zum Schlafen ein. Fenton und die Frau sahen zu.

»Das würde mir sehr gut passen«, sagte er; die dunklen Wände, die eigentümliche L-Form des Raumes, die niedrige Decke beachtete er kaum. »Ja, da gibt es sogar einen Garten!« Und er trat ans Fenster und sah auf einen Streifen Erde und Steine hinaus, der wohl einmal ein Garten gewesen sein mochte. Fentons Kopf war ungefähr auf der Höhe dieses Streifens.

»Ja«, wiederholte sie, »ja, es gibt einen Garten.« Und sie trat neben ihn und starrte auf die klägliche Aussicht hinaus, der sie einen so falschen Namen beilegten. Dann zuckte sie die Achseln. »Ruhig ist es schon, das sehen Sie ja. Aber es hat nicht viel Sonne. Es liegt gegen Norden.«

»Ein Zimmer gegen Norden ist mir gerade recht«, sagte er zerstreut, denn in seinem Geist sah er schon den schmalen Graben, den er für ihre Leiche ausheben könnte; allzu tief müßte er nicht graben. Dann wandte er sich zu ihr, schätzte ihre Maße, berechnete Länge und Breite. Da merkte er, wie in ihren Augen ein Schimmer von Verständnis aufblitzte, und er lächelte ihr zu, um ihr Vertrauen zu gewinnen.

»Sind Sie Maler?« fragte sie. »Maler haben doch gern das Licht von Norden her, nicht?«

Er spürte eine mächtige Erleichterung. Maler! Natürlich! Das war genau der Vorwand, den er benötigte.

»Sie haben mein Geheimnis erraten«, erwiderte er verschmitzt, und sein Lachen klang so echt, daß es ihn selber überraschte. »Nur zeitweilig«, fuhr er fort. »Darum kann ich mich auch nur in bestimmten Stunden freimachen. Meine Vormittage sind durch meine geschäftliche Tätigkeit ausgefüllt, aber im späteren Verlauf des Tages verfüge ich über meine Zeit. Es ist nicht bloß ein Steckenpferd, es ist eine Leidenschaft. Gegen Ende des Jahres beabsichtige ich, eine eigene Ausstellung zu veranstalten. Jetzt begreifen Sie wohl, wie wichtig es für mich ist, irgendwo etwas zu finden . . . wie das hier.«

Mit großer Geste wies er auf seine Umgebung, die höchstens auf die Katze einen Anreiz ausüben konnte. Seine Zuversicht wirkte ansteckend und entwaffnete die noch immer verdutzte, mißtrauische Frage in ihren Augen.

»Chelsea steckt voll von Künstlern, nicht wahr?« sagte sie. »So heißt es wenigstens. Ich selber weiß es nicht. Aber ich glaubte, ein Atelier müsse unterm Dach sein, um Licht zu bekommen.«

»Nicht unbedingt«, erklärte er. »Solche Kleinigkeiten berühren mich nicht. Und später am Tag gibt es ja ohnehin kein Licht. Elektrische Beleuchtung ist wohl vorhanden?«

»Ja . . .« Sie ging zur Tür und hob die Hand an einen Schalter. Eine nackte Birne an der Decke flammte grell durch den Staub.

»Ausgezeichnet«, sagte er. »Das ist alles, was ich brauche.«

Er lächelte zu dem verwirrten, unglücklichen Gesicht hinunter. Die arme Seele würde ja um so glücklicher sein, wenn er sie einschläferte! Wie die Katze. Wahrhaftig, es war eine Wohltat, sie ihres Elends zu entledigen!

»Kann ich morgen einziehen?« fragte er.

Abermals der Hoffnungsschimmer, den er bemerkt hatte, als er an der Haustür erschienen war und sich nach einem Zimmer erkundigt hatte, und dann, vielleicht aus Verlegenheit, ein leises Unbehagen in diesen Zügen.

»Sie haben sich noch nicht nach . . . nach dem Preis erkundigt«, sagte sie.

»Rechnen Sie nur, was Sie für richtig halten.« Wieder hob er den Arm zu einer Geste, die besagen mochte, daß das Geld keine Rolle spielte.

Sie schluckte, wußte offenbar nicht, was sie sagen sollte, und dann, während das blasse Gesicht sich leicht rötete, erklärte sie: »Es wird wohl am besten sein, wenn ich dem Hausherrn gar nichts sage. Sie sind ein Freund, der für kurze Zeit hier wohnt. Und Sie könnten mir jede Woche ein oder zwei Pfund geben – ganz wie Sie wollen.«

Ängstlich beobachtete sie ihn. Ja, gewiß, meinte er, es war besser, wenn kein Dritter sich einmischte. Das könnte seine Pläne stören.

»Ich gebe Ihnen jede Woche fünf Pfund; von heute an.«

Er zog die Brieftasche und entnahm ihr die knisternden neuen Scheine. Die Frau streckte eine schüchterne Hand aus, und ihre Blicke wandten sich nicht von den Banknoten ab, die er ihr aufzählte.

»Kein Wort zum Hausbesitzer«, sagte er. »Und wenn irgendwelche Fragen nach Ihrem Mieter gestellt werden, so sagen Sie, Ihr Vetter, ein Maler, sei zu Besuch gekommen.«

Sie schaute auf, und zum erstenmal lächelte sie, als ob seine scherzenden Worte und die Banknoten irgendwie einen Bund zwischen ihnen besiegelten.

»Sie sehen nicht aus wie ein Vetter von mir«, meinte sie. »Auch nicht wie die Maler, die ich bisher kennengelernt habe. Wie ist der Name?«

»Sims«, sagte er, ohne zu zögern. »Marcus Sims.« Und er fragte sich, warum er instinktiv den Namen des Vaters seiner Frau genannt hatte, der seit langem tot war und für den er gar nichts übriggehabt hatte.

»Vielen Dank, Mr. Sims«, sagte sie. »Am Morgen werde ich Ihr Zimmer aufräumen.« Und dann, gewissermaßen als ersten Schritt in diese Richtung, hob sie die Katze von der Kiste und scheuchte sie zum Fenster hinaus.

»Morgen nachmittag bringen Sie Ihre Sachen?«

»Meine Sachen?«

»Was Sie für Ihre Arbeit brauchen. Haben Sie denn keine Farben und Pinsel?«

»Ja, ja . . . natürlich! Ja, ich muß mein ganzes Handwerkszeug herbringen.« Abermals sah er sich im Zimmer um. Doch nur keine Schlächterei! Kein Blut! Keine Unordnung! Das beste war, die beiden im Schlaf zu erwürgen, die Frau und ihr Kind. Das war auch die barmherzigste Form!

»Wenn Sie Farben brauchen, haben Sie gar nicht weit zu ge-

63

hen«, sagte sie. »In der King's Road sind Geschäfte für Maler. Ich bin daran vorübergegangen. In der Auslage sind Zeichenbretter und Staffeleien.«

Er legte die Hand vor den Mund, um sein Lächeln zu verbergen. Es war wirklich rührend, wie sie ihn aufgenommen hatte! Es bewies soviel Zutrauen, soviel Hoffnung!

Sie ging vor ihm in den Gang und die Treppe zum Vorzimmer hinauf.

»Ich bin ganz entzückt darüber«, sagte er, »daß wir uns verständigt haben. Offen gestanden, ich war schon verzweifelt.«

Sie drehte sich um und lächelte ihn über die Schulter an. »Ich auch«, sagte sie. »Wenn Sie nicht gekommen wären ... ich weiß nicht, was ich getan hätte.«

Sie standen jetzt im Vorzimmer. Das war ja sehr erstaunlich! Es war geradezu eine Fügung Gottes, daß er bei ihr erschienen war! Verwirrt sah er sie an.

»Haben Sie Schwierigkeiten gehabt?«

»Schwierigkeiten?« Sie hob die Hand, der Ausdruck von Abgestumpftheit, von Verzweiflung war wieder in ihren Zügen. »Es ist schon schwierig genug, fremd in diesem Land zu sein; und daß der Vater meines Jungen auf und davon gegangen ist und mich ohne einen Penny gelassen hat, und daß ich nicht weiß, an wen ich mich wenden soll. Ich sage Ihnen, Mr. Sims, wenn Sie heute nicht gekommen wären ...« Sie beendete den Satz nicht, sondern warf einen Blick auf das Kind, das an den Schuhabstreifer angebunden war, und zuckte die Achseln. »Armer Johnnie«, sagte sie, »du kannst nichts dafür!«

»Ja, armer Johnnie«, wiederholte Fenton. »Und Sie müssen einem auch leid tun. Nun, ich will das Meinige tun, um Ihren Schwierigkeiten ein Ende zu machen, das kann ich Ihnen versichern.«

»Sie sind sehr gütig. Wirklich! Ich bin Ihnen ja so dankbar!«

»Im Gegenteil, ich bin es, der danken muß.« Er machte eine kleine Verbeugung vor ihr, und dann bückte er sich und strich dem Kind über den Kopf. »Leb wohl, Johnnie! Morgen sehen wir uns wieder.« Ausdruckslos schaute sein Opfer zu ihm auf.

»Leben Sie wohl, Mrs. ... Mrs. ...«

»Kaufmann heiße ich. Anna Kaufmann.«

Sie sah ihm nach, wie er die Stufen hinunter und durch die Gartentür ging. Die verbannte Katze hinkte an seinen Beinen vorbei, um durch das zerbrochene Fenster zurückzuschleichen. Fenton schwenkte seinen Hut. Das galt der Frau, dem Knaben, der Katze, dem ganzen stummen, grauen, traurigen Haus.

»Auf Wiedersehen morgen!« rief er, und dann ging er durch die Boulting Street; mit dem lebhaften Schritt eines Mannes, der am Beginn eines großen Abenteuers steht. Diese gehobene Stimmung verließ ihn nicht einmal, als er vor seiner eigenen Haustür ankam. Er schloß auf und ging über die Stufen zur Wohnungstür. Dazu summte er ein uraltes Lied aus seiner Jugendzeit. Edna war wie gewöhnlich am Telefon – er kannte die endlose Unterhaltung einer Frau mit der andern. Die Getränke standen schon auf dem kleinen Tisch im Wohnzimmer. Auch Cocktailbiskuits und Salzmandeln waren bereit. Daß mehr Gläser da waren als gewöhnlich, wies darauf hin, daß Besuch erwartet wurde. Edna legte die Hand über die Muschel des Telefons und sagte: »Alhusons kommen. Ich habe sie aufgefordert, zu einem kalten Abendessen zu bleiben.«

Fenton nickte und lächelte. Lange vor der üblichen Stunde goß er sich ein wenig Sherry ein, um dem Ereignis der letzten Stunde eine Rundung zu verleihen. Das Gespräch am Telefon versiegte.

»Du siehst besser aus«, sagte Edna. »Der Spaziergang hat dir gutgetan.«

Ihre Naivität war so erheiternd, daß er sich beinahe verschluckte.

Es traf sich gut, daß die Frau die Gerätschaften eines Malers erwähnt hatte. Wie lächerlich wäre das am nächsten Nachmittag gewesen, wenn er mit leeren Händen erschienen wäre. So aber bedeutete es, das Büro früh zu verlassen und eine Expedition zu unternehmen, um sich mit allem Notwendigen zu versehen. Er legte sich keine Einschränkungen auf. Staffelei, Leinwand, eine Farbentube nach der andern, Pinsel, Terpentin – was einige Päckchen sein sollten, wurde zu einer umfangreichen Last, die sich nur in einem Taxi unterbringen ließ. Das alles aber erhöhte die Erregung. Er mußte seine Rolle gründlich spielen. Der Verkäufer im Laden, durch den Eifer seines Kunden angespornt, konnte gar nicht genug Farben zeigen; und als Fenton die Tuben in die Hand nahm und die Namen las, empfand er tiefe Befriedigung, gab sich schrankenlos diesem neuen Reiz hin. Die bloßen Namen Chrom und Siena-Erde und Veroneser Grün stiegen ihm zu Kopf wie berauschender Wein. Endlich riß er sich von der Versuchung los und stieg mit seinen Schätzen in ein Taxi. Nummer acht Boulting Street; die ungewohnte Adresse an Stelle der eigenen, üblichen verlieh dem Abenteuer neue Würze.

Es war seltsam, doch als das Taxi vor seinem Ziel hielt, wirkte die Reihe der Villen nicht mehr so grau. Allerdings, der Wind von gestern hatte sich gelegt, die Sonne schien von Zeit zu Zeit, und in der Luft war schon eine Ahnung vom April und von den längeren Tagen, die nun nahten; doch darauf kam es nicht an. Entscheidend war, daß Nummer acht etwas Erwartungsvolles an sich hatte. Während er das Taxi bezahlte und die Pakete nahm, bemerkte er, daß die dunklen Gardinen im Kellergeschoß entfernt und an ihrer Stelle orangefarbene Vorhänge angebracht worden waren, die dem Auge weh taten. Gerade als er das feststellte, wurden die Vorhänge zur Seite gezogen, und die Frau, das Kind im Arm, winkte ihm zu. Das Gesicht des Kleinen war mit Konfitüre verschmiert, die Katze sprang vom Fensterbrett, humpelte schnurrend auf ihn zu und rieb sich mit gewölbtem Rücken an seinem Bein. Das Taxi fuhr weiter, und die Frau kam die Stufen herunter, um ihn zu begrüßen.

»Den ganzen Nachmittag haben Johnnie und ich nach Ihnen ausgeschaut«, sagte sie. »Ist das alles, was Sie mitbringen?«

»Alles. Genügt es vielleicht nicht?« Er lachte.

Sie half ihm, seine Sachen über die Kellertreppe hinunterzutragen, und als er einen Blick in die Küche warf, merkte er, daß nicht nur die Vorhänge gewechselt worden waren, sondern daß sie auch hier versucht hatte, Ordnung zu schaffen. Die

Schuhe waren unter das Buffet geräumt worden, ebenso das Spielzeug des Kindes, und auf dem Tisch lag ein Tischtuch bereit.

»Sie hätten nie geglaubt, wieviel Staub in Ihrem Zimmer gewesen ist«, sagte sie. »Fast bis Mitternacht habe ich gearbeitet.«

»Das hätten Sie nicht tun sollen. Für die kurze Zeit!«

Sie blieb vor der Tür stehen und sah ihn an. In ihren Zügen erschien wieder der verwirrte Ausdruck. »Es ist also nicht für länger?« fragte sie bekümmert. »Nach dem, was Sie gestern sagten, meinte ich, es würde doch für ein paar Wochen sein.«

»Ach, so hatte ich das nicht gemeint«, sagte er schnell. »Nur daß ich ohnehin schrecklich viel Schmutz machen werde; mit all den Farben! Es war also nicht nötig, daß Sie sich solche Mühe gegeben haben.«

Die Erleichterung war unverkennbar. Sie brachte ein Lächeln auf und öffnete die Tür. »Willkommen, Mr. Sims«, sagte sie.

Er mußte es anerkennen. Sie hatte wirklich gearbeitet. Das Zimmer sah ganz anders aus. Roch auch anders. Kein ausströmendes Gas mehr, sondern Karbol oder ein anderes Desinfektionsmittel. Der von der Verdunkelung herstammende Fetzen war vom Fenster verschwunden. Sie hatte sogar die zerbrochene Scheibe ersetzen lassen. Und das Bett der Katze – die Kiste – war auch nicht mehr da. Dagegen stand ein Tisch an der Wand und zwei kleine, wacklige Stühle, auch ein Lehnstuhl übrigens, mit dem gleichen schrecklichen, orangefarbenen Stoff bezogen, aus dem die Vorhänge am Küchenfenster waren. Über den Kaminsims, wo gestern ein leerer Fleck war, hatte sie eine große Reproduktion einer Madonna mit Kind in leuchtenden Farben gehängt und darunter einen Kalender. Die Augen der Madonna lächelten Fenton züchtig, schmeichelnd zu.

»Ja . . .«, begann er, »ja . . . wirklich . . .«, und um seine Rührung zu verbergen, denn es war wirklich ungemein aufmerksam, daß das arme Frauenzimmer sich an einem ihrer wahrscheinlich letzten Erdentage solche Mühe gegeben hatte, wandte er sich ab und fing an, seine Pakete aufzuschnüren.

»Darf ich Ihnen helfen, Mr. Sims?« Und bevor er es abwehren konnte, kniete sie schon auf dem Boden und kämpfte mit den

67

Knoten, öffnete die Pakete und stellte die Staffelei auf. Dann leerten sie gemeinsam die Schachteln, in denen die Farbtuben waren, die sie in Reihen auf dem Tisch anordneten, und stapelten die Leinwand auf. Es war sehr unterhaltend; als spielte man ein völlig sinnloses Spiel, und, merkwürdig genug, sie fügte sich in den Geist des Spiels ein, obwohl sie gleichzeitig ganz ernst blieb.

»Was werden Sie zuerst malen?« fragte sie, als alles aufgeräumt war und sogar schon eine Leinwand auf der Staffelei wartete. »Sie haben doch gewiß schon etwas Bestimmtes im Sinn, nicht wahr?«

»O ja«, sagte er. »Ich habe wirklich etwas Bestimmtes im Sinn.« Er lächelte. Ihr Vertrauen zu ihm war so grenzenlos! Und plötzlich lächelte sie auch: »Ich habe erraten, was Sie vorhaben! Ich habe es erraten!«

Er spürte, wie er erblaßte. Wie konnte sie es erraten haben? Worauf wollte sie hinaus?

»Was meinen Sie? Was haben Sie erraten?« fragte er scharf.

»Johnnie ist's! Nicht wahr?«

Er konnte unmöglich das Kind vor der Mutter töten! Was war das für ein entsetzlicher Gedanke! Und warum versuchte sie ihn dazu zu treiben?! Die Zeit drängte ja nicht so sehr, und sein Plan hatte noch keine Gestalt angenommen.

Sie nickte bedeutungsvoll, und mit einiger Mühe fand er in die Wirklichkeit zurück. Sie sprach natürlich von seiner Malerei!

»Sie sind eine kluge Frau!« sagte er. »Ja. Ich hab's auf Johnnie abgesehen.«

»Er wird brav sein; er wird sich nicht rühren. Wenn ich ihn anbinde, wird er Ihnen stundenlang sitzen. Wollen Sie ihn schon jetzt haben?«

»Nein, nein«, erwiderte Fenton energisch. »Es eilt mir gar nicht. Ich muß mir das alles zuerst überlegen.«

Das Licht verschwand aus ihren Zügen. Sie war anscheinend enttäuscht. Noch einmal sah er sich im Zimmer um, das so plötzlich, so überraschend in ein – so hatte sie gehofft – Maleratelier verwandelt worden war.

»Dann erlauben Sie mir, daß ich Ihnen eine Tasse Tee anbiete«, sagte sie, und um nicht unhöflich zu sein, folgte er ihr in die Küche. Und dort setzte er sich auf den Stuhl, den sie ihm zurechtschob, trank Tee und aß Kekse, während der armselige Kleine ihn nicht aus den Augen ließ.

»Da . . .«, stieß das Kind plötzlich hervor und streckte die Hand aus.

»Er nennt alle Männer ›Da‹«, sagte seine Mutter, »obgleich sein eigener Vater sich gar nicht um ihn gekümmert hat. Stör Mr. Sims nicht, Johnnie!«

Fenton zwang sich zu einem höflichen Lächeln. Kinder machten ihn immer verlegen. Er aß seine Kekse und schlürfte den Tee.

Die Frau setzte sich zu ihm an den Tisch und rührte zerstreut im Tee, bis er kalt und untrinkbar geworden sein mußte.

»Es ist nett, jemanden zu haben, mit dem man reden kann«, sagte sie. »Wissen Sie, Mr. Sims, bevor Sie kamen, war ich so allein . . . Das leere Haus über mir, keine Arbeiter, die kamen und gingen . . . und es ist keine gute Nachbarschaft hier . . . ich habe gar keine Freundinnen.«

Immer besser, dachte er. Wenn sie fort ist, wird kein Mensch sie vermissen. Es wäre doch ziemlich schwierig gewesen, die Sache zu erledigen, wenn das übrige Haus bewohnt gewesen wäre, so aber konnte es zu jeder Tageszeit geschehen, und kein Mensch ahnte etwas. Arme Frau, sie konnte nicht mehr als sechs- oder siebenundzwanzig sein! Was mußte sie für ein Leben gelebt haben!

». . . er ging ganz einfach davon . . . ohne ein Wort«, sagte sie gerade. »Drei Jahre waren wir nun hier im Land gewesen, und wir zogen von Ort zu Ort und hatten keine geregelte Arbeit. Einmal waren wir in Manchester. Johnnie ist in Manchester auf die Welt gekommen.«

»Eine schreckliche Stadt«, sagte er mitfühlend. »Hört nie auf zu regnen dort.«

»Ich habe zu ihm gesagt: ›Du mußt Arbeit kriegen‹«, fuhr sie fort und schlug mit der Faust auf den Tisch, als erlebte sie die Szene von damals noch einmal. »›So kann's nicht weitergehn‹, hab' ich ihm gesagt. ›Es ist kein Leben für mich und kein Leben für dein Kind.‹ Und, Mr. Sims, es war kein Geld für die Miete da. Was hätte ich dem Wirt sagen sollen, wenn er kam? Und dann, als Fremde hat man immer Scherereien mit der Polizei.«

»Mit der Polizei?« Fenton fuhr auf.

»Na ja, wegen der Papiere«, erklärte sie. »Was hat man nur für Plackereien mit den Papieren! Sie wissen, wie das ist! Wir müssen uns anmelden. Nein, nein, Mr. Sims, mein Leben ist nicht glücklich gewesen; seit vielen Jahren nicht mehr. In Österreich war ich einmal einige Zeit Dienstmädchen bei einem schlechten Kerl. Ich mußte davonlaufen. Ich war damals erst sechzehn, und als ich meinem Mann begegnet bin, der damals noch nicht mein Mann war, da hat's so ausgesehen, als gäbe es eine Hoffnung, wenn wir nur nach England könnten . . .«

So redete sie weiter, sah ihn an, rührte in ihrem Tee, und ihre Stimme mit der langsamen österreichischen Aussprache, die recht angenehm war und dem Ohr schmeichelte, hatte etwas Besänftigendes, war eine freundliche Begleitmusik zu seinen Gedanken, mischte sich mit dem Ticken des Weckers auf dem Buffet und dem Geräusch des Löffels, mit dem der Kleine auf seinen Teller klopfte. Es war reizvoll, sich zu erinnern, daß er weder in seinem Büro noch in seiner Wohnung war, daß er Marcus Sims war, der Künstler, bestimmt ein großer Künstler, wenn nicht in der Handhabung der Farben, so doch in der Vorbereitung eines Verbrechens; und da saß sein Opfer, legte ihr Leben in seine Hand, sah ihn tatsächlich beinahe als ihren Erlöser an – und das war er ja denn auch.

»Es ist merkwürdig«, sagte sie langsam, »gestern habe ich Sie noch nicht gekannt, und heute erzähle ich Ihnen mein Leben. Sie sind mein Freund!«

»Ihr aufrichtiger Freund!« Er streichelte ihre Hand. »Ich versichere Ihnen, daß das die reine Wahrheit ist.« Er lächelte und schob seinen Stuhl zurück.

Sie nahm seine Tasse und Untertasse und stellte sie in den Ausguß, dann wischte sie mit dem Ärmel ihrer Strickjacke dem Kind den Mund ab. »Und jetzt, Mr. Sims«, sagte sie, »womit wollen Sie anfangen? Ins Bett? Oder Johnnie malen?«

Er starrte sie an. Ins Bett? Hatte er recht gehört?

»Verzeihung«, stotterte er.

Sie stand geduldig da und wartete seine Entscheidung ab.

»Sie brauchen's nur zu sagen, Mr. Sims. Mir macht's keinen Unterschied. Ich bin zu Ihrer Verfügung.«

Er spürte, wie sein Hals sich rötete und die Farbe ihm in die Wangen, in die Stirn stieg. Nein, da war kein Zweifel möglich, kein Mißverständnis, das halbe Lächeln, das sie jetzt aufbrachte, der Kopf, der nach dem Schlafzimmer wies. Das arme, unglückselige Frauenzimmer machte ihm ein Angebot, sie mußte annehmen, daß er tatsächlich erwartete... wünschte... es war abstoßend...

»Meine liebe Madame Kaufmann«, begann er – irgendwie klang Madame richtiger als Mrs. und stimmte auch besser zu ihrer fremden Staatsangehörigkeit, »das muß ein Irrtum sein... Sie haben mich mißverstanden...«

»Bitte?« Sie war ganz verwirrt, und dann lächelte sie wieder. »Sie müssen keine Angst haben. Kein Mensch kommt. Und Johnnie binde ich an.«

Es war ungeheuerlich! Den kleinen Jungen anbinden... nichts, was er gesagt hatte, konnte sie zu einem derartigen Mißverständnis der Lage verleitet haben. Und doch – zornig zu werden, das Haus zu verlassen, das hätte den Zusammenbruch all seiner Pläne, seiner so vollendeten Pläne bedeutet, und er hätte alles anderswo von neuem beginnen müssen.

»Es ist... es ist... ungemein gütig von Ihnen, Madame Kaufmann«, sagte er stockend. »Ich weiß Ihr Angebot zu schätzen. Es ist wirklich sehr großzügig. Aber leider bin ich seit Jahren... seit Jahren nicht mehr imstande... hm... eine alte Verwundung aus dem Krieg... all diese Dinge habe ich längst aus meinem Leben ausschalten müssen. Ja, wirklich, ich gebe mich wohl auch deswegen völlig meiner Kunst hin, meiner Malerei, darauf allein sind alle meine Bestrebungen gerichtet. Das ist auch der Grund, weshalb ich so froh war, als ich diese kleine Freistatt hier fand, die mich so glücklich von der Außenwelt absondert. Wenn wir also Freunde bleiben sollen...«

Er suchte nach Worten, um sich aus der Schlinge zu ziehen.

Sie zuckte nur die Achseln. In ihrem Gesicht war weder Erleichterung noch Enttäuschung zu lesen. Was geschehen mußte, geschah eben.

»Schon gut, Mr. Sims«, sagte sie. »Ich dachte, weil Sie vielleicht einsam sind . . . Ich weiß, was Einsamkeit bedeutet. Und Sie sind so gütig. Wenn Sie irgendmal das Gefühl haben, Sie würden gern . . .«

»Gewiß, gewiß, ich werde es Ihnen sofort sagen«, unterbrach er sie hastig. »Gar keine Frage. Aber leider . . . ich fürchte . . . und nun, an die Arbeit, an die Arbeit!« Und er lächelte abermals, machte sich lebhaft zu schaffen und öffnete die Küchentür. Zum Glück hatte sie die Strickjacke wieder zugeknöpft, die sie schon beinahe ausgezogen hatte. Sie hob das Kind von seinem Stuhl und folgte ihm.

»Immer hatte ich mir gewünscht, einen wirklichen Künstler am Werk zu sehen«, sagte sie. »Und jetzt, siehe da, findet sich diese Gelegenheit. Johnnie wird das zu würdigen wissen, wenn er älter ist. Wo soll ich ihn hintun, Mr. Sims? Soll er stehn oder sitzen? Welche Stellung paßt Ihnen am besten?«

Es war zuviel! Aus der Skylla in die Charbydis! Fenton war erbittert. Diese Frau wollte ihn ja geradezu vergewaltigen! Er konnte unmöglich zulassen, daß sie sich derart an ihn hängte! Wenn dieser schreckliche kleine Junge erledigt werden sollte, so durfte seine Mutter nicht im Weg sein.

»Auf die Stellung kommt es nicht an«, sagte er nervös. »Ich bin kein Fotograf. Und wenn es etwas gibt, das ich nicht ertragen kann, so ist es, bei der Arbeit beobachtet zu werden. Setzen Sie Johnnie nur hier auf den Stuhl. Er wird wohl still sitzen bleiben, nicht?«

»Ich hole den Riemen.« Und während sie in die Küche verschwand, starrte er verdrossen die Leinwand an, die bereits auf der Staffelei stand. Er mußte irgend etwas damit anfangen, das war klar. Er durfte sie keinesfalls unangerührt lassen. Das würde die Frau nicht verstehen. Sie würde Verdacht schöpfen, sie würde merken, daß da irgendwas nicht stimmte. Am Ende wiederholte sie gar das Angebot, das sie ihm vor wenigen Minuten gemacht hatte . . .

Er griff nach dieser und jener Tube und quetschte Farben auf die Palette. Siena . . . Neapel-Gelb . . . Was für gute Namen man diesen Dingen gab! Er und Edna waren einmal in Siena gewesen; kurz nach ihrer Hochzeit. Er erinnerte sich an rostrote Ziegel, an den Platz – wie hieß er nur? –, wo die berühmten Pferderennen abgehalten wurden. Und Neapel-Gelb. Bis Neapel waren sie nie gekommen. Neapel sehen und sterben! Schade, daß sie nicht mehr gereist waren! Ihr Leben war in eine Furche geraten, sie fuhren immer wieder nach Schottland; aber Edna machte sich nichts aus Hitze. Azur-Blau . . . war das das tiefste Blau? Oder das hellste? Lagunen in der Südsee, fliegende Fische. Wie hübsch die Farbklümpchen sich auf der Palette ausnahmen . . .

»So . . . sei schön brav, Johnnie.« Fenton schaute auf. Die Frau hatte das Kind an den Stuhl gebunden und streichelte ihm das Haar. »Wenn Sie sonst noch etwas brauchen, so rufen Sie nur, Mr. Sims.«

»Vielen Dank, Madame Kaufmann.«

Sie schlich aus dem Zimmer und schloß geräuschlos die Tür. Der Künstler durfte nicht gestört werden. Der Künstler mußte mit seiner Schöpfung allein sein.

»Da«, sagte Johnnie plötzlich.

»Sei still!« fuhr Fenton ihn an. Er zerbrach ein Stück Kohle. Irgendwo hatte er gelesen, daß Maler die Umrisse des Kopfes zuerst mit Kohle zeichneten. Er nahm die Kohle zwischen die Finger, spitzte den Mund und zog einen Kreis auf die Leinwand, die Form eines Vollmonds. Dann trat er zurück und blinzelte. Merkwürdig genug – es sah wirklich aus wie die runde Form eines Gesichtes ohne die Züge . . . Johnnie beobachtete ihn aus großen Augen. Fenton begriff, daß er eine viel größere Leinwand brauchte. Die auf der Staffelei bot ja nur Platz für den Kopf des Kindes. Es wäre viel wirksamer, wenn man Kopf und Schultern auf der Leinwand haben könnte, dann würde er etwas von dem Azur-Blau verwenden, um die blaue Trikotjacke des Kindes zu malen.

Er vertauschte die Leinwand mit einer größeren. Ja, das war ein viel besseres Format. Und jetzt abermals die Umrisse des

Gesichtes ... die Augen ... zwei kleine Punkte für die Nase, ein schmaler Schlitz für den Mund ... zwei Linien für den Hals und zwei weitere abfallende, einem Kleiderbügel ähnlich, für die Schultern. Ja, es war ein Gesicht, derzeit wohl noch nicht eigentlich Johnnies Gesicht, aber mit der Zeit ... Wesentlich war es, überhaupt irgend etwas auf der Leinwand zu haben. Er mußte einfach seine Farben verwenden. Fieberhaft suchte er einen Pinsel aus, tauchte ihn in Terpentin und Öl und dann, mit flüchtigem Tupfen in das Azur-Blau und in das Weiß, um sie zu mischen, brachte er das Ergebnis seiner Tätigkeit auf die Leinwand. Die grelle Farbe glitzerte und leuchtete von allzuviel Öl, schien ihn von der Leinwand anzustarren und nach mehr zu verlangen. Es war nicht das Blau von Johnnies Jacke, aber was lag daran?

Er wurde kühner, er panschte in anderen Farben, und jetzt war das Blau mit lebhaften Strichen über die ganze untere Hälfte der Leinwand verteilt, erregte ihn seltsam, kontrastierte heftig mit dem Kohlengesicht. Das Gesicht sah schon wie ein richtiges Gesicht aus, und der Fleck der Wand hinter dem Kopf des Kindes, als Fenton das Zimmer betreten hatte, nichts als Wand, hatte jetzt bestimmt ein grünliches Rosa. Tube nach Tube kam an die Reihe, und er quetschte Klümpchen daraus; er griff nach einem andern Pinsel, um den mit dem Blau nicht zu verderben ... Verdammt, das Siena-Braun glich gar nicht jenem Siena, das er gesehen hatte, sondern eher Schlamm. Er mußte es abwischen, er brauchte Fetzen, irgend etwas, das keinen Schaden anrichtete ... rasch ging er zur Tür.

»Madame Kaufmann«, rief er, »Madame Kaufmann! Können Sie mir ein paar Fetzen verschaffen?«

Sie kam sogleich, riß irgendein Wäschestück in Streifen, und er griff danach und begann das ärgerliche Siena-Braun vom Pinsel zu wischen. Er drehte sich um und bemerkte, daß sie die Leinwand betrachtete.

»Tun Sie das nicht!« rief er. »Man darf das Werk eines Malers nie in den ersten Stadien ansehen.«

Sie wich ängstlich zurück. »Verzeihung«, sagte sie, und dann setzte sie zögernd hinzu: »Das ist sehr modern, nicht wahr?«

Er schaute sie an, dann von ihr nach der Leinwand, dann von der Leinwand auf Johnnie.

»Modern?« sagte er. »Natürlich ist es modern! Was haben Sie denn erwartet? So etwas vielleicht?« Und er wies mit dem Pinsel auf die geziert lächelnde Madonna über dem Kaminsims. »Ich gehöre meiner Zeit an. Ich sehe, was ich sehe. Und jetzt lassen Sie mich weiterarbeiten.«

Auf der einen Palette war nicht genug Platz für all die Farbklümpchen. Zum Glück hatte er zwei gekauft. Er begann, die übrigen Tuben auf die zweite Palette auszuquetschen und zu mischen, und jetzt war alles zügellose Schwelgerei – Sonnenuntergänge, wie man sie nie erschaut hatte, und ungeheuerliche Morgendämmerungen. Das venezianische Rot war nicht das des Dogenpalastes, sondern es waren kleine Blutstropfen, die im Gehirn platzten und nicht vergossen werden mußten, und Zink-Weiß war Reinheit, nicht aber Tod, und Ocker-Gelb ... Ocker-Gelb war das überschäumende Leben, war Erneuerung, war Frühling, war April zu anderer Zeit, an anderm Ort ...

Was lag daran, daß es dunkel wurde und er das Licht einschalten mußte? Das Kind war eingeschlafen, er aber fuhr in seiner Arbeit fort. Jetzt kam die Frau und sagte, es sei schon acht Uhr. Ob er etwas zu essen haben wollte. »Es würde mir gar keine Mühe machen, Mr. Sims«, sagte sie.

Und mit einemmal wurde es Fenton bewußt, wo er war. Acht Uhr, und sie aßen um dreiviertel acht! Edna würde schon warten, würde sich fragen, was denn mit ihm los sei. Er legte Palette und Pinsel nieder. An seinen Händen, an seinem Rock war Farbe.

»Was soll ich tun?« rief er entsetzt.

Die Frau begriff. Sie griff nach dem Terpentin und nach einem Fetzen und begann die Flecken auf seinem Rock zu reiben. Er ging mit ihr in die Küche, und fieberhaft wusch er sich über dem Ausguß die Hände.

»In Zukunft«, sagte er, »muß ich immer um sieben fort sein.«

»Ja, ja, ich werde Sie rufen. Kommen Sie morgen wieder?«

»Natürlich«, sagte er ungeduldig. »Natürlich! Rühren Sie nur nichts an.«

»Nein, gewiß nichts, Mr. Sims.«

Er hastete die Treppe hinauf und aus dem Haus; und dann eilte er die Straße hinunter. Unterwegs legte er sich die Geschichte zurecht, die er Edna erzählen wollte. Er sei im Klub gewesen, und einige seiner Freunde hätten ihn dazu überredet, mit ihnen Bridge zu spielen. Er hätte nicht mitten im Spiel unterbrechen wollen, und so sei die Zeit vergangen. Das würde schon genügen. Und morgen auch. Edna müßte sich daran gewöhnen, daß er nach der Arbeit in den Klub ging. Eine bessere Ausrede, um den Reiz seines Doppellebens zu verbergen, fiel ihm nicht ein.

Unglaublich war es, wie die Tage vorüberglitten, Tage, die sich sonst geschleppt hatten, scheinbar endlos gewesen waren. Natürlich setzte das gewisse Veränderungen voraus. Es genügte nicht, daß er Edna belog, er mußte auch in seinem Büro allerlei Ausflüchte erfinden. So behauptete er, dringende Geschäfte hielten ihn nachmittags besetzt, er müsse neue Verbindungen anknüpfen und dergleichen mehr. Derzeit könne er tatsächlich nur den halben Tag im Büro arbeiten, sagte er. Natürlich müßte das in gewissen finanziellen Übereinkünften seinen Ausdruck finden, das verstehe er sehr gut. Wenn unterdessen sein Senior-Partner einen Teil seiner Tätigkeit übernehmen würde ... Erstaunlich, daß man das ohne weiteres schluckte! Und auch Edna gab sich mit seinem Bridgespiel im Klub zufrieden. Obgleich es nicht immer der Klub war. Manchmal waren es auch besondere Arbeiten in einem andern Büro, irgendwo in der City; und er sprach geheimnisvoll von einem großen Geschäft, das viel zu heikel und kompliziert war, als daß er ausführlich davon reden dürfe. Edna schöpfte anscheinend keinen Verdacht; ihr Leben nahm den gewohnten Verlauf. Nur Fenton war es, dessen Welt sich verwandelt hatte. Er ging jetzt regelmäßig jeden Nachmittag um halb vier durch die Gartentür des Hauses Nummer acht und schaute nach dem Küchenfenster im Kellergeschoß hinunter, wo er Madame Kaufmanns Gesicht zwischen den orangefarbenen Vorhängen erblicken konnte. Dann kam sie durch die Hintertür zu dem Gartenstreifen und ließ Fenton eintreten. Sie hatten beschlossen, daß er nicht die Vordertür benützen sollte. Die Hintertür war sicherer. Weniger auffällig.

»Guten Tag, Mr. Sims.«

»Guten Tag, Madame Kaufmann.«

Nein, Anna wollte er nicht sagen, das wäre sinnlos. Sie könnte glauben . . . sie könnte sich vorstellen . . . Und die Anrede »Madame« stellte die richtige Beziehung zwischen ihnen her. Sie war tatsächlich sehr nützlich für ihn. Sie räumte das Atelier auf – so nannte sie den Raum jetzt immer –, und sie putzte seine Pinsel; sie riß täglich frische Leinenstreifen für ihn, und sobald er kam, hatte sie eine Tasse Tee für ihn bereit, nicht das Gebräu, das man ihm im Büro vorsetzte, sondern frisch und heiß. Und der Kleine . . . der Kleine war ganz erträglich geworden. Fenton war, sobald er das erste Porträt fertig hatte, viel geduldiger mit dem Kind. Es war, als lebte der Junge durch ihn überhaupt ein neues Leben. Er war gewissermaßen Fentons Schöpfung.

Es war jetzt Hochsommer, und Fenton hatte das Porträt des Kindes schon mehrmals gemalt. Das Kind sagte nach wie vor ›Da‹ zu ihm. Doch der Knabe war nicht sein einziges Modell, Fenton hatte auch die Mutter gemalt. Und darin fand er noch größere Befriedigung. Es verlieh ihm ein erstaunliches Machtgefühl, daß er die Frau auf die Leinwand zu fesseln vermochte. Es waren nicht ihre Augen, ihre Züge, ihre Farben – ach Gott, wie wenig Farbe hatte sie! –, aber irgendwie ihre Umrisse; die Tatsache, daß es ein lebender Mensch, daß dieser lebende Mensch eine Frau war, ließ sich von ihm auf die blanke Leinwand bannen! Es kam nicht darauf an, wenn das, was er zeichnete und malte, keine Ähnlichkeit mit dem Menschen besaß, der Anna Kaufmann hieß und aus Österreich war. Das war nicht das entscheidende. Natürlich erwartete das arme Luder, als sie ihm zum erstenmal saß, ein Bild wie auf einer Bonbonschachtel. Doch mit dieser Auffassung hatte er bald aufgeräumt.

»Sehen Sie mich wirklich so?« fragte sie unglücklich.

»Warum? Was paßt Ihnen daran nicht?«

»Es ist nur ... es ist nur ... Sie haben mir einen Mund gemacht wie einem großen Fisch, der gerade etwas schlucken will.«

»Einem Fisch?! Was ist das für ein Unsinn!« Hatte sie erwartet, ihr Mund werde aussehen wie der Bogen Cupidos? »Das schwierige ist, daß Sie nie zufrieden sind. Sie sind nicht anders als irgendeine andere Frau!«

Ärgerlich begann er seine Farben zu mischen. Sie hatte kein Recht, an seinem Werk Kritik zu üben.

»Es ist nicht nett von Ihnen, Mr. Sims, daß Sie das sagen«, erwiderte sie nach kurzer Pause. »Mit den fünf Pfund, die Sie mir jede Woche geben, bin ich sehr zufrieden.«

»Ich habe nicht von Geld gesprochen.«

»Wovon sprechen Sie sonst?«

Er wandte sich wieder zu seiner Leinwand und setzte einen leisen Hauch von Rosa auf den fleischigen Teil des Arms. »Wovon ich gesprochen habe?« fragte er. »Keine Ahnung! Von Frauen, nicht? Ich weiß wirklich nicht. Und ich habe Sie ersucht, mich nicht zu unterbrechen.«

»Entschuldigen Sie, Mr. Sims.«

So ist's richtig, dachte er. Sei nur ruhig! Bleib an deinem Platz. Wenn es eines gab, was er nicht ertrug, war es eine Frau, die widersprach, eine Frau, die selbstbewußt war, eine Frau, die nörgelte, eine Frau, die auf ihren Rechten bestand. Denn dazu waren sie natürlich nicht geschaffen. Ihre Schöpfer hatten sie gemacht, damit sie sich fügten, damit sie sich anpaßten, sanft und demütig waren. Das Verdrießliche war, daß sie das alles in Wirklichkeit nur selten waren. So waren sie nur in der Einbildung oder im Vorübergehen erspäht oder hinter einem Fenster oder hinter der Brüstung eines Balkons im Ausland oder im Rahmen eines Bildes oder auf einer Leinwand wie jener, die er vor sich hatte – er vertauschte den Pinsel mit einem andern, darin hatte er es zu einiger Gewandtheit gebracht. Ja, nur auf solche Art hatte eine Frau einen Sinn, eine Realität. Und dann kam so eine und sagte ihm, er habe ihr einen Mund gemalt wie einem großen Fisch ...

»Als ich jünger war«, sagte er laut, »war ich ehrgeizig ...«

»Sie wollten ein großer Maler werden?«

»Wie? Nein ... nein, nicht gerade das«, erwiderte er. »Nur überhaupt groß! Berühmt sein wollte ich. Irgend etwas Außerordentliches leisten.«

»Dazu ist ja noch immer Zeit, Mr. Sims.«

»Vielleicht ... vielleicht ...« Die Haut hätte nicht rosa sein sollen, sie müßte olivfarben sein, ein warmes Olivengrün. Ednas Vater war das Hindernis gewesen; mit seinem endlosen Mäkeln an ihrer Lebensform. Vom Tag der Verlobung an hatte Fenton ihm nichts recht machen können. Immer hatte der alte Mann etwas auszusetzen gehabt, immer etwas bekrittelt. »Ins Ausland gehn?« hatte er gerufen. »Du kannst im Ausland dein Leben nicht verdienen. Überdies würde Edna das nicht aushalten. Von allen Freunden und Freundinnen entfernt, von allem, woran sie seit jeher gewöhnt ist! So einen Unsinn habe ich noch nie gehört!«

Nun, jetzt war er tot, und das war nicht übel. Von Anfang an war ein Keil zwischen ihnen gewesen. Marcus Sims ... Marcus Sims, der Maler, war ein ganz anderer Kerl. Ein Surrealist. Ein Moderner! Der alte Bursche mochte sich im Grab umdrehen!

»Es ist dreiviertel sieben«, flüsterte die Frau.

»Verflucht ...« Er seufzte und trat von der Staffelei zurück. »Mir ist's nicht recht, daß ich unterbrechen muß! Jetzt, wo die Abende so hell sind. Ich hätte noch gern eine Stunde oder länger weitergearbeitet.«

»Warum tun Sie's nicht?«

»Ach, gewisse Bindungen«, seufzte er. »Meine arme alte Mutter würde einen Anfall bekommen!«

In den letzten Wochen hatte er eine alte Mutter erfunden. Sie war ans Bett gefesselt. Er hatte ihr versprochen, jeden Abend um dreiviertel acht daheim zu sein. Kam er nicht zur Zeit, so würden die Ärzte die Verantwortung für die Folgen ablehnen. Er war ein guter Sohn.

»Ich wollte, Sie könnten sie hier unterbringen«, sagte sein Modell. »Es ist hier so einsam abends, wenn Sie fort sind. Wissen Sie, es heißt, daß das Haus doch nicht abgerissen werden soll. Wenn das wahr ist, könnten Sie die Wohnung im Erdgeschoß mieten, und Ihre Mutter wäre bei uns willkommen.«

»Sie würde jetzt um keinen Preis mehr übersiedeln«, erklärte Fenton. »Sie ist über achtzig. Und sie hält an ihrer Lebensweise fest.« Er lächelte innerlich, er dachte an Ednas Gesicht, wenn er ihr sagen würde, um wieviel bequemer es wäre, das Haus zu verkaufen, in dem sie nun seit beinahe zwanzig Jahren lebten, und in die Boulting Street Nummer acht zu ziehen. Man stelle sich den Aufruhr vor! Und Alhusons, die Sonntag abends zu Tisch kämen!

»Überdies –« und das dachte er laut – »wäre ich ja um das Wichtigste betrogen.«

»Um welches Wichtigste?«

Er sah von den Farbflecken auf der Leinwand, die ihm soviel bedeuteten, zu der Frau hinüber, die da saß und mit ihrem schlichten Haar, ihren stumpfen Augen sein Modell war, und er versuchte, sich zu erinnern, was ihn eigentlich dahin gebracht hatte, vor Monaten die Stufen der grauen Villa hinaufzugehen und nach einem Zimmer zu fragen. Eine vorübergehende Gereiztheit, ein Ärger über die arme Edna, über den windigen, trüben Tag am Embankment, über die Frage, ob Alhusons zu einem Glas kommen sollten. Doch was sein Geist an jenem vergangenen Sonntag ersonnen hatte, war vergessen, und er wußte nur, daß dieser kleine, kümmerliche Kellerraum seine Zuflucht war, daß die Persönlichkeiten der Frau Anna Kaufmann und des Kindes Johnnie irgendwie Symbole des Andersseins, des Friedens, bildeten. Alles, was sie für ihn tat, war, daß sie ihm Tee bereitete und die Pinsel wusch. Sie war ein Bestandteil der Umgebung wie die Katze, die schnurrte, wenn er sich näherte, auf dem Fenstersims kauerte, und der er noch nicht den kleinsten Krümel gegeben hatte.

»Schon gut, schon gut, Madame Kaufmann«, sagte er. »Eines Tages veranstalten wir eine Ausstellung, und Ihr Gesicht und Johnnies Gesicht werden das Stadtgespräch sein.«

»Dieses Jahr ... nächstes Jahr ... irgendeinmal ... niemals ... so spielt ihr doch mit den Kirschkernen, nicht?«

»Sie haben kein Zutrauen«, sagte er. »Aber ich werde es Ihnen zeigen. Warten Sie nur ab!«

Abermals begann sie mit der langen, tristen Geschichte von dem Mann, dessentwegen sie aus Österreich geflohen war, und von dem andern Mann, der sie in London sitzengelassen hatte – er kannte das alles jetzt schon so genau, daß er ihr soufflieren konnte. Aber es störte ihn nicht. Es gehörte auch zu der Umgebung, gehörte zu dem gesegneten Anderssein. Mochte sie nur schwatzen, sagte er sich, das beruhigte sie, und ihm war es gleichgültig. Er konnte sich auf die Orange konzentrieren, an der sie saugte, von der sie dem kleinen Johnnie Stückchen gab, der auf ihrem Schoß saß; und unter seinen Fingern wurde die Orange farbiger als in Wirklichkeit, üppiger, leuchtender.

Und wenn er abends über das Embankment heimging – auch dieser Weg erinnerte ihn nicht mehr an jenen Sonntag, sondern verschmolz mit seinem neuen Leben –, warf er seine Kohleskizzen, seine Entwürfe in den Fluß. Sie waren jetzt in Farben verklärt und somit nutzlos. Mit ihnen entledigte er sich auch der leeren Tuben, der beschmutzten Fetzen und der allzusehr verklebten Pinsel. Er warf das alles von der Albert Bridge hinunter, sah, wie es weitertrieb oder unterging oder eine rußbefleckte Möwe anlockte. All seine Sorgen gingen mit diesem verbrauchten Zeug dahin. All seine Schmerzen.

Er hatte mit Edna besprochen, daß sie ihre alljährliche Ferienreise bis Mitte September verschoben. Das ließ ihm Zeit, das Selbstbildnis zu vollenden, an dem er arbeitete und das gewissermaßen die Reihe von Bildern, die er gemalt hatte, abrunden sollte. Angenehm zum erstenmal seit Jahren, daß es doch etwas gab, worauf er sich, im Gedanken an die Heimkehr nach London, freuen konnte.

Die kurzen Vormittagsstunden im Büro zählten kaum mehr. Irgendwie half ihm seine vieljährige Routine darüber hinweg, und nach dem Mittagessen kam er nie wieder. Seine andern Verpflichtungen, so erzählte er seinen Kollegen, würden mit jedem Tag dringlicher; ja, er war im Grunde entschlossen, im Herbst seine jetzige Verbindung mit der Firma zu lösen.

»Wenn Sie es uns nicht vorausgesagt hätten«, sagte sein Senior-Partner trocken, »so hätten wir es Ihnen voraussagen müssen.«

Fenton zuckte die Achseln. Sollten die Herren in der Firma unangenehm werden, so konnte er sich gar nicht früh genug von ihnen trennen. Er könnte es ihnen sogar aus Schottland schreiben. Und dann würde der ganze Herbst, der ganze Winter seiner Kunst gehören! Er könnte ein richtiges Atelier mieten; Nummer acht war am Ende doch nur ein Notbehelf. Aber ein großes Atelier mit guter Beleuchtung und einer kleinen Küche – wenige Straßen entfernt wurden solche Ateliers gerade gebaut –, das wäre die beste Lösung für den Winter. Dort könnte er richtig arbeiten. Etwas wirklich Gutes zustande bringen und nicht länger von dem Gefühl belastet sein, daß er doch nur ein Dilettant, ein Sonntagsmaler war.

Das Selbstporträt war eine anstrengende Arbeit. Madame Kaufmann hatte einen Spiegel entdeckt und an die Wand ihm gegenüber gehängt, so daß der Anfang leicht war. Doch er merkte, daß er seine Augen nicht zu malen vermochte. Sie mußten geschlossen sein, und das hatte die Wirkung, daß er zu schlafen schien; oder krank zu sein. Es war geradezu unheimlich.

»Es gefällt Ihnen also nicht?« Madame Kaufmann war eben erschienen, um ihm zu melden, daß es sieben war.

Sie schüttelte den Kopf. »Mich überläuft's immer, wenn ich es sehe! Nein, Mr. Sims, das sind nicht Sie!«

»Ein wenig zu modern für Ihren Geschmack«, meinte er heiter. »Avantgardistisch nennt man das, glaube ich.«

Er war entzückt. Dieses Selbstporträt war ein echtes Kunstwerk.

»Nun, vorderhand muß es dabei bleiben«, sagte er. »Nächste Woche nehme ich Ferien.«

»Sie fahren fort?«

In ihrer Stimme war eine so deutliche Unruhe, daß er sich umwandte.

»Ja«, sagte er, »ich bringe meine alte Mutter nach Schottland. Warum?«

Sie sah ihn verängstigt an, der Ausdruck ihrer Züge war völlig verändert. Man hätte glauben können, er habe ihr etwas Furchtbares mitgeteilt.

»Aber ich habe doch niemanden als Sie! Ich werde ganz allein sein.«

»Ihr Geld bekommen Sie trotzdem«, sagte er schnell. »Ich zahle die Miete im voraus. Und wir werden nur drei Wochen fortbleiben.«

Immer noch starrte sie ihn an, und dann – zu seiner größten Überraschung – füllten ihre Augen sich mit Tränen, und sie begann zu weinen.

»Ich weiß nicht, was ich tun soll«, klagte sie. »Ich weiß nicht, wohin ich gehen soll.«

Das war doch ein wenig stark. Was meinte sie denn überhaupt? Was sie tun, wohin sie gehen sollte? Er hatte ihr das Geld zugesagt. Sie würde einfach genauso weiterleben, wie sie es immer getan hatte. Ja, im Ernst, wenn sie sich derart verhielt, was es besser, so rasch wie möglich ein richtiges Atelier zu finden. Nichts auf der Welt wäre ihm unerwünschter gewesen, als daß Madame Kaufmann ein Hemmschuh für ihn würde.

»Meine liebe Madame Kaufmann, ich bin ja nie als ständiger Mieter bei Ihnen eingezogen«, sagte er fest. »In absehbarer Zeit übersiedle ich ohnehin. Vielleicht im Herbst. Ich brauche mehr Raum für meine Arbeit. Natürlich werde ich Sie rechtzeitig vorher verständigen. Aber es wäre vielleicht das beste, Sie täten Johnnie in einen Kindergarten und würden sich für den Tag eine Beschäftigung suchen. Das wäre ganz gewiß für Sie von Vorteil.«

Es war, als hätte er sie geschlagen. Sie war betäubt, völlig niedergeschmettert.

»Was soll ich anfangen?« wiederholte sie stumpf und dann, als könnte sie es noch nicht glauben: »Wann fahren Sie fort?«

»Montag. Nach Schottland. Wir bleiben drei Wochen.« Diese letzten Worte betonte er sehr nachdrücklich, damit kein Zweifel übrigblieb. Während er sich über dem Ausguß in der Küche

83

die Hände wusch, dachte er, daß sie im Grunde eine sehr unintelligente Person war. Und das war das verdrießliche daran. Sie konnte ihm einen guten Tee vorsetzen und wußte, wie sie seine Pinsel zu waschen hatte, aber das war auch alles. »Sie sollten selber Ferien nehmen«, sagte er heiter. »Machen Sie mit Johnnie eine kleine Fahrt flußabwärts nach Southend oder sonstwohin.«

Darauf erhielt er keine Antwort. Nichts als einen kläglichen Blick und ein hoffnungsloses Achselzucken.

Der nächste Tag, ein Freitag, war das Ende seiner Arbeitswoche. Am Morgen holte er sich sein Geld bei der Bank, um Madame Kaufmann die Miete für drei Wochen im voraus zu bezahlen. Und er wollte ihr noch fünf Pfund mehr geben, um sie zu beruhigen.

Als er zum Haus kam, saß Johnnie auf seinem gewohnten Platz, auf der obersten Stufe, an den Schuhabstreifer angebunden. Das hatte sie schon seit längerer Zeit nicht mehr getan. Und als Fenton, wie gewöhnlich, durch die Hintertür das Kellergeschoß betrat, war nicht, wie sonst, das Radio in Tätigkeit; und die Küchentür war geschlossen. Er öffnete sie und schaute hinein. Auch die Tür zum Schlafzimmer war zu.

»Madame Kaufmann«, rief er. »Madame Kaufmann!«

Nach einigen Sekunden antwortete sie; ihre Stimme klang gedämpft und schwach.

»Was gibt's?«

»Ist irgend etwas nicht in Ordnung?«

Abermals eine Pause; und dann: »Ich fühle mich nicht sehr wohl.«

»Das tut mir leid«, sagte Fenton. »Kann ich etwas für Sie tun?«

»Nein.«

So stand es also! Sie wollte einen Druck auf ihn ausüben. Sie hatte nie gut ausgesehen, das aber hatte sie bisher nie getan. Es war auch nichts für den Tee vorbereitet. Er legte den Umschlag mit dem Geld auf den Küchentisch.

»Ich habe Ihnen die Miete gebracht«, rief er. »Alles in allem zwanzig Pfund. Gehen Sie doch ins Freie und geben Sie etwas davon aus. Es ist so ein schöner Nachmittag! Die Luft würde Ihnen guttun.«

Man mußte unbekümmert und energisch sein. Das war die beste Methode für solche Fälle. Nur sich kein Mitgefühl erpressen lassen!

Er ging, heiter pfeifend, in sein Atelier. Zu seiner Überraschung, ja, zu seinem Verdruß entdeckte er, daß alles noch so war, wie er es verlassen hatte. Die Pinsel waren nicht gewaschen, sondern langen, zusammengeklebt, auf der farbenreichen Palette. Das Zimmer war nicht angerührt worden. Das war doch wirklich der Gipfel! Er hatte nicht übel Lust, den Umschlag wieder vom Küchentisch zu nehmen. Es war ein Fehler gewesen, die Ferienreise überhaupt zu erwähnen. Er hätte ihr das Geld zum Wochenende mit der Post schicken und einfach schreiben sollen, daß er nach Schottland fuhr. Statt dessen . . . dieses aufreizende Schmollen, diese Vernachlässigung ihrer Pflichten. Natürlich, weil sie eine Ausländerin war. Man konnte eben doch kein Vertrauen zu ihnen haben. Auf die Dauer versuchten sie immer, einen hereinzulegen!

Er kehrte mit Pinsel und Palette, Terpentin und einigen Fetzen in die Küche zurück und machte soviel Lärm wie nur möglich, ließ das Wasser laufen, ging hin und her – sie sollte nur merken, daß er jetzt all diese niedrigen Verrichtungen selber zu erledigen hatte. Er klapperte mit der Teetasse und schüttelte die Büchse, in der sie den Zucker aufbewahrte. Und dennoch – kein Laut aus dem Schlafzimmer. Ach, verdammt, dachte er, mag sie schmollen . . .

Als er wieder im Atelier war, beschäftigte er sich damit, letzte Hand an sein Selbstbildnis zu legen, doch er konnte sich nur mühsam konzentrieren. Nichts wollte klappen. Das Bild wirkte tot. Sie hatte ihm den Tag verdorben! Am Ende entschloß er sich, eine Stunde früher als gewöhnlich heimzugehen. Er hatte kein Vertrauen mehr zu der Frau. Nicht, nachdem sie ihre Arbeit heute derart im Stich gelassen hatte. Sie war sehr wohl imstande, drei Wochen lang nichts anzurühren.

Bevor er seine Bilder, eines hinter das andere, stapelte,

85

lehnte er sie an die Wand und versuchte sich vorzustellen, wie sie sich bei einer Ausstellung ausnehmen würden. Sie fesselten den Blick, daran war nicht zu zweifeln. Man konnte sich ihnen nicht entziehen. Es war etwas daran . . . nun, etwas, das der ganzen Sammlung ihre Eigenart verlieh. Was es war, das wußte er nicht. Natürlich war er nicht imstande, Kritik an seinem Œuvre zu üben. Doch . . . dieser Kopf Madame Kaufmanns zum Beispiel, der, von dem sie gesagt hatte, sie sehe aus wie ein Fisch . . . ja, durchaus möglich, daß ein Ausdruck um den Mund . . . oder waren es die Augen, diese großen Augen? Immerhin – es war ausgezeichnet. Ja, dessen war er sicher; er war ausgezeichnet. Und obgleich unvollendet, hatte auch dieses Selbstbildnis eines schlafenden Mannes seine tiefe Bedeutung.

Er lächelte im Geiste, sah sich und Edna in eine der kleinen Galerien der Bond Street treten; er würde ganz leichthin sagen: »Da soll irgendein neuer Maler etwas ausgestellt haben. Sehr widerspruchsvolle Urteile hört man. Die Kritik weiß nicht, ob er ein Genie oder ein Wahnsinniger ist.« Und Edna: »Das muß wohl das erste Mal sein, daß du in so eine Galerie gegangen bist.« Welch ein Gefühl der Macht! Des Triumphes! Und dann, wenn er ihr die Wahrheit sagte, wie würde da in ihren Augen der Respekt aufdämmern! Die Erkenntnis, daß ihr Mann, nach all den Jahren, berühmt geworden war! Diese Überraschung war es, nach der ihn verlangte. Ja, das war es! Das Staunen . . .

Noch einen letzten Blick gönnte Fenton dem vertrauten Raum. Die Bilder waren jetzt versorgt, die Staffelei stand leer, Pinsel und Palette waren gewaschen, getrocknet und eingepackt. Wenn er sich nach seiner Rückkehr aus Schottland entschloß, auszuziehen – und dessen war er nach Madame Kaufmanns albernem Benehmen von heute ziemlich sicher –, dann war alles zur Übersiedlung bereit. Er brauchte nur ein Taxi kommen zu lassen, seine Geräte drin unterzubringen und wegzufahren.

Er schloß das Fenster, schloß die Tür, nahm sein gewohntes Wochenpäckchen unter den Arm – es enthielt, was er als »Abfall« bezeichnete –, ging abermals in die Küche und rief durch die geschlossene Tür des Schlafzimmers:

»Ich gehe jetzt! Hoffentlich fühlen Sie sich morgen wieder besser. Und auf Wiedersehen in drei Wochen!«

Er bemerkte, daß der Umschlag vom Küchentisch verschwunden war. Gar so krank konnte sie also nicht sein!

Dann hörte er ein Geräusch im Schlafzimmer, und nach wenigen Minuten öffnete die Tür sich zollbreit, und da stand sie auf der Schwelle. Er war betroffen. Sie sah tatsächlich aus wie ein Gespenst, ihr Gesicht hatte keine Spur von Farbe, das Haar hing schlaff und fettig herunter, war weder gekämmt noch gebürstet. Um den Unterleib hatte sie eine Decke geschlungen, und trotz des heißen, stickigen Tages und des Mangels an frischer Luft in diesem Keller trug sie eine dicke Wolljacke.

»Waren Sie bei einem Arzt?« fragte er, nicht ohne eine gewisse Besorgnis.

Sie schüttelte den Kopf.

»Das täte ich an Ihrer Stelle«, sagte er. »Sie sehen gar nicht gut aus.« Er erinnerte sich an den Kleinen, der noch immer an den Schuhabstreifer angebunden war. »Soll ich Ihnen Johnnie herunterbringen?« fragte er.

»Ja, bitte.«

Ihre Augen gemahnten ihn an die Augen eines leidenden Tieres. Er war beunruhigt. Es war doch im Grunde schrecklich, fortzugehen und sie in diesem Zustand zu lassen. Was aber sollte er tun? Er ging die Kellertreppe hinauf, durch das öde Vorzimmer und öffnete die Haustür. Der Kleine saß noch immer zusammengekauert da. Seit Fenton das Haus betreten hatte, konnte das Kind sich nicht gerührt haben.

»Komm, Johnnie! Ich bringe dich hinunter zu Mutter!«

Das Kind ließ sich losbinden. Es war ebenso abgestumpft wie die Frau. Was für ein hoffnungsloses Paar waren die beiden! Es sollte sich wirklich irgendwer ihrer annehmen, meine Fenton. Vielleicht ein soziales Hilfswerk. Es mußte doch Plätze für solche Menschen geben; wo man sich um sie kümmerte! Er trug das Kind hinunter und setzte es auf den gewohnten Stuhl am Küchentisch.

»Wie steht's mit seinem Tee?« fragte er.

»Gleich mache ich ihn«, erwiderte Madame Kaufmann.

Sie schleppte sich, immer noch in ihre Decke gehüllt, aus dem Schlafzimmer. In der Hand hatte sie ein Paket, das mit einer Schnur zusammengebunden war.

»Was ist das?« fragte er.

»Ach nichts. Kehricht«, sagte sie. »Wenn Sie es mit Ihren eigenen Sachen wegwerfen wollten! Der Müll wird erst nächste Woche geholt.«

Er nahm ihr das Paket ab, wartete noch sekundenlang und fragte sich, ob er sonst etwas für sie tun könnte.

»Tja«, sagte er schließlich unbeholfen. »Das tut mir aufrichtig leid. Kann ich Ihnen wirklich mit nichts behilflich sein?«

»Nein.« Sie sagte nicht einmal »Mr. Sims«. Sie gab sich nicht die Mühe, zu lächeln oder ihm die Hand zu reichen. In ihren Augen war kein Schimmer eines Vorwurfs. Alles an ihr war stumm.

»Ich schicke Ihnen eine Karte aus Schottland«, sagte er, und dann streichelte er Johnnies Kopf. »Auf Wiedersehen«, setzte er hinzu – ein Ausdruck, den er sonst in diesem Haus nie gebraucht hatte. Dann ging er durch die Hintertür, um das Haus herum und durch die Gartentür auf die Straße. Als er auf der Boulting Street war, bedrückte es ihn, daß er sich irgendwie schlecht benommen, daß er es an Mitgefühl hatte fehlen lassen; er selber hätte die Initiative ergreifen, hätte darauf bestehen sollen, daß sie einen Arzt kommen ließ.

Der Septemberhimmel war bedeckt, und das Embankment staubig und öde. Die Bäume in den Battersea Gardens am andern Ufer hatten den trüben, verblichenen Ausdruck des Sommerendes. Zu stumpf, zu braun waren sie. Es würde schön sein, nach Schottland zu fahren, dort die reine, kühle Luft zu atmen!

Er öffnete sein Paket und begann, seine »Abfälle« in den Fluß zu werfen. Eine Zeichnung von Johnnie, die allerdings recht kümmerlich war. Ein Versuch an der Katze. Eine Leinwand, die irgendwie fleckig geworden war und nicht mehr zu gebrauchen. Das alles fiel über das Geländer und wurde von der Flut fortgetragen, die Leinwand schwamm wie eine Zündholzschachtel. Er war ziemlich traurig, das alles forttreiben zu sehen.

Er ging das Embankment entlang heimwärts, und dann, bevor er die Straße überqueren wollte, entsann er sich, daß er ja auch noch das Paket trug, das Madame Kaufmann ihm gegeben hatte. Er hatte vergessen, es mit seinen Sachen in den Fluß zu werfen. Zu beschäftigt war er damit gewesen, seine eigenen »Abfälle« verschwinden zu sehen.

Gerade wollte Fenton das Paket in den Fluß werfen, als er bemerkte, daß ein Polizist ihn von der andern Straßenseite her beobachtete. Ihm war unbehaglich zumute; wahrscheinlich war es gegen die Vorschriften, sich des Mülls auf solche Art zu entledigen. Verlegen ging er weiter. Nach ein paar Schritten wandte er den Kopf. Der Polizist schaute ihm nach. Völlig widersinnig weckte das in ihm ein Schuldgefühl. Das Auge des Gesetzes! Er ging weiter, schwenkte das Paket gleichgültig hin und her und summte ein Lied vor sich hin. Zum Teufel mit dem Fluß! Er würde das Paket in einen der Abfallkörbe im Spitalgarten in Chelsea werfen.

Er ging in den Garten und ließ das Paket in den ersten Abfallkorb fallen, über zwei oder drei Zeitungen und etliche Orangenschalen. Das war doch gewiß keine Übertretung von Vorschriften. Er sah, wie dieser verdammte Esel von Schutzmann durch das Geländer spähte, doch Fenton achtete sehr wohl darauf, den Kerl nicht merken zu lassen, daß er ihn überhaupt zur Kenntnis nahm. Man hätte meinen können, Fenton versuche, sich einer Bombe zu entledigen. Dann ging er schnell heim und erinnerte sich auf den Stufen, daß Alhusons zum Abendessen kamen. Das übliche Beisammensein vor den Ferien. Der Gedanke war ihm nicht so lästig wie früher. Er würde mit den beiden über Schottland plaudern, ohne daß in ihm das Gefühl aufkäme, in einer Falle zu sitzen. Was würde Jack Alhuson für Augen machen, wenn er wüßte, wie Fenton seine Nachmittage verbrachte! Er würde seinen Ohren nicht trauen!

»Nun, du kommst ja so früh«, sagte Edna, die im Wohnzimmer Blumen in die Vasen stellte.

»Ja«, erwiderte er, »ich habe im Büro alles rechtzeitig in Ordnung gebracht. Ich meinte, nun könnte ich unsern Reiseplan genau studieren. Ich freue mich aufrichtig auf diese Fahrt nach dem Norden.«

»Wie froh bin ich«, sagte sie. »Ich hatte schon gefürchtet, diese alljährliche Reise nach Schottland könnte dir langweilig werden. Aber du wirkst gar nicht ferienbedürftig. Seit Jahren hast du nicht so gut ausgesehen.«

Sie küßte ihn auf die Wange, und er erwiderte ihren Kuß. Er war sehr zufrieden. Und er lächelte, als er jetzt den Fahrplan zur Hand nahm. Sie hatte noch immer keine Ahnung davon, daß ihr Mann ein Genie war.

Alhusons kamen, und man setzte sich gerade zu Tisch, als die Türglocke läutete.

»Wer kann das sein?« rief Edna. »Haben wir am Ende vergessen, daß noch jemand eingeladen war?«

»Ich habe die Elektrizitätsrechnung nicht bezahlt«, sagte Fenton. »Und jetzt sperren sie uns den Strom. Da werden wir kein Soufflé bekommen.«

Er war gerade damit beschäftigt, das Huhn zu zerlegen, und hielt inne. Alhusons lachten.

»Ich gehe«, sagte Edna. »Ich wage es nicht, May in der Küche zu stören. Am Ende ist's wirklich die Elektrizitätsrechnung! Und wir haben tatsächlich ein Soufflé.«

Wenige Minuten später kam sie halb erheitert, halb verdutzt zurück. »Es ist nicht der Mann vom Elektrizitätswerk«, sagte sie. »Es ist die Polizei.«

»Die Polizei?« wiederholte Fenton.

Jack Alhuson hob drohend den Finger. »Ich hab's gewußt! Diesmal hat man dich erwischt, alter Junge!«

Fenton legte das Tranchiermesser nieder. »Im Ernst, Edna, was will die Polizei?«

»Ich habe keine Ahnung. Es ist ein gewöhnlicher Polizist und noch ein zweiter Mann in Zivil; wahrscheinlich auch ein Polizist. Sie wollen mit dem Hausbesitzer sprechen.«

Fenton zuckte die Achseln. »Eßt ruhig weiter! Ich will sehen, daß ich sie rasch loswerde. Wahrscheinlich haben sie sich in der Adresse geirrt.«

Er ging aus dem Eßzimmer ins Vorzimmer, doch sobald er

den uniformierten Polizisten sah, veränderte sich sein Ausdruck. Er erkannte den Mann, der ihm auf dem Embankment nachgeschaut hatte.

»Guten Abend«, sagte er. »Womit kann ich Ihnen dienen?«

Der Mann in Zivil ergriff das Wort.

»Sind Sie zufällig heute nachmittag durch den Spitalgarten in Chelsea gegangen?« fragte er. Die beiden Männer beobachteten Fenton scharf, und er merkte, daß es keinen Zweck hatte zu leugnen.

»Ja«, sagte er. »Das ist richtig.«

»Sie haben ein Paket in der Hand gehabt?«

»Ich glaube wohl.«

»Haben Sie das Paket in einen Abfallkorb beim Eingang vom Embankment gelegt?«

»Ja.«

»Hätten Sie etwas dagegen, uns mitzuteilen, was in dem Paket gewesen ist?«

»Davon habe ich keine Ahnung.«

»Ich kann Ihnen die Frage auch anders stellen. Würden Sie uns mitteilen, wo Sie das Paket erhalten haben?«

Fenton zauderte. Worauf wollten sie hinaus? Ihr Verhör ging ihm auf die Nerven.

»Ich weiß nicht, was das mit Ihnen zu tun hat«, sagte er. »Es ist doch nicht verboten, Abfall in einen dazu bestimmten Korb zu werfen, nicht?«

»Nicht, wenn es sich um gewöhnlichen Abfall handelt«, sagte der Mann in Zivil.

Fenton schaute von einem zum andern. Ihre Gesichter blickten ernst.

»Haben Sie etwas dagegen, wenn ich an Sie eine Frage richte?« sagte er.

»Gewiß nicht.«

»Wissen Sie, was in dem Paket war?«

»Ja.«

»Das heißt also, daß dieser Polizist hier – ich erinnere mich, daß ich ihn flüchtig gesehen habe – mir gefolgt ist und das Paket aus dem Korb genommen hat, in den ich es fallen ließ?«

»Das ist richtig.«

»Sehr seltsam! Ich hätte gemeint, daß er besser daran getan hätte, seinen regelmäßigen Dienst zu versehen.«

»Nun, es gehört zu seinem regelmäßigen Dienst, Leute zu beobachten, die sich durch ihr Benehmen verdächtig machen.«

Fenton wurde wütend. »An meinem Benehmen war nichts Verdächtiges«, erklärte er. »Es hat sich so getroffen, daß ich in meinem Büro heute nachmittag aufgeräumt habe. Und sonst pflege ich dergleichen Abfall auf dem Heimweg in den Fluß zu werfen. Sehr oft füttere ich auch die Möwen. Heute war ich gerade im Begriff, mein übliches Paket in den Fluß zu werfen, als ich bemerkte, daß dieser Beamte hier mich beobachtete. Da kam es mir in den Sinn, daß es vielleicht nicht erlaubt ist, solchen Abfall in den Fluß zu werfen, und so benützte ich eben den Korb im Garten.«

Die beiden Männer wendeten keinen Blick von ihm.

»Sie haben vorhin erklärt«, sagte der Mann in Zivil, »Sie wüßten nicht, was in dem Paket gewesen sei, und jetzt behaupten Sie, es sei allerlei Abfall aus Ihrem Büro gewesen. Welche Angabe ist richtig?«

Fenton hatte das Gefühl, eingekreist zu werden.

»Beide Angaben sind richtig«, entgegnete er scharf. »Die Leute im Büro haben heute das Paket für mich zurechtgemacht, und ich wußte nicht, was sie hineingetan hatten. Manchmal sind es Brotreste für die Möwen, und dann öffne ich das Paket und werfe, wie ich Ihnen schon gesagt habe, die Krümel auf dem Heimweg den Vögeln zu.«

Nein, damit kam er nicht durch. Ihre Gesichter ließen das deutlich merken, und er selber hatte den Eindruck, die Geschichte sei recht unglaubhaft – ein Mann in mittleren Jahren, der erledigte Papiere oder dergleichen sammelte, um sie auf dem Heimweg aus dem Büro in den Fluß zu werfen, wie ein Schuljunge, der Zweige von der Brücke ins Wasser wirft, um sie auf der andern Seite der Brücke weitertreiben zu sehen! Aber im Augenblick fiel ihm nichts anderes ein, und jetzt mußte er daran festhalten. Es konnte ja am Ende keine verbrecherische Handlung sein – man konnte ihn höchstens überspannt nennen.

Der Mann in Zivil sagte nur: »Lesen Sie Ihre Notizen, Sergeant!«

Der Mann in Uniform zog sein Notizbuch und las laut: »Heute um fünf Minuten nach sechs ging ich über das Embankment und bemerkte einen Mann auf dem Trottoir gegenüber, der Anstalten machte, ein Paket in den Fluß zu werfen. Er sah, daß ich ihn beobachtete, ging schnell weiter, und dann drehte er den Kopf, um festzustellen, ob ich ihm nachschaute. Sein Benehmen war verdächtig. Dann ging er über die Straße auf den Eingang zum Spitalgarten von Chelsea zu, sah sich verstohlen nach allen Seiten um, warf sein Paket in den Abfallkorb und eilte hastig weiter. Ich ging zu dem Korb, nahm das Paket heraus und folgte dem Mann dann bis zum Annersley Square Nummer vierzehn, wo er in das Haus trat. Ich brachte das Paket auf das Kommissariat, wo der diensttuende Beamte es öffnete. Wir untersuchten gemeinsam das Paket. Es enthielt den Körper eines vorzeitig geborenen Kindes.«

Er klappte das Notizbuch zu.

Fenton war es, als ob alle Kräfte ihn verließen. Grauen und Angst ballten sich zu einer dichten, schweren Wolke, und er sank in einem Stuhl zusammen.

»O Gott«, flüsterte er, »o Gott, was ist da geschehen . . .«

Durch die Wolke hindurch sah er Edna, die ihn aus der offenen Tür des Eßzimmers beobachtete, und hinter ihr standen Alhusons. Der Mann in Zivil aber sagte: »Ich muß Sie bitten, mit uns aufs Kommissariat zu gehen und dort eine Erklärung abzugeben.«

Fenton saß dem Polizeiinspektor gegenüber. Auch der Mann in Zivil, der Polizist in Uniform und noch ein anderer Mann, wahrscheinlich ein Arzt, waren im Zimmer. Edna war mitgekommen – darum hatte er gebeten. Und vor der Tür warteten Alhusons. Das Schlimmste aber war der Ausdruck auf Ednas Zügen. Offenbar glaubte sie ihm nicht. Und die Polizisten auch nicht.

»Ja, das hat sechs Monate gedauert«, wiederholte er. »Wenn ich sage gedauert, so meine ich meine Tätigkeit als Maler, nicht das geringste ... mich packte plötzlich das Verlangen zu malen ... ich kann das nicht erklären. Das wird mir nie gelingen. Es kam über mich. Und unter diesem Zwang ging ich in das Haus Nummer acht in der Boulting Street. Die Frau kam an die Tür, ich fragte sie, ob sie ein Zimmer zu vermieten habe, und nach kurzer Verhandlung erklärte sie, ja, sie habe ein Zimmer in ihrer eigenen Wohnung, im Kellergeschoß. Das gehe den Hausbesitzer nichts an, und wir einigten uns dahin, daß sie ihm auch nichts mitteilen solle. Und so zog ich ein. Seit sechs Monaten bin ich jeden Nachmittag hingegangen. Ich habe meiner Frau nichts davon gesagt ... ich glaubte, sie würde nicht verstehen ...«

Verzweifelt wandte er sich zu Edna, doch sie saß reglos da und schaute ihn aus großen Augen an.

»Ich gebe zu, daß ich gelogen habe«, sagte er. »Ich habe jedermann belogen. Daheim und im Büro. Im Büro sagte ich, ich hätte Beziehungen zu einer andern Firma, wo ich am Nachmittag sein müsse, und meiner Frau sagte ich – das kannst du bestätigen, Edna –, ich hätte länger im Büro bleiben müssen, oder ich sei in den Klub gegangen, Bridge spielen. Die Wahrheit war, daß ich jeden Tag in die Boulton Street ging. Jeden Tag.«

Er hatte doch nichts Unrechtes getan! Warum starrten sie ihn so an? Warum klammerte Edna sich an die Armlehnen ihres Stuhles?

»Wie alt Madame Kaufmann ist? Das weiß ich nicht. Etwa siebenundzwanzig, glaube ich ... oder dreißig ... das war schwer zu bestimmen ... und sie hat einen kleinen Jungen ... Johnnie ... sie ist Österreicherin, hat ein sehr trauriges Leben hinter sich, ihr Mann hat sie sitzenlassen ... nein, ich habe nie einen Menschen im Haus gesehen ... keine andern Männer ... ich weiß nicht, sage ich Ihnen ... ich weiß es nicht. Ich bin nur hingegangen, um zu malen. Sonst hatte ich gar nichts dort zu suchen. Das wird sie Ihnen bestätigen. Sie wird bestimmt die Wahrheit sagen. Ich bin überzeugt, daß sie sehr an mir hängt ... nein, nein, so habe ich das nicht gemeint ... wenn ich sage, daß sie sehr an mir hängt, meinte ich, daß sie mir für das Geld dankbar ist, das ich ihr gegeben habe ... die Miete selbstverständlich . . . fünf Pfund für das Zimmer zahle ich ihr. Es gab absolut nichts zwischen uns, es hätte nie etwas geben können, das kam überhaupt nicht in Frage . . . ja, ja, natürlich hatte ich keine Ahnung von ihrem Zustand. Ich bin kein guter Beobachter . . . das sind Dinge, die ich nicht wahrnehme. Und sie sagte kein Wort . . . kein einziges Wort . . .«

Er wandte sich zu Edna. »Du glaubst mir doch, nicht wahr?«

»Mir hast du nie gesagt, daß du Lust hast zu malen«, sagte sie. »Nie hast du während unserer ganzen Ehe von Malen oder von Malern gesprochen.«

Es war das gefrorene Blau in ihren Augen, das er nicht ertrug.

Er sagte zu dem Inspektor: »Könnten wir nicht sofort in die Boulting Street gehen? Die arme Seele muß ja in einem schrecklichen Zustand sein. Sie braucht einen Arzt, irgendwen, der sich um sie kümmert. Können wir nicht alle hingehen – meine Frau auch –, damit Madame Kaufmann alles erklären kann?«

Und man gab seinem Drängen nach. Es wurde beschlossen, sogleich in die Boulting Street zu fahren. Ein Polizeiwagen war zur Stelle, und er und Edna und die Polizeibeamten stiegen ein. Alhusons folgten in ihrem eigenen Wagen. Er hörte, wie sie zu dem Inspektor etwas darüber sagten, sie wollten Mrs. Fenton nicht allein lassen, der Schlag sei für sie zu schwer gewesen. Das war natürlich sehr nett von ihnen, aber es hätte gar kein Schlag sein müssen, wenn er ihr, sobald sie wieder daheim waren, die ganze Geschichte in aller Ruhe erklären könnte. Es war die Atmosphäre des Polizeikommissariats, die so abstoßend wirkte, die es zuwege brachte, daß er sich als Verbrecher fühlte.

Der Wagen hielt vor dem vertrauten Haus, und sie alle stiegen aus. Er ging voran, um das Haus zu der Hintertür und öffnete sie. Sobald sie eintraten, war der Geruch von ausströmendem Gas unverkennbar.

»Schon wieder Gas!« sagte er. »Das hat's von Zeit zu Zeit immer gegeben. Sie hat das Gaswerk angerufen, aber es ist nie jemand gekommen, um es zu richten.«

Keiner antwortete. Rasch ging er auf die Küche zu. Die Tür war geschlossen, hier aber war der Gasgeruch viel stärker.

95

Der Inspektor flüsterte seinen Untergebenen zu: »Mrs. Fenton sollte lieber im Wagen bei ihren Freunden bleiben.«

»Nein«, sagte Fenton. »Nein; ich will, daß meine Frau die ganze Wahrheit hört.«

Doch Edna ging mit einem der Beamten zurück, wo Alhusons sie mit ernsten Gesichtern erwarteten. Dann drangen die andern scheinbar gleichgültig in das Schlafzimmer ein, in Madame Kaufmanns Schlafzimmer. Sie rissen die Läden auf und ließen frische Luft herein, doch der Gasgeruch war übermächtig, und sie beugten sich über das Bett, und dort lag sie und neben ihr Johnnie; beide in festem Schlaf. Der Umschlag mit den zwanzig Pfund war auf den Boden gefallen.

»Können Sie sie nicht wecken?« sagte Fenton. »Können Sie sie nicht wecken und ihr sagen, daß Mr. Sims hier ist? Mr. Sims!«

Einer der Polizistn nahm ihn beim Arm und führte ihn aus dem Zimmer.

Als man Fenton mitteilte, daß Madame Kaufmann tot war und Johnnie auch, da schüttelte er den Kopf. »Es ist furchtbar ... furchtbar ... wenn sie mir doch nur ein Wort gesagt hätte ... wenn ich nur gewußt hätte ...« Doch irgendwie war der erste Schock der Entdeckung zu groß ... die Polizei, die zu ihm ins Haus kam, der grauenhafte Inhalt des Pakets ... und die Katastrophe selbst berührte ihn nicht mehr so tief. Sie war anscheinend unvermeidlich gewesen.

»Vielleicht ist es für sie so am besten«, sagte er. »Sie war ganz allein auf der Welt. Gerade nur sie und das Kind. Allein auf der Welt.«

Er wußte nicht recht, worauf alle warteten. Auf die Ambulanz wahrscheinlich, die die arme Madame Kaufmann und ihr Kind davonführen sollte. Er fragte: »Können wir jetzt heimgehn, meine Frau und ich?«

Der Inspektor wechselte einen Blick mit dem Mann in Zivil und sagte dann: »Leider nicht, Mr. Fenton. Wir müssen Sie bitten, mit uns aufs Kommissariat zurückzufahren.«

»Aber ich habe Ihnen doch die Wahrheit gesagt«, erwiderte Fenton müde. »Mehr gibt es nicht zu sagen. Mit dieser Tragödie habe ich nichts zu tun.« Dann entsann er sich seiner Bilder. »Sie haben meine Bilder nicht gesehen! Sie sind alle hier in dem Zimmer daneben. Sagen Sie doch, bitte, meiner Frau, daß sie herkommen soll; und meine Freunde auch. Ich möchte, daß sie meine Arbeiten sehen. Zudem jetzt, nach diesen Ereignissen, würde ich sie gern mitnehmen.«

»Dafür werden wir Sorge tragen«, sagte der Inspektor.

Sein Ton war kalt und fest. Unfreundlich, fand Fenton. Die offizielle behördliche Haltung!

»Schon gut, schon gut«, sagte er. »Aber die Sachen gehören doch mir und sind überdies wertvoll. Ich wüßte nicht, welches Recht Sie haben sollten, daran zu rühren.«

Er sah vom Inspektor zu dessen Kollegen in Zivil – der Arzt und der andere Polizist waren noch im Schlafzimmer –, und ihren Gesichtern konnte er ansehen, daß seine Arbeiten sie nicht interessierten. Sie meinten, das sei nichts als eine Ausrede, ein Alibi, und ihre Sache war lediglich, ihn wieder aufs Kommissariat zu bringen und dort gründlich zu verhören. Über die armen, kläglichen Toten im Schlafzimmer, über das kleine, vorzeitig geborene Kind.

»Ich bin durchaus bereit, mit Ihnen zu gehn, Inspektor«, sagte er ruhig. »Aber ich habe eine Bitte – erlauben Sie mir, meiner Frau und meinen Freunden die Bilder zu zeigen.«

Der Inspektor nickte seinem Untergebenen zu, der daraufhin die Küche verließ, und dann ging die kleine Gruppe in das Atelier. Fenton selber öffnete die Tür und ließ sie eintreten.

»Ich habe natürlich unter jämmerlichen Bedingungen gearbeitet«, sagte er. »Schlechtes Licht, das merken Sie ja selber. Keine richtigen Hilfsmittel. Ich weiß gar nicht, wie ich das ausgehalten habe. Tatsächlich hatte ich die Absicht, nach meiner Rückkehr aus den Ferien, ein Atelier zu mieten. Das hatte ich der armen Frau gesagt; und wahrscheinlich hat das eine ungünstige Wirkung auf ihren Gemütszustand gehabt.«

Er drehte das Licht an, und während sie dastanden, sich umsahen, die leere Staffelei erblickten, die Bilder, die säuberlich an der Wand aufgestapelt waren, da kam es ihm in den Sinn, daß diese Vorbereitungen zu einer Übersiedlung ihnen verdächtig sein mußten; als hätte er in Wirklichkeit sehr wohl gewußt, was sich in dem Schlafzimmer hinter der Küche abspielte, und hätte sich drücken wollen.

»Es war natürlich nur ein Notbehelf!« Er fand, er müsse sich entschuldigen, weil dieser kleine Raum so gar nichts von einem Atelier an sich hatte. »Aber es hatte mir gerade gepaßt. Sonst war kein Mensch im Haus, niemand, der Fragen stellen konnte. Ich habe nie jemand anders gesehen als Madame Kaufmann und den Kleinen.«

Er bemerkte, daß Edna eingetreten war und Alhusons auch und der andere Polizist, und sie beobachteten ihn mit dem gleichen Ausdruck. Warum Edna? Warum Alhusons? Die Bilder an der Wand mußten ihnen doch einen Eindruck machen! Sie mußten doch erkennen, daß sein gesamtes Werk von fünfeinhalb Monaten hier, in diesem Raum war und nur darauf wartete, ausgestellt zu werden. Er ging auf das nächste Bild zu und hielt es in die Höhe, damit sie es besser sehen könnten. Es war das Porträt Madame Kaufmanns, das ihm am besten gefiel – jenes Bild, von dem sie fand, sie sehe aus wie ein Fisch.

»Sie sind nicht herkömmlich, das weiß ich«, sagte er, »nicht wie man es aus Büchern lernt. Aber sie sind stark. Sie sind originell.« Er nahm ein anderes. Abermals Madame Kaufmann, diesmal mit Johnnie auf dem Schoß. »Mutter und Kind«, sagte er mit halbem Lächeln. »Wie die Primitiven. Zurück zu unseren Ursprüngen. Die erste Frau, das erste Kind.«

Er legte den Kopf auf die Seite, um das Bild so zu sehen, wie die andern es jetzt, zum erstenmal, sahen. Dann, als er einen Blick auf Edna warf, ihr Staunen, ihr Entzücken erwartete, stieß er auf die gleiche starre Verständnislosigkeit. Dann schien ihr Gesicht zu zerbröckeln, sie wandte sich zu Alhusons und sagte: »Das sind natürlich keine richtigen Bilder. Das sind Klecksereien, die er irgendwo zusammengeschmiert hat.« Von Tränen blind, hob sie den Kopf zum Inspektor: »Ich sagte Ihnen ja, daß er nicht malen kann. Er hat in seinem ganzen Leben nie gemalt. Das war lediglich ein Alibi, um zu dieser Frau zu gehen.«

Fenton sah, wie Alhusons sie fortführten. Er hörte sie das Haus durch die Hintertür verlassen, durch den Garten gehen.

»Das sind keine richtigen Bilder, das sind Klecksereien«, wiederholte er. Er setzte die Leinwand auf den Boden, lehnte Mutter und Kind an die Wand. Dann sagte er zu dem Inspektor: »Jetzt bin ich bereit, Ihnen zu folgen.«

Sie stiegen in den Polizeiwagen. Fenton saß zwischen dem Inspektor und dem Mann in Zivil. Der Wagen fuhr aus der Boulting Street in eine andere Straße, bog in die Oakley Street ein, rollte dann über das Embankment. Die Verkehrslichter wechselten, wurden rot. Fenton flüsterte vor sich hin: »Sie glaubt nicht an mich – sie wird nie an mich glauben!« Dann, als die Lichter wieder wechselten und der Wagen vorwärts sprang, schrie Fenton: »Gut, ich will alles gestehn. Ich bin ihr Liebhaber gewesen, und das Kind war mein Kind. Ich habe heute abend, bevor ich das Haus verließ, das Gas aufgedreht. Ich habe sie alle umgebracht. Ich wollte auch meine Frau umbringen . . . in Schottland. Ich gestehe, daß ich's getan habe . . . ich hab's getan . . . ja, ja, ich hab's getan . . .«

Der kleine Photograph

Die Marquise ruhte in ihrem Liegestuhl auf dem Balkon des Hotels. Sie war nur mit einem leichten Morgenrock bekleidet, ihr glattes, goldenes Haar war auf Lockenwickler gedreht und durch ein eng um den Kopf geschlungenes türkisfarbiges Band – es hatte genau die Farbe ihrer Augen – zusammengehalten. Neben ihrem Stuhl stand ein Tischchen, darauf drei Fläschchen mit Nagellack, alle in verschiedenen Tönungen.

Sie hatte auf drei Fingernägel verschiedene Farbflecke getupft und hielt die Hand nun ausgestreckt vor sich hin, um die Wirkung zu prüfen. Nein, der Lack auf dem Daumennagel war zu rot, zu grell, verlieh ihrer schlanken, olivbraunen Hand gleichsam etwas Wildes, als sei aus einer frischen Wunde ein Blutstropfen darauf gefallen.

Der Nagel ihres Zeigefingers dagegen zeigte ein auffallendes Rosa; beide Farben schienen ihr falsch, nicht ihrer gegenwärtigen Stimmung entsprechend. Es war das prangende Rosa eleganter Salons und Ballroben, die ihr gemäße Farbe für einen festlichen Empfang, wo sie langsam ihren Fächer aus Straußenfedern hin und her bewegte, während gedämpftes Geigenspiel erklang.

Der Mittelfinger war mit einem seidig glänzenden Rot betupft, weder karmesin- noch zinnoberfarben, sondern von milderer, zarterer Nuance, der Knospe einer Pfingstrose gleich, die des Morgens tauig erglänzt und sich der Tagesglut noch nicht geöffnet hat. Ja, wie eine Pfingstrose, die, noch kühl und geschlossen, aus ihrem umhegten Beet auf den üppigen Rasen hinabschaut und erst später, zur Mittagszeit, ihre Blumenblätter in der Sonne entfaltet.

Dies war die richtige Farbe. Sie nahm einen Wattebausch

und wischte die mißliebigen Tupfen von den beiden anderen Fingernägeln, tauchte gemächlich und sorgfältig den kleinen Pinsel in den erwählten Lack und arbeitete mit raschen, gewandten Strichen wie ein Künstler.

Als sie fertig war, lehnte sie sich erschöpft in den Liegestuhl zurück und fächelte die Hände in der Luft, um den Lack trocknen zu lassen – eine seltsame Geste, wie die einer Priesterin. Sie blickte auf ihre aus den Sandalen hervorlugenden Zehen hinab und beschloß, auch sie sogleich, in ein paar Minuten, zu lackieren; blasse, olivbraune Hände und Füße, beherrscht und ruhig, die plötzlich zum Leben erwachten.

Aber jetzt noch nicht. Erst mußte sie ruhen, sich erholen. Es war zu heiß, um sich aus der wohligen Rückenlage zu erheben, sich vorzubeugen und, zusammengekauert nach Art der Orientalen, die Füße zu schmücken. Zeit gab es im Überfluß, ja, sie spann sich wie der Faden eines abrollenden Knäuels durch den ganzen schwülen Tag hindurch.

Die leisen Geräusche des Hotels erreichten sie wie im Traum, die verschwommenen Laute taten ihr wohl, da sie in dieses Leben einbezogen und doch frei war, nicht länger an die Tyrannei des eigenen Heimes gekettet. Jemand auf dem Balkon über ihr schob einen Stuhl zurück. Unten auf der Terrasse entfaltete der Kellner über den kleinen Frühstückstischchen die fröhlich gestreiften Sonnenschirme. Sie konnte die Anweisungen des Maître d'hôtel im Speisesaal hören. Im angrenzenden Appartement räumte das Zimmermädchen auf; Möbel wurden gerückt, ein Bett knarrte, der Hoteldiener trat auf den benachbarten Balkon hinaus und kehrte den Boden mit einem Reisbesen. Ihre Stimmen erklangen murmelnd, ärgerlich; dann erstarben sie. Wieder Stille. Nichts als das träge Plätschern des Meeres, das gemächlich den glühenden Sand leckte; irgendwo weit fort, zu weit, um zu stören, ertönte das Lachen spielender Kinder, unter denen sich auch ihre eigenen befanden.

Auf der Terrasse unter ihr bestellte ein Gast Kaffee. Der Rauch seiner Zigarre stieg zu ihrem Balkon empor. Die Marquise seufzte, ihre schönen Hände sanken wie Blütenblätter zu beiden Seiten des Liegestuhls hinab. Dies war Frieden, dies war

Wohlgefühl. Wenn sie doch diesen Augenblick noch eine Stunde lang festhalten könnte... Aber eine innere Stimme sagte ihr, daß der alte Dämon der Unzufriedenheit, der Langeweile nach dieser Stunde wiedererwachen würde, selbst hier, wo sie frei war, Ferien hatte.

Eine Hummel schwirrte herbei, verharrte schwebend über dem Fläschchen mit Nagellack und kroch in eine Blüte, die eines der Kinder gepflückt und liegengelassen hatte; als sie in der Blüte verschwunden war, verstummte das Summen. Die Marquise öffnete die Augen und sah, wie das Insekt betäubt vorwärtskroch, noch ganz benommen in die Luft stieg und davonsummte. Der Zauber war gebrochen. Die Marquise nahm den Brief ihres Gatten auf, der auf die Fliesen des Balkons geflattert war. »Leider ist es mir ganz unmöglich, zu Dir, Liebste, und den Kindern zu kommen. Die Geschäfte nehmen mich hier zu Hause völlig in Anspruch; wie Du weißt, kann ich mich nur auf mich selbst verlassen. Natürlich werde ich alles daransetzen, um Dich Ende des Monats abzuholen. Genieße inzwischen Deine Ferien, bade und erhole Dich. Die Seeluft wird Dir gewiß guttun. Gestern besuchte ich Maman und Madeleine, anscheinend will der alte Curé...«

Die Marquise ließ den Brief wieder zu Boden sinken. Der verdrossene Zug um die Mundwinkel, dies verräterische Zeichen, das einzige, das die glatte Lieblichkeit ihres Gesichts störte, verstärkte sich. Immer dasselbe. Ständig seine Arbeit. Dieses Gut, diese Ländereien, diese Wälder, diese Geschäftsleute, die er treffen, diese plötzlichen Reisen, die er unternehmen mußte; Edouard betete sie zwar an, hatte aber keine Zeit für sie.

Man hatte sie vor der Hochzeit gewarnt, daß es so kommen würde. »C'est un homme très sérieux, Monsieur le Marquis, vous comprenez.« Wie wenig sie das bekümmert hatte, wie froh sie eingewilligt hatte; denn was konnte ihr das Leben Besseres bieten als einen Marquis, der außerdem noch ein »homme sérieux« war? Was konnte bezaubernder sein als dieses Schloß, diese große Güter? Was imposanter als das Palais in Paris, als diese unterwürfig katzbuckelnde Dienerschar, die sie Madame la Marquise titulierte? Für ein Mädchen wie sie, das als Tochter eines vielbeschäftigten Arztes und einer kränkelnden Mutter in Lyon aufgewachsen war, schien es eine Märchenwelt. Wenn nicht eines Tages Monsieur le Marquis aufgetaucht wäre, säße sie am Ende noch heute, vielleicht als Frau eines jungen Assistenzarztes des Vaters, in dem alltäglichen Einerlei in Lyon.

Eine Liebesheirat, gewiß. Von seinen Verwandten zunächst höchstwahrscheinlich mißbilligt. Aber Monsieur le Marquis, der »homme sérieux«, war über vierzig. Er wußte, was er wollte. Und sie war schön. Damit war die Sache entschieden. Sie heirateten. Bekamen zwei kleine Töchter. Waren glücklich. Manchmal allerdings ... Die Marquise erhob sich vom Liegestuhl, ging in das Schlafzimmer, setzte sich vor ihren Toilettentisch und löste die Lockenwickler aus dem Haar. Selbst diese Beschäftigung erschöpfte sie. Sie warf ihren Morgenrock ab und saß nun nackt vor dem Spiegel. Bisweilen ertappte sie sich dabei, daß sie das alltägliche Einerlei von Lyon vermißte. Sie dachte daran, wie sie mit ihren Freundinnen gelacht und gescherzt hatte, wie sie heimlich gekichert hatten, wenn ein vorübergehender Mann ihnen auf der Straße nachgeschaut hatte; sie dachte an die Vertraulichkeiten, den Austausch von Briefchen, das Gewisper im Schlafzimmer, wenn die Freundinnen zum Tee kamen.

Jetzt, als Madame la Marquise, hatte sie niemanden, mit dem sie vertraut war, mit dem sie lachen konnte. Alle Personen in ihrer Umgebung waren in gesetztem Alter, langweilig, einem Leben verhaftet, das in festen Bahnen verlief. Diese endlosen Besuche von Edouards Verwandten im Schloß! Seine Mutter, seine Schwestern, seine Brüder, seine Schwägerinnen! Im Winter, in Paris, war es genau dasselbe. Niemals ein neues Gesicht, niemals die Ankunft eines Fremden. Die einzige Abwechslung bot sich bestenfalls, wenn einer von Edouards Geschäftsfreunden zum Essen erschien und ihr bei ihrem Eintritt in den Salon, von ihrer Schönheit überrascht, einen kühnen, bewundernden Blick zuwarf, sich dann verneigte und ihr die Hand küßte.

Wenn sie solch einen Besucher während der Mahlzeit beobachtete, ließ sie ihrer Phantasie freien Lauf und malte sich aus, daß sie sich heimlich träfen, daß ein Taxi sie zu seiner Wohnung brächte, sie einen engen, dunklen Flur beträte, auf einen Klingelknopf drückte und in ein fremdes, nie betretenes Zimmer schlüpfte. War die lange Mahlzeit aber vorüber, so verbeugte sich der Geschäftsfreund und ging seines Weges. Hinterher dachte sie dann: er hat nicht einmal besonders gut ausgesehen, seine Zähne waren sogar falsch. Aber diesen rasch unterdrückten Blick voll Bewunderung – den konnte sie nicht entbehren.

Jetzt kämmte sie vor dem Spiegel ihr Haar, scheitelte es seitlich und erprobte die neue Wirkung. Durch das Gold des Haares ein Band in der Farbe der Fingernägel, ja, ja ... und dann später das weiße Kleid und, lose über die Schulter geworfen, diesen Chiffonschal. So würde sie nachher in Begleitung der Kinder und der englischen Gouvernante auf der Terrasse erscheinen, vom Maître d'hôtel dienernd zum Ecktischchen unter dem gestreiften Sonnenschirm geleitet; die Leute würden sie anstarren, flüstern, und aller Augen auf sie gerichtet sein, wenn sie sich in einstudierter, mütterlich zärtlicher Geste zu einem der Kinder neigte und ihm die Locken streichelte, ein Anblick voll Anmut und Schönheit.

Jetzt aber, vor dem Spiegel, nur der nackte Körper und der traurige, verdrossene Mund. Andere Frauen hatten Liebhaber. Ihr kam oft Skandalgetuschel zu Ohren, selbst während dieser endlosen, steifen Diners, wo Edouard, weit entfernt von ihr, am anderen Ende der Tafel saß. Nicht nur in der feschen Lebewelt, zu der sie keinen Zugang hatte, sondern sogar in den alten Adelskreisen, denen sie jetzt angehörte, kam so etwas vor. »On dit, vous savez ...«, die gemurmelten Andeutungen gingen von Mund zu Mund, man hob die Augenbrauen, zuckte die Achseln.

Manchmal, wenn bei einer Teegesellschaft eine Besucherin frühzeitig, vor sechs Uhr, mit der Entschuldigung, sie werde irgendwo erwartet, aufbrach und die Marquise dann, Worte des Bedauerns murmelnd, den Gast verabschiedete, durchzuckte es sie: geht sie jetzt zu einem Rendezvous? War es möglich, daß diese brünette, ziemlich gewöhnliche kleine Komtesse schon in zwanzig oder noch weniger Minuten vor Erregung bebend, geheimnisvoll lächelnd ihre Kleider zu Boden gleiten ließ?

Auch Elise, ihre Lyzeumsfreundin in Lyon, hatte nach nunmehr sechsjähriger Ehe einen Liebhaber. Sie nannte ihn in ihren Briefen niemals bei Namen, schrieb von ihm nur als »mon ami«. Die beiden brachten es fertig, sich zweimal wöchentlich, montags und donnerstags, zu treffen. Er besaß ein Auto und fuhr mit ihr aufs Land hinaus, auch im Winter. Elise pflegte der Marquise zu schreiben: »Aber wie plebejisch muß Dir in der großen Welt meine kleine Affäre erscheinen. Wie viele Anbeter und Abenteuer magst Du erst haben! Erzähle mir von Paris und den Festen, und wer in diesem Winter der Mann Deiner Wahl ist.« In ihren Antworten ging die Marquise mit halben Andeutungen und versteckten Anspielungen scherzend über die Frage hinweg und machte sich dann an die Beschreibung des Kleides, das sie kürzlich bei einem Empfang getragen hatte. Sie berichtete jedoch nicht, daß dieser Empfang bereits um Mitternacht zu Ende, daß er formell und todlangweilig gewesen war, und auch nicht, daß sie Paris nur von den Ausfahrten mit den Kindern kannte, von ihren Besuchen im Modesalon, wo sie schon wieder ein neues Kleid anprobierte, und von den Sitzungen beim Friseur, wo sie sich vielleicht wieder einmal eine neue Frisur legen ließ. Und dann das Leben auf dem Schloß: sie beschrieb die Räume, ja, die vielen Gäste, die langen, feierlichen Baumalleen, die riesigen Waldungen; aber kein Wort über die eintönigen Regentage im Frühling, kein Wort über die sengende Hitze des beginnenden Sommers, wenn sich Schweigen wie ein großes, weißes Leichentuch über den Ort legte.

»Ah! Pardon, je croyais que madame était sortie . . .« Er war, ohne anzuklopfen, hereingekommen, dieser Hoteldiener, einen Besen in der Hand. Diskret zog er sich aus dem Zimmer zurück, aber doch erst, nachdem er sie dort nackt vor dem Spiegel wahrgenommen hatte. Fraglos mußte er gewußt haben, daß sie nicht ausgegangen war; vor ein paar Minuten hatte sie ja noch auf dem Balkon gelegen. Hatte in seinen Augen, bevor er das Zimmer verließ, außer Bewunderung nicht auch Mitleid gestanden? Als habe er sagen wollen: »So schön und ganz allein? Das sind wir in diesem Hotel, wohin die Leute zu ihrem Vergnügen kommen, nicht gewohnt . . .«

Himmel, wie heiß es war! Kein Lüftchen, nicht einmal von der See. Schweißtröpfchen perlten ihr von den Armen über den Körper hinunter.

Sie kleidete sich träge an, zog das kühle weiße Kleid über und schlenderte wieder auf den Balkon hinaus, wo sie das Sonnendach hochgleiten ließ und sich der vollen Tageshitze aussetzte. Ein dunkle Brille verbarg ihre Augen. Die einzigen Farbflecke lagen auf ihrem Mund, ihren Füßen und Händen und dem über die Schulter geworfenen Schal. Die dunklen Brillengläser verliehen dem Tag eine sattere Tönung. Das Meer, für das bloße Auge enzianblau, war violett geworden, der weiße Sand schimmerte olivenbraun, und die prunkenden Blumen in den Kübeln auf der Terrasse zeigten jetzt tropische Glut. Als die Marquise sich über die Balkonbalustrade lehnte, brannte das heiße Holz ihre Hände. Wieder stieg Zigarrenrauch, unbekannt woher, zu ihr empor. Gläser klirrten, als ein Kellner an einem Tisch auf der Terrasse Apéritifs servierte. Irgendwo sprach eine Frau, eine Männerstimme fiel lachend ein.

Mit lechzender Zunge trottete ein Schäferhund über die Terrasse zur Mauer, um dort ein kühles Ruheplätzchen zu finden. Eine Gruppe halbnackter junger Leute kam vom Strand herbeigelaufen und rief laut nach Martinis; ihre bronzefarbenen Körper glitzerten vom getrockneten Salz des Meeres. Amerikaner natürlich. Sie warfen ihre Handtücher über die Stühle. Einer von ihnen pfiff dem Schäferhund, der sich jedoch nicht rührte. Die Marquise blickte verächtlich auf sie hinunter; in ihre Geringschätzung mischte sich aber ein Anflug von Neid. Sie konnten kommen und gehen, in ein Auto klettern, fortfahren, wie es ihnen gerade paßte. Sie lebten in einem Zustand nichtssagender, ausgelassener Fröhlichkeit, tauchten immer in Gruppen auf, zu sechst oder zu acht, zogen natürlich auch zu zweit los, bildeten Pärchen, tauschten Zärtlichkeiten aus. Aber – und hier ließ die Marquise ihren verächtlichen Gefühlen freien Lauf – ihre Fröhlichkeit barg kein Geheimnis. Ihr Leben lag offen zutage, es konnte keine Spannung enthalten. Sicherlich wartete niemand heimlich hinter angelehnter Tür auf einen von ihnen.

Eine Liebschaft müßte eine ganz andere Würze haben, dachte die Marquise; sie brach eine Rose, die am Spalier rankte, und steckte sie an den Ausschnitt ihres Kleides. Eine Liebesaffäre müßte etwas Verschwiegenes haben, sanft, unausgesprochen sein. Nichts Lautes, kein befreiendes Gelächter, sondern voll jener verstohlenen Neugier, die sich mit Furcht paart, und dann, wenn die Furcht dahinschwand, in schamlose Vertraulichkeit überging. Niemals dieses Schenken und Nehmen wie unter guten Freunden, nein, Leidenschaft zwischen Fremden müßte es sein.

Die Hotelgäste kehrten einer nach dem andern vom Strand zurück. Überall an den Tischen wurde Platz genommen. Die Terrasse, die während des ganzen Vormittags heiß und verlassen dagelegen hatte, füllte sich wieder mit Leben. Auswärtige Besucher kamen im Auto zum Déjeuner, mengten sich unter die vertrauteren Hotelgäste. Rechts in der Ecke saß eine Gesellschaft von sechs Personen. Unter ihrem Balkon ein Tisch mit drei Personen. Die Geschäftigkeit, das Geschwätz, Gläsergeklirr und Tellergeklapper steigerten sich, so daß das Plätschern der See, das beherrschende Geräusch des Morgens, jetzt schwächer, ferner schien. Die Ebbe setzte ein, das Wasser rieselte vom Strand zurück.

Dort kamen die Kinder mit Miss Clay, der Gouvernante. Wie kleine Puppen trippelten sie über die Terrasse, hinter ihnen Miss Clay im gestreiften Baumwollkleid, mit vom Baden zerzaustem Haar; plötzlich blickten sie zum Balkon auf und winkten, »Maman, Maman . . .« Sie lehnte sich lächelnd vor, wie gewöhnlich weckte das Rufen der Kinder Aufmerksamkeit. Jemand blickte mit den Kindern empor, ein Mann am Tisch zur Linken lachte und gab seinem Nachbarn ein Zeichen; die erste Welle der Bewunderung brandete auf und würde verstärkt wiederkehren, wenn die Marquise, die schöne Marquise, mit ihren engelgleichen Kindern einträte. Ein Raunen würde sie umschweben wie der Zigarettenrauch, wie die gedämpfte Unterhaltung der Gäste an den andern Tischen. Dies war tagein, tagaus alles, was ihr das Déjeuner auf der Terrasse bescherte, dieses Rauschen der Bewunderung, der Ehrerbietung und danach – Vergessen. Ein jeder ging seinem Vergnügen nach, zum Schwimmen, zum Golf, zum Tennis, zu Autofahrten, nur sie allein blieb mit den Kindern und Miss Clay zurück, schön und unbewegt.

»Schau, Maman, ich hab' am Strand einen kleinen Seestern gefunden; wenn wir abreisen, nehm' ich ihn mit nach Haus.«

»Nein, nein, das ist gemein von dir, er gehört mir. Ich hab' ihn zuerst gesehn.«

Die kleinen Mädchen begannen zu streiten.

»Still, Céleste, Hélène, ich bekomme Kopfweh davon.«

»Madame ist müde? Sie müssen nach dem Essen ruhen. Es wird Ihnen guttun in dieser Hitze.« Die taktvolle Miss Clay beugte sich ermahnend zu den Kindern hinunter. »Wir sind alle müde. Ruhe wird uns allen guttun.«

Ruhen . . . dachte die Marquise. Als ob ich jemals etwas anderes täte! Mein Leben ist eine einzige lange Ruhe. Il faut reposer. Repose-toi, ma chérie, tu as mauvaise mine. Winters und sommers bekam sie diese Worte zu hören. Von ihrem Gatten, der Gouvernante, den Schwägerinnen, von allen diesen betagten, langweiligen Bekannten. Das Leben war eine einzige lange Folge von Ausruhen, von Aufstehen und wieder Ausruhen. Wegen ihrer Blässe und Zurückhaltung hielt man sie für zart. Himmel, wie viele Stunden ihrer Ehe sie ruhend verbracht hatte, im Bett, bei geschlossenen Jalousien! Im Palais in Paris, im Schloß auf dem Lande, von zwei bis vier Uhr ruhen, immer nur ruhen!

»Ich bin durchaus nicht müde«, sagte sie zu Miss Clay; ihre sonst so melodische, sanfte Stimme war plötzlich scharf, schneidend geworden. »Ich werde nach dem Essen einen Spaziergang machen. Ich werde in die Stadt gehen!«

Die Kinder starrten sie mit runden Augen an, und Miss Clay – auch in ihrem Ziegengesicht malte sich Überraschung – öffnete den Mund zum Protest:

»Aber Sie werden in dieser Hitze umkommen! Außerdem sind die paar Geschäfte zwischen eins und drei immer geschlossen. Warum wollen Sie nicht bis nach dem Tee warten? Es wäre bestimmt klüger, bis nach dem Tee zu warten. Die Kinder könnten Sie begleiten, und ich würde inzwischen etwas bügeln.«

Die Marquise antwortete nicht. Sie erhob sich; die Kinder hatten beim Déjeuner getrödelt – Céleste war beim Essen immer besonders langsam –, und die Terrasse lag jetzt nahezu ausgestorben da. Niemand von Bedeutung würde von ihrem Abgang Notiz nehmen.

Die Marquise ging in ihr Zimmer hinauf, puderte sich noch einmal, zog die Lippen nach und tauchte ihren Zeigefinger in Parfüm. Von nebenan erklang das Maulen der Kinder; Miss Clay brachte sie zu Bett und ließ die Rouleaus herab. Die Marquise ergriff ihre strohgeflochtene Handtasche, steckte das Portemonnaie, eine Filmrolle und ein paar Kleinigkeiten ein, schlich auf Zehenspitzen am Kinderzimmer vorüber, schritt die Treppe hinunter und trat aus dem Vorgarten des Hotels auf die staubige Straße hinaus.

Sofort zwängten sich Kieselsteinchen durch ihre offenen Sandalen, grelles Sonnenlicht prallte ihr auf den Kopf, und plötzlich erschien ihr das, was vor kurzem aus der Laune des Augenblicks als ungewöhnlich gelockt hatte, jetzt, da sie es tat, töricht und sinnlos. Die Straße lag verlassen, der Strand öde, die Gäste, die dort am Vormittag, als sie müßig auf dem Balkon gelegen hatte, gespielt und getollt hatten, hielten jetzt in ihren Zimmern Mittagsruhe wie Miss Clay und die Kinder. Die Marquise allein wanderte die sonnendurchglühte Landstraße entlang in die Stadt.

Hier war es genauso, wie Miss Clay prophezeit hatte. Die Geschäfte waren geschlossen, die Jalousien überall herabgelassen, die geheiligte Stunde der Siesta herrschte unangefochten.

Die Marquise schlenderte die Straße entlang, die Strohhandtasche in ihrer Hand wippte hin und her; in dieser schlafenden, gähnenden Welt war sie die einzige Spaziergängerin. Selbst das Café an der Ecke war ausgestorben, ein sandfarbener Hund, den Kopf zwischen den Pfoten, schnappte mit geschlossenen Augen nach Fliegen, die ihn belästigten. Überall waren

Fliegen. Sie summten an den Fenstern der Apotheke, wo dunkle, mit geheimnisvollen Medizinen gefüllte Flaschen eingezwängt zwischen Hautwässern, Schwämmen und Kosmetik standen. Auch an einer Schaufensterscheibe, hinter der Sonnenbrillen, Spaten, rosa Puppen und Tennisschuhe lagen, tanzten Fliegen. Sie krabbelten hinter einem Eisengitter über den leeren blutbespritzten Hauklotz des Fleischerladens. Aus der Wohnung über dem Laden drang das Kreischen eines Radios, das plötzlich abgedreht wurde, danach das schwere Seufzen eines Menschen, der ungestört schlafen möchte. Selbst das Postamt war geschlossen; vergebens rüttelte die Marquise, die Briefmarken kaufen wollte, an der Tür.

Jetzt fühlte sie unter dem Kleid Schweißperlen sickern; die Füße in den dünnen Sandalen schmerzten sie bereits nach dieser kurzen Strecke. Die Sonne brannte sengend und schonungslos; plötzlich, beim Anblick der leeren Straße, der Häuser mit den dazwischenliegenden Läden, die ihr alle versperrt waren und im geheiligten Siestafrieden versunken lagen, packte sie eine wilde Sehnsucht nach einem kühlen, dunklen Ort – einem Keller vielleicht, wo Wasser aus einem Hahn tröpfelte. Ja, Geräusch von Wasser, das auf Steinfliesen tropfte, würde ihre durch die Sonne überreizten Nerven besänftigen.

Enttäuscht und erschöpft, fast dem Weinen nahe, betrat sie einen kleinen Gang zwischen zwei Geschäften, von dem Stufen zu einem Hofplatz hinabführten; kein Sonnenstrahl drang dorthin. Hier blieb sie einen Augenblick, die Hand gegen die kühle, glatte Mauer gestützt, stehen. Neben ihr befand sich ein Fenster mit geschlossenen Jalousien, ermattet lehnte sie den Kopf dagegen. Plötzlich wurde die Jalousie zu ihrer Überraschung geöffnet, und aus einem dahinterliegenden, dunklen Zimmer schaute ein Gesicht sie an.

»Je regrette ...«, begann sie, peinlich berührt, daß sie hier wie ein Eindringling ertappt worden war, wie jemand, der die Heimlichkeiten, den Schmutz einer Kellerwohnung neugierig beäugte. Ja, es war albern, aber die Stimme versagte ihr wirklich, denn das am Fenster erschienene Gesicht war so eigenartig, von solcher Milde, daß es einem glasgemalten Heiligen der

Kathedrale zu gehören schien. Es war von einer Wolke schwarzgelockten Haares umrahmt, die Nase war schmal und gerade, der Mund wie gemeißelt, und die ernsten, zärtlichen braunen Augen glichen denen einer Gazelle.

»Vous, désirez, Madame la Marquise?« fragte der Mann als Antwort auf ihren unbeendeten Satz.

Er kennt mich, er hat mich also schon einmal gesehen, dachte sie verwundert; diese Feststellung überraschte sie jedoch weniger als seine Stimme, die weder roh noch barsch klang, so gar nicht zu jemandem paßte, der im Keller unter einem Laden wohnte, sondern kultiviert und klar, eine Stimme, die der Sanftheit dieser Gazellenaugen entsprach.

»Oben auf der Straße war es so schrecklich heiß«, sagte sie. »Die Läden hatten alle geschlossen, und ich fühlte mich plötzlich ganz elend. So kam ich hier die Stufen hinunter. Es tut mir sehr leid, wenn ich gestört habe.«

Das Gesicht am Fenster verschwand. Irgendwo öffnete sich eine Tür, die sie vorher nicht gesehen hatte, und plötzlich fand sie sich im Flur auf einem Stuhl wieder. Der Raum war dunkel und kühl wie der Keller, nach dem sie sich gesehnt hatte; er reichte ihr in einem irdenen Becher Wasser.

»Danke, vielen Dank«, sagte sie. Als sie aufblickte, merkte sie, daß er sie betrachtete, demütig, ehrerbietig, den Wasserkrug in der Hand; mit seiner sanften, schmeichelnden Stimme fragte er: »Darf ich Ihnen noch irgend etwas reichen, Madame la Marquise?«

Sie schüttelte den Kopf. In ihr regte sich das vertraute Gefühl, diese heimliche Lust, die ihr Bewunderung stets bereitete; erst jetzt, zum erstenmal, seit er das Fenster geöffnet hatte, wurde sie sich wieder ihrer Wirkung bewußt, zog mit wohlberechneter Geste ihren Schal fester um die Schultern und registrierte, daß er die Rose an ihrem Ausschnitt betrachtete.

»Woher wissen Sie, wer ich bin?« fragte sie.

»Sie sind vor drei Tagen in Begleitung Ihrer Kinder in meinem Geschäft gewesen und haben einen Film für Ihre Kamera gekauft.«

Sie schaute ihn nachdenklich an; gewiß, sie erinnerte sich, in

111

dem kleinen Laden mit den Kodakapparaten in der Auslage einen Film gekauft zu haben, sie entsann sich auch, daß sie von einer häßlichen, verkrüppelten und humpelnden Frauensperson bedient worden war. Aus Furcht, daß die Kinder dieses Hinken bemerken und darüber kichern könnten und sie selbst sich aus reiner Nervosität zu einem herzlosen Gelächter hinreißen lassen würde, hatte sie schnell ein paar Kleinigkeiten gekauft und den Laden verlassen.

»Meine Schwester bediente Sie«, sagte er erklärend. »Ich habe Sie vom Hinterzimmer aus gesehen. Ich selbst stehe nicht oft hinter dem Ladentisch, sondern mache Porträtaufnahmen und auch Landschaftsbilder, die dann im Sommer an die Kurgäste verkauft werden.«

»Ah, ich verstehe.«

Sie nahm wieder einen Schluck aus dem Tonbecher, und gleichzeitig trank sie die Anbetung, die in seinen Augen zu lesen stand.

»Ich habe einen Film zum Entwickeln mitgebracht«, sagte sie dann. »Ich habe ihn hier in meiner Handtasche. Wollen Sie das für mich tun?«

»Selbstverständlich, Madame la Marquise. Ich würde alles für Sie tun, was Sie auch wünschen. Seit dem Tage, als Sie meinen Laden betraten ... habe ich ...« Er unterbrach sich, eine Röte flog über sein Gesicht, und er wandte tief verwirrt die Augen ab.

Die Marquise unterdrückte den Wunsch zu lachen. Diese Bewunderung war zu grotesk. Und doch, merkwürdig, sie verlieh ihr ein Gefühl von Macht.

»*Was* haben Sie, seit ich Ihren Laden betrat?« fragte sie.

Er blickte sie wieder an. »Ich habe an nichts anderes denken können, an gar nichts anderes«, sagte er mit solcher Inbrunst, daß es sie beinahe erschreckte.

Sie reichte ihm lächelnd den Becher zurück. »Ich bin eine ganz durchschnittliche Frau«, sagte sie. »Wenn Sie mich näher kennen würden, wären Sie enttäuscht.« Eigentümlich, dachte sie, wie ich diese Situation beherrsche, ich bin weder empört noch schockiert. Hier sitze ich also in einem Keller und schwatze mit einem Photographen, der mir gerade seine Verehrung erklärt hat. Nein, es ist wirklich amüsant, und dazu kommt noch, daß der arme Kerl tatsächlich meint, was er sagt, daß es ihm Ernst damit ist.

»Nun?« fragte sie. »Nehmen Sie mir den Film ab?«

Es war, als könnte er seine Augen nicht von ihr losreißen; herausfordernd starrte sie ihm so lange ins Gesicht, bis er den Blick senkte und aufs neue errötete.

»Würden Sie die Güte haben, sich dazu in meinen Laden zu bemühen? Ich werde ihn sofort aufschließen«, sagte er. Jetzt war sie es, die die Augen nicht von ihm abwenden konnte: das offene Trikothemd, bloße Arme, diese Kehle und dieser Kopf mit dem gelockten Haar. Sie fragte: »Warum kann ich Ihnen den Film nicht gleich hier geben?«

»Es wäre nicht korrekt, Madame la Marquise«, entgegnete er.

Sie wandte sich lächelnd ab und stieg die Stufen zur heißen Straße empor, stand wartend auf dem Bürgersteig, hörte das Rasseln des Schlüssels im Schloß, hörte, wie die Tür geöffnet wurde. Und dann – sie hatte sich Zeit gelassen und absichtlich ein wenig länger draußen gestanden, um ihn warten zu lassen – betrat sie den stickigen, dumpfen Laden, der so anders war als der kühle, stille Keller.

Er stand bereits hinter dem Ladentisch; enttäuscht bemerkte sie, daß er sich ein Jackett angezogen hatte, ein billiges, graues Ding, wie es jeder Kommis trug, daß sein Hemd zu steif gestärkt und zu blau war. Er war gewöhnlich, nichts weiter als ein Ladenbesitzer, der jetzt über den Verkaufstisch die Hand nach dem Film ausstreckte.

»Wann werden Sie die Bilder fertig haben?« fragte sie.

»Morgen«, antwortete er, und wieder sah er sie mit seinen ergebenen blauen Augen an. Und sie vergaß das ordinäre Jackett, das gestärkte blaue Hemd und sah nur noch das Trikothemd und die nackten Arme unter dem Anzug.

»Wenn Sie Photograph sind, warum kommen Sie dann nicht ins Hotel und machen von mir und den Kindern ein paar Aufnahmen?« fragte sie.

»Wäre Ihnen das wirklich recht?«

»Warum nicht?«

Etwas Verschwiegenes glomm in seinen Augen auf und verschwand wieder, er bückte sich hinter dem Ladentisch und tat, als suche er einen Bindfaden. Es erregt ihn, dachte sie amüsiert, seine Hände zittern; aber auch ihr pochte das Herz heftiger als zuvor.

»Sehr wohl, Madame la Marquise«, sagte er. »Wann immer es Ihnen beliebt, werde ich mich im Hotel einfinden.«

»Vielleicht wäre es vormittags am günstigsten, so gegen elf Uhr.«

Und mit diesen Worten, ohne auch nur Adieu zu sagen, schlenderte sie lässig davon.

Sie überquerte die Straße, gab vor, in einem gegenüberliegenden Schaufenster etwas zu betrachten, und beobachtete, daß er vor die Ladentür getreten war und ihr nachschaute. Jackett und Oberhemd hatte er wieder abgelegt. Den Laden würde er wieder schließen, die Siesta war noch nicht vorüber. In diesem Augenblick bemerkte sie zum erstenmal, daß auch er ein Krüppel war, ebenso wie seine Schwester. Sein rechter Fuß steckte in einem dicksohligen Stiefel. Seltsam, dieser Anblick stieß sie nicht ab, reizte sie auch nicht zu hysterischem Lachausbruch wie bei der Schwester. Dieser plumpe Stiefel übte sogar eine eigentümliche, fremdartige Anziehung auf sie aus.

Die Marquise ging die staubige Straße entlang in das Hotel zurück.

Am nächsten Morgen um elf Uhr teilte der Hotelportier mit, daß unten in der Halle Monsieur Paul, der Photograph, die Befehle von Madame la Marquise erwarte. Die Marquise ließ ausrichten, sie bitte Monsieur Paul nach oben in ihr Appartement. Kurz darauf hörte sie an der Tür ein zaghaftes, leises Klopfen.

»Entrez«, rief sie. Die Arme um die Kinder gelegt, stand sie auf dem Balkon und bot ihm so ein lebendes, eigens zum Bestaunen gestelltes Bild.

Sie trug heute ein chartreusefarbenes Shantungkleid; ihr

Haar, gestern wie bei einem kleinen Mädchen durch ein Band zusammengehalten, war nun in der Mitte gescheitelt und ließ, straff nach hinten gekämmt, die Ohren mit den goldenen Clips frei.

Er war bewegungslos an der Tür stehengeblieben. Die Kinder schauten betreten und verdutzt auf seinen plumpen Stiefel; da die Mutter ihnen aber eingeschärft hatte, kein Wort darüber zu verlieren, schwiegen sie.

»Dies sind meine Töchterchen«, sagte die Marquise. »Und nun müssen Sie uns sagen, wie und wo wir uns aufstellen sollen.«

Die kleinen Mädchen unterließen den vor Besuchern üblichen Begrüßungsknicks. Die Mutter hatte ihnen gesagt, es sei überflüssig, Monsieur Paul sei nur der Photograph aus dem Laden im Städtchen.

»Wenn es Madame la Marquise recht ist, sollten Sie die Pose beibehalten, die Sie jetzt einnehmen. Es ist ganz bezaubernd so, natürlich und voller Anmut.«

»Ja gewiß, wie Sie meinen. Steh still, Hélène.«

»Pardon, es dauert einen Augenblick, bis ich die Kamera aufgestellt habe.«

Jetzt, bei den technischen Vorbereitungen, war er in seinem Element, seine Nervosität war verschwunden. Während sie ihn beim Aufstellen des Stativs, der Drapierung des Samttuches und dem Richten der Kamera beobachtete, fielen ihr seine Hände auf, seine flinken, geschickten Hände; es waren nicht die Hände eines Handwerkers, eines Ladenbesitzers, sondern die eines Künstlers.

Ihr Blick fiel auf den Stiefel. Sein Hinken war nicht so auffällig wie das der Schwester, sein Gang hatte nicht dieses ruckartige Schlurfen, das in dem Beobachter hysterischen Lachreiz hervorruft. Er ging langsam, etwas schleifend, und die Marquise empfand um seines Gebrechens willen so etwas wie Mitleid mit ihm; denn sicherlich mußte dieser mißgestaltete Fuß ihn ständig peinigen, mußte dieser plumpe Stiefel besonders bei heißem Wetter die Haut wund reiben und quetschen.

»Darf ich jetzt bitten, Madame la Marquise?« fragte er;

schuldbewußt wandte sie den Blick von dem Stiefel ab und nahm, lieblich lächelnd, die Arme um die Kinder gelegt, ihre Pose ein.

»Ja«, sagte er. »So ist es gut, ganz entzückend.«

Der Blick seiner ergebenen braunen Augen hielt den ihren fest. Seine Stimme war leise, sanft. Wieder, wie tags zuvor im Laden, überkam sie dieser prickelnde Reiz. Monsieur Paul drückte auf den Ball, ein leichtes Klicken ertönte.

»Noch einmal, bitte«, sagte er.

Sie verharrte in der Haltung, mit dem Lächeln auf den Lippen, merkte aber, daß er die Aufnahme diesmal weder aus technischen Gründen, noch weil sie oder die Kinder sich bewegt hatten, hinauszögerte, sondern weil es ihn entzückte, sie anzusehen.

»Also nun die nächste«, sagte sie, veränderte die Stellung und brach damit den Bann. Ein Liedchen summend, trat sie auf den Balkon hinaus.

Nach einer halben Stunde wurden die Kinder unruhig und müde.

Die Marquise entschuldigte sie. »Es ist schrecklich heiß«, sagte sie. »Sie dürfen es ihnen nicht verübeln. Céleste, Hélène, holt euer Spielzeug und geht damit in die andere Ecke des Balkons.«

Die kleinen Mädchen liefen schwatzend in ihr Zimmer. Während der Photograph eine neue Platte in den Apparat legte, wandte die Marquise ihm den Rücken zu.

»Sie wissen, wie Kinder sind«, sagte sie. »In den ersten paar Minuten ist alles neu und fesselnd, dann wird es ihnen langweilig und sie wollen wieder etwas anderes. Sie waren rührend geduldig, Monsieur Paul.«

Sie brach eine Rose vom Spalier, umschloß sie mit den Händen und führte sie an die Lippen.

»O bitte«, stieß er hervor, »wenn Sie mir gestatten wollten, ich wage kaum, darum zu bitten . . .«

»Worum?« fragte sie.

»Würden Sie mir vergönnen, eine oder zwei Aufnahmen von Ihnen allein, ohne die Kinder, zu machen?«

Sie lachte und warf die Rose über das Balkongitter auf die darunterliegende Terrasse.

»Aber natürlich«, sagte sie, »ich stehe zu Ihrer Verfügung, ich habe nichts weiter vor.«

Sie setzte sich auf die Kante des Liegestuhls und lehnte sich, den Kopf an den erhobenen Arm geschmiegt, in das Kissen zurück.

»Etwa so?« fragte sie.

Er verschwand unter dem Samttuch, regulierte die Einstellung der Linse und kam hinkend auf sie zu.

»Wenn Sie gestatten«, sagte er, »die Hand müßte ein wenig höher liegen, so . . . und den Kopf bitte ein wenig mehr zur Seite.«

Er ergriff ihre Hand und brachte sie in die gewünschte Lage, legte dann behutsam, ein wenig zögernd, seine Hand unter ihr Kinn und hob es. Sie schloß die Augen. Er nahm seine Hand nicht fort. Beinahe unmerklich glitt sein Daumen sachte über ihren schlanken Hals, und die anderen Finger folgten der Bewegung des Daumens. Es war ein federleichtes Streicheln, als streife ein Vogelflügel ihre Haut.

»Ja, so ist es gut«, sagte er, »so ist es vollkommen.«

Sie öffnete die Augen und sah ihn zum Apparat zurückhinken.

Die Marquise ermüdete nicht so schnell wie ihre Kinder. Sie gestattete Monsieur Paul, eine Aufnahme zu machen, dann noch eine, dann noch eine. Die Kinder kehrten zurück, wie ihnen geheißen war, und spielten in der Ecke des Balkons; ihr Geplapper bildete beim Photographieren die Begleitung, so daß sich zwischen der Marquise und dem Photographen im Belächeln des kindlichen Geschwätzes eine Art Einverständnis unter Erwachsenen entwickelte. Es herrschte nicht mehr die gleiche vibrierende Spannung wie zuvor.

Er wurde kühner, selbstsicherer, schlug ihr Stellungen vor, in die sie einwilligte; ein- oder zweimal war ihre Haltung falsch, und er sagte es ihr.

»Aber nein, Madame la Marquise, nicht so. So müssen Sie sitzen.«

117

Er kam zu ihrem Stuhl, kniete neben ihr, verschob einen Fuß, drehte eine Schulter, und mit jedem Mal wurde seine Berührung sicherer, fester. Wenn sie ihn jedoch zwingen wollte, ihrem Blick zu begegnen, sah er scheu und verlegen fort, als schäme er sich seines Tuns, als verleugneten diese sanften, sein Wesen spiegelnden Augen den Impuls seiner Hände. Sie spürte seine widerstreitenden Gefühle und genoß sie.

Und dann, nachdem er ihr Kleid zum zweitenmal drapiert hatte, merkte sie, daß er ganz blaß geworden war, daß seine Stirn voller Schweißperlen stand.

»Es ist sehr heiß«, sagte sie, »vielleicht ist es für heute genug.«

»Wie Sie belieben, Madame la Marquise. Es ist wirklich sehr warm. Ich glaube auch, es ist am besten, jetzt aufzuhören.«

Sie erhob sich, kühl und überlegen, fühlte sich weder ermüdet noch irritiert, ja sogar belebt, von neuer Energie durchströmt. Nachdem er sie verlassen hätte, würde sie an den Strand, zum Schwimmen gehen. Dem Photographen erging es anders. Sie sah, wie er sich mit dem Taschentuch das Gesicht wischte, wie erschöpft er wirkte, als er Kamera und Stativ zusammenlegte und einpackte, wieviel schwerfälliger er jetzt den plumpen Stiefel nachzog.

Mit geheucheltem Interesse blätterte sie die Abzüge ihres eigenen Films durch, den er für sie entwickelt hatte.

»Sie sind wirklich dürftig«, sagte sie leichthin, »ich glaube, ich kann mit meiner Kamera nicht richtig umgehen. Ich sollte Unterricht bei Ihnen nehmen.«

»Sie brauchen nur ein wenig Übung, Madame la Marquise«, sagte er. »Als ich anfing, hatte ich einen ganz ähnlichen Apparat wie Sie. Und wenn ich Außenaufnahmen mache und auf den Klippen am Meer umherwandere, nehme ich auch jetzt noch meine kleine Kamera mit, und das Ergebnis ist ebensogut wie mit der großen.«

Sie legte die Photos auf den Tisch. Er war zum Aufbruch bereit, hielt schon den Kasten in der Hand.

»In der Saison haben Sie sicher viel zu tun«, sagte sie. »Wie finden Sie da noch Zeit, Außenaufnahmen zu machen?«

»Ich nehme mir die Zeit, Madame la Marquise. Offen gestanden, finde ich es auch reizvoller als Porträtaufnahmen. Menschen zu photographieren ist nur selten so befriedigend wie zum Beispiel – heute.«

Sie sah ihn an, und wieder las sie in seinen Augen diese sklavische Ergebenheit. Sie blickte ihn so lange unverwandt an, bis er verwirrt die Augen niederschlug.

»An der ganzen Küste ist die Landschaft sehr schön«, sagte er. »Sie haben dies beim Spazierengehen sicher auch bemerkt. Ich hänge mir fast jeden Nachmittag meine kleine Kamera um und wandere zu den Klippen hinaus, dort rechts vom Badestrand, bei dem großen, vorspringenden Felsblock.«

Er zeigte ihr vom Balkon aus die Richtung; sie schaute hinüber, das grüne Hochland flimmerte im Dunst der Mittagshitze.

»Es war nur ein Zufall, daß Sie mich gestern zu Hause antrafen«, fuhr er fort. »Ich war im Keller und entwickelte Filme, die wir abreisenden Kurgästen für heute versprochen hatten. Gewöhnlich gehe ich um diese Zeit auf den Klippen spazieren.«

»Es muß doch furchtbar heiß sein dort«, sagte sie.

»Schon«, meinte er, »aber so hoch über dem Meer weht immer eine leichte Brise. Und das Angenehme ist, daß zwischen eins und vier so wenig Menschen unterwegs sind. Alle halten Mittagsruhe, und so habe ich die schöne Aussicht für mich allein.«

»Ja«, sagte die Marquise, »ich verstehe.«

Einen Augenblick lang verharrten beide schweigend. Es war, als ginge etwas Unausgesprochenes wie eine Botschaft vom einen zum andern. Die Marquise nestelte, lässig und verspielt, an ihrem Chiffontuch und knüpfte es lose ums Handgelenk.

»Ich muß selbst einmal versuchen, in der Mittagshitze spazierenzugehen«, sagte sie schließlich.

Miss Clay kam auf den Balkon hinaus und rief die Kinder, damit sie sich vor dem Déjeuner die Hände wüschen. Der Photograph trat, Entschuldigungen murmelnd, unterwürfig beiseite. Die Marquise warf einen Blick auf ihre Uhr und stellte fest, daß es schon Mittagszeit war; die Terrasse hatte sich inzwischen mit Gästen gefüllt, das übliche Lärmen und Schwatzen, das Gläsergeklirr und Tellergeklapper waren schon im Gange, ohne daß sie davon etwas bemerkt hatte.

Jetzt, wo die Sitzung vorüber war, wo Miss Clay die Kinder holen kam, wandte sie dem Photographen die Schulter zu und entließ ihn betont kühl und gleichgültig.

»Ich danke Ihnen«, sagte sie. »In den nächsten Tagen werde ich vorbeikommen, um mir die Probeabzüge anzusehen. Guten Morgen.«

Er verbeugte sich und ging, ein Angestellter, der ihre Befehle ausgeführt hatte.

»Hoffentlich sind ihm ein paar gute Aufnahmen geglückt«, sagte Miss Clay. »Der Herr Marquis würde sich sicherlich sehr darüber freuen.«

Die Marquise antwortete nicht. Sie nahm die goldenen Ohrclips ab, die ihrer Stimmung jetzt aus irgendeinem Grunde nicht länger zu entsprechen schienen. Sie würde ohne Schmuck, auch ohne Ringe, zum Déjeuner hinuntergehen; sie fühlte, daß ihre natürliche Schönheit heute genügte.

Drei Tage vergingen, ohne daß die Marquise zum Städtchen hinunterkam. Am ersten Tag ging sie schwimmen und sah am Nachmittag beim Tennis zu. Den zweiten Tag verbrachte sie mit den Kindern und gab Miss Clay Urlaub für einen Omnibusausflug, damit sie die mittelalterlichen Städtchen der Nachbarschaft besuchen konnte. Am dritten Tag schickte sie Miss Clay und die Kinder in die Stadt mit dem Auftrag, sich nach den Probeabzügen zu erkundigen, und sie brachten sie hübsch verpackt mit. Die Marquise betrachtete sie. Sie waren wirklich ausgezeichnet. Die Porträtstudien von ihr selbst die besten, die je gemacht worden waren.

Miss Clay war außer sich vor Entzücken, sie erbat sich Abzüge, um sie nach Hause, nach England, schicken zu können. »Wer hätte das für möglich gehalten«, rief sie, »daß ein kleiner Photograph in so einem Nest solche wundervollen Bilder machen kann? Und wenn man bedenkt, daß Sie in den Ateliers in Paris für Aufnahmen Gott weiß was bezahlen müssen.«

»Ja, sie sind nicht übel«, meinte die Marquise gähnend. »Er hat sich sicher schrecklich viel Mühe gegeben. Die von mir sind besser als die von den Kindern.« Sie legte sie wieder zusammen und tat sie in ein Kommodenfach. »»War Monsieur Paul auch damit zufrieden?« fragte sie die Gouvernante.

»Er hat nichts gesagt, schien aber enttäuscht, daß Sie nicht selbst gekommen waren; die Abzüge seien schon gestern fertig gewesen. Er erkundigte sich nach Ihrem Befinden, und die Kinder – sie waren übrigens sehr artig – erzählten ihm, Maman sei schwimmen gewesen.«

»Unten in der Stadt ist es zu heiß und staubig«, sagte die Marquise.

Am nächsten Nachmittag, als Miss Clay und die Kinder ruhten und das ganze Hotel in der Sonnenglut zu schlummern schien, zog die Marquise ein kurzes, ärmelloses Kleid an, ganz schlicht und unauffällig, hängte sich die kleine Kamera über die Schulter und ging, um die Kinder nicht zu wecken, leise die Treppe hinunter durch den Vorgarten des Hotels bis zum Strand, wo sie einen schmalen, zu dem grünen Hochland führenden Pfad emporstieg. Die Sonne brannte erbarmungslos, es störte sie jedoch nicht. Hier in dem sprießenden Gras gab es keinen Staub, und später am Klippenrand strichen ihr die üppig wuchernden Farne um die nackten Beine.

Der kleine Pfad wand sich durch das dichte Farnkraut und führte zeitweise so nahe am Klippenrand entlang, daß ein falscher Schritt, ein Stolpern hätte gefährlich werden können. Die Marquise, die gelassen, mit wiegenden Hüften weiterschritt, spürte jedoch weder Furcht noch Anstrengung. Sie war einzig darauf bedacht, eine Stelle zu erreichen, von wo aus sie den großen Felsblock, der mitten in der Bucht aus der Küstenlinie herausragte, überblicken konnte. Sie befand sich ganz allein auf der Höhe, weit und breit war kein Mensch. Unter ihr in der Ferne sah sie die weißen Mauern des Hotels; die Reihen der Badekabinen am Strand wirkten wie Bauklötzchen, wie Kinderspielzeug. Das Meer war spiegelblank und still, nicht einmal dort, wo es in der Bucht den Felsen umspülte, kräuselte es sich.

Plötzlich sah die Marquise oben im Farnkraut etwas aufblit-

121

zen: es war die Linse einer Kamera. Sie tat, als hätte sie nichts bemerkt, wandte sich um und nahm, an ihrer eigenen Kamera hantierend, eine Haltung ein, als wolle sie die Aussicht photographieren. Sie knipste einmal, noch einmal, und dann hörte sie, wie jemand sich ihr durch das raschelnde Farnkraut näherte.

Sie drehte sich um, tat überrascht. »Ah, guten Tag, Monsieur Paul«, rief sie.

Diesmal trug er weder die billige schlechtsitzende Jacke noch das grellblaue Hemd. Er war nicht geschäftlich unterwegs, es war die Stunde der Siesta, wo er allein umherwanderte. Er hatte nur ein Trikothemd und ein paar dunkelblaue Hosen an, auch der graue, verbeulte Hut, den sie bei seinem Besuch im Hotel voll Abscheu bemerkt hatte, fehlte, und nur das dichte schwarze Haar umrahmte sein Gesicht. Bei ihrem Anblick brach aus seinen Augen ein so leidenschaftliches Entzücken, daß sie sich abwenden mußte, um ein Lächeln zu verbergen.

»Sie sehen also, ich habe Ihren Rat befolgt und wandere hier umher, um die Aussicht zu genießen«, sagte sie leichthin. »Ich glaube aber, ich halte meine Kamera nicht richtig. Zeigen Sie mir, wie ich es machen muß.«

Er stellte sich neben sie, stützte ihre Hände, die die Kamera hielten, und brachte sie in die richtige Lage.

»Ja, natürlich«, sagte sie und trat mit einem kleinen Auflachen einen Schritt beiseite. Als er neben ihr stand und ihre Hände führte, war es ihr gewesen, als habe sie sein Herz schlagen hören, und dieses Pochen versetzte auch sie in eine Erregung, die sie sich nicht anmerken lassen wollte.

»Haben Sie Ihre Kamera mitgebracht?« fragte sie.

»Ja, Madame la Marquise«, antwortete er, »ich habe sie oben bei meinem Rock im Farnkraut liegenlassen. Dort, dicht am Klippenrand, ist mein Lieblingsplatz. Im Frühling komme ich immer hierher, um die Vögel zu belauschen und zu photographieren.«

»Zeigen Sie ihn mir«, sagte sie.

Er ging, »Pardon« murmelnd, voran; der von ihm ausgetretene Pfad führte zu einer kleinen Lichtung, die wie ein Nest ringsum von meterhohem Farnkraut umstanden war. Nur nach vorn war der Ausblick frei, dem Felsblock und dem Meer geöffnet.

»Nein, wie reizend«, rief sie und zwängte sich durch das Farnkraut zu dem lauschigen Plätzchen. Sie blickte lächelnd umher, ließ sich mit natürlicher Anmut wie ein Kind zu einem Picknick nieder und griff nach dem Buch, das neben der Kamera auf seinem Rock lag.

»Sie lesen wohl viel?« fragte sie.

»Ja, Madame la Marquise, ich lese sehr gern.« Sie warf einen Blick auf den Umschlag und las den Titel. Es war ein billiger Liebesroman von der Sorte, wie sie und ihre Freundinnen sie früher in ihren Schultaschen ins Lyzeum geschmuggelt hatten. Sie hatte solches Zeug seit Jahren nicht mehr gelesen. Wieder mußte sie ein Lächeln unterdrücken. Sie legte das Buch auf den Rock zurück.

»Ist der Roman hübsch?« fragte sie.

Er sah sie mit seinen großen Gazellenaugen ernst an.

»Er ist sehr zärtlich, Madame la Marquise«, sagte er.

Zärtlich . . . was für ein seltsamer Ausdruck! Sie begann über die Probeabzüge zu plaudern, welchen sie am besten finde, und während der ganzen Zeit genoß sie eine Art inneren Triumphs darüber, wie sie die Situation meisterte. Sie wußte genau, was sie tun, was sie sagen, wann sie lächeln, wann sie ernst dreinschauen mußte. Er erinnerte sie so merkwürdig an die Tage der Kindheit, wenn sie und ihre kleinen Freundinnen die Hüte der Mütter aufsetzten und erklärten: »Jetzt wollen wir feine Damen spielen.« So spielte sie auch jetzt; nicht die feine Dame von damals, sondern . . . ja, was eigentlich? Sie war sich nicht klar darüber. Aber irgend etwas anderes, als sie wirklich war, sie, die jetzt schon seit langem eine richtige Dame war, eine Marquise, die in ihrem Salon auf dem Schloß am Tee zu nippen pflegte, wo uralte Kostbarkeiten und mumienhafte Gestalten den Modergeruch des Todes ausströmten.

Der Photograph sprach nicht viel, er hörte der Marquise zu, stimmte ihr bei, nickte oder blieb einfach still, während sie verwundert ihrer eigenen zwitschernden Stimme lauschte. Er war für sie nur ein Zuschauer, eine Marionette, die sie ignorieren konnte, um ganz versunken dem strahlenden, charmanten Geschöpf, in das sie sich plötzlich verwandelt hatte, zu lauschen.

Schließlich entstand in der einseitigen Unterhaltung eine Pause, und schüchtern brachte er hervor: »Dürfte ich es wagen, Sie um etwas zu bitten?«

»Gewiß.«

»Dürfte ich Sie hier vor diesem Hintergrund einmal allein photographieren?«

War das alles? Wie scheu er war, wie zurückhaltend.

»Knipsen Sie, soviel Sie wollen«, sagte sie. »Es sitzt sich hier sehr nett. Vielleicht schlafe ich dabei ein.«

»La belle au bois dormant«, entschlüpfte es ihm, aber gleich, als schäme er sich seiner Vertraulichkeit, murmelte er wieder »Pardon« und griff nach der Kamera.

Diesmal bat er sie nicht, zu posieren, die Stellung zu wechseln, sondern photographierte sie so, wie sie dort, lässig an einem Grashalm saugend, ruhte; jetzt war er es, der sich bewegte, der bald hierhin, bald dorthin ging, um ihr Gesicht aus jeder Richtung, en face, im Profil und im Halbprofil, aufnehmen zu können.

Allmählich wurde sie müde. Die Sonne brannte ihr auf das bloße Haupt, schillernde, grüngoldene Libellen tanzten und schwirrten ihr vor den Augen. Sie lehnte sich gähnend in das Farnkraut zurück.

»Darf ich Ihnen meinen Rock als Kopfkissen anbieten, Madame la Marquise?« fragte er.

Bevor sie antworten konnte, hatte er ihn aufgenommen, säuberlich zusammengefaltet und als Kissen auf die Farne gelegt. Sie ließ sich darauf zurücksinken; es lag sich wunderbar weich und wohlig auf dieser verabscheuten grauen Jacke.

Er kniete neben ihr nieder, beschäftigte sich mit der Kamera, hantierte mit dem Film, und sie beobachtete ihn gähnend unter halbgeschlossenen Lidern; sie bemerkte, daß er sein ganzes Gewicht nur auf einem Knie ruhen ließ, daß er den mißgestalteten Fuß in dem plumpen Stiefel seitlich gelagert hatte. Träge überlegte sie, ob es wohl weh tue, sich darauf zu stützen. Der Stiefel war blank geputzt, blanker als der Halbschuh am linken Fuß, in einer plötzlichen Vision sah sie ihn vor sich, sah, wie er sich jeden Morgen beim Ankleiden damit abmühte, ihn putzte, vielleicht sogar mit einem Ledertuch polierte.

Eine Libelle ließ sich auf ihre Hand nieder, blieb abwartend mit schimmernden Flügeln sitzen. Worauf wartete sie? Die Marquise blies sie an, und sie flog davon. Bald kehrte sie wieder zurück, umschwirrte sie beharrlich.

Monsieur Paul hatte die Kamera beiseite gelegt, kniete aber noch immer neben ihr im Farnkraut. Sie spürte, daß er sie beobachtete, und dachte: wenn ich mich jetzt bewege, wird er aufstehen, und dann ist alles vorüber.

Sie starrte weiter auf die glitzernde, tanzende Libelle, wußte aber: in wenigen Sekunden muß ich den Blick abwenden, oder die Libelle fliegt davon, oder das Schweigen wird so gespannt und drückend, daß ich es mit einem Lachen verscheuchen und so alles verderben werde. Zögernd, gleichsam gegen ihren Willen, wandte sie sich dem Photographen zu, dessen große, demütige Augen in sklavischer Unterwürfigkeit auf sie gerichtet waren.

»Warum küssen Sie mich nicht?« fragte sie; ihre eigenen Worte überraschten sie, riefen in ihr plötzliche Furcht hervor.

Er blieb stumm, rührte sich nicht, blickte sie nur unverwandt an. Sie schloß die Augen, die Libelle flog von ihrer Hand auf.

Dann, als der Photograph sich über sie neigte und sie berührte, war alles anders, als sie erwartet hatte. Es war keine jähe, leidenschaftliche Umarmung, es war, als sei die Libelle zurückgekehrt, als liebkosten seidene Schwingen ihre zarte Haut.

Bei seinem Fortgang bewies er Zartgefühl und Rücksicht, er überließ sie sich selbst, so daß keine Peinlichkeit, keine Verlegenheit, keine gekünstelte Unterhaltung aufkommen konnte.

Die Hände über den Augen blieb sie im Farnkraut liegen und überdachte das Geschehene; sie empfand keine Scham, war ganz gelassen und überlegte kühl, erst nach einer Weile ins Hotel zurückzukehren, damit er den Strand vor ihr erreichte und keiner, der ihn vielleicht zufällig vom Hotel aus beobachtet hatte, ihn mit ihr in Verbindung bringen könne, wenn sie in einer halben Stunde nachkäme.

Sie stand auf, ordnete ihr Kleid, holte Puderdose und Lippenstift aus der Handtasche und puderte sich, da sie ihren Spiegel vergessen hatte, mit großer Vorsicht. Die Sonne brannte nicht mehr so stark wie vorher, vom Meer her wehte ein kühler Wind.

Wenn das Wetter so bleibt, dachte die Marquise, während sie sich kämmte, kann ich jeden Tag zur gleichen Zeit hierherkommen. Kein Mensch wird es je erfahren. Miss Clay und die Kinder halten zu dieser Stunde Mittagsruhe. Wenn wir, wie heute, getrennt kommen und getrennt zurückkehren und uns hier an dieser versteckten Stelle treffen, können wir unmöglich entdeckt werden. Die Ferien dauern noch über drei Wochen. Wichtig ist nur zu beten, daß das schöne, warme Wetter anhält. Falls es Regen geben sollte . . .

Auf dem Rückweg zum Hotel überlegte sie, wie sie es anstellen müßte, wenn sich das Wetter änderte. Sie konnte schließlich nicht im Trenchcoat zu den Klippen hinauswandern und sich dort hinlegen, wenn Regen und Wind das Farnkraut peitschten. Gewiß, da war ja der Keller unter dem Laden. Aber im Städtchen könnte man sie beobachten, es wäre zu gefährlich. Nein, solange es nicht in Strömen goß, waren die Klippen am sichersten.

An diesem Abend schrieb sie ihrer Freundin Elise einen Brief. »Dies ist ein wundervolles Fleckchen«, schrieb sie, »ich vertreibe mir die Zeit wie gewöhnlich und ohne meinen Gatten, bien entendu!« Sie machte jedoch keine näheren Angaben über ihre Eroberung, erwähnte nur das Farnkraut und den heißen Nachmittag. Sie vermutete, wenn sie alles unbestimmt ließe, würde Elise sich einen reichen Amerikaner vorstellen, der allein, ohne seine Frau, auf einer Vergnügungsreise weilte.

Am nächsten Vormittag kleidete sie sich mit ausgesuchter Sorgfalt – sie stand lange vor ihrer Garderobe und wählte schließlich bewußt ein für diesen Badeort auffallend elegantes Kleid – und begab sich dann in Begleitung von Miss Clay und den Kindern in die Stadt. Es war Markttag, die holprigen Straßen und der Marktplatz waren voller Menschen. Viele Landbewohner waren aus den umliegenden Dörfern gekommen; Touristen, Engländer und Amerikaner streiften umher, betrachteten die Sehenswürdigkeiten, kauften Andenken und Ansichtskarten oder saßen, den Anblick genießend, im Café am Platz.

Die Marquise fiel allgemein auf, wie sie, umtrippelt von ihren beiden Töchterchen, in ihrem kostbaren Kleid, barhäuptig, mit Sonnenbrille, lässig einherschritt. Viele Leute reckten die Hälse, um ihr nachzuschauen, andere traten in unbewußter Ehrerbietung vor ihrer Schönheit zur Seite, um sie vorüberzulassen. Sie schlenderte über den Marktplatz, kaufte hier und da ein paar Kleinigkeiten, die Miss Clay in ihre Einkaufstasche legte, und betrat dann, wie zufällig, das Geplapper der Kinder stets heiter und gelassen beantwortend, den Laden, wo Photoapparate und Bilder ausgestellt waren.

Er war voller Kunden, die darauf warteten, bedient zu werden. Die Marquise, die keine Eile hatte, tat, als betrachte sie ein Album mit Ansichtskarten, um gleichzeitig beobachten zu können, was im Laden vor sich ging. Diesmal waren beide, Monsieur Paul und seine Schwester, anwesend; er in seinem gestärkten Hemd – es war von einem scheußlichen Rosa und noch unleidlicher als das blaue – und dem billigen grauen Jakkett, während seine Schwester, wie alle Verkäuferinnen, in einem dunklen, farblosen Grau steckte und ein Tuch um die Schultern trug.

Er mußte ihr Kommen bemerkt haben, denn kurz darauf trat er hinter dem Ladentisch hervor, überließ die Schlange der Wartenden seiner Schwester und näherte sich ihr, ergeben, höflich und ängstlich bemüht, ihr zu Diensten zu sein. Selbst in seinem Blick lag keine Spur von Vertraulichkeit, kein Zeichen heimlichen Einverständnisses; sie starrte ihn absichtlich unverhohlen an, um sich darüber Gewißheit zu verschaffen. Dann zog sie die Kinder und Miss Clay wie zufällig in die Unterhaltung, forderte die Gouvernante auf, die Abzüge auszuwählen, die sie nach England schicken wollte, und hielt ihn so an ihrer Seite. Dabei behandelte sie ihn herablassend, sogar hochmütig, fand an einigen Abzügen etwas auszusetzen, die, so ließ sie ihn wissen, den Kindern nicht gerecht würden und ihrem Gatten, dem Marquis, unmöglich präsentiert werden könnten. Der Photograph murmelte Entschuldigungen: es sei vollkommen richtig, die Bilder würden den Kindern nicht gerecht, er sei bereit, noch einmal ins Hotel zu kommen, um, selbstverständlich ohne etwas dafür zu berechnen, einen neuen Versuch zu machen. Vielleicht ließe sich auf der Terrasse oder im Garten eine bessere Wirkung erzielen.

Man drehte sich nach der Marquise um. Sie konnte spüren, daß die Blicke auf ihr ruhten, ihre Schönheit verschlangen. In unverändert herablassendem Ton, beinahe kalt und kurz, forderte sie den Photographen auf, ihr verschiedene Artikel zu zeigen; mit beflissener, ängstlicher Eile kam er ihrem Wunsch nach.

Die anderen Kunden wurden ungehalten, traten ungeduldig von einem Fuß auf den andern und warteten darauf, von der Schwester bedient zu werden; umdrängt von Käufern, humpelte sie verstört von einem Ende des Ladentisches zum andern und reckte immer wieder den Kopf, um zum Bruder, der sie so plötzlich im Stich gelassen hatte, hinüberzuspähen, ob er sie nicht entlasten komme.

Endlich hatte die Marquise ein Einsehen, war zufriedengestellt. Der erregende, köstlich verstohlene Kitzel, den sie seit Betreten des Ladens verspürt hatte, war nun besänftigt.

»Ich werde Sie an einem der nächsten Vormittage benachrichtigen«, sagte sie zu Monsieur Paul, »Sie können dann heraufkommen und die Kinder noch einmal photographieren. Inzwischen möchte ich aber bezahlen, was ich schuldig bin. Erledigen Sie es, bitte, Miss Clay.«

Sie nahm die Kinder an die Hand, und ohne guten Morgen zu wünschen, verließ sie gleichmütig den Laden.

Zum Déjeuner kleidete sie sich nicht um, sondern behielt das elegante Kleid an, so daß die ganze Hotelterrasse, wo sich heute besonders viele Gäste und Touristen drängten, von Ausrufen über ihre Schönheit und ihre Wirkung zu schwirren und zu summen schien. Der Maître d'hôtel, die Kellner, sogar der

128

Direktor selbst näherten sich, devot lächelnd, wie magisch angezogen, ihrem Ecktisch, und sie konnte hören, wie ihr Name raunend von Mund zu Mund ging.

Alles trug zu ihrem Triumph bei: die bewundernde Menge, der Duft von Speisen, Wein und Zigaretten, die üppigen Blütenstauden in den Kübeln, der strahlende Sonnenschein und das leise Plätschern der See. Als sie sich schließlich erhob und mit den Kindern die Treppe emporschritt, durchströmte sie ein Glücksgefühl, wie es, so dachte sie, eine Primadonna nach langem Beifallsrauschen verspüren mußte.

Die Kinder und Miss Clay verschwanden in ihren Zimmern, um der Mittagsruhe zu pflegen; geschwind wechselte die Marquise Kleid und Schuhe, schlich auf Zehenspitzen die Stufen hinunter aus dem Hotel und eilte über den glühenden Strand den Pfad hinauf zur farnbewachsenen Höhe.

Wie sie vermutet hatte, erwartete er sie bereits. Keiner von beiden erwähnte ihren vormittäglichen Besuch im Laden, keiner berührte mit einer Silbe, was sie jetzt zu dieser Stunde auf die Klippen führte. Sie betraten die kleine Lichtung am Klippenrand und ließen sich gemeinsam nieder, und die Marquise beschrieb in mokantem Ton das unruhige und ermüdende Treiben auf der bevölkerten Terrasse beim Déjeuner und betonte, wie erholsam es sei, alledem zu entfliehen und hier oben die frische, reine Seeluft zu atmen.

Bei ihrer Schilderung des mondänen Lebens nickte er demütig zustimmend, hing an ihren Lippen, als tröffen sie von der Weisheit der Welt, und dann bat er, genau wie am vorhergehenden Tag, ein paar Aufnahmen von ihr machen zu dürfen, und wieder willigte sie ein, lehnte sich in das Farnkraut zurück und schloß die Augen.

Es war, als stände an diesem langen, schwülen Nachmittag die Zeit still. Wie zuvor schwirrten Libellen über ihr in den Farnen, wie zuvor brannte die Sonne auf ihren Körper. Gleichzeitig mit dem genießerischen Behagen an dem, was geschah, stellte sich bei ihr die seltsame befriedigende Erkenntnis ein, daß sie im Innern völlig unbeteiligt sei, daß ihr eigentliches Selbst, ihre Gefühle unberührt blieben. Sie hätte ebensogut da-

129

heim in Paris in einem Schönheitssalon ruhen können, wo man
ihr die ersten verräterischen Fältchen sanft wegmassierte oder
das Haar schamponierte; allerdings mit der kleinen Einschrän-
kung, daß dies nur träge Zufriedenheit und kein eigentliches
Lustgefühl ausgelöst hätte.

Wieder brach er taktvoll und diskret auf, verließ sie wortlos,
so daß sie sich ungestört herrichten konnte. Und wieder erhob
sie sich, als sie ihn außer Sicht wußte, und trat den langen
Rückweg zum Hotel an.

Das Glück blieb ihr treu, das Wetter änderte sich nicht. Jeden
Nachmittag, sobald das Déjeuner beendet und die Kinder zur
Ruhe gelegt waren, machte sich die Marquise auf ihren Spaziergang und kehrte stets gegen halb fünf zur Teestunde zurück. Miss Clay, die anfänglich ihre Energie bestaunt hatte,
nahm diese Wanderungen allmählich als Gewohnheit hin.
Wenn die Marquise es sich in den Kopf gesetzt hatte, in der heißesten Tageszeit auszugehen, dann war es ihre Angelegenheit;
tatsächlich schien es ihr gut zu bekommen. Sie war menschlicher zu ihr, Miss Clay, und weniger gereizt gegen die Kinder.
Die ständigen Kopfschmerzen und Migräneanfälle waren wie
fortgeblasen, die Marquise schien diese anspruchslosen Ferien
an der See in Gesellschaft von Miss Clay und den beiden Töchterchen tatsächlich zu genießen.

Nachdem vierzehn Tage vergangen waren, mußte die Marquise feststellen, daß das erste Entzücken schwand, der Reiz
der Neuheit allmählich verblaßte. Nicht etwa, daß Monsieur
Paul sie in irgendeiner Weise enttäuschte, es war ganz einfach
so, daß sie sich an das tägliche Ritual gewöhnt hatte, etwa wie
eine erste Impfung erfolgreich wirkt, die ständige Wiederho-
lung jedoch immer weniger anschlägt. Die Marquise entdeckte,
daß sie nur dann wieder etwas von dem ersten Genuß verspüren konnte, wenn sie den Photographen nicht länger wie eine
Marionette oder einen Friseur, der ihr die Haare legte, behandelte, sondern wie einen Menschen mit verletzlichen Gefühlen.
Sie fand alles mögliche an seiner äußeren Erscheinung auszusetzen, bemängelte die Länge seiner Haare, den Schnitt und die
billige Qualität seiner Kleidung und schalt ihn sogar, daß er

sein Geschäft nicht mit der nötigen Umsicht betreibe, daß das Material und die Kartons, die er für seine Abzüge verwendete, schlecht seien.

Wenn sie ihm solcher Art die Meinung sagte, pflegte sie sein Gesicht zu belauern, und erst, wenn sie in seinen großen Augen Angst und Qual las, wenn er erbleichte und sich tiefe Niedergeschlagenheit seiner bemächtigte, als verstünde er, wie unwürdig er ihrer sei, wie in jeder Weise unterlegen, erst dann entzündete sich in ihr aufs neue das ursprüngliche Lustgefühl.

Mit vollem Bedacht begann sie die gemeinsamen Stunden zu verkürzen. Sie erschien spät zum Rendezvous im Farnkraut und fand ihn stets mit demselben bangen Ausdruck wartend, und wenn ihr der Sinn nicht danach stand, brachte sie alles rasch und ungnädig hinter sich und schickte ihn kurzerhand auf den Heimweg, um sich dann auszumalen, wie unglücklich und erschöpft er zu seinem Laden im Städtchen zurückhinkte.

Noch immer gestattete sie ihm, Aufnahmen von ihr zu machen. Dies gehörte zu den Spielregeln, und da sie wußte, daß es ihm keine Ruhe ließ, ehe er es darin nicht bis zur Vollkommenheit gebracht hatte, zog sie mit Wonne ihren Vorteil daraus. Sie bestellte ihn zuweilen des Vormittags ins Hotel, um elegant gekleidet im Garten des Hotels zu posieren, umgeben von den Kindern und der bewundernden Miss Clay und bestaunt von den Hotelgästen in den Fenstern oder auf der Terrasse.

Der Gegensatz zwischen diesen Vormittagen, wo er als ihr Angestellter ihren Befehlen gemäß hin und her hinkte, das Stativ bald hierhin, bald dorthin schleppte, und der unvermittelten Intimität der Nachmittage im Farnkraut unter der glühenden Sonne erwies sich für sie während der dritten Woche als einziger Reiz.

Schließlich an einem bewölkten Tag, als vom Meer her ein kühler Wind wehte, erschien sie überhaupt nicht zum Rendezvous, sondern blieb statt dessen auf dem Balkon liegen und las einen Roman; die Abwechslung von dem Gewohnten empfand sie als wirkliche Wohltat.

Der folgende Tag war wieder schön, und sie beschloß, zu den Klippen hinauszuwandern; und zum erstenmal seit der Begegnung in jenem kühlen, dunklen Keller unter dem Laden machte er ihr besorgt und mit heftiger Stimme Vorwürfe.

»Ich habe gestern den ganzen Nachmittag auf Sie gewartet«, sagte er. »Ist etwas geschehen?«

Sie starrte ihn verwundert an.

»Es war ungemütliches Wetter«, entgegnete sie. »›Ich zog es vor, auf meinem Balkon zu bleiben und ein Buch zu lesen.«

»Ich fürchtete, Sie seien krank geworden«, fuhr er fort. »Ich war nahe daran, im Hotel anzurufen und mich nach Ihnen zu erkundigen. Ich habe heute nacht kaum schlafen können, so besorgt und aufgeregt war ich.«

Er folgte ihr mit bekümmerten Blicken und zerfurchter Stirn zum Versteck im Farnkraut. Obwohl es für die Marquise einen gewissen Reiz hatte, seinen Kummer mitanzusehen, irritierte es sie doch gleichzeitig, daß er sich so weit vergessen konnte, ihr Betragen zu kritisieren; es war, als habe ihr Friseur in Paris oder ihr Masseur seinem Ärger darüber Ausdruck verliehen, daß sie einen bestimmten Termin nicht eingehalten hatte.

»Wenn Sie glauben, ich fühlte mich in irgendeiner Weise verpflichtet, jeden Nachmittag hierherzukommen, dann irren Sie sich«, sagte sie. »Ich habe weiß Gott noch anderes zu tun.«

Sofort lenkte er ein, wurde unterwürfig und bat sie, ihm zu verzeihen.

»Sie können nicht verstehen, was es mir bedeutet«, sagte er. »Seit ich Sie kennengelernt habe, ist mein ganzes Leben verändert. Ich lebe überhaupt nur für diese Nachmittage.«

Seine Fügsamkeit schmeichelte ihr, entflammte sie aufs neue, und gleichzeitig, während er neben ihr lag, überkam sie so etwas wie Mitleid; Mitleid mit diesem Geschöpf, das ihr so bedingungslos ergeben, so abhängig von ihr war wie ein Kind. Sie fuhr ihm über das Haar und wurde einen Augenblick lang vor Mitgefühl beinahe mütterlich weich gestimmt. Der arme Junge, er war gestern den ganzen Weg ihretwegen hier herausgehumpelt und hatte dann, in dem scharfen Wind, allein und unglücklich hier gesessen. Sie stellte sich vor, was sie ihrer Freundin Elise im nächsten Brief schreiben würde.

»Ich fürchte wahrhaftig, ich habe Paul das Herz gebrochen,

er hat diese kleine ›affaire de vacances‹ tatsächlich ernstgenommen. Aber was soll ich tun? Schließlich muß diese Geschichte ja ein Ende haben. Ich kann seinetwegen unmöglich mein Leben ändern. Enfin, er ist ein Mann und wird darüber hinwegkommen.« Elise würde sich einen hübschen, blonden, leichtsinnigen Amerikaner vorstellen, der bekümmert in seinen Packard kletterte und voller Verzweiflung ins Unbekannte von dannen fuhr.

Heute ließ der Photograph sie nach dem Schäferstündchen nicht allein, sondern blieb neben ihr im Farnkraut sitzen und starrte auf den großen, ins Meer hinausragenden Felsblock.

»Ich habe über die Zukunft nachgedacht und meinen Entschluß gefaßt«, sagte er still.

Die Marquise witterte ein Drama. Wollte er damit andeuten, daß er sich das Leben nehmen würde? Gott, wie schrecklich! Natürlich würde er damit warten, bis sie abgereist war; sie würde es niemals zu erfahren brauchen.

»Erzählen Sie mir davon«, sagte sie teilnahmsvoll.

»Meine Schwester wird sich um den Laden kümmern«, sagte er. »Ich werde ihn ihr vermachen. Sie ist sehr tüchtig. Und ich, ja, ich werde Ihnen folgen, wohin Sie auch gehen, sei es nach Paris oder aufs Land. Ich werde immer für Sie bereit sein, werde da sein, wann immer Sie es wünschen.«

Der Marquise stockte der Atem, ihr blieb beinahe das Herz stehen.

»Das können Sie unmöglich tun«, sagte sie. »Wovon wollen Sie denn leben?«

»Ich habe keinen Stolz«, sagte er. »Ich weiß, daß Sie mir in Ihrer Herzensgüte etwas zukommen lassen werden. Meine Bedürfnisse sind sehr gering. Ich weiß nur, daß ich ohne Sie nicht mehr leben kann, darum ist das einzige, was mir zu tun übrigbleibt, Ihnen zu folgen. Ständig, immer. Ich werde mir ganz in der Nähe Ihres Palais in Paris und auch auf dem Lande ein Zimmer mieten. Wir werden schon Mittel und Wege finden, um beisammen zu sein. Eine starke Liebe wie die unsere kennt keine Hindernisse.«

Er hatte zwar mit der üblichen Bescheidenheit gesprochen,

in seinen Worten lag jedoch eine überraschende Entschiedenheit. Sie spürte, daß es für ihn kein zu ungelegener Zeit insze-
niertes Theater, sondern bitterer Ernst war. Er meinte wirklich,
was er sagte. Er würde wahrhaftig imstande sein, seinen Laden
aufzugeben und ihr nach Paris, ja sogar ins Schloß auf dem
Lande zu folgen.

»Sie sind ja wahnsinnig«, rief sie heftig und setzte sich, ohne
an ihr Aussehen und ihr zerzaustes Haar zu denken, auf. »In
dem Augenblick, wo ich abreise, bin ich nicht länger frei. Es ist
ausgeschlossen, daß wir uns irgendwo treffen, die Gefahr, daß
man uns entdeckt, wäre viel zu groß. Sind Sie sich denn über
meine Situation klar? Darüber, was das für mich bedeuten
würde?«

Er nickte. Sein Gesicht war traurig, aber fest entschlossen.
»Ich habe alles überdacht«, sagte er. »Wie Sie wissen, bin ich
sehr diskret. In dieser Hinsicht können Sie also unbesorgt sein.
Ich habe mir überlegt, daß ich vielleicht eine Stellung als Diener
bei Ihnen annehmen könnte. Der Verlust von Ansehen würde
mich nicht stören. Ich bin nicht stolz. Aber bei einer solchen
Anstellung könnten wir unser jetziges Leben weiterführen wie
bisher. Ihr Gemahl, der Herr Marquis, ist sicherlich sehr beschäftigt und tagsüber häufig außer Hause, und Ihre Kinder
und die englische Miss werden auf dem Lande wahrscheinlich
jeden Nachmittag einen Spaziergang machen. Sie sehen also,
alles wäre ganz leicht, wir müssen nur den Mut dazu aufbringen.«

Die Marquise war so außer sich vor Entsetzen, daß sie kein
Wort hervorbringen konnte. Etwas Schlimmeres, Katastropha-
leres, als daß der Photograph eine Stellung als Diener auf dem
Schloß erhielte, war schlechthin nicht vorstellbar. Ganz abgesehen davon, daß er völlig ungeeignet war – ihr schauderte bei
dem bloßen Gedanken, ihn um die Tafel des großen Speisesaals
herumhinken zu sehen –, welche Qualen würde sie nicht ausstehen in dem Bewußtsein, daß er unter einem Dach mit ihr
lebte, daß er tagtäglich nur darauf wartete, bis sie nachmittags
ihr Zimmer aufsuchte. Und dann das zaghafte Klopfen an der
Tür, das heimliche Geflüster! Welche Erniedrigung würde

134

nicht darin liegen, daß diese Kreatur – es gab wahrhaftig keinen anderen Ausdruck für ihn – in ihrem Hause wohnte, ständig wartend, ständig hoffend.

»Es tut mir leid«, sagte sie mit Entschiedenheit, »aber was Sie sich ausgedacht haben, ist völlig unmöglich. Nicht allein die Idee, in meinem Haus eine Dienerstellung anzunehmen, sondern überhaupt die Vorstelllung, daß wir uns nach meiner Abreise jemals wieder treffen könnten. Ihr gesunder Menschenverstand muß Ihnen das doch selbst sagen. Diese Nachmittage sind . . . sind durchaus angenehm gewesen, aber meine Ferien sind in Kürze vorbei, und in ein paar Tagen wird mein Mann kommen, um mich und die Kinder abzuholen, und damit hat alles ein Ende.«

Um die Unabänderlichkeit ihrer Worte zu unterstreichen, stand sie auf, glättete ihr zerdrücktes Kleid, kämmte ihr Haar, puderte sich und griff nach der Handtasche. Sie zog ihr Portemonnaie heraus und reichte ihm mehrere Zehntausendfrankennoten.

»Nehmen Sie dies für Ihr Photogeschäft, für dringende kleine Verbesserungen«, sagte sie. »Und kaufen Sie auch Ihrer Schwester eine Kleinigkeit. Seien Sie versichert, daß ich stets mit großer Zuneigung an Sie denken werde.«

Zu ihrer Verblüffung war er totenblaß geworden, seine Lippen begannen heftig zu zittern, er erhob sich.

»Nein, nein«, rief er, »ich werde das niemals annehmen! Es ist grausam und böse von Ihnen, so etwas überhaupt vorzuschlagen.« Und plötzlich begann er, das Gesicht in den Händen vergraben, mit bebenden Schultern zu schluchzen.

Die Marquise betrachtete ihn hilflos, wußte nicht, ob sie gehen oder bleiben sollte. Er schluchzte so hemmungslos, daß sie einen hysterischen Anfall befürchtete; niemand konnte sagen, was dann geschehen würde. Er tat ihr leid, aufrichtig leid, aber mehr noch bedauerte sie sich selbst, weil er nun beim Abschied zu einer lächerlichen Figur wurde. Ein Mann, der sich so von seinen Gefühlen hinreißen ließ, war erbärmlich. Jetzt schien ihr auch diese Lichtung im Farnkraut, die ihr vorher so traulich, so romantisch vorgekommen war, etwas Schmutziges, Beschämendes zu haben. Sein Hemd, das er über eine Farnstaude gehängt hatte, sah aus, als habe eine Waschfrau es zum Bleichen in die Sonne gelegt, daneben lagen sein Schlips und der billige, verbeulte Hut. Es fehlten nur noch Orangenschalen und Stanniolpapier, und das Bild wäre vollständig gewesen.

»Hören Sie auf mit dem Geheule«, sagte sie in plötzlicher Wut. »Nehmen Sie sich doch um Himmels willen zusammen.«

Das Schluchzen erstarb. Er nahm die Hände von dem verweinten Gesicht. Zitternd, mit tränenblinden, leidvollen Augen starrte er sie an. »Ich habe mich in Ihnen getäuscht«, sagte er, »jetzt habe ich Sie erkannt. Sie sind ein böses Weib, Sie zerstören herzlos das Leben leichtgläubiger Männer, wie ich es bin. Ich werde Ihrem Gatten alles erzählen.«

Die Marquise blieb stumm. Er hatte den Kopf verloren, war toll . . .

»Ja«, wiederholte der Photograph, noch immer nach Atem ringend, »das werde ich tun. Sobald Ihr Mann kommt, um Sie abzuholen, werde ich ihm alles erzählen. Ich werde ihm die Photos zeigen, die ich hier im Farnkraut von Ihnen gemacht habe. Das wird ihm zweifellos Beweis genug dafür sein, daß Sie ihn betrügen, daß Sie schlecht sind. Er wird mir schon glauben, wird mir glauben müssen! Was er mir antun wird, ist mir gleichgültig. Mehr als jetzt kann ich nicht leiden. Aber Ihr Leben, das wird ruiniert sein, das schwöre ich Ihnen. Er wird es erfahren, die englische Miss wird es erfahren, der Hoteldirektor, alle werden es erfahren, ich werde es jedem einzelnen erzählen, wie Sie Ihre Nachmittage verbracht haben.«

Er griff nach Jacke und Hut, warf den Riemen der Kamera über die Schulter. Ein Grauen packte die Marquise, schnürte ihr Herz und Kehle zusammen. Alles, womit er gedroht hatte, würde er tun. Er würde in der Hotelhalle beim Empfangstisch stehen und warten, bis Edouard käme.

»Hören Sie«, begann sie, »wir wollen überlegen, wir können vielleicht doch zu einer Übereinkunft gelangen . . . «

Er beachtete sie nicht. Sein Gesicht war bleich und entschlossen. Er bückte sich am Klippenrand, dort wo die Lichtung zum Meer hin offen war, um seinen Stock aufzuheben, und während er dies tat, flammte in ihr ein schrecklicher Impuls auf, überflutete ihr ganzes Wesen, packte sie mit unwiderstehlicher Gewalt. Mit ausgestreckten Händen lehnte sie sich vor und stieß den gebückt Stehenden hinab. Er gab nicht einmal einen Schrei von sich, er stürzte und war verschwunden.

Die Marquise sank auf die Knie zurück, kauerte dort, ohne sich zu rühren, wartete. Fühlte den Schweiß über Gesicht, Kehle und Körper rinnen. Auch ihre Hände waren feucht. Auf den Knien blieb sie dort im Versteck hocken. Allmählich kehrte ihr die Besinnung wieder; sie holte ihr Taschentuch hervor und wischte sich die Schweißtropfen von Stirn, Gesicht und Händen.

Es schien plötzlich kühl geworden zu sein, sie erschauerte. Schließlich erhob sie sich, ihre Beine trugen sie, wankten nicht, wie sie befürchtet hatte. Sie spähte über das Farnkraut: niemand war zu sehen, wie immer war sie ganz allein auf dem Vorsprung. Fünf Minuten vergingen, und endlich zwang sie sich, an den Klippenrand zu treten und hinunterzublicken. Die Flut war gekommen, das Meer umspülte den Fuß der Klippe, stieg, brandete gegen die Felsblöcke, sank und stieg von neuem. An der Klippenwand war nichts von ihm zu entdecken; es war auch unmöglich, denn der glatte Felsen fiel senkrecht ab. Im Wasser ebenfalls keine Spur von ihm; triebe er dort, so hätte sie ihn an der Oberfläche der glatten, blauen See entdecken müssen. Er mußte also nach dem Sturz sofort gesunken sein.

Die Marquise trat vom Klippenrand zurück. Sie raffte ihre Sachen zusammen und bemühte sich, das zu Boden gedrückte Farnkraut wieder zur ursprünglichen Höhe aufzurichten, um die Spuren ihres gemeinsamen Aufenthalts zu verwischen; das Fleckchen hatte ihnen jedoch so lange als Liebesnest gedient, daß sich dies als unmöglich erwies. Vielleicht war es auch überflüssig. Vielleicht hielt man es für selbstverständlich, daß die Leute zur Klippe hinauswanderten, um hier die Einsamkeit zu genießen.

Plötzlich begannen ihr die Knie derart zu zittern, daß sie sich setzen mußte. Nach einer Weile sah sie auf die Uhr. Ihr war eingefallen, daß es wichtig sein könnte, die Zeit zu wissen. Ein paar Minuten nach halb vier. Falls man sie fragte, konnte sie sagen: »Ja, ich war gegen halb vier Uhr auf der Höhe draußen, habe aber nichts gehört.« Das würde die Wahrheit sein. Es wäre keine Lüge, sondern die reine Wahrheit.

Erleichtert stellte sie fest, daß sie heute ihren Spiegel in die Handtasche gesteckt hatte. Sie blickte angstvoll hinein. Ihr Gesicht war kalkweiß, fleckig, fremd. Sie puderte sich sorgfältig und behutsam; es schien ihr Aussehen jedoch kaum zu verändern. Miss Clay würde sofort merken, daß irgend etwas nicht stimmte. Sie legte Rouge auf die Wangen, es wirkte aber zu grell, wie die roten Tupfen in einem Clownsgesicht.

Mir bleibt nur eins zu tun, dachte sie, ich muß geradewegs zum Strand in die Badekabine gehen, mich auskleiden, den Badeanzug anziehen und baden. Wenn ich dann mit feuchtem Haar und Gesicht ins Hotel zurückkehre, wird alles ganz natürlich wirken.

Sie machte sich auf den Rückweg, ihre Beine wollten sie kaum tragen, so als hätte sie tagelang krank zu Bett gelegen, und als sie schließlich den Strand erreichte, zitterte sie so sehr, daß sie fürchtete, hinzufallen. Mehr als nach irgend etwas anderem sehnte sie sich danach, im Schlafzimmer des Hotels, bei geschlossenen Fenstern und herabgelassenen Jalousien in ihrem Bett zu liegen, sich dort in der Dunkelheit zu verkriechen. Erst mußte sie sich aber zwingen, ihren Vorsatz auszuführen.

Sie ging in die Badekabie und zog sich aus. Einige Badegäste lagen bereits lesend oder faulenzend am Strand, die Mittagsruhe näherte sich ihrem Ende. Sie ging zum Wasser, streifte die Badeschuhe ab und setzte die Bademütze auf. Während sie in dem stillen, lauen Wasser hin und her schwamm und ihr Gesicht benetzte, überlegte sie, wie viele Menschen am Strand sie wohl bemerkten, sie beobachteten und hinterher sagen würden: »Erinnert ihr euch denn nicht mehr, wir sahen doch am Nachmittag um diese Zeit eine Frau von den Klippen herkommen?«

Sie begann zu frösteln, schwamm aber mit steifen, mechanischen Stößen weiter, hin und her, bis sie plötzlich, von Übelkeit und Entsetzen gepackt, ohnmächtig zu werden drohte. Sie sah nämlich, wie ein kleiner Junge, der mit einem Hund umhertollte, aufs Meer hinauswies, wie der Hund ins Wasser sprang und einen dunklen Gegenstand – es hätte ein treibender Baumstamm sein können – anbellte. Taumelnd entstieg sie dem Wasser, stolperte in die Badekabine und blieb dort, das Gesicht in den Händen vergraben, auf den Holzdielen liegen. Wie leicht hätte sie, wenn sie weitergeschwommen wäre, die durch die Strömung auf sie zutreibende Leiche mit den Füßen berühren können!

In fünf Tagen wurde der Marquis erwartet, der seine Frau, die Kinder und die Gouvernante abholen und im Wagen heimfahren wollte. Die Marquise bestellte ein Ferngespräch zum Schloß und fragte ihren Mann, ob es ihm nicht möglich sei, früher zu kommen. Doch, es sei noch immer schönes Wetter, aber der Ort ginge ihr jetzt auf die Nerven. Er sei zu übervölkert, zu laut, das Essen habe sich auch verschlechtert. Ihr sei, offen gestanden, alles unleidlich geworden. Sie sehne sich nach Hause, in die häusliche Umgebung; der Park müsse doch jetzt bezaubernd sein.

Der Marquis bedauerte außerordentlich, daß sie sich langweile, aber drei Tage, so meinte er, würde sie es sicher noch ertragen können. Er habe bereits alles geordnet und könne nicht früher kommen, da er in einer dringenden geschäftlichen Angelegenheit über Paris fahren müsse. Er versprach, am Donnerstagmorgen bei ihr zu sein, dann könne man unmittelbar nach dem Essen aufbrechen.

»Eigentlich«, sagte er, »hatte ich gehofft, daß wir über das Wochenende bleiben würden, damit ich auch noch ein wenig baden könnte. Die Zimmer sind doch wohl bis Montag reserviert?«

Aber nein, sie habe dem Direktor bereits mitgeteilt, daß sie die Zimmer nur bis Donnerstag benötige, er habe die Räume jetzt schon für andere Gäste gebucht. Das Hotel sei überfüllt, sei völlig reizlos geworden, versicherte sie ihm. Es würde ihm gewiß auch mißfallen, besonders am Wochenende sei es ganz unerträglich. Er solle doch alles daransetzen, am Donnerstag so früh wie möglich zu kommen, damit sie sofort nach dem Déjeuner aufbrechen könnten.

Die Marquise legte den Hörer auf und begab sich wieder zu ihrem Liegestuhl auf dem Balkon. Sie griff nach einem Buch und starrte, ohne zu lesen, auf die Seiten. Sie horchte angestrengt, wartete auf das Geräusch von Schritten, von Stimmen in der Hotelhalle, auf einen plötzlichen Anruf, wartete darauf, daß der Direktor unter vielen Entschuldigungen anfragte, ob er sie wohl bitten dürfe, sich in das Büro hinunterzubemühen, es handle sich um eine etwas delikate Angelegenheit ... die Polizei wolle sie sprechen. Man glaube, sie werde eine Auskunft erteilen können. Aber das Telephon läutete nicht, weder Stimmen noch Schritte ertönten, das Leben ging weiter wie zuvor. Die langen Stunden schleppten sich durch den endlosen Tag: das Déjeuner auf der Terrasse, die Kellner geschäftig und unterwürfig wie immer, an den meisten Tischen die üblichen Gesichter, nur hier und da neue Gäste, die plappernden Kinder und Miss Clay, die sie zu gutem Benehmen ermahnte. Und während der ganzen Zeit saß die Marquise da, lauschte, wartete ...

Sie zwang sich zu essen; die Speisen, die sie zum Mund führte, schmeckten jedoch wie Sägemehl. Nach der Mahlzeit ging sie in ihr Zimmer, und während die Kinder schliefen, lag sie in ihrem Liegestuhl auf dem Balkon. Zum Tee begaben sie sich wieder auf die Terrasse hinunter. Wenn die Kinder nachmittags zum zweitenmal zum Strand gingen, um zu baden, begleitete sie sie nicht. Sie sei ein wenig erkältet, teilte sie Miss Clay mit, fühle sich nicht zum Baden aufgelegt. Sie blieb auf dem Balkon liegen.

Wenn sie abends die Augen schloß und einzuschlafen versuchte, war ihr, als spürten ihre Hände wieder die vorgeneigten Schultern, als durchzucke sie aufs neue das Gefühl, das sie erfuhr, als sie ihm den heftigen Stoß versetzte. Diese Leichtigkeit, mit der er stürzte und verschwand! Eben noch neben ihr und im nächsten Augenblick fort! Kein Stolpern, kein Schrei!

Tagsüber suchte sie angestrengten Blickes die farnbewachsene Höhe ab, hielt nach umherwandernden Gestalten Ausschau – nannte man das einen »Polizeikordon«? Aber die Klippen flimmerten einsam im grellen Sonnenlicht, niemand wanderte dort oben im Farnkraut umher.

Zweimal regte Miss Clay an, vormittags ins Städtchen hinunterzugehen, um Einkäufe zu machen, und jedesmal erfand die Marquise eine Ausrede: »Es sind immer so schrecklich viele Menschen da. Es ist zu heiß. Ich fürchte, es tut den Kindern nicht gut. Im Park ist es angenehmer, auf dem Rasenplatz hinter dem Hotel schattig und still.«

Sie selbst verließ das Hotel nicht, nicht einmal zum Spaziergang. Und der bloße Gedanke an den Strand verursachte ihr Übelkeit, körperliches Unbehagen.

»Wenn ich nur erst diese lästige Erkältung überstanden habe, dann bin ich wieder wohlauf«, erklärte sie Miss Clay.

Sie lag Stunde auf Stunde in ihrem Liegestuhl und blätterte in den Zeitschriften, die sie schon ein dutzendmal gelesen hatte.

Am Vormittag des dritten Tages, kurz vor dem Déjeuner, kamen die Kinder, Windrädchen schwenkend, auf den Balkon gelaufen.

»Schau, Maman«, rief Hélène, »meins ist rot, und Célestes blau. Nach dem Tee werden wir sie auf unsere Sandburgen stecken.«

»Woher habt ihr sie?« fragte die Marquise.

»Vom Markt«, antwortete die Kleine. »Wir haben heute nicht im Park gespielt, Miss Clay hat uns zur Stadt mitgenommen, sie wollte ihre Bilder abholen, die sollten schon gestern fertig sein.«

Die Marquise erstarrte vor Schreck. Sie blieb unbeweglich sitzen.

»Lauft und macht euch zum Essen fertig«, brachte sie schließlich hervor.

Sie konnte die Kinder mit Miss Clay im Badezimmer schwatzen hören. Kurz danach trat die Gouvernante ein. Sie schloß die Tür hinter sich. Die Marquise mußte sich zwingen, sie anzusehen. Miss Clays langes, ziemlich einfältiges Gesicht trug einen feierlichen und bekümmerten Ausdruck.

»Es ist etwas Schreckliches geschehen«, sagte sie mit gedämpfter Stimme, »ich wollte vor den Kindern nicht davon sprechen. Sicher wird es Sie sehr schmerzlich berühren. Es betrifft den armen Monsieur Paul.«

»Monsieur Paul?« fragte die Marquise. Ihre Stimme klang völlig unberührt, auch das nötige Maß von Interesse schwang mit.

»Ich ging zum Laden, um meine Abzüge abzuholen, und fand ihn geschlossen«, berichtete Miss Clay. »Die Tür war versperrt, die Jalousien herabgelassen. Ich fand es befremdend und ging in die Apotheke nebenan, um zu fragen, ob das Geschäft vielleicht am späten Nachmittag wieder öffne. Dort sagte man mir, dies sei nicht zu erwarten, denn Mademoiselle Paul sei völlig verstört, ihre Verwandten seien gekommen, um ihr beizustehen. Ich fragte, was denn geschehen sei, und da erzählte man mir, der arme Monsieur Paul sei verunglückt, ertrunken, seine Leiche sei drei Meilen von hier entfernt an der Küste von Fischern gefunden worden.«

Miss Clay war, während sie berichtete, ganz blaß geworden. Offensichtlich war sie tief erschüttert. Bei ihrem Anblick kehrte der Marquise der Mut wieder.

»Wie entsetzlich!« rief sie. »Weiß man denn, wann es geschah?«

»Ich konnte mich der Kinder wegen in der Apotheke nicht so genau erkundigen«, sagte Miss Clay. »Ich glaube, man hat die Leiche gestern gefunden. Schrecklich entstellt, sagt man. Er muß beim Fallen gegen die Felsen geprallt sein. Es ist zu grauenvoll, ich kann gar nicht daran denken. Und seine arme Schwester, was wird sie ohne ihn bloß anfangen?«

Die Marquise warf ihr einen warnenden Blick zu und hob, Schweigen heischend, die Hand, als die Kinder ins Zimmer gelaufen kamen.

Sie gingen zum Déjeuner auf die Terrasse hinunter, und zum erstenmal seit drei Tagen schmeckte der Marquise das Essen wieder, aus irgendeinem Grunde war ihr der Appetit wieder-

142

gekehrt. Weshalb dies so war, hätte sie nicht sagen können. Sie überlegte, ob es daran liege, daß dieses bedrückende Geheimnis jetzt gelüftet war. Er war tot, war gefunden worden. Diese Tatsache war also bekannt. Nach dem Déjeuner beauftragte sie Miss Clay, bei der Hoteldirektion zu erfragen, ob Näheres über den tragischen Unglücksfall bekannt sei. Miss Clay solle ausrichten, die Marquise sei äußerst betroffen und bekümmert. Während Miss Clay den Auftrag ausführte, ging die Marquise nach oben.

Plötzlich schrillte das Telephon, es erklang der Laut, den sie so sehr gefürchtet hatte. Ihr Herzschlag setzte aus. Sie nahm den Hörer ab und lauschte.

Es war der Direktor. Er sagte, soeben sei Miss Clay bei ihm gewesen. Es sei sehr gütig von Madame la Marquise, soviel Anteil am Schicksal des verunglückten Monsieur Paul zu nehmen. Eigentlich habe er schon gestern, als das Unglück entdeckt wurde, darüber berichten wollen, habe es jedoch unterlassen, da er seine Gäste nicht gern beunruhigte. Ein Unfall durch Ertrinken in einem Badeort sei immer peinlich, mache die Leute ängstlich. Ja, natürlich, man habe sofort nach Auffindung der Leiche die Polizei benachrichtigt, und es stehe fest, daß Monsieur Paul irgendwo an der Küste von den Klippen abgestürzt sei. Anscheinend habe er sehr gern Seemotive aufgenommen. Bei seiner körperlichen Behinderung habe er natürlich leicht ausgleiten können, seine Schwester habe ihn oft ermahnt, vorsichtig zu sein. Ja, es sei sehr traurig. Ein so sympathischer Mensch, sei überall beliebt gewesen, habe keine Feinde gehabt. In seiner Art wirklich ein Künstler. Ob die Aufnahmen, die er von Madame la Marquise und den Kindern gemacht habe, Beifall gefunden hätten? Oh, das freue ihn sehr. Er werde dafür sorgen, daß Mademoiselle Paul davon erfahre, und er werde sie auch wissen lassen, daß Madame la Marquise soviel Anteil nehme. Ja, ganz sicher werde sie für ein paar Beileidsworte und Blumen sehr dankbar sein. Die arme Person sei ja völlig gebrochen. Nein, der Begräbnistermin stehe noch nicht fest . . .

Nach dem Gespräch rief die Marquise Miss Clay und bat sie, in einem Taxi zum Nachbarort zu fahren, wo es größere Geschäfte und, wie sie sich zu erinnern glaubte, eine sehr schöne Blumenhandlung gab. Miss Clay solle dort Blumen, vielleicht Lilien, kaufen und keine Kosten scheuen; sie werde ein Begleitkärtchen dafür schreiben. Nach ihrer Rückkehr solle Miss Clay die Blumen dem Direktor geben, der dafür sorgen werde, daß Mademoiselle Paul sie rechtzeitig erhalte.

Die Marquise schrieb das Kärtchen, das an die Blumen geheftet werden sollte. »In tiefer Teilnahme an Ihrem großen Verlust.« Sie gab Miss Clay Geld, und die Gouvernante eilte, ein Taxi zu bestellen.

Etwas später begleitete die Marquise die Kinder zum Strand.

»Ist deine Erkältung besser, Maman?« fragte Céleste.

»Ja, Chérie, jetzt kann Maman wieder baden.«

Sie planschte mit den Kindern in dem warmen, schmeichelnden Wasser.

Morgen würde Edouard eintreffen, morgen würde Edouard mit dem Wagen kommen, sie würden davonfahren, und die weißen, staubigen Landstraßen würden sich zwischen sie und das Hotel schieben. Sie würde es nie wiedersehen, auch die Klippen und das Städtchen nicht, die Ferien würden ausgelöscht sein wie etwas, das nie gewesen war.

Wenn ich tot bin, dachte die Marquise, als sie über das Meer hinausstarrte, dann werde ich dafür bestraft werden. Ich mache mir nichts vor, ich bin schuldig, ein Leben vernichtet zu haben, und Gott wird mich dafür zur Rechenschaft ziehen. Von jetzt ab will ich Edouard eine gute Frau und den Kindern eine gute Mutter sein. Von jetzt ab will ich versuchen, ein guter Mensch zu sein. Ich will mich darum bemühen und meine Tat sühnen, indem ich zu allen, Verwandten, Freunden und Dienern, gütiger, freundlicher bin.

Zum erstenmal seit vier Tagen schlief sie wieder gut.

Am nächsten Morgen, als sie noch frühstückte, kam ihr Mann. Sie war über sein Erscheinen so erfreut, daß sie aus dem Bett sprang und ihm um den Hals fiel. Der Marquis war über diesen Empfang ganz gerührt.

»Es sieht ja wirklich aus, als hätte meine Kleine mich sehr vermißt«, sagte er.

»Dich vermißt? Aber natürlich habe ich dich vermißt! Darum habe ich doch angerufen. Ich sehnte dein Kommen so sehr herbei.«

»Und du bist noch immer fest entschlossen, gleich nach dem Essen aufzubrechen?«

»Ja, unbedingt . . . Ich kann es hier nicht länger ertragen. Es ist alles schon gepackt, nur die letzten Kleinigkeiten sind noch in die Koffer zu legen.«

Während er auf dem Balkon Kaffee trank und mit den Kindern scherzte, kleidete sie sich an und raffte alle noch im Zimmer verstreut liegenden Dinge zusammen. Der Raum, der einen ganzen Monat ihr Gepräge getragen hatte, wurde wieder kahl und unpersönlich. In fieberhafter Hast räumte sie alles vom Toilettentisch, vom Kaminsims und vom Nachttisch. Das wäre also zu Ende! Gleich würde das Zimmermädchen mit sauberen Laken kommen, um alles für den nächsten Gast zu bereiten. Dann würde sie, die Marquise, schon auf und davon sein.

»Sag mal, Edouard, warum müssen wir eigentlich zum Essen hierbleiben?« fragte sie. »Würde es nicht netter sein, irgendwo unterwegs einzukehren? Wenn man die Rechnung schon bezahlt hat, finde ich es immer ein bißchen ungemütlich, im Hotel zu essen. Die Trinkgelder sind schon verteilt, und alles ist erledigt. Ich kann diese Stimmung nicht ausstehen.«

»Wie du willst«, sagte er. Sie hatte ihn so herzlich empfangen, daß er bereit war, all ihren Launen nachzugeben. Die arme Kleine! Sie war ohne ihn doch wohl schrecklich einsam gewesen. Er mußte es wiedergutmachen.

Die Marquise stand vor dem Spiegel im Badezimmer und malte sich die Lippen; in diesem Augenblick läutete das Telephon.

»Geh doch bitte an den Apparat, ja?« rief sie ihrem Mann zu. »Es wird der Portier sein wegen des Gepäcks.«

Der Marquis tat es, und wenige Augenblicke darauf rief er ihr zu:

»Es ist für dich, Liebes. Eine Mademoiselle Paul möchte dich sprechen, um dir noch vor der Abreise für die Blumen zu danken.«

Die Marquise antwortete nicht. Als sie ins Schlafzimmer trat, schien es dem Marquis, als sei ihr Make-up unvorteilhaft, es machte sie älter, verhärmt. Wie seltsam! Sie mußte einen neuen Lippenstift benutzt haben, die Farbe stand ihr gar nicht.

»Nun, was soll ich ihr sagen?« fragte er. »Du wirst dich doch sicherlich jetzt nicht von dieser Person, wer sie auch sei, stören lassen wollen. Soll ich nicht hinuntergehen und sie abwimmeln?«

Die Marquise schien unentschlossen, beunruhigt. »Nein«, sagte sie, »nein, ich glaube, ich muß mich doch selbst um sie kümmern. Es handelt sich da nämlich um eine tragische Geschichte. Sie hatte zusammen mit ihrem Burder ein kleines Photogeschäft in der Stadt – ich habe dort von mir und den Kinder ein paar Aufnahmen machen lassen –, und dann passierte dieses Unglück, der Bruder ertrank. Ich hielt es für richtig, ein paar Blumen zu schicken.«

»Wie aufmerksam von dir, wirklich eine nette Geste. Aber mußt du dich jetzt deshalb aufhalten lassen? Wir sind doch am Aufbruch.«

»Sag ihr das«, bat sie, »sag ihr, daß wir gerade am Aufbruch sind.«

Der Marquis ging wieder an den Apparat; nach ein paar Worten legte er die Hand über den Hörer und flüsterte ihr zu:

»Sie läßt sich nicht abweisen. Sie sagte, sie habe noch Aufnahmen von dir, die sie dir persönlich übergeben wolle.«

Eisiger Schrecken lähmte die Marquise. Aufnahmen? Was für Aufnahmen?

»Aber es ist doch alles bezahlt«, flüsterte sie zurück. »Ich begreife nicht, was sie will.«

Der Marquis zuckte die Schultern.

»Nun, was soll ich ihr sagen? Es hört sich an, als ob sie weinte.«

Die Marquise ging ins Badezimmer zurück und puderte sich noch einmal.

»Dann laß sie heraufkommen«, sagte sie. »Schärfe ihr aber ein, daß wir in fünf Minuten aufbrechen. Inzwischen kannst du schon hinuntergehen und die Kinder in den Wagen setzen.

Nimm auch Miss Clay mit, ich möchte die Frau allein empfangen.

Nachdem er gegangen war, blickte sie sich im Zimmer um. Außer ihren Handschuhen und ihrer Tasche war nichts zurückgeblieben. Noch eine letzte Anstrengung, dann die zufallende Tür, der Fahrstuhl, das Abschiedsnicken für den Direktor und dann – Freiheit!

Es klopfte; die Marquise stand wartend mit nervös verkrampften Händen an der Balkontür.

»Herein«, rief sie.

Mademoiselle Paul öffnete die Tür. Ihr Gesicht war vom Weinen rotfleckig und verquollen. Sie trug ein altmodisches Trauerkleid, das beinahe bis auf den Boden reichte. Zunächst blieb sie zögernd stehen, dann näherte sie sich mit grotesk schaukelnden, humpelnden Schritte, als bereite ihr jede Bewegung Qual.

»Madame la Marquise . . . «, begann sie mit bebenden Lippen und brach in Schluchzen aus.

»Bitte, weinen Sie nicht«, sagte die Marquise begütigend. »Es tut mir so schrecklich leid.«

Mademoiselle Paul zog ihr Taschentuch hervor und schnaubte sich die Nase.

»Er war das einzige, was ich auf Erden besaß«, sagte sie. »Er war so gut zu mir. Was soll ich jetzt anfangen? Wie soll ich bloß leben?«

»Haben Sie keine Verwandten?«

»Doch, Madame la Marquise, aber es sind alles arme Leute. Ich kann ihnen nicht zumuten, mich zu unterstützen. Allein, ohne meinen Bruder, kann ich das Geschäft nicht weiterführen. Ich hab' nicht die Kraft dazu. Meine Gesundheit hat mir immer zu schaffen gemacht.«

Die Marquise suchte in ihrer Handtasche und entnahm ihr eine Zwanzigtausendfrankennote.

»Ich weiß, dies ist nicht viel«, sagte sie, »aber vielleicht bedeutet es doch eine kleine Hilfe. Leider hat mein Mann in dieser Gegend nicht viele Verbindungen, aber ich will ihn fragen, vielleicht weiß er Rat.«

Mademoiselle Paul nahm den Geldschein. Seltsam. Sie bedankte sich nicht. »Dies wird mich bis Ende des Monats über Wasser halten und die Bestattungskosten decken«, sagte sie.

Sie öffnete ihre Handtasche und zog drei Photographien hervor.

»Ich habe noch andere, ganz ähnlich wie diese, im Laden«, fuhr sie fort. »Mir schien, Sie haben sie über Ihrem Aufbruch ganz vergessen. Ich hab' sie zwischen den andern Aufnahmen und Negativen im Keller, wo mein Bruder sie immer entwickelt hat, gefunden.«

Sie reichte der Marquise die Bilder. Bei ihrem Anblick überlief es sie eiskalt. Ja, die hatte sie vergessen, oder richtiger, sie war sich ihres Vorhandenseins gar nicht bewußt geworden. Es waren drei Aufnahmen von ihr im Farnkraut. Lässig, halb schlummernd, hingegeben, den Kopf auf seiner Jacke; ja, sie hatte das Klicken der Kamera gehört, es hatte den wollüstigen Reiz des Nachmittags erhöht. Einige hatte er ihr gezeigt, aber nicht diese.

Sie nahm die Photographien und steckte sie in ihre Handtasche.

»Sie sagen, Sie hätten noch andere?« fragte sie mit ausdrucksloser Stimme.

»Ja, Madame la Marquise.«

Sie zwang sich, dieser Frau in die Augen zu sehen. Sie waren noch immer vom Weinen geschwollen, aber das Glitzern darin war unmißverständlich.

»Was erwarten Sie von mir?« fragte die Marquise.

Mademoiselle Paul ließ die Augen im Zimmer umherschweifen. Überall auf dem Boden zerstreut lag Seidenpapier, der Papierkorb war voller Abfälle, das Bett zurückgeschlagen.

»Ich habe meinen Bruder verloren, meinen Ernährer, meinen ganzen Lebensinhalt«, sagte sie. »Madame la Marquise haben vergnügte Ferientage genossen und kehren jetzt nach Hause zurück. Ich nehme an, Madame la Marquise wünschen nicht, daß der Herr Gemahl oder die Familie diese Aufnahmen zu Gesicht bekommen.«

»Sie haben vollkommen recht«, sagte die Marquise. »Nicht einmal ich selbst wünsche sie zu sehen.«

148

»Wie auch immer, scheinen mir zwanzigtausend Franken eine allzu bescheidene Vergütung für diese Ferien, die Madame la Marquise so sehr genossen haben.«

Die Marquise öffnete noch einmal ihre Handtasche. Sie hatte nur noch zwei Tausend- und ein paar Hunderdfrankennoten bei sich.

»Das ist alles, was ich bei mir habe«, sagte sie, »bitte nehmen Sie!«

Mademoiselle Paul schnaubte sich noch einmal die Nase.

»Ich glaube, es wäre für uns beide am zweckmäßigsten, wenn wir ein festes Übereinkommen träfen«, begann sie. »Jetzt, wo mein Bruder tot ist, ist meine Zukunft sehr unsicher geworden. Es könnte sein, daß ich gar nicht mehr an diesem Ort, der so viele traurige Erinnerungen für mich birgt, leben möchte. Ich frage mich immer wieder, wie mein Bruder eigentlich umgekommen ist. Am Nachmittag, bevor er für immer verschwand, ging er auf die Klippen hinaus und kam sehr niedergeschlagen zurück. Ich merkte, daß ihn irgend etwas bedrückte, fragte ihn aber nicht danach. Vielleicht hatte er jemanden treffen wollen, und dieser Jemand war nicht erschienen. Am nächsten Tag ging er wieder dorthin, und an diesem Abend kehrte er nicht mehr zurück. Ich unterrichtete die Polizei, und drei Tage später fand man seine Leiche. Ich habe der Polizei nichts von meinem Verdacht, daß er Selbstmord begangen hat, gesagt, sondern habe mich mit ihrer Darstellung von einem Unfall zufriedengegeben. Aber, Madame la Marquise, mein Bruder war ein sehr zart besaiteter Mensch, und falls er sehr unglücklich war, könnte er zu allem imstande gewesen sein. Und wenn ich vor Grübelei über diese Dinge gar nicht mehr ein und aus wissen sollte, dann könnte es passieren, daß ich zur Polizei gehe und durchscheinen lasse, er habe sich aus unglücklicher Liebe umgebracht. Es könnte sogar sein, daß ich der Polizei dann die Erlaubnis gebe, sein Photomaterial zu durchsuchen.«

In panischem Entsetzen hörte die Marquise vor der Tür die Schritte ihres Mannes.

»Kommst du nicht, Liebling?« rief er, indem er die Tür aufriß und ins Zimmer trat. »Das Gepäck ist verstaut, die Kinder werden schon ungeduldig.«

Er begrüßte Mademoiselle Paul. Sie knickste.

»Ich werde Ihnen meine Adresse geben«, sagte die Marquise, »von meiner Wohnung in Paris und vom Schloß.« Fieberhaft durchsuchte sie ihre Handtasche nach Visitenkarten. »Ich erwarte also, in ein paar Wochen von Ihnen zu hören.«

»Wahrscheinlich schon früher, Madame la Marquise«, sagte Mademoiselle Paul. »Wenn ich von hier wegziehen und in Ihrer Nähe wohnen sollte, würde ich mir erlauben, Ihnen, der Miss und Ihren Töchterchen in aller Ehrerbietung meine Aufwartung zu machen. Ich habe ganz in der Nähe Bekannte, auch in Paris habe ich Bekannte. Ich habe mir schon immer gewünscht, Paris einmal kennenzulernen.«

Mit einem verzerrten Lächeln wandte sich die Marquise an ihren Gatten. »Ich habe nämlich Mademoiselle Paul aufgefordert, mich jederzeit wissen zu lassen, wenn ich ihr irgendwie behilflich sein kann.«

»Gewiß«, sagte der Marquis. »Ich habe zu meinem Leidwesen von dem Unglücksfall gehört, der Direktor hat mir davon erzählt.«

Mademoiselle Paul knickste aufs neue und richtete ihre Blicke von ihm fort auf die Marquise.

»Er war alles, was ich auf Erden besaß, Monsieur le Marquis«, sagte sie. »Madame la Marquise weiß, was er mir bedeutete. Es tut mir sehr wohl zu wissen, daß ich der gnädigen Frau schreiben darf und daß die gnädige Frau mir wiederschreiben wird. Ich werde mich dann nicht mehr so einsam und verlassen fühlen. Für jemanden, der, wie ich, allein in der Welt steht, ist das Leben sehr hart. – Darf ich Madame la Marquise eine angenehme Reise wünschen? Und eine schöne, vor allem ungetrübte Erinnerung an die Ferientage?«

Wieder knickste Mademoiselle Paul, dann drehte sie sich um und hinkte aus dem Zimmer.

»Das arme Geschöpf«, sagte der Marquis, »und dazu noch dieses Aussehen! Habe ich den Direktor richtig verstanden, daß der Bruder auch ein Krüppel war?«

»Ja . . .« Die Marquise schloß die Handtasche, nahm die Handschuhe, griff nach der Sonnenbrille.

»Seltsam, daß so was in der Familie liegen kann«, sagte der Marquis, während sie den Korridor entlanggingen. Er hielt inne und klingelte nach dem Fahrstuhl. »Du hast Richard du Boulay, einen alten Freund von mir, wohl niemals kennengelernt, nicht wahr? Er hatte dasselbe Gebrechen, wie es dieser unglückselige kleine Photograph gehabt hat, und trotzdem verliebte sich ein reizendes, völlig normales Mädchen in ihn, und sie heirateten. Sie bekamen einen Sohn, und es stellte sich heraus, daß er genau so einen schrecklichen Klumpfuß hatte wie sein Vater. Gegen diese Art Dinge ist man machtlos. Es liegt einfach im Blut und vererbt sich weiter.«

Sie stiegen in den Fahrstuhl, die Türen schlossen sich hinter ihnen.

»Hast du es dir vielleicht doch anders überlegt? Wollen wir nicht doch zum Déjeuner bleiben? Du siehst blaß aus, und du weißt, wir haben eine lange Reise vor uns.«

»Ich möchte lieber fort.«

Alle standen in der Halle, um sich zu verabschieden. Der Direktor, der Empfangschef, der Portier, der Maître d'hôtel.

»Besuchen Sie uns wieder, Madame la Marquise. Sie werden uns stets willkommen sein. Es war eine Freude, Ihnen dienen zu können. Wir alle hier werden Sie sehr vermissen.«

»Adieu . . . adieu . . . «

Die Marquise stieg in das Auto und nahm neben ihrem Gatten Platz. Der Wagen bog von der Hotelauffahrt in die Landstraße ein. Hinter ihr lagen die Klippen, der heiße Strand und das Meer. Vor ihr lag der lange, gerade Weg nach Haus, in die Sicherheit. Sicherheit . . . ?

Nicht nach Mitternacht

Ich bin Lehrer von Beruf. Oder war es jedenfalls. Ich kündigte vor dem Abschluß des Sommertrimesters, um der unvermeidlichen Entlassung zuvorzukommen. Die Begründung, die ich dem Schulleiter nannte, war ganz richtig: schlechte Gesundheit, durch einen heimtückischen Bazillus verursacht, den ich bei einem Urlaub in Kreta aufgelesen hatte und der vielleicht einen mehrwöchigen Krankenhausaufenthalt notwendig machte. Über die Art des Bazillus schwieg ich mich aus. Er wußte ohnehin Bescheid, genausogut wie meine Kollegen. Und die Jungen. Mein Leiden ist universaler Natur und war es zu allen Zeiten – stets Anlaß für Spott und Gelächter, bis einer von uns die Grenze überschreitet und eine Bedrohung für die Gesellschaft wird. Dann werden wir abgeschoben. Die an uns vorübergehen, wenden den Blick zur Seite, und wir müssen allein versuchen, aus dem Loch herauszukommen – oder dort bleiben und sterben.

Wenn ich verbittert bin, so deshalb, weil ich zu jenem Bazillus ganz von ungefähr gelangte. Andere, die von dem gleichen Leiden befallen werden, können Veranlagung, erbliche Vorbelastung, familiäre Schwierigkeiten oder exzessives Wohlleben dafür verantwortlich machen, sich hernach auf der Couch eines Psychoanalytikers ausstrecken, ihr verrottetes Innenleben bei ihm abladen und auf diese Weise Heilung finden. Ich kann nichts dergleichen tun. Der Arzt, dem ich die Geschehnisse auseinanderzusetzen versuchte, hörte mich mit überheblichem Lächeln an, murmelte dann etwas von psychisch-destruktiver Identifikation, gekoppelt mit verdrängten Schuldgefühlen, und verschrieb mir Pillen. Vielleicht wäre mir damit geholfen gewesen, wenn ich sie genommen hätte. Doch sie landeten in

152

einem Abflußrohr, und der Bazillus, der in mir kursierte, vergiftete mich immer mehr; daß die Jungen, die ich für meine Freunde gehalten hatte, meinen Zustand erkannten und, wenn ich ins Klassenzimmer trat, einander anstießen oder ihre widerlichen kleinen Köpfe mit unterdrücktem Lachen über die Pulte beugten, machte natürlich alles nur noch schlimmer, bis ich mir plötzlich darüber klar wurde, daß ich nicht mehr unterrichten konnte, und an die Tür des Schulleiters klopfte.

Nun, das ist vorbei, fertig, erledigt. Bevor ich ins Krankenhaus gehe oder aber – das ist die zweite Möglichkeit – die Erinnerung an das Vorgefallene auslösche, möchte ich erst einmal festhalten, was überhaupt geschehen ist. Dann bleiben, ganz gleich, was aus mir wird, zumindest diese Aufzeichnungen, und der Leser kann selbst entscheiden, ob ich, wie der Arzt andeutete, ganz einfach das Opfer abergläubischer Furcht wurde, weil ich in gewissem Maße aus dem inneren Gleichgewicht geraten war, oder ob mein Zusammenbruch, wie ich persönlich glaube, auf einen heimtückischen, bösen Zauber zurückzuführen ist, dessen Ursprünge in nebelhafter Vergangenheit liegen: Der ihn zum erstenmal anwendete, hielt sich für unsterblich und verbreitete in gottloser Euphorie die Saat der Selbstzerstörung unter all denen, die nach ihm kamen.

Doch zurück zur Gegenwart. Es war im April, in den Osterferien. Ich war schon zweimal in Griechenland gewesen, jedoch noch nie in Kreta. Daß ich alte Sprachen lehrte, hatte nichts mit meiner Reise zu tun. Mir ging es nicht darum, Knossos und Phaistos zu besichtigen; es war ein Hobby, das mich nach Kreta zog. Ich habe ein bescheidenes Talent für Malerei, und damit bin ich an freien Tagen und in den Ferien restlos ausgefüllt. Ein paar kunstverständige Freunde hatten meine Arbeiten gelobt und den Ehrgeiz in mir geweckt, genügend Bilder zusammenzubringen, um eine kleine Ausstellung veranstalten zu können. Das allein wäre schon ein schöner Erfolg, selbst wenn ich nichts verkaufte.

Hier noch kurz ein paar persönliche Daten. Ich bin Junggeselle. Neunundvierzig Jahre alt. Eltern verstorben. Schul- und Universitätsausbildung in Sherborne, Brasenose, Oxford. Beruf, wie schon bekannt, Lehrer. Ich spiele Kricket, Golf, Badminton und – ziemlich schlecht – Bridge. Sonstige Interessen, wie bereits erwähnt, die Kunst und ab und zu eine Reise, soweit ich es mir erlauben kann. Laster bis jetzt kein einziges. Ich will damit durchaus nicht selbstgefällig erscheinen, es ist ganz einfach eine Tatsache, daß mein Dasein in jeder Hinsicht ereignislos verlaufen ist. Was mich allerdings auch nie gestört hat. Ich bin vermutlich ein langweiliger Mann. In meinem Gefühlsleben hat es keinerlei Komplikationen gegeben. Als ich fünfundzwanzig war, verlobte ich mich mit einem hübschen Mädchen aus der Nachbarschaft, das dann einen anderen heiratete. Zuerst tat das weh, aber in knapp einem Jahr war die Wunde verheilt. Ich hatte von jeher einen Fehler – falls es überhaupt ein Fehler ist –, und vielleicht liegt da die Erklärung für mein monotones Leben. Es ist meine Abneigung gegen allzu enge Kontakte mit anderen Menschen. Selbst bei Freunden wahre ich Distanz. Sobald man jemanden zu nahe an sich herankommen läßt, gibt es Probleme, die oft Unheil nach sich ziehen.

Ein mittelgroßer Koffer und mein Malzeug waren mein einziges Gepäck, als ich in den Osterferien nach Kreta flog. Von einem Reisebüro war mir auf meine Erklärung hin, daß ich nicht an archäologischen Stätten interessiert sei, sondern malen wolle, ein Hotel an der Ostküste empfohlen worden, das den Golf von Mirabello überblickte. Man zeigte mir einen Prospekt, der meinen Vorstellungen zu entsprechen schien. Ein hübsch gelegenes Hotel nicht weit vom Meer und Bungalows am Strand, in denen man schlief und frühstückte. Es war nicht für den billigen Tourismus gedacht, wie ich befriedigt feststellte; ich halte mich zwar nicht für einen Snob, kann aber Papiertüten und Orangenschalen nicht ertragen. Ein paar Bilder, die ich im Winter gemalt und einer Kusine verkauft hatte, finanzierten mir die Reise, und ich gestattete mir noch eine zusätzliche Annehmlichkeit, die allerdings auch beinahe unentbehrlich war – bei der Ankunft in Herakleion mietete ich einen Volkswagen.

Der Flug mit Zwischenlandung und Übernachten in Athen verlief angenehm und ereignislos; etwas ermüdend waren nur die etwa siebzig Kilometer, die ich mit dem Auto zurücklegen mußte, denn da ich ein vorsichtiger Fahrer bin, hielt ich ein sehr mäßiges Tempo ein, und es war eine entschieden gefährliche Straße, die sich da durch die Hügel wand. Laut hupend überholten mich andere Wagen oder schwenkten mir unversehens aus einer Kurve entgegen. Zudem war es sehr heiß, und ich hatte Hunger. Doch der Anblick des blauen Golfs von Mirabello und der großartigen Berglandschaft im Osten hob meine Stimmung gleich wieder, und als ich das in der Tat herrlich gelegene Hotel erreichte und auf der Terrasse das Mittagessen serviert bekam, obwohl es schon über zwei Uhr war – was für ein Unterschied zu England! –, fühlte ich mich erfrischt genug, um mein Quartier zu besichtigen. Eine Enttäuschung folgte. Der junge Portier führte mich auf einem von leuchtenden Geranien umsäumten Gartenweg zu einem kleinen, zwischen anderen Häuschen eingezwängten Bungalow, der nicht das Meer, sondern eine Minigolf-Anlage überblickte. Von der Nachbarveranda, wo eine ganze Reihe Badeanzüge in der Sonne trockneten, begrüßte mich das Lächeln einer unverkennbar englischen Mutter und ihrer Sprößlinge. Zwei Männer mittleren Alters spielten Minigolf. Ich hätte genausogut in Maidenhead sein können.

»Das ist nichts für mich«, sagte ich zu meinem Begleiter. »Ich bin zum Malen hergekommen. Ich brauche die Aussicht aufs Meer.«

Er zuckte die Achseln und murmelte etwas davon, daß die Bungalows am Strand alle belegt seien. Es war natürlich nicht seine Schuld. Wir gingen also wieder zum Hotel zurück, und ich wandte mich an den Empfangschef.

»Hier muß ein Irrtum vorliegen«, sagte ich. »Ich wollte einen Bungalow mit Blick zum Meer, vor allem aber Ruhe.«

Der Empfangschef lächelte, entschuldigte sich, begann in irgendwelchen Papieren herumzuwühlen, und dann folgten die unvermeidlichen Rechtfertigungen. Mein Reisebüro habe nicht ausdrücklich einen Bungalow mit Meerblick bestellt. Diese Bungalows seien sehr gefragt und allesamt schon vergeben. Vielleicht werde in ein paar Tagen der eine oder andere abbestellt, das komme immer wieder vor, und bis dahin würde ich mich sicher in dem meinen recht wohl fühlen. Er sei genauso möbliert, das Frühstück würde mir gebracht, und so weiter.

Ich war unnachgiebig. Ich würde mich auf keinen Fall mit der englischen Familie und der Minigolf-Anlage abspeisen lassen. Dafür war ich nicht für teures Geld so weit geflogen. Ich fand die ganze Sache äußerst unangenehm und war ziemlich verärgert.

»Ich bin Kunstprofessor«, erzählte ich dem Empfangschef. »Ich habe den Auftrag, einige Bilder zu malen, während ich hier bin, und dazu brauche ich unbedingt die Aussicht aufs Meer und Nachbarn, die mich nicht stören.«

(Mein Paß weist mich als Professor aus. Das klingt besser als Lehrer und trägt mir in Hotels normalerweise Respekt ein.)

Der Empfangschef schien aufrichtig bekümmert und entschuldigte sich noch einmal. Dann wandte er sich wieder den vor ihm liegenden Papieren zu. Erbittert schritt ich durch die geräumige Halle und blickte durch die Terrassentür zum Meer hinab.

»Ich kann nicht glauben«, sagte ich, »daß jeder Bungalow vergeben ist. Dazu ist es noch viel zu früh. Im Sommer vielleicht, aber nicht jetzt.« Ich wies zur Westseite der Bucht hinüber. »Diese Gruppe da am Wasser«, fuhr ich fort, »wollen Sie etwa behaupten, daß jeder davon vermietet ist?«

Er schüttelte den Kopf und lächelte. »Die öffnen wir normalerweise nicht vor der Hochsaison. Sie sind auch teurer. Sie haben außer der Dusche noch ein Bad.«

»Wieviel teurer?« hakte ich sofort ein.

Er sagte es mir. Ich überrechnete die Sache schnell. Wenn ich alle anderen Ausgaben beschnitt, nur abends im Hotel aß und auf den Lunch und Drinks in der Bar verzichtete, konnte ich es mir leisten.

»Dann gibt es gar kein Problem«, erklärte ich großspurig. »Meine Ruhe ist mir die Mehrkosten wert. Wenn Sie nichts dagegen haben, möchte ich mir allerdings selbst den geeignetsten Bungalow aussuchen. Ich gehe jetzt zum Meer hinunter, hole mir anschließend den Schlüssel, und dann kann der Hausdiener mein Gepäck bringen.«

Er fand gar keine Zeit zu einer Erwiderung, denn ich machte auf dem Absatz kehrt und verschwand durch die Terrassentür nach draußen. Es lohnte sich, fest zu bleiben. Hätte ich auch nur eine Sekunde gezögert, so wäre ich mit dem muffigen Bungalow bei der Minigolf-Anlage abgefertigt worden. Ich konnte mir die Folgen ausmalen. Die schnatternden Kinder auf der Nebenveranda, ihre vielleicht überschwenglich freundliche Mutter, die Golfspieler gesetzten Alters, die versuchen würden, mich zu einem Spiel zu überreden. Ich hätte es nicht ertragen.

Als ich durch den Garten zum Meer hinunterging, besserte sich meine Laune schnell wieder. Hier bot sich mir nun endlich das Panorama, das der Prospekt des Reisebüros in so leuchtenden Farben gezeigt und das mich veranlaßt hatte, eine so weite Flugreise zu unternehmen. Es war auch keine Übertreibung gewesen. Kleine, weißgekalkte Häuschen, in diskretem Abstand voneinander erbaut, und unter ihnen die vom Meer bespülten Felsen. Es gab einen Strand, an dem in der Hochsaison sicherlich viele Hotelgäste badeten, der aber jetzt völlig verlassen dalag. Und falls er sich doch bevölkern würde, die Bungalows standen immer noch ein ganzes Stück weiter links, vor Neugierigen geschützt. Ich besah sie mir einen nach dem anderen ganz genau. Der Empfangschef hatte offenkundig die Wahrheit gesagt, als er erklärte, sie würden erst in der Hochsaison vermietet, denn überall waren die Fensterläden geschlossen. Nur an einem nicht. Und als ich die Stufen hinaufstieg und auf die Veranda trat, wußte ich sofort, daß ich diesen und keinen anderen haben wollte. Das war genau der Ausblick, den ich mir vorgestellt hatte. Unter mir das Meer, das leise gegen die Felsen klatschte, die Bucht, die sich zum eigentlichen Golf erweiterte, und auf der anderen Seite die Berge. Vollkommen. Das Hotel war von hier aus gar nicht mehr zu sehen, und die Bungalows östlich davon konnte man übersehen. Nur einer zog den Blick auf sich. Wie ein einsamer Vorposten stand er, mit einer eigenen Bootsanlegestelle versehen, etwas abseits in der Nähe einer Landzunge, aber es konnte die Bildwirkung nur erhöhen, wenn ich dieses Panorama malte. Der Minigolfplatz lag gnädigerweise hinter dem ansteigenden Gelände verborgen. Ich drehte mich um und schaute durch die offenen Fenster in das Schlafzimmer. Schlichte weißgekalkte Wände, Steinboden, eine bequeme Liege, dicke Wolldecken darauf, ein Nachttisch mit Lampe und Telephon. Abgesehen von den letzten beiden Gegenständen war das Ganze genauso einfach und schmucklos wie ein Mönchszelle, und ich verlangte nicht mehr.

Es wunderte mich, daß die Fensterläden offenstanden, und als ich eintrat, hörte ich im Badezimmer Wasser laufen. Doch nicht schon wieder eine Enttäuschung! Sollte der Bungalow etwa belegt sein? Ich steckte den Kopf durch die offene Tür und sah ein kleines griechisches Zimmermädchen den Boden schrubben. Bei meinem Anblick fuhr es erschrocken zusammen. Ich gestikulierte, zeigte herum und fragte: »Ist dieser Bungalow vermietet?« Das Mädchen verstand mich nicht und sagte etwas auf griechisch. Dann packte es Putzlappen und Eimer, ließ die Arbeit halb fertig liegen und hastete mit sichtlich verängstigter Miene zur Tür.

Ich ging ans Telefon und hob den Hörer ab; sogleich meldete sich die verbindliche Stimme des Empfangschefs.

»Ich bin Mr. Grey«, sagte ich, »Mr. Terence Grey. Ich habe vor ein paar Minuten mit Ihnen darüber gesprochen, daß ich einen anderen Bungalow haben wollte.«

»Ja, Mr. Grey«, bestätigte er in etwas verwirrtem Ton. »Von wo aus rufen Sie an?«

»Warten Sie einen Augenblick«, erwiderte ich. Ich legte den Hörer hin und trat auf die Veranda hinaus. Über der Tür stand die Nummer 62. Ich ging zum Apparat zurück. »Ich telefoniere von dem Bungalow aus, für den ich mich entschieden habe«, erklärte ich. »Er war zufällig offen – eins der Mädchen machte gerade das Bad sauber, und ich fürchte, ich habe es verscheucht. Das Haus ist ideal für meine Zwecke. Es ist Nummer 62.«

Er antwortete nicht gleich, und als er schließlich sprach, klang seine Stimme unsicher. »Nr. 62?« wiederholte er. Und nach kurzem Zögern fügte er hinzu: »Ich bin nicht sicher, ob Sie den haben können.«

»Oh, um Himmels willen . . .«, begann ich aufgebracht, und plötzlich hörte ich ihn mit jemandem griechisch sprechen. Der recht langwierigen Diskussion nach gab es irgendeine Schwierigkeit, was mich in meinem Entschluß allerdings nur bestärkte.

»Sind Sie noch da?« fragte ich, als das hastige Geflüster nicht enden wollte. »Was ist los?«

Endlich wandte er sich wieder an mich. »Gar nichts, Mr. Grey. Wir glauben nur, daß Sie in Nummer 57 besser untergebracht wären – es liegt etwas näher beim Hotel.«

»Unsinn«, antwortete ich, »ich ziehe die Aussicht von hier vor. Was stimmt denn mit Nr. 62 nicht? Sind die Installationen defekt?«

»O nein, sie funktionieren tadellos«, versicherte er mir, während das Geflüster von neuem begann. »Der Bungalow ist völlig in Ordnung. Wenn Sie sich dafür entschieden haben, schicke ich den Hausdiener mit Ihrem Gepäck und dem Schlüssel hinunter.«

Er legte auf, vermutlich um die Diskussion mit dem Flüsterer neben sich zu beenden. Vielleicht wollten sie den Preis erhöhen. In dem Fall würde ich energisch protestieren. Der Bungalow unterschied sich durch nichts von den anderen, doch die Lage zwischen Meer und Bergen war genau das, was ich mir erträumt hatte – übertraf es sogar noch. Ich stand auf der Veranda, blickte aufs Meer hinaus und lächelte. Was für eine Aussicht, was für ein herrlicher Ort! Ich würde meine Sachen auspacken und schwimmen und dann meine Staffelei aufstellen und ein paar Skizzen machen, bevor ich am Morgen ernsthaft an die Arbeit ging.

Ich hörte Stimmen und sah das kleine Zimmermädchen auf dem Gartenweg stehen, der zum Hotel hinaufführte. Putztuch und Eimer noch immer in der Hand, starrte sie mich an. Sie hatte offenbar gerade den Hausdiener mit meinem Koffer und dem Malzeug den Weg herunterkommen sehen und daraus geschlossen, daß ich der neue Bewohner von Nr. 62 sein müsse, denn sie hielt ihn an, und wieder wurde geflüstert. Ich hatte die glatte Routine des Hotels sichtlich unterbrochen. Kurz danach erschienen sie zusammen auf meiner Veranda, der Hausdiener, um mein Gepäck abzuliefern, das Mädchen zweifellos, um den Badezimmerboden fertigzuputzen. Auf gutes Einvernehmen bedacht, drückte ich beiden mit munterem Lächeln ein Trinkgeld in die Hand.

»Wunderbare Aussicht«, verkündete ich laut und wies auf das Meer hinaus. »Ich werde jetzt gleich einmal das Wasser ausprobieren.« Ich versuchte ihnen meine Absicht durch angedeutete Schwimmstöße klarzumachen und wartete hoffnungsvoll auf das Lächeln, womit die Griechen im allgemeinen so bereitwillig auf ein freundliches Wort reagieren.

Der Hausdiener wich meinen Augen aus und zog sich mit stummem Gruß und Leichenbittermiene zurück, nahm mein Trinkgeld allerdings an. Das Mädchen lief mit gequältem Gesicht hinter ihm her – es hatte den Badezimmerboden anscheinend schon wieder vergessen. Ich hörte sie reden, während sie den Gartenweg zum Hotel hinaufgingen.

Na, es sollte mich nicht kümmern. Personal und Direktion mußten ihre Probleme untereinander ausmachen. Ich hatte bekommen, was ich wollte, und das war das einzige, was mich interessierte. Ich packte aus und richtete mich häuslich ein. Dann schlüpfte ich in die Badehose, stieg zu den Klippen unterhalb meiner Veranda hinunter und steckte vorsichtig einen Zeh ins Wasser. Obwohl die Sonne den ganzen Tag darauf heruntergebrannt hatte, war es erstaunlich kalt. Das konnte mich allerdings nicht davon abhalten, meinen Mut zu beweisen – sei es auch nur mir selbst gegenüber. Ich wagte es also und sprang hinein, um sodann – unter den günstigsten Voraussetzungen schon ein vorsichtiger Schwimmer und ganz besonders in fremden Gewässern – keuchend meine Kreise zu ziehen wie ein junger Seelöwe in einem Tiergartenbassin.

Erfrischend war es zweifellos, aber ein paar Minuten genügten mir, und als ich wieder auf die Felsen kletterte, sah ich, daß der Hausdiener und das kleine Zimmermädchen die ganze Zeit am oberen Ende des Gartenweges hinter einem blühenden Strauch gestanden und mich beobachtet hatten. Hoffentlich hatte ich keine allzu komische Figur abgegeben. Was sollte überhaupt dieses rege Interesse? Es gingen doch jeden Tag Leute aus den Bungalows schwimmen, wie die auf den Balkonen ausgelegten Badeanzüge bewiesen. Ich trocknete mich auf der Veranda ab und betrachtete das Wasser, das die Sonne, die jetzt im Westen hinter meinem Bungalow stand, mit Tupfen sprenkelte. Fischerboote fuhren mit behäbig tuckernden Motoren in den kleinen Hafen ein.

Nach den ersten Schwimmversuchen des Jahres ist man meist ein wenig steif, und so nahm ich vorsichtshalber ein heißes Bad, ehe ich mich anzog. Anschließend stellte ich meine Staffelei auf und vertiefte mich in meine Arbeit. Das war es, weshalb ich hergekommen war, und alles andere hatte keine Bedeutung. Ich skizzierte ein paar Stunden lang, und als das verblassende Tageslicht das Meer dunkler färbte und die Berge zartviolett überhauchte, freute ich mich schon darauf, dieses Abendrot am nächsten Tag in Farbe statt in Kohle festhalten zu können.

Es war Zeit aufzuhören. Ich räumte mein Malzeug fort und wollte gerade in den Bungalow, um mich zum Dinner umzuziehen und die Läden zu schließen – es gab bestimmt Moskitos, und ich hatte kein Bedürfnis, gestochen zu werden –, als sich ein Motorboot der östlichen Landspitze näherte, wo der einsame Bungalow stand. An Bord waren drei Leute, unter ihnen eine Frau; sie kamen zweifellos vom Angeln zurück. Ein Mann, vermutlich ein Einheimischer, machte das Boot fest und sprang auf den Landungssteg, um der Frau herauszuhelfen. Dann starrten alle drei zu mir herüber, und der zweite Mann, der im Heck gestanden hatte, hob einen Feldstecher und richtete ihn auf mich. Ein paar Minuten lang fixierte er ganz offensichtlich jedes Detail meiner weiß Gott nicht gerade bemerkenswerten Erscheinung und hätte das noch länger fortgesetzt, wenn ich mich nicht, verärgert über soviel Unverschämtheit, ins Schlafzimmer zurückgezogen und die Läden zugeschlagen hätte. Dann erst fiel mir ein, daß alle anderen Bungalows hier auf der Westseite leer standen und meiner der erste bewohnte war. Vermutlich war das der Grund für das Interesse, das ich anscheinend sowohl beim Hotelpersonal als nun auch bei den Gästen weckte. Nun, es würde sicher bald abflauen. Ich war weder ein Pop-Star noch Millionär. Und meine Malkünste, soviel Freude ich auch selbst daran hatte, würden kaum je ein fasziniertes Publikum anziehen.

Pünktlich um acht Uhr ging ich den Gartenweg zum Hotel hinauf und betrat den Speisesaal. Er war mäßig besetzt, und man wies mir einen Ecktisch in der Nähe der Küchentür zu. Als Einzelgast muß man oft mit solchen Plätzen vorliebnehmen. Es störte mich allerdings nicht; ich saß viel lieber etwas abgesondert als in der Raummitte.

Ich ließ mir das Essen schmecken, gestattete mir, trotz meines Luxusbungalows, eine halbe Flasche Wein und war gerade dabei, eine Orange zu schälen, als ein fürchterliches Getöse vom anderen Ende des Speisesaals alle Anwesenden zusammenzucken ließ. Eine rauhe Stimme rief in reinstem Südstaaten-Amerikanisch: »He, schaffen Sie bloß schnell diese gottverdammte Bescherung weg!« Der Sprecher war ein breitschultriger Mann mittleren Alters, der einen derartigen Sonnenbrand im Gesicht hatte, daß es aussah, als hätten ihn Hunderte von Bienen gestochen. Er hatte tiefliegende Augen und einen von wirren grauen Haarbüscheln umrahmten rosigen Kahlkopf. Ungeheuer große Ohren und eine unter dem herabhängenden Schnurrbart wulstig vorspringende, feuchte Unterlippe machten das Zerrbild vollkommen. Ich habe selten einen häßlicheren Menschen gesehen. Eine Frau, wahrscheinlich seine Ehefrau, saß steif aufgerichtet neben ihm und schien sich um den hauptsächlich aus Flaschentrümmern bestehenden Scherbenhaufen nicht im mindesten zu kümmern. Sie war etwa in seinem Alter, hatte einen flachsfarbenen, ergrauenden Wuschelkopf, und ihr Gesicht war genauso sonnenverbrannt wie das ihres Mannes, nur mahagonibraun statt rot.

»Komm, laß uns von hier verschwinden und in die Bar gehen!« Die laute, heisere Stimme hallte durch den ganzen Raum wider. Die Gäste an den anderen Tischen wandten sich diskret wieder ihrer Mahlzeit zu, und ich war vermutlich der einzige, der den schwankenden Abgang des krebsroten Amerikaners und seiner Frau beobachtete. Als sie an mir vorbeikamen, sah ich, daß sie ein Hörgerät im Ohr trug; daher vielleicht das heisere Gebrüll ihres Mannes, der, ein schlingerndes Schiff im Kielwasser seiner unerschütterlichen Gattin, auf die Bar zutaumelte. Ich zollte im stillen dem Hotelpersonal Anerkennung, denn im Nu waren die Scherben fortgeräumt.

Der Speisesaal leerte sich. »Der Kaffee wird in der Bar serviert, Sir«, murmelte mein Kellner. Ich zögerte erst, bevor ich eintrat, denn ich habe nichts übrig für Hotelkameraderie und fürchtete Gedränge und laute Unterhaltung, aber ich verzichte nicht gern auf meinen Kaffee nach dem Abendessen. Meine Sorge erwies sich als unbegründet. Die Bar war fast leer. Nur der Barkeeper stand in weißem Jackett hinter der Theke, und an einem Tisch saß der Amerikaner mit seiner Frau, drei leere Bierflaschen vor sich. Sie schwiegen. Von irgendwo hinter der Bar erklang leise griechische Musik. Ich setzte mich auf einen Hocker und bestellte Kaffee.

Der Barkeeper, der ausgezeichnet Englisch sprach, fragte mich, ob ich einen angenehmen Tag verbracht hätte. Ich bejahte und fügte hinzu, ich hätte lediglich die Straße von Herakleion etwas strapaziös und das Wasser ziemlich kalt gefunden. Er meinte, es sei noch zu früh. »Nun«, sagte ich, »ich bin sowieso in erster Linie zum Malen hergekommen. Ich habe einen Bungalow am Meer, Nr. 62, und die Aussicht von der Veranda ist einzigartig.«

Sonderbar. Er polierte gerade ein Glas, und auf meine Worte hin änderte sich ganz unvermittelt sein Gesichtsausdruck. Er schien etwas bemerken zu wollen, überlegte es sich jedoch offenbar anders und fuhr in seiner Arbeit fort.

»Stellen Sie doch bloß diese gottverdammte Platte ab!«

Die rauhe, herrische Aufforderung dröhnte durch den leeren Raum. Der Barkeeper ging sofort zu dem Plattenspieler in der Ecke und drückte auf eine Taste. Gleich danach erschallte die grobe Stimme von neuem.

»Bringen Sie noch eine Flasche Bier!«

Wenn ich der Barmixer gewesen wäre, hätte ich mich an den Mann gewandt und ihm wie einem ungezogenen Kind klargemacht, daß er gefälligst bitte sagen solle. Statt dessen wurde der unerträgliche Mensch zuvorkommend bedient, und ich trank gerade meinen Kaffee, als sich die Stimme schon wieder vernehmen ließ.

»He, Sie da, Bungalow Nr. 62. Sind Sie nicht abergläubisch?«

Ich drehte mich auf meinem Hocker um. Er starrte mich an, das Glas in der Hand. Seine Frau blickte unbeteiligt geradeaus. Vielleicht hatte sie ihr Hörgerät entfernt. Des Grundsatzes eingedenk, daß man Irre und Betrunkene bei guter Laune halten muß, entschloß ich mich zu einer höflichen Antwort.

»Nein«, sagte ich. »Ich bin nicht abergläubisch. Sollte ich es denn sein?«

Als er zu lachen begann, war sein rotes Gesicht auf einmal von unzähligen Runzeln zerfurcht.

»Na, ich wär's, weiß der Himmel«, entgegnete er. »Der Mann aus diesem Bungalow ist ja erst vor zwei Wochen ertrunken. Zwei Tage lang war er vermißt, und dann hat ein Fischer die Leiche in seinem Netz an Land gezogen – halb von Kraken zerfressen.«

Er schüttelte sich vor Lachen und schlug sich mit der Hand aufs Knie. Ich wandte mich angewidert ab und blickte den Barkeeper fragend an.

»Ein tragischer Unglücksfall«, murmelte er. »So ein netter Herr, dieser Mr. Gordon. Interessierte sich für Archäologie. In der Nacht, in der er verschwand, war es sehr warm, und er muß wohl nach dem Abendessen noch schwimmen gegangen sein. Natürlich haben wir die Polizei benachrichtigt. Es war für uns alle hier ein furchtbarer Schock. Wissen Sie, Sir, wir sprechen nicht sehr gern darüber. Das wäre schlecht fürs Geschäft. Aber ich versichere Ihnen, daß Sie unbesorgt baden können. Es war der erste Unfall, den wir je hatten.«

»Oh, das glaube ich Ihnen sofort«, sagte ich.

Dennoch fand ich die Tatsache, daß dieser arme Mensch der letzte Bewohner meines Bungalows gewesen war, ziemlich entmutigend. Nun, er war ja nicht im Bett gestorben. Und ich war nicht abergläubisch. Immerhin verstand ich jetzt, weshalb man sich davor gescheut hatte, den Bungalow so bald

164

schon wieder zu vermieten, und warum das kleine Zimmermädchen derart aus der Fassung geraten war.

»Ich will Ihnen mal was sagen«, dröhnte die abstoßende Stimme. »Gehn Sie nach Mitternacht nie schwimmen, sonst enden Sie auch als Krakenfutter.« Neuerliches Gelächter folgte dieser Feststellung. Dann wandte er sich an seine Frau: »Komm, Maud. Wir sind reif fürs Bett«, und ich hörte ihn geräuschvoll den Tisch beiseite schieben.

Ich atmete befreit auf, als sie verschwanden und ich mit dem Barkeeper allein zurückblieb.

»Was für ein unmöglicher Mensch«, sagte ich. »Kann ihn die Hoteldirektion nicht loswerden?«

Der Barkeeper zuckte die Achseln. »Geschäft ist Geschäft. Was soll man machen? Die Stolls haben viel Geld. Das ist ihre zweite Saison hier, und sie sind schon da, seit wir im März aufgemacht haben. Sie scheinen in die Gegend vernarrt zu sein. Mr. Stoll trinkt auch erst seit diesem Jahr so viel. Er wird sich noch umbringen, wenn er so weitermacht. Abend für Abend ist es dasselbe. Am Tag führt er allerdings ein recht gesundes Leben. Von frühmorgens bis Sonnenuntergang ist er zum Angeln draußen.«

»Ob da nicht mehr Flaschen über Bord gehen, als Fische gefangen werden?« bemerkte ich zweifelnd.

»Möglich«, pflichtete mir der Barkeeper bei. »Er bringt seine Fische nie ins Hotel mit. Wahrscheinlich behält sie der Bootsmann.«

»Die Frau tut mir leid.«

Der Barkeeper zuckte die Achseln. »Sie ist es, die das Geld hat«, erwiderte er halblaut, denn in diesem Augenblick kamen andere Gäste herein. »Und ich glaube nicht, daß Mr. Stoll seinen Willen immer durchsetzen kann. Es ist vielleicht manchmal ganz zweckmäßig für sie, schwerhörig zu sein. Eins muß man ihr zwar lassen – sie weicht nie von seiner Seite. Jeden Tag fährt sie mit ihm hinaus. Was darf ich Ihnen geben, meine Herrschaften?«

Er wandte sich seinen neuen Kunden zu, und ich räumte vorsichtshalber das Feld. Was es auf der Welt nicht alles gibt, dachte ich. Nun, meinethalben konnten sich dieser Mr. Stoll und seine Frau den ganzen Tag auf dem Meer von der Sonne rösten lassen und am Abend Bierflaschen zertrümmern. Sie waren schließlich nicht meine Nachbarn. Es war traurig, daß mein Vorgänger einem so unheilvollen Geschick zum Opfer gefallen war, doch auf diese Weise blieb zumindest dem gegenwärtigen Bewohner Ruhe und Friede gesichert.

Ich schlenderte den Gartenweg zu meinem Quartier hinunter. Die Nacht war sternklar und die Luft balsamisch-süß vom Duft der blühenden Sträucher, die dicht nebeneinander in der roten Erde standen. Auf meiner Veranda angelangt, sah ich zu den fernen, verhüllten Bergen und den Lichtern des kleinen Fischerhafens hinüber. Rechts von mir blinkten die beleuchteten Fenster der anderen Bungalows aus der Dunkelheit und boten ein reizvolles, beinahe etwas unwirkliches Bild, als wären sie ein raffiniert gestalteter Bühnenhintergrund. Wirklich ein wunderbarer Fleck Erde. Ich pries das Reisebüro, das ihn mir empfohlen hatte.

Ich öffnete die Läden der Haustür, trat ein und knipste die Nachttischlampe an. Das Zimmer sah einladend und behaglich aus; ich hätte nicht besser untergebracht sein können. Ich zog mich aus und wollte schon ins Bett gehen, als mir einfiel, daß ich das Buch, in dem ich gerade las, auf der Veranda liegengelassen hatte. Ich holte es mir und ließ noch einmal den Blick übers Meer schweifen. Die unwirklichen Lichter waren inzwischen fast alle erloschen, aber die Terrasse des alleinstehenden Bungalows war noch beleuchtet, und in dem Boot, das an der Anlegestelle vertäut lag, brannte eine Ankerlaterne. Ich wollte eben wieder eintreten, als ich neben den Felsen unter mir eine Bewegung wahrnahm. Es war der Schnorchel eines Unterwasserschwimmers. Gleichmäßig wie ein winziges Periskop glitt das schmale Rohr über die stille dunkle Wasseroberfläche, bis es links von mir außer Sicht kam. Ich zog meine Läden zu und ging hinein.

Der Anblick dieses sich bewegenden Objekts war irgendwie beunruhigend. Er erinnerte mich an meinen unglücklichen Vorgänger, der eines Nachts beim Schwimmen ertrunken war.

Vielleicht hatte auch ihn eine linde Nacht wie diese zu einer Unterwasserexkursion verlockt, die ihn dann das Leben kostete. Man sollte meinen, der verhängnisvolle Vorfall hätte andere Hotelgäste von einsamen nächtlichen Schwimmausflügen abhalten müssen. Ich nahm mir fest vor, nur bei Tageslicht zu baden und – was vielleicht etwas überängstlich war – nur da, wo ich Grund bekam.

Ich las noch ein wenig in meinem Buch und drehte mich dann schläfrig auf die andere Seite, um die Lampe auszuschalten. Dabei stieß ich gegen das Telephon, und es fiel auf den Boden. Ich hob es auf – es war glücklicherweise nicht beschädigt – und sah, daß das kleine Adressenfach, das zu dem Apparat gehörte, aufgesprungen war. Es enthielt eine Visitenkarte, auf der der Name James Gordon und eine Anschrift in Bloomsbury stand. Hatte mein Vorgänger nicht Gordon geheißen? Die Schublade war offenbar vom Zimmermädchen übersehen worden. Ich drehte die Karte um. Auf die Rückseite waren die Worte »Nicht nach Mitternacht« gekritzelt, und darunter, wie ein Nachtrag, die Zahl 38. Ich legte die Karte wieder in das Fach und knipste das Licht aus. Vielleicht war ich durch die Reise übermüdet, denn ich lag noch lange wach und hörte das Meer unter meiner Veranda gegen die Felsen klatschen, ehe ich endlich einschlief.

Ich malte drei volle Tage lang und verließ meinen Bungalow nur, um zu schwimmen oder zum Abendessen ins Hotel zu gehen. Niemand belästigte mich. Ein freundlicher Kellner brachte mir mein Frühstück, von dem ich mir ein paar Brötchen für den Lunch aufhob; das kleine Zimmermädchen machte mein Bett und tat ihre Arbeit, ohne mich zu stören; und als mein Stimmungsbild am Nachmittag des dritten Tages fertig war, hatte ich das sichere Gefühl, daß es zum Besten gehörte, was ich je zustande gebracht hatte. Es würde einen Ehrenplatz in der beabsichtigten Ausstellung einnehmen. Fürs erste befriedigt, konnte ich mir eine Ruhepause genehmigen, und ich beschloß, am nächsten Tag die Küste nach neuen Motiven zu erforschen. Das Wetter war herrlich. Warm wie ein schöner englischer Juni.

Und was diesen Winkel so besonders reizvoll machte, war die Tatsache, daß man völlig ungestört war. Die anderen Gäste blieben auf ihrer Seite, und der Kontakt mit ihnen beschränkte sich auf Verbeugungen und Kopfnicken von den Nachbartischen, wenn man sich im Speisesaal zum Abendessen hinsetzte. Im übrigen achtete ich wohlweislich darauf, meinen Kaffee in der Bar zu trinken, bevor der unsympathische Mr. Stoll vom Tisch aufgestanden war.

Ich wußte jetzt, daß es sein Boot war, das dort vor der Landzunge ankerte. Sie fuhren morgens zu früh aus, als daß ich ihre Abfahrt hätte beobachten können, aber ich sah sie meist am Spätnachmittag heimkehren; seine klobige Gestalt und die rauhe Stimme, die dem Bootsmann gelegentlich etwas zurief, waren unverkennbar. Ich überlegte, ob er seinen abseitsstehenden Bungalow wohl deshalb gewählt hatte, um sich außer Sicht- und Hörweite seiner Nachbarn sinnlos zu betrinken. Nun, ich gönnte ihm den Spaß gerne, solange er mir nicht seine lästige Gesellschaft aufzwang.

Da ich das Bedürfnis nach ein bißchen Bewegung verspürte, entschloß ich mich, den Nachmittag für einen Spaziergang zur Ostseite des Hotelgeländes zu nutzen. Erneut beglückwünschte ich mich dazu, den Bungalows in dieser belebten Zone entkommen zu sein. Minigolf und Tennis waren in vollem Gange, und auf dem kleinen Strand lagen die Sonnenhungrigen wie Sardinen nebeneinander. Doch bald hatte ich die betriebsame Welt hinter mir und war auf der Landspitze in der Nähe der Anlegestelle angelangt. Das Boot war noch nicht in Sicht. Plötzlich überkam mich die Versuchung, einen Bick auf den Bungalow des unangenehmen Mr. Stoll zu werfen. Verstohlen wie ein herumschnüffelnder Einbrecher schlich ich den schmalen Pfad hinauf und starrte die geschlossenen Fensterläden an. Das einzige, was diesen Bungalow von den übrigen – zumindest von meinem – unterschied, war ein verräterischer Haufen Flaschen in einer Ecke der Veranda. Gräßlicher Kerl . . . Dann fiel mir etwas anderes auf. Ein Paar Schwimmflossen und ein Schnorchel. Dieses menschliche Wrack wagte sich doch nicht etwa mit Alkohol vollgepumpt unter Wasser?

Vielleicht schickte er den Griechen, den er als Bootsmann beschäftigte, auf Krabbensuche aus. Ich dachte an den Schnorchel, den ich am ersten Abend vor den Felsen unterhalb meines Bungalows gesehen hatte, und an die Ankerlaterne im Boot.

Mir war, als hörte ich jemanden den Pfad heraufkommen, und da ich nicht beim Herumspionieren ertappt werden wollte, ging ich weiter, las aber zuvor noch die Nummer des Bungalows. Es war 38. Die Zahl hatte in diesem Moment keine besondere Bedeutung für mich, doch später, als ich mich zum Abendessen umzog und gerade nach der Krawattennadel griff, die ich auf den Nachttisch gelegt hatte, folgte ich einer jähen Eingebung und öffnete das kleine Schubfach unter dem Telephon, um mir die Karte meines Vorgängers noch einmal anzusehen. Ja, ich hatte es mir gedacht. Die hingekritzelte Zahl war tatsächlich 38. Reiner Zufall natürlich, aber trotzdem ... »Nicht nach Mitternacht.« Und plötzlich erhielten die Worte einen Sinn. Stoll hatte mich am ersten Abend davor gewarnt, zu später Stunde schwimmen zu gehen. Hatte er auch Gordon gewarnt? Und hatte Gordon die Warnung hier mit Stolls Bungalownummer darunter aufnotiert? Ein durchaus logischer Schluß, nur hatte Gordon offenbar den Ratschlag außer acht gelassen. Und das gleiche tat anscheinend auch einer der Bewohner des Bungalows Nr. 38.

Ich machte mich fertig und steckte die Visitenkarte in meine Brieftasche. Ich hatte das unbehagliche Gefühl, daß es meine Pflicht sei, sie dem Geschäftsführer zu übergeben, weil es ja immerhin möglich war, daß sie das Ableben meines unglücklichen Vorgängers erklären half. Während des ganzen Abendessens erwog ich den Gedanken, gelangte aber zu keinem Entschluß. Ich wollte nicht in die Sache verwickelt werden. Und soweit ich wußte, war der Fall abgeschlossen. Es hatte wenig Zweck, daß ich plötzlich mit einer vergessenen Visitenkarte erschien, die vermutlich überhaupt keine Bedeutung hatte.

Zufällig waren die Leute, die normalerweise im Speisesaal rechts von mir saßen, bereits gegangen, und so konnte ich den Tisch der Stolls beobachten, ohne daß es allzu offensichtlich wurde. Mir fiel auf, daß er nie das Wort an sie richtete. Ein merkwürdig gegensätzliches Paar ... Sie, die stocksteif, mit strenger Miene, ihren Teller leer aß wie eine Sonntagsschullehrerin auf einem Ausflug; er, der mit purpurrotem, aufgedunsenem Gesicht fast alles, was ihm der Kellner vorlegte, beiseite schob und seine feiste, haarige Hand unaufhörlich nach dem Glas ausstreckte ...

Als ich fertig war, schlenderte ich in die Bar, um meinen Kaffee zu trinken. Es war noch früh, und ich war der einzige Gast. Der Barkeeper und ich tauschten die üblichen Floskeln aus, und nachdem wir auch das Wetter erwähnt hatten, wies ich mit dem Kopf zum Speisesaal.

»Unser Freund Mr. Stoll und seine Frau haben wieder den ganzen Tag draußen auf dem Meer zugebracht«, sagte ich.

Der Barkeeper zuckte die Achseln. »Das tun sie immer«, antwortete er, »und meistens fahren sie auch in dieselbe Richtung, nach Westen zu in den Golf hinaus. Nicht einmal böiges Wetter scheint sie zu stören.«

»Ich weiß nicht, wie sie es mit ihm aushält«, sagte ich. »Ich habe sie beim Essen beobachtet – er sprach kein einziges Wort mit ihr. Es würde mich interessieren, was die anderen Gäste von ihm halten.«

»Sie gehen ihm aus dem Weg, Sir. Sie haben ja selbst gesehen, wie es mit ihm ist. Wenn er überhaupt den Mund aufmacht, dann nur, um grob zu sein. Und das gilt auch für das Personal. Die Mädchen wagen es nicht, seinen Bungalow sauberzumachen, solange er da ist. Und der Geruch!« Er schnitt eine Grimasse und beugte sich vertraulich vor. »Die Mädchen behaupten, er braut sein eigenes Bier. Er zündet das Feuer im Kamin an und hat da einen Kessel voll halbverfaultem Weizen stehen, ein abscheuliches Gesöff! O ja, er trinkt es. Stellen Sie sich einmal vor, wie seine Leber aussehen muß, vor allem, wenn man bedenkt, was er schon zum Abendessen und hinterher in der Bar konsumiert!«

»Vermutlich ist das der Grund, weshalb sein Terrassenlicht bis spät in die Nacht brennt. Da trinkt er eben dann dieses schauerliche Gebräu. Sagen Sie, wer von den Hotelgästen interessiert sich denn für Sporttauchen?«

170

Der Barkeeper zeigte eine erstaunte Miene. »Niemand, so-weit ich weiß. Jedenfalls seit dem Unglücksfall nicht mehr. Der arme Mr. Gordon ging gern in der Nacht schwimmen, wenig-stens vermuteten wir das. Er war einer der wenigen Gäste, die je mit Mr. Stoll gesprochen haben, fällt mir gerade ein. Einmal haben sie sich an einem Abend hier in der Bar lange unterhal-ten.«

»Tatsächlich?«

»Über Altertümer. Es gibt im Dorf ein interessantes kleines Museum, wissen Sie, aber es ist gerade wegen Instandset-zungsarbeiten geschlossen. Mr. Gordon hatte irgend etwas mit dem Britischen Museum in London zu tun.«

»Ich hätte gar nicht gedacht«, meinte ich, »daß so etwas Freund Stoll interessieren könnte.«

»Oh«, sagte der Barkeeper, »Sie wären überrascht. Mr. Stoll ist nicht ungebildet. Im letzten Jahr fuhren er und Mrs. Stoll viel mit dem Wagen herum und besuchten alle die berühmten Orte wie Knossos und Mallia und andere, weniger bekannte. Dieses Jahr ist es anders. Jetzt geht er jeden Tag angeln.«

»Und Mr. Gordon«, fuhr ich fort, »hat er sie vielleicht einmal zum Angeln begleitet?«

»Nein, Sir. Ich glaube nicht. Er hatte einen Wagen gemietet, wie Sie, und sah sich die Gegend an. Er schrieb an einem Buch über archäologische Funde in Ostkreta und ihre Beziehung zur griechischen Mythologie.«

»Mythologie?«

»Ja, ich meine, das wäre es gewesen. Aber das ging natürlich alles weit über meinen Horizont, wie Sie sich vorstellen kön-nen, und ich bekam auch nicht viel von der Unterhaltung mit – wir hatten an dem Abend viel Betrieb in der Bar. Mr. Gordon war ein ruhiger Herr, ein ähnlicher Typ wie Sie, wenn Sie mir die Bemerkung erlauben, Sir, und er fand das Gespräch offen-bar sehr interessant. Es drehte sich über eine Stunde lang nur um die alten Götter.«

Hm . . . Ich dachte an die Karte in meiner Brieftasche. Sollte ich sie dem Geschäftsführer aushändigen oder nicht? Ich sagte dem Barkeeper gute Nacht und kehrte durch den Speisesaal zur Halle zurück. Die Stolls waren gerade vom Tisch aufgestanden. Es wunderte mich, daß sie nicht der Bar zustrebten, sondern vor mir her in die Halle gingen. Ich blieb vor dem Ansichtskartenständer stehen, der mir einerseits als Vorwand diente, in der Halle zu verweilen, und mich zugleich ihrem Blickfeld entrückte. Ich sah Mrs. Stoll im Vestibül ihren Mantel von einem Haken nehmen, während ihr unsympathischer Ehemann in der Toilette verschwand, und gleich darauf gingen die beiden zum Parkplatz hinaus. Sie wollten offenbar irgendwohin fahren. Mit Stoll in seiner Verfassung am Steuer?

Ich zögerte. Der Empfangschef telephonierte gerade. Es war nicht der geeignete Moment, um ihm die Karte anzuvertrauen. Ein jäher Impuls, wie ihn ein kleiner Junge beim Detektivspielen haben mag, brachte mich dazu, ihnen zu folgen, und als die Rücklichter ihres Mercedes außer Sicht waren, fuhr ich ihnen nach. Es gab nur diese eine Straße, und der Stollsche Wagen war in Richtung des Dorfes verschwunden. Ich konnte allerdings doch nicht verhindern, daß ich sie aus den Augen verlor, als ich den kleinen Kai erreichte; ich strebte nämlich instinktiv dem größten Café zu, weil ich glaubte, er müsse dasselbe getan haben. Als ich den Volkswagen geparkt hatte, schaute ich mich um. Vom Mercedes keine Spur. Ich sah lediglich ein paar Touristen und ansonsten einheimische Spaziergänger.

Ach, es war mir gleichgültig, ich würde mich setzen und eine Limonade trinken. Ich saß wohl über eine halbe Stunde da, nahm »Lokalkolorit« in mich auf und betrachtete die Menschen um mich herum – vorbeiflanierende griechische Familien, die ein bißchen Luft schöpfen wollten; hübsche Mädchen, die schüchtern die offenbar ganz mit ihresgleichen beschäftigten jungen Burschen beäugten; einen bärtigen orthodoxen Priester, der unaufhörlich rauchend mit ein paar sehr alten Männern am Nebentisch über einem Würfelspiel saß; und natürlich auch die altbekannten englischen Hippies, die längere Haare als irgendwer sonst hatten, schmutziger waren und weitaus mehr Lärm machten. Als sie ein Kofferradio anstellten und sich hinter mir auf dem Kopfsteinpflaster häuslich niederließen, hatte ich das Gefühl, es sei Zeit zum Aufbruch.

Ich bezahlte meine Limonade, schlenderte zum Kaiende und wieder zurück – die vielen Reihen Fischerboote mußten bei Tag ein farbenprächtiges Bild bieten, und es lohnte sich vielleicht, die Szene zu malen –, und dann sah ich plötzlich auf der anderen Straßenseite, am Ende einer kurzen Sackgasse, Wasser schimmern und überquerte den Kai. Das mußte der im Reiseführer erwähnte und in der Hochsaison vielbesuchte und -fotografierte »Unergründliche Teich« sein. Er war größer, als ich erwartet hatte, ein recht stattlicher See, doch das Wasser war voller Schaum und Abfälle, und ich beneidete diejenigen nicht, die es bei Tag wagten, das Sprungbrett am anderen Ende des Teichs zu benutzen.

Dann sah ich den Mercedes. Er stand gegenüber einem trüb beleuchteten Café, und der plumpe Mensch, der dort an einem Tisch vor ein paar Bierflaschen hockte, war ebensowenig zu verkennen wie seine steif dasitzende Begleiterin. Überrascht und ein wenig angewidert sah ich, daß er sich für sein Trinkgelage offenbar mit einer Gruppe rauher Fischer vom Nebentisch angebiedert hatte. Geschrei und Gelächter erfüllten die Luft. Sie schienen ihn zu verspotten – die griechische Höflichkeit war wohl in den Gläsern untergegangen –, und während einer der Fischer in einen heiseren Gesang ausbrach, streckte er die Hand aus und fegte die leeren Flaschen von seinem Tisch aufs Pflaster; seine Zechkumpane quittierten das Klirren zerbrochenen Glases mit lauten Beifallskundgebungen. Ich rechnete jeden Augenblick damit, daß die örtliche Polizei erscheinen und dem Gelage ein Ende machen würde, aber es tauchte nirgends ein Ordnungshüter auf. Was mit Stoll geschehen konnte, kümmerte mich nicht – eine Nacht im Gefängnis würde ihn vielleicht ausnüchtern –, aber für seine Frau mußte es eine peinliche Angelegenheit sein. Ich wollte gerade zum Kai zurückgehen, als er sich unter dem Applaus der Fischer schwankend erhob, die letzte Flasche vom Tisch ergriff, sie über seinem Kopf schwang und dann mit einer für seine Verfassung erstaunlichen Geschicklichkeit wie ein Diskuswerfer in den See schleuderte. Sie verfehlte mich nur knapp, und er sah, wie ich mich duckte. Das war zuviel. Zornbebend schritt ich auf ihn zu.

»Was soll das? Sind Sie verrückt geworden?« schrie ich.

Taumelnd stand er da. Das Gelächter aus dem Café verebbte; seine Genossen beobachteten die Szene gebannt. Ich erwartete eine Flut von Beleidigungen, aber Stolls aufgequollenes Gesicht runzelte sich zu einem Grinsen, und er trat schwankend neben mich und tätschelte meinen Arm.

»Wissen Sie was?« sagte er. »Wenn Sie nicht im Weg gestanden hätten, wär' das Ding genau in die Mitte von diesem gottverdammten Teich gefallen. Das brächten diese Kerle nie fertig. Kein einziger reinblütiger Kreter unter ihnen. Alles gottverdammte Türken.«

Ich versuchte ihn abzuschütteln, aber er klammerte sich an mich mit der überschwenglichen Herzlichkeit des Gewohnheitstrinkers, der plötzlich einen uralten Freund gefunden hat oder gefunden zu haben glaubt.

»Sie sind doch aus dem Hotel, nicht wahr?« fragte er schlucksend. »Streiten Sie's nicht ab, Kamerad, ich hab' einen guten Blick für Gesichter. Sie sind der Mensch, der den ganzen Tag auf seiner gottverdammten Veranda malt. Na, ich bewundre das. Verstehe selbst ein bißchen was von Kunst. Vielleicht kaufe ich Ihr Bild sogar.«

Seine Anbiederungsversuche waren beleidigend, sein gönnerhaftes Gehabe unerträglich.

»Ich bedaure«, antwortete ich steif, »das Bild ist unverkäuflich.«

»Ach, nun hören Sie doch auf«, gab er zurück. »Ihr Künstler seid alle gleich. Ihr spielt immer die Unnahbaren, bis euch jemand einen gepfefferten Preis bietet. Nehmen Sie mal Charlie Gordon . . .« Er brach ab und beäugte mich listig. »Warten Sie mal, Sie haben Charlie Gordon nicht kennengelernt, oder?«

»Nein«, antwortete ich kurz. »Er lebte schon nicht mehr, als ich kam.«

»Richtig, richtig«, pflichtete er bei. »Der arme Kerl ist tot. Da in der Bucht ertrunken, genau unter Ihren Felsen. Dort hat man ihn jedenfalls gefunden.«

Seine Augen in dem aufgedunsenen Gesicht waren praktisch nur noch Schlitze, aber ich wußte, daß er meine Reaktion beobachtete.

»Ja«, sagte ich, »das habe ich gehört. Er war aber kein Künstler.«

»Kein Künstler?« echote Stoll und brach in wieherndes Gelächter aus. »Nein, aber er war ein Kenner, und das kommt meiner Meinung nach aufs gleiche hinaus. Charlie Gordon, der Kunstkenner. Na, hat ihm am Ende auch nicht viel genützt, wie?«

»Nein«, bestätigte ich, »offensichtlich nicht.«

Er versuchte sich zusammenzunehmen und förderte, noch immer leicht schwankend, mit unsicheren Fingern ein Päckchen Zigaretten und ein Feuerzeug zutage. Er zündete sich eine an und hielt mir dann das Päckchen hin. Ich schüttelte den Kopf und erklärte, ich rauchte nicht. Und herausfordernd fügte ich hinzu: »Ich trinke auch nicht.«

»Sehr vernünftig«, antwortete er überraschenderweise, »ich auch nicht. Das Bier, das hier verkauft wird, ist sowieso 'ne üble Lauge, und der Wein reines Gift.« Er warf einen Blick über die Schulter zu der Gruppe im Café und zerrte mich mit verschwörerischem Zwinkern zu der Mauer neben dem Teich.

»Ich habe gesagt, daß diese Burschen alle Türken sind, und das sind sie auch«, erklärte er. »Weinsaufende, kaffeeschlürfende Türken. Seit fünftausend Jahren haben die hier keine Ahnung mehr, wie man den richtigen Stoff braut. Vorher wußten sie genau Bescheid.«

Ich erinnerte mich an das, was mir der Barkeeper von dem Gebräu in Stolls Bungalow erzählt hatte. »Tatsächlich?« fragte ich. »Ist das wahr?«

Er zwinkerte wieder, und dann weiteten sich seine Augenschlitze, und ich sah, daß er von Natur aus vortretende, schmutzigbraune, blutunterlaufene Augen hatte. »Wissen Sie was?« wisperte er heiser. »Die Gelehrten irren sich da alle. Es war Bier, was die Kreter hier in den Bergen tranken, Bier aus Pinien und Efeu, lange vor dem Wein. Der Wein ist erst Jahrhunderte später von den gottverdammten Griechen entdeckt worden.«

175

Eine Hand gegen die Mauer, die andere auf meinen Arm gestützt, schien er allmählich sein Gleichgewicht wiederzufinden. Dann beugte er sich vor und erbrach sich in den Teich. Mir wurde beinahe selbst übel.

»Das ist schon besser«, sagte er. »So wird man das Gift los. Bekommt einem nicht, Gift im Organismus zu haben. Ich hab' eine Idee. Wir fahren jetzt zum Hotel zurück, und Sie kommen auf einen kleinen Schlaftrunk mit in unseren Bungalow. Sie gefallen mir, Mr. Wie-heißen-Sie-noch? Sie haben vernünftige Ansichten. Sie trinken nicht, Sie rauchen nicht, und Sie malen Bilder. Was sind Sie von Beruf?«

Es war unmöglich, ihn abzuschütteln, und ich mußte mich wohl oder übel von ihm über die Straße zerren lassen. Glücklicherweise hatte sich die Gruppe in dem Café inzwischen zerstreut – sehr enttäuscht, zweifellos, daß es zwischen uns nicht zu Handgreiflichkeiten gekommen war –, und Mrs. Stoll war in den Mercedes eingestiegen und saß auf dem Beifahrersitz.

»Achten Sie am besten gar nicht auf sie«, sagte er. »Sie ist stocktaub, und man muß sie schon anbrüllen, wenn sie was verstehen soll. Auf dem Rücksitz ist Platz genug.«

»Danke«, erwiderte ich. »Ich habe meinen Wagen am Kai stehen.«

»Wie Sie wollen«, sagte er. »Aber jetzt heraus damit, Herr Künstler, was sind Sie von Beruf? Professor?«

Ich hätte es dabei belassen können; in der törichten Hoffnung jedoch, daß er mich zu langweilig fände, um sich weiter mit mir abzugeben, sagte ich die Wahrheit.

»Ich bin Lehrer an einer Jungenschule.«

Er blieb stehen, den feuchten Mund zu einem entzückten Grinsen geöffnet. »Du lieber Gott!« brüllte er. »Das ist umwerfend, einfach umwerfend. Ein gottverdammter Erzieher, eine Säuglingsschwester. Sie gehören zu uns, Kamerad, Sie gehören zu uns. Und Sie wollen mir weismachen, daß Sie noch nie Pinien und Efeu zusammengebraut haben!«

Er war natürlich komplett verrückt, aber zumindest hatte er in seinem plötzlichen Heiterkeitsausbruch meinen Arm freigegeben und steuerte nun vor mir auf seinen Wagen zu. Er hatte eine merkwürdige Art, sich zu bewegen. Er schlenkerte den Kopf hin und her, und seine Beine trabten, die sperrige Last des Körpers tragend, plump dahin, eins, zwei . . . eins, zwei . . . wie ein schwerfälliges Pferd.

Ich wartete noch, bis er neben seine Frau in den Wagen eingestiegen war, und stahl mich dann schnell fort, aber er wendete den Wagen erstaunlich behend, und noch ehe ich an der Straßenecke angelangt war, hatte er mich schon eingeholt. Grinsend steckte er den Kopf aus dem Fenster.

»Besuchen Sie uns, Mr. Tutor, besuchen Sie uns, wann Sie wollen. Sie sind immer willkommen. Sag es ihm, Maud. Kannst du nicht sehen, daß der Bursche schüchtern ist?«

Sein Gebrüll hallte in der ganzen Straße wider, und verschiedene Leute blickten in unsere Richtung. Das starre, teilnahmslose Gesicht Mrs. Stolls schaute hinter der Schulter ihres Mannes hervor. Sie schien in keiner Weise beunruhigt, so, als sei alles in bester Ordnung, als sei es der normalste Zeitvertreib der Welt, neben einem betrunkenen Ehemann durch ein ausländisches Dorf zu fahren.

»Guten Abend«, sagte sie mit gänzlich ausdrucksloser Stimme. »Sehr erfreut, Sie kennenzulernen, Mr. Tutor. Besuchen Sie uns einmal. Nicht nach Mitternacht. Bungalow Nr. 38 . . .«

Stoll winkte, und der Wagen fuhr mit aufheulendem Motor davon.

Es wäre übertrieben zu behaupten, das Zusammentreffen hätte mir meinen Urlaubsort verleidet. Gewiß war ich verstimmt und angewidert, doch mein Ärger und meine Abneigung richteten sich nur gegen die Stolls. Ich wachte nach einer gut durchschlafenen Nacht erfrischt auf, und der strahlende Morgen trug das Seine dazu bei, daß ich alles in milderem Licht sah. Mein einziges Problem war, wie ich Stoll und seiner nicht minder schwachsinnigen Frau aus dem Wege gehen könnte. Sie waren den ganzen Tag mit dem Boot draußen, hier gab es also keine Schwierigkeit. Wenn ich früh zu Abend aß, konnte ich eine Begegnung im Speisesaal vermeiden. Sie gingen nie spazieren, so daß die Gefahr eines unvermuteten Zusammentreffens im Garten kaum bestand. Und wenn ich mich um die Zeit ihrer abendlichen Heimkehr zufällig auf meiner Veranda aufhielt und er seinen Feldstecher auf mich richtete, würde ich eben schleunigst nach drinnen verschwinden. Im übrigen war es mit ein bißchen Glück sogar möglich, daß er meine Existenz bereits vergessen hatte oder, falls diese Hoffnung allzu vermessen war, sich zumindest an unsere nächtliche Unterhaltung nicht mehr erinnerte. Die Episode war unerfreulich und merkwürdigerweise irgendwie alarmierend gewesen, aber ich war nicht gesonnen, mir dadurch meinen Urlaub verderben zu lassen. Ich hatte hier malen und mich erholen wollen und war entschlossen, das auch weiterhin zu tun.

Das Boot lag nicht mehr an seinem Landungssteg, als ich nach dem Frühstück auf die Veranda trat; ich wollte die Küste mit meinem Malzeug durchstreifen, wie ich es mir vorgenommen hatte, und wenn ich erst einmal in mein Hobby vertieft war, konnte ich die Stolls und alles, was mit ihnen zusammenhing, vergessen. Und ich würde die hingekritzelte Notiz des armen Gordon nicht der Hoteldirektion übergeben. Ich konnte mir jetzt vorstellen, was geschehen war. Der bedauernswerte Mensch, der nicht merkte, wohin ihn diese Unterhaltung in der Bar führen würde, war vermutlich durch Stolls Geschwätz über Mythologie und den Unsinn über das alte Kreta neugierig geworden und hatte als Archäologe gedacht, eine Fortsetzung des Gesprächs könne vielleicht ergiebig sein. Und so hatte er eine Einladung in den Bungalow Nr. 38 angenommen – die unheimliche Übereinstimmung der Worte auf der Karte mit denen, die Mrs. Stoll ausgesprochen hatte, verfolgte mich noch immer – und war danach über die Bucht zurückgeschwommen. Weshalb er statt dessen nicht den etwas längeren Weg über den Felsenpfad gewählt hatte, war allerdings rätselhaft. Ein Anflug von Wagemut? Wer weiß? In Stolls Bungalow hatte sich das bedauernswerte Opfer dann dazu hinreißen lassen, von dem Teufelsgebräu, das ihm sein Gastgeber anbot, zu trinken, und als er später schwer angeschlagen wieder zurückschwimmen wollte, geschah das Unvermeidliche. Ich hoffte nur, daß er zu weit hinüber war, um noch Todesqualen auszustehen, und sofort versank. Natürlich gründete meine Theorie nur auf Intuition, auf einigen Bruchstücken, die zusammenzupassen schienen, und auf Vorurteil. Es war höchste Zeit, die ganze Angelegenheit aus meinem Gedächtnis zu streichen und mich auf den Tag zu konzentrieren, der vor mir lag.

Oder besser, auf die Tage. Mein Erkundungsausflug längs der Küste nach Westen hin übertraf alle meine Erwartungen. Ich folgte der Straße, die sich links vom Hotel ein paar Kilometer in die Hügel wand und dann wieder zum Meer führte. Als ich abwärts fuhr, dehnte sich das Land rechts unter mir plötzlich zu einer weiten, glatten, weißlichen Fläche, von der sich das gleißendblaue Meer in wunderbarem Kontrast abhob. Ich glaubte zuerst, es sei ausgetrocknetes Marschland, doch als ich näher kam, sah ich, daß es sich um Salinen handelte, die durch schmale Dämme voneinander getrennt waren. Von Gräben durchschnittene Mauern faßten die eigentlichen Becken ein, so daß das Meerwasser abfließen konnte und das Salz zurückblieb. Hier und da sah man die Ruine einer verlassenen Windmühle, und in ein paar hundert Meter Entfernung stand ganz nahe am Meer eine kleine Kirche, deren winziges Kreuz auf dem Dach in der Sonne blitzte. Dann endeten die Salinen abrupt, und das Land begann zu dem langen schmalen Isthmus von Spinalongha hin wieder anzusteigen.

Ich steuerte den Volkswagen den holprigen Weg hinunter, der zu den Salinen führte. Kein Mensch weit und breit. Hier, so beschloß ich, nachdem ich die Szenerie von jedem Gesichtswinkel aus betrachtet hatte, würde für die nächsten Tage mein Arbeitsbereich sein. Die verfallene Kirche im Vordergrund, die verlassenen Windmühlen dahinter, die Salinen zur Linken und rechts das blaue Wasser, das die Küste der Landenge umspülte.

Ich baute meine Staffelei auf, drückte mir den verbeulten Filzhut auf den Kopf und hatte bald alles außer dem Panorama vor mir vergessen. Ich kam noch zweimal wieder, und diese drei Tage in Einsamkeit und Frieden waren der Höhepunkt meiner Ferien. Ich sah keine Menschenseele. Ab und zu fuhr ein Wagen in der Ferne die Küstenstraße entlang und verschwand dann wieder. Ich stärkte mich zwischendurch an Sandwiches und Limonade, und wenn die Sonne am heißesten herunterbrannte, legte ich bei der verfallenen Windmühle eine Ruhepause ein. In der Abendkühle kehrte ich ins Hotel zurück, ging früh in den Speisesaal und zog mich dann in meinen Bungalow zurück, um bis zum Einschlafen zu lesen. Ein in seine Gebete vertiefter Eremit hätte sich nicht mehr Abgeschiedenheit wünschen können.

Am vierten Tag – ich hatte zwei Bilder beendet, verließ aber nur sehr ungern mein erwähltes Territorium, das ich inzwischen als meine persönliche Domäne betrachtete – packte ich mein Malzeug in den Wagen und machte mich zu Fuß daran, das ansteigende Gelände des Isthmus zu durchstreifen und einen neuen Platz für den nächsten Tag zu suchen. Eine höher gelegene Stelle mochte zusätzliche Vorteile bieten. Ich arbeitete mich mühsam den Hügel hinauf und benutzte dabei meinen Hut als Fächer, denn es war außerordentlich heiß. Oben angelangt, stellte ich mit Erstaunen fest, wie schmal der Isthmus war. Unmittelbar unter mir war das Meer – nicht das ruhige Wasser, das die Salzbecken bespülte, sondern die schaumiggekräuselten Wellen des eigentlichen Golfs, von einem scharfen Nordwind aufgepeitscht, der mir fast den Hut aus der Hand blies. Ein Genie hätte diese mannigfaltigen Tönungen vielleicht festhalten können – Türkis, das in Ägäisch-Blau mit weindunklen Schatten überging –, aber nicht ein Dilettant wie ich. Außerdem konnte ich kaum aufrecht stehen. Leinwand und Staffelei wären sofort vom Wind weggeweht worden.

Ich kletterte zu einer Gruppe Ginsterbüsche hinunter, in deren Schutz ich ein paar Minuten ausruhen und die geriffelte See betrachten konnte. Dann sah ich plötzlich das Boot. Es lag vor einer kleinen Bucht, wo das Wasser verhältnismäßig ruhig war. Ein Irrtum war unmöglich; es war ihr Boot. Der Grieche, der es bediente, hatte eine Angelschnur ausgeworfen, doch seiner lässigen Positur nach zu schließen schien er gar nicht darauf erpicht, Fische zu fangen; es sah viel eher so aus, als hielte er seine Siesta. Er war allein im Boot. Ich blickte zu dem Sandstreifen hinunter, der die Küste säumte, und sah, daß sich dort eine

180

halbverfallene Hütte aus unbehauenen Steinen gegen das Kliff lehnte, die ursprünglich sicher als Unterstand für Schafe und Ziegen benutzt worden war. Neben dem Eingang lagen ein Rucksack, ein Picknickkorb, ein Mantel, eine Jacke. Die Stolls mußten demnach schon eine Weile vorher an Land gegangen sein und rasteten vermutlich an einer windgeschützten Stelle, obwohl es bestimmt bei der bewegten See ein recht gewagtes Unternehmen gewesen war, den Bug zum Strand zu steuern. Braute Stoll etwa hier an diesem abgeschiedenen Fleck auf dem Isthmus von Spinalongha sein Spezialgemisch aus Piniennadeln und Efeu, vielleicht noch mit etwas Ziegenmist aufgebessert?

Plötzlich erhob sich der Bursche im Boot, kurbelte die Schnur ein, ging ans andere Ende und beobachtete vom Heck aus das Wasser. Ich sah, wie sich unter der Oberfläche etwas bewegte, und dann tauchte die Gestalt auf: Haube, Maske, Neoprenanzug, Preßluftflasche – die gesamte Ausrüstung. Doch zunächst verdeckte der Grieche den Taucher, als er ihm half, sich von Maske und Mundstück zu befreien, und meine Aufmerksamkeit wurde zu der verfallenen Hütte gelenkt. Irgend etwas stand im Eingang. Ich sage »etwas«, weil es sich zunächst – zweifellos durch irgendein kurioses Spiel des Lichts – um ein zottiges Fohlen zu handeln schien, das auf den Hinterhänden stand. Beine und sogar das Gesäß waren mit Haaren bedeckt. Dann erkannte ich an dem scharlachroten Gesicht und den zu beiden Seiten des kahlen Kopfes abstehenden gewaltigen Ohren, daß es Stoll war, Arme und Brust ebenso behaart wie der Rest des Körpers. Ich hatte kaum je in meinem Leben etwas so Abstoßendes gesehen. Er trat in die Sonne hinaus, schaute zum Boot hin und stolzierte dann, die Arme in die Hüften gestemmt, mit vorgewölbter Brust und weit ausladendem Hinterteil vor dem Schuppen auf und ab, als sei er höchst zufrieden mit sich und der Welt. Und er hatte dabei dieselbe merkwürdige Art, sich zu bewegen, die mir schon im Dorf aufgefallen war; es war nicht der schwankende Gang eines Betrunkenen, sondern eher ein schwerfälliges Traben.

Der Taucher hatte sich inzwischen der Maske und der Preßluftflasche entledigt und kam mit gemächlichen Stößen in die Bucht hereingeschwommen. Er hatte die Schwimmflossen noch nicht abgelegt, und sie durchpflügten das Wasser wie die Schwanzflosse eines riesigen Fisches. Nun streifte er sie ab, warf sie auf den Sand und richtete sich auf, und ich sah zu meinem höchsten Erstaunen, daß es Mrs. Stoll war. Sie trug eine Art Beutel um den Hals, den sie abnahm und ihrem Ehemann aushändigte. Dann gingen sie zusammen zu der Hütte und verschwanden darin. Der Grieche hatte sich währenddessen wieder in die Bootsback gesetzt und träge die Angelschnur ausgeworfen.

Ich ging hinter dem Ginster in Deckung und wartete. Ich würde ihnen zwanzig Minuten geben, eine halbe Stunde vielleicht, und dann zu den Salinen und zu meinem Wagen zurückkehren. Aber ich brauchte gar nicht so lange zu warten. Knapp zehn Minuten später schon hörte ich unter mir auf dem Strand einen Ruf. Ich spähte durch den Ginster und sah, daß sie beide auf dem Sandstreifen standen, Rucksack, Picknickkorb und Schwimmflossen in der Hand; Stoll hatte sich angezogen. Der Grieche startete den Motor, hievte anschließend den Anker hoch und steuerte das Boot langsam an die Felsplatte heran, wo ihn die Stolls erwarteten. Sie stiegen hinein, und im Nu hatte das Boot gewendet und fuhr aus der geschützten Bucht in den Golf hinaus. Dort umrundete es die Spitze der Landenge und war dann außer Sicht.

Die Neugier ließ mir keine Ruhe. Ich kletterte das Kliff hinunter und ging geradenwegs zu der verfallenen Hütte. Wie ich vermutet hatte, war es ein Schuppen für Ziegen gewesen; überall lagen ihre Exkremente herum, und der schmutzige Boden stank. Nur eine Ecke hatte man saubergemacht, und dort waren einige Holzplanken zu einer Art Bord aufgeschichtet. Die unvermeidlichen Bierflaschen waren darunter verstaut, aber ich konnte nicht feststellen, ob sie das einheimische Erzeugnis oder Stolls eigenes Giftgebräu enthalten hatten. Auf dem Bord selbst lagen allerlei Keramikfragmente; es sah aus, als hätte jemand eine Schutthalde durchwühlt und wertlosen Haushaltplunder ans Tageslicht gefördert. Es klebte allerdings keine

182

Erde an ihnen; sie waren mit Muscheln überkrustet, und einige waren feucht, und plötzlich wurde mir klar, daß es sich um archäologische »Scherben« handelte, die vom Meeresgrund stammten. Mrs. Stoll hatte unter Wasser nach Muscheln oder interessanteren Dingen gesucht; diese Trümmer hier waren als wertlos aussortiert worden, und weder sie noch ihr Mann hatten sich die Mühe gemacht, sie wegzuwerfen. Ich bin auf dem Gebiet kein Kenner, und nachdem ich mich noch einmal umgeschaut hatte, verließ ich die Hütte.

Dies war ein verhängnisvoller Schritt. Ich wollte gerade das Kliff hinaufklettern, als ich das Tuckern des zurückkehrenden Motorbootes hörte, das – seiner Position nach zu schließen – die Küste entlangfuhr. Alle drei Köpfe waren mir zugewandt, und wie nicht anders zu erwarten, hatte die vierschrötige Gestalt im Heck den Feldstecher auf mich gerichtet. Er würde unschwer erkennen können, wer es war, der soeben den verfallenen Schuppen besichtigt hatte.

Ich schaute mich nicht um, sondern stieg weiter nach oben, den Hut tief in die Stirn gezogen, in der vagen Hoffnung, er könne mir als Tarnung dienen. Letzten Endes hätte ich ja ein x-beliebiger Tourist sein können, den es zufällig genau um diese Zeit an genau diesen Ort verschlagen hatte. Dennoch fürchtete ich, daß er mich unweigerlich erkannt hatte. Ich ging zu den Salinen zurück und langte müde, atemlos und gründlich verärgert an. Ich bedauerte es, je auf die Idee gekommen zu sein, die andere Seite der Halbinsel zu erforschen. Die Stolls würden glauben, ich hätte ihnen nachspioniert, und obendrein stimmte das. Der ganze Tag war mir verdorben. Ich hielt es für das beste, schnell ins Hotel zurückzufahren, aber ich hatte Pech, denn ich war kaum ein Stück weit gelangt, als ich merkte, daß einer meiner Reifen platt war. Ich bin in allen mechanischen Arbeiten sehr ungeschickt, und so vergingen vierzig Minuten, bis ich den Ersatzreifen aufmontiert hatte.

Meine schlechte Laune besserte sich keineswegs, als ich im Hotel feststellen mußte, daß mir die Stolls zuvorgekommen waren. Ihr Boot lag bereits an seinem Ankerplatz neben dem Landungssteg, und Stoll saß auf seiner Veranda und überwachte meinen Bungalow durch das Fernglas. Unsicher und befangen, als stünde ich vor einer Fernsehkamera, stapfte ich die Stufen hinauf, ging in mein Zimmer und schloß die Läden hinter mir. Ich nahm gerade ein Bad, als das Telefon klingelte.

»Ja?« Ein Handtuch umgeschlungen, tropfende Hände – es hätte in keinem ungeeigneteren Augenblick läuten können.

»Sind Sie's, Mr. Tutor?«

Die krächzende, schnarrende Stimme war unverkennbar. Er schien allerdings nicht angetrunken zu sein.

»Hier ist Terence Grey«, erklärte ich steif.

»Wie Sie heißen, ist mir völlig egal«, sagte er. Sein Ton war unangenehm, feindselig. »Sie waren heute nachmittag auf dem Spinalongha-Isthmus. Stimmt's?«

»Ich machte einen Spaziergang«, gab ich zurück. »Ich wüßte nicht, wieso Sie das interessieren könnte.«

»Ach, hören Sie doch auf«, erwiderte er. »Sie können mich nicht zum Narren halten. Sie sind genauso wie der andere Bursche. Ein gottverdammter Spion, sonst nichts. Jetzt hören Sie mir gut zu: Das Wrack ist schon vor Jahrhunderten völlig kahlgeplündert worden.«

»Ich weiß überhaupt nicht, wovon Sie sprechen«, sagte ich. »Was für ein Wrack?«

Eine kurze Pause trat ein. Er murmelte etwas vor sich hin, ohne daß ich hätte unterscheiden können, ob es an ihn selbst oder an seine Frau gerichtet war, doch als er wieder zu sprechen anfing, hatte sich sein Ton gemildert, wieder etwas von der trügerischen Gutartigkeit angenommen, die ihn normalerweise kennzeichnete.

»O. K. . . . O. K. . . . Mr. Tutor«, sagte er. »Wir wollen uns nicht streiten, Junge. Sagen wir mal, Sie und ich haben gewisse gemeinsame Interessen. Lehrer, Universitätsprofessoren, College-Dozenten – wir sind doch innerlich alle gleich und manchmal sogar äußerlich.« Sein leises Kichern war ekelhaft. »Keine Angst, ich verrate Sie nicht«, fuhr er fort. »Sie gefallen mir, das hab' ich Ihnen neulich schon gesagt. Sie möchten etwas für Ihr gottverdammtes Schulmuseum, hab' ich recht? Etwas, was Sie den kleinen Jungen und Ihren Kollegen zeigen können? Gut.

Einverstanden. Ich hab' genau das Richtige. Kommen Sie heute am späten Abend hier vorbei, und ich schenke es Ihnen. Ich will Ihr gottverdammtes Geld nicht . . .« Glucksend hielt er inne, und dann mußte Mrs. Stoll wohl eine Bemerkung gemacht haben, denn er fügte hinzu: »Gut, gut. Wir werden eine gemütliche Party veranstalten. Nur wir drei. Meine Frau mag Sie auch.«

Das Handtuch glitt auf den Boden, und ich stand nackt da. Ein absurdes Gefühl der Befangenheit überkam mich, und die gönnerhafte, einschmeichelnde Stimme machte mich wütend.

»Mr. Stoll«, sagte ich, »ich betätige mich nicht als Sammler für Schulen, Colleges oder Museen. Ich interessiere mich nicht für archäologische Funde. Ich will hier in aller Ruhe zu meinem eigenen Vergnügen ein bißchen malen, und ich habe nicht die geringste Absicht, Sie oder irgendeinen anderen Hotelgast zu besuchen. Guten Abend.«

Ich schmetterte den Hörer hin und ging ins Badezimmer zurück. Eine himmelschreiende Unverschämtheit. Widerlicher Mensch. Die Frage war nur, würde er mich jetzt in Ruhe lassen, oder würde er mit seinem Feldstecher meinen Balkon überwachen, bis er mich zum Abendessen ins Hotel gehen sah, und mir dann, Mrs. Stoll im Schlepptau, in den Speisesaal folgen? Er würde es doch wohl nicht wagen, das Gespräch vor Kellnern und Gästen fortzuführen? Wenn ich seine Absichten richtig beurteilte, dann versuchte er mein Schweigen zu erkaufen, indem er mich mit irgendeinem Geschenk abspeiste. Diese stundenlangen Angeltouren waren eine Tarnung für Unterwasserstreifzüge – daher seine Anspielung auf das Wrack –, bei denen er wertvolle Gegenstände zu finden hoffte oder vielleicht schon gefunden hatte, die er aus Kreta hinausschmuggeln wollte. Zweifellos hatte er das bereits im Vorjahr mit Erfolg praktiziert, und der griechische Bootsmann wurde sicher gut dafür bezahlt, daß er den Mund hielt. In dieser Saison waren die Dinge allerdings nicht ganz planmäßig verlaufen. Mein unglückseliger Vorgänger im Bungalow 62, Charles Gordon, selbst ein Fachmann in archäologischen Fragen, hatte Verdacht geschöpft. Stolls Bemerkung »Sie sind genau wie der andere

Bursche, ein gottverdammter Spion, sonst nichts« machte das völlig klar. Wie, wenn Gordon nicht in den Bungalow Nr. 38 eingeladen worden war, um das selbstgebraute Bier zu versuchen, sondern um Stolls Sammlung zu besichtigen? Und bei der Gelegenheit ein Bestechungsgeschenk angeboten bekommen hatte, damit er nichts verlauten ließe? Hatte er abgelehnt und gedroht, Stoll zu entlarven? War sein Tod wirklich ein Unfall gewesen, oder war ihm Stolls Frau mit Tauchanzug, Maske und Schwimmflossen ins Wasser gefolgt, um sodann, unter der Oberfläche . . .

Meine Phantasie ging mit mir durch. Ich hatte keinerlei Beweise. Ich wußte nur eins: daß mich nichts in der Welt dazu bewegen könnte, Stolls Bungalow zu betreten; und wenn er tatsächlich versuchte, mich weiter zu belästigen, würde ich die Geschichte eben der Hoteldirektion erzählen müssen.

Ich zog mich zum Abendessen um, machte dann meine Läden einen Spalt auf und spähte zu seinem Bungalow hinüber. Auf seiner Terrasse brannte Licht, denn es war schon dunkel, aber er selbst war verschwunden. Ich trat hinaus, schloß die Läden hinter mir und ging durch den Garten zum Hotel hinauf. Ich wollte gerade von der Terrasse aus die Halle durchqueren, als ich Stoll und seine Frau drinnen sitzen sah. Sie überwachten gewissermaßen den Durchgang zur Halle und zum Speisesaal, und wenn ich etwas essen wollte, mußte ich an ihnen vorbeigehen. Gut, dachte ich. Ihr könnt hier den ganzen Abend warten. Ich trat wieder auf die Terrasse hinaus, ging um den Küchentrakt herum zum Parkplatz und stieg in den Volkswagen. Ich würde eben im Dorf essen, die zusätzliche Ausgabe war mir jetzt gleichgültig. Wütend fuhr ich davon und fand ein ganzes Stück vom Hafen entfernt eine obskure Kneipe, wo ich mich statt des Drei-Gänge-Dinners mit einem Omelett, einer Orange und einer Tasse Kaffee begnügen mußte. Dabei hatte ich mich auf das Essen im Hotel gefreut, denn nach einem ganzen Tag im Freien und ein paar kärglichen Sandwiches fühlte ich mich hungrig.

Es war nach zehn, als ich zum Hotel zurückkam. Ich parkte den Wagen, ging um das Hotel herum zu meinem Bungalow hinunter und schlüpfte wie ein Dieb durch die Tür. Das Licht auf Stolls Terrasse brannte immer noch. Zu dieser Stunde war er zweifellos ganz damit beschäftigt, sich die nötige Bettschwere anzutrinken, und falls er mir am nächsten Tag irgendwelchen Ärger bereitete, würde ich definitiv die Hoteldirektion informieren.

Ich zog mich aus und las im Bett, bis ich nach Mitternacht schläfrig wurde. Dann knipste ich das Licht aus und ging zum Fenster, um die Läden zu öffnen, weil mir die Luft stickig vorkam. Ich blickte zur anderen Seite der Bucht hinüber. Alle Häuschen lagen im Dunkeln – bis auf eines. Stolls Bungalow natürlich. Sein Verandalicht brannte, warf einen gelben Streifen auf das Wasser neben der Anlegestelle. Zuerst fiel mir auf, daß sich das Wasser kräuselte, obwohl es völlig windstill war. Und dann sah ich ihn plötzlich. Den Schnorchel, meine ich. Das kleine Rohr war nur eine Sekunde lang in dem gelben Schein auszumachen, doch ich wußte sofort, daß es den Felsen unterhalb meines Bungalows zusteuerte. Ich wartete. Es geschah nichts, ich hörte keinen Laut, nicht das leiseste Plätschern. Vielleicht tat sie das jeden Abend. Vielleicht hatte sie schon des öfteren, während ich nichtsahnend in ein Buch vertieft auf meinem Bett lag, unten bei den Felsen Wasser getreten. Der Gedanke, daß sie regelmäßig nach Mitternacht ihren über seinem Teufelsgebräu aus Piniennadeln und Efeu eingeschlafenen Ehemann verließ und in ihrem schwarzen Tauchanzug, der Maske und den Schwimmflossen herüberkam, um dem Bewohner des Bungalows 62 nachzuspionieren, war – gelinde gesagt – unangenehm. Und vor allem in dieser Nacht, nach dem Telephongespräch und meiner Weigerung, sie zu besuchen, hatte die Vorstellung, daß sie sich in so unmittelbarer Nachbarschaft aufhalten könnte, etwas Unheimliches, ja geradezu Bedrohliches, zumal ich auch noch eine neue Theorie über das Schicksal meines Vorgängers entwickelt hatte.

Plötzlich kam der Schnorchel in Sicht, als ihn der dünne Lichtstrahl erfaßte, der von meiner Veranda auf das nachtschwarze stille Wasser fiel. Jetzt war er beinahe genau unter mir. Von Furcht überwältigt, stürzte ich in mein Zimmer und

verschloß sorgfältig alle Läden. Dann schaltete ich das Verandalicht aus, lehnte mich gegen die Wand zwischen Schlafzimmer und Bad und lauschte. Laue Luft drang durch die Spalten
in den Läden, neben denen ich stand. Es schien eine Ewigkeit
zu dauern, bis ich das Geräusch wahrnahm, das ich erwartet,
gefürchtet hatte. Eine Art Rascheln auf der Veranda, tastende
Hände, schwerer Atem. Ich konnte von meinem Platz aus
nichts sehen, aber ich wußte, sie war da. Ich wußte, daß sie die
Tür befühlte, während aus ihrem hautengen Tauchanzug Wasser tropfte, und ich wußte, daß sie nichts hören würde, selbst
wenn ich »Was wollen Sie?« schrie. Es gab noch keine Hörap-
parate, die unter Wasser funktionierten. Was immer sie nachts
tat, mußte sie allein mit den Augen und dem Tastsinn bewälti-
gen.

Sie begann an den Läden zu rütteln. Ich rührte mich nicht. Sie
rüttelte wieder. Dann klingelte sie, und das scharfe Schrillen
durchschnitt die Luft über meinem Kopf mit der Brutalität
eines Zahnbohrers, der auf den Nerv trifft. Sie klingelte dreimal. Dann wurde es still. Keinerlei Geräusch mehr. Nicht einmal Atemzüge. Doch sie konnte sehr gut in ihrem tropfenden
schwarzen Tauchanzug irgendwo auf der Veranda kauern und
darauf warten, daß ich die Geduld verlor und herauskam.

Ich schlich von der Wand fort und setzte mich aufs Bett.
Draußen blieb es still. Mutig knipste ich die Nachttischlampe
an und rechnete fast damit, daß das Gerüttel der Läden, das
Schrillen der Klingel wieder ertönen würde. Doch nichts geschah. Ich blickte auf meine Armbanduhr. Es war halb eins. Ich
saß zusammengekrümmt auf dem Bett. Meine ganze Schläfrig-
keit war verflogen. Ich war entsetzlich wach, von bösen Vorahnungen erfüllt, und meine Furcht vor dieser schlüpfrigen
schwarzen Gestalt nahm von Minute zu Minute zu, so daß ich
nahe daran war, die Nerven zu verlieren. Und meine Angst
wurde noch dadurch stärker und zugleich unbegreiflicher, daß
es sich bei der Gestalt im Tauchanzug um eine Frau handelte.
Was wollte sie?

Eine Stunde oder länger saß ich da, bis meine Vernunft endlich wiederkehrte. Meine unheimliche Besucherin war be-

stimmt längst fort. Ich stand auf, ging zu dem geschlossenen Laden und lauschte. Es war nichts zu hören, nur das sanfte Plätschern des Wassers am Fuß der Felsen. Behutsam öffnete ich den Haken und spähte durch die Tür. Es war niemand da. Ich stieß sie weiter auf und trat hinaus. Jenseits der Bucht brannte kein Licht mehr. Die kleine Pfütze vor meiner Tür war allerdings Beweis genug dafür, daß hier vor einer Stunde jemand gestanden hatte, und die feuchten Fußabdrücke, die die Stufen zu den Felsen hinunterführten, ließen vermuten, daß sie auf dem gleichen Weg, den sie für ihr Kommen gewählt hatte, auch verschwunden war. Ich atmete erleichtert auf. Jetzt konnte ich ruhig schlafen.

Erst in diesem Moment bemerkte ich den Gegenstand, der vor der Tür auf dem Boden lag. Ich bückte mich und hob ihn auf. Es war ein kleines, in wasserdichtes Tuch eingewickeltes Päckchen. Ich nahm es mit hinein und betrachtete es mißtrauisch. Alberne Mutmaßungen über Plastikbomben gingen mir durch den Kopf, doch die Unterwasserbeförderung hätte so ein gefährliches Ding ja sicher unwirksam gemacht... Das Päckchen war ringsum mit Schnur zugenäht. Es wog nicht viel. Ich erinnerte mich an das klassische Sprichwort »Ich fürchte die Griechen auch dann, wenn sie schenken.« Aber die Stolls waren keine Griechen, und, ganz gleich was für ein versunkenes Atlantis sie geplündert haben mochten – Sprengstoffe gehörten nicht zu den Schätzen, die dieser untergegangene Kontinent barg.

Ich schnitt die Schnur mit einer Nagelschere durch, zog sie Stück für Stück aus dem wasserdichten Tuch heraus und entfernte es dann. Doch der Gegenstand blieb noch immer durch eine Schicht feinmaschiges Netz verhüllt, und nachdem auch dieses entwirrt war, hielt ich endlich die symbolische Gabe in der Hand. Es war ein kleiner, rötlicher Krug mit Henkeln auf beiden Seiten. Ich hatte diese Art von Krug schon zuvor gesehen, in den Glaskästen von Museen. Aus dem Gefäßbauch war mit hervorragendem Geschick das Gesicht eines Mannes herausmodelliert – gerade stehende, an Kammuscheln erinnernde Ohren, vortretende Augen, eine Knollennase über dem lüstern

189

grinsenden Mund, der hängende Schnurrbart und ein abgerundeter Bart, der den Fuß bildete. Der Gefäßhals zeigte zwischen den Henkeln die Figuren dreier mit gewölbter Brust einherstolzierender Männer, deren Gesichter dem anderen auf dem Gefäßbauch ähnelten; doch damit hörte das Menschliche an ihnen auch auf, denn sie hatten Hufe statt Hände und Füße, und von ihrem haarigen Hinterteil wallte ein Pferdeschweif herab.

Ich drehte den Krug herum. Von der anderen Seite grinste mich dasselbe Gesicht lüstern an. Dieselben drei Figuren zierten den Hals. Er hatte keinen Sprung, keinen einzigen erkennbaren Makel, außer einer winzigen Kerbe an der Öffnung. Ich schaute hinein und sah einen Zettel auf dem Gefäßboden liegen. Die Öffnung war zu eng für meine Hand, so daß ich ihn herausschütteln mußte. Es war eine einfache weiße Karte, auf der in Maschinenschrift geschrieben stand: »Silen, sterblicher Satyr, halb Pferd, halb Mensch, der – unfähig, die Wahrheit von trügerischem Schein zu unterscheiden – Dionysos, den Gott des Weins, in einer kretischen Höhle als Mädchen aufzog und später sein trunkener Erzieher und Gefährte wurde.«

Das war alles. Nichts weiter. Ich legte die Karte wieder in den Krug und stellte ihn auf den Tisch am anderen Ende des Zimmers. Doch selbst von dort aus grinste das geile, spöttische Gesicht noch zu mir herüber, und die drei Pferdemenschenfiguren hoben sich als deutlich hervortretendes Relief vom Hals ab. Ich war zu erschöpft, um das Gefäß wieder einzuwickeln, und so bedeckte ich es nur mit meiner Jacke und legte mich ins Bett. Am Morgen würde ich mich an die mühsame Aufgabe machen, es zu verpacken, und dann konnte ich den Frühstückskellner bitten, es in den Bungalow Nr. 38 zu bringen. Stoll sollte seinen Krug behalten, was immer er auch wert war, und glücklich damit werden. Ich wollte nichts damit zu schaffen haben.

Todmüde schlief ich ein, aber es war mir keine Entspannung vergönnt. Die Träume, die mich heimsuchten, ohne daß es mir gelang, sie abzuschütteln, gehörten einer anderen, unbekannten Welt an, die sich auf unheimliche Weise mit der meinen vermischte. Das Trimester hatte begonnen, doch die Schule, an der ich unterrichtete, lag auf einer von Wald umschlossenen Bergspitze, wiewohl die Gebäude die gleichen und das Klassenzimmer mein eigenes war. Meine Schüler, alles mir vertraute Jungengesichter, trugen Weinblätter im Haar und waren von einer seltsamen, unirdischen Schönheit, die betörend und zugleich verdorben wirkte. Sie liefen lächelnd auf mich zu, und ich umschlang sie mit den Armen und empfand dabei ein tückisch-süßes Glücksgefühl, wie ich es nie zuvor gekannt oder mir auch nur vorgestellt hatte. Der Mann, der mit vorgewölbter Brust in ihrer Mitte stand und mit ihnen spielte, war nicht ich selbst, so wie ich mich kannte, sondern ein dämonenhafter Schemen, der aus einem Krug aufstieg und eitel herumstolzierte, wie Stoll es in Spinalongha getan hatte.

Mir schien eine Ewigkeit vergangen zu sein, als ich erwachte, und tatsächlich sickerte helles Tageslicht durch die Läden, und es war Viertel vor zehn. Mein Kopf schmerzte, und ich fühlte mich elend, wie ausgepumpt. Ich bestellte Kaffee und schaute zur anderen Seite der Bucht hinüber. Das Boot lag an seinem Ankerplatz. Die Stolls waren also nicht angeln gefahren. Normalerweise waren sie spätestens um neun Uhr draußen. Ich holte den Krug unter meiner Jacke hervor und begann ihn mit ungeschickten Händen in das Netz und das wasserdichte Tuch zu verpacken. Ich war gerade fertig, als der Kellner mit meinem Frühstückstablett erschien. Lächelnd wie immer wünschte er mir guten Morgen.

»Könnten Sie mir wohl einen Gefallen tun?« fragte ich.

»Gern, Sir«, erwiderte er.

»Es betrifft Mr. Stoll« erklärte ich. »Soviel ich weiß, wohnt er in Bungalow Nr. 38 auf der anderen Seite der Bucht. Er fährt sonst jeden Tag zum Angeln hinaus, aber wie ich sehe, liegt sein Boot noch am Landungssteg.«

»Das braucht Sie nicht zu wundern.« Der Kellner lächelte. »Mr. und Mrs. Stoll sind heute früh mit dem Wagen fortgefahren.«

»Verstehe. Wissen Sie, wann sie zurückkommen?«

»Sie kommen nicht mehr zurück, Sir. Sie sind abgereist. Sie sind zum Flughafen gefahren und wollten die Maschine nach Athen nehmen. Das Boot ist wahrscheinlich jetzt frei, wenn Sie es mieten wollen.«

Er ging die Stufen in den Garten hinunter, und der Krug in seiner wasserdichten Verpackung lag noch immer neben dem Frühstückstablett.

Die Sonne brannte bereits auf meinen Balkon. Es würde ein heißer Tag werden, zu heiß zum Malen. Ich war allerdings auch nicht dazu aufgelegt. Die Ereignisse der Nacht hatten mich völlig ausgelaugt, und meine Erschöpfung war nicht nur auf den mitternächtlichen Eindringling, sondern auch auf meine endlosen Träume zurückzuführen. Von den Stolls war ich vielleicht erlöst, nicht aber von ihrem Vermächtnis. Ich wickelte den Krug erneut aus und drehte ihn in meinen Händen herum. Das lüsterne, spöttische Gesicht stieß mich ab; ich bildete mir die Ähnlichkeit mit Stoll nicht nur ein, sie war überwältigend, unheimlich und zweifellos der eigentliche Grund, weshalb er das Gefäß an mich weitergegeben hatte – ich erinnerte mich an das Kichern bei jenem Telefongespräch –, und wenn er andere Gegenstände von ähnlichem oder vielleicht sogar noch höherem Wert besaß, dann konnte er auf diesen einen sehr gut verzichten. Es war bestimmt nicht einfach, dergleichen Dinge durch den Zoll zu schmuggeln, schon gar nicht in Athen. Die Geldstrafen für solche Vergehen waren ungeheuer hoch. Aber er hatte zweifellos seine Verbindungen und wußte, was zu tun war.

Ich starrte die Figuren auf dem Gefäßhals an und war von neuem verblüfft über die auffallende Ähnlichkeit zwischen ihnen und dem am Strand von Spinalongha gespreizt herumstolzierenden Stoll mit seinem nackten, behaarten Körper und dem ausladenden Gesäß. Halb Mensch, halb Satyr . . . »Silenos, der trunkene Erzieher des Gottes Dionysos« . . .

Der Krug war abscheulich, teuflisch. Kein Wunder, daß ich derart üble Träume gehabt hatte, die meiner Natur so völlig fremd waren. Aber vielleicht Stolls Natur nicht? Konnte es sein, daß er das Obszöne an diesem Gefäß ebenfalls bemerkt hatte, wenn auch erst, als es zu spät war? Der Barkeeper hatte mir erzählt, daß Stoll erst in diesem Jahr dem Alkohol verfallen sei. Sicher bestand ein Zusammenhang zwischen seiner Trunksucht und dem Fund des Kruges. Eins war mir klar, ich mußte ihn loswerden – aber wie? Wenn ich ihn zur Hoteldirektion brachte, würde man mir Fragen stellen. Vielleicht klang es unglaubwürdig, daß jemand das Gefäß in der Nacht auf meiner Veranda deponiert hatte. Vielleicht würde man mich verdächtigen, es von einer archäologischen Stätte mitgenommen zu haben, womöglich, um es aus dem Land zu schmuggeln oder irgendwo auf der Insel zu veräußern. Was also dann? Sollte ich die Küste entlangfahren und diesen jahrhundertealten Krug von wahrscheinlich unschätzbarem Wert ins Wasser werfen?

Ich packte ihn behutsam in meine Jackentasche und wanderte durch den Garten zum Hotel hinauf. Die Bar war leer, der Barkeeper polierte gerade hinter seiner Theke Gläser. Ich setzte mich auf einen Hocker und bestellte Mineralwasser.

»Kein Ausflug heute, Sir?« erkundigte er sich.

»Vielleicht später«, antwortete ich.

»Ein kühles Bad im Meer und eine Siesta auf der Veranda«, schlug er vor. »Ah, übrigens, Sir, ich habe etwas für Sie.«

Er bückte sich und brachte eine kleine Flasche mit Schraubverschluß zum Vorschein. »Das hat Mr. Stoll gestern abend mit den besten Grüßen für Sie hinterlassen. Er wartete hier fast bis Mitternacht auf Sie, aber Sie kamen nicht. So versprach ich ihm, Ihnen die Flasche zu geben.«

Ich beäugte sie mißtrauisch. »Was ist darin?« fragte ich.

Der Barkeeper lächelte. »Etwas von seinem Spezialgebräu«, antwortete er. »Es ist ganz harmlos, er hat mir auch eine Flasche davon gegeben, für mich und meine Frau. Sie sagt, es ist ganz einfach Limonade. Das übelriechende Zeug muß er wohl weggeschüttet haben. Probieren Sie mal.« Und bevor ich ihn daran hindern konnte, hatte er schon ein wenig in mein Mineralwasser gegossen.

Zögernd tauchte ich meinen Finger in das Glas und kostete. Es erinnerte mich an den Gerstentrank, den meine Mutter immer machte, als ich noch Kind war. Es schmeckte auch genauso fade. Und doch . . . es hinterließ einen eigenartigen Nachgeschmack auf Gaumen und Zunge. Nicht so süß wie Honig, auch nicht so herb wie Trauben, aber angenehm, eine Mischung aus sonnenbeschienenen Rosinen und reifen Ähren.

»Na gut«, sagte ich. »Auf die Gesundheit von Mr. Stoll – er hat es nötig!« Und mannhaft trank ich meine Medizin.

»Eins steht fest«, erklärte der Barkeeper, »ich habe meinen besten Kunden verloren. Sie sind heute früh abgereist.«

»Ja«, sagte ich, »das habe ich von meinem Kellner gehört.«

»Mrs. Stoll sollte ihn in eine Klinik bringen«, fuhr der Barkeeper fort. »Er ist ein kranker Mann, und es ist nicht nur der Alkohol.«

»Wie meinen Sie das?«

Er tippte sich an die Stirn. »Da oben stimmt's nicht mehr ganz«, antwortete er. »Sie haben ja selbst erlebt, wie er sich benimmt. Irgend etwas zerrüttet ihm den Verstand. Eine fixe Idee oder so etwas. Ich glaube nicht, daß wir die beiden nächstes Jahr wiedersehen.«

Ich trank mein Mineralwasser, das durch den Gerstengeschmack zweifellos gewonnen hatte.

»Was war er eigentlich von Beruf?« fragte ich.

»Mr. Stoll? Na, mir erzählte er einmal, er sei an einer amerikanischen Universität Professor für alte Sprachen, aber bei ihm wußte man ja nie, ob er die Wahrheit sagte oder nicht. Mrs. Stoll bezahlte die Rechnungen hier, engagierte den Bootsmann und kümmerte sich überhaupt um alles. Obwohl er sie in der Öffentlichkeit beschimpfte, schien er von ihr abhängig zu sein. Ich hab' mich zwar manchmal gefragt . . .«

Er verstummte.

»Was haben Sie sich gefragt?« forschte ich.

»Na ja . . . Sie mußte eine ganze Menge einstecken. Ich hab' sie oft beobachtet, wenn sie ihn anschaute, und es waren keine liebevollen Blicke. Frauen ihres Alters möchten doch etwas vom Leben haben. Vielleicht hat sie anderswo ihre Befriedigung gefunden und ihm dafür die Leidenschaft für Alkohol und Altertümer nachgesehen. Er hat eine ganze Reihe Dinge zusammengetragen – in Griechenland und auf den Inseln und hier in Kreta. Es ist gar nicht so schwer, wenn man sich auskennt.«

Er blinzelte. Ich nickte und bestellte noch ein Mineralwasser. Die warme Luft in der Bar hatte mich durstig gemacht.

»Gibt es an der Küste vielleicht noch irgendwelche weniger bekannte Stätten?« fragte ich. »Orte, die er mit dem Boot hätte erreichen können, meine ich.«

Möglicherweise war es nur Einbildung, aber es kam mir so vor, als wiche er meinem Blick aus.

»Das weiß ich nicht, Sir«, antwortete er. »Vermutlich schon, aber es ist sicher alles bewacht. Und daß es noch Orte gibt, die die Behörden nicht kennen, bezweifle ich.«

»Und wie ist es mit Wracks?« bohrte ich weiter. »Schiffen, die vielleicht vor Jahrhunderten gesunken sind und nun auf dem Meeresgrund liegen?«

Er zuckte die Schultern. »Man hört immer wieder einmal Gerüchte«, antwortete er obenhin. »Geschichten, die von Generation zu Generation weitererzählt werden. Aber meistens ist es reine Phantasie, Aberglauben. Ich habe so etwas nie ernstgenommen, und ich kenne keinen einigermaßen vernünftigen Menschen, der es tut.«

Er schwieg einen Augenblick und rieb an einem Glas herum. Ich überlegte, ob ich zuviel gesagt hatte. »Wir wissen alle, daß ab und zu kleine Gegenstände gefunden werden«, murmelte er, »und sie können sehr wertvoll sein. Meistens werden sie aus dem Land geschmuggelt, aber wenn das zu riskant ist, kann man sie schon hier zu einem guten Preis an Kenner verkaufen. Ich hab' einen Vetter im Dorf, der Beziehungen zu unserem Museum hat. Er ist der Wirt des Cafés gegenüber dem Teich. Mr. Stoll war da sehr häufig. Papitos heißt er. Übrigens gehört ihm auch das Boot, das die Stolls immer benutzten. Er vermietet es an die Hotelgäste.«

»Ich verstehe.«

»Aber . . . Sie sind natürlich kein Sammler, Sir . . . Sie interessieren sich nicht für Altertümer.«

»Nein«, bestätigte ich, »ich bin kein Sammler.«

Ich stieg von meinem Hocker herunter, nickte dem Barkeeper grüßend zu und verließ die Bar. Ich fragte mich, ob sich wohl das Päckchen in meiner Tasche abzeichnete.

Ich schlenderte durch die Halle auf die Terrasse hinaus. Die Neugier ließ mir keine Ruhe, und so spazierte ich zu Stolls Bootsanlegestelle hinunter. Sein Bungalow war schon saubergemacht und aufgeräumt, die Läden hatte man geschlossen. Nichts erinnerte mehr an die letzten Bewohner. Höchstwahrscheinlich würde das Haus bis zum Abend schon wieder an irgendeine englische Familie vermietet sein, die überall ihre Badeanzüge verstreute.

Das Boot lag an seinem Ankerplatz, und sein Betreuer schrubbte es gerade von außen ab. Ich schaute zu meinem eigenen Bungalow hinüber, den ich nun zum erstenmal von Stolls Blickwinkel aus sah. Ja, wenn er hier stand und durch sein Fernglas starrte, mußte er mich für einen Eindringling gehalten haben, einen Spion, vielleicht sogar für jemanden, der aus England hergeschickt worden war, um die Begleitumstände von Gordons Tod zu untersuchen. War es eine Geste der Herausforderung, daß Stoll mir in der Nacht vor seiner Abreise den Krug geschenkt hatte? Ein Bestechungsversuch? Oder ein Fluch?

Jetzt richtete sich der Grieche auf und sah zu mir herüber. Es war nicht derselbe Bootsmann wie bisher, ich hatte das nur nicht bemerkt, solange er mir den Rücken zugewandt hielt. Der Bursche, der die Stolls begleitet hatte, war jünger gewesen, dunkelhaarig; dieser hier war schon ein recht alter Mann. Es fiel mir ein, daß mir der Barkeeper erzählt hatte, das Boot gehöre seinem Vetter Papitos, dem Besitzer des Cafés beim Teich.

»Entschuldigen Sie«, rief ich. »Sind Sie vielleicht der Bootseigentümer?«

Der Mann kletterte auf den Landungssteg und kam heran.

»Nicolai Papitos ist mein Bruder«, sagte er. »Wollen Sie kleine Fahrt um die Bucht machen? Viele Fische da draußen. Kein Wind heute. Sehr ruhig das Meer.«

»Für Angeln interessiere ich mich nicht«, antwortete ich. »Aber ich hätte nichts gegen einen Ausflug. So eine Stunde ungefähr. Was kostet das?«

Er nannte mir den Betrag in Drachmen, und ich rechnete aus, daß es knapp zwei Pfund waren, obwohl es zweifellos doppelt soviel kosten würde, die Landspitze zu umrunden und bis zu jenem Sandstreifen auf dem Isthmus von Spinalongha die Küste entlangzufahren. Ich zog meine Brieftasche heraus, um nachzusehen, ob ich genügend Geld bei mir hatte oder zur Rezeption zurückgehen und einen Travellerscheck einlösen müßte.

»Lassen Sie Hotel bezahlen«, schlug er schnell vor, da er offenbar meine Gedanken erraten hatte. »Kosten kommen dann auf Ihre Rechnung.«

Das gab den Ausschlag. Im übrigen waren meine Extraausgaben bisher sowieso sehr bescheiden gewesen.

»Schön«, sagte ich, »dann miete ich das Boot für ein paar Stunden.«

Es war ein merkwürdiges Gefühl, durch die Bucht zu tuckern, wie es die Stolls so oft getan hatten. Ich hatte keinen genauen Plan. Es zog mich lediglich aus irgendeinem unerklärlichen Grund zu der Stelle, wo das Boot am Vortag geankert hatte. »Das Wrack ist schon vor Jahrhunderten leergeplündert worden . . .« Hatte Stoll gelogen? War es vielleicht denkbar, daß dort wochenlang Tag für Tag sein Jagdrevier gewesen war und seine Frau aus der Tiefe tropfende Schätze heraufgebracht und ihm in die raffgierigen Hände gelegt hatte? Wir umrundeten die Spitze, und als wir den schützenden Arm hinter uns gelassen hatten, wurde die Brise gleich frischer, und das Boot geriet in Bewegung, wenn es die gekräuselten kurzen Wellen schnitt.

Der lange Isthmus von Spinalongha lag links vor uns, und es war ziemlich schwierig, meinem Steuermann nun zu erklären, daß mich ausgerechnet die exponiertere, zur offenen See hin gelegene Isthmusküste interessierte und nicht etwa die ruhigeren Gewässer bei den Salinen.

»Möchten Sie angeln?« brüllte er, um das Dröhnen des Motors zu übertönen. »Gute Fische davor«, und er deutete auf die Salinen.

»Nein, nein!« schrie ich zurück. »Fahren Sie weiter, die Küste entlang.«

Er zuckte die Achseln. Er konnte nicht fassen, daß ich nicht angeln wollte, und ich überlegte mir schon, was für eine Ausrede ich vorbringen könnte, damit er, wenn wir unser Ziel erreichten, das Boot zur Küste steuerte und dort verankerte.

Jetzt kamen die Hügel in Sicht, auf denen ich gestern herumgeklettert war, und gleich darauf, nachdem wir eine Landzunge umrundet hatten, der kleine Meeresarm und die verfallene Schäferhütte am Strand.

»Da hinein«, rief ich. »Ankern Sie vor dem Strand dort.«

Er starrte mich verwirrt an und schüttelte den Kopf. »Nicht gut«, schrie er. »Zuviel Felsen.«

»Unsinn«, brüllte ich. »Erst gestern habe ich Leute vom Hotel hier ankern sehen.«

Er hatte unvermittelt den Motor gedrosselt, so daß meine Stimme lächerlich gellend klang. Das Boot tanzte auf den kurzen Wellen auf und ab.

»Kein guter Platz«, wiederholte er störrisch. »Wrack da, versperrt den Weg.«

Also gab es tatsächlich ein Wrack ... Ich verspürte eine wachsende Erregung und war nicht gewillt, mich von meinem Plan abbringen zu lassen.

»Darüber weiß ich nichts«, entgegnete ich genauso entschieden. »Aber das Boot lag genau vor der kleinen Landzunge, ich habe es selbst gesehen.«

Er murmelte etwas vor sich hin und bekreuzigte sich dann.

»Und wenn ich Anker verliere?« fragte er. »Was sage ich meinem Bruder Nicolai?«

Er steuerte das Boot sehr behutsam in die Bucht hinein. Dann ging er mit unterdrücktem Fluchen nach vorn und warf den Anker über Bord. Er wartete, bis er hielt, kam wieder ins Heck und stellte den Motor ab.

»Wenn Sie näher wollen, müssen Sie Schlauchboot nehmen«, sagte er mürrisch. »Ich blase es für Sie auf.« Und er zerrte eines dieser aufblasbaren Rettungsboote hervor.

Es war mir im Grund viel lieber. So konnte ich in Ruhe zum Strand paddeln, ohne daß er mir dabei über die Schulter sah. Gleichzeitig wollte ich mir aber die Gelegenheit nicht entgehen lassen, seinem Stolz einen kleinen Stich zu versetzen.

»Der Mann, der das Boot gestern steuerte, ankerte weiter drinnen, und es ist nichts passiert«, sagte ich.

»Wenn er riskieren wollen, daß mein Bruder Boot verliert, kann er das machen«, erwiderte er barsch. »Jetzt habe ich die Verantwortung. Der andere ist heute nicht gekommen zur Arbeit, wird entlassen. Ich habe nicht Lust, daß auch mir passiert so etwas.«

Ich entgegnete nichts. Wenn der jüngere Bootsmann seinen Job verloren hatte, dann vermutlich, weil zu viele Trinkgelder von Stoll in seine Tasche gewandert waren.

Als das Boot aufgeblasen im Wasser schwamm, stieg ich vorsichtig hinein und begann auf den Sandstreifen zuzupaddeln, den ich glücklicherweise auch ohne große Schwierigkeit erreichte. Als ich das Schlauchboot an Land zog, merkte ich, daß mich mein Steuermann von seinem sicheren Ankerplatz aus interessiert beobachtete. Doch nachdem er sich davon überzeugt hatte, daß das Schlauchboot keinen Schaden nahm, drehte er mir aus Protest den Rücken zu und hockte dann mit vorgeschobenen Schultern im Bug, wo er vermutlich über die spleenigen englischen Touristen nachdachte.

Ich wollte deshalb an Land gehen, weil ich von dort aus den gestrigen Ankerplatz des Bootes einigermaßen genau zu bestimmen hoffte. Wie erwartet, sah ich sofort, daß es weiter links als heute und mehr in Strandnähe gelegen hatte. Ich schaute zu der Schäferhütte hinüber und entdeckte meine Fußabdrücke vom Tag zuvor. Es gab aber noch andere. Frische. Der Sand vor der Hütte war zerwühlt, als hätte etwas da gelegen und wäre dann zum Wasser geschleift worden. Vielleicht war der Ziegenhirte am Morgen mit seiner Herde gekommen.

Ich ging zu dem Schuppen hinüber und schaute hinein. Seltsam . . . Der kleine Haufen Keramikscherben war fort. Nur die leeren Flaschen standen noch immer in der Ecke und hatten sich sogar um drei vermehrt, von denen eine noch halb voll war. Die Sonne hatte fast eine Stunde lang auf meinen ungeschützten Kopf heruntergebrannt – ich hatte dummerweise meinen Hut im Bungalow zurückgelassen, weil ich ja überhaupt nicht auf diesen Ausflug vorbereitet gewesen war –, und so verspürte ich jetzt einen unerträglichen Durst. Ich hatte allzu spontan gehandelt und mußte nun dafür büßen. Rückblickend betrachtet, war es ein unverantwortlich leichtfertiges Unternehmen. Auf jeden Fall fand ich, eine halbe Flasche Bier sei einem Hitzschlag vorzuziehen.

Ich wollte nicht gern eine Flasche an den Mund setzen, aus der schon ein Ziegenhirte getrunken hatte – sofern er tatsächlich dagewesen war; diese Burschen zeichneten sich nicht gerade durch besondere Reinlichkeit aus. Der Krug in meiner Tasche fiel mir ein. Nun, so diente er zumindest einem Zweck. Ich wickelte ihn aus und goß das Bier hinein. Erst nach dem ersten Schluck merkte ich, daß es gar kein Bier war, sondern Gerstenwasser. Dasselbe hausgebraute Zeug, das Stoll in der Bar für mich hinterlassen hatte. Tranken es die Einheimischen etwa auch? Daß es völlig harmlos war, wußte ich aus eigener Erfahrung; zudem hatten es auch der Barkeeper und seine Frau probiert.

Als die Flasche leer war, betrachtete ich den Krug noch einmal. Ich weiß nicht, wie es zuging, doch das lüsterne Gesicht schien mit einemmal nicht mehr so geil. Es hatte eine gewisse Würde, die mir zuvor entgangen war. Der Bart zum Beispiel war geradezu vollendet um den Gefäßfuß herum modelliert. Wer immer den Krug hergestellt hatte, es war ein Meister gewesen. Ich überlegte, ob Sokrates so ausgesehen haben mochte, wenn er mit seinen Schülern in die Agora von Athen spazierte und über das Leben philosophierte. Gut möglich. Und bei seinen Schülern mußte es sich auch nicht unbedingt um jene jungen Männer, als die sie Plato bezeichnete, gehandelt haben; sie konnten auch in zarterem Alter gewesen sein, wie meine Schüler, diese elf- und zwölfjährigen Jungen, die mich in meinen Träumen der letzten Nacht angelächelt hatten.

Ich betastete die welligen Ohren, die runde Nase und die vollen Lippen des Tutors Silen auf dem Krug, seine Augen, die ich auf einmal nicht mehr als vortretend bezeichnet hätte, sondern eher als fragend, flehend; selbst die nackten Pferdemenschen auf dem Hals hatten jetzt mehr Anmut. Sie stolzierten nicht mehr eitel herum, sondern schienen mit verschlungenen Händen zu tanzen, heiter, gelöst, von ausgelassener Fröhlichkeit erfüllt. Es mußte meine Furcht vor dem mitternächtlichen Eindringling gewesen sein, die mich das Gefäß mit so viel Abscheu hatte betrachten lassen.

Ich steckte es wieder in meine Tasche und ging zu dem Schlauchboot zurück. Angenommen, ich besuchte diesen Papitos, der Beziehungen zum örtlichen Museum hatte, und erkundigte mich nach dem Wert des Kruges? Angenommen, er war Hunderte, Tausende wert, und Papitos könnte ihn für mich verkaufen oder mir eine Adresse in London nennen? Stoll mußte das ständig getan und Erfolg dabei gehabt haben. Das hatte der Barkeeper wenigstens angedeutet ... Während ich vom Strand fortpaddelte, dachte ich über den Unterschied zwischen einem so vermögenden Mann wie Stoll und mir nach. Da war er, ein gefühlloser, roher Mensch mit einer so dicken Haut, daß man sie nicht einmal mit einem Speer hätte durchstechen können, ein Mann, dessen Regale zu Hause in den Vereinigten Staaten vermutlich mit Beute geradezu beladen waren. Ich dagegen, der ich ein unzulängliches Gehalt bekam, um kleine Jungen zu unterrichten, und wofür das alles? Die Moralisten behaupteten, Geld mache nicht glücklich, doch sie irrten sich. Wenn ich nur ein Viertel von Stolls Reichtum besäße, könnte ich mich vom Schuldienst zurückziehen, im Ausland leben, den Sommer vielleicht auf einer griechischen Insel verbringen und den Winter in irgendeinem Studio in Athen oder Rom. Ein völlig neues Leben würde sich vor mir auftun, und überdies genau im richtigen Augenblick, bevor ich zu alt wurde, um es zu genießen.

Ich paddelte zu der Stelle hin, wo das Boot meiner Meinung nach am Vortag geankert hatte. Dann ließ ich das Schlauchboot treiben und starrte ins Wasser. Es war von blaßgrüner Farbe, durchsichtig, allerdings bestimmt einige Faden tief, denn der mit hellem Sand bedeckte Meeresgrund hatte etwas Entrücktes und wirkte wie eine andere, weit von der meinen entfernte Welt. Ein silberhell schimmernder Fischschwarm wogte auf eine Locke rötlichen Haares zu, die Aphrodite hätte zieren können, jedoch nur Tang war, der sich sanft mit der Strömung im

Wasser wiegte. Jeder gewöhnliche runde Kiesel glänzte wie ein Edelstein. Die Brise, die den Golf hinter dem verankerten Boot kräuselte, konnte stets nur die Wasseroberfläche, nie diese Tiefen erreichen, und während das Schlauchboot langsam im Kreis herumtrieb, überlegte ich, ob es vielleicht das Tauchen als solches gewesen war, was die taube Mrs. Stoll dazu veranlaßt hatte, die Habgier ihres Mannes zu befriedigen, ob die Suche nach Schätzen für sie nur ein Vorwand gewesen war, um in den Tiefen da unten einem unerträglichen Leben zu entkommen.

Genau in dieser Sekunde sah ich in den Hügeln über der Bucht etwas in der Sonne blitzen. Es war ein Gegenstand aus Glas, und er bewegte sich. Irgend jemand beobachtete mich durch einen Feldstecher. Ich stützte mich auf meine Paddel und starrte hinauf. Zwei Gestalten versuchten sich hastig über den Hügelkamm fortzustehlen, aber ich erkannte sie gleich. Es waren Mrs. Stoll und der Grieche, der das Boot für sie bedient hatte. Ich schaute mich um. Mein Steuermann blickte noch immer unverwandt auf das Meer hinaus. Er hatte nichts gesehen.

Jetzt waren die frischen Fußabdrücke erklärt. Mrs. Stoll hatte zusammen mit dem Bootsmann die Hütte ein letztes Mal besucht, um die Scherben wegzuräumen, und jetzt würden sie sicher ihre durch den Abstecher zu den Salinen um einige Kilometer verlängerte Fahrt zum Flugplatz fortsetzen, um die Nachmittagsmaschine nach Athen zu erreichen. Und Stoll selbst? Wahrscheinlich hielt er inzwischen auf dem Rücksitz des wartenden Wagens eine Siesta.

Daß ich diese Frau noch einmal sehen mußte, verdarb mir den ganzen Ausflug. Ich bedauerte, daß ich gekommen war. Und mein Steuermann hatte die Wahrheit gesagt; das Schlauchboot trieb jetzt über Felsen. Hier erstreckte sich offenbar ein Riff von der Küste ins Meer hinein. Der Sand war nun dunkler, grau, von anderer Beschaffenheit. Die Augen mit den Händen abschirmend, starrte ich angestrengt ins Wasser, und plötzlich sah ich den großen, überkrusteten Anker, auf dem sich die Muscheln von Jahrhunderten festgesetzt hatten, und als das Schlauchboot weitertrieb, entdeckte ich auch das geborstene, verstümmelte Skelett des Schiffes.

Stoll hatte recht gehabt, es war ausgeplündert. Hier war bestimmt nichts verblieben, was irgendeinen Wert gehabt hätte. Keine Schalen, Krüge oder schimmernde Münzen. Eine momentane Brise riffelte das Wasser, und als es wieder ruhig und klar wurde, sah ich neben dem Gerippe des Bugs den zweiten Anker und einen menschlichen Körper, den das verkrustete Eisen gefangenhielt. Die Bewegung des Wassers verlieh ihm trügerisches Leben, so daß es schien, als versuche er noch immer verzweifelt, sich zu befreien, obwohl ihm das nie gelingen konnte. Tage und Nächte würden vergehen, Monate und Jahre, und bald würde sich das Fleisch zersetzen, bis nur noch ein auf den Anker aufgespießtes Skelett übrigblieb.

Es war Stoll, dessen Kopf, Rumpf und Glieder hier grotesk und unmenschlich in der Strömung hin und her schwangen.

Ich blickte noch einmal zu dem Hügelkamm hinauf, doch die beiden Gestalten waren schon lange verschwunden, und mit einemmal sah ich intuitiv mit erschreckender Klarheit vor mir, was geschehen war: Stoll, die Flasche zum Mund gehoben, stolzierte am Strand herum, und plötzlich schlugen sie ihn von hinten nieder und schleiften ihn zum Wasser, und seine Frau war es dann, die den Ertrinkenden zu seiner letzten Ruhestätte auf dem Meeresgrund hinunterschleppte und ihn auf den verkrusteten Anker aufspießte. Der einzige Zeuge seines Geschicks war ich, und ich würde schweigen, ganz gleich, was für Lügen sie erzählen mochten, um sein Verschwinden zu erklären. Ich war nicht verpflichtet, die Tragödie aufzudecken, und ich wollte auf keinen Fall darin verwickelt werden.

Dann hörte ich einen würgenden, halberstickten Laut neben mir – jetzt weiß ich, daß er von mir selbst kam, denn Grauen und Furcht überwältigten mich –, hastig begann ich von dem Wrack fortzupaddeln. Dabei streifte mein Arm den Krug in meiner Tasche, und in plötzlicher Panik zerrte ich ihn heraus und warf ihn über Bord. Doch ich wußte, daß ich ihn vergeblich von mir schleuderte. Er versank nicht gleich, sondern tänzelte noch eine Weile auf der Oberfläche, bis er sich mit dem durchsichtig hellgrünen Wasser füllte, dessen blasse Tönung mich an den mit Piniennadeln und Efeu versetzten Gerstensaft erinnerte. Dieser Saft war keineswegs harmlos, nein, er war teuflisch, stumpfte das Gewissen ab und betäubte den Geist; das höllische Gebräu des lachenden Gottes Dionysos, das seine Jünger in Trunksüchtige verwandelte, würde bald ein neues Opfer fordern. Das Gift kreiste schon in mir. Die Augen in dem aufgedunsenen Gesicht starrten zu mir herauf, und es waren nicht nur die des Erzieher-Satyrs Silen und des ertrunkenen Stoll, sondern auch meine eigenen, wie sie mir eines Tages aus einem Spiegel entgegensehen würden. Alles Wissen schien in ihrem unergründlichen Blick zu liegen, und alle Verzweiflung.

Das Rendezvous

Robert Scrivener bemerkte zu seinem leisen Ärger, daß seine Sekretärin verstohlen auf die Uhr blickte. Im Hinblick auf seine frühe Abreise nach Genf am nächsten Morgen hatte er für den Abend keine Verabredung getroffen, und sie wußte das; es war darum wohl nicht seinetwegen, daß sie sich so um die Zeit kümmerte.

Zweifellos hatte sie, was man vulgär ein ›Rennen‹ nannte. Eine Sekretärin hatte keine Ursache, ›Rennen‹ zu haben, wenn ihr Arbeitgeber, ein Schriftsteller von Robert Scriveners Format, eine Menge Korrespondenz zu erledigen hatte, bevor er das Land verließ.

»Judith«, sagte er endlich und hob seine Hornbrille, »Sie schauen ständig auf die Uhr. Sind Sie aus irgendeinem Grund in Eile?«

Sie hatte die Freundlichkeit zu erröten. »Es macht nichts«, sagte sie schnell, »ich gehe nur ins Theater.«

Typisch für die Mentalität des Mädchens. Einen Theaterbesuch zu verabreden an dem einen Tag in der Woche, da sie voraussichtlich länger arbeiten mußte! Er starrte sie an, verblüfft über ihre Dummheit.

»Was für eine merkwürdige Idee«, sagte er, »ausgerechnet heute abend ins Theater zu gehen. Soll das heißen, daß Sie jetzt sofort weg müssen und diese Briefe liegen lassen wollen, bis ich von Genf zurück bin?«

Sie war über und über rot geworden. Es stand ihr schlecht.

»Nein, natürlich nicht«, sagte sie. »Es eilt wirklich nicht. Es war nur . . .«

»Nur jugendliche Ungeduld, Ihre Fesseln abzuschütteln«, konstatierte er, »und mit diesem langweiligen Unsinn fertig zu werden. Ich verstehe schon. Wollen wir weitermachen? Ich werde meine Briefe so kurz wie möglich halten.«

Die Sekretärin beugte ihren Kopf über den Diktatblock.

Robert Scrivener war ein Schriftsteller von Ruf und Integrität.

Er hatte die Aufmerksamkeit der literarischen Welt zuerst mit seinen Besprechungen in einer Wochenzeitung und später in einem Sonntagsblatt auf sich gezogen.

Diese Besprechungen zeigten ihn als Mann von hoher Kultur, der sich weder zu wildem Enthusiasmus noch zu vernichtender Verurteilung verleiten ließ; er anerkannte die feineren, ausgefeilteren Schriften seiner Zeitgenossen und die fester gefügten Biographien und Reisebücher von Ländern, die dem Durchschnittsleser weniger bekannt waren.

Während des Krieges – schlechte Augen bewahrten ihn vor aktivem Dienst – fuhr Robert Scrivener mit seinen literarischen Kritiken fort, aber er lieh auch dem Kriegsministerium seine Dienste und erhielt als Dank einen kleinen Orden.

Dann, als der Krieg vorbei war, veröffentlichte er einen Roman, der sofort Erfolg hatte. Es war die Geschichte eines Soldaten, der vom Krieg und dessen Folgen für die Welt entsetzt war, der an der italienischen Front gegen eine ungeheuerliche Übermacht eine Stellung hielt und in der Folge gefangengenommen wurde.

Er versuchte dreimal, zu entfliehen; aber jeder Versuch schlug fehl. Schließlich bekam er die Beulenpest und starb, aber erst, nachdem er seinen Mitgefangenen eine Friedensbotschaft mit nach Hause gegeben hatte; sie war ein Muster vorzüglicher Prosa; Scrivener erhielt für sie einen italienischen Orden.

Der Roman war tatsächlich ein erstaunliches und packendes Werk, und doch hatte ein Mensch ihn geschrieben, der in seinem Leben nie gesehen hatte, wie man einen Schuß abfeuerte.

Sein Erfolg war keine Eintagsfliege. Der Roman mit dem Titel ›Madrigal‹, der auf den Kriegsroman folgte, war die Geschichte eines Mannes, der von Frauen verfolgt wurde und keinen Frieden fand, bis er ihren Wünschen nachgab; allmählich war er nicht mehr Herr seiner selbst, und er verkümmerte seelisch.

Scrivener war nicht verheiratet, und niemand wußte von irgendwelchen intimeren Banden zum anderen Geschlecht; so war sein zweiter Roman zwar eine Überraschung für seine Kollegen, aber er wurde trotzdem weit umher gefeiert.

Andere Romane folgten, vorzüglich geschrieben, und sie alle warfen Probleme auf, die den Menschen dieses Jahrhunderts so sehr in Bann hielten.

Robert Scrivener hörte auf, bei der Wochenzeitung weiter mitzuarbeiten, fuhr jedoch fort, für das Sonntagsblatt zu schreiben, aber nun als Romancier und Literat – wenn nicht als *der* Romancier und *der* Literat, als der er vor allem von der Intelligenz angesehen wurde.

Er erlaubte sich nicht, sich von seinem Erfolg verderben zu lassen, und er achtete darauf, seinen Freunden zu sagen, daß er sich nie von Angeboten aus Hollywood würde verleiten lassen, sein Werk auf der Leinwand zu prostituieren.

In Wirklichkeit kam kein solches Angebot; aber das war nebensächlich. Wenn es gekommen wäre, hätte Robert Scrivener es abgelehnt.

Er hielt auch Vorträge und erschien von Zeit zu Zeit auf dem Bildschirm als Fachmann bei Gesprächen am runden Tisch. Er hatte ein gutes Auftreten und eine angenehme Rednerstimme, und für jene Fernseher, die nichts von seinem Werk als Romancier und Kritiker wußten, war er die Verkörperung des Gesetzes; er wirkte wie ein vornehmer Anwalt oder gar wie ein jugendlicher Richter.

Scrivener wußte das und war nicht unzufrieden. Er war sogar entschlossen, einige gesetzliche Aspekte, die den Schriftsteller betrafen, während seiner bevorstehenden Vorträge in Genf zu berühren; aber vor allem wollte er sich mit der Integrität des Schriftstellers befassen und mit seiner Ansicht, daß kein Schriftsteller, der sich einmal der Perfektion des geschriebenen Wortes verschrieben habe und seinen Beruf in Ehren halte, von dem hohen Standard abirren sollte, den er sich einmal gewählt habe.

Robert Scrivener fuhr fort, die Briefe zu diktieren; seine Sekretärin stenographierte schnell, und obwohl er darauf achtete, das Diktat nicht hinauszuziehen, lag eine gewisse Bedächtigkeit in seiner Stimme, eine Förmlichkeit des Vortrags, die das Mädchen warnen sollte, daß ihre Verabredung für den Abend als unnötig und als Treubruch angesehen werde.

Schließlich nahm er seine Brille ab und seufzte. »Das ist alles, Judith«, sagte er, »ich darf Sie keinen Augenblick länger zurückhalten.«

Die Sekretärin, der noch immer nicht recht wohl bei der Sache war, hatte das Gefühl, Robert Scriveners Abend verdorben zu haben. Daß sie selbst, ohne sich umzuziehen, zu spät ins Theater kam, machte ihr nichts aus.

»Ich tippe sie sofort und bringe sie zur Unterschrift«, sagte sie und erinnerte sich dann eines Briefes, der noch ungeöffnet auf seinem Pult lag.

»Ich fürchte, ich habe vergessen, den Brief aus der Schweiz zu öffnen«, sagte sie. »Er liegt dort auf Ihrem Löschblatt. Er muß von dem Verehrer sein, der Sie nicht in Ruhe läßt. Ich glaube, ich kenne die Schrift.«

Scrivener warf einen Blick auf den Umschlag. »Sehr wahrscheinlich«, sagte er. »Er kann auf alle Fälle warten. Ich möchte Sie nicht im Traum zu spät ins Theater kommen lassen.«

Seine Sekretärin verließ das Zimmer, und sobald sie weg war, griff Scrivener nach dem Brief.

Wie nachlässig von ihm, dachte er, als er den Brief oben mit einem Öffner aufschlitzte, daß er den Stoß vor dem Diktieren nicht durchgesehen hatte. Er hätte wissen können, daß ein Brief da war und daß dieser Brief vor Judith nicht tabu war, obschon er an ihn persönlich adressiert war.

Vor ein paar Monaten hatte Robert Scrivener einen Leserbrief bekommen, und da wurden drei Gedichte gelobt, die in einer neuen Vierteljahresschrift erschienen waren.

Er steuerte literarischen Zeitschriften nicht oft Gedichte bei, und wenn er es tat, war es, wie er dachte, eine besondere Gunst, eine intime Eröffnung seiner persönlicheren Gefühle, die er nur zögernd preisgab, es aber aus Pflichtgefühl gegenüber Kunst und Literatur doch tat.

Robert Scrivener erhielt zwei Briefe von Menschen, die die

Gedichte gelesen hatten. Einer war beleidigend; es stand darin, die Gedichte seien Schund. Diesen Brief zerriß Scrivener.

Der zweite Brief war von jemandem, der sagte, noch nie hätten Gedichte außer jenen von Rimbaud und Rilke einen solch unmittelbaren und tiefen Eindruck auf ihn gemacht. Seine Welt habe sich buchstäblich gewandelt.

Robert Scrivener beantwortete den Brief. Die Unterschrift war A. Limoges und die Adresse Zürich. Scrivener stellte sich einen Psychologieprofessor vor oder möglicherweise einen Medizinstudenten, auf alle Fälle jemanden von Sensibilität und Intelligenz.

Eine Woche später erhielt er eine Bestätigung seines Briefes; der Schreiber hatte nachts nicht geschlafen, nachdem er den Brief erhalten hatte; er war in Zürichs Straßen umhergewandert. Wie langweilig – so hieß es im Brief weiter – die Gesellschaft sei, in der der Schreibende lebte, wie einsam das Leben; es mangele an Schönheit, und er sagte, seit Robert Scrivener den Schlüssel zu einem bis dahin unerträumten Erleben gedreht habe, sei die dumpfe Routine des Lebens unerträglich geworden.

Scrivener beantwortete auch diesen Brief. Diesmal ließ er sich gehen und sprach zwei Seiten lang über das Leiden und wie sich der Existentialismus dazu stelle.

Dann herrschte eine Woche lang Schweigen, und dann kam eine bescheidene Zuschrift, die ein Gedicht von A. Limoges enthielt und um Kritik bat.

Scrivener las das Gedicht nachsichtig. Es war nicht schlecht. Er schrieb zurück, und dann – als zusätzliches Zuckerchen – legte er sein signiertes Foto bei.

Er war überrascht, postwendend das Foto eines Mädchens zu erhalten, das mit Annette Limoges signiert war, und er entnahm mit leichtem Schock dem beigelegten Brief, daß sein Korrespondent und Bewunderer kein Professor und kein Medizinstudent war, sondern in einem großen Geschäft in Zürich Nylonstrümpfe verkaufte.

Scriveners erste Reaktion war, das Foto zu zerreißen und es mit dem Brief ins Feuer zu werfen. Aber da starrten die Augen

209

des Mädchens groß und feucht und vorwurfsvoll zu ihm auf. Sie war sicherlich reizend. Nichts Billiges an ihr, nichts Gewöhnliches. Die Tatsache, daß sie in einem Laden Strümpfe verkaufte, sprach nicht notwendigerweise gegen sie.

Scrivener schloß den Brief und das Foto in eine Lade seines Pultes, wo Judiths neugierige Hände nicht rumoren konnten, und erst, als nochmals ein Brief kam, worin sich das Mädchen entschuldigte, daß es so überheblich gewesen sei, sein Foto zu schicken, entschloß sich der berühmte Autor, den Empfang zu bestätigen.

Nach diesem Austausch der Bilder entspann sich eine wöchentliche Korrespondenz zwischen Robert Scrivener und Annette Limoges.

Die Korrespondenz wurde Scriveners Sekretärin Judith nie gezeigt, und Scrivener achtete darauf, nur an Wochenenden zu schreiben. Es war für ihn, so sagte er sich, eine Entspannung von seiner Arbeit, einer Biographie von Swedenborg, mit der er sich beschäftigte.

Seine Briefe variierten. Einmal schrieb er ernsthaft, einmal amüsant, und er machte es sich zur Gewohnheit, seine unbekannte Korrespondentin als eine Art Pflock zu behandeln, an den er seine Theorien und Launen hängen konnte.

Die Briefe, die er als Antwort erhielt, gaben ausnahmslos ihre Meinung über seine Gefühle und Launen wieder und ließen Scrivener fühlen, daß hier endlich jemand war, der ihn verstand.

Annette Limoges drängte nie ihr eigenes, weniger wichtiges Leben Robert Scriveners Leben auf, und dies machte die Korrespondenz noch ergötzlicher. Es gab keine öden Seiten über den Verkauf von Nylonstrümpfen, keinen Klatsch über Freunde, die Robert Scrivener unmöglich interessieren konnten.

Es schien ganz, als lebte Annette nur, um das aufzubewahren, was Scrivener ihr zu senden beliebte. War es in London vorübergehend kalt, so beschäftigte sie das in Zürich. Sein Lachen über Mittag bedeutete ihr Trost um Mitternacht; seine Gedanken, seine Grillen, seine Gemütszustände waren ihre geistige Nahrung.

Als Robert Scrivener die Einladung, in Genf zwei Vorträge zu halten, annahm, dachte er nicht daran, daß das die Gelegenheit sein könnte, Annette Limoges persönlich kennenzulernen.

Annette – zu der Zeit waren sie schon Annette und Robert – schrieb in großer Begeisterung, das Datum seiner Vorträge in Genf falle wie durch ein Wunder mit ihren eigenen Ferientagen zusammen, und es wäre das einfachste in der Welt, den Zug nach Genf zu nehmen und ihn endlich zu treffen. Sie legte eine Fotografie von sich im Badeanzug bei.

Es begab sich nun, daß Scrivener in ebendieser Woche an der Hochzeit eines Freundes teilnahm, eines Schriftstellers und Witwers, der sich plötzlich entschlossen hatte, sich spät im Leben noch einmal zu verheiraten; Scrivener ging zwar in einer spöttischen Stimmung zur Hochzeit, aber während des Empfangs fand er sich in einer Lage, in der der Spieß umgedreht wurde.

Der Bräutigam mit seiner jungen Braut an der Seite zog ihn, Robert Scrivener, als alten Hagestolz auf. Und Leute standen daneben und lachten.

Als er seinem alten Freund, dessen Bücher er verachtete – sie wurden in lächerlichen Mengen verkauft –, die Hand schüttelte und gratulierte, lächelte der auf ganz überlegene Art, beinahe als ob ihm Scrivener leid täte, und sagte: »Mißgönnst du mir's nicht, wenn ich mit so etwas nach Mallorca auf und davon gehe?« Und er schaute seine Braut an und lachte.

Scrivener verließ den Empfang, bevor er gezwungen war, das Schauspiel zu erdulden, wie sein Zeitgenosse in einen konfettiüberstreuten, mit weißen Bändern geschmückten Wagen kletterte; aber als er in seine Wohnung zurückkehrte, betrachtete er noch einmal Annette Limoges' Fotografie.

Er las auch noch einen oder zwei ihrer herzlicheren Briefe und blickte auf den Schnappschuß vom See in Zürich, wo Annette – vielleicht jünger als die Braut seines Freundes – im Badeanzug auf einem Sprungbrett stand.

Er verglich den Schnappschuß mit dem Porträt. Beide waren gleich anziehend. Kühn nahm er seine Feder auf und schrieb auf der Stelle an Annette Limoges. Er schlug ihr vor, sie sollte

211

nach Genf kommen, um ihn zu treffen, und er würde für die nötige Unterkunft sorgen.

Als die Zeit für die Begegnung näher rückte, spürte Robert Scrivener eine steigende Erregtheit. Er fühlte sich zehn, zwanzig Jahre jünger, und es war ihm beinahe unmöglich, sich auf die Notizen für die bevorstehenden Vorträge zu konzentrieren.

Die Integrität des Schriftstellers, die Perfektion des geschriebenen Wortes rückten auf den zweiten Platz, wenn er an die zwei ineinandergehenden Zimmer im Hotel ›Mirabelle‹ in Genf dachte – er hatte vorsichtigerweise die Zimmerreservationen selber gemacht –, und an diesem letzten Abend vor der Abreise erlaubte er sich den Luxus, sich die erste Begegnung vorzustellen: Annette, die ihm strahlend und ein wenig scheu über einen gedeckten Tisch hinweg auf einer Terrasse zulächelte. Er hatte nicht vergessen, für ihr Zimmer Blumen zu bestellen.

Der Vortrag war erst am folgenden Abend, und mit dem Schweizer Literaten, der die Vorträge organisierte, war er am gleichen Tag zum Mittagessen verabredet. So konnte er also den ersten Abend ganz für Annette reservieren.

Der Brief, der Judiths Wächteraugen entgangen war, enthielt Annettes verzückte Nachricht, sie komme als erste in Genf an, möglicherweise schon am Vortag, und sie erwarte ihn am Flugplatz.

»Sollte ich nicht am Flugplatz sein«, schrieb sie, »so heißt das, daß ich Sie vor Offiziellen nicht in Verlegenheit bringen will, und Sie finden mich dann im Hotel.«

Das zeugte von ihrem Takt. Auf keinen Fall wollte sie sich vordrängen.

Seine Sekretärin kam mit den Briefen zur Unterschrift zurück.

»Ich hoffe, daß Sie sich in Genf nicht zu sehr anstrengen«, sagte sie. »Ist es dort um diese Jahreszeit nicht sehr heiß?«

»Gar nicht«, sagte er. »Angenehm warm. Ich schwimme dann im See, und hier in London werdet ihr verregnen.«

Sicher sah sie ihn in einem stickigen Vortragssaal; dabei

stand er dann in der Badehose da – er hatte sich eine bordeaux-rote gekauft –, und mit Annette Limoges an seiner Seite machte er sich zu einem eleganten Sprung bereit. Judith ging weg und überließ ihn seinen Träumen.

Der Flug nach Genf war ereignislos und glücklicherweise sanft – Scrivener mochte das Absacken nicht, und ein rauher Flug hätte ihm Migräne verursachen können –, und als das Flugzeug die Piste hinabrollte, schaute er erwartungsvoll aus dem Fenster.

Eine Schar Leute hatte sich hinter den Zollschranken versammelt, um ihre Freunde zu begrüßen; aber er sah niemanden, der dem Foto glich.

Scrivener holte sein Gepäck ab, ging durch den Zoll und heuerte einen Dienstmann an. Kein Offizieller trat vor, um ihn willkommen zu heißen. Und Annette hatte ihn ja darauf vorbereitet, daß sie eventuell nicht kommen würde. Es war enttäuschend, aber taktvoll.

Der Dienstmann rief ein Taxi herbei, und sehr bald fuhr das Taxi vor dem Hotel ›Mirabelle‹ vor, das fröhlich und einladend in der hellen Sonne stand.

Scriveners Koffer wurden von einem livrierten Portier ergriffen, und er ging, um sich einzuschreiben und seinen Schlüssel zu holen.

Es war ein Augenblick der Spannung. Er hatte eine Vorahnung, Annette sei vielleicht nicht gekommen. Etwas habe sie verhindert. Irgendein Zwischenfall in Zürich. Er hörte sich mit unsicherer Stimme fragen, ob irgendeine Nachricht für ihn da sei.

Der Concierge wandte sich nach seinem Fach um und brachte einen Umschlag zum Vorschein: Das war ihre Handschrift. Er wandte sich zur Seite und öffnete ihn.

Die Botschaft war knapp. Sie sei gut angekommen und sei sogar schon zwei Tage in Genf. Die Zimmer seien wundervoll. Seine Blumen seien auserlesen, Genf selber ein Paradies. Sie sei baden gegangen, komme aber unverzüglich ins Hotel zurück. Scrivener folgte dem Portier die Treppe hinauf.

Nachdem er sich im Zimmer umgeschaut und das Fenster und den Balkon mit Blick auf den See gewürdigt hatte, probierte er die Verbindungstür. Sie war verschlossen.

Er fühlte sich etwas töricht, als er das Auge ans Schlüsselloch legte. Er konnte nichts sehen.

Er richtete sich auf und ging zu seinen Koffern hinüber und packte aus. Dann badete er und zog sich um, und dann ging er auf den Balkon hinaus. Die Kellner waren schon auf der Terrasse und servierten Getränke.

Scrivener bestellte durchs Telefon bei seinem Zimmerkellner einen Martini, und als er daran nippte und auf dem Balkon stand und auf die Terrasse hinabschaute, steigerte sich seine Spannung auf das, was die Stunden ihm bringen würden, zu einem Fieber der Ungeduld. Warum kam sie so spät? War ihr vielleicht etwas zugestoßen?

Dann kam ihm in den Sinn, sie könnte zum Hotel zurückgekehrt und auf ihr Zimmer gegangen sein und habe nicht den Mut gehabt, es ihm zu melden.

Er ging durch das Zimmer und klopfte an die Tür. Keine Antwort. Vielleicht war sie im Bad. Er ergriff den Telefonhörer und bat, mit dem Zimmer nebenan verbunden zu werden. Ein kurzes Schweigen und dann offensichtlich keine Antwort.

Nach einigen Augenblicken informierte ihn die Stimme von der Zentrale, es sei nutzlos, Nummer achtundzwanzig anzurufen – sein eigenes Zimmer war siebenundzwanzig –, denn achtundzwanzig sei unbewohnt.

»Unbewohnt?« fragte er. »Aber das muß ein Fehler sein, ich möchte mit Mademoiselle Limoges sprechen, die Zimmer Nummer achtundzwanzig hat.«

»Monsieur irrt sich«, erwiderte die Stimme, »Mademoiselle Limoges hat Zimmer Nummer einundfünfzig, einen Stock höher.«

Scrivener konnte sich nur schwer beherrschen. Die Narren auf der Rezeption mußten irgendeinen idiotischen Fehler gemacht haben.

Er verlangte mit zitternder Stimme, mit Zimmer einundfünfzig verbunden zu werden. Der unvermeidliche Summton

214

folgte und darauf das unvermeidliche ›keine Antwort‹. Scrivener fluchte und legte den Hörer zurück.

Dann ging er auf die Terrasse hinunter und bestellte sich noch einen Martini. Leute kamen auf die Terrasse hinaus, in Paaren oder in Gruppen, die einen zum Trinken, die andern zum Essen, und Robert Scrivener saß an seinem einsamen Tisch und hatte nichts anderes zu tun, als die Tür zum ›Mirabelle‹-Restaurant zu beobachten.

Dann, als er seinen letzten Martini hinunterstürzte, sah er jemanden in gestreiften Jeans und Sandalen und in einem grellen smaragdgrünen Hemd auf sich zukommen, und – ja, sie war es, es war Annette Limoges, sie hob die Hand, winkte und warf ihm einen Kuß zu.

Scrivener stand auf. Sie war an seiner Seite, größer als er erwartet, das Haar noch feucht vom Schwimmen und zerzaust, aber reizend, unbestreitbar reizend.

»Können Sie mir je vergeben?« fragte sie, und die Stimme, anziehend mit dem leichten Akzent, war weich und tief.

»Vergeben?« fragte er. »Natürlich vergebe ich Ihnen. Herr Ober . . .« und er drehte sich um, um einen vorbeigehenden Kellner herbeizurufen; aber sie legte ihre Hand auf seinen Arm.

»Nein . . . nein . . .« sagte sie schnell. »Sie glauben doch sicher nicht, daß ich mich so hinsetze? Ich fliege hinauf und ziehe mich um. Es dauert nur zehn Minuten. Bestellen Sie mir einen Cinzano.«

Sie war weg, bevor er Zeit hatte, das Geschehene zu verarbeiten. Er setzte sich wieder und fing an, ein Brötchen zu zerkrümeln und kleine Stückchen davon in den Mund zu schieben.

Das Porträt und der Schnappschuß hatten ihn dazu verleitet, etwas Anziehendes und Herzliches zu erwarten, aber die Wirklichkeit überstieg bei weitem diese Bilder. Er war überwältigt.

Er hatte sich wohlwollend gesehen, ein wenig väterlich, während sie mit entzückten Augen dasaß und seiner Konversation, die fast nur Monolog war, lauschte; aber jetzt war er nicht mehr so sicher; hypnotisiert von den gestreiften Jeans und dem Smaragdhemd, fühlte er sich plötzlich verloren, nackt und so linkisch wie ein Gymnasiast, der sein erstes Essen bestellt.

Er war dabei, mit Hilfe des *Maître d'hôtel* die Speisekarte zu studieren, als sie zurückkam, schneller als sie versprochen hatte, in nur sieben Minuten; und sie hatte ein Kleid angezogen, das vorteilhaft ihre schön gebräunten Arme und Schultern frei ließ.

Scrivener fühlte sich unbekleidet. Ihre Erscheinung verlangte nach einem Smoking, nach einer Blume im Knopfloch.

»Sie können sich nicht vorstellen«, sagte sie, als sie sich setzte, »was das für mich heißt. Nach den langen Stunden in dem schrecklichen Laden, wo mir niemand etwas bedeutet und ich niemandem etwas zu sagen habe, hierherverpflanzt zu sein durch den Wink eines Zauberstabes, und Sie sind der Zauberer, Sie, der hier vor mir sitzt, gerade wie ich es mir vorgestellt habe. Robert. Robert Scrivener.«

Er lächelte und machte eine abwehrende Geste.

»Der Cinzano«, sagte er, »ist er Ihnen kalt genug? Haben Sie ihn gerne so?«

»Vollkommen.« Sie umfing ihn mit ihrem Lächeln. »Aber eben, alles ist vollkommen. Genf, das Hotel, der See und Sie.«

Der Kellner war wieder an seiner Seite, und Scrivener mußte seine Augen von Annette Limoges abwenden und sich auf etwas anderes konzentrieren: den endgültigen Entscheid, was sie essen und trinken würden.

Es war ihm unerhört wichtig, daß er sie darin nicht enttäuschte, damit ihre erste gemeinsame Mahlzeit so einmalig sei wie alles andere.

»Sind Sie ganz sicher, daß Sie dies möchten?« fragte er zum drittenmal, übereifrig in seinem Verlangen, ihr Freude zu machen, und sie nickte und nippte an ihrem Cinzano.

»Nun . . .« Robert Scrivener schaute über den Tisch hinweg seine Korrespondentin von so vielen Monaten an, der er ja schon so oft sein Herz eröffnet hatte, und er fand sich sprachlos; die schönen Worte, die mit solcher Leichtigkeit aus seiner Feder rollten, existierten nicht mehr.

»Es ist besonders wunderbar«, sagte das Mädchen, »daß wir einander schon kennen. Wir müssen kein Eis mehr brechen. Wir könnten Abend für Abend miteinander gegessen haben.«

Er wünschte, er fühlte dasselbe.

»Gewöhnlich«, sagte Annette, »ist da eine gewisse Zurückhaltung, wenn zwei Menschen sich zum erstenmal sehen. Aber nicht bei uns. Sie wissen, daß Sie mir alles sagen können. Eigentlich weiß ich es.«

Die Beschäftigung beim Essen half, und mit dem Wein, dem gesegneten Wein, kam sein Selbstvertrauen zurück, seine Selbstsicherheit, und sie konnte ihn nicht langweilig oder enttäuschend gefunden haben, denn sie lachte und lächelte und nahm irgendeine beiläufige Bemerkung als geistreichen Ausspruch entgegen; es war also nur eine vorübergehende Phase seiner eigenen Dummheit gewesen, jenes Gefühl bei der ersten Begegnung.

Jedenfalls hatte sie es nicht bemerkt. Kleine schmeichelhafte Worte fielen von ihren Lippen wie Krumen des Trostes.

Sie fragte ihn über die Vorträge, die er halten sollte, über die Biographie, an der er schrieb, und jede Bemerkung, die sie machte, bewies, wie oft sie seine Briefe gelesen hatte, und als das Ritual des Essens vorüber war und sie bei Kaffee und Likör saßen und Annette rauchte, während die anderen Gäste sich langsam von der Terrasse zurückzogen, da war es Robert Scrivener, als bade er in leuchtender Wärme.

Dies Gefühl wurde genährt und liebkost von einem Menschen, der halb Dichtung der Phantasie und halb körperliche Gegenwart dieses schönen Wesens vor ihm war.

Er sagte: »Weißt du, daß die Narren mit unsern Zimmern einen Fehler gemacht haben?«

»Einen Fehler?« Sie schaute ihn verwundert an.

»Ja. Ich bin im ersten Stock, du im zweiten.«

»Oh, aber da bin ich schuld.« Sie lächelte zu ihm hinüber. »Als ich ankam, war ich im ersten Stock; aber das war ein solch kleines Kästchen von einem Zimmer, daß ich eine Änderung verlangte. Jetzt habe ich ein Bijou, mit einer herrlichen Aussicht auf beide Seiten.«

»Ah, das erklärt alles.«

Er gab vor zu verstehen; aber in Wirklichkeit war er verblüfft. Von dem, was er von dem Zimmer neben seinem eige-

217

nen hatte erspähen können – durch das geschlossene Fenster vom Balkon aus –, war es kein Kästchen gewesen, sondern genau gleich wie das seine.

»Ich hoffe, sie haben dir ein ruhiges Zimmer gegeben«, sagte sie. »Du wirst arbeiten müssen, wahrscheinlich bis spät in die Nacht hinein und schon früh am Morgen.«

»Ich arbeite nicht in den Ferien«, sagte er.

»Aber die Vorträge«, sagte sie. »Willst du sagen, daß sie ganz bereit sind, daß du nichts mehr daran ausfeilen mußt?«

»Alles Ausfeilen«, erklärte er ihr, »wird auf dem Podium gemacht, während ich spreche.«

Sie war offensichtlich nicht sehr schlau. Er fragte sich, ob er geradeheraus reden sollte, mit einem Lachen verkünden: ›Etwas mache ich gar nicht gern, im Morgenrock in Hotelkorridoren herumgehen‹, aber da streckte sie plötzlich ihre Hand über den Tisch aus und ergriff die seine.

»Das ist das Schönste von allem«, sagte sie. »Ich kann dir alles sagen, aber auch wirklich alles.«

Die Wärme umfing ihn köstlich. So viel Versprechen in der Stimme. Solch sanfte Kraft im Druck ihrer Hand.

»Es ist aufregend, so schrecklich verliebt zu sein.«

Er gab den Druck ihrer Hand zurück und fragte sich, wie er am besten ihr Verschwinden von der Terrasse bewerkstelligen könnte. Vielleicht einen Spaziergang am See entlang für zehn Minuten oder so, und dann . . .

»Es geschah so plötzlich«, sagte sie, »du weißt, wie das ist. Es muß dir schon ein dutzendmal passiert sein bei deiner Erfahrung. Weißt du, so, wie du im ›Madrigal‹ Davina in ein Restaurant gehen und Zeit und Ort vergessen ließest. So war es mit mir. Sobald ich gestern Alberto aus dem Badehaus kommen sah, da wußte ich, daß es mit mir aus war.«

Scrivener ließ seine Hand liegen, wo sie war, aber er spürte seinen Körper steif werden. »Alberto?« wiederholte er.

»Ja«, sagte sie, »er ist der Bademeister im ›Mirabelle-Plage‹, und der prächtigste Junge, den je einer gesehen hat. Braungebrannt, wie ein Sonnengott. Wir schauten uns nur mit einem Blick an, und da war es aus.«

Sie lachte und drückte wieder seine Hand.

»Oh, Robert, ich kann dir gar nicht sagen, wie wundervoll das ist. Ich blieb den Rest des Tages da unten am See und heute wieder, und drum kam ich natürlich zu spät zum Essen.

Ich erzählte ihm vor dir, und er war ja so beeindruckt. Er war aber ziemlich verlegen, weil du vielleicht hier sitzen und auf mich warten könntest. Ich sagte ihm, er solle sich keine Sorgen machen. Robert Scrivener ist kein gewöhnlicher Mensch, sagte ich. Er ist der feinfühlendste und verständigste Mensch auf der Welt. Drum ist er so berühmt.«

Sie zog ihre Hand zurück, um sich eine neue Zigarette anzuzünden, und er gab vor, den Rest des Likörs auszutrinken.

»Wie ungemein amüsant«, sagte er.

Sie rümpfte die Nase, als sie die Zigarette anzündete.

»Ich habe Alberto heute abend gesagt: ›Wie wird mich Robert necken, wenn ich ihm erzähle, was geschehen ist.‹ Alberto war nicht so sicher. Er dachte, du könntest verletzt sein.«

Nun war es an Scrivener, zu lachen. Das Lachen tönte natürlich, aber die Kraft, die er hineinsteckte, kostete ihn zehn Jahre.

»Verletzt?« sagte er. »Warum in aller Welt sollte ich verletzt sein?«

»Eben! Es ist nur noch ein kleines bißchen Erfahrung mehr für Robert, sagte ich zu Alberto. Korn für des Schriftstellers Mühle. Nein, es ist so wunderbar für mich, daß du die Begegnung überhaupt möglich gemacht hast. Hier bin ich im siebenten Himmel, und ich verdanke es dir.«

Ironische Worte kamen auf seine Zunge, aber er hatte die Geisteskraft, sie zu ersticken. »Werde ich den Musterknaben kennenlernen?« fragte er leichthin.

»Aber natürlich«, sagte sie. »Ich habe mich mit ihm genau um zehn Uhr in der Bar beim Bahnhof verabredet. Und jetzt ist es zehn. Wir dachten, der Bahnhof sei am besten, weil uns dort niemand kennt und weil dort immer viele Leute sind.

Würde es nämlich bekannt, daß der Bademeister des Plage ein wildes Verhältnis mit einem Hotelgast hat, so könnte mein schöner Alberto die Stelle verlieren.«

Und mit Recht, dachte Scrivener. Eine dumpfe Wut war auf

den ersten Schock gefolgt, aber eine Wut, mit der er nichts anfangen konnte. Die Unsinnigkeit, die Widerwärtigkeit des bevorstehenden Abends überschatteten jedes Handeln.

Nur ein sarkastisches Wort, und er war verloren. Eine Unbesonnenheit, und seine Schriftstellerintegrität, der Besitz, über den zu referieren er nach Genf gekommen war, das Gleichgewicht, das Verständnis wären für immer befleckt.

»Ich bin bereit, wenn's dir recht ist«, sagte Scrivener, und sie stand sofort auf und machte keinen Versuch, ihren Eifer zu verhüllen; sie ging voran, von der Terrasse durch das Restaurant, wo Kellner sich verbeugten, Köpfe sich drehten, eine sinnliche, verlockende Gestalt, kühl und liebreizend, und sie begehrte den Bademeister und nicht ihn.

»Mach dir nichts draus, wenn Alberto schüchtern ist«, sagte sie, als sie durch die Straßen gingen. »Er ist erst zweiundzwanzig, wie ich, und er weiß sicher nicht, was er mit dir reden soll. Morgen will er natürlich zum Vortrag kommen. Wir dachten, wir könnten zusammen hingehen. Er hat noch nie einen bekannten Schriftsteller kennengelernt.«

»Und du?« Dies schoß ihm aus dem Mund wie eine Kugel aus einem Gewehr; aber sie war zu glücklich, vorübergehend zu wenig feinfühlend, um seinen Ton zu erfassen.

»Manchmal in Zürich«, erwiderte sie, »aber gewöhnlich bin ich zu müde, um abends auszugehen und mich zu amüsieren.«

»Ja, Strümpfe verkaufen muß eine erschöpfende Arbeit sein«, wie geschickt, wie schlau konnte man es sagen.

Sie kamen zu einer prunkvollen Bar an der weiten Straße beim Bahnhof, und Annette Limoges drängte sich vertrauensvoll und fröhlich durch die Knäuel von Leuten.

»Ich hoffe, du wirst nicht erkannt«, sagte Annette, »es wäre zu schade, wenn der Abend verdorben würde, weil so ein verflixter Offizieller käme und dich in Beschlag nähme.«

Das, dachte Robert Scrivener, wäre seine einzige Rettung. Dann, nur dann könnte er Annette Limoges anschauen und sagen: ›Meine Liebe, bist du mir böse? Geh du nur und suche deinen Alberto. Ich muß mich mit diesen Bekannten abgeben.‹ Dann wäre sein Stolz gerettet.

Nichts dergleichen geschah. Annette führte ihn zu einer Ecke der Bar, wo aufrecht auf einem hohen Stuhl ein gebräunter junger Mann saß. Er sah auf eine blendende Art gut aus; aber der Ring am kleinen Finger ließ Scrivener erschauern.

Und Annette ... Annette, die so vollkommen gewesen war auf der Terrasse des Hotel ›Mirabelle‹, so voller *savoir-faire*, so liebenswert und wahrhaft lieblich, schien plötzlich vor seinen Augen an Klasse zu verlieren. Wie sie sich schlängelte, als sie Alberto zu Gesicht bekam – denn Alberto mußte es sein –, das war, ehrlich gesagt, gewöhnlich.

»Hallo, Liebling«, sagte sie, und das ›Liebling‹ war für Scrivener eine Kränkung, eine Beleidigung. »Hier sind wir. Darf ich dir Mr. Robert Scrivener vorstellen?«

Der junge Mann streckte seine Hand aus, und Scrivener berührte sie wie einen unsauberen Gegenstand.

»Freut mich, Sie kennenzulernen«, sagte Alberto und rutschte vom Stuhl, und dann standen sie alle drei dort, ungleich und mit falschem Lächeln, und Scrivener, der Gastgeber, bestellte eine Runde.

Die drei saßen an einem kleinen Tisch, und der ältere Mann, der am frühen Abend der stolze Begleiter des Mädchens gewesen war, der beneidete Leitstern in den neidischen Augen anderer Männer, mußte nun die Rolle des geduldigen Onkels spielen, oder, noch schlimmer, die des reinen Störenfrieds.

Es schien Robert Scrivener, sein Minderwertigkeitsgefühl werde vertieft durch ein instinktives Gefühl, daß der Bademeister sein Unbehagen merke und so verlegen sei wie er.

Der Schriftsteller wußte – und dieses Wissen verstärkte die Erniedrigung –, ließe Annette sie nur für einen Moment allein, so könnte er sich an Alberto wenden, ihm eine kleine Banknote über den Tisch schieben, und der Bademeister verstünde den Sinn gleich ohne ein Wort der Erwiderung. Er verschwände einfach. Wäre er einmal aus dem Weg, dann gehörte das Mädchen wieder ihm.

Und Scrivener erkannte erschreckt, daß er in diesem Fall noch immer bereit wäre, die Ereignisse des Tages und seinen

Groll auszulöschen; so sehr faszinierte ihn die Verkäuferin aus Zürich.

Er war nicht so blind anzunehmen, seine eigenen körperlichen Reize seien so fesselnd wie jene Albertos. Aber schließlich war das Mädchen nach Genf gekommen, um ihn zu treffen. Es war sogar sein Gast. Der Gast eines Mannes mit internationalem Ruf in der literarischen Welt, der mit einem Wink seiner Hand die Anbetung der schönen Frauen auf der Welt befehlen konnte. Aber konnte er es wirklich? Hier lag der verborgene Stachel.

»Ich weiß etwas, Robert«, brach Annette in seinen bitteren Gedankengang ein, »wenn du morgen vor dem Vortrag keine Verabredung hast, könnten wir alle drei miteinander den Tag in den Bergen verbringen.«

Seltsamerweise war dies ursprünglich vor dem Auftauchen des Bademeisters Scriveners Plan gewesen. Er hatte sich nach seinem Mittagessen mit dem Schweizer Literaten eine Fahrt in die Berge oder einen Ausflug auf dem See vorgestellt.

»Es tut mir leid«, sagte Scrivener, »aber ich habe eine Verabredung fürs Mittagessen.«

»Oh, wie langweilig«, erwiderte Annette. »Aber wir könnten eigentlich auch ohne dich gehen.«

Sie drückte die Hand des Bademeisters, wie sie beim Nachtessen Scriveners Hand gedrückt hatte.

»Liebling, gelt, das würde dir gefallen? Robert wird uns einen Wagen bestellen, und wir können fortbleiben, bis es Zeit ist für den Vortrag. Und nachher können wir alle miteinander dinieren.«

Alberto schaute seinen Gastgeber entschuldigend an. »Vielleicht hat Mr. Scrivener andere Pläne«, zweifelte er.

»Oh, nein«, sagte Annette Limoges, »du hast keine, gelt, Robert.«

Der Schriftsteller fühlte sich plötzlich irritiert, weil sie ihn ständig beim Vornamen nannte. Noch nie hatte ihm sein Familienname Scrivener so süß in den Ohren geklungen, so voll Würde.

»Ich habe gar keine Pläne«, sagte er. »Ich bin in Genf, um

zwei Vorträge zu halten. Ich bin wirklich ganz in den Händen der Veranstalter.«

»Nun, Einzelheiten können wir noch immer am Morgen verabreden«, sagte Annette. »Wichtig ist nur, daß wir alle drei glücklich sind.«

Der lange Abend neigte sich seinem Ende entgegen. Die Bar leerte sich, und wären nicht das Schicksal und Alberto dazwischengekommen, so hätten Scrivener und Annette lange vor dieser Zeit in weiß der Himmel welch süßer, langer Umarmung in Zimmer Nummer siebenundzwanzig oder einundfünfzig des Hotels ›Mirabelle‹ gelegen.

»Der Barmann«, sagte Scrivener, »schaut uns an, als möchte er uns loswerden.« Die drei Unzertrennlichen erhoben sich, Scrivener bezahlte die letzte Runde , und sie gingen zum Hotel zurück, Annette Limoges zwischen dem Schriftsteller und dem Bademeister, bei jedem eingehängt.

»Das ist der Himmel«, sagte sie, »mit den zwei Männern zusammen zu sein, die mir am meisten bedeuten.«

Keiner ihrer Begleiter antwortete.

An der Treppe des ›Mirabelle‹ hielt Annette an. Sie ließ Scriveners Arm los, aber Alberto hielt sie noch immer fest.

»Ich spaziere noch mit Alberto bis ans Ende der Promenade«, sagte sie, und Scrivener sah, wie sie einen Blick nach den Reihen der Badehütten oder Umkleidekabinen warf, die nun diskret dunkel und still dastanden und für die der Bademeister sehr wahrscheinlich den Schlüssel hatte.

»Dann wünsche ich euch beiden eine gute Nacht«, sagte Scrivener.

Annette Limoges umfing ihn mit ihrem Lächeln. »Es war ein wundervoller Abend«, sagte sie, »ich weiß nicht, wie ich dir je danken soll.«

›Ich auch nicht‹, dachte Scrivener. Er drehte den beiden den Rücken zu und ging ins ›Mirabelle‹, wo er von einem gähnenden Liftboy zum Zimmer Nummer siebenundzwanzig hinaufgefahren wurde.

Das Bett war zurückgeschlagen. Sein Pyjama lag auf der Decke ausgebreitet. Nüchtern zog er sich aus.

223

Laut Vereinbarung sollte Scrivener von seinem Schweizer Literaten um die Mittagszeit abgeholt werden. Um fünf Minuten vor zwölf war er bereit und wartete in der Hotelhalle.

Genau um drei Minuten vor zwölf kam Annette Limoges aus dem Lift in ihren gestreiften Jeans, den Sandalen und dem Smaragdhemd. Ihre Lippen waren leuchtend rot.

»Es ist alles abgemacht«, sagte sie mit einem breiten Lächeln. »Ich habe den Wagen bestellt. Ich hole um halb eins Alberto ab.«

Während sie sprach, betrat ein beleibter Mann in grauem Anzug mit einem Filzhut in der Hand das Hotel. Er bewegte sich schwerfällig auf Scrivener zu.

»Mr. Robert Scrivener?« fragte er mit schweizerdeutschem Akzent und leutseligen Manieren. »Darf ich mich vorstellen? Fritz Lieber, et cetera, vom Internationalen Schriftstellerverein. Willkommen in Genf.«

»Danke schön«, sagte Scrivener, und nach einem Moment des Zögerns: »Das ist Mademoiselle Limoges.« Der beleibte Mann verbeugte sich.

»Es ist schade, Herr Lieber, daß Sie Mr. Scrivener zu einem feierlichen Mittagessen entführen«, verkündete Annette fröhlich. »Wir hatten alles so schön für einen Tag in den Bergen eingerichtet.«

Herr Lieber wandte sich erstaunt an den Schriftsteller. »Ich hoffe, es hat da nicht irgendwo ein Mißverständnis gegeben«, fing er an, und Scrivener winkte verlegen ab.

»Nein, nein, natürlich nicht, unser Essen ist schon vor Wochen festgesetzt worden.«

Sein Gefährte für diesen Tag murmelte etwas davon, daß Freunde des Ehrengastes an der Mittagstafel selbstverständlich willkommen seien.

Robert Scrivener, der in Annettes Augen ein kurzes Zögern bemerkte, unterbrach schnell. Eine solche Einladung müßte sicher auch den Bademeister einschließen.

»Mademoiselle Limoges hat sich schon anderweitig verabredet«, sagte er und wandte sich an Annette. »Ich sehe dich, wenn ich zurückkomme. Wenn du vor mir da bist, laß mir beim Portier eine Mitteilung zurück.«

Er zwang sich, dem Vertreter des Internationalen Vereins ein munteres Lächeln zu schenken, und fügte bei: »Gehen wir?«

Sie stiegen in den Wagen, der bereit stand, und fuhren weg.

»Es tut mir leid«, fing Herr Lieber an, »daß Sie mir nicht gesagt haben, Sie seien in Begleitung. Ich hoffe, die junge Dame, Mademoiselle Limoges, wird für den Vortrag von heute abend Karten verlangen und auch Karten für die anderen, die Sie gerne mitbringen möchten.«

»Ich glaube«, sagte Scrivener, »Mademoiselle Limoges hat ihre Karten schon besorgt.«

»Gut. Ausgezeichnet. Hinterher werden wir natürlich Erfrischungen servieren. Mr. Scrivener, ich muß mich nun noch für gewisse Schwierigkeiten, die sich ergeben haben, entschuldigen. Da viele Leute im Augenblick in den Ferien sind, und aus anderen Gründen, die sich unserm Einfluß entziehen, hatten wir keinen Erfolg beim Verkauf von Karten für den zweiten Vortrag, den Sie freundlicherweise zu halten vorschlugen.

Der erste ist ausverkauft, aber der zweite . . .« Er brach ab, rosarot vor Verlegenheit, und blinzelte hinter seinen Brillengläsern.

»Ich verstehe sehr wohl«, sagte Scrivener. »Sie möchten den zweiten Vortrag absagen?«

»Das müssen natürlich Sie entscheiden«, sagte Herr Lieber schnell. »Es ist nur, der Saal wäre wahrscheinlich fast leer. Es wäre für Sie nicht sehr angenehm. Mr. Scrivener, und eine Verschwendung Ihrer kostbaren Zeit.«

»Dann müssen Sie ihn natürlich absagen«, erwiderte Scrivener, und er stellte auf dem Gesicht seines Gefährten einen Ausdruck der Erleichterung fest.

Sie kamen im Hotel an, und in wenigen Augenblicken war er der Mittelpunkt einer ernsthaften Gruppe.

Im allgemeinen diskutierte Robert Scrivener mit Fremden gerne die Verdienste, die er sich mit seinen Romanen erworben hatte. Heute aber langweilte ihn dieses Thema, ohne daß er dafür einen vernünftigen Grund gehabt hätte.

Er hörte sich Höflichkeit mit Höflichkeit beantworten, Gemeinplatz mit Gemeinplatz, und er aß sich einen Weg durch

225

Gang um Gang von reichem, nahrhaftem Essen; aber sein Geist und sein Herz waren anderswo.

Auf welchem eisblauen Gipfel, so wunderte er sich, verlustierte sich wohl die leckere Annette Limoges mit dem sonnenverbrannten Alberto? Welche Bergerdbeeren fielen in ihre Münder? Welch schmelzender Schnee und welche Küsse?

»Ja, sicher«, antwortete er seiner Tischdame zur Rechten, »es liegt an uns Schriftstellern, das Gewöhnliche zu bekämpfen, wo immer wir es finden. Wir müssen einen ständigen Kampf gegen jene Philister führen, die uns auf ihre Ebene der Mittelmäßigkeit hinunterziehen möchten. Ich habe vor, ebendieses Thema heute abend in meinem Vortrag zu berühren.«

Er beugte sein Ohr zu seinem Nachbarn zur Linken, der erklärte, das Kino habe die Werte der westlichen Welt zerstört.

»Sogar hier in Genf«, stellte sein Nachbar fest, »wo wir uns gerne rühmen, in unserer Mitte die besten Köpfe Europas zu vereinigen, muß Ihr zweiter Vortrag, Mr. Scrivener, aus Mangel an Nachfrage aufgegeben werden. Und zwei Straßen daneben schlagen sich die Leute darum, sich irgendeinen Unsinn aus Hollywood anzusehen. Ich nenne es Mord am Intellekt. Es gibt kein anderes Wort dafür.«

»Kein anderes Wort«, stimmte Scrivener bei, und als er heimlich auf die Uhr schaute, sah er, daß die Zeiger schon auf halb drei standen, und das Essen war schon seit halb eins im Gang.

Seine Gastgeber entließen ihn erst nachmittags um fünf Uhr. Nach dem Essen mußte er das Hauptquartier des Internationalen Schriftstellervereins besuchen und die Reihe der Manuskripte, die in seinen Händen waren, besichtigen.

Um vier Uhr gab es Tee, und man hatte das Mittagessen weder vergessen noch verdaut, und zum Tee erschien eine formelle Schlange von Neuankömmlingen, die anscheinend nicht namhaft genug gewesen waren, um am Essen teilzunehmen; aber jeder war darauf erpicht, Robert Scriveners Hand zu schütteln.

Es war nahezu halb sechs, als der Schriftsteller ins Hotel ›Mirabelle‹ zurückkam.

Als er seinen Schlüssel verlangte, fiel ihm als erstes auf, daß dieser weg war. Man sagte ihm, daß Mademoiselle Limoges ihn vor etwa einer halben Stunde verlangt habe, und da er noch nicht zurückgebracht worden sei, müsse sie noch im Zimmer sein.

Scrivener klingelte nach dem Lift und eilte den Korridor entlang nach seinem Zimmer. Annette lag auf dem Balkon; sie hatte ihre Jeans mit verführerischen kleinen Shorts vertauscht. Große dunkle Gläser schützten sie vor der Sonne.

»Hallo«, rief sie, als Scrivener ins Zimmer trat. »Wir haben einen wunderbaren Tag gehabt. Alberto ist eben erst weggegangen; aber er wird gleich wieder zurück sein.«

Und wirklich fand er da über sein Zimmer verstreut Spuren davon, daß hier jemand anders gehaust hatte als er selbst. Ein aufs Bett geworfener Pullover. Ein Tablett mit Getränken. Seine Bücher umgestellt.

»Ich dachte, ihr seid in die Berge gefahren?« sagte er, zu sehr überrumpelt, um gegen diese Invasion zu protestieren.

»Wir gingen gar nicht«, erwiderte Annette. »Wir aßen am Rande der Stadt zu Mittag, und dann gingen wir lieber baden; es war so heiß. Der Wagen brachte uns an einen entzückenden Ort, den Alberto kannte, etwa fünfzehn Kilometer den See hinauf.

Wir kamen zurück. Ich konnte ihn nicht in mein Zimmer einladen, es hätte etwas seltsam ausgesehen; aber ich wußte, daß es dir nichts ausmachte, wenn wir hierher kämen. Alberto hat ein Bad genommen und ist nun gegangen, um sich für deinen Vortrag umzuziehen.«

Sie nahm ihre schwarze Sonnenbrille ab und lächelte zu ihm auf.

»Ich glaubte«, sagte Scrivener, »du wolltest deinen Freund nicht ins Hotel einladen, weil du Angst hast, es könnte ihn bei der Hoteldirektion in Schwierigkeiten bringen?«

»Wäre er in mein Zimmer gekommen, ja«, antwortete Annette. »Aber wie du dir wohl vorstellen kannst, kann Mr. Robert Scrivener nichts Unrechtes tun. In der Eingangshalle sind Plakate für deinen Vortrag. Alberto und ich vergehen vor Ungeduld darauf.«

Ihr vergeht so, bemerkte Robert Scrivener zu sich selbst, daß er nicht einmal das Badetuch vom Boden auflesen oder die Korkmatte zum Trocknen aufstellen konnte.

Die matschigen Flecken von nassen Füßen waren noch immer drauf. Und die Seife, das Stück Seife, das er aus London mitgebracht hatte, war noch in der Wanne. Es stak halb vertilgt im gähnenden Abflußloch.

Mörderische Wut ergriff Scrivener. Sie stieg in seinem Hals auf und erstickte ihn beinahe. Er wandte sich vom Badezimmer ab und ging zum Balkon und starrte auf Annette Limoges hinunter, die eben dabei war, ihre Zehennägel mit einem leuchtenden Braunrot zu bemalen.

»Weißt du was?« schlug sie vor und tauchte den Pinsel in die Flasche mit parfümiertem Lack. »Wie wär's, wenn wir drei zusammen tanzen gingen, wenn dein Vortrag zu Ende ist? Alberto sagt, es gäbe einen wunderbaren Ort, auf der andern Seite des Sees.«

»Du hast Lack auf den Balkon verschüttet«, sagte Scrivener.

»Oh, wirklich? Macht nichts, die *Femme de chambre* wird's aufputzen. Nun, was meinst du zu meiner Idee? Du magst doch sicher gern ein wenig Fröhlichkeit nach der geistigen Anstrengung des Vortrags.«

»Geistigen Anstrengung!« echote Scrivener. Das Lachen, das er von sich gab, war leicht hysterisch. Annette Limoges schaute verwundert auf.

»Was ist?« fragte sie. »Ist etwas nicht in Ordnung?«

Und sogar jetzt, dachte er, sogar jetzt, wenn sie nur dies eine Mal den Bademeister heimschickte, könnte er seine Wut vergessen, ihre unerträgliche Anmaßung und Impertinenz vergessen, den Stolz hinunterschlucken und die Beleidigung hinunterschlucken, und er wäre bereit, dort wieder anzufangen, wo es auf solch verheerende Weise aufgehört.

»Du bist doch nicht nervös?« fragte Annette. »Ich versichere dir, daß das gar nicht nötig ist. Nur die Leute in den ersten sechs Reihen hören, was du sagst. So schlecht ist die Akustik, sagt Alberto. Er kennt jemanden, der den Vortragssaal putzt.«

Robert Scrivener krampfte seine Hände zu Fäusten zusammen. Er wandte sich von ihr ab, ging ins Badezimmer, schlug die Tür zu und schloß sie ab.

Gleich darauf hörte er sie klopfen. Er nahm keine Notiz davon und fuhr fort, beide Hähne laufen zu lassen. Dann saß er mit verschränkten Armen, bis der Laut einer entfernten Tür ihm sagte, daß sie weggegangen war.

Dann machte er sich für den Vortrag bereit, der um halb acht stattfinden sollte.

Auf die Minute pünktlich, genau um sieben, erschien sein Tagesgastgeber, Herr Lieber, im Hotel, um ihn abzuholen. Herr Lieber, der aus seiner steifen Hemdenbrust quoll wie eine Kropftaube, gab wieder seine Entschuldigungen von sich, daß die Idee des zweiten Vortrages am folgenden Tage hatte fallengelassen werden müssen, und er gab, wie sein Nachbar beim Mittagessen, der Anziehungskraft des Kinos auf potentielle Zuhörer die Schuld.

»Sie stehen zu Hunderten vor diesem Kino auf der anderen Seite der Straße Schlange«, bemerkte er, als sie beim Vortragssaal ankamen. »Natürlich wußten wir nicht, was im Elysee gezeigt würde, als wir den Vortrag festsetzten.«

Wenn sie es gewußt hätten, hätten sie ihm wohl geschrieben, sie müßten den ersten Vortrag absagen, wie sie es mit dem zweiten getan hatten?

Seine Abhandlung war gewissermaßen ruiniert. Zwei voneinander getrennte Gedankengänge mußten zu einem vereinigt werden, um seinen ersten Vortrag verständlich zu machen. Diese Aufgabe schien ihm unmöglich.

Als er auf dem Podium stand und auf die Reihe ernster Gesichter hinabblickte, schien es Robert Scrivener, daß alles, wofür er bis dahin gearbeitet hatte, vergebens sei.

Seine Reise nach Genf stand unter einem bösen Stern, und sogar jetzt, wo er die Fäden seines überreichen Materials hätte sammeln sollen, bestand ein Teil seines Denkvorgangs darin, ein Telegramm an Judith zusammenzustellen, um ihr zu melden, daß er am folgenden Tag nach London zurückkehre und er seinen Aufenthalt in der Schweiz nicht verlängere.

». . . Und so habe ich das große Vergnügen, Ihnen den berühmten Romancier, Dichter und Kritiker, Herrn Robert Scrivener, vorzustellen.«

Der Präsident des Vereins verbeugte sich zu ihm hinüber, und Scrivener erhob sich.

Integrität, so nahm er nachträglich an, Integrität und Training brachten ihn durch die Prüfung. Die aufmerksame Stille der Zuhörer und ihr freigebiger Applaus am Schluß, dem ein Summen von Gesprächen folgte, und die Gratulationen der Kollegen neben ihm auf dem Podium, diese Tribute bewiesen, daß es ihm gelungen war.

Er war jedoch erschöpft. Er hatte sich für die Literatur verausgabt. Mochten Leute minderen Schlages sie besudeln, das Wesentliche blieb unberührt in seinen Händen und in den Händen jener, die waren wie er.

Scrivener, der wegen seiner Beredsamkeit beinahe ohnmächtig war, ließ sich in einen Raum hinter dem Podium führen; dort wurden ihm Geflügelbrötchen und süßer Champagner gereicht.

Hatte er seine ausgetrocknete Kehle gekühlt und all die Hände, die sich nach ihm ausstreckten, geschüttelt, so war er endlich ein freier Mensch, und dann hatte er keinen Wagen und keinen Herrn Lieber zu seiner Verfügung. Dafür war er dankbar. Weitere Bestätigungen internationalen guten Willens und ein Meinungsaustausch, der noch höflicher und noch gedankenschwerer gewesen wäre, hätten ihn erschlagen.

Er bereitete seinen Abgang vor und gab als Entschuldigung ein spätes Nachtessen mit Freunden an.

Gerade als er weggehen wollte, drückte ihm Herr Lieber ein Brieflein in die Hand. Scrivener erkannte Annettes Schrift und steckte es ein. Ein letzter Händedruck, eine letzte Verbeugung, und er ergriff die Flucht.

Ein Dauerregen fiel, als er auf die Straße trat. Und kein Taxi war in der Nähe.

Er stand einen Augenblick da, schaute nach rechts und nach links und erinnerte sich dann des Briefleins in seiner Tasche.

»Liebster Robert«, las er, »Du warst wunderbar. Alberto ist ganz überwältigt. Wir gehen früh weg, damit wir im Ansturm nicht zertrampelt werden. Ich nehme an, daß Du mit der Gesellschaft dinieren wirst und erst nach Mitternacht ins Hotel zurückkommst. Drum will ich Dir nur schnell sagen, daß ich Alberto in Dein Zimmer hinaufnehme; wir essen dort; wir sind zum Tanzen zu müde. Ich freue mich, Dich später zu sehen; nochmals herzliche Gratulation und innige Grüße, Annette!«

Robert Scrivener zerknüllte den Brief in seiner Hand und warf ihn in den Rinnstein. Dann eilte er mit aufgestülptem Kragen die Straße entlang, um ein Taxi zu finden. Und wenn er eins gefunden hätte, wohin hätte er gehen sollen? Eben jetzt machten es sich Annette und Alberto in seinem Zimmer gemütlich.

Den Kopf hielt er wegen des Regens gesenkt, und eine Menschenansammlung zwang ihn stillzustehen.

Als er um sich blickte, bemerkte er, daß er in eine Kinoschlange geraten war, und unfähig, weiterzugehen oder sich frei zu machen, war er gezwungen, sich mit der Schlange weiterzubewegen.

So war er wenigstens vor dem Regen geschützt; das war der einzige Vorteil dieser Art sich fortzubewegen. Langsam wurde er zum Schalter getragen.

Es war einfacher, sich vom Zufall überrumpeln zu lassen. Er wollte vor allem sitzen und sich ausruhen. Scrivener suchte in seiner Tasche nach Kleingeld, und als er beim Schalter vorüberkam, tauschte er es gegen den schmalen Zettel ein, den man ihm dafür gab.

Der Film, er wußte nicht, was es war, hatte angefangen. Galoppierende Pferde jagten einander auf der breiten Leinwand, und die Musik schluchzte.

Robert Scrivener war sehr müde. Der süße Champagner hatte für den Augenblick seine gespannten Nerven betäubt, und dafür hatten ein trauriges Selbstmitleid, ein heimwehkrankes *à quoi bon* seine Stimmung in Resignation verwandelt. Er lehnte sich in seinen harten, billigen Sessel zurück, eingesäumt und angeatmet von andern, die waren wie er, und hob seine Augen zur Leinwand.

Nach und nach wurde der Faden der Geschichte erkenntlich.

Die Hauptfigur war ein Mann in mittleren Jahren, dessen Leben zu versauern angefangen und der in einem Augenblick von trunkener Tollheit seine Frau umgebracht hatte. Drauf verliebte er sich in seine Stieftochter. Der Hintergrund der Geschichte war öde Prärie.

Als Scrivener der Entwicklung der Geschichte folgte und die Hauptperson, die er selbst hätte sein können, über die Prärie wandern sah – nicht nur von seiner Stieftochter, sondern auch von seinen Pferden verlassen –, da empfand er ein schreckliches Gefühl der Verzweiflung.

Tränen drangen in seine Augen und begannen langsam seine Wangen hinunterzurinnen. Dieser elende Mensch war er selber. Die Stieftochter war Annette Limoges. Und die Pferde, die der Mann am Anfang der Geschichte mit soviel Vertrauen und Kraft geführt hatte und die ihm jetzt davonrannten und sich mit donnernden Hufen über die wilde Prärie zerstreuten, diese Pferde bedeuteten für Scrivener die Werke, die er geschrieben hatte und die nun für ihn verloren waren, verzettelt über die vertanen Jahre seines eigenen leeren Lebens.

Da saß er auf dem billigen Kinoplatz und weinte. Er hatte jetzt kein Interesse an Vergangenheit oder Zukunft. Der Gedanke, nach London zurückzufliegen und an seiner Biographie von Swedenborg weiterzuarbeiten, widerte ihn an. Er nahm sein Taschentuch hervor und schneuzte sich die Nase, als das Wort ›Ende‹ auf der Leinwand aufleuchtete.

Erst jetzt, als er die Titel las, die wiederholt wurden, realisierte er, daß das, was er gesehen und was ihn so sehr bewegt hatte, eine Adaption jenes Bestsellers war, den er immer verachtet hatte; jenes Kassenfüllers, den vor etwa einem Jahr der Schriftstellerkollege geschrieben hatte; vergangene Woche hatte er an der Hochzeit dieses Kollegen teilgenommen.

Robert Scrivener versorgte sein Taschentuch, stand auf und schob sich durch die Menge in die feuchten Straßen von Genf. Sein Maß war voll.

Träum erst, wenn es dunkel wird

Die Behausung glich einem mittelalterlichen Hungerturm. Zwischen ihr und dem Himmel war nichts als das schadhafte Hausdach, und um die Mauern pfiff der Wind aus allen Himmelsrichtungen. Links befand sich ein einziges größeres Fenster, durch das man auf rußige Schornsteine und andere Schieferdächer sah, soweit das Auge reichte. Keine einzige Baumkrone unterbrach das öde Einerlei. Nur Rauch und Qualm stiegen endlos in den bleiernen Himmel.

Hier, unmittelbar unter dem Dach, herrschte in Sommer lähmende Hitze, jetzt aber, im Winter, Eiseskälte, obgleich die Fenster fest verriegelt und alle Ritzen behelfsweise ausgestopft waren. Die Luft war dumpf und klamm; Wände und Fußbodendielen waren durchkältet, als könnte die armselige Wohnung nie mehr warm werden – bis der nächste Frühling kam und der Sommer sie unerträglich aufheizte.

Dem Fenster gegenüber, neben der Tür, die in die winzige Schlafkammer führte, war ein Kamin, in dem freilich kein Feuer brannte. Ein kleines Reisigbündel, das auf dem Rost lag, war geizig für die Stunde aufgespart, in der Kälte und Entbehrung über Menschenkraft gingen. Dann, aber erst dann würde ein dürres Stöcklein nach dem anderen angezündet werden, um mit kleiner Knisterflamme wenigstens eine flüchtige Wärme-Illusion vorzutäuschen.

Die Zimmerwände waren undefinierbar bräunlich und, besonders oben, von Nässe- und Schimmelflecken gemustert.

Ebenso ärmlich waren die Möbel, soweit man überhaupt davon sprechen konnte. In der Mitte des Zimmers standen ein wackliger Tisch – eines der vier Beine war notdürftig mit Draht zusammengehalten – und zwei Stühle. Vor dem Kamin lag eine abgetretene Fußmatte, und eine schlichte Küchenbank war vermittels Wolldecke und verschossenem Plüschkissen zum ›Sofa‹ avanciert. Neben der Tür, die ins Treppenhaus führte, hing ein halboffener Wandschrank, der nichts enthielt als einen angeschnittenen Laib Brot.

Aus der Schlafkammer war in quälend regelmäßigen Abständen der harte, rasselnde Husten einer Frau zu hören. Jeder Anfall endete mit einem matten Aufseufzen. Nur einmal erhob die Frau die Stimme, um zu rufen:

»Ist da jemand? Bist du das, Jack?«

Da keine Antwort kam, merkte sie, daß das sogenannte Wohnzimmer noch immer leer war, und ihr Husten begann von neuem. Daher überhörte sie das kurze Klopfen an der Tür und erkannte erst an den Schritten, die sich auf knarrenden Dielen näherten, daß sie nicht mehr allein war.

»Endlich!« atmete sie auf. »Wo bist du bloß so lange gewesen?«

Der Eindringling blieb im ›Wohnzimmer‹ stehen und antwortete nicht gleich. Er sah sich erst einmal abschätzend um. Er war ein älterer Mann, dessen schäbiger Mantel ihm fast bis an die Fersen hing. Dabei faltete er die mit Pulswärmern versehenen Hände über seinem vorstehenden Spitzbauch.

»Nein, ich bin's, Madam«, erwiderte er dann. »Ihr Hauswirt. Haben Sie mich nicht schon lange erwartet?«

Ihr erstickter Angstlaut brachte ihn nur zu einem schiefen Lächeln. »Sie dachten wohl, Ihr windiger Mann wäre endlich wieder da? I wo . . . Der bleibt vielleicht noch lange weg. Aber das geht mich nichts an und ist mir total schnuppe. Sie wissen selber gut genug, weswegen ich komme.«

Eine Pause entstand. Dann flüsterte die Frauenstimme hastig, verweint und tonlos hinter der Tür:

»Sie wissen doch, daß es keinen Zweck hat! Ich habe kein Geld – und wenn Sie stundenlang hier herumstehen und wenn Sie mich totschlagen. Was hätten Sie davon? Können Sie nicht warten, nur ein kleines Weilchen? So furchtbar wichtig kann unser bißchen Miete für Sie doch nicht sein, wo Ihnen das ganze Haus gehört! Mein Mann bringt Ihnen das Geld, vielleicht, wenn er heimkommt und endlich eine Stelle gefunden hat. Was soll ich dazu tun, krank und hilflos, wie ich hier liege?«

Der Hauswirt sah sich mit verengten Augen abermals in dem ärmlichen Raum um, als sei da etwas zu finden, was des Mitnehmens wert wäre. Er untersuchte sogar noch einmal den Hängeschrank, in dem jedoch nach wie vor nichts weiter als das altbackene Brot lag.

»Nein, ich warte nicht mehr«, knurrte er. »Diesmal ist Schluß. Irgendwann reißt auch dem gutmütigsten Menschen der Geduldsfaden. Sie können von Glück sagen, daß ich aus purer Herzensgüte so lange gewartet habe. Was denken Sie denn, wovon ich lebe? Ich brauche jeden Penny, den Sie und andere mir schulden. Und heute gehe ich nicht weg, ehe ich die Miete bar auf der Hand habe.«

»O Gott«, ächzte die Kranke, »ich würde Ihnen ja nur zu gern alles geben, was ich habe, aber ich habe nichts. Ich habe seit Tagen nichts gegessen. Nebenan ist, glaube ich, höchstens noch ein halbes Brot. Das ist für meinen Mann, wenn er nach Hause kommt. Was soll ich denn sonst noch tun?« Ihre Stimme erstarb in einem Hustenanfall, aber das half ihr auch nicht weiter.

Der Hauswirt gestikulierte ins Leere. »Ich könnte doppelt soviel Miete für diese Wohnung verlangen. Es stehen genug zahlungswillige Leute auf der Warteliste – bei der Wohnungsnot heutzutage! Und ich kann's mir nicht ewig leisten, bei euch Bettelpack auch noch den Wohltäter zu spielen. Entweder rücken Sie das Geld raus, oder ich setze Sie augenblicklich auf die Straße.«

Er hörte einen leisen Aufschrei aus dem Nebenzimmer.

»Nein, so gemein können Sie doch nicht sein!« jammerte die Kranke. »Der brutalste Kerl brächte das nicht übers Herz . . . Um Gottes willen, warten Sie wenigstens, bis mein Mann da ist!«

»Von dem kriege ich erst recht nichts. Dieser Herumtreiber, dieser Säufer und Spieler, dieser Nichtsnutz! Der drischt Karten, während Sie hier vor Hunger weinen, und läßt Sie kaltlächelnd verrecken. Warum sollte ich Sie gutmütiger behandeln als dieser Lump? Schluß damit, zum letzten Mal! Ich hole gleich meinen Sohn zu Hilfe. Wir werden Ihr bißchen Gerümpel runtertragen und auf die Straße schmeißen – und Sie gleich dazu. Da können Sie dann auf Ihren Mann warten, und er kann sich nicht mehr drücken . . .«

Der Hauswirt trat auf die Schwelle der Schlafkammer und beobachtete die Kranke lauernd.

»Los, aufstehen!« kommandierte er. »Ist ja alles bloß dummes Getue. Sparen Sie sich Ihr Gehuste; auf den Schwindel fall' ich nicht mehr rein. Ziehen Sie sich was über!«

Eine halbe Minute lang herrschte Stille. Dann stand sie tatsächlich auf, zog fröstelnd einen dünnen Schal über ihr zerknittertes Nachthemd und suchte unsicher am Bettrahmen Halt.

»Nein, nein!« flehte sie in steigender Angst. »Treiben Sie es nicht zu weit . . . Ich warne Sie. Mein Mann ist noch ganz gut bei Kräften . . . Der schlägt Sie tot, wenn er mich unten auf der Straße findet. Sie . . . Sie gräßlicher Blutsauger . . .« Ihre kraftlosen Drohungen erstickten in einem schaurigen Hustenanfall.

»Ziehen Sie sich an«, wiederholte der Wirt ungerührt.

Sie griff fester um das Kopfende des Bettes und rang keuchend nach Atem. »Also gut«, sagte sie dann erschöpft. »Ich habe Sie angelogen. Etwas Spargeld habe ich noch – einen Notgroschen, von dem niemand was weiß, auch mein Mann nicht. Wenn ich ihm davon erzählt hätte, hätte er's längst verspielt. Ich hab's also versteckt und aufgespart für schlechte Tage. Und nun kann's ja wohl nicht mehr schlechter werden. Tag und Nacht habe ich zu Gott gebetet, es möge nie so weit kommen, aber es hat nichts genützt. Ich gebe mich geschlagen.«

Die Haltung des Hauswirts zeigte deutlich, daß er ihr kein Wort glaubte. »Erst möchte ich mal sehen, *wo* Ihr versteckter Notgroschen sein soll«, sagte er spöttisch.

»Im Kamin«, sagte sie. »Da ist eine lose Platte unter dem Rost. Wenn Sie ein bißchen daran rütteln, haben Sie sie gleich in der Hand. Darunter ist ein viereckiges Loch, und in dem Loch ist ein Holzkästchen, und da drin ist das Geld.«

Der Wirt richtete sich, obwohl immer noch mit unverhohlenem Mißtrauen, nach den Anweisungen der Frau. Er ging vor dem Kamin ächzend in die Hocke, schob das kümmerliche Reisigbündel beiseite, hob den Rost und ertastete sofort die lose Platte. Und dann zog er mit einem erstaunten Ausruf wirklich ein verschlossenes Kästchen hervor.

»Ausnahmsweise haben Sie nicht geschwindelt«, bemerkte er. »Aber wie kriegt man das Ding auf?«

»Bringen Sie's mir her«, sagte sie schwach. »Ich trage das Schlüsselchen dazu um den Hals.«

Er ging in die Schlafkammer zurück. Unter beiderseitigem Schweigen mühte sie sich mit dem Schloß ab.

»Da scheint sich was verklemmt zu haben«, murmelte sie und schrie dann plötzlich auf: »Grundgütiger! Da hat doch jemand dran gefummelt . . . Das Schloß ist aufgebrochen worden. Und da – sehen Sie – das Kästchen ist leer! Alles gestohlen!«

Der Hauswirt überbrüllte sie mit überkippender Stimme: »Verdammte Lügen! Noch ein aufgelegter Trick, um mich hinters Licht zu führen!«

»Nein, nein«, stammelte sie verängstigt. »Ich glaubte doch bestimmt . . . Mein Mann muß dahintergekommen sein und das Geld genommen haben . . . Wer sonst?«

Der Wirt warf das leere Kästchen aufs Bett, schüttelte die Fäuste und rannte zur Wohnungstür.

»Jetzt ist endgültig Schluß!« schrie er. »Ich bin im Recht – faule Zahler und Betrüger darf man fristlos rauswerfen, und ich habe schon viel zu lange Geduld gehabt. Jetzt hole ich meinen Sohn, und Sie fliegen!«

Er knallte die Außentür hinter sich zu. Die Frau war erschöpft quer übers Bett gesunken und hörte ihn die Treppe hinabpoltern. Doch mußte er auf halbem Wege von irgend etwas oder irgendwem unterbrochen worden sein, denn plötzlich erhoben sich streitende Männerstimmen, die hitzig anschwollen – und abrupt einer sonderbaren Stille Platz machten.

»Was ist denn nun schon wieder los?« rief die Frau mit letzter Kraft.

Rasche Schritte kamen jetzt die Treppe hinauf; die eben zugeschlagene Tür öffnete sich, und ein anderer Mann kam ins

›Wohnzimmer‹. Sein langer, abgetragener Mantel war bis unters Kinn zugeknöpft, die speckige, abgegriffene Mütze saß ihm schief überm Ohr, und ein grober, liederlich gebundener Schal vervollständigte das Bild des notorischen Bummlers. Aber seine Lebensfreude schien ungebrochen, denn er lächelte fröhlich, als er sich auf Zehenspitzen dem Spalt der Schlafkammer näherte.

»Hat dir der Alte so zugesetzt? Ich habe euch schon unten im Hausflur schreien gehört. Dein Husten ist wohl schlimmer?«

Ihre Antwort war ein Tränenstrom.

»Du hast mein bißchen Spargeld gestohlen«, schluchzte sie. »Wie ein gemeiner Dieb in der Nacht, ohne mir was zu sagen, und natürlich hast du's wieder durchgebracht. Das ist das Ende. Er setzt uns heute noch auf die Straße!«

»Na, vielleicht überlegt er sich's noch mal«, meinte der Mann mit sorglosem Lachen. »Ich hab' auf der Treppe kurz mit ihm gesprochen. Und was dein Geld betrifft – ja, ich hab's dir geklaut. Wirst du mir noch ein einziges Mal verzeihen?«

Er hörte ihr Seufzen und das Quietschen der brüchigen Bettspiralen, als sie sich ermattet wieder zurücklegte und die Decke über sich zog. »Was hast du damit gemacht?« fragte sie schwach.

»Ich hab's in die Lotterie gesteckt«, gestand er. »Ist schon Wochen her. Lohnt sich gar nicht mehr, davon zu reden.« Er rieb sich vergnügt die blau angelaufenen Hände, während sie verzweifelt keuchte.

»Du bist verrückt! Du hast schon lange den Verstand verloren – von Verantwortungsgefühl gar nicht zu reden. Verstehst du denn nicht, daß dies unser letzter Notgroschen war, der einzige Schutz vor Obdachlosigkeit und Hunger?«

»Eben«, nickte er. »Darum hab' ich ja den relativ hohen Einsatz gewagt – und verloren. Hat keinen Zweck, das alles noch mal durchzukauen. Unser Hauswirt läßt uns mindestens bis morgen bleiben – er hatte wohl doch Angst, daß ich ihn sonst verdresche. Und über Nacht hat sich schon manches Blättchen gewendet . . . Wer weiß, ob ich nicht morgen irgendwo Generaldirektor werde?« Er stand auf der Schwelle und lachte sie unbekümmert an.

»Ach du«, seufzte sie, »du bist ein hoffnungsloser Fall.«

»Bin ich«, bestätigte er, »und im Grunde willst du mich ja auch gar nicht anders haben, nicht wahr?«

Sie mußte wider Willen lächeln, als sie zugab, sie würde ihn mit keinem anderen tauschen.

»Na siehst du«, strahlte er. »Nun ruh dich mal ein bißchen aus. Wir können ja immer noch durch die angelehnte Tür miteinander sprechen.«

Er wandte sich ins ›Wohnzimmer‹ zurück und sah sich um, als sei ihm alles ganz fremd.

»Weißt du, was wir jetzt machen?« fragte er durch den Türspalt. »Wir denken uns ein wunderschönes Spiel aus. Irgendwie müssen wir diesen letzten Abend ja rumbringen . . . Zu essen ist auch nichts mehr da, wie ich sehe, außer trocken Brot, und bei der Kälte muß man sich eben anders erwärmen und bei Laune bleiben. Bilden wir uns also zum Spaß ein, ich hätte in der Lotterie gewonnen . . . Und dann malen wir uns aus, was wir alles mit dem Geld anfangen könnten. Wie in einem schönen Traum.« Er legte den Kopf lauschend auf die Seite, um ihre Antwort zu hören.

»Träum erst, wenn es dunkel wird . . .« sagte sie leise. »Du benimmst dich noch immer wie ein kleiner Junge.«

»Um so besser. Dann hör mir nur gut zu. Jetzt spiele ich den Märchenerzähler auf einem orientalischen Markt!« Er schlich ans Fenster, öffnete es, lehnte sich weit hinaus und winkte ein paar wartenden Leuten auf der Straße zu. Dann kehrte er an die Schlafkammertür zurück und vergewisserte sich, daß seine Frau nichts gemerkt hatte. Leise öffnete er die andere Tür zum Treppenhaus.

»Was machst du denn da drüben?« rief seine Frau müde von nebenan.

»Nichts Besonderes. Ich überlege noch, wie ich mein Märchen anfangen soll«, rief er zurück, trat beiseite und legte den Finger an die Lippen. Ein Trupp fremder Männer kam, einer nach dem anderen, herein. Alle waren schwerbeladen, hatten aber nur Socken an und bewegten sich lautlos im Zimmer herum, während der Mann ihnen stumme Zeichen gab und, nun lauter und fast hektisch munter, durch die angelehnte Kammertür zu seiner Frau hineinsprach.

»Was meinst du – wollen wir nicht zuallererst mal heizen? Dein Versteck ist ja nun leer; da kann nichts mehr passieren. Fein, daß noch das kleine Reisigbündel da ist . . .«

Schon hockte einer der fremden Männer vor dem Kamin, schichtete sachkundig einen ordentlichen Scheiterhaufen von Holz und Briketts auf und steckte das Ganze mit Kohlenanzünder in Brand.

»Ei, wie fein das flackert! Ich sehe die Flämmchen züngeln – du auch? Schon wird's wärmer, und ich hab' eigentlich Lust, gleich unseren alten Sperrmüll mitzuverbrennen und das Zimmer ganz neu einzurichten . . .«

Schon während er so schwatzte, folgten die Männer seinen Winken, schafften den wackligen Tisch, die Stühle, die armselige Bank und die abgetretene Fußmatte auf den Treppenabsatz und brachten dafür mit zauberhafter Schnelle die neuen Sachen herein, die er ihr durch den Türspalt schilderte.

»Endlich gibt's bei uns auch Vorhänge!« rief er. »Schwere blaue Samtvorhänge, die bis auf den Boden reichen. Die Gardinenstange ist ja zum Glück noch vorhanden – in zwei Minuten ist alles angebracht. Und wenn schon Vorhänge, dann natürlich auch ein passender Teppich . . . du weißt schon, so ein Teppich, der von Wand zu Wand reicht, und bei jedem Schritt sinkt man ein wie in weiches Moos. Die Farbe ist ganz genau auf die Vorhänge abgestimmt. Was machen wir als nächstes? Ja – heute am letzten Abend will ich's endlich gestehen –, unsere dreckigen, abgeblätterten Wände waren mir schon lange ein Dorn im Auge. Wir müßten sie neu tapezieren lassen, aber das dauert ja 'ne Ewigkeit. Also müssen wir uns wohl eine provisorische Lösung ausdenken. Ha, ich hab's! Wandschirme. Die stellen wir rundherum; dann halten sie auch gleich – außer den Vorhängen – den widerlichen Luftzug ab. Gute Idee, was?«

Und die Vorhänge hingen an Ort und Stelle, der blaue Teppich war ausgerollt; lautlos brachte man die hübschen Wandschirme an.

»So, nun kommen die neuen Möbel dran«, schwatzte er

durch die Tür. »Ich denke schon lange an einen niedrigen, bequemen Diwan dicht am Kamin. Da könntest du dich pflegen – und pflegen lassen – auf weichen Kissen wie 'ne Millionärsgattin. Und ich sitze dir in einem tiefen Sessel gegenüber, damit ich dich höre und sofort springen kann, wenn du etwas brauchst. Und für dich stellen wir ein Regal, proppenvoll mit schönen Büchern, in Reichweite; wenn du Lust zum Lesen hast, brauchst du nur hinzugreifen. Wie würde dir das gefallen? Ist es nicht wenigstens ein herrliches Märchen?«

Das Zimmer verwandelte sich bei jedem Satz auf wundervoll leise Art, während der Mann, immer an der Schwelle zur Schlafkammer, auf den Füßen wippte und hierhin und dahin deutete. Den Leuten machte es Spaß, lautlos wie Kulissenschieber im Theater zu arbeiten.

»Ich muß schon sagen, unser neuer Eßtisch gefällt mir«, fuhr er fort. »Es ist ein teures Stilmöbel mit passenden Stühlen. Alles echt antik. Dazu eine fabelhafte Vitrine mit edlen Gläsern und Porzellan; du hast mir mal von so was vorgeschwärmt. Dumm, daß wir hier oben in unserem Wolkenkuckucksheim keinen Strom- oder Gasanschluß haben. Da hab' ich mir für den Übergang was Vornehmeres ausgedacht: ganz feine Petroleum-Ständerlampen in den Ecken, und silberne Kerzenleuchter auf dem Tisch . . . Du glaubst nicht, wie das die Stimmung hebt. Nichts blendet; alles liegt in weichem, gedämpftem Licht. Eine Extra-Lampe kommt neben deinen Diwan, und zum Essen zünden wir die hohen Tischkerzen an. So was haben wir beide bisher höchstens im Kino gesehen – aber man wird ja wohl noch träumen dürfen?«

Alles, was der Mann beschrieben hatte, war bereits an Ort und Stelle, und mittlerweile hatte er auch sein eigenes Äußeres verändert. Mantel, Schal und speckige Mütze waren abgeworfen und beseitigt, und er stand in einem funkelnagelneuen, wunderschönen Konfektionsanzug da. Während er sich die frisch frisierten Haare mit fünf Fingern zurechtstrich, erzählte er weiter:

»Über den Kamin hängen wir einen hübschen venezianischen Spiegel – an den Nagel, wo bisher der miese alte Kalender hing. Was gibt's sonst noch? Meiner Seel', jetzt hätte ich fast das Schäferpärchen aus Meißner Porzellan vergessen. Das kommt natürlich auf den Kaminsims.«

Er trat einen Schritt zurück wie ein Maler, um sein Werk zu überprüfen. Der Effekt war wie beabsichtigt; das armselige Dachzimmer war prachtvoll ausstaffiert.

»So, das hätten wir«, sagte er wieder durch den Türspalt. »Nun bleibt nur die traurige Tatsache, daß mir der Magen knurrt. Dir doch auch? Also schnell den Tisch gedeckt! Oh, der Service im Märchenland funktioniert tadellos. Aber was wollen wir speisen? Das ist ja schließlich die Hauptsache. Ich persönlich möchte ... Himmelherrgott, was möchte ich eigentlich? Hättest du was gegen Brathuhn? – Ich höre keinen Widerspruch. – Also: Brathuhn. Ist schon da. Riecht verdammt gut. Und die feinen Gemüse dazu – die lassen wir auch nicht umkommen, was?

Mitten auf dem Tisch steht auch schon eine edle Schale mit allen möglichen Früchten: Trauben, Mandarinen, Bananen und so weiter – und natürlich ein Champagnerkübel mit 'ner gut gekühlten Flasche drin. Laßt uns essen, trinken und fröhlich sein, das steht schon in der Bibel. Wär's sehr schlimm, wenn ich weiter kindisch wäre und auch noch Knallbonbons haben wollte? Wir feiern ja heute ein Märchenfest, und die bunten Dinger sehen so fröhlich aus. So, ich glaube, nun fällt mir wirklich nichts mehr ein.

Ach, Moment noch! Ich habe ja das Allerwichtigste vergessen. Sieht mir ähnlich! Jetzt muß die ganze Bude noch mit Blumen vollgestellt werden, überall, wo noch ein freies Eckchen ist. Rosen sind doch immer noch deine Lieblingsblumen, nicht? Nun stell dir mal vor, auf einmal sind so viele Rosen hier, daß mich der Duft beinahe betäubt. Wie in einem Zaubergarten ...«

Er schwieg endlich und sah sich prüfend um. Nein, nun war wirklich nichts mehr vergessen. Alles war genau nach seinen Anweisungen arrangiert. Er nickte den Arbeitern zu, die verschwörerisch zurückgrinsten, auf Zehenspitzen hinausschlichen, wie sie gekommen waren, und lautlos verschwanden.

»Ja, damit ist das Märchen zu Ende«, meldete er leise durch die Schlafkammertür, und er hörte, wie sie den Atem einzog, als wolle sie ein Aufweinen unterdrücken.

»Das war sehr hübsch«, murmelte sie endlich, »wunderschön. Wie kommst du nur immer auf solche Sachen? Fällt dir das einfach so beim Reden ein? Jetzt ist mir, als sei ich plötzlich aus einem Traum erwacht. Ein bißchen grausam von dir, findest du nicht?«

»Na ja – vielleicht«, gab er zu.

»Wie du schauspielern kannst! Fast wie ein Hypnotiseur. Da erzählst du mir die schönsten Sachen, und dabei stehst du hinter der Tür in unserer kahlen, jämmerlichen Bude, die Hände in den Taschen und mit hochgestelltem Kragen, und schlotterst selbst vor Kälte. Was meinst du – ob wir jetzt nicht unser letztes bißchen Reisig anzünden? Wir haben ja sowieso nur noch eine Galgenfrist . . .«

»Klar, ich verbrenne das Zeug gern«, erwiderte er leise lachend, »aber ich glaube, das wird die Temperatur hier drinnen auch nicht mehr viel ändern.«

»Nein, sicher nicht«, seufzte sie und fügte nach einer kleinen, beklommenen Pause hinzu: »Bist du nicht furchtbar hungrig?«

»Furchtbar«, nickte er.

»Dann mußt du halt das alte Brot nehmen. Mehr ist nicht da.«

»Ich esse keinen Bissen, wenn du nicht zu mir hereinkommst und mithältst.«

»Hier drinnen ist's eiskalt«, sagte sie, »und ich bin innerlich so ausgehöhlt, daß mir jeder Bissen im Hals steckenbleiben würde – nach allem, was du mir vorphantasiert hast.« Ihre Stimme versagte vor Schwäche.

»Bitte, komm trotzdem«, sagte er rasch. »Auch wenn's hier fast ebenso kalt ist wie nebenan und wir nur noch einen halben Laib Brot haben. Sind wir nicht glücklich genug, daß wir noch beieinander sind, auch wenn der böse Hauswirt uns bald hinauswirft? – Übrigens«, fügte er nach einer winzigen Pause hinzu, »du hast mir noch nicht gesagt, ob du mir verziehen hast – ich meine, das geklaute Geld, das ich für ein Lotterie-Los vergeudet habe.«

243

Sie erwiderte leise und müde: »Ich komme.«

Er hörte sie aus dem Bett steigen und nach den Schuhen suchen, wobei die Bettstelle wie immer leicht knarrte.

»Soll ich dir helfen?« fragte er.

»Ach, ich schaff's schon. Ich bin doch schwächer, als ich dachte, besonders nach der Szene mit dem Hauswirt. Und ich graule mich vor der Kälte. Du hättest mir nicht so wunderschöne Sachen vorgaukeln sollen. Werde ich nicht einen Schock erleben, wenn ich jetzt rüberkomme?«

»Hm . . . ich fürchte, ja«, murmelte er schuldbewußt. Dann, als er sie langsam näherschlurfen hörte, sagte er schnell:

»Hör mal – du hast mir immer noch nicht laut und deutlich gesagt, daß du mir nicht mehr böse bist. Also: Hast du mir verziehen?«

Er hörte sie hilflos lachen.

»Ach du . . . wieder mal dasselbe. Du weißt doch, daß ich dir alles verzeihe.«

Und damit öffnete sie die angelehnte Tür und kam zu ihm herein.

Zum Tode erwacht

Eines Morgens gegen elf Uhr dreißig begab sich Mary Farren in den Waffenraum, nahm das Gewehr ihres Mannes, lud es und erschoß sich.

Der Butler hörte den Knall von der Küche aus. Er wußte, daß Sir John fortgegangen war und nicht vor dem Lunch zurückkehren würde und daß niemand Veranlassung hatte, sich zu dieser Tageszeit im Waffenraum aufzuhalten. Er ging, um nachzusehen, und fand Lady Farren in ihrem Blut am Boden liegen. Sie war tot.

Entsetzt rief er die Haushälterin, und nach kurzer Beratung kamen sie dahin überein, daß zuerst der Arzt, dann die Polizei und schließlich Sir John selbst angerufen werden müßten. Der Butler erzählte dem Arzt und der Polizei, die wenige Minuten nacheinander eintrafen, was vorgefallen war. Am Telefon hatte er beiden gesagt: »Lady Farren hat einen Unfall gehabt. Sie liegt im Gewehrzimmer mit einem Kopfschuß. Ich fürchte, sie ist tot.«

Sir John dagegen wurde lediglich gebeten, sofort heimzukommen, da Lady Farren einen Unfall gehabt habe.

Der Arzt stand also vor der Aufgabe, ihrem Mann, sobald er kam, diese Nachricht zu eröffnen. Es war ein schmerzliche Aufgabe. Er kannte John Farren seit Jahren; beide, er und Mary F., waren seine Patienten, er kannte keine glücklichere Ehe, und beide freuten sich auf das Baby, das ihnen im kommenden Frühjahr geboren werden sollte. Keinerlei Komplikationen waren dabei zu erwarten, es war alles normal. Mary F. war gesund und sah ihrer kommenden Mutterschaft voller Glück entgegen. Ein Selbstmord war daher unverständlich. Und ein Selbstmord war es, daran war kein Zweifel.

Auf einem Notizblock, der auf dem Schreibtisch des Waffen-
raumes lag, fanden sich drei Worte, die Mary F. flüchtig hinge-
schrieben hatte, und diese Worte waren: »Vergib mir, Liebster.«

Das Gewehr war, wie immer, ungeladen fortgelegt worden.
Mary F. hatte also mit Überlegung die Waffe herausgenom-
men, geladen und sich erschossen. Die Polizei und der Arzt
waren der Meinung, sie hätte sich die Verletzung selbst zuge-
fügt. Der Tod mußte sofort eingetreten sein.

Sir John Farren war ein gebrochener Mann. Die Stunde, in
der er mit dem Arzt und der Polizei sprach, machte ihn um
zwanzig Jahre älter. »Warum hat sie das nur getan?« fragte er
in seiner Qual immer und immer wieder. »Wir waren so glücklich, wir liebten uns, und wir erwarteten ein Kind. Es gibt keine
Ursache dafür, ich sage es Ihnen, absolut keine!«

Die gewöhnlichen Formalitäten wurden erledigt. Die offizielle gerichtliche Untersuchung ergab den Befund ›Selbstmord‹. Sir John F. sprach wiederholt mit dem Arzt, aber keiner
von ihnen kam zu irgendeinem Schluß.

»Und doch ist es möglich«, sagte der Arzt, »Frauen können
in diesem Zustand zeitweiligen Störungen unterworfen sein,
aber Sie und auch ich hätten gegebenenfalls Anzeichen beobachtet. Sie sagen mir, Ihre Frau sei am Abend zuvor vollkommen normal gewesen, und genauso noch beim Frühstück. Soviel Sie wissen, gab es nichts, was sie hätte bedrücken
können?«

»Wirklich nichts«, antwortete Sir John. »Wir frühstückten
wie immer zusammen und machten Pläne für den Nachmittag;
nach der Ausschußsitzung wollte ich mit ihr ausfahren. Sie war
fröhlich und vollkommen glücklich.«

Auch die Dienstboten bestätigten, Lady Farren sei in heiterer
Stimmung gewesen. Das Zimmermädchen, das um zehn Uhr
dreißig das Schlafzimmer betreten hatte, sagte aus, Lady Farren sei gerade dabei gewesen, Wickeltücher anzusehen, die mit
der Paketpost gekommen seien. Freudig habe sie ihr die Tücher
gezeigt und gesagt, sie wähle rosa und blau; man wisse ja nicht,
ob es ein Knabe oder ein Mädchen werde. Um elf Uhr habe

dann der Vertreter einer Gartenmöbelfirma vorgesprochen. Lady Farren habe den Mann kommen lassen und zwei große Gartenstühle aus seinem Katalog ausgesucht. Der Butler wisse auch davon, denn Lady Farren habe ihm den Katalog gezeigt. Er sei gekommen, um sich Anordnungen für den Chauffeur zu holen. Dabei habe Lady Farren gesagt: »Nein, ich gehe vor dem Lunch nicht aus, Sir John will später mit mir ausfahren.« Dann habe der Butler das Zimmer verlassen. Er war der letzte, der Lady Farren noch lebend gesehen hatte.

»Ich kann mir nur denken«, sagte Sir John, »daß Mary zwischen elf und halb zwölf einen Kollaps gehabt hat. Aber ich glaube das einfach nicht. Da ist irgend etwas, das ich herausbringen muß.«

Der Doktor tat sein möglichstes, um ihm das auszureden, aber ohne Erfolg. Er war davon überzeugt, daß Lady Farren auf Grund ihres Zustandes einen plötzlichen Nervenzusammenbruch erlitten und ihrem Leben ein Ende gemacht hatte, ohne zu wissen, was sie tat. Die Zeit würde Sir John Farren helfen, auch das zu vergessen.

John Farren aber konnte und wollte nicht vergessen. Er ging zu einer Detektivagentur, die ihm einen Mann namens Black als besonders vertrauenswürdig und diskret empfahl. Ihm erzählte Sir John alles, was er wußte. Black hörte ihm schweigend zu. Wohl war er persönlich der Meinung, die Ansicht des Arztes sei richtig, doch er nahm seinen Beruf ernst und fuhr hinaus aufs Land, um im Haus selbst seine Untersuchungen zu machen.

Er stellte viele Fragen, die die Polizei nicht gestellt hatte, plauderte mit dem Arzt, prüfte die Post der letzten Wochen für Lady Farren, fragte nach Telefongesprächen und Begegnungen mit persönlichen Freunden. Doch nirgends fand er eine Spur. Aber Black gab sich so schnell nicht geschlagen. Wenn er schon einen Fall übernahm, so wollte er ihn auch klären; obgleich er durch seinen Beruf ›abgehärtet‹ war, tat ihm Sir John leid.

»Sehen Sie, Sir John«, sagte er, »in einem Fall wie diesem müssen wir weit zurückgreifen und das Leben der Verstorbenen nachprüfen, weit über die letzte Vergangenheit hinaus. Ich habe – mit Ihrer Erlaubnis – jeden Winkel des Schreibtisches Ihrer Frau Gemahlin durchsucht, alle ihre Papiere durchgesehen und ebenso ihre ganze Korrespondenz überprüft. Ich habe nichts gefunden, was auch nur den geringsten Aufschluß über eine seelische Depression – wenn es eine war – geben könnte. Sie haben mir erzählt, Sie hätten Lady Farren, die damalige Miss Marsh, während einer Reise in die Schweiz kennengelernt. Sie lebte mit einer kranken Tante, Miss Vera Marsh, zusammen, die sie seit dem Tod ihrer Eltern zu sich genommen und erzogen hatte.«

Sir John bestätigte das stumm.

»Sie wohnten in Sierre und auch in Lausanne, und Sie begegneten beiden Damen im Haus eines gemeinsamen Bekannten in Sierre. Sie befreundeten sich mit der jungen Miss Marsh, und am Ende Ihrer Ferien haben Sie sie gebeten, die Ehe mit Ihnen einzugehen.«

»Ja.«

Black wollte wissen, ob Sir John nach der Tragödie von der Tante seiner Frau schon gehört habe.

Ja, natürlich habe er sofort geschrieben. Sie sei entsetzt, und auch sie könne sich dieses Unglück nicht erklären. Eine Woche vor ihrem Tod habe Mary einen Brief nach Sierre geschrieben, voller Freude auf das kommende Ereignis. Miss Marsh habe diesen Brief ihrem Schreiben an Sir John beigelegt; Black habe ihn ja gelesen.

»Ich nehme an«, sagte dieser, »daß die beiden Damen, als Sie ihnen vor drei Jahren zum erstenmal begegneten, ein sehr ruhiges Leben führten.«

»Sie bewohnten, wie ich schon sagte, eine kleine Villa, und vielleicht zweimal im Jahr pflegten sie nach Lausanne zu gehen. Dort wohnten sie in einer Pension.«

»Die junge Miss Marsh, Ihre Frau, kam also nicht viel herum? Ich meine, sie hatte nicht viele Freundinnen oder Bekannte ihres Alters?«

»Ich glaube nicht. Und das machte ihr auch gar nichts aus. Sie war eine völlig in sich selber ruhende Natur.«

»Und seit ihrer Kindheit hat sie wohl immer so gelebt?«

»Ja, Vera Marsh war Marys einzige Verwandte. Mary war noch ein Kind, als ihre Eltern starben, und Miss Marsh hat sie nach deren Tod adoptiert.«

»Und wie alt war Ihre Frau, als Sie heirateten?«

»Einunddreißig Jahre.«

»Und sie hatte vorher keinerlei Bindungen, ein Liebeserlebnis, eine Verlobung?«

»Nein, keine. Ich habe Mary deswegen oft ein wenig aufgezogen. Sie sagte, sie habe nie jemanden getroffen, der sie auch nur im geringsten seelisch angesprochen hätte. Ihre Tante bestätigte das. Ich kann mich erinnern, daß Miss Marsh wiederholt betonte, als wir uns verlobten, nur selten begegne man einem Mädchen, das so rein und unberührt sei wie Mary. Sie sei schön, ohne es zu wissen, und habe ein völlig unbefangenes, liebreizendes Wesen. Wirklich, ich dürfe mich glücklich schätzen! Ich war auch sehr glücklich.«

Mit dem Ausdruck hoffnungsloser Trauer sah Sir John an Black vorbei, so daß der hartgesottene Schotte es kaum übers Herz brachte, ihn weiter ins Verhör zu nehmen.

»Sie wünschen dennoch, daß ich meine Nachforschungen weiterführe?« fragte er. »Sie meinen nicht, daß es einfacher wäre, sich dem Urteil Ihres Arztes anzuschließen, wonach Lady Farren einen plötzlichen Nervenzusammenbruch hatte?«

»Nein«, sagte Sir John. »Ich sage Ihnen, irgendwo gibt es einen Schlüssel zu diesem Geheimnis, und ich werde nicht ruhen, bis ich ihn gefunden habe, oder vielmehr bis Sie ihn für mich gefunden haben. Deshalb habe ich Sie engagiert.«

Black erhob sich aus seinem Sessel und sagte: »Nun gut, ich werde den Fall weiterverfolgen, da ich weiß, wie sehr Ihnen daran liegt.«

»Was werden Sie als nächstes tun?« fragte Sir John.

»Ich fliege morgen in die Schweiz.«

Black gab in Sierre im Chalet ›Mon Repos‹ seine Karte ab und wurde in einen kleinen Salon gewiesen, dessen Fenster eine herrliche Aussicht über das Rhonetal bot. Über dem Kaminsims hing ein großes Porträt von Lady Farren aus jüngster Zeit, ein Duplikat des Bildes in Sir Johns Studierzimmer. Black ging hinaus auf den Balkon und stellte sich der älteren Dame, die dort in einem Rollstuhl saß, als Sir John Farrens Freund vor.

Miss Marsh hatte weißes Haar, blaue Augen und einen strengen Mund. Sie schien aufrichtig erfreut, Black zu sehen, und fragte sofort mit großer Teilnahme nach Sir John und ob irgendein Licht in das Dunkel dieser tragischen Angelegenheit gekommen sei.

»Leider nein«, antwortete Black. »Ich bin gekommen, um auch Sie zu fragen, ob Sie vielleicht irgendeinen Anhaltspunkt geben können. Sie haben doch Mary viele Jahre gekannt; Sir John meint, Sie könnten vielleicht helfen.«

Miss Marsh war überrascht. »Aber ich schrieb doch schon Sir John, daß ich entsetzt und völlig ratlos bin. Ich legte ihm Marys letzten Brief an mich bei. Ich habe alle Briefe aufgehoben. Sie schrieb regelmäßig jede Woche, seit sie verheiratet war. Wenn Sir John diese Briefe haben möchte, so will ich sie ihm gern schicken. Immer wieder schrieb sie, wie sehr sie ihn liebe und wie glücklich sie sei in ihrem neuen Heim. Sie hat nur bedauert, daß ich mich nicht aufraffen konnte, sie zu besuchen. Aber Sie sehen ja selbst, wie krank ich bin.«

Black dachte: sie sieht eigentlich kräftig und energisch aus, aber – vielleicht wollte sie nicht fahren. »Sie hatten, soviel ich weiß, ein sehr gutes Verhältnis zu Ihrer Nichte?«

»Ja, ich hatte Mary sehr in mein Herz geschlossen, und ich gebe mich gern der Vorstellung hin, daß sie auch mir viel Sympathie entgegenbrachte«, war die schnelle Antwort. »Ich kann manchmal wohl rechthaberisch sein, weiß der Himmel, aber Mary hat das nicht gestört. Sie selbst war stets ausgeglichen, und sie war ein so liebes Ding.«

»Es schmerzte Sie, sie zu verlieren?«

»Freilich hat es mich geschmerzt. Es war ein schwerer Verlust für mich – und ist es noch.«

»Sir John sagte mir, er habe Ihnen eine Zuwendung gemacht, um Ihnen eine Gesellschafterin zu ermöglichen.«

»Ja, es war sehr großzügig von ihm. Wissen Sie, ob er es weiterhin tun wird?« Ihre Stimme war scharf geworden. Black stellte fest, daß Miss Marsh einer jener Personen war, denen Geld absolut nicht gleichgültig ist, auch nicht unter so tragischen Umständen.

»Sir John hat darüber nicht mit mir gesprochen. Aber ich bin davon überzeugt, sonst hätten Sie von ihm gehört oder von seinen Anwälten«, erwiderte Black. Er sah auf Miss Marshs Hände, die nervös auf die Armlehnen ihres Rollstuhls trommelten. »Und es gibt nichts in der Vergangenheit Ihrer Nichte, das auf ihren Selbstmord hindeuten könnte?« fragte er.

Sie sah erschrocken auf. »Was, um Himmels willen, meinen Sie?«

»Keine frühere Freundschaft oder unglückliche Liebesaffäre?«

»Mein Gott, nein!« – Merkwürdig, sie schien erleichtert bei dieser Formulierung seiner Frage. »Sir John war Marys einzige Liebe. Sie führte ein sehr zurückgezogenes Leben mit mir, verstehen Sie. Es gibt nicht viele junge Leute hier bei uns. Selbst in Lausanne schien sie keinen besonderen Wert darauf zu legen, Menschen ihres Alters zu finden. Dabei war sie nicht besonders schüchtern oder zurückhaltend – nur selbstgenügsam.«

»Und Schulfreundinnen?«

»Ich unterrichtete sie selbst, als sie klein war. Sie besuchte kurz eine Schule in Lausanne, als sie älter war, aber als Externe; wir wohnten in einer Pension in der Nähe. Soviel ich mich erinnere, kamen einmal zwei oder drei Mädchen zum Tee.«

»Haben Sie aus dieser Zeit Photos von ihr?«

»Ja, verschiedene. Ich habe sie alle in meinem Album. Wollen Sie die Bilder sehen?«

»Ja, ich möchte sie gerne anschauen. Sir John zeigte mir mehrere Fotos, aber ich glaube, er hatte keine aus der Zeit vor ihrer Heirat.«

Sie schauten das ganze Album durch. Es waren viele Aufnahmen, aber keine von besonderem Interesse. Lady Farren allein, Miss Marsh allein, Lady Farren und Miss Marsh zusammen mit anderen Leuten. Aufnahmen von der Villa, von Lausanne. Black blätterte immer noch. Kein Anhaltspunkt.

»Sind das alle?« fragte er.

»Leider ja«, erwiderte Miss Marsh. »Was für ein reizendes Mädchen sie war, nicht wahr? Die warmen braunen Augen! Es ist schrecklich. Der arme Sir John!«

»Sie haben keine Bilder von ihr als Kind, fällt mir auf. Die ersten müssen schätzungsweise mit fünfzehn Jahren gemacht worden sein.«

Es entstand eine Pause, dann sagte Miss Marsh: »Nein, nein, ich glaube, ich hatte damals noch keinen Apparat.«

Black hatte ein scharfes Ohr. Es fiel ihm leicht, eine Lüge herauszuhören. Miss Marsh hatte soeben gelogen.

»Wie schade«, sagte er, »ich finde es immer besonders interessant, die Züge der Kinder im Gesicht der Erwachsenen zu suchen. Ich bin selbst verheiratet. Meine Frau und ich möchten um alles in der Welt die ersten Photos unserer Kleinen nicht missen.«

»Sie haben recht, das war sehr dumm von mir«, pflichtete Miss Marsh ihm bei. Sie legte das Album vor sich auf den Tisch.

»Ich nehme an, Sie haben die normalen Atelieraufnahmen?« fragte Black.

»Nein«, sagte Miss Marsh, »jedenfalls wenn ich mal welche gehabt haben sollte, muß ich sie verloren haben. Beim Umzug, wissen Sie! Wir zogen erst hierher, als Mary fünfzehn Jahre alt war. Vorher wohnten wir in Lausanne.«

»Und adoptiert haben Sie Mary mit fünf Jahren, wenn ich recht verstanden habe?«

Wieder ein kurzes Zögern und die Schärfe in der Stimme: »Ja, sie muß ungefähr fünf gewesen sein.«

»Haben Sie Aufnahmen von Lady Farrens Eltern?«

»Nein.«

»Ihr Vater war doch Ihr einziger Bruder, nicht wahr?«

»Ja, mein einziger.«

»Was veranlaßte Sie, Lady Farren an Kindes Statt anzunehmen?«

»Ihre Mutter war tot, und mein Bruder wußte nicht, wie er für das Kind sorgen sollte. Sie war ein zartes Kind. Wir waren beide überzeugt, das sei die beste Lösung.«

»Ihr Bruder machte Ihnen natürlich eine Zuwendung für die Erziehung des Kindes?«

»Natürlich, anders hätte ich es nicht gekonnt.«

Plötzlich machte Miss Marsh einen Fehler. Ohne diesen Fehler hätte Black vielleicht die ganze Untersuchung aufgegeben.

»Sie stellen die merkwürdigsten und abseitigsten Fragen, Mr. Black«, sagte sie mit einem scharfen, kurzen Lachen. »Ich kann nicht verstehen, daß der Zuschuß, den mir Marys Vater zahlte, von allergeringstem Interesse für Sie sein kann. Was Sie zu erfahren suchen, ist doch, warum die arme Mary sich erschoß – und das wüßte ich ebenfalls gern.«

»Alles, was nur im entferntesten mit Lady Farrens Vergangenheit zusammenhängt, ist für mich von Interesse«, sagte Black. »Sehen Sie, Sir John hat mich gerade zu diesem Zweck engagiert. Es ist wohl an der Zeit, Ihnen zu sagen, daß ich nicht ein persönlicher Freund Sir Johns bin – ich bin Privatdetektiv.«

Miss Marsh wurde aschgrau. Sie verlor ihre Haltung. Plötzlich war sie nur noch eine sehr erschrockene, ängstliche alte Frau.

»Was wollen Sie hier herausfinden?« fragte sie.

»Alles«, sagte Black.

Nun hatte aber der Schotte eine Lieblingstheorie, die er dem Direktor seiner Agentur oft und gern entwickelte. Er behauptete nämlich, daß es nur sehr wenige Menschen auf dieser Welt gebe, die nichts zu verbergen hätten. Immer wieder hatte er Männer und Frauen im Zeugenstand beobachtet, beim Kreuzverhör, und jeder von ihnen hatte Angst. Nicht vor den Fragen, die sie zu beantworten hatten und die unter Umständen den besonderen Prozeßfall klären halfen, sondern Angst davor, daß sie mit der Beantwortung der Fragen vielleicht unglücklicherweise ein persönliches Geheimnis, das nur sie allein anging, enthüllen könnten. Black war überzeugt, daß Miss Marsh sich augenblicklich in dieser Lage befand. Sie wußte möglicherweise nichts von Lady Marys Selbstmord oder dessen Gründen, aber sie selbst war in irgendeinem Punkt schuldig.

»Wenn Sir John herausgefunden hat, was es mit dieser Zuwendung auf sich hat, und der Meinung ist, ich hätte Mary in all den Jahren darum betrogen, dann hätte er wohl soviel Anstand haben können, es mir selbst zu sagen, anstatt einen Detektiv zu engagieren«, sagte sie.

Aha, dachte Black, hier liegt der Hase im Pfeffer! Geben wir der alten Dame genügend Seil, so hängt sie sich selber! Laut sagte er: »Sir John gebrauchte nicht das Wort ›Betrug‹, er fand nur die Umstände etwas seltsam.« Black wagte diese Chance aufs Geratewohl, und der Erfolg gab ihm recht.

»Freilich waren sie seltsam«, erwiderte Miss Marsh. »Ich versuchte, mein Bestes zu tun, und ich glaube, ich tat recht daran. Ich kann es beschwören, Mr. Black, ich verbrauchte sehr wenig von dem Geld für mich, der größte Teil ging für Marys Erziehung drauf, gemäß der Abmachung mit dem Vater des Kindes. Als Mary heiratete, glaubte ich kein Unrecht zu tun, wenn ich das Kapital für mich behielt. Sir John war reich – sie würde nichts entbehren. Glauben Sie, daß Sir John Klage gegen mich erheben wird, Mr. Black? Wenn er den Prozeß gewinnt, was nicht zu bezweifeln ist, werde ich vor dem Nichts stehen.«

Black strich sich das Kinn, als ob er sich die Sache überlege. »Ich glaube kaum, Miss Marsh, daß Sir John dies oder ähnliches beabsichtigt«, antwortete er, »aber er will die Wahrheit wissen.«

Miss Marsh sank in ihren Rollstuhl zurück. Da sie nun einmal ihre steife aufrechte Haltung verloren hatte, machte sie den Eindruck einer müden alten Frau.

»Nun, da Mary tot ist, kann es ihr nicht mehr weh tun, wenn die Wahrheit ans Licht kommt«, sagte sie. »Sie ist nämlich gar nicht meine Nichte gewesen, Mr. Black. Ich erhielt eine große Summe Geldes, um sie aufzuziehen. Wenn sie volljährig sein würde, sollte das Geld auf sie übergehen, ich behielt es aber für mich. Marys Vater, mit dem ich diese Abmachung getroffen hatte, war in der Zwischenzeit gestorben. Es war ganz einfach, und ich wollte nichts Böses damit tun.«

Immer war es dasselbe, dachte Black: Die Versuchung kam, und dann fielen sie um. »Ach, so war es«, sagte er. »Nun, Miss Marsh, ich will nicht wissen, wie Sie das Geld verwendeten;

mich interessiert nur eins: Wenn Mary nicht Ihre Nichte war, wer war sie dann?«

»Sie war die einzige Tochter von Mr. Henry Warner. Das ist alles, was ich weiß. Er hat mir niemals seine Adresse gegeben, noch sagte er mir, wo er lebte. Ich wußte einzig und allein die Anschrift seiner Bank und die Filiale in London. Ich bekam vier Schecks von dort übersandt. Nachdem ich Mary in meine Obhut genommen hatte, ging Mr. Warner nach Kanada; fünf Jahre später starb er. Das erfuhr ich durch das Bankhaus, und da ich seitdem niemals wieder etwas von dort gehört habe, glaubte ich mich in Sicherheit.«

Black notierte sich Henry Warners Namen, und Miss Marsh gab ihm die Anschrift des Bankhauses. »Mr. Warner war persönlich nicht mit Ihnen befreundet?« fragte er.

»O nein. Ich habe ihn nur zweimal gesehen. Das erste Mal, als ich auf seine Anzeige unter einer Inseratnummer geantwortet hatte. Er suchte jemanden, der ein schwächliches Mädchen aufnehmen könne. Mr. Warner stellte damals über mich und meine Verhältnisse nur wenige Fragen. Das einzige, was er klar durchblicken ließ, war sein Wunsch, daß ich Mary für immer bei mir behalten sollte. Er wollte jede Verbindung mit ihr lösen, und sie sollte ihm auch nicht schreiben. Er sagte, er wolle nach Kanada gehen, und er überließ es mir, seine Tochter nach seinem Willen zu erziehen. Mit anderen Worten, er wollte keine weitere Verantwortung übernehmen. Er wusch seine Hände in Unschuld.«

»Scheint ein übler Kunde gewesen zu sein, dieser Herr!« bemerkte Mr. Black.

»Nein, nicht eigentlich übel«, erwiderte Miss Marsh. »Er schien nur voller Angst und sehr besorgt zu sein. Seine Frau war anscheinend tot. Er erklärte mir, Mary sei eigentlich nicht körperlich schwach und zart, aber sie sei vor einigen Monaten Zeugin eines schrecklichen Eisenbahnunglücks geworden und habe durch diesen Schock ihr Gedächtnis verloren. Sonst sei sie völlig normal und gesund. Aber sie erinnerte sich nicht daran, was sie vor diesem Schock erlebt hatte. Sie wußte nicht einmal mehr, daß er ihr Vater war. Aus diesem Grunde sollte sie, wie er sagte, in einem anderen Land ein neues Leben beginnen.«

Black machte kurz einige Notizen. Endlich ein paar Möglichkeiten!

»Sie waren also bereit«, fragte er, »für ein Kind, das durch einen Schock geistig gestört war, ein Leben lang die Verantwortung zu tragen?«

Es war eigentlich nicht seine Absicht gewesen, zynisch zu sein, aber irgendwie fühlte sich Miss Marsh doch angegriffen. Errötend sagte sie: »Ich bin an Kinder gewöhnt, denn ich habe viel unterrichtet. Auch war mir die wirtschaftliche Unabhängigkeit viel wert. Ich nahm Mr. Warners Angebot an, unter der Bedingung, daß ich mich an das Kind gewöhnen würde und das Mädchen sich bei mir wohl fühle. Bei unserem zweiten Treffen brachte er Mary mit, und auf den ersten Blick schon hatte ich sie liebgewonnen. Sie schien ganz normal, nur wirkte sie wesentlich jünger, als sie tatsächlich war. Mr. Warner ließ Mary an diesem Abend bei mir – und ich sah ihn niemals wieder. Es war nicht schwer, dem Kind klarzumachen, sie sei meine Nichte, denn sie wußte ja nichts mehr von ihrer Vergangenheit.«

»Und seit jenem Tag hat sie niemals wieder ihr Gedächtnis zurückgewonnen?«

»Nein, niemals. Das Leben fing für sie an, als ihr Vater sie mir in Lausanne übergab. Und auch für mich begann es erst wirklich. Ich hätte Mary nicht lieber haben können, wenn sie wirklich meine Nicht gewesen wäre.«

»Tatsächlich aber war sie nur ein kleines Mädchen von fünf Jahren, das sein Gedächtnis verloren hatte?«

»Fünfzehn Jahre«, verbesserte Miss Marsh.

»Wieso fünfzehn?« fragte Black.

Wieder errötete Miss Marsh. »Ich habe vergessen – ich täuschte Sie vorhin«, sagte sie. »Ich habe Mary und auch allen anderen immer gesagt, ich hätte meine Nichte schon mit fünf Jahren adoptiert. Es erleichterte mir die Sache und Mary ebenfalls, da sie keine Erinnerung an ihr früheres Leben hatte. Sie war gerade fünfzehn Jahre alt. Es wird Ihnen nun klar sein, weshalb ich keine Aufnahmen aus Marys Kindheit habe.«

»Allerdings«, sagte Black. »Und ich muß Ihnen danken, Miss

Marsh, daß Sie mir so behilflich waren. Ich halte es nicht für wahrscheinlich, daß Sir John irgendwelche Auskünfte wegen des Geldes verlangen wird, und im Augenblick werde ich alles, was Sie mir erzählt haben, streng vertraulich behandeln. Was ich nun herausfinden möchte: Wo hat Lady Farren – Mary Warner – die ersten fünfzehn Jahre ihres Lebens verbracht, und was für ein Leben hat sie geführt? Wenn ich das wüßte, wäre ich vielleicht dem Geheimnis ihres Selbstmordes näher.«

»Eines hat mir immer Kopfschmerzen gemacht«, sagte Miss Marsh, als Black sich erhob, um sich zu verabschieden. »Ich bin überzeugt, ihr Vater, Henry Warner, hat nicht die volle Wahrheit gesagt, denn Mary hat niemals Angst vor Eisenbahnen gehabt, und obwohl ich viele Nachforschungen angestellt habe – von einem schweren Eisenbahnunglück in der fraglichen Zeit in England oder anderswo habe ich nicht das geringste erfahren können.«

Black kehrte nach London zurück, aber bei Sir John meldete er sich vorerst nicht. Es war nicht nötig, ihm zu erzählen, was er erfahren hatte. Diese Adoption würde Sir John nur noch mehr beunruhigen, und es war kaum anzunehmen, daß sie in irgendeinen Zusammenhang mit dem Selbstmord zu bringen war. Wahrscheinlicher war es, daß der Schleier, der das Gedächtnis der Lady Farren fünfzehn Jahre lang verhüllt hatte, durch irgendeinen schockartigen Eindruck plötzlich gerissen war. Aber welcher Art mochte dieser Eindruck gewesen sein?

Als erstes ging er in London zu dem Bankhaus, durch welches Miss Marsh das Geld des Herrn Warner erhalten hatte. Er sprach mit dem Direktor und erklärte ihm seinen Auftrag. Das einzige, was er hier erfuhr, war die alte Anschrift Henry Warners, die ihn vielleicht weiterführen konnte. Und noch etwas anderes erfuhr er hier, was Henry Warner Miss Marsh bestimmt verschwiegen hatte: Er war Geistlicher gewesen, und als Miss Marsh seine Tochter adoptierte, war er Vikar in der Gemeinde Long Common in Hampshire, in der Kirche zu Allerheiligen.

Black reiste nach Hampshire, in dem sicheren Bewußtsein,

daß sich hier etwas ›tun‹ werde. Er bemühte sich, in diesem Falle möglichst unbefangen zu bleiben, aber es war schwer, den Pfarrer Henry Warner in diesem Stück nicht als den Bösewicht anzusehen. Er sah eine ganz besondere Herzlosigkeit darin, daß ein Geistlicher es über sich brachte, seine geistesgestörte Tochter einer fremden Person zu übergeben, sich also für immer von ihr zu trennen, und nach Kanada zu gehen.

Black witterte einen Skandal. Und wenn, selbst nach fünfzehn Jahren, noch etwas von diesem Makel in Long Common umhergeisterte, so dürfte es nicht schwierig sein, aufzuspüren, welcher Art dieser Skandal gewesen war.

Black stieg im Dorfgasthaus ab und trug sich als Schriftsteller und Kenner alter Kirchenkunst in das Fremdenbuch ein. Als solcher machte er auch dem Pfarrhaus einen Besuch. Der junge Vikar, ein Enthusiast für Kirchenbau, zeigte ihm jeden Winkel seiner Kirche, vom Schiff bis zum Glockenstuhl. Black hörte geduldig und höflich zu; dabei verbarg er seine Unkenntnis geschickt. Dann fragte er nach den Vorgängern des jungen Geistlichen. Leider wußte der nicht allzuviel darüber, denn er war erst seit etwa sechs Jahren in Long Common. Über Warner wußte er wenig, nur daß sein Nachfolger nach Hull gezogen war. Auf jeden Fall hatte Warner in Long Common zwölf Jahre lang gelebt. Seine Frau lag hier begraben. Black suchte das Grab auf und notierte die Inschrift des Steins: »Hier ruht meine geliebte Frau, Emily Mary Warner, gestorben im Frieden Jesu Christi.« Auch das Datum schrieb er sich auf. Die Tochter Mary mußte damals zehn Jahre alt gewesen sein.

Ja, sagte der junge Vikar, er habe davon gehört, daß Warner damals seine Zelte in großer Eile abgebrochen habe und fortgezogen sei. Einige Leute aus dem Dorfe, vor allem die älteren, könnten sich seiner wohl noch gut erinnern.

Mr. Black kam zu der Überzeugung, daß ihn ein Abend im Gasthaus um ein gutes Stück weiterbringen werde. Er hatte sich nicht getäuscht. Der Vikar Warner hatte wohl die Achtung seiner Gemeinde genossen, aber er war wegen seiner allzu strengen Ansichten und wegen seiner Intoleranz nicht sonderlich beliebt. Er pflegte keinen geselligen Verkehr, sprach nicht mit den einfachen Leuten, und niemals besuchte er das Wirtshaus. Kurz, man schilderte ihn als einen unduldsamen und engherzigen ›Vornehmtuer‹. Seine Frau hingegen sei bei allen überaus beliebt gewesen, ebenso ihre kleine Tochter; alle hätten sie sehr gern gemocht.

Ob das Kind durch den Tod der Mutter wohl sehr gelitten habe? Niemand konnte sich genau daran erinnern. Man glaubte es eigentlich nicht. Bald kam es fort an irgendeine Schule, und dann war es nur noch während der Ferien zu Hause.

Die Gärtnersfrau war damals Köchin und Haushälterin beim Vikar gewesen. Ihr Mann, der Gärtner, lebte noch jetzt droben im Pfarrhaus, der alte Harris. Die Frau war gestorben. Er war Rosenliebhaber, und für seine Züchtungen hatte er schon viele Preise gewonnen.

Black trank sein Glas aus, zahlte und verließ das Gasthaus. Es war noch früh am Abend. Rasch streifte er die Rolle eines Fachmanns für alte Kirchenkunst ab und verwandelte sich in einen Sammler von Hampshire-Rosen. Er traf den alten Harris pfeifenrauchend vor seinem Häuschen. Am Gartenzaun kletterten Rosen empor, und Black blieb stehen, um sie zu bewundern – so begann die Unterhaltung. Aber fast eine Stunde brauchte er, um Harris von seinen geliebten Rosen abzulenken und von den früheren Geistlichen zu sprechen und besonders bei Warner zu verweilen. Ganz allmählich gewann er ein bestimmtes Bild, das allerdings nichts Bemerkenswertes erbrachte. Der Vikar Warner war ein harter Mann gewesen, wenig freundlich im Umgang und sehr karg mit Anerkennungen.

»Sicher fühlte sich Vikar Warner hier nach dem Tod seiner Frau sehr einsam, und das war wohl der Grund, warum er dann fortging?« fragte Black und bot Harris von seinem Tabak an.

»Nein, damit hatte es nichts zu tun; eher wohl wegen Miss Marys Gesundheit und weil sie nach ihrem schweren Gelenkrheumatismus im Ausland leben mußte. Sie gingen nach Kanada, und wir haben nie wieder etwas von ihr gehört.«

»Gelenkrheuma?« sagte Black. »Das ist eine schmerzhafte Sache.«

»Miss Mary hatte es in der Schule erwischt, und ich habe

schon damals zu meiner Frau gesagt, der Vikar hätte gegen den Lehrer Klage wegen Fahrlässigkeit erheben sollen. Das Kind starb ja beinahe daran.«

»Und warum hat der Vikar das nicht getan?« fragte Black.

»Er hat uns nie gesagt, ob er es tat oder nicht«, antwortete der Gärtner, »alles, was er sagte, war nur, wir sollten Miss Marys Sachen packen und sie an eine bestimmte Anschrift in Cornwall schicken, und wir sollten auch seine eigenen Sachen packen und Schoner über die Möbel tun. Danach hörten wir, der Vikar hätte seinen Wohnsitz hier aufgegeben, und sie seien fort, nach Kanada. Meine Frau hat sich damals schrecklich aufgeregt, Miss Marys wegen; sie hörte nie wieder von ihr oder von dem Vikar; und dabei hatten wir doch all die Jahre bei ihnen gedient.«

Mr. Black pflichtete ihm bei, das sei wirklich nicht nett gewesen, besonders wenn man bedenke, was sie alles für die beiden getan hätten.

»Da war also die Schule in Cornwall«, warf er ein. »Da wundert's mich nicht, wenn da jemand Gelenkrheuma bekommt. Es ist eine feuchte und neblige Gegend.«

»O nein, Herr«, erwiderte der alte Harris, »Miss Mary ging ja dorthin zur Erholung. Ich glaube, Carnleath hieß der Ort. Die Schule war in Hythe in Kent.«

»Ich habe eine Tochter in der Nähe von Hythe auf der Schule«, log Black gewandt. »Hoffentlich ist es nicht gerade diese! Wie hieß Miss Marys Schule?«

Der alte Harris schüttelte den Kopf. »Das kann ich Ihnen beim besten Willen nicht mehr sagen. Aber ich erinnere mich, daß Miss Mary immer sagte, es sei ein sehr schöner Ort, direkt an der See, und daß sie sehr gern dort sei und sich wohl fühle.«

»Ach so«, sagte Black, »dann kann es nicht dieselbe sein. Die Schule meiner Tochter liegt mehr landeinwärts. Es ist komisch, wie die Leute immer alles verdrehen. Mr. Warners Name wurde nämlich heute im Wirtshaus erwähnt – spaßig, wenn man einen Namen zum erstenmal hört, und am gleichen Tag wird dann wieder davon gesprochen! Da sagte jemand, sie seien nach Kanada gegangen, weil seine Tochter bei einem Eisenbahnunglück schwer verletzt worden sei.«

Der alte Harris lachte verächtlich: »Die Burschen da unten in der Wirtschaft sind fähig, alles zu behaupten, wenn sie einen Tropfen Bier im Magen haben! Eisenbahnunglück! So was! Gelenkrheuma war es, und der Vikar verlor fast den Verstand, als die Schule ihn plötzlich benachrichtigte und er hinfahren mußte. Ich habe noch nie gesehen, daß ein Mensch so außer sich geraten kann. Ehrlich, ich hatte nie geglaubt, daß er Miss Mary so lieb hatte, bis das passierte. Wir hatten immer das Gefühl, daß er sie vernachlässigte. Aber als er von der Schule zurückkam, sah er furchtbar aus. Seinen Gesichtsausdruck vergesse ich nie. Er hat dann zu meiner Frau gesagt, er stelle es Gott anheim, den Direktor der Schule zu strafen für diese verbrecherische Fahrlässigkeit. Das waren seine eigenen Worte.«

Black hatte es eilig, von der Familie Warner wieder auf die Rosen überzuleiten. Er blieb noch wenige Minuten, notierte sich einige Zuchtsorten, die für einen Liebhaber, der schnellen Erfolg wünschte, besonders geeignet waren, und verabschiedete sich dann. Am nächsten Morgen fuhr er mit dem ersten Zug nach London zurück. Nachmittags startete er nach Hythe. Hier sprach er mit der Besitzerin des Hotels, in dem er abgestiegen war.

»Ich suche für meine Tochter eine passende Schule hier an der Küste«, sagte er, »und soviel ich unterrichtet bin, gibt es hier in der Gegend eine oder zwei, die einen sehr guten Ruf haben. Können Sie mir eine davon besonders empfehlen?«

»Gewiß, gewiß«, war die Antwort. »Hier in Hythe sind zwei sehr gute Schulen, eine oben auf dem Hügel, von Miss Braddock, und dann ist da noch St. Bees, die große Gemeinschaftsschule, direkt vorn an der Küste.«

»Gemeinschaftsschule?« fragte Black. »Ist es immer schon eine gewesen?«

»Seit ihrer Gründung vor dreißig Jahren«, war die Antwort. »Mr. und Mrs. Johnson leiten sie noch heute. Natürlich sind sie jetzt schon ältere Leute. Die Schule ist aber sehr gut organisiert und der Ton ganz ausgezeichnet. Ich weiß, daß manche Leute ein Vorurteil gegen Gemeinschaftsschulen haben, weil behauptet wird, die Mädchen verrohen, und die Jungen werden verweichlicht. Aber ich selbst habe das nie feststellen können. Die Kinder sehen sehr vergnügt und munter aus wie alle anderen Kinder auch, und sie werden auch nur bis zu fünfzehn Jahren dort aufgenommen. Soll ich Sie bei Mr. Johnson anmelden? Ich kenne ihn gut.«

Black überlegte, ob sie wohl für die Vermittlung von Schulen Prozente bekomme. »Ja, danke, es wäre sehr freundlich von Ihnen«, antwortete er.

Die Verabredung wurde auf 11.30 Uhr am nächsten Vormittag festgesetzt. Black war überrascht, daß St. Bees eine Gemeinschaftsschule war. Pfarrer Warner war eigentlich fortschrittlicher gesinnt gewesen, als er gedacht hatte, wenn er seine Tochter einer solchen Schule anvertraute. Immerhin mußte nach der Schilderung des alten Gärtners St. Bees wohl die richtige Schule sein.

Ein Geruch von gewachstem Linoleum, gescheuerten Fußböden und Firnis drang auf ihn ein, als er das Gebäude betrat und in ein großes Studierzimmer gewiesen wurde. Ein älterer Herr mit einer Glatze und Hornbrille kam ihm mit einem breiten, behäbigen Lächeln entgegen.

»Es freut mich, Mr. Black, Ihre Bekanntschaft zu machen«, sagte er. »Sie suchen für Ihre Tochter eine Schule? Ich hoffe, St. Bees wird Ihren Wünschen in jeder Weise entsprechen.«

Black taxierte ihn insgeheim sofort als ›Geschäftsmann‹. Und nun erging er sich in einer geschickten Erzählung über seine Tochter Phyllis, die gerade in das kritische Alter komme.

»Kritisch?« warf Mr. Johnson ein. »Dann ist für sie St. Bees der richtige Ort. Bei uns gibt es keine kritischen Kinder. Alle charakterlichen Unebenheiten glätten sich hier von selbst, und wir sind stolz darauf, nur glückliche und gesunde Kinder hier zu haben. Kommen Sie mit mir, und sehen Sie selbst.«

Er schlug Black jovial auf die Schulter und machte mit ihm einen Rundgang durch die ganze Schule. Allerdings interessierte sich Black mehr für den Gelenkrheumatismus, den Mary Warner vor fünfzehn Jahren gehabt hatte. Schließlich kehrte er mit dem triumphierenden Mr. Johnson ins Studierzimmer zurück.

»Nun, Mr. Black«, sagte er, »werden wir die Ehre haben, Phyllis bei uns aufzunehmen?«

Black lehnte sich mit gefalteten Händen in seinen Stuhl zurück, ganz das Abbild eines liebenden Vaters: »Ihre Schule ist ausgezeichnet, aber Sie werden verstehen, daß wir auf Phyllis' Gesundheit ganz besonders achtgeben müssen. Sie ist nicht sehr kräftig und für Erkältungen recht anfällig. Ich überlege noch, ob die Luft hier nicht doch etwas rauh für sie ist.«

Mr. Johnson lachte, öffnete eine Schublade seines Schreibtisches und entnahm daraus ein Buch. »Mein lieber Mr. Black, St. Bees hat eine der besten Gesundheitsstatistiken aller englischen Schulen aufzuweisen. Sobald sich ein Kind erkältet, wird es sofort isoliert, die Erkältung kann also nicht auf andere übertragen werden und sich nicht ausbreiten. Ich habe hier eine Liste der Krankheiten, die im Laufe der Jahre bei unseren Kindern auftraten, und ich kann wohl sagen, daß ich sie den Eltern mit Stolz zeige.«

Er gab ihm das Buch.

»Das ist wirklich bemerkenswert«, sagte Mr. Black, indem er interessiert darin blätterte. »Natürlich haben Sie diesen guten Gesundheitszustand mit vielen neuen hygienischen Einrichtungen erzielt. Früher wird es nicht so vorbildlich gewesen sein.«

»Bei uns ist es immer so gewesen«, entgegnete Mr. Johnson und erhob sich, um von seinem Bücherbord weitere Bände zu holen. »Sie können jedes beliebige Jahr wählen.«

Mr. Black lächelte, und ohne zu zögern, erbat er die Liste des Jahres, in welchem Mary Warner von der Schule entfernt worden war. Mr. Johnsons Hand glitt den Bänden entlang und griff den fraglichen Band heraus. Black blätterte interessiert die Seiten durch: Erkältungen, ein gebrochenes Bein, ein Masernfall – aber kein Gelenkrheumatismus.

Black schloß das Buch – und ging zum Frontalangriff über: »Was ich von St. Bees bisher gesehen habe, gefällt mir sehr, aber ich möchte doch offen zu Ihnen sein. Meine Frau ließ sich einen Katalog für Schulen kommen, unter denen auch die Ihre war. Sie strich Ihre Schule sofort im Katalog, weil sie vor Jahren von einer Freundin etwas Ungünstiges darüber gehört hatte und beinahe gewarnt wurde. Diese Freundin hatte nämlich einen Bekannten – Sie wissen, wie das so geht –, um es kurz zu sagen, dieser Bekannte war gezwungen, seine Tochter von St. Bees fortzunehmen, und hatte sogar davon gesprochen, die Schule wegen Fahrlässigkeit zu belangen.«

Mr. Johnson war das Lächeln vergangen. Seine Augen schauten verkniffen durch die hornumrandeten Gläser seiner Brille. Kalt sagte er: »Ich wäre Ihnen sehr verbunden, wenn Sie mir den Namen des Freundes dieser Dame sagen könnten.«

»Gewiß«, erwiderte Black, »der Bekannte dieser Dame ging später nach Kanada. Es war, soviel ich weiß, ein Geistlicher, der Vikar Henry Warner. Wie ich hörte, kam Mary Warner damals knapp am Tode vorbei.«

Die Hornbrille auf der Nase des Mr. Johnson vermochte nicht ein merkwürdiges, wachsames Flackern in den Augen zu verbergen. Der vorher so überfließend liebenswürdige Lehrer war plötzlich ein kalter Geschäftsmann geworden.

»Sie kennen diese Geschichte offenbar nur vom Standpunkt der Verwandten aus«, sagte er. »Nicht wir waren fahrlässig, sondern der Vater Henry Warner. Wir sind damals sehr vorsichtig gewesen – wie jetzt und immer. Ich habe dem Vater gesagt, das alles müsse sich in den Ferien ereignet haben und auf gar keinen Fall in unserer Schule. Er wollte mir nicht glauben und beharrte darauf, daß die Schuld an allem bei unseren Knaben zu suchen sei und wir es an der genügenden Aufsicht hätten fehlen lassen. Ich ließ jeden Jungen von einem bestimmten Alter an zu mir kommen, und hier in diesem Zimmer fragte ich sie unter vier Augen aus. Meine Jungen waren schuldlos, sie sagten die Wahrheit. Völlig nutzlos war das Verhör des Mädchens selbst. Sie wußte überhaupt nicht, wovon wir sprachen. Ich brauche Ihnen wohl kaum zu sagen, daß das Ganze für uns ein furchtbarer Schlag war. Gott sei Dank sind wir aber über diese Geschichte hinweggekommen; allerdings hofften wir, sie sei längst vergessen.«

Sein Gesicht wirkte nun müde und abgespannt. Überwunden war also die Sache, aber noch nicht vergessen.

»Was geschah dann?« fragte Black. »Sagte Ihnen Warner, er wolle seine Tochter von der Schule nehmen?«

»Er? Im Gegenteil! Wir legten es ihm nahe! Wie konnten wir uns erlauben, Mary noch länger hierzubehalten, als wir entdecken mußten, daß sie im fünften Monat schwanger war?«

Das Mosaik fügt sich zusammen, dachte Black. Es war immer anregend, der Wahrheit auf die Spur zu kommen, mit Hilfe der Lügen anderer. Zuerst war es Miss Marsh, deren eiserne Haltung er durchbrechen mußte, und auch Warner selbst war ein gutes Stück von seinem geraden Weg abgewichen, als er, um seine Tochter zu schützen, seine Geschichten erfand: einmal ein Eisenbahnunglück, dann wieder Gelenkrheumatismus. Jedenfalls mußte ihm die Sache schweres Kopfzerbrechen verursacht haben. Dennoch war es niederträchtig von ihm gewesen, das Mädchen, als alles vorüber war, einfach abzuschieben. Der Verlust ihres Gedächtnisses war wirklich begreiflich; nur über den eigentlichen Anlaß war sich Black noch nicht im klaren. War die Welt der Kindheit für dieses fünfzehnjährige Mädchen mit einem Schlag ein böser Traum geworden, und hatte die Natur barmherzig ausgelöscht, was geschehen war? Es schien fast so – aber Black war ein gewissenhafter Mann und gab sich mit Vermutungen nicht zufrieden. Außerdem wurde er gut bezahlt und wollte auch ganze Arbeit leisten.

Er erinnerte sich an Carnleath, den Ort, wo sich Mary Warner von ihrem angeblichen Gelenkrheumatismus erholte hatte. Er verabschiedete sich von Mr. Johnson, ohne eine bindende Zusage für Phyllis zu geben, und fuhr mit seinem Wagen davon.

Plötzlich fiel ihm ein, daß er noch einmal mit dem alten Harris sprechen könnte, und da Long Common am Weg lag, suchte er ihn auf. Ein kleiner Rosenstock, den er an einem Marktstand gekauft hatte, bot den Vorwand. Leider war Harris nicht zu Hause. Seine verheiratete Tochter öffnete ihm. Sie trug ein Baby auf dem Arm; leider wisse sie nicht, wann ihr Vater zurückkomme. Sie war eine freundliche und umgängliche Frau, wie Black feststellte. Er zündete sich umständlich eine Zigarette an, übergab ihr den Rosenstock für ihren Vater und bewunderte das Baby.

»Ich habe auch so ein Kleines daheim«, leitete er die Unterhaltung ein. »Wirklich?« sagte die Frau, »ich habe noch zwei, aber Roy ist der jüngste.«

Black sog an seiner Zigarette und unterhielt sich über Babys. Unvermittelt aber wechselte er das Thema: »Sagen Sie doch Ihrem Vater, ich sei vor einigen Tagen in Hythe gewesen. Dort in der Schule habe ich meine Tochter besucht, und zufällig kam ich mit dem Direktor ins Gespräch. Sie wissen ja, daß Mary Warner dort erzogen wurde, und Ihr Vater hat mir erzählt, der Herr Pfarrer sei so verärgert gewesen, weil sich seine Tochter Gelenkrheumatismus geholt habe. Nun – der Direktor bestritt das. Das Kind müsse sich zu Hause infiziert haben, behauptete er.«

»Tatsächlich?« erwiderte die Frau. »Na ja, er hat natürlich irgend etwas sagen müssen, um der Schule willen. Ich weiß, Miss Mary hat mir oft genug von der Schule St. Bees erzählt. Wir waren nämlich fast gleich alt, und wenn sie zu Hause war, durfte ich immer ihr Fahrrad haben.«

»Hier im Pfarrhaus«, meinte Black, »hat sie sich wohl einsam gefühlt. Da war sie sicher froh, daß Sie da waren.«

»Ich glaube«, sagte die Frau, »Miss Mary fühlte sich nie einsam. Sie war so gut und hatte für jeden ein freundliches Wort. Wir spielten immer herrlich zusammen. Cowboy und Indianer.«

»Freunde hatte sie wohl nicht, und sie ging sicher auch nicht ins Kino?«

»Aber nein, so eine war Miss Mary nicht. Heute sind die Mädchen anders, schrecklich, nicht wahr?«

Black gab das zu. »Aber ich wette, Sie hatten beide Ihre Verehrer«, schmunzelte er.

»Nein, tatsächlich nicht! Miss Mary war von St. Bees her so an Jungen gewöhnt, daß sie nichts Besonderes an ihnen fand. Außerdem hätte der Herr Pfarrer niemals so etwas wie einen Verehrer geduldet. Miss Mary mußte immer vor dem Dunkelwerden zu Hause sein.«

»Ach, ich wollte, ich könnte meine Tochter auch dazu erziehen. Sie kommt immer spät heim«, klagte Black. »An Sommerabenden wird es manchmal fast elf Uhr abends, bevor sie zu Hause ist. Ich weiß, es ist nicht recht, und aus den Zeitungen weiß man ja, was sich alles tut.«

»Ja, unerhört«, stimmte die Tochter des Gärtners bei.

»Aber diese Gegend ist ruhig, hier wird es kaum schlechte Elemente geben«, sagte Black.

»Nein«, meinte die Frau, »hier ist nur Betrieb, wenn die Hopfenpflücker kommen.«

Black warf seine Zigarette fort. »Hopfenpflücker?« fragte er neugierig.

»Ja. Hier wird viel Hopfen angebaut, und im Sommer kommen die Hopfenpflücker, das sind recht rohe Kerle. Sie kommen aus den Elendsvierteln von London und wohnen hier in einem Zeltlager.«

»Aber Sie und Miss Mary kamen doch wohl kaum mit ihnen zusammen, solange Sie noch Kinder waren«, sagte Black.

Die Frau lächelte. »Wir durften natürlich nicht, aber wir taten es heimlich doch. Es hätte einen großen Krach gegeben, wenn es ruchbar geworden wäre. Ich weiß, einmal gingen wir nach dem Abendbrot hinaus. Mit einer dieser Hopfenpflückerfamilien hatten wir uns etwas angefreundet, wissen Sie, und es wurde gerade gefeiert. Ich weiß nicht mehr, was es war, ich glaube, ein Geburtstag oder so. Ich und Miss Mary waren eingeladen, und wir bekamen auch Bier zu trinken. Wir hatten noch nie Bier getrunken und bekamen einen richtigen Schwips. Miss Mary war schlimmer dran als ich. Sie erzählte mir nachher, daß sie überhaupt nicht mehr wußte, was an dem Abend alles geschehen sei. Wir hatten alle rundherum vor den Zelten gesessen, wissen Sie, und als wir nach Hause gingen, rumorte es in unseren Köpfen wie ein Mühlrad. Wir bekamen es richtig mit der Angst. Ich habe oft nachgedacht, was bloß der Herr Pfarrer gesagt hätte oder mein Vater, wenn sie es gewußt hätten. Ich hätte eine Tracht Prügel bekommen und Miss Mary eine Predigt.«

»Und das mit Recht«, sagte Black. »Wie alt waren Sie denn damals?« – »Ich war ungefähr dreizehn, und Miss Mary war gerade vierzehn Jahre alt geworden. Es waren ihre letzten Sommerferien im Pfarrhaus. Die Arme! Ich habe oft gedacht, was wohl aus ihr geworden ist. Wahrscheinlich ist sie in Kanada schon verheiratet.«

»Na, Kanada ist nach allem, was man so hört, ein schönes Land«, sagte Black. »Aber ich verschwatze hier die Zeit. Vergessen Sie nicht, Ihrem Vater den Rosenstock zu geben.«

Der Besuch hatte sich wahrhaftig gelohnt. Die Tochter des alten Harris wußte mehr als er selber. Hopfenpflücker und Bier! Das war es! »Entscheidend«, würde Mr. Johnson von St. Bees sagen. Auch die zeitlichen Gegebenheiten stimmten auffallend. Trotzdem – es blieb eine scheußliche Geschichte.

Black trat aufs Gaspedal und fuhr durch Long Common hinaus nach Westen.

Nun galt es vor allem festzustellen, wann Mary Warner ihr Gedächtnis verloren hatte. Daß sie nicht mehr wußte, wie es auf der Feier mit diesen Hopfenpflückern zugegangen war, verstand sich von selbst und besagte gar nichts: Ein bis zur Besinnungslosigkeit verwirrter Kopf und zwei verängstigte Kinder, die in höchster Eile nach Hause rannten, erklärten die Sache. Johnson in St. Bees hatte ja in seinem Eifer, mit dem er das Ansehen der Schule verteidigte, betont, Mary habe von ihrem Zustand überhaupt nichts gewußt. Sie hatte nicht die leiseste Vorstellung von den Dingen des werdenden Lebens gehabt, und der Schularzt selbst war dagegen gewesen, das Mädchen weiter auszufragen. Man hatte also den Vater kommen lassen und das Kind von der Schule entfernt. Black überlegte, wie der Pfarrer dies alles wohl aufgenommen und was er seiner Tochter gesagt haben mochte. Wahrscheinlich hatte er das unglückliche Kind so mit Fragen gequält, daß es eine Gehirnhautentzündung bekommen hatte. Die Nerven eines jeden Kindes hätten unter einem solchen Schock gelitten. Vielleicht würde er in Carnleath die Lösung finden. Carnleath war eine kleine Stadt an der Südküste.

Blacks Familie, Phyllis und die Kinder, verschwand wieder im Lande der Fabel, aus dem sie gestiegen war.

Black gab sich jetzt als jung verheirateter Ehemann, dessen erst achtzehnjährige Frau ihr erstes Kind erwartete. In Carnleath fand er eine Klinik, die nur schwangere Frauen aufnahm. Sie lag direkt oberhalb des Hafens auf einem Felsen. Black parkte seinen Wagen an der Mauer, stieg aus, ging zur Eingangstür und zog die Hausglocke. Er bat den Hausmeister, die Leiterin des Hauses sprechen zu dürfen, und wurde in ihr Wohnzimmer gewiesen. Ehe er noch Platz genommen hatte, stand sie vor ihm: Sie war klein, dick und gemütlich, und er war überzeugt, daß er mit Hilfe seiner Fabelfrau, die er Pearl zu nennen beschloß, manches erfahren würde.

»Und wann erwarten Sie das freudige Ereignis?« fragte die Oberin. Das war keine Einheimische aus Cornwall, stellte Black fest, ihre Mundart war eher ein kerniges, volltönendes Cockney. Black hatte absolutes Vertrauen zu ihr gefaßt.

»Im Mai«, antwortete er. »Meine Frau will das große Ereignis unbedingt an der See erleben, und da wir auch hier unsere Flitterwochen verbrachten, hat sie eine gewisse Schwäche für die Stadt, und ich auch.« Mit einem harmlosen Lächeln deutete Black seine zukünftigen Vaterfreuden an. Und auch die Hausmutter lächelte: »Das ist aber nett, Mr. Black. Zurück an den Tatort, nicht wahr?« Ein etwas derber Scherz, dachte Black, aber sie redete weiter. »Nicht alle meine Patienten denken so gern an die Vergangenheit zurück. Sie würden staunen!«

Black bot ihr eine Zigarette an: »Ich hoffe, Sie zerstören meine Illusionen nicht«, sagte er.

»Illusionen?« entgegnete die Hausmutter. »Wir haben hier wenig Illusionen, mein Herr. Die gehen in so einem Haus schnell verloren.«

Black drückte sein Bedauern für seine noch so harmlose Pearl aus. »Aber meine Frau ist ein mutiges Mädchen, sie hat keine Angst. Nur eins macht mir Sorge: Sie ist erst achtzehn Jahre alt – ist das nicht zu jung für eine Geburt, Schwester?«

»Ach, man kann gar nicht jung genug dafür sein«, erwiderte diese und blies den Rauch ihrer Zigarette in Ringen empor. »Je jünger, desto besser. Die Knochen sind dann noch nicht so unbeweglich und die Muskeln noch nicht so fest.«

»Sie haben also schon öfter so junge Patientinnen von achtzehn Jahren gehabt?« erkundigte sich Black.

»Noch jünger«, sagte sie. »Wir haben für jedes Alter von fünfzehn bis fünfundvierzig zu sorgen – und nicht alle davon haben angenehme Flitterwochen gehabt, glauben Sie mir!«

Black wappnete sich. Wenn diese Heimleiterin schon nach einer Zigarette so redselig und offen war, wieviel mehr würde ein Doppel-Gin zutage fördern?

Sein Entschluß war gefaßt. Er bestellte ein Bett für Pearl und lud die Heimleiterin zum Essen ein. Bereitwillig ging sie darauf ein: »Das ist nett von Ihnen! ›Schmugglersruh‹ ist zwar nur ein kleines Lokal, aber die Bar ist die beste in Carnleath.«

»Dann wollen wir bei ›Schmugglersruh‹ bleiben«, willigte Black ein, und sie einigten sich auf neunzehn Uhr.

Gegen 21.30 Uhr, nach zwei Doppel-Gins, Austern, einer Flasche Chablis und einigen Brandys, war es nicht mehr schwierig, die Hausmutter zum Reden zu bringen; im Gegenteil, Black überlegte bereits, wie er diesen Redestrom eindämmen konnte. Sie schwelgte in den Raffinessen der Hebammenkunst mit einer solchen Fülle an Einzelheiten, daß Black beinahe blaß wurde. Er empfahl ihr, Memoiren darüber zu schreiben. »Natürlich keine Namen«, meinte er, »und kommen Sie mir nicht damit, daß alle Ihre Patientinnen verheiratet waren, denn das glaube ich nicht.«

Sie stürzte erneut einen Brandy hinunter. »Ich sagte Ihnen ja schon, wir haben in ›Seeblick‹ alle Sorten gehabt. Aber Sie brauchen keine Angst zu haben, wir sind absolut diskret.«

»Ich bin durch nichts zu verblüffen«, sagte Black, »und Pearl auch nicht.«

»Sie kennen Ihre Frau! Schade, daß nicht alle Ehemänner so sind! Es gäbe weniger Tränen bei uns.«

Sie beugte sich vertraulich über den Tisch: »Es würde Ihnen schwindeln, wenn Sie wüßten, was manche Leute dafür zahlen!« sagte sie. »Ich meine nicht die anständig vor Gott Verehelichten wie Sie, sondern die, welche aus Versehen hereingefallen sind, wie man so sagt. Sie kommen her, um alles wieder los zu sein, und sie tun, als ob all die Ausflüchte, die sie zur Hand haben, wirklich den Tatsachen entsprächen, aber mich können sie nicht täuschen!«

Black bestellte einen neuen Brandy und fragte: »Was geschieht eigentlich mit den unerwünschten Babys?«

»Oh, ich habe meine Verbindungen«, erwiderte die ehrenwerte Frau, »es gibt viele Pflegemütter in dieser Gegend, die bei entsprechender Bezahlung nicht nein sagen und die Kinder behalten, bis sie schulpflichtig sind. Fragen werden nicht gestellt. Manchmal habe ich die Aufnahmen der richtigen Mütter in den Illustrierten gesehen. Die Schwestern und ich haben oft unser stilles Vergnügen.«

Sie nahm eine Zigarette.

»Und doch mache ich mir Sorgen wegen des Alters meiner Frau«, warf Black wieder ein. »Wie alt war eigentlich Ihre jüngste Patientin?«

Die Frau überlegte eine Weile: »So zwischen vierzehn und fünfzehn«, sagte sie dann. »Ja, eine hatten wir mit knapp fünfzehn Jahren, wenn ich mich recht erinnere. Das war ein trauriger Fall! Es ist nun schon lange her.«

»Erzählen Sie mir davon«, bat Black.

Die Oberin schlürfte bedächtig ihren Brandy und fuhr fort: »Sie stammte von wohlhabenden Eltern. Der Vater hätte jede Summe bezahlt, aber ich bin nicht raffgierig. Ich nannte ihm die Summe, die ich für angebracht hielt, und er war so froh, seine Tochter bei mir lassen zu können, daß er mir noch ein Draufgeld gab.«

»Wie war denn das passiert?« wollte Black wissen.

»Hm, Gemeinschaftsschule, sagte der Vater, aber ich habe nie an diesen Roman geglaubt. Das Erstaunliche war, daß das kleine Mädchen niemals und keinem von uns sagen konnte, was geschehen war. Im allgemeinen bekomme ich bei meinen Patientinnen jede Wahrheit heraus, aber bei ihr ist es mir nicht gelungen. Sie erzählte uns, ihr Vater habe gesagt, es sei die größte Schande, die je einem Mädchen passieren könne. Sie könne das nicht verstehen, sagte sie, weil ihr Vater doch Geistlicher sei und in seinen Predigten immer sagte, was die Jungfrau Maria erlebt habe, sei das Wunderbarste auf Erden.«

»Sie wollen damit sagen, daß dieses Mädchen das alles für übernatürlich hielt?« fragte Black.

»Ja, genau das stellte sie sich vor«, erwiderte sie. »Nichts konnte diesen Glauben in ihr erschüttern. Wir klärten sie über das wirkliche Geschehen auf, aber sie wollte uns nicht glauben. Sie sagte zu der Schwester, daß so etwas Gräßliches jedem anderen passieren könne, aber ihr gewiß nie! Sie sagte, sie habe einmal von Engeln geträumt, und ganz bestimmt sei einer im Schlaf zu ihr gekommen; ihr Vater sei der erste, dem die harten Worte leid täten, wenn das Baby auf der Welt sei; natürlich werde es ein neuer Messias, der die Welt erlöse.«

»Eine schreckliche Geschichte«, sagte Black und bestellte einen Kaffee. Die Frau schien nun menschlicher zu werden, sie schaute verständnisvoll vor sich hin und vergaß sogar, mit den Lippen zu schmatzen. »Wir gewannen die Kleine richtig lieb, die Schwestern und ich«, sagte sie. »Man konnte gar nicht anders. Sie hatte ein so liebes Wesen, und wir fingen beinahe an, ihre Geschichte zu glauben. Sie bekam ihr Kind, einen Jungen, und niemals habe ich früher und bis heute wieder so etwas Süßes gesehen wie dieses Mädchen, wenn es im Bett saß und sein Kind im Arm hielt. Man hätte glauben können, es hätte eine Puppe zum Geburtstag bekommen. Es war so glücklich, daß es kein Wort herausbrachte; nur immer: O Frau Oberin! O Frau Oberin! Weiß Gott, ich bin kein Waschlappen, aber ich war den Tränen nahe! Aber eines kann ich Ihnen sagen, wer immer auch der Vater dieses Kindes sein mochte, er mußte ein Rotkopf gewesen sein. Ich weiß noch, ich sagte zu dem Mädchen: ›Na, das ist aber ein richtiges kleines Füchschen, daran ist nicht zu zweifeln‹, und Füchschen hieß er dann hier bei uns allen, auch für das arme kleine Ding. Ich möchte nicht noch einmal durchmachen, was wir erlebten, als wir Mutter und Kind voneinander trennen mußten.«

»Sie trennten sie?« fragte Black. »Weshalb?«

»Wir mußte es tun. Der Vater wollte sie fortbringen, damit sie ein neues Leben beginnen könne, und das konnte sie natürlich nicht mit einem Kind – wenigstens ein Mädchen ihres Alters nicht.

Vier Wochen behielten wir sie und ihr Füchschen bei uns, und das war schon zu lange. Sie war schon zu sehr mit ihm verwachsen. Aber es war alles festgelegt: Der Vater sollte sie abholen und in ein Heim geben. Die Schwestern und ich machten uns viele Gedanken, und um es der Kleinen erträglicher zu machen, verabredeten wir, ihr zu sagen, das Füchschen sei in der Nacht gestorben. Wir sagten es ihr. Aber es war furchtbar, viel schlimmer, als wir es uns vorgestellt hatten. Kreideweiß wurde sie, und dann begann sie zu schreien ... ich glaube, ich höre dies Schreien noch bis an mein Lebensende. Es war ein entsetzliches Schreien – hoch und sonderbar. Dann verlor sie das Bewußtsein, sie lag wie tot, und wir alle glaubten nicht, daß sie diesen Schock jemals überstehen würde. Ganz allmählich kam sie wieder zur Besinnung.

Aber wissen Sie, was geschehen war? Sie hatte ihr Gedächtnis verloren. Sie erkannte uns nicht mehr, auch nicht ihren Vater, als er kam, sie zu holen, sie erkannte niemand mehr. Sie wußte auch nicht, was mit ihr geschehen war, es war alles wie ausgelöscht in ihrer Erinnerung. Körperlich war sie gesund, und geistig soweit auch. Der Arzt sagte damals, es sei eine Gnade der Natur, die hier gewaltet hätte. Aber wenn ihr jemals wieder die Erinnerung an all dies zurückkehrte, dann wäre es für die arme Kleine gleich einem Erwachen im Fegefeuer.«

Black winkte dem Kellner und bezahlte die Rechnung. »Es tut mir leid, daß unsere Unterhaltung mit einer so tragischen Geschichte zu Ende geht«, sagte er, »aber ich danke Ihnen trotzdem gerade für diesen Bericht. Was geschah übrigens danach mit dem Baby?«

Die Oberin nahm ihre Handschuhe und die Handtasche und sagte: »Es kam in ein Kinderheim in Newquay. Ich habe dort einen Bekannten im Ausschuß und konnte es so arrangieren, aber leicht war es nicht. Wir gaben dem Kind den Namen Tom Smith; das ist ein vernünftiger und unauffälliger Name. Wenn ich aber an das Kleine denke, so ist es für mich noch immer das Füchschen. Der arme Kerl, er wird niemals wissen, daß er in den Augen seiner Mutter dazu bestimmt war, einmal die Welt zu erlösen.«

In den Heimen für uneheliche Kinder ist es nicht üblich, über das Woher der ihnen anvertrauten Kinder Auskunft zu geben; der Leiter des Heimes in Newquay bildete also keine Ausnahme.

»Es hat keinen Zweck«, erklärte er, »die Kinder selbst kennen nichts anderes als das Heim, in dem sie aufgewachsen sind. Sie würden plötzlich unsicher, wenn die Eltern die Verbindung mit ihnen aufnähmen. Allerlei Komplikationen könnten daraus entstehen.«

»Das verstehe ich schon«, erwiderte Black, »aber in diesem Fall wäre eine Komplikation ausgeschlossen. Der Vater war unbekannt, und die Mutter ist tot.«

»Dafür habe ich nur Sie als Zeugen«, entgegnete der Leiter. »Es tut mir leid, aber es geht strikt gegen meine Vorschriften, das Dienstgeheimnis zu brechen. Das letzte, was wir über den Jungen hörten, war, daß er eine Stellung als Vertreter innehat und daß er in seinem Fach recht tüchtig sein soll. Ich bedaure sehr, aber eine weitere Auskunft kann ich Ihnen leider nicht geben.«

»Danke«, schloß Black die Unterhaltung, »Ihre Angaben genügen mir vollkommen.«

Er ging langsam zu seinem Wagen und schaute alle seine Notizen noch einmal durch.

Der letzte, der – außer dem Butler – Lady Farren lebend gesehen hatte, war ein Vetreter gewesen, der ihr Gartenmöbel angeboten hatte . . .

Black fuhr zurück nach London. Die betreffende Firma hatte ihren Hauptsitz in Norwood, Middlesex. Die Anschrift erfuhr er telefonisch von Sir John. Diesmal ließ er sich beim Chef der Firma melden, ohne seinen Beruf zu leugnen. Er gab seine Karte ab und erklärte dem Chef, der ihn sogleich empfing, daß er im Auftrag von Sir John Erkundigungen einziehen müsse, um über die letzten Stunden der Lady Farren Klarheit zu gewinnen; sie sei vor einer Woche erschossen aufgefunden worden. Am Morgen ihres Todestages habe sie noch einem Vertreter seiner Firma einen Auftrag für Gartenstühle gegeben. Ob die Möglichkeit bestehe, diesen Vertreter zu sprechen?

Der Inhaber der Firma bedauerte außerordentlich, aber zur

Zeit seien alle Vertreter unterwegs. Vielleicht wüßte aber Mr. Black den Namen?

Ja, er heiße Tom Smith.

Der Chef schaute in seine Bücher. Tom Smith war ein ganz junger Mann, der vor kurzem die Stellung angetreten hatte und nun seine erste Tour bearbeitete. Er wurde erst in fünf Tagen wieder in Norwood erwartet. Wenn aber Mr. Black Wert darauf lege, ihn schon vorher zu sprechen, so empfehle er, ihn am Abend des vierten Tages in seinem Logis aufzusuchen, bis dahin sei er bestimmt wieder zurück. Er gab Black die Adresse.

»Können Sie mir zufällig sagen, ob dieser junge Mann rotes Haar hat?« fragte Black.

»Sherlock Holmes, wie?« sagte lächelnd der Chef. »Ja, Tom Smith hat brandrotes Haar und eine wahre Mähne, man meint fast, sie brenne.«

Dankend verabschiedete sich Black. Am Abend des vierten Tages fuhr er wieder nach Norwood hinaus, um festzustellen, ob Tom Smith zurückgekehrt sei. Er hatte Glück. Eine alte Wirtin öffnete ihm und sagte, Mr. Smith sitze gerade beim Abendbrot. Ob er nicht eintreten wolle?

Sie führte Black in ein kleines Wohnzimmer, wo ein junger Bursche, fast noch ein Knabe, am Tisch saß und gerade dabei war, einen geräucherten Hering mit Appetit zu verspeisen. Smith legte Gabel und Messer nieder und wischte sich den Mund. Er hatte ein schmales, verkniffenes Gesicht und hellblaue, eng zusammenstehende Augen. Wie ein Frettchen, dachte Black. Sein rotes Haar stand wie eine Flamme über dem Kopf.

»Was ist los?« fragte er. Offenbar war er verwirrt, noch ehe Black ein einziges Wort gesprochen hatte.

»Mein Name ist Black«, sagte der Detektiv freundlich. »Ich komme von einer Privatagentur und möchte ein paar Fragen an Sie richten, wenn Sie gestatten.«

Tom Smith erhob sich. Seine Augen wurden noch schmaler. »Was wollen Sie von mir?« fragte er. »Ich habe nichts verbrochen.«

275

Black zündete sich eine Zigarette an und setzte sich ohne Aufforderung. »Davon habe ich auch nichts gesagt«, erwiderte er. »Ich bin nicht hier, um Ihr Auftragsbuch zu prüfen, falls Sie das beunruhigen sollte. Aber ich weiß zufällig, daß Sie kürzlich bei einer Lady Farren vorsprachen.«

»Und was ist damit?«

»Weiter nichts. Bitte erzählen Sie mir, wie Ihr dortiger Besuch verlief.«

»Meinetwegen! Angenommen, ich war bei dieser Lady Farren. Angenommen, sie gab mir tatsächlich ein paar Aufträge. Ich werde das alles mit der Firma selbst in Ordnung bringen, wenn sie Wind davon bekommen haben sollte. Ich kann ja sagen, daß ich den Scheck aus Versehen auf meinen Namen ausstellen ließ. Es soll bestimmt nicht wieder vorkommen.«

Black mußte an Miss Marsh denken. Weshalb nur mußten diese Menschen immer etwas ganz anderes sagen, als was man wissen wollte?

»Ich glaube, es ist alles viel einfacher, als Sie meinen«, sagte Black. »Sagen Sie mir offen die Wahrheit, und ich werde Sie weder bei Ihrer Firma noch bei Ihrem Heimleiter anzeigen.«

Unschlüssig trat der junge Mensch von einem Fuß auf den anderen. Dann fragte er: »Die haben Sie also geschickt? Das hätte ich mir denken können. Immer sind sie hinter mir her, von Anfang an. Nicht eine Chance habe ich bisher gehabt!«

Etwas wie Mitleid mit sich selbst schwang in seiner Stimme, er wimmerte beinahe.

Einen nennenswerten Erfolg hatte also dieser junge Mensch, der als Baby von seiner Mutter dazu bestimmt war, einmal die Welt zu erlösen, noch nicht gehabt, dachte Black. »Ihre Kindheit interessiert mich nicht«, sagte er, »nur Ihre allerletzte Vergangenheit und hier besonders Ihr Besuch bei Lady Farren. Vielleicht wissen Sie es noch nicht: diese Dame ist tot.«

Der Bursche nickte: »Ich las es im Abendblatt. Und das war es eigentlich erst, was mich zu allem veranlaßte. Sie konnte mich ja nicht mehr anzeigen.«

»Was wollten Sie denn tun?« fragte Black.

»Das Geld einmal für mich ausgeben!« antwortete Smith offen, »den Auftrag aus dem Buch herausreißen und niemandem etwas davon sagen. Das war ein toller Dreh.«

Black sog an seiner Zigarette – und plötzlich stieg vor ihm ein Bild auf: überfüllte Zelte, Loren, Matratzen, die auf einem Feld abgeladen wurden, wo der Hopfen an hohen Stangen emporkletterte, Gelächter, Bierdunst – und ein rothaariger Junge mit unruhigen Augen wie dieser, hinter einer der Loren verborgen, und ein kleines Mädchen . . .

»Ja«, sagte er, »das war ein toller Dreh. Erzählen Sie weiter.«

Tom Smith faßte Vertrauen. Dieser Mann würde ihn nicht verraten, wenn er die Wahrheit sagte.

Er wurde ruhiger. »Lady Farren war auf meiner Kundenliste wie alle Bonzen in meinem Distrikt besonders angekreuzt. Man hatte mir gesagt, daß sie viel Geld habe und bestimmt einen Auftrag geben werde. Darauf ging ich zu ihr, und der Butler ließ mich auch sofort ein. Ich zeigte ihr meinen Katalog, und dann suchte sie zwei Gartenstühle aus. Ich verlangte einen Scheck als Vorauszahlung; sie schrieb ihn ohne weiteres und gab ihn mir. Das ist alles.«

»Augenblick«, unterbrach Black, »war Lady Farren freundlich zu Ihnen, und zeigte sie ein besonderes Interesse für Sie?«

Der Bursche schien ehrlich verwundert.

»Interesse an mir? Nein, weshalb?«

»Was sagte sie zu Ihnen?« beharrte Black auf seiner Frage.

»Sie sah nur in den Katalog, und ich stand daneben und wartete. Dann kreuzte sie zwei Artikel mit dem Bleistift an, und ich fragte, ob sie die Sachen im voraus bezahlen wolle, und bat um einen Barscheck, den der Überbringer kassieren kann. Ich riskierte es einfach, wissen Sie, sie hatte so ein Gesicht, das man leicht täuschen kann. Und sie stellte den Scheck auch sofort aus. Ich dachte einfach, daß ich auf diese Tour endlich einmal etwas mehr Geld in die Hände bekommen könnte.«

Plötzlich lächelte er, und sein schmales Frettchengesicht hellte sich merkwürdig auf. Das Blau seiner hellen Augen vertiefte sich, und der verschlagene Ausdruck wich einer seltsam gewinnenden Unschuld.

»Ich seh' schon, diesmal hat es nicht geklappt«, sagte er,
»nächstes Mal versuche ich es anders.«

»Versuchen Sie, die Welt zu erlösen«, sagte Black.

»Was?« fragte Tom Smith. Und Black sagte adieu.

Am Nachmittag des nächsten Tages fuhr er hinaus, um Lord
Farren Bericht zu erstatten. Aber ehe er sich in die Bibliothek
führen ließ, bat er im Wohnzimmer den Butler um ein paar
Worte unter vier Augen.

»Sie führten doch den Vertreter hier in dieses Zimmer. Sie
gingen dann hinaus und ließen ihn allein bei Lady Farren.
Nach etwa fünf Minuten läutete Lady Farren, und Sie geleite-
ten den Vertreter wieder hinaus. Danach brachten Sie Lady
Farren ein Glas Milch. Stimmt das so?«

»Ja, genau, Sir!«

»Als Sie mit dem Glas Milch hereinkamen, womit war Lady
Farren da gerade beschäftigt?«

»Sie stand nur da, ungefähr, wo Sie jetzt stehen, und betrachtete den Katalog.«

»Sie sah aus wie immer?«

»Ja, Sir!«

»Und was geschah dann? Ich habe Sie zwar schon damals gefragt, aber ich möchte alles noch einmal durchgehen.«

Der Hausmeister überlegte. »Ich gab Mylady die Milch. Ich
fragte sie, ob sie für den Chauffeur irgendeinen Auftrag hätte.
Sie sagte nein, Sir John würde später mit ihr ausfahren.«

»Weiter sagte sie nichts? Sie sagte nichts über den Vertreter?«

»Nein, Sir, Mylady hat nichts über ihn gesagt. Aber ich sagte
etwas, fällt mir ein, gerade, als ich aus dem Zimmer ging, aber
Mylady hat bestimmt nicht mehr gehört, was ich sagte, weil sie
gar nicht darauf geantwortet hat.«

»Was sagten Sie?«

»Ich sagte im Scherz, wenn der Vertreter wieder einmal
käme, so würde ich ihn sofort wiedererkennen, wegen seiner
Haare. Ich sagte, das sei ja ein richtiges ›Füchschen‹ – aber
wirklich. Dann ging ich hinaus und machte die Türe zu.«

»Danke«, sagte Black, »das wäre wohl alles.«

Er stand noch da und schaute in den Garten hinaus, als Sir John ins Zimmer trat.

»Ich erwartete Sie in der Bibliothek«, sagte er. »Nun, zu welchem Schluß sind Sie gekommen?«

»Zu keinem anderen als bisher, Sir John.«

»Sie meinen also, wir sind da, wo wir angefangen haben? Sie können mir keinerlei Gründe angeben, warum meine Frau ihrem Leben ein Ende gemacht haben könnte?«

»Keinen, tatsächlich. Ich kann mich nur der Meinung des Arztes anschließen. Ein Impuls, durch ihren Zustand hervorgerufen, trieb Lady Farren in das Waffenzimmer und zwang sie dazu, sich mit einem Gewehr zu erschießen. Sie ist glücklich und zufrieden gewesen, wie Sie und alle anderen wissen und bezeugen können, Sir John, und hat ein untadeliges Leben geführt. Es bestand nicht der geringste Beweggrund für diese Tat.«

»Gott sei gedankt«, sagte Sir John.

Black hatte sich bisher niemals für sentimental oder gefühlsduselig gehalten; von nun an war er davon nicht mehr so fest überzeugt.

Wenn die Gondeln Trauer tragen

»Sieh jetzt nicht hin«, sagte John zu seiner Frau. »Ein paar Tische weiter sitzen zwei alte Jungfern, die mich hypnotisieren wollen.«

Laura verstand sofort und sah mit einem vollendet gespielten Gähnen zum Himmel auf, als spähte sie nach einem nicht vorhandenen Flugzeug.

»Genau hinter dir«, fügte er hinzu. »Du darfst dich nicht gleich umdrehen – das wäre zu auffällig.«

Laura griff auf den ältesten Trick der Welt zurück und ließ ihre Serviette fallen. Dann beugte sie sich unter den Tisch, um sie aufzuheben, und warf beim Aufrichten einen blitzschnellen Blick über ihre linke Schulter. Sie zog die Wangen zwischen die Zähne, erstes Anzeichen eines unterdrückten Lachkrampfs, und senkte den Kopf.

»Das sind doch keine alten Jungfern«, flüsterte sie. »Das sind Transvestiten-Zwillingsbrüder.« Ihre Stimme brach bedenklich, der Ausbruch des Lachkrampfs stand unmittelbar bevor, und John füllte ihr Glas schnell mit Chianti nach.

»Tu so, als ob du dich verschluckt hast«, sagte er, »dann merken sie nichts. Übrigens, jetzt weiß ich, was sie sind – sie sind Verbrecher auf einer Weltreise und wechseln bei jeder Station das Geschlecht. Hier in Torcello sind sie Zwillingsschwestern. Und morgen in Venedig, oder vielleicht auch schon heute abend, schlendern sie als Zwillingsbrüder Arm in Arm über den Markusplatz. Sie brauchen bloß Kleidung und Perücken zu wechseln.«

»Juwelendiebe oder Mörder?« fragte Laura.

»Oh, bestimmt Mörder. Ich frag' mich nur, was sie ausgerechnet von mir wollen.«

Sie wurden vom Kellner unterbrochen, der den Kaffee brachte und das Obst forträumte, so daß Laura Zeit hatte, sich wieder zu fassen.

»Ich kann gar nicht verstehen«, sagte sie, »daß sie uns nicht gleich aufgefallen sind, als wir ankamen. Sie sind doch gar nicht zu übersehen.«

»Diese Horde von Amerikanern hat uns von ihnen abgelenkt«, meinte John, »und der Bärtige mit dem Monokel, der wie ein Spion aussah. Ich habe die Zwillinge erst vorhin entdeckt, als alle gingen. Ach, du lieber Gott, die mit dem weißen Haar starrt mich schon wieder an.«

Laura nahm ihre Puderdose aus der Handtasche und hielt sie geöffnet vor ihr Gesicht, so daß sie im Spiegel die Zwillinge beobachten konnte.

»Ich glaube, die sehen gar nicht dich an, sondern mich«, sagte sie. »Was für ein Glück, daß ich meine Perlen beim Geschäftsführer im Hotel gelassen habe.« Sie schwieg und betupfte ihre Nasenflügel mit der Quaste. »Der Haken ist nur«, fuhr sie einen Augenblick später fort, »daß wir uns geirrt haben. Es sind weder Mörder noch Diebe. Es sind einfach zwei rührende alte, pensionierte Lehrerinnen auf Urlaub, die ihr Leben lang für eine Reise nach Venedig gespart haben. Und die Stadt, aus der sie kommen, heißt Walabanga oder so ähnlich und ist in Australien. Und sie heißen Tilly und Tiny.«

Zum erstenmal, seit sie von zu Hause weggefahren waren, hatte ihre Stimme wieder den alten, sprudelnden Unterton, den er so liebte, und die kummervolle Falte zwischen ihren Augenbrauen war verschwunden. Endlich, dachte er, endlich fängt sie an, darüber hinwegzukommen. Wenn es mir gelingt, diese Witzelei in Gang zu halten, wenn wir wieder die vertrauten Scherze treiben, uns Albernheiten über die Leute an den anderen Tischen ausdenken und wieder wie früher durch Gemäldegalerien und Kirchen schlendern können, dann wird alles so sein wie zuvor, die Wunde wird heilen, sie wird vergessen.

»Weißt du«, sagte Laura, »das Essen war wirklich sehr gut. Es hat phantastisch geschmeckt.«

Gott sei Dank, dachte er, Gott sei Dank . . . Dann beugte er sich vor und flüsterte ihr wie ein Verschwörer zu: »Eine von den beiden geht aufs Klo. Meinst du, er oder sie will die Perücke wechseln?«

»Sag gar nichts mehr«, murmelte Laura. »Ich werde ihr nachgehen. Vielleicht hat sie dort einen Koffer versteckt und will sich umziehen.«

Sie summte leise vor sich hin, für ihren Mann ein Zeichen, daß sie innerlich entspannt war. Der böse Geist war für den Augenblick gebannt – nur, weil sie das vertraute, viel zu lang vergessene Urlaubsspiel durch puren Zufall wiederentdeckt hatten.

»Geht sie schon?« fragte Laura.

»Sie kommt gleich an userm Tisch vorbei«, antwortete er.

Wenn man sie allein sah, war die Frau gar nicht so bemerkenswert. Groß, eckig, mit einem Pferdegesicht und kurzem Haarschnitt, den man, wie er sich zu erinnern glaubte, in der Jugend seiner Mutter Eton-Schnitt nannte, wie überhaupt die ganze Person den Stempel dieser Generation zu tragen schien. Sie war wahrscheinlich Mitte sechzig, dachte er: die männlich wirkende Hemdbluse mit Kragen und Krawatte, die sportliche Jacke, der wadenlange graue Tweedrock; graue Strümpfe und schwarze Schnürschuhe. Er kannte den Typ von Golfplätzen und Hundeausstellungen, und wenn man diesen Frauen auf Gesellschaften begegnete, waren sie schneller mit einem Feuerzeug bei der Hand als er mit Streichhölzern – er, der ja *nur* ein Mann war. Die allgemeine Annahme, daß sie stets mit einer weiblicheren, weicheren Gefährtin zusammen lebten, stimmte nicht immer. Häufig hatten sie einen Golf spielenden Ehemann, den sie anhimmelten. Nein, das Verblüffende an dieser besonderen Frau war, daß es sie zweimal gab. Eineiige Zwillinge, wie aus derselben Form gegossen. Der einzige Unterschied zwischen den beiden war, daß die andere weißeres Haar hatte.

»Und falls sie nun anfängt, sich auszuziehen, wenn ich neben ihr im Waschraum stehe?« murmelte Laura.

»Hängt ganz davon ab, was zum Vorschein kommt«, antwortete John. »Wenn sie ein Hermaphrodit ist, dann gib Fersengeld. Sie könnte ja irgendwo eine Spritze versteckt haben und dich damit zu Boden strecken, noch ehe du an der Tür bist.«

Laura zog wieder die Wangen zwischen die Zähne und begann am ganzen Körper zu beben. Dann gab sie sich einen Ruck und stand auf. »Ich darf einfach nicht lachen«, sagte sie, »und sieh mich bloß nicht an, wenn ich zurückkomme, schon gar nicht, wenn wir zusammen rauskommen.« Sie nahm ihre Handtasche und schlenderte ein wenig befangen ihrem Opfer nach.

John goß sich den Rest Chianti ein und zündete eine Zigarette an. Die Sonne brannte auf den kleinen Garten des Restaurants nieder. Die Amerikaner und der Mann mit dem Monokel waren fort, und auch die große Familie, die am andern Ende gesessen hatte. Es herrschte tiefe Stille. Die eine der Zwillingsschwestern hatte sich mit geschlossenen Augen in ihrem Stuhl zurückgelehnt. Gott sei Dank, dachte er – Laura war auf das alberne kleine Spiel eingegangen, und das bedeutete zumindest momentane Entspannung. Diese Reise konnte ihr doch noch die Erholung bringen, die sich brauchte, konnte doch noch, und wenn auch nur vorübergehend, die dumpfe Verzweiflung auslöschen, in die sie seit dem Tod des Kindes gestürzt war.

»Sie wird drüber wegkommen«, hatte der Arzt gesagt. »Sie müssen ihr nur Zeit lassen. Und Sie haben doch den Jungen.«

»Ich weiß«, hatte John erwidert. »Aber das Mädchen war ihr ein und alles. Immer schon, von Anfang an, ich weiß nicht, warum. Wahrscheinlich war es der Altersunterschied. Ein Junge, der schon zur Schule geht, und ein robuster dazu, ist eine eigenständige Person. Aber ein kleines Mädchen von fünf Jahren nicht. Laura hat sie geradezu angebetet. Johnnie und ich waren nichts gegen die Kleine.«

»Geben Sie ihr Zeit«, hatte der Arzt wiederholt, »geben Sie ihr Zeit. Und außerdem – Sie sind beide noch jung. Sie werden noch mehr Kinder haben. Wieder eine Tochter.«

Leicht gesagt . . . Wie sollte ein Traum das Leben eines toten Kindes ersetzen? Er kannte Laura zu gut. Eine zweite Tochter würde ihre eigenen Charaktereigenschaften haben, ihre eigene Persönlichkeit, und vielleicht gerade deshalb Lauras Ablehnung herausfordern. Ein Eindringling in dem Körbchen, in dem Bettchen, das Christine gehört hatte. Rotbäckig, flachshaarig, Johnnies Ebenbild, nicht die zierliche, weißhäutige, dunkelhaarige Elfe, die sie für immer verlassen hatte.

Er blickte auf, über sein Weinglas hinweg, und sah, daß die Frau ihn wieder anstarrte. Das war kein beiläufiger, gedankenloser Blick von jemandem, der ein paar Tische weiter auf die Rückkehr der Begleiterin wartet. Es lag etwas Tieferes, Angespannteres darin. Die vorstehenden hellblauen Augen wirkten seltsam durchdringend, und er fühlte sich plötzlich unbehaglich. Zum Teufel mit der Frau! Na schön, dann starren Sie mich an, wenn Sie's nicht lassen können. Aber dieses Spielchen kann man auch zu zweit spielen. Er blies eine Rauchwolke in die Luft und lächelte sie an – beleidigend, wie er hoffte. Doch sie reagierte überhaupt nicht. Die blauen Augen hielten seinem Blick weiter stand, so daß er schließlich selbst den Kopf abwandte und seine Zigarette ausdrückte. Er sah sich nach dem Kellner um und verlangte die Rechnung. Während er zahlte, ungeschickt mit dem Wechselgeld hantierte und dabei ein paar Bemerkungen über das ausgezeichnete Essen fallenließ, gewann er seine Fassung wieder. Trotzdem spürte er ein sonderbares Prickeln auf der Kopfhaut, eine seltsame innere Unruhe. Dann wich das Gefühl des Unbehagens so plötzlich, wie es gekommen war, und als er einen vorsichtigen Blick zum andern Tisch hinüberwarf, sah er, daß sie ihre Augen wieder geschlossen hatte und schlief oder döste wie zuvor. Der Kellner war verschwunden. Alles war still.

Er sah auf die Uhr und dachte, daß sich Laura ja reichlich Zeit lasse. Zehn Minuten mindestens war sie schon weg. Wenigstens wieder ein Grund, um sie zu necken. Er begann sich auszudenken, was er sagen wollte. Daß sich die alte Jungfer bis auf die Unterwäsche ausgezogen und Laura aufgefordert habe, dasselbe zu tun. Und dann sei der Geschäftsführer hereingestürzt, habe voller Entsetzen geschrien, der Ruf seines Restaurants sei zerstört, und dunkle Drohungen über unerfreuliche

Folgen ausgestoßen, wenn nicht . . . Die ganze Sache sei eine Falle gewesen, sei Erpressung. Er und Laura und die Zwillinge im Polizeiboot zurück nach Venedig zum Verhör. Eine Viertelstunde jetzt . . . Nun komm schon, komm schon . . .

Schritte knirschten im Kies. Die von Laura verfolgte Zwillingsschwester ging langsam an John vorbei – allein. Bei ihrem Tisch angekommen, blieb sie einen Augenblick so stehen, daß sich ihre große, eckige Figur zwischen John und ihre Schwester schob. Sie sagte etwas, was er nicht verstehen konnte. Aber was war das für ein Akzent – schottisch? Dann beugte sie sich vor, reichte ihrer sitzenden Schwester den Arm und ging mit ihr quer durch den Garten zum Ausgang. Die Frau, die John angestarrt hatte, stützte sich auf den Arm der Begleiterin, und jetzt sah man noch einen weiteren Unterschied zwischen ihr und der Schwester: Sie war nicht ganz so groß, und sie ging gebeugter – vielleicht hatte sie Arthritis. Sie verschwanden, und John erhob sich ungeduldig und wollte gerade ins Hotel gehen, als Laura erschien.

»Na, ich muß schon sagen, du hast dir ja Zeit gelassen«, begann er, hielt aber inne, als er ihr Gesicht sah.

»Was ist los, was ist passiert?« fragte er.

Er wußte sofort, daß etwas nicht stimmte. Sie machte fast den Eindruck, als ob sie einen Schock erlitten hätte. Taumelnd ging sie zu dem Tisch, den er gerade verlassen hatte, und setzte sich. Er zog einen Stuhl neben sie und nahm ihre Hand.

»Liebling, was ist los? Sag's mir – ist dir nicht gut?«

Sie schüttelte den Kopf, und dann sah sie ihn an. Die Betäubtheit, die er zuerst an ihr bemerkt hatte, war einem immer stärker werdenden Ausdruck der Zuversicht, ja beinahe der Verzückung gewichen.

»Es ist so wunderbar«, sagte sie langsam, »das Wunderbarste, was man sich vorstellen kann. Sie ist nämlich nicht tot, weißt du, sie ist noch bei uns. Darum haben sie uns so angestarrt, die beiden Schwestern. Sie konnten Christine sehen.«

O Gott, dachte er. Jetzt passiert genau das, wovor ich solche Angst hatte. Sie wird verrückt. Was soll ich tun? Wie verhalte ich mich jetzt?

285

»Laura, mein Liebes«, begann er und zwang sich zu einem
Lächeln, »komm, laß uns gehen! Die Rechnung hab' ich bezahlt, und wir können uns jetzt die Kathedrale ansehen und
dann ein bißchen umherbummeln, bis es Zeit ist, das Boot zurück nach Venedig zu nehmen.«

Sie hörte gar nicht zu, oder zumindest nahm sie seine Worte
nicht auf.

»John, Liebling«, sagte sie, »ich muß dir noch erzählen, was
geschehen ist. Ich bin ihr also nachgegangen, wie wir es geplant
hatten. Als ich in den Waschraum kam, kämmte sie sich gerade. Ich ging aufs Klo, und danach hab' ich mir die Hände an
dem einen Waschbecken gewaschen. Sie stand an dem Becken
daneben. Plötzlich drehte sie sich zu mir um und sagte mit
einem starken schottischen Akzent: ›Sie brauchen nicht mehr
unglücklich zu sein. Meine Schwester hat Ihre kleine Tochter
gesehen. Sie saß zwischen Ihnen und Ihrem Mann und hat gelacht.‹ Liebling, ich dachte, ich fall' in Ohnmacht. Ich hab's
auch fast getan. Zum Glück stand ein Stuhl in dem Waschraum. Ich setzte mich, und die Frau beugte sich über mich und
streichelte mein Haar. Dann sagte sie, daß der Augenblick der
Wahrheit und der Freude scharf sein kann wie ein Schwert – so
ähnlich hat sie sich ausgedrückt, die genauen Worte weiß ich
nicht mehr. Aber ich soll mich nicht fürchten, sagte sie weiter,
alles sei gut, und die Vision sei so stark gewesen, daß sie gleich
gewußt hätten, sie müßten mir davon erzählen, und daß Christine das auch gewollt hat. O John, sieh mich doch nicht so an.
Ich schwöre, ich hab' es mir nicht ausgedacht, sie hat es wirklich gesagt, es ist die Wahrheit.«

Die verzweifelte Eindringlichkeit, mit der sie sprach, zerriß
ihm fast das Herz. Er mußte mitmachen, ihr zustimmen, alles
tun, um sie wenigstens einigermaßen zu beruhigen.

»Laura, mein Liebling, natürlich glaube ich dir«, sagte er.
»Nur ist es auch für mich eine Art Schock, und ich bin verstört,
weil du verstört bist . . .«

»Aber ich bin doch gar nicht verstört«, unterbrach sie ihn.
»Ich bin glücklich, so glücklich, daß ich es gar nicht ausdrücken
kann. Du weißt, wie es in all den letzten Wochen war, zu Hause

und überall auf dieser Reise, obwohl ich versucht habe, es vor dir zu verbergen. Jetzt ist mir die Last genommen, weil ich weiß, einfach weiß, daß die Frau recht hat. O Gott, wie schrecklich von mir, ich habe ihren Namen vergessen – sie hat sich nämlich vorgestellt. Sie ist eine pensionierte Ärztin; die beiden stammen aus Edinburgh; und die Schwester, die Christine gesehen hat, ist seit ein paar Jahren blind. Sie hat sich zwar ihr ganzes Leben lang mit okkulten Dingen beschäftigt und war immer sehr telepathisch veranlagt, aber erst seit sie blind ist, hat sie richtige Visionen, wie ein Medium. Sie hatte schon die wunderbarsten Gesichte. Aber daß sie Christine gesehen hat, und so deutlich . . . Sogar das kleine blauweiße Kleid mit den Puffärmeln, das Christine an ihrem letzten Geburtstag anhatte, hat sie beschrieben. Und daß sie gesehen hat, wie glücklich Christine lachte . . . O Liebling, das macht mich so froh, ich glaub', ich muß jetzt weinen.«

Keine Hysterie. Keine wilden Ausbrüche. Sie nahm ein Papiertaschentuch aus ihrer Handtasche, putzte sich die Nase und lächelte ihn an. »Sieh doch, ich bin ganz ruhig, du brauchst dir keine Gedanken zu machen. Wir brauchen uns beide über nichts mehr Gedanken zu machen. Komm, gib mir eine Zigarette.«

Er nahm eine aus seinem Päckchen und gab ihr Feuer. Sie klang wieder ganz normal, ganz gefaßt. Sie zitterte nicht mehr. Und wenn dieser plötzliche Glaube sie glücklich machte, dann konnte er unmöglich daran rütteln. Aber . . . aber . . . trotzdem wünschte er, es wäre nicht passiert. Gedankenlesen und Telepathie waren nicht ganz geheuer. Die Wissenschaft konnte dieses Phänomen nicht erklären, niemand konnte es, aber genau das mußte jetzt eben im Spiel gewesen sein. Die eine der Schwestern, die ihn so unverwandt angesehen hatte, war also blind. Darum der starre Blick. Was schon an sich irgendwie unangenehm, ein wenig unheimlich war. O verdammt, dachte er, wenn wir doch bloß nicht zum Essen hierhergefahren wären. Es war der reine Zufall; sie hatten zwischen Torcello und einer Fahrt nach Padua wählen können und mußten sich ausgerechnet Torcello aussuchen.

»Du hast dich doch nicht noch einmal mit ihnen verabredet?« fragte er so beiläufig wie möglich.

»Nein, Liebling, warum?« antwortete Laura. »Es gibt ja nichts, was sie mir noch sagen könnten. Die Schwester hat ihre wunderbare Vision gehabt, und damit ist die Sache erledigt. Im übrigen reisen sie sowieso weiter. Komisch, wir haben ziemlich erraten, was sie machen. Sie sind tatsächlich auf einer Weltreise und fahren dann zurück nach Schottland. Nur hatte ich gedacht, sie seien aus Australien, nicht? Die beiden rührenden alten Damen . . . Sie sind wirklich alles andere als Juwelendiebe oder Mörder!«

Sie hatte sich wieder völlig erholt. Sie erhob sich und sah sich um. »Komm«, sagte sie. »Wenn wir schon mal in Torcello sind, dann müssen wir uns auch die Kathedrale ansehen.«

Sie gingen vom Restaurant über den offenen Platz, auf dem in Buden Kopftücher, Reiseandenken und Ansichtskarten verkauft wurden, zur Kathedrale Santa Maria Assunta. Aus einem der Fährschiffe hatte sich vor kurzem ein Strom von Touristen ergossen, von denen ebenfalls viele schon in der Kathedrale angelangt waren. Laura ließ sich jedoch von ihnen nicht ablenken. Unverzagt verlangte sie von ihrem Mann den Kunstführer, und wie in früheren, glücklicheren Tagen schlenderte sie durch die Kirche, versunken in die Betrachtung von Mosaiken, Säulen, Tafelbildern. John dagegen, noch immer beunruhigt durch das eben Vorgefallene, konnte kein rechtes Interesse aufbringen. Er blieb dicht hinter ihr, immer gewärtig, die Zwillingsschwestern zu entdecken. Aber es war keine Spur von ihnen zu sehen. Vielleicht waren sie in die nahe gelegene Kirche Santa Fosca gegangen. Eine plötzliche Begegnung wäre ihm peinlich, ganz abgesehen von der Wirkung, die sie auf Laura haben würde. Zumindest konnte ihr der anonyme, scharrende, kulturbeflissene Touristenschwarm nichts anhaben, obgleich er seiner Meinung nach wirkliche Kunstbetrachtung unmöglich machte. Er konnte sich nicht konzentrieren; die kühle, klare Schönheit der Kathedrale ließ ihn unberührt. Und als Laura ihn am Ärmel zupfte und auf ein Mosaik wies, das die Jungfrau mit dem Kind zeigte, über einem Fries mit den Aposteln stehend, nickte er nur zustimmend, nahm aber nichts wahr: das schmale, traurige Gesicht der Madonna schien ihm unendlich entfernt. Einem plötzlichen Impuls folgend, drehte er sich um und starrte über die Köpfe der Touristen hinweg zum Portal, das mit Mosaiken geschmückt war – Darstellungen der Seligen und der Verdammten beim Jüngsten Gericht.

Und dort am Portal standen die Zwillingsschwestern. Die Blinde hielt noch immer den Arm ihrer Schwester, und ihre Augen waren starr auf ihn gerichtet. Es war, als hielte ihn etwas fest, er konnte sich nicht bewegen, und ein Gefühl von nahe bevorstehendem Unheil, von Verderben überkam ihn. Sein ganzes Wesen verfiel in tiefe Apathie, und er dachte: Das ist das Ende, es gibt kein Entrinnen, keine Zukunft. Dann wandten sich beide Schwestern ab und verließen die Kathedrale. Im gleichen Augenblick verschwand dieses Gefühl der Ausweglosigkeit, und Entrüstung, wachsender Zorn traten an seine Stelle. Was fiel diesen beiden alten Jungfern eigentlich ein, ihn mit ihren medialen Tricks zu belästigen? Das Ganze war Schwindel und außerdem ungesund; wahrscheinlich bestand das Leben der beiden darin, in der ganzen Welt herumzureisen und jedem, dem sie begegneten, einen Schrecken einzujagen. Wäre Gelegenheit dazu gewesen, hätten sie bestimmt Laura auch noch Geld aus der Tasche gezogen. Alles war ihnen zuzutrauen.

Er fühlte, wie Laura ihn wieder am Ärmel zog. »Ist sie nicht wunderschön? So glücklich, so heiter und gelassen.«

»Wer? Was?« fragte er.

»Die Madonna«, antwortete sie. »Etwas Magisches geht von ihr aus. Man spürt es sofort. Merkst du's nicht auch?«

»Mag sein. Ich weiß nicht. Es sind zu viele Leute hier.«

Sie sah erstaunt zu ihm auf. »Was hat denn das damit zu tun? Du bist komisch. Na schön, gehen wir. Ich wollte sowieso ein paar Ansichtskarten kaufen.« Sie spürte seine Interesselosigkeit, und so bahnte sie sich enttäuscht einen Weg durch die Menge, zum Eingang hin.

»Komm«, sagte er abrupt, als sie draußen waren, »du hast noch genug Zeit für Ansichtskarten, machen wir einen Bummel.« Er verließ den Weg, der sie zurück zu den Buden und dem Touristengewühl gebracht hätte, und betrat einen schmalen Pfad, der über unbebautes Land zu einer Art Kanal führte. Das Wasser, klar und silbern, bildete einen angenehmen Gegensatz zu der glühenden Sonne über ihren Köpfen.

»Ich glaub' nicht, daß wir hier viel weiter kommen«, sagte Laura. »Es ist auch ein bißchen feucht, man kann sich nicht hinsetzen. Außerdem steht im Führer noch vieles andere, was wir uns ansehen müßten.«

»Ach, laß doch den Führer«, entgegnete er ungeduldig. Er ließ sich an der Uferböschung nieder, zog sie zu sich herunter und legte den Arm um sie.

»Für Besichtigungen ist jetzt nicht die richtige Tageszeit. Sieh mal, da drüben schwimmt eine Ratte.« Er warf einen Stein ins Wasser, und das Tier verschwand, nichts als Luftblasen zurücklassend.

»Hör auf damit«, sagte Laura. »Das ist grausam, armes Ding . . .« Sie legte die Hand auf sein Knie und fuhr dann plötzlich fort: »Glaubst du, daß Christine jetzt neben uns sitzt?«

Er antwortete nicht gleich. Was sollte er sagen? Würde das jetzt immer so weitergehen?

»Vermutlich ja«, sagte er langsam, »wenn du meinst, daß es so ist.«

Wenn er sich an Christine zurückerinnerte, so wie sie vor ihrer schweren Gehirnhautentzündung gewesen war, so hätte das allerdings kaum zugetroffen. Sie wäre nämlich aufgeregt am Ufer entlanggelaufen, hätte ihre Schuhe von sich geworfen, im Wasser waten wollen und Laura in Angstzustände versetzt. »Süße, sei vorsichtig, komm zurück . . .«

»Die Frau sagt, sie hat so glücklich ausgesehen, wie sie so lächelnd neben uns saß«, sagte Laura. Wie von plötzlicher Unruhe ergriffen, stand sie auf und strich ihr Kleid glatt. »Komm, wir wollen zurückgehen«, sagte sie.

Er folgte ihr schweren Herzens. Er wußte, daß sie im Grund weder Ansichtskarten kaufen noch die restlichen Sehenswürdigkeiten besichtigen wollten; sie wollte die beiden Frauen suchen, nicht einmal unbedingt, um mit ihnen zu sprechen, sondern nur, um ihnen nahe zu sein. Als sie zu dem Platz mit den Buden zurückkamen, hatten sich die Touristen bis auf ein paar Nachzügler verlaufen, und die Schwestern waren nicht unter ihnen. Sie mußten sich der Hauptgruppe angeschlossen haben, die mit dem Ausflugsschiff nach Torcello gekommen war und auch damit zurückfahren würde. Ein Stein fiel ihm vom Herzen.

»Sieh mal«, sagte er schnell, »da drüben an der zweiten Bude gibt es eine Masse Ansichtskarten und auffallend hübsche Kopftücher. Ich kauf' dir eins.«

»Liebling, ich hab' doch schon so viele!« protestierte sie. »Geh mit deinen Lire nicht so verschwenderisch um.«

»Das ist keine Verschwendung. Ich bin in Einkaufsstimmung. Wie wäre es mit einem Korb? Wir haben doch nie genug Körbe. Oder mit Spitzen? Ja, was würdest du zu Spitzen sagen?«

Lachend ließ sie sich zu der Bude ziehen. Und während er in den ausgebreiteten Waren wühlte und sich mit der lächelnden Verkäuferin in so grotesk schlechtem Italienisch unterhielt, daß sie noch mehr lächeln mußte, wußte er die ganze Zeit, daß er damit nur der Hauptgruppe der Touristen Gelegenheit geben wollte, das Schiff an der Anlegestelle zu erreichen. Dann würden die Zwillingsschwestern für immer aus ihrem Leben verschwinden.

»Ich habe noch nie so viel wertloses Zeug in einem so kleinen Korb gesehen«, sagte Laura zwanzig Minuten später, und ihr sprudelndes Lachen gab ihm die beruhigende Gewißheit, daß alles in Ordnung war, daß er sich keine Sorgen mehr zu machen brauchte, daß die Gefahr vorbei war. Das Motorboot, das sie von Venedig nach Torcello gebracht hatte, wartete an der Anlegestelle. Die Passagiere, die mit ihnen gekommen waren, die Amerikaner, der Mann mit dem Monokel, hatten sich schon eingefunden. Ursprünglich war ihm der Preis für Essen und Fahrt reichlich hoch erschienen. Jetzt war ihm nichts mehr zu teuer. Nur der Ausflug nach Torcello an sich war ein großer Fehler gewesen. Sie stiegen in die Barkasse, suchten sich einen Platz auf Deck, und das Boot tuckerte den Kanal entlang und in die Lagune. Das Kursschiff nach Murano hatte schon vorher abgelegt, während ihr Boot an San Francesco del Deserto vorbei direkt nach Venedig fuhr.

Er legte wieder den Arm um sie und drückte sie an sich, und diesmal schmiegte sie sich an ihn und lächelte zu ihm auf, den Kopf an seine Schulter gelehnt.

»Es war ein wunderschöner Tag«, sagte sie. »Ich werd' ihn nie vergessen, niemals. Weißt du, jetzt kann ich mich endlich an unserer Reise freuen.«

Am liebsten hätte er vor Erleichterung geschrien. Alles wird wieder gut, dachte er, soll sie glauben, was sie will, wenn es sie nur glücklich macht. Venedig stieg in seiner ganzen Schönheit vor ihnen auf, eine scharfe Silhouette vor dem glühenden Abendhimmel. Es gab noch so viel zu sehen, so vieles, was sie beide unternehmen und jetzt auch genießen konnten, nachdem die dunklen Schatten gewichen waren. Er begann, Pläne für den Abend zu machen, überlegte laut, wo sie essen wollten – nicht in dem Restaurant, wo sie sonst immer hingingen, sondern irgendwo anders.

»Ja, aber es muß billig sein«, wendete sie ein und ließ sich von seiner Stimmung mitreißen. »Wir haben heute schon so viel ausgegeben.«

Ihr Hotel am Canal Grande umfing sie mit wohliger Behaglichkeit. Der Portier lächelte, als er ihnen den Schlüssel gab. Das Zimmer schien vertraut; mit Lauras Fläschchen und Cremetöpfchen, die säuberlich auf der Frisierkommode geordnet waren, wirkte es fast wie ihr Schlafzimmer zu Hause. Aber gleichzeitig herrschte darin eine beinah festliche Atmosphäre erregender Fremdheit, wie sie nur Hotelzimmer ausstrahlen, die man auf Ferienreisen bewohnt. Jetzt, für kurze Zeit, ist es unser Zimmer. Solange wir darin wohnen, lebt es. Aber wenn wir abgereist sind, existiert es nicht mehr, sinkt in Anonymität zurück. Im Bad drehte er beide Hähne auf, und das dampfende Wasser rauschte in die Badewanne. Jetzt, dachte er nach dem Bad, jetzt endlich ist der Augenblick gekommen. Er ging zurück ins Zimmer, und sie verstand und öffnete lächelnd ihre Arme. O wunderbare Entspannung nach all den Wochen der Enthaltsamkeit.

»Der Haken ist nur«, sagte sie später, während sie ihre Ohrringe vor dem Spiegel festmachte, »daß ich gar keinen großen Hunger habe. Wollen wir mal ganz langweilig sein und unten im Restaurant essen?«

»Großer Gott, auf keinen Fall!« rief er aus. »Mit all diesen tristen Ehepaaren an den anderen Tischen? Ich bin am Verhungern. Außerdem ist mir nach Feiern zumute. Ich will mir einen Schwips antrinken.«

»Aber doch wohl hoffentlich nicht bei Lichterglanz und Musik?«

»Nein, nein . . . mir schwebt eher eine kleine, dunkle, intime Lasterhöhle vor, wo man nur mit der Frau von jemand anders hingeht.«

»So«, meinte Laura naserümpfend. »Wir wissen ja, was *das* heißt. Du wirst irgendeine sechzehnjährige Bellezza entdecken und ihr den ganzen Abend schöne Augen machen, während ich mit deinem breiten Rücken vorliebnehmen muß.«

Lachend gingen sie hinaus in die warme, weiche Nacht, und alles um sie schien wie verzaubert. »Laß uns ein bißchen spazierengehen«, sagte er, »damit wir Appetit für unser gigantisches Abendessen bekommen.« Und kurze Zeit später fanden sie sich an der Mole wieder mit den Gondeln, die auf dem Wasser tanzten, und dem sich spiegelnden Lichterglanz. Andere Paare schlenderten genau wie sie ziellos umher; die allgegenwärtigen Seeleute unterhielten sich laut und wild gestikulierend, und junge, dunkeläugige Mädchen klapperten auf hohen Absätzen vorbei.

»Spaziergänge in Venedig haben den einen Nachteil, daß man zwanghaft immer weiter geht«, sagte Laura. »Nur noch über die nächste Brücke, sagt man sich – und dann lockt wieder eine andere. Ich bin ganz sicher, daß es hier unten keine Restaurants gibt; wir sind ja schon fast an dem großen Park, in dem immer die Biennale stattfindet. Gehen wir lieber zurück. Ich erinnere mich an ein Restaurant in der Nähe von San Zaccaria; wenn man von der Kirche aus durch eine enge Gasse geht, dann kommt man hin.«

»Paß mal auf«, sagte John, »wenn wir jetzt in Richtung des

Arsenals gehen und da hinten über die Brücke und dann links, dann kommen wir auf der andern Seite der Kirche heraus. Wir haben den Weg neulich mal an einem Vormittag gemacht.«

»Ja, aber da war es hell. Wir können uns verirren, die Beleuchtung ist nicht besonders gut.«

»Komm, sei nicht so ängstlich. Ich habe einen guten Orientierungssinn.«

Sie gingen die Fondamenta dell'Arsenale entlang, überquerten die kleine Brücke kurz vor dem Arsenal und kamen dann an der Kirche San Marino vorbei. Vor ihnen lagen jetzt zwei Kanäle, der eine führte nach rechts, der andere nach links, und beide waren sie von einer schmalen Straße gesäumt. John zögerte. Welchen Kanal waren sie das erste Mal entlanggegangen?

»Siehst du«, protestierte Laura, »wir werden uns verirren, genau wie ich gesagt habe.«

»Unsinn«, antwortete John energisch. »Es ist der linke, ich erinnere mich an die kleine Brücke.«

Der Kanal war schmal, die Häuser auf beiden Seiten schienen sich über ihn zu neigen. An jenem Vormittag, als sich die Sonne im Wasser spiegelte, Bettzeug auf den Simsen der offenen Fenster lag und auf einem Balkon ein Kanarienvogel in seinem Bauer sang, hatte die Szene Wärme und Geborgenheit ausgestrahlt. Jetzt in der Dunkelheit aber, schlecht beleuchtet, die Fenster mit Läden verschlossen, das Wasser dumpfig, wirkte die Gegend völlig verändert, ärmlich, verfallen, und die langen schmalen Boote, an glitschigen Stufen zu Kellereingängen vertäut, sahen wie Särge aus.

»An diese Brücke kann ich mich bestimmt nicht erinnern«, sagte Laura, als sie die Brücke betraten, und blieb, an das Geländer gelehnt, stehen. »Und dieser Durchgang drüben auf der andern Seite gefällt mir gar nicht.«

»Auf halbem Wege ist eine Laterne«, beruhigte sie John. »Ich weiß genau, wo wir sind, in der Nähe vom griechischen Viertel.«

Sie überquerten die Brücke und wollten gerade den Durchgang betreten, als sie den Schrei hörten. Er kam eindeutig aus einem der Häuser auf der gegenüberliegenden Seite, aber es war unmöglich festzustellen, aus welchem. Mit ihren geschlossenen Fensterläden sahen sie alle tot aus. Laura und John wandten sich um und starrten in die Richtung, aus der der Schrei gekommen war.

»Was war das?« flüsterte Laura beklommen.

»Irgendein Betrunkener«, erwiderte John kurz. »Komm weiter.«

Es hatte eigentlich weniger wie der Schrei eines Betrunkenen geklungen, eher wie der eines Menschen, der erwürgt wird, dessen Stimme unter dem nicht nachlassenden Druck einer Hand erstirbt.

»Wir sollten die Polizei holen«, sagte Laura.

»Um Himmels willen«, sagte John. Was bildete sie sich ein? Dachte sie, sie sei am Piccadilly Circus?

»Na schön, ich geh', mir ist das zu unheimlich«, antwortete sie und verschwand eilig in dem schmalen, gewundenen Durchgang. John zögerte noch und sah plötzlich, wie eine kleine Gestalt vorsichtig aus einem Kellereingang jenseits des Kanals kroch und in ein Boot hinabsprang. Es war ein Kind, ein kleines Mädchen, nicht älter als fünf oder sechs; sie trug einen kurzen Mantel über dem winzigen Rock, und ihr Kopf war mit einer spitzen Kapuze bedeckt. Vier Boote waren Tau an Tau an den Kellerstufen festgemacht, und sie sprang überraschend geschickt und so hastig vom einen zum anderen, als ob sie auf der Flucht wäre. Einmal rutschte sie aus, und er hielt den Atem an, denn wenn sie das Gleichgewicht verlor, würde sie ins Wasser fallen; doch sie fing sich wieder und sprang in das letzte Boot. Sie bückte sich und zerrte heftig an dem Seil, so daß sich das Boot quer über den Kanal legte und mit seiner Spitze fast die gegenüberliegende Seite und dort einen andern Kellereingang berührte, nicht mehr als zehn Meter von der Stelle entfernt, an der John stand und sie beobachtete. Dann setzte das Kind über den Bootsrand, landete auf den Kellerstufen und verschwand in dem Haus, während das Boot hinter ihr wieder in die Mitte des Kanals zurückschwenkte. Der ganze Vorgang konnte nicht mehr als vier Minuten gedauert haben. John sah noch immer gebannt auf den Kanal, als er schnelle Schritte hörte. Laura kam zurück. Aber sie hatte von der Episode nichts mehr sehen können, und er war unsäglich dankbar dafür. Der Anblick eines Kindes, eines kleinen Mädchens in wahrscheinlich großer Gefahr, die Angst, daß diese Szene in irgendeiner Weise mit dem Schrei zusammenhing, hätte eine schreckliche Wirkung auf ihre angegriffenen Nerven haben können.

»Was machst du denn?« fragte sie. »Ich trau' mich nicht weiter ohne dich. Der Durchgang gabelt sich weiter oben.«

»Entschuldige«, sagte er, »ich komm' schon.«

Er nahm ihren Arm, und sie gingen rasch weiter – John mit einer Sicherheit, die nur gespielt war.

»Hast du noch mehr Schreie gehört?« fragte sie.

»Nein«, antwortete er, »nein, nichts. Ich hab' dir ja gesagt, es war ein Betrunkener.«

Der Durchgang führte zu einem verlassenen Campo hinter einer Kirche, die er nicht kannte, und er führte Laura quer über den Platz, eine andere Straße entlang und wieder über eine Brücke.

»Wart mal«, sagte er, »ich glaube, wir biegen hier nach rechts ab. Dann kommen wir ins griechische Viertel: die San-Giorgio-Kirche ist irgendwo da drüben.«

Sie antwortete nicht. Sie verlor allmählich das Vertrauen. Es war wie in einem Labyrinth. Vielleicht würden sie immer und immer wieder im Kreis herumgehen und sich schließlich bei der Brücke wiederfinden, wo sie den Schrei gehört hatten. Verbissen führte er sie weiter, und dann stieß er höchst überrascht und erleichtert auf eine erleuchtete Straße und Menschen, einen Kirchturm, und die Umgebung sah plötzlich wieder vertraut aus.

»Siehst du, ich hab's dir doch gesagt«, rief er aus, »das ist San Zaccaria, wir sind ganz richtig hingekommen. Dein Restaurant kann jetzt auch nicht mehr weit sein.« Und außerdem gab es auch anderswo Restaurants, in denen man essen konnte. Wenigstens war hier fröhlicher Lichterglanz, Bewegung, Kanäle, an denen Leute entlangschlenderten, Touristenatmosphäre.

Wie ein Signal leuchtete das Wort ›Restaurant‹ in blauen Lettern in einer Seitenstraße auf.

»Ist es das?« fragte er.

»Keine Ahnung«, antwortete sie. »Es kommt ja auch nicht drauf an. Laß uns auf alle Fälle da essen.«

Ein plötzlicher warmer Luftstrom, Stimmengewirr, ein Geruch von Pasta und Wein, Kellner, sich drängende Gäste, Gelächter. »Für zwei? Bitte hier entlang.« Ein kleiner Tisch in drangvoller Enge; eine riesige Speisekarte, unleserlich mit lila Tinte geschrieben; ein lauernder Kellner, der offensichtlich die Bestellung sofort erwartete.

»Zwei große Campari mit Soda«, sagte John. »Erst dann werden wir uns etwas aussuchen.«

Er wollte sich nicht drängen lassen. Er gab Laura die Speisekarte und blickte sich um. Überwiegend Italiener, das bedeutete gutes Essen. Dann sah er sie. Auf der andern Seite des Restaurants. Die Zwillingsschwestern. Sie mußten unmittelbar nach ihm und Laura gekommen sein, denn sie waren gerade erst dabei, ihre Mäntel auszuziehen und sich hinzusetzen, während ein anderer Kellner wartend bei ihrem Tisch stand. John durchfuhr plötzlich der unsinnige Gedanke, daß das kein Zufall sein konnte. Die Schwestern hatten sie auf der Straße gesehen und waren ihnen ins Restaurant gefolgt. Warum, zum Teufel, sollten sie sich gerade diesen einen Fleck in ganz Venedig ausgesucht haben, wenn nicht . . . wenn nicht Laura selbst in Torcello ein weiteres Treffen vorgeschlagen oder die eine Schwester ihrerseits eine solche Begegnung angeregt hatte? Ein kleines Restaurant in der Nähe von San Zaccaria, wir gehen manchmal zum Abendessen dorthin. Laura war es gewesen, die vor dem Spaziergang San Zaccaria erwähnt hatte . . .

Noch war sie mit der Speisekarte beschäftigt, noch hatte sie die Schwestern nicht gesehen, aber jeden Augenlick würde sie ihre Wahl getroffen haben, würde den Kopf heben und hinübersehen. Wenn doch nur die Getränke kämen. Wenn der Kellner doch nur endlich die Getränke brächte, das würde Laura ablenken.

»Weißt du, woran ich eben gedacht habe?« sagte er schnell.

»Wir sollten morgen wirklich zur Garage gehen, das Auto holen und endlich die Fahrt nach Padua machen. Wir könnten dort Mittag essen, dann die Kathedrale, das Grab des heiligen Antonius und die Fresken von Giotto besichtigen und bei der Rückfahrt die Villen im Brentatal ansehen, die im Führer erwähnt sind.«

Aber es nützte nichts. Sie blickte auf, durch das Restaurant – und stieß einen leisen Ruf der Überraschung aus. Die Überraschung war echt. Er konnte schwören, daß sie echt war.

»Sieh doch«, sagte sie, »wie merkwürdig! Wirklich verblüffend!«

»Was?« fragte er scharf.

»Na, die beiden. Da sind sie. Meine wundervollen Zwillingsschwestern. Und sie haben uns gesehen. Sie schauen zu uns herüber.« Sie winkte erfreut, strahlend. Die Schwester, mit der sie in Torcello gesprochen hatte, verbeugte sich und lächelte. Falsche Alte, dachte er. Ich weiß, daß sie uns nachgegangen sind.

»O Liebling, ich muß sie begrüßen«, sagte sie impulsiv. »Ich muß ihnen sagen, wie glücklich ich den ganzen Tag war, nur weil ich ihnen begegnet bin.«

»Um Himmels willen«, sagte er. »Sieh, hier kommen die Getränke. Und wir haben noch nicht bestellt. Du wirst doch warten können, bis wir gegessen haben?«

»Es dauert nicht lange«, erwiderte sie, »und außerdem will ich nur Scampi und sonst nichts. Ich hab' dir doch gesagt, ich hab' keinen Hunger.«

Sie stand auf und ging an dem Kellner, der die Getränke brachte, vorbei durch das Restaurant. Es war, als begrüßte sie liebe, uralte Freunde. Er sah, wie sie sich über den Tisch beugte, beiden die Hand schüttelte, einen freien Stuhl heranzog und sich redend und lächelnd setzte. Die Schwestern schienen davon nicht überrascht zu sein, zumindest die eine nicht, die sie schon kannte; sie nickte und antwortete ihr, während die Blinde passiv dabei saß.

Na schön, dachte John wütend, jetzt werd' ich mich wirklich betrinken, und er schüttete seinen Campari hinunter. Dann bestellte er sofort einen zweiten, während er gleichzeitig auf etwas völlig Unleserliches auf der Speisekarte zeigte und dem Kellner zu verstehen gab, daß er das zu essen wünsche. Lauras Scampi fielen ihm ein, und er bestellte sie ebenfalls. »Und eine Flasche Soave, eisgekühlt«, fügte er hinzu.

Der Abend war ohnehin verdorben. Was er als glückliche, intime kleine Feier geplant hatte, würde nun durch spiritistische Visionen beschwert; die arme kleine Christine würde an ihrem Tisch sitzen, was völlig idiotisch war, denn in ihrem irdischen Leben wäre sie schon seit Stunden im Bett. Der bittere Campari paßte gut zu dem Gefühl von Selbstmitleid, das ihn plötzlich befallen hatte, und die ganze Zeit beobachtete er die drei an ihrem Tisch. Laura hörte offenbar zu, während die aktivere Schwester redete und die Blinde schweigend da saß, ihre schrecklichen blicklosen Augen starr auf ihn gerichtet.

Das ist nicht echt, dachte er, sie ist gar nicht blind. Es sind zwei Betrügerinnen, vielleicht wirklich Transvestiten, wie wir es uns in Torcello ausdachten, und sie haben es auf Laura abgesehen.

Hastig trank er seinen zweiten Campari. Die beiden Gläser auf nüchternen Magen wirkten sofort. Er sah alles leicht verschwommen. Und Laura saß immer noch an dem Tisch. Sie schien nur ab und zu eine Frage zu stellen, während die eine Schwester den Hauptteil der Konversation bestritt. Der Kellner erschien mit den Scampi, und ein Kollege brachte Johns Essen, eine undefinierbare Masse, die mit einer weißgrauen Sauce übergossen war.

»Die Signora kommt nicht?« fragte der erste Kellner. John schüttelte finster den Kopf und deutete mit nicht ganz sicherer Hand zu dem andern Tisch.

»Richten Sie der Signora aus«, sagte er langsam, »daß ihre Scampi kalt werden.«

Er starrte das Gericht an, das man ihm vorgesetzt hatte, und stach vorsichtig mit der Gabel hinein. Die fahle Sauce floß auseinander und enthüllte zwei riesige runde Scheiben, offenbar gekochtes Schweinefleisch, bedeckt mit Knoblauch. Er nahm eine Gabelvoll in den Mund und kaute. Ja, es war Schweinefleisch, dampfend und fett, dem die würzige Sauce einen merkwürdig süßlichen Geschmack gegeben hatte. Er legte die Gabel hin, schob den Teller von sich und bemerkte im selben Moment, daß Laura zurückgekommen war und sich neben ihn setzte. Sie sagte nichts, was nur gut war, dachte er, denn ihm war viel zu übel zum Antworten. Diese Übelkeit war nicht nur dem Campari zuzuschreiben, sondern war seine Reaktion auf den ganzen alptraumhaften Tag. Sie aß ihre Scampi und schwieg noch immer. Sie schien nicht zu merken, daß er nicht aß. Der Kellner, der um ihn scharwenzelte, sah, daß Johns Wahl ein Mißgriff gewesen war, und entfernte diskret den Teller. »Bringen Sie mir einen grünen Salat«, murmelte John, und selbst das schien Laura nicht zu überraschen. Sie hielt ihm auch nicht vor, daß er zuviel getrunken habe, was sie normalerweise getan hätte. Nachdem sie ihre Scampi gegessen hatte, begann sie an ihrem Wein zu nippen, während John, der den Wein abgelehnt hatte, wie ein krankes Kaninchen an seinem Salat knabberte. Das Weinglas in der Hand, brach sie schließlich ihr Schweigen.

»Liebling«, sagte sie, »ich weiß, du wirst es mir nicht glauben, und es ist ja auch ein bißchen zum Fürchten, aber in Torcello sind die beiden Schwestern nach dem Essen zur Kathedrale gegangen, genau wie wir, nur daß wir sie in der Menschenmenge nicht gesehen haben, und die Blinde hatte wieder eine Vision. Sie sagte, Christine hat ihr bedeutet, daß wir in Gefahr sind, wenn wir in Venedig bleiben. Christine will, daß wir so bald wie möglich abreisen.«

Aha, dachte er, die meinen doch weiß Gott, sie können bestimmen, was wir zu tun und zu lassen haben. Von jetzt ab wird das also unser Problem sein. Essen wir? Stehen wir auf? Gehen wir ins Bett? Wir müssen die Zwillinge fragen. Sie werden uns Anweisungen geben.

»Na?« sagte sie. »Warum sagst du nichts?«

»Weil ich es tatsächlich nicht glaube«, antwortete er. »Ehrlich gesagt scheinen mir deine beiden alten Schwestern zwei Irre zu sein, wenn nicht Schlimmeres. Sie sind doch offensichtlich schwer gestört. Tut mir leid, wenn es dich verletzt, aber in dir haben sie wirklich eine Dumme gefunden.«

»Du bist ungerecht«, sagte Laura. »Sie sind ehrlich, das weiß ich. Ich weiß es einfach. Sie meinen das, was sie sagen, vollkommen aufrichtig.«

»Gut. Zugegeben, sie sind aufrichtig. Aber deswegen können sie trotzdem einen Knacks haben. Wirklich, Liebling, du redest zehn Minuten lang mit der alten Dame im Klo, sie erzählt dir, daß ihre Schwester Christine an unserm Tisch sitzen sieht. Jeder, der telepathisch veranlagt ist, kann dein Unbewußtes im Handumdrehen lesen, und vor lauter Freude über ihren Erfolg stürzt sie sich gleich in die nächste Ekstase und will uns jetzt aus Venedig verscheuchen. Tut mir leid, aber zum Henker mit ihnen.«

Die Wände drehten sich nicht mehr. Die Wut hatte ihn nüchtern gemacht. Wenn es für Laura nicht so peinlich gewesen wäre, wäre er aufgestanden, zum Tisch der beiden Alten gegangen und hätte ihnen die Meinung gesagt.

»Ich wußte, daß du so reagieren würdest«, erwiderte Laura unglücklich. »Ich habe es ihnen auch gleich gesagt. Sie meinten aber, ich solle mir keine Sorgen machen. Vorausgesetzt, daß wir morgen abreisen, kann nichts passieren.«

»Um Gottes willen«, sagte John und schenkte sich nun doch ein Glas Wein ein.

»Im Grunde haben wir ja das Schönste von Venedig schon gesehen«, fuhr Laura fort. »Mir macht es nichts aus, weiterzufahren. Und wenn wir doch blieben, dann würde ich mich, so dumm das jetzt klingt, innerlich unruhig fühlen und müßte immerzu an meine kleine Christine denken, wie unglücklich sie ist und wie sie uns zu sagen versucht, daß wir abreisen sollen.«

»Gut«, sagte John unheilvoll ruhig. »Damit ist der Fall klar. Wir reisen ab. Ich schlage vor, wir gehen sofort ins Hotel und sagen Bescheid, daß wir morgen früh abreisen. Bist du satt?«

»Du brauchst dich doch nicht so zu ärgern«, sagte Laura seufzend. »Warum gehst du nicht mit mir zu ihrem Tisch und läßt dich mit ihnen bekannt machen? Dann könnten sie mit dir selbst über die Vision sprechen. Vielleicht nimmst du es dann ernst. Zumal du derjenige bist, um den es geht. Christine macht sich nämlich viel mehr Sorgen um dich als um mich. Und das

301

merkwürdigste ist, daß die blinde Schwester sagt, du seist übersinnlich, ohne es zu wissen. Du stehst irgendwie in Kontakt mit
dem Unbekannten, und ich nicht.«

»Jetzt reicht es«, erwiderte John. »Ich bin übersinnlich, ja?
Wunderbar. Meine übersinnliche Intuition sagt mir jetzt, daß es
höchste Zeit ist, aufzubrechen. Ob wir in Venedig bleiben oder
nicht, können wir entscheiden, wenn wir wieder im Hotel sind.«

Er gab dem Kellner ein Zeichen, die Rechnung zu bringen,
und während sie darauf warteten, sprachen sie kein Wort miteinander. Laura fummelte unglücklich und nervös an ihrer
Handtasche, während John unauffällig zum Tisch der Zwillingsschwestern hinüberblickte und sah, wie die beiden gerade
ihre mit Spaghetti gehäuften Teller auf eine wenig übersinnliche Art in Angriff nahmen. Nachdem er bezahlt hatte, schob
John seinen Stuhl zurück.

»So. Gehen wir?« fragte er.

»Erst verabschiede ich mich von ihnen«, sagte Laura mit
einem eigensinnigen Zug um den Mund, der ihn erschreckend
an ihr armes totes Kind erinnerte.

»Wie du willst«, erwiderte er und verließ vor ihr das Restaurant, ohne sich umzusehen.

Die weiche Feuchtigkeit der Luft, die vorher beim Spazierengehen so angenehm gewesen war, hatte sich in Regen verwandelt. Die herumschlendernden Touristen waren verschwunden. Ein paar Leute mit aufgespannten Regenschirmen eilten
vorbei. Das ist es, dachte er, was die Einwohner hier gewöhnlich
sehen. So sieht das Leben hier wirklich aus. Leere Straßen am
Abend und die dumpfe Reglosigkeit eines stehenden Kanals
unter den geschlossenen Fensterläden der Häuser. Alles andere
ist nur Fassade, auf Wirkung angelegt, ein Glitzern in der Sonne.

Laura erschien schließlich, und schweigend machten sie sich
auf den Weg. Als sie am Markusplatz ankamen, regnete es in
Strömen, und sie gingen unter den schützenden Arkaden weiter, zusammen mit ein paar wenigen Nachzüglern. Die Orchester hatten Feierabend gemacht. Die Tische waren leer. Die
Stühle standen umgedreht da.

Die Fachleute haben recht, dachte er. Venedig versinkt allmählich. Die ganze Stadt stirbt langsam ab. Eines Tages werden die Touristen mit dem Schiff hierherkommen, um ins Wasser hinunterzublicken. Tief, tief unter sich werden sie Pfeiler und Säulen und Marmor sehen, eine Unterwelt aus Stein, die Schlick und Morast den Blicken nur sekundenlang preisgeben. Ihre Absätze klapperten laut über das Pflaster, und aus den Dachrinnen gurgelte das Wasser. Ein schöner Abschluß eines Abends, der mit so viel Hoffnung und Unbefangenheit begonnen hatte.

Als sie im Hotel angekommen waren, ging Laura sofort zum Fahrstuhl, während John beim Nachtportier am Empfang den Zimmerschlüssel holte. Zusammen mit dem Schlüssel übergab ihm der Mann ein Telegramm. John starrte es einen Augenblick an. Laura stand schon im Fahrstuhl. Dann öffnete er den Umschlag und las. Das Telegramm war vom Leiter der Schule, die Johnnie besuchte.

Johnnie im Krankenhaus unter Beobachtung. Verdacht einer Blinddarmentzündung. Kein Grund zur Beunruhigung, aber Arzt hielt Benachrichtigung für angebracht.   Charles Hill

Er las das Telegramm zweimal und ging dann langsam zum Fahrstuhl, wo Laura noch auf ihn wartete. Er gab ihr das Telegramm. »Es ist angekommen, als wir weg waren«, sagte er. »Keine besonders gute Nachricht.« Während sie das Telegramm las, drückte er den Fahrstuhlknopf. Der Aufzug hielt im zweiten Stock, und sie stiegen aus.

»Damit ist die Sache entschieden«, sagte sie. »Hier haben wir den Beweis. Jetzt wissen wir, weshalb wir aus Venedig abreisen müssen. Johnnie ist in Gefahr, nicht wir. Das wollte Christine den Zwillingen sagen.«

Am nächsten Morgen meldete John als erstes ein Ferngespräch mit dem Schulleiter an. Dann teilte er dem Empfangschef telephonisch mit, daß sie abreisen würden, und während sie auf das Ferngespräch warteten, packten sie. Den gestrigen Tag erwähnten sie mit keinem Wort. John wußte, daß die Ankunft des Telegramms und die Vorahnungen der Schwestern reiner Zufall waren, doch hatte es keinen Sinn, darüber zu diskutieren. Laura ihrerseits war zwar vom Gegenteil überzeugt, aber sie spürte instinktiv, daß sie ihre Meinung besser für sich behielt. Beim Frühstück sprachen sie über die Mittel und Wege, nach England zurückzufahren. Da die Saison erst begonnen hatte, mußte es möglich sein, einen Platz für sie selbst und den Wagen auf dem Autoreisezug Mailand–Calais zu bekommen. Und auf jeden Fall hatte der Schulleiter ja in seinem Telegramm gesagt, daß es nicht eilig sei.

Das Ferngespräch nach England kam, als John im Bad war. Laura ging ans Telephon. Ein paar Minuten später betrat er das Zimmer. Sie sprach noch, aber an ihrem Blick konnte er sehen, daß sie besorgt war.

»Es ist Mrs. Hill«, sagte sie. »Mr. Hill ist beim Unterricht. Sie haben vom Krankenhaus Bericht erhalten, daß Johnnie eine unruhige Nacht hatte und der Arzt vielleicht operieren muß. Er will es aber nur tun, wenn es unbedingt nötig ist. Sie haben Johnnie geröntgt und festgestellt, daß der Blinddarm irgendwie schlecht liegt; deshalb wäre es nicht ganz unkompliziert.«

»Komm, laß mich sprechen«, sagte er.

Aus dem Hörer klang ihm die beruhigende, aber leicht zurückhaltende Stimme von Mrs. Hill entgegen. »Es tut mir so leid, daß dies wahrscheinlich Ihre Pläne durchkreuzt«, sagte sie, »aber Charles und ich dachten beide, daß Sie benachrichtigt werden sollten und sich an Ort und Stelle vielleicht ruhiger fühlen würden. Johnnie ist sehr tapfer, aber er hat natürlich ziemlich hohes Fieber. Der Arzt sagt, das sei unter den Umständen nicht ungewöhnlich. Offenbar kann es manchmal vorkommen, daß sich der Blinddarm verschiebt, und das kompliziert einen Eingriff. Der Arzt wird heute abend entscheiden, ob er operiert.«

»Ja, natürlich, wir verstehen vollkommen«, sagte John.

»Bitte richten Sie Ihrer Frau aus, sie solle sich keine zu großen Sorgen machen«, fuhr sie fort. »Das Krankenhaus ist ausgezeichnet, das Personal sehr nett, und wir vertrauen dem Arzt voll und ganz.«

»Ja«, sagte John, »ja«, und unterbrach sich dann, weil Laura ihm Zeichen machte.

»Wenn auf dem Autoreisezug kein Platz mehr frei ist, dann kann ich fliegen«, warf sie ein. »Eine Flugkarte werde ich bestimmt bekommen. Dann ist wenigstens einer von uns heute abend dort.«

Er nickte. »Vielen Dank, Mrs. Hill«, sagte er, »mit der Rückreise wird es schon klappen. Ja, ich bin davon überzeugt, daß Johnnie in guten Händen ist. Wir danken auch Ihrem Mann. Auf Wiedersehen.«

Er legte auf und blickte um sich, auf die ungemachten Betten, die Koffer auf dem Fußboden, das überall verstreute Seidenpapier. Körbe, Autokarten, Bücher, Mäntel – alles, was sie im Auto mitgebracht hatten. »O Gott«, sagte er, »was für ein entsetzliches Durcheinander. Dieser ganze Kram.« Wieder läutete das Telephon. Es war der Portier, der ihnen mitteilte, daß er Schlafwagenplätze und einen Platz für das Auto bekommen habe, aber erst für den nächsten Abend.

»Hören Sie«, sagte Laura, die abgenommen hatte, »können Sie mir eine Karte für das Flugzeug besorgen, das heute mittag von Venedig nach London fliegt? Es ist dringend notwendig, daß einer von uns heute abend zu Hause ist. Mein Mann kann dann morgen mit dem Auto nachkommen.«

»Halt, bleib am Apparat«, unterbrach John. »Kein Grund zur Panik. Vierundzwanzig Stunden können doch nicht soviel ausmachen?«

Sie wandte sich nervös zu ihm um, blaß vor Angst und Sorge.

»Dir vielleicht nicht, aber mir«, erwiderte sie. »Ich hab' *ein* Kind verloren, ein zweites will ich nicht verlieren.«

»Schon gut, Liebling, schon gut . . .« Er legte ihr die Hand auf den Arm, aber sie schüttelte sie ungeduldig ab und gab dem Portier weitere Anweisungen. Er wandte sich wieder seinem Koffer zu. Es hatte keinen Sinn, Einwände zu machen. Es war am besten, wenn man ihr ihren Willen ließ. Sie könnten natürlich beide fliegen, und dann, wenn alles überstanden und Johnnie über den Berg war, könnte er zurückfliegen, das Auto abholen und durch Frankreich zurückfahren, so wie sie hergekommen waren. Anderseits wäre das eine ziemliche Anstrengung und sehr kostspielig dazu. Es war schon teuer genug, wenn Laura flog und er mit dem Autozug von Mailand fuhr.

»Wenn du willst, könnten wir ja beide fliegen«, begann er vorsichtig und legte ihr die Idee dar, aber sie ließ sich darauf nicht ein. »Das wäre ja nun wirklich absurd«, entgegnete sie ungehalten. »Es kommt doch nur darauf an, daß ich heute abend dort bin. Außerdem werden wir den Wagen brauchen, wenn wir immerzu ins Krankenhaus müssen. Und unser Gepäck. Wir können doch nicht einfach gehen und das alles hier lassen.«

Nein, das sah er ein. Ein dummer Gedanke. Nur – nun ja, er war genauso unruhig wegen Johnnie wie sie, obgleich er ihr das nicht sagen würde.

»Ich geh' jetzt hinunter und lass' mich mal beim Portier blikken«, sagte Laura. »Wenn man direkt daneben steht, geben sich die Leute immer mehr Mühe. Ich habe alles gepackt, was ich heute abend brauche. Ich nehme nur meinen Handkoffer. Alles andere kannst du dann im Wagen mitbringen.« Sie war noch keine fünf Minuten aus dem Zimmer, als das Telephon klingelte. Es war Laura. »Liebling«, sagte sie, »es könnte nicht besser klappen. Der Portier hat mir einen Platz in einer Chartermaschine besorgt, die in einer knappen Stunde abfliegt. In etwa zehn Minuten geht ein Motorboot mit der Reisegesellschaft direkt vom Markusplatz ab. Einer von der Gruppe hat abgesagt. In knapp vier Stunden bin ich in Gatwick.«

»Ich komm' sofort runter«, sagte er.

Er traf sich mit ihr in der Halle. Sie wirkte nicht mehr angespannt und besorgt, sondern ganz zuversichtlich. Ihrer Abreise stand nichts mehr im Weg. Er wünschte immer mehr, sie könnten gemeinsam zurückfahren. Ohne sie würde er es in Venedig nicht länger aushalten. Aber der Gedanke an die Autofahrt nach Mailand, an die triste Nacht allein im Hotel, an den endlosen Tag danach und die vielen Stunden im Zug in der zweiten Nacht erfüllte ihn mit tiefer Bedrücktheit, ganz abgesehen von seiner Sorge um Johnnie. Sie gingen zur Anlegestelle am Markusplatz; die Mole, vom Regen reingespült, glänzte in der Sonne. Ein leichter Wind wehte, an den Buden flatterten die Ansichtskarten, Kopftücher und Souvenirs, und die Touristen flanierten umher, zufrieden und glücklich über den schönen Tag, den sie vor sich hatten.

»Ich ruf' dich heute abend aus Mailand an«, sagte er. »Du wirst sicher bei den Hills übernachten können. Und wenn du gerade im Krankenhaus sein solltest, können sie mir ja das Neueste berichten. Dort drüben scheint deine Reisegesellschaft zu sein. Na, viel Spaß!«

Die Passagiere, die vom Steg in das wartende Boot stiegen, trugen Koffer mit Union-Jack-Aufklebern. Die meisten von ihnen waren in mittlerem Alter. Reiseleiter schienen zwei Methodistenprediger zu sein. Einer der beiden kam auf Laura zu und streckte ihr die Hand entgegen. Sein Lächeln enthüllte eine schneeweiße Zahnprothese. »Sie müssen die Dame sein, die mit uns zurückfliegt«, sagte er. »Willkommen an Bord. Wir freuen uns alle sehr, Ihre Bekanntschaft zu machen. Schade, daß wir keinen Platz mehr für den lieben Gatten haben.«

Laura wandte sich schnell ab, um John einen Abschiedskuß zu geben. Ihre Mundwinkel bebten vor unterdrücktem Lachen. »Ob die wohl plötzlich anfangen, Choräle zu singen?« flüsterte sie. »Paß auf dich auf, lieber Gatte. Ruf mich heute abend an.«

Der Steuermann gab ein komisches kleines Tutsignal, und einen Augenblick später war Laura in das Boot gestiegen und stand nun winkend zwischen ihren Mitpassagieren, von deren schlichterer Kleidung ihr leuchtend roter Mantel als lustiger Farbfleck abstach. Das Boot tutete noch einmal und setzte sich in Bewegung. Er stand da und sah ihm nach, und das Gefühl eines unnennbaren Verlustes überkam ihn. Dann wandte er sich um und ging zum Hotel zurück, Trostlosigkeit im Herzen, blind für den strahlenden Tag.

Nichts ist so bedrückend, dachte er später, wie ein geräumtes Hotelzimmer, besonders wenn ihm so deutlich anzusehen ist, daß es vor kurzem noch bewohnt war. Lauras Koffer auf dem Bett, ihr zweiter Mantel, den sie zurückgelassen hatte. Puderspuren auf der Frisierkommode. Im Papierkorb ein Kleenextuch mit Lippenstiftspuren. Auf dem Glasbrett über dem Waschbecken eine ausgedrückte Zahnpastatube. Der Verkehrslärm schallte unbekümmert vom Canal Grande herauf wie immer, aber Laura war nicht mehr da, um ihn zu hören oder um von dem kleinen Balkon aus die Gondeln und Boote zu beobachten. Die Freude an dem Aufenthalt war erloschen. Alles in ihm war erloschen.

John packte zu Ende, stellte die Koffer für den Hausdiener bereit und ging nach unten, um die Rechnung zu bezahlen. Der Empfangschef war mit neu angekommenen Gästen beschäftigt. Auf der Terrasse, mit Blick auf den Canal Grande, saßen Leute und lasen Zeitung, bevor sie der schöne Tag aus dem Hotel lockte.

John entschloß sich, früh zu Mittag zu essen – hier auf der vertrauten Hotelterrasse. Dann wollte er das Gepäck zu einem der Boote bringen lassen, die direkt zwischen dem Markusplatz und der Piazzale Roma verkehrten, wo sein Auto untergestellt war. Nach dem mißglückten Essen am Abend zuvor hatte er ein leeres Gefühl im Magen, und so war ihm der Wagen mit den Horsd'œuvres, den ein Kellner gegen zwölf an seinen Tisch rollte, hochwillkommen.

Doch auch hier im Hotel war alles verändert. Der Oberkellner, ihr spezieller Freund, hatte frei, und an ihrem ehemaligen Tisch saßen neue Gäste, Hochzeitsreisende, wie er sich sagte, während er mit Bitterkeit beobachtete, wie ausgelassen sie waren, wie sie sich anlächelten. Ihm hatte man einen Einzeltisch hinter einer großen Blumenurne angewiesen.

Sie ist jetzt in der Luft, dachte John, und er versuchte sich vorzustellen, wie Laura zwischen den beiden Methodistenpredigern saß und ihnen höchstwahrscheinlich von Johnnies Krankheit und weiß der Himmel was noch erzählte. Nun, die Zwillingsschwestern konnten auf jeden Fall beruhigt sein. Ihre übersinnlichen Wünsche waren in Erfüllung gegangen.

Nach dem Essen hatte er keine Lust mehr, noch länger auf der Terrasse sitzen zu bleiben, und so verzichtete er auf den Kaffee. Er war nur von dem Wunsch beseelt, so bald wie möglich aufzubrechen, den Wagen zu holen und sich auf den Weg

308

nach Mailand zu machen. Er verabschiedete sich beim Empfangschef und ging zum zweitenmal an diesem Tage zu der Anlegestelle am Markusplatz, begleitet vom Hausdiener, der das Gepäck auf einen Wagen geladen hatte. Als er auf dem Motorboot stand, den Berg von Gepäck neben sich, um ihn herum sich drängende Menschen, schmerzte es ihn einen Augenblick lang, Venedig verlassen zu müssen. Wann, wenn überhaupt, würden sie wieder herkommen, fragte er sich. Nächstes Jahr ... in drei Jahren ... Zum erstenmal waren sie vor fast zehn Jahren in den Flitterwochen hier gewesen, das zweite Mal *en passant* vor einer Kreuzfahrt – und nun dieser letzte, mißglückte Aufenthalt, der nach zehn Tagen so brüsk geendet hatte.

Das Wasser glitzerte in der Sonne, die Häuser strahlten, als das Motorboot den Canal Grande hinauffuhr. Sonnenbebrillte Touristen gingen auf der schnell entschwindenden Mole auf und ab, und schon war die Hotelterrasse nicht mehr zu sehen. Es gab so viele Eindrücke aufzunehmen und zu bewahren: die vertrauten, geliebten Fassaden, Balkone, Fenster; das leise Plätschern des Wassers an den Kellerstufen verfallender Paläste; das kleine rote Haus mit seinem Garten, das D'Annunzio bewohnt hatte – ›unser Haus‹ hatte es Laura genannt, als ob es ihnen gehörte –, und nur zu bald würde das Boot links in den direkten Verbindungskanal zur Piazzale Roma einbiegen und so die schönsten Sehenswürdigkeiten am Canal Grande nicht berühren – den Rialto und die Paläste am oberen Teil des Kanals.

Ein anderes Boot kam ihnen flußabwärts entgegen. Es war voller Menschen, und für einen kurzen Moment verspürte John den törichten Wunsch, die Plätze tauschen zu können, einer von den glücklichen Touristen zu sein, deren Ziel Venedig war und alles, was er dort hinter sich gelassen hatte. Und dann sah er sie. Laura in ihrem roten Mantel, die Zwillinge an ihrer Seite. Die aktivere Schwester hatte die Hand auf Lauras Arm gelegt und sprach mit ernster Miene auf sie ein; Laura gestikulierte, ihr Haar wehte im Wind, und auf ihrem Gesicht lag ein Ausdruck tiefen Kummers. Er starrte hinüber, aufs äußerste verblüfft, zu überrascht, um zu rufen oder zu winken. Aber sie hätten ihn ohnehin nicht hören oder sehen können, denn sein Boot hatte das andere bereits passiert und fuhr in der entgegengesetzten Richtung weiter.

Was zum Teufel war denn nun passiert? Das Charterflugzeug mußte aufgehalten worden sein und war gar nicht abgeflogen – aber warum hatte Laura ihn dann nicht im Hotel angerufen? Und was hatten diese verdammten Schwestern damit zu tun? Hatte sie sie am Flugplatz getroffen? Zufällig? Und warum sah Laura so gequält aus? Er konnte es sich nicht erklären. Vielleicht war der Flug abgesagt worden. Laura würde natürlich geradewegs ins Hotel zurückfahren, weil sie erwartete, ihn noch dort vorzufinden, wahrscheinlich in der Absicht, nun doch mit ihm nach Mailand zu fahren und morgen abend den Zug zu nehmen. Was für ein verwünschtes Durcheinander. Er konnte nichts anderes tun als das Hotel anrufen, sowie er an der Piazzale Roma angekommen war, und ihr sagen, sie solle auf ihn warten, er werde kommen und sie holen. Und diese aufdringlichen Schwestern konnten ihm gestohlen bleiben.

Als das Motorboot anlegte, begann das übliche Gedränge. Erst mußte er einen Gepäckträger auftreiben, und dann dauerte es noch eine Weile, bis er eine Telephonzelle gefunden hatte. Die Fummelei mit dem Kleingeld, die Suche nach der Nummer hielten ihn weiter auf. Schließlich gelang es ihm, eine Verbindung mit dem Empfangschef zu bekommen.

»Hören Sie, es ist etwas schiefgegangen«, begann er und erklärte, daß Laura jetzt auf dem Weg ins Hotel sei – er habe sie mit zwei Freunden in einem der Vaporetti gesehen. Würde der Empfangschef ihr das bitte auseinandersetzen und ihr sagen, sie solle auf ihn warten? Er werde mit dem nächsten Boot zurückkommen und sie abholen. »Lassen Sie sie auf keinen Fall weggehen«, schloß er. »Ich werde so schnell wie möglich dort sein.« Der Empfangschef verstand vollkommen, und John legte auf.

Gott sei Dank war Laura nicht vor seinem Anruf im Hotel angekommen, sonst hätten sie ihr gesagt, er sei schon unterwegs nach Mailand. Der Gepäckträger wartete noch mit seinen

Koffern, und das einfachste schien zu sein, mit ihm zusammen zur Garage zu gehen und den Mann im Büro zu bitten, das Gepäck in Obhut zu nehmen, bis er in etwa einer Stunde mit seiner Frau zurückkomme und das Auto abhole. Dann ging er zurück zum Anlegeplatz, um auf das nächste Motorboot zum Markusplatz zu warten. Die Minuten schlichen dahin, und er fragte sich immer wieder, was am Flugplatz passiert sein mochte und warum Laura ihn um Himmels willen nicht angerufen hatte. Aber es hatte keinen Sinn, Spekulationen anzustellen. Im Hotel würde sie ihm alles erklären. Eines aber war gewiß: Er würde sich auf keinen Fall die beiden Schwestern aufhalsen und sich in ihre Angelegenheiten verwickeln lassen. Es war denkbar, daß Laura sagen würde, sie hätten ebenfalls ihren Flug verpaßt und wären froh, wenn er sie nach Mailand mitnähme.

Schließlich legte das Boot tuckernd am Landungssteg an, und er stieg ein. Was für eine Ernüchterung, jetzt an den bekannten Sehenswürdigkeiten vorbeizuschaukeln, denen er eben erst wehmütig Lebewohl gesagt hatte! Diesmal gönnte er seiner Umgebung überhaupt keinen Blick, so fieberte er seinem Ziel entgegen. Auf dem Markusplatz waren mehr Menschen denn je; die Scharen nachmittäglicher Besucher drängten sich Schulter an Schulter, jeder von ihnen auf Vergnügen bedacht.

Er erreichte das Hotel, und als er sich durch die Schwingtür schob, erwartete er, Laura und vielleicht auch die Zwillinge in der Halle links vom Eingang vorzufinden. Aber sie war nicht da. Er ging zum Empfang. Der Empfangschef, mit dem er am Telephon gesprochen hatte, unterhielt sich eben mit dem Geschäftsführer.

»Ist meine Frau gekommen?« fragte John.

»Nein, Sir, noch nicht.«

»Sehr sonderbar. Sind Sie ganz sicher?«

»Absolut sicher, Sir. Ich war ununterbrochen hier, seit Sie mich Viertel vor zwei angerufen haben.«

»Das versteh' ich nicht. Sie war auf einem der Vaporetti, die an der Accademia vorbeifahren. Sie muß fünf Minuten später am Markusplatz gelandet und hergekommen sein.«

311

Der Empfangschef schien verblüfft. »Ich weiß nicht, was ich sagen soll. Erwähnten Sie nicht, daß die Signora mit Freunden zusammen war?«

»Ja. Das heißt, mit Bekannten. Zwei Damen, die wir gestern in Torcello kennengelernt haben. Ich war sehr überrascht, sie mit ihnen auf dem Vaporetto zu sehen. Ich hab' natürlich angenommen, daß ihr Flug ausgefallen ist und daß sie die beiden Damen zufällig am Flugplatz getroffen und sich entschlossen hat, mit ihnen zusammen zurückzufahren, um mich vor meiner Abreise abzufangen.«

Wo zum Teufel steckte Laura? Es war nach drei. Von der Anlegestelle am Markusplatz waren es ein paar Minuten bis zum Hotel.

»Vielleicht ist die Signora mit ins Hotel ihrer Freunde gegangen? Wissen Sie, in welchem Hotel sie wohnen?«

»Nein«, erwiderte John, »ich habe keine Ahnung. Ich weiß nicht einmal, wie die beiden Damen heißen. Es waren Schwestern, Zwillinge – gleichen sich wie ein Ei dem andern. Einerlei – warum sollte sie zu ihrem Hotel gegangen sein und nicht zu unserm?«

Die Schwingtür öffnete sich, aber es war nicht Laura. Zwei andere Hotelgäste.

Dann mischte sich der Geschäftsführer in das Gespräch. »Das beste wird sein, wenn ich jetzt den Flugplatz anrufe und mich nach dem Flug erkundige. Das wird uns ein Stück weiterbringen«, sagte er mit einem entschuldigenden Lächeln. Es war nicht üblich, daß vom Hotel vermittelte Reiseverbindungen nicht klappten.

»Einverstanden«, sagte John. »Es wäre ganz gut, zu wissen, was dort passiert ist.«

Er zündete sich eine Zigarette an und ging in der Halle auf und ab. Was für eine entsetzliche Verwirrung. Und was für ein sonderbares Verhalten von Laura. Sie wußte doch, daß er direkt nach dem Mittagessen nach Mailand aufbrechen würde – ja, sie konnte nicht einmal sicher sein, daß er nicht schon vorher abgereist war. Deshalb hätte sie doch bestimmt sofort vom Flugplatz aus angerufen, wenn der Flug abgesagt worden wäre? Der Geschäftsführer telephonierte eine Ewigkeit. Er wurde mehrmals weiterverbunden, und er sprach zu schnell, als daß John der Unterhaltung hätte folgen können. Schließlich legte er den Hörer auf.

»Es wird immer rätselhafter, Sir«, sagte er. »Die Chartermaschine ist nicht aufgehalten worden, sie ist planmäßig abgeflogen und war voll besetzt. Soviel ich erfahren konnte, gab es keinerlei Schwierigkeiten. Die Signora scheint es sich einfach anders überlegt zu haben.« Sein Lächeln war noch entschuldigender als vorher.

»Sie hat es sich anders überlegt«, wiederholte John. »Aber warum denn um Gottes willen? Es war ihr doch so wichtig, heute abend zu Hause zu sein.«

Der Geschäftsführer zuckte die Achseln. »Sie wissen doch, wie die Damen manchmal sind«, erwiderte er. »Ihre Frau hat vielleicht gedacht, daß es doch besser wäre, mit Ihnen zusammen nach Mailand zu fahren. Ich kann Ihnen aber versichern, daß die Reisegesellschaft durchaus seriös war. Und was die Chartermaschine betrifft, so war es eine Caravelle und völlig sicher.«

»Ja, ja«, sagte John ungeduldig. »Sie trifft überhaupt kein Vorwurf. Ich kann nur nicht verstehen, warum sie sich anders besonnen haben sollte, es sei denn, die Begegnung mit den beiden Damen hätte sie dazu veranlaßt.«

Der Geschäftsführer schwieg. Er wußte nicht mehr, was er sagen sollte. Der Empfangschef war genauso ratlos. »Wäre es möglich«, wagte er schließlich zu sagen, »daß Sie sich geirrt haben und es gar nicht die Signora war, die Sie auf dem Vaporetto gesehen haben?«

»O nein«, antwortete John. »Es war meine Frau, ganz bestimmt. Sie hatte ihren roten Mantel an und trug keinen Hut, genauso wie sie hier abgefahren ist. Ich habe sie so deutlich gesehen, wie ich Sie jetzt sehe. Ich könnte es vor Gericht beschwören.«

»Es ist sehr schade«, meinte der Geschäftsführer, »daß wir den Namen und das Hotel der beiden Damen nicht kennen. Sie haben sie gestern in Torcello getroffen?«

313

»Ja . . . aber nur kurz. Gewohnt haben sie dort bestimmt nicht. Jedenfalls bin ich ziemlich sicher, daß das nicht der Fall ist. Wir haben sie nämlich später beim Abendessen in Venedig gesehen.«

»Entschuldigen Sie mich bitte . . .« Neue Gäste waren mit ihrem Gepäck eingetroffen, und der Empfangschef mußte sich um sie kümmern. John wandte sich verzweifelt an den Geschäftsführer. »Glauben Sie, daß es Sinn hat, das Hotel in Torcello anzufragen, ob die Leute dort wissen, wie die Damen heißen und wo sie in Venedig wohnen?«

»Wir können's versuchen«, erwiderte der Geschäftsführer. »Sehr wahrscheinlich ist es nicht, aber wir können's versuchen.«

John lief wieder nervös auf und ab und ließ dabei die Schwingtür keinen Augenblick aus den Augen. Er hoffte, betete darum, der rote Mantel möge aufleuchten und Laura eintreten. Wieder folgte eines der endlosen Telephongespräche, diesmal mit dem Hotel in Torcello.

»Sagen Sie ihnen, daß es zwei Schwestern waren«, warf John ein. »Zwei ältere Damen in Grau, beide gleich aussehend. Eine von ihnen war blind«, fügte er hinzu. Der Geschäftsführer nickte. Offensichtlich gab er eine genaue Beschreibung durch. Und doch schüttelte er den Kopf, als er auflegte. »Der Geschäftsführer in Torcello sagt, daß er sich genau an die beiden Damen erinnert. Aber sie haben in dem Hotel nur zu Mittag gegessen. Ihren Namen hat er nicht erfahren.«

»Nun, jetzt können wir nur noch warten.«

John zündete seine dritte Zigarette an und ging hinaus auf die Terrasse, um dort sein unruhiges Hin und Her wieder aufzunehmen. Er starrte auf den Kanal hinaus und suchte die Passagiere auf den Vaporetti, Motorbooten, ja selbst in den vorbeitreibenden Gondeln nach dem vertrauten Gesicht ab. Auf seiner Uhr tickten die Minuten davon, und von Laura keine Spur. Eine böse Ahnung beschlich ihn, daß Laura niemals beabsichtigt hatte, das Flugzeug zu nehmen, daß sie sich am Abend zuvor in dem Restaurant mit den Schwestern verabredet hatte. O Gott, dachte er, das ist unmöglich, ich schnappe über . . . Und doch – warum, warum? Nein, viel eher war die Begegnung am Flugplatz Zufall gewesen, und sie hatten Laura aus irgendwelchen unglaublichen Gründen dazu überredet, das Flugzeug nicht zu besteigen, sie vielleicht sogar daran gehindert, indem sie eine ihrer übersinnlichen Visionen vorbrachten – daß das Flugzeug abstürzen werde, daß sie unbedingt mit ihnen nach Venedig zurückfahren müsse. Und Laura, in ihrem überreizten Zustand, hatte ihnen kritiklos geglaubt.

Aber selbst wenn man all diese Möglichkeiten in Betracht zog, warum war sie nicht zum Hotel zurückgekommen? Wo war sie? Vier Uhr, halb fünf, keine Sonnentupfer mehr auf dem Wasser. Er ging zurück in die Empfangshalle.

»Ich kann nicht mehr hier herumstehen«, sagte er zum Empfangschef. »Selbst wenn sie jetzt auftaucht, können wir heute niemals mehr bis Mailand kommen. Vielleicht treffe ich sie mit den Damen auf dem Markusplatz oder sonst irgendwo. Wenn sie kommt, während ich weg bin, würden Sie ihr dann bitte alles erklären?«

Der Empfangschef war voller Mitgefühl. »Selbstverständlich ja«, sagte er. »Sehr beunruhigend für Sie, Sir. Wäre es vielleicht ratsam, wenn wir Ihnen für heute abend ein Zimmer hier reservieren?«

John machte eine hilflose Handbewegung. »Vielleicht ja, ich weiß nicht. Kann sein . . .«

Er ging durch die Schwingtür hinaus und weiter in Richtung Markusplatz. Er sah in jedes Geschäft unter den Arkaden, überquerte den Platz wohl ein dutzendmal, schlängelte sich zwischen den Tischen vor Florian und vor Quadri hindurch. Er wußte, daß ihm Lauras roter Mantel und die auffallende Erscheinung der Zwillingsschwestern sofort ins Auge springen würden, selbst in der durcheinanderwimmelnden Menschenmenge – aber er konnte keine Spur von ihnen entdecken. Er schloß sich der Masse der Kauflustigen in den Mercerie an und schob sich, Schulter an Schulter mit bummelnden, drängenden, Schaufenster ansehenden Menschen, langsam vorwärts, aber sein Gefühl sagte ihm, daß es sinnlos war, daß er sie hier nicht finden werde. Denn warum sollte Laura absichtlich nicht geflo-

315

gen und nach Venedig zurückgekehrt sein, um dort umherzu-
bummeln? Und selbst wenn dies aus Gründen, die er sich
nicht vorstellen konnte, der Fall war, dann wäre sie doch bestimmt zuerst ins Hotel gegangen, um ihn dort zu suchen.

Er konnte jetzt nur noch versuchen, die Schwestern aufzuspüren. In Venedig gab es Hunderte von Hotels und Pensionen, die über die ganze Stadt verstreut lagen, und ihr Hotel
konnte überall sein – vielleicht sogar unten an der Zattere
oder noch südlicher auf der Giudecca. Diese beiden Möglichkeiten allerdings schienen wenig wahrscheinlich. Eher war
damit zu rechnen, daß sie in irgendeiner kleinen Pension in
der Nähe von San Zaccaria wohnten, von wo es nicht weit zu
dem Restaurant war, in dem sie am Vorabend gegessen hatten. Die Blinde würde nachts bestimmt nicht weit gehen wollen. Wie dumm von ihm, daß ihm dieser Gedanke nicht eher
gekommen war. Er machte kehrt und eilte fort von dem hell
erleuchteten Einkaufszentrum, dem engen, wingligen Viertel
zu, in dem sie am Abend vorher gegessen hatten. Er fand das
Restaurant mühelos, aber es war noch nicht für das Abendessen geöffnet, und der Kellner, der die Tische deckte, war nicht
der vom Vorabend. John fragte nach dem Padrone. Der Kellner verschwand in den hinteren Regionen und kehrte nach
kurzer Zeit mit dem Wirt zurück, der etwas zerzaust aussah
und in Hemdsärmeln war; offensichtlich war er in seiner Ruhepause gestört worden.

»Ich habe gestern abend hier gegessen«, erklärte John. »An
dem Tisch dort in der Ecke saßen zwei Damen.« Er deutete
auf den Tisch.

»Sie möchten diesen Tisch für heute abend reserviert haben?« fragte der Patrone.

»Nein«, entgegnete John, »nein, zwei Damen saßen gestern
abend dort, zwei Schwestern, *due sorelle*, Zwillinge, *gemelle*« –
war das die richtige Vokabel für Zwillinge? »Erinnern Sie
sich? Zwei Damen, *sorelle, vecchie . . .*«

»Ah«, sagte der Mann, »*si, si, signore, la povera signorina.*« Er
legte die Hände vor seine Augen, um Blindheit anzudeuten.
»Ja, ich erinnere mich.«

»Wissen Sie, wie sie heißen?« fragte John. »Wo sie wohnen? Ich suche sie sehr dringend.«

Der Padrone hob die Hände in einer Geste des Bedauerns. »Es tut mir leid, Signore, ich kenne ihren Namen nicht, sie sind vielleicht ein- oder zweimal hier gewesen, zum Abendessen, sie haben nicht gesagt, wo sie wohnen. Wenn Sie heute abend wieder herkommen, dann sind sie vielleicht hier? Soll ich Ihnen einen Tisch reservieren?«

Er deutete mit einer Armbewegung an, daß noch eine ganze Reihe einladender Tische zur Auswahl standen, aber John schüttelte den Kopf.

»Nein, danke. Es kann sein, daß ich anderswo esse. Es tut mir leid, daß ich Sie bemüht habe. Wenn die Damen kommen sollten . . .« Er zögerte. »Vielleicht sehe ich später noch einmal herein«, fuhr er fort. »Ich bin noch nicht ganz sicher.«

Der Padrone verbeugte sich und begleitete ihn zum Eingang. »In Venedig trifft sich die ganze Welt«, sagte er lächelnd. »Es ist gut möglich, daß der Herr seine lieben Bekannten noch heute finden wird. *Arrivederci, signore.*«

Liebe Bekannte? John ging hinaus auf die Straße. Eher Entführerinnen . . . Seine Sorge hatte sich in Angst, ja in Panik verwandelt. Irgend etwas Entsetzliches mußte passiert sein. Diese Frauen hatten Laura abgefangen, hatten ihre Beeinflußbarkeit ausgenutzt und sie dazu gebracht, mit ihnen zu gehen – entweder in ihr Hotel oder anderswohin. Sollte er zum Konsulat gehen? Wo war es? Was würde er sagen, wenn er es gefunden hatte? Er schlug ziellos eine Richtung ein und fand sich, wie es ihnen am Abend vorher gegangen war, in Straßen wieder, die er nicht kannte. Plötzlich stand er vor einem großen Gebäude, über dessen Eingang das Wort ›Questura‹ stand. Das kommt mir wie gerufen, dachte er. Ich weiß zwar nicht recht, was ich sagen soll, aber das ist gleichgültig, irgend etwas ist passiert, und ich gehe jetzt da hinein. Mehrere uniformierte Polizisten liefen hin und her, hier herrschte also auf jeden Fall Aktivität. John wandte sich an einen Polizisten, der hinter einem Schalterfenster saß, und fragte, ob es hier jemand gebe, der Englisch spreche. Der Mann deutete auf eine Treppe; John ging hinauf und betrat einen Raum zu seiner Rechten, in dem bereits ein Mann und eine Frau warteten. Mit Erleichterung sah er, daß es Landsleute waren, Touristen, offensichtlich ein Ehepaar, das sich irgendwie in Schwierigkeiten befand.

»Kommen Sie, setzen Sie sich«, sagte der Mann. »Wir warten seit einer halben Stunde, aber viel länger kann's nicht mehr dauern. Was für ein Land! Zu Hause würden wir nicht so lange herumsitzen müssen.«

John nahm die angebotene Zigarette und setzte sich auf einen Stuhl neben sie.

»Was führt Sie her?« fragte er.

»Meiner Frau ist die Handtasche gestohlen worden, in einem Laden an der Merceria«, antwortete der Mann. »Sie hatte sie einen Augenblick abgestellt, um sich etwas anzusehen, und man sollte es nicht glauben, im nächsten Moment war sie weg. Ich bin ja der Ansicht, es sei ein Taschendieb gewesen, aber sie besteht darauf, daß es die Verkäuferin war. Aber wie soll man das wissen? Diese Italiener sind doch alle gleich. Zurück kriegen wir sie ohnehin nicht. Und was ist Ihnen abhanden gekommen?«

»Mein Koffer«, log John schnell. »Es waren wichtige Papiere drin.«

Wie konnte er sagen, daß ihm seine Frau abhanden gekommen war? Er konnte nicht einmal andeutungsweise ...

Der Mann nickte voller Mitgefühl. »Wie gesagt, diese Italiener sind alle gleich. Mussolini wußte, wie er mit ihnen umgehen mußte. Es gibt zu viele Kommunisten heutzutage. Das Dumme ist nur, daß sie sich mit unsern Sorgen nicht stark befassen werden, solange dieser Mörder noch frei herumläuft. Alles ist auf der Suche nach ihm.«

»Mörder? Was für ein Mörder?« fragte John.

»Sie haben nichts davon gehört?« Der Mann starrte ihn überrascht an. »In Venedig redet man von nichts anderem. Es steht in allen Zeitungen, sogar in den englischen, und im Rundfunk wurde auch davon gesprochen. Eine grausige Geschichte. Letzte Woche haben sie eine Frau mit durchschnittener Kehle gefunden – obendrein eine Touristin – und heute morgen einen alten Mann mit einer ähnlichen Wunde. Es wird angenommen, daß der Täter ein Verrückter ist, weil es überhaupt kein Motiv zu geben scheint.«

»Meine Frau und ich lesen im Urlaub keine Zeitung«, erwiderte John. »Und wir hören uns auch kaum den Klatsch im Hotel an.«

»Das ist sehr klug«, meinte der Mann lachend. »Es hätte Ihnen den Urlaub verderben können, besonders, wenn Ihre Frau ängstlich ist. Na ja, wir reisen sowieso morgen ab. Ich kann nicht behaupten, daß es uns sehr schwerfällt, wie, Schatz?« Er wandte sich zu seiner Frau. »Mit Venedig ist es bergab gegangen, seit wir zum letztenmal hier waren. Und daß die Handtasche jetzt weg ist, hat uns gerade noch gefehlt.«

Die Tür zum inneren Zimmer öffnete sich, und ein höherer Polizeibeamter bat das Ehepaar zu sich herein.

»Wir werden bestimmt nichts erreichen«, murmelte der Tourist. Er zwinkerte John zu und ging mit seiner Frau in das Zimmer. Die Tür schloß sich hinter ihnen. John drückte seine Zigarette aus und zündete sich die nächste an. Er hatte das seltsame Gefühl, daß er alles, was in den letzten paar Stunden geschehen war, gar nicht wirklich erlebt hatte. Er fragte sich, was er hier eigentlich zu suchen hatte. Laura war nicht mehr in Venedig, sondern war mit diesen beiden diabolischen Schwestern verschwunden, vielleicht für immer. Man würde sie nie wieder finden. Und die phantastische Geschichte, die Laure und er sich in Torcello ausgedacht hatten, als sie die Zwillinge zum erstenmal sahen, entsprach plötzlich mit der Folgerichtigkeit eines Alptraums den Tatsachen: die Frauen waren wirklich getarnte Verbrecher, Männer mit kriminellen Absichten, die ihre ahnungslosen Opfer in eine Falle lockten, um ihnen ein schreckliches Verderben zu bereiten. Sie waren vielleicht sogar die Mörder, nach denen die Polizei suchte. Wer würde je zwei ältere, seriös wirkende Damen verdächtigen, die in einer kleinen Pension ihr zurückgezogenes Leben führten? Er drückte seine halbgerauchte Zigarette aus.

Das, dachte er, ist nun wirklich der Anfang des Wahnsinns. So werden Leute verrückt. Er sah auf die Uhr. Halb sieben. Es war im Grunde völlig sinnlos, die Polizei einzuschalten. Gib die Idee lieber auf und halt dich an dem letzten Zipfelchen Vernunft fest, das dir noch geblieben ist. Geh zurück ins Hotel, melde ein Gespräch mit der Schule in England an und frage nach den neuesten Nachrichten über Johnnie. Seit er Laura in dem Vaporetto gesehen hatte, hatte er nicht mehr an den armen Johnnie gedacht.

Aber zu spät. Die Tür öffnete sich wieder, das Ehepaar kam heraus.

»Das übliche Geschwätz«, sagte der Mann leise zu John. »Sie werden ihr möglichstes tun. Es besteht keine große Hoffnung. So viele Ausländer in Venedig, alles Diebe! Die Einheimischen natürlich alle ohne Fehl und Tadel. Es lohnt sich nicht für sie, Kunden zu bestehlen. Na, hoffentlich haben Sie mehr Glück.«

Er nickte, seine Frau lächelte, und beide verschwanden. John folgte dem Polizeibeamten in das zweite Zimmer.

Formalitäten zunächst. Name, Adresse, Paß. Länge des Aufenthalts in Venedig und so weiter. Dann die Fragen. John begann seine lange, komplizierte Geschichte, und auf seiner Stirn bildeten sich allmählich Schweißtropfen. Ihre erste Begegnung mit den Schwestern, das Wiedersehen in dem Restaurant, Lauras labiler Zustand, eine Folge von Christines Tod, die telegraphische Nachricht über Johnnies plötzliche Erkrankung, der Entschluß die Chartermaschine zu nehmen, ihre Abfahrt und ihre plötzliche rätselhafte Rückkehr. Als er seinen Bericht beendet hatte, fühlte er sich so erschöpft, als hätte er nach einem schweren Grippeanfall einen Tag lang ununterbrochen am Steuer gesessen. Der Polizeibeamte sprach ausgezeichnet Englisch mit einem starken italienischen Akzent.

»Sie haben gesagt«, begann er, »daß Ihre Frau unter den Nachwirkungen eines schweren Schocks leidet. Hat sich das während Ihres Aufenthalts hier in Venedig bemerkbar gemacht?«

»Ja«, antwortete John, »sie war richtig krank. Der Urlaub schien ihr nicht sehr gut zu tun. Erst als wir gestern diesen beiden Frauen begegneten, änderte sich ihre Stimmung. Plötzlich schien eine Last von ihr genommen. Ich nehme an, daß sie in ihrem Zustand bereit war, jeden Strohhalm zu ergreifen, und der Glaube, daß unsere Kleine über sie wacht, hat ihr dann ihr seelisches Gleichgewicht wiedergegeben. Sie wirkte jedenfalls ganz normal.«

»Das ist unter diesen Umständen begreiflich«, sagte der Polizeibeamte. »Aber das Telegramm gestern abend war natürlich für Sie beide ein neuer Schock?«

»O ja. Aus diesem Grund entschlossen wir uns ja, nach England zurückzufahren.«

»Ohne Diskussion? Ohne Meinungsverschiedenheiten?«

»Ja. Wir waren völlig einer Meinung. Ich habe nur bedauert, daß ich nicht mit meiner Frau zusammen die Chartermaschine nehmen konnte.«

Der Polizeibeamte nickte. »Es wäre doch vorstellbar, daß Ihre Frau eine plötzliche Gedächtnisstörung hatte und sich hilfesuchend an die beiden Damen klammerte, weil sie eine Art Verbindung mit dem Vergessenen für sie waren. Sie haben die beiden sehr genau beschrieben, und ich glaube, es wird nicht zu schwierig sein, sie zu finden. Ich würde vorschlagen, daß Sie jetzt in Ihr Hotel zurückgehen, und sowie wir etwas erfahren haben, hören Sie von uns.«

Wenigstens glaubten sie ihm, dachte John. Sie hielten ihn nicht für einen Verrückten, der sich die ganze Geschichte ausgedacht hatte und ihnen nur die Zeit stahl.

»Sie verstehen doch«, sagte er, »daß ich in großer Sorge bin. Diese Frauen könnten irgendwelche kriminellen Absichten haben . . .«

Der Polizeibeamte lächelte zum erstenmal. »Bitte, beunruhigen Sie sich nicht«, entgegnete er. »Es gibt bestimmt eine befriedigende Erklärung.«

Schön und gut, dachte John, aber in drei Teufels Namen, welche?

»Es tut mir leid«, sagte er, »daß ich Sie so lange aufgehalten habe. Zumal mir bekannt ist, daß die Polizei alle Hände voll zu tun hat, einen Mörder zu suchen, der immer noch auf freiem Fuß ist.«

Er hatte die Bemerkung absichtlich gemacht. Es konnte

nichts schaden, die Leute darauf hinzuweisen, daß zwischen Lauras Verschwinden und dieser andern scheußlichen Sache irgendeine Verbindung bestehen könnte.

»Ah, daran haben Sie gedacht«, sagte der Polizeibeamte und erhob sich. »Wir hoffen, den Mörder in Kürze hinter Schloß und Riegel zu haben.«

Dieser zuversichtliche Ton war beruhigend. Mörder, verschwundene Ehefrauen, gestohlene Handtaschen – alles war unter Kontrolle. Sie schüttelten sich die Hand, John wurde zur Tür begleitet und ging wieder die Treppe hinunter. Vielleicht hatte der Mann ja recht, dachte er auf dem Rückweg zum Hotel. Laura hatte plötzlich das Gedächtnis verloren, und die Schwestern waren zufällig am Flughafen gewesen und hatten sie mit zurück nach Venedig genommen. Sie hatten Laura in ihr eigenes Hotel gebracht, weil sie nicht mehr wußte, wo John und sie wohnten. Vielleicht versuchten sie sogar jetzt, in diesem Augenblick, sein Hotel zu finden. Auf jeden Fall konnte er nichts mehr tun. Die Sache lag jetzt in Händen der Polizei, die, so Gott wollte, die Lösung finden würde. Er wünschte sich jetzt nur noch, mit einem Whisky aufs Bett zu sinken und dann Johnnies Schule anzurufen.

Der Page fuhr mit ihm im Fahrstuhl hinauf in den vierten Stock und führte ihn in ein bescheidenes Zimmer an der Rückfront des Hotels. Kahl, unpersönlich, geschlossene Fensterläden und vom Hof heraufströmende Küchengerüche.

»Lassen Sie mir bitte einen doppelten Whisky bringen«, sagte er zu dem Pagen, »und ein Ingwerbier.« Dann hielt er sein Gesicht unter den Kaltwasserhahn am Waschbecken und stellte erleichtert fest, daß das Stück Gästeseife trotz seiner Winzigkeit für ein gewisses Maß an Erfrischung ausreichte. Er zog die Schuhe aus, hängte seine Jacke über eine Stuhllehne und warf sich auf das Bett. Irgendwo plärrte ein Radio einen alten Schlager, der vor zwei Jahren Lauras Lieblingsschlager gewesen war. »Baby, ich lieb' dich . . .« Sie hatten ihn auf Tonband aufgenommen und ihn oft im Auto gespielt. Er griff nach dem Telephonhörer und meldete an der Zentrale das Ferngespräch nach England an. Dann schloß er die Augen, und die

322

durchdringende Stimme sang beharrlich weiter: »Baby, ich lieb' dich . . . Vergessen kann ich dich nicht.«

Ein Weilchen später klopfte es an der Tür. Es war der Kellner mit den Getränken. Zuwenig Eis, ein magerer Trost, und doch, wie verzweifelt brauchte er ihn. Er stürzte den Whisky ohne das Ingwerbier hinunter. Einen Augenblick später schon hatte der Alkohol den bohrenden inneren Schmerz gelindert, betäubt, und ein Gefühl von zumindest vorübergehender Ruhe überkam ihn. Das Telephon klingelte. »Jetzt!« dachte er und war auf das äußerste Unheil gefaßt, auf den letzten, endgültigen Schock: die Nachricht, daß Johnnie im Sterben liege oder schon tot sei. Dann bliebe ihm nichts mehr. Sollte Venedig untergehen . . .

Die Zentrale teilte ihm mit, daß seine Verbindung hergestellt sei, und einen Augenblick später hörte er Mrs. Hills Stimme in der Leitung. Man hatte ihr offensichtlich gesagt, daß der Anruf aus Venedig kam, denn sie wußte sofort, wer am Apparat war.

»Hallo?« sagte sie. »Ich freue mich, daß Sie anrufen. Es geht ihm gut. Johnnie ist mittags operiert worden, der Arzt wollte nicht länger warten, und die Operation ist ein voller Erfolg. Johnnie ist außer Gefahr. Sie brauchen sich also keine Sorgen mehr zu machen und können ruhig schlafen.«

»Gott sei Dank«, antwortete er.

»Ich weiß, wie Ihnen zumute ist«, sagte sie. »Wir sind ja auch alle so erleichtert. So, und jetzt werde ich den Hörer Ihrer Frau geben.«

John fuhr hoch, wie vom Donner gerührt. Was zum Teufel sollte das heißen? Dann hörte er Lauras Stimme, gelassen und klar.

»Liebling? Liebling, bist du da?«

Er konnte nicht antworten. Er fühlte, wie seine Hand am Hörer feucht wurde von kaltem Schweiß. »Ich bin da«, flüsterte er.

»Die Verbindung ist nicht besonders gut«, sagte sie, »aber macht nichts. Wie dir Mrs. Hill ja schon gesagt hat, ist alles in Ordnung. Der Arzt ist sehr nett und die Stationsschwester reizend, und ich bin so glücklich, daß alles so gutgegangen ist. Nach der Landung in Gatwick bin ich sofort hierhergefahren.

Der Flug war übrigens gut, aber die Leute waren so komisch – du wirst dich kranklachen, wenn ich dir davon erzähle. Dann bin ich gleich ins Krankenhaus gegangen, und Johnnie wachte gerade aus der Narkose auf. Natürlich war er noch sehr benommen, aber er hat sich riesig gefreut, als er mich sah. Und Hills sind wirklich ganz wunderbar, sie haben mir ihr Gastzimmer gegeben, und bis zum Krankenhaus in der Stadt ist es mit dem Taxi gar nicht weit. Ich werde gleich nach dem Abendessen ins Bett gehen, ich bin ein bißchen mitgenommen von dem Flug und den Sorgen. Wie war denn die Fahrt nach Mailand? Und in welchem Hotel bist du?«

John antwortete mit einer Stimme, die er selbst kaum erkannte. Es war die automatische Antwort eines Computers.

»Ich bin nicht in Mailand«, sagte er, »ich bin noch in Venedig.«

»Noch in Venedig? Aber warum denn? Ist der Motor nicht angesprungen?«

»Ich kann es jetzt nicht erklären«, erwiderte er. »Eine ganz dumme Geschichte . . .«

Er fühlte sich plötzlich so erschöpft, daß er fast den Hörer fallen ließ, und zu seiner Schande spürte er, daß ihm auch noch die Tränen kamen.

»Was für eine Geschichte?« Ihre Stimme war mißtrauisch, fast feindselig. »Du hast doch keinen Unfall gehabt?«

»Nein . . . nein . . . nichts dergleichen.«

Einen Augenblick Stille. Und dann sagte sie: »Du klingst so verschwommen. Erzähl mir bloß nicht, daß du in Venedig versumpft bist.«

Gott im Himmel . . . Wenn sie wüßte! Wahrscheinlich würde er jeden Augenblick ohnmächtig werden.

»Ich hab' mir eingebildet«, sagte er langsam, »ich hab' mir eingebildet, ich hätte dich gesehen, auf einer von diesen Barkassen, zusammen mit den beiden Schwestern.«

Was für einen Sinn hatte es, weiterzusprechen? Es war hoffnungslos, die Sache erklären zu wollen.

»Wie kannst du mich zusammen mit den Schwestern gesehen haben?« fragte sie. »Du wußtest doch, daß ich zum Flughafen gefahren war. Wirklich, mein Lieber, du bist ein Narr. Du scheinst von den beiden armen alten Damen ja förmlich besessen zu sein. Hoffentlich hast du eben nichts zu Mrs. Hill gesagt.«

»Nein.«

»Ja, und was machst du jetzt? Du nimmst doch morgen den Zug von Mailand, nicht wahr?«

»Ja, natürlich«, antwortete er.

»Ich versteh' zwar immer noch nicht, warum du in Venedig geblieben bist«, fuhr sie fort. »Es klingt mir alles ein bißchen merkwürdig. Aber wie dem auch sei . . . Johnnie geht es Gott sei Dank gut, und ich bin hier.«

»Ja«, sagte er, »ja.«

Er konnte durchs Telefon in der Ferne den Gong zum Abendessen hören.

»Du mußt jetzt gehen«, sagte er. »Bitte, empfiehl mich den Hills und grüß Johnnie von mir.«

»Also, paß auf dich auf, Liebling, und versäume um Gottes willen morgen den Zug nicht, und fahr vorsichtig.«

Das Telephon knackte, und sie war nicht mehr da. Er goß den letzten Rest Whisky in sein leeres Glas, mischte ihn mit dem Ingwerbier und schüttete alles in einem Schluck hinunter. Er stand auf, ging zum Fenster, öffnete die Läden und lehnte sich hinaus. Er fühlte sich benommen. Seine Erleichterung, so groß, so überwältigend sie auch war, wurde gedämpft von dem seltsamen Gefühl des Unwirklichen, das ihn von neuem beschlich. Es war fast, als wäre die Stimme, die aus England zu ihm gesprochen hatte, doch nicht Lauras gewesen, sondern eine Imitation, und als wäre sie in Wirklichkeit immer noch in Venedig, versteckt in einer zwielichtigen Pension, zusammen mit den beiden Schwestern.

Die Sache war doch, daß er die drei auf der Barkasse wirklich *gesehen* hatte. Es war nicht irgendeine andere Frau in einem roten Mantel gewesen. Und die beiden andern Frauen waren wirklich da gewesen, zusammen mit Laura. Was also war die Erklärung dafür? Daß er dabei war, verrückt zu werden? Oder hatte er es hier mit etwas noch Unheimlicherem zu tun? Die

Schwestern, die telepathische Kräfte von ungeheurer Stärke besaßen, hatten ihn gesehen, als sich die beiden Boote begegneten, und hatten ihm auf rätselhafte Weise vorgegaukelt, daß Laura bei ihnen war. Aber warum und zu welchem Zweck? Nein, das ergab keinen Sinn. Die einzige Erklärung war, daß er sich getäuscht hatte, daß das Ganze eine Halluzination gewesen war. In welchem Fall er einen Psychoanalytiker genauso nötig hatte wie Johnnie seinen Chirurgen.

Und was sollte er jetzt tun? Hinuntergehen und der Geschäftsführung sagen, daß er sich geirrt und gerade mit seiner Frau telephoniert habe, die sicher und heil mit der Chartermaschine in England gelandet sei? Er zog seine Schuhe an und strich sich mit den Händen das Haar glatt. Er sah auf die Uhr. Es war zehn Minuten vor acht. Wenn er erst in die Bar ging und sich schnell einen zweiten Drink genehmigte, würde es leichter sein, mit dem Geschäftsführer zu sprechen und ihm den Irrtum einzugestehen. Dieser würde dann vielleicht auch die Polizei anrufen. Und nach allen Seiten hin überschwengliche Entschuldigungen, daß man allen solche Mühe gemacht hatte ...

Er fuhr mit dem Fahrstuhl nach unten und ging geradewegs in die Bar. Er fühlte sich befangen, wie ein Gezeichneter; er hatte die Vorstellung, daß alle ihn ansahen und dachten: Da ist der Mann, dessen Frau verschwunden ist. Glücklicherweise war es sehr voll in der Bar, lauter unbekannte Gesichter. Selbst den Kellner, offenbar eine Aushilfe, hatte John noch nie gesehen. Er trank seinen Whisky und warf über die Schulter einen Blick in die Empfangshalle. Am Schalter war im Augenblick niemand. In der Tür zu dem dahinter liegenden Raum stand der Geschäftsführer mit dem Rücken zur Halle und sprach mit jemand. John gab einem feigen Impuls nach, durchquerte schnell die Halle und verließ das Hotel durch die Schwingtür.

Jetzt werde ich erst etwas essen, beschloß er, und dann geh' ich zurück und spreche mit dem Geschäftsführer. Wenn ich etwas im Magen habe, bin ich einer Auseinandersetzung besser gewachsen.

Er ging zu dem nahe gelegenen Restaurant, in dem er und Laura ein- oder zweimal zu Abend gegessen hatten. Jetzt

326

konnte er sich ja Zeit lassen, nichts war mehr wichtig, denn sie war in Sicherheit. Der Alptraum war überstanden. Er konnte sein Abendessen genießen, obgleich sie nicht dabei war, und konnte an sie denken, wie sie mit den Hills einen langweiligen, stillen Abend verbrachte, früh ins Bett ging und am nächsten Morgen ins Krankenhaus fuhr, um bei Johnnie zu sein. Auch Johnnie war in Sicherheit. Keine Sorgen mehr, nur noch die peinlichen Erklärungen und Entschuldigungen.

Er setzte sich mit einem angenehmen Gefühl von Anonymität in dem kleinen Restaurant an einen Ecktisch und bestellte Vitello alla Marsala und eine halbe Flasche Merlot. Er ließ sich sein Essen schmecken, aber ihm war dabei, als säße er hinter einem Schleier; das Gefühl des Unwirklichen war noch nicht gewichen, und die Unterhaltung am Nachbartisch wirkte einlullend wie gedämpfte Musik.

Als die Leute sich erhoben und gingen, sah er auf der Wanduhr, daß es fast halb zehn war. Es war sinnlos, die Sache noch länger aufzuschieben. Er trank seinen Kaffee, zündete sich eine Zigarette an und bezahlte. Schließlich, dachte er, als er zum Hotel zurückging, würde der Geschäftsführer sehr erleichtert sein, wenn er erfuhr, daß alles in Ordnung war.

Als er die Halle durch die Schwingtür betrat, sah er als erstes einen Mann in Polizeiuniform, der am Empfangsschalter stand und sich mit dem Geschäftsführer unterhielt. Auch der Empfangschef war da. Als John auf sie zuging, wandten sie sich um, und das Gesicht des Geschäftsführers erhellte sich vor Erleichterung.

»*Eccolo!*« rief er aus. »Ich wußte doch, daß der Signore nicht weit ist. Es geht vorwärts, Signore. Man hat die beiden Damen gefunden, und sie haben sich freundlicherweise bereit erklärt, mit zur Questura zu kommen. Wenn Sie sich gleich dorthin begeben wollen, dann wird Sie dieser *agente di polizia* begleiten.«

John bekam einen roten Kopf. »Ich habe allen furchtbare Mühe gemacht«, sagte er. »Ich wollte Ihnen Bescheid geben, bevor ich zum Abendessen ging, aber Sie waren nicht am Schalter. Ich konnte mich nämlich inzwischen mit meiner Frau in Verbindung setzen. Sie ist doch ganz richtig nach London ge-

flogen, und ich habe mit ihr telephoniert. Es war alles ein großer Irrtum.«

Der Geschäftsführer sah verwirrt aus. »Die Signora ist in
London?« wiederholte er. Dann wechselte er ein paar schnelle
italienische Worte mit dem Polizisten. »Anscheinend behaupten die Damen, daß sie nur am Vormittag ein paar Einkäufe gemacht haben und sonst den Tag über gar nicht draußen gewesen sind«, sagte er, wieder John zugewandt. »Wen hat der
Signore dann in dem Vaporetto gesehen?«

John schüttelte den Kopf. »Ein sehr ungewöhnlicher Irrtum
von meiner Seite, den ich immer noch nicht ganz verstehe«,
entgegnete er. »Offensichtlich habe ich weder meine Frau noch
die beiden Damen gesehen. Es tut mir unendlich leid.«

Wieder ein Wortwechsel in schnellstem Italienisch. John
merkte, daß der Empfangschef ihn mit einem seltsamen Au-
genausdruck musterte. Der Geschäftsführer entschuldigte sich
offensichtlich in Johns Namen bei dem Polizisten, der ärgerlich
aussah und seinem Verdruß mit zunehmender Lautstärke Ausdruck gab, sehr zum Leidwesen des Geschäftsführers. Die
ganze Sache hatte zweifellos sehr vielen Leuten große Ungele-
genheiten gebracht, nicht zum wenigsten den beiden unseligen
Schwestern.

»Hören Sie«, sagte John, den Redefluß unterbrechend, »erklären Sie doch bitte dem Polizisten, daß ich mit ihm zur Poli-
zeiwache gehen und mich persönlich bei dem Beamten und
den Damen entschuldigen will.«

Der Geschäftsführer sah erleichtert aus. »Wenn der Signore
sich die Mühe machen würde«, sagte er. »Natürlich hat es die
Damen sehr erschreckt, in ihrem Hotel von einem Polizisten
vernommen zu werden, und sie haben sich nur deshalb erbo-
ten, ihn zur Questura zu begleiten, weil sie um die Signora besorgt sind.«

John fühlte sich immer unbehaglicher. Laura durfte niemals
davon erfahren. Sie würde entsetzt sein. Er fragte sich, ob man
sich wohl strafbar machte, wenn man der Polizei irreführende
Informationen über Dritte gab. Im Rückblick begann sein Irrtum geradezu kriminelle Ausmaße anzunehmen.

Er überquerte den Markusplatz, auf dem es jetzt von Abend-spaziergängern wimmelte. An den Tischen vor den Cafés drängten sich die Menschen, und die drei Orchester, gleichzeitig in voller Stärke spielend, lagen in einem harmonischen Wettstreit. John Begleiter, der zu seiner Linken ging, hielt diskret zwei Schritte Abstand und sagte kein Wort.

Sie erreichten das Polizeigebäude und stiegen die Treppe zum selben Raum hinauf, in dem John am Nachmittag gewesen war. Beim Eintreten sah er sofort, daß hinter dem Schreibtisch ein anderer Beamter saß als zuvor, ein fahlhäutiger Mann mit einem säuerlichen Gesichtsausdruck. Auf zwei Stühlen neben dem Schreibtisch saßen die beiden Schwestern. Sie waren offensichtlich erregt, besonders die aktivere von den beiden. Hinter ihnen stand ein Polizist in Uniform. Johns Begleiter wandte sich sofort in schnellem Italienisch an den Beamten, während John selbst nach kurzem Zögern auf die Schwestern zuging.

»Es ist alles ein schrecklicher Irrtum«, sagte er. »Ich weiß nicht, wie ich mich bei Ihnen entschuldigen kann. Es ist alles meine Schuld, ganz allein meine Schuld, und die Polizei trifft kein Vorwurf.«

Die aktive Schwester wollte sich mit nervös zuckendem Mund erheben, aber er hielt sie zurück.

»Wir verstehen das alles nicht«, sagte sie mit starkem schottischem Akzent. »Wir haben uns gestern beim Abendessen von Ihrer Frau verabschiedet, und seitdem haben wir sie nicht mehr gesehen. Die Polizei ist vor mehr als einer Stunde in unserer Pension gewesen und hat uns gesagt, daß Ihre Frau verschwunden sei und Sie Anzeige gegen uns erstattet hätten. Meine Schwester ist nicht sehr robust. Es hat sie sehr mitgenommen.«

»Ein Irrtum. Ein entsetzlicher Irrtum«, wiederholte er.

Er wandte sich dem Schreibtisch zu. Der Polizeibeamte hatte das Wort an ihn gerichtet; er sprach ein sehr viel schlechteres Englisch als der Mann, mit dem John zuvor gesprochen hatte. Vor ihm lag Johns Aussage, auf die er mit einem Bleistift klopfte.

»So?« fragte er. »Dieses Dokument alles Lügen? Sie nicht die Wahrheit gesagt?«

»Zu diesem Zeitpunkt habe ich es für die Wahrheit gehalten«, entgegnete John. »Ich hätte vor einem Gericht einen Eid darauf ablegen können, daß ich meine Frau zusammen mit den beiden Damen heute nachmittag auf einem Vaporetto auf dem Canal Grande gesehen habe. Jetzt weiß ich, daß ich mich getäuscht habe.«

»Wir sind heute nicht einmal in der Nähe des Canal Grande gewesen«, protestierte die Schwester, »auch nicht zu Fuß. Heute vormittag haben wir ein paar Einkäufe in der Mercerie gemacht, und den Nachmittag über sind wir zu Hause geblieben. Meine Schwester fühlte sich nicht ganz wohl. Ich habe das dem Polizeibeamten wohl ein dutzendmal gesagt, und die Leute in der Pension würden es auch bestätigen. Aber er hört nicht zu.«

»Und die Signora?« schnauzte der Polizeibeamte. »Was ist mit der Signora?«

»Die Signora, meine Frau, ist in England und in Sicherheit«, erklärte John geduldig. »Ich habe mit ihr kurz nach sieben telephoniert. Sie ist doch mit der Chartermaschine abgeflogen und ist jetzt bei Bekannten.«

»Wen Sie dann gesehen auf Vaporetto in roter Mantel?« fragte der Polizeibeamte wütend. »Und wenn nicht diese Signorine, dann welche Signorine?«

»Meine Augen haben mich getrogen«, antwortete John und merkte, daß auch seine Ausdrucksweise langsam etwas angestrengt wurde. »Ich denke, ich sehe meine Frau und diese Damen, aber nein, stimmt nicht. Die ganze Zeit meine Frau in Flugzeug, die Damen in Pension.«

Es klang wie Bühnenchinesisch. Gleich würde er sich verbeugen, und seine Hände in die Ärmel stecken.

Der Polizeibeamte rollte die Augen und schlug mit der Faust auf den Tisch. »Also alle Arbeit umsonst«, sagte er. »Hotels und Pensionen durchsucht nach den Signorine und einer vermißten *signora inglese*, wenn wir vieles, vieles andere zu tun haben. Sie machen einen Irrtum. Vielleicht haben Sie zum Mittagessen zuviel *vino* getrunken, und Sie sehen hundert Signore in rotem Mantel auf hundert Vaporetti.« Er stand, die Papiere auf dem Tisch durcheinanderwerfend, auf. »Und Sie, Signorine«, sagte er, »Sie wünschen zu geben Anzeige gegen diese Person?« Er sprach zu der aktiven Schwester.

»O nein«, entgegnete sie, »auf keinen Fall. Mir ist klar, daß es ein Irrtum war. Wir haben nur den Wunsch, sofort in unsere Pension zurückzukehren.«

Der Polizeibeamte zeigte auf John. »Sie haben Glück«, knurrte er. »Diese Signorine könnten Sie anzeigen – sehr ernste Sache.«

»Selbstverständlich«, begann John, »will ich alles tun, was in meinen Kräften steht, um . . . «

»Bitte, auf gar keinen Fall«, rief die Schwester entsetzt. »Das kommt gar nicht in Frage.« Jetzt war sie es, die sich bei dem Polizeibeamten entschuldigte. »Ich hoffe, daß wir Ihre wertvolle Zeit nicht länger zu beanspruchen brauchen«, sagte sie.

Der Beamte deutete mit einer Handbewegung an, daß sie entlassen waren, und gab dem Polizisten eine Anweisung auf italienisch. »Dieser Mann geht mit Ihnen zu Pension«, sagte er. »*Buona sera, signorine*«, und ohne John weiter zu beachten, setzte er sich wieder an seinen Schreibtisch.

»Ich komme mit Ihnen«, sagte John. »Ich möchte Ihnen genau erklären, was passiert ist.«

Sie gingen gemeinsam die Treppe hinab und verließen das Gebäude. Die Blinde stützte sich auf den Arm ihrer Zwillingsschwester. Kaum waren sie draußen, wandte sie ihre blicklosen Augen auf John.

»Sie haben uns gesehen«, sagte sie, »und auch Ihre Frau. Aber nicht heute. Sie haben uns in der Zukunft gesehen.«

Sie sprach in weicherem Ton als ihre Schwester, langsamer; sie schien leicht sprachbehindert zu sein.

»Ich versteh' nicht«, erwiderte John verwirrt.

Er sah die aktive Schwester an, und sie schüttelte mit gerunzelter Stirn den Kopf und legte den Finger auf die Lippen.

»Komm«, sagte sie zu ihrer Schwester. »Du bist doch so müde, und ich möchte dich schnell nach Hause bringen.« Dann leise zu John: »Sie ist telepathisch. Ich glaube, Ihre Frau hat es Ihnen erzählt. Aber ich möchte nicht, daß sie hier auf der Straße in Trance fällt.«

Gott bewahre, dachte John, und die kleine Prozession bewegte sich langsam die Straße entlang, das Polizeigebäude hinter sich lassend. Wegen der blinden Schwester kamen sie nur langsam voran, und sie mußten zwei Brücken über zwei verschiedene Kanäle überqueren. Nach der ersten Abzweigung hatte John keine Ahnung mehr, wo sie waren, aber das war ja völlig gleichgültig. Sie hatten Polizeibegleitung, und die Schwestern kannten auf jeden Fall den Weg.

»Ich muß Ihnen jetzt erklären, was geschehen ist«, sagte John leise. »Meine Frau würde mir sonst nie verzeihen.« Und während sie weitergingen, erzählte er noch einmal die ganze unerklärliche Geschichte, beginnend mit dem Telegramm am Vorabend und dem Gespräch mit Mrs. Hill, dem Entschluß, am nächsten Tag nach England zurückzukehren, Laura per Flugzeug und John selbst mit Auto und Zug. Die Schilderung war nicht mehr so dramatisch wie seine Aussage vor dem Polizeibeamten. In dieser hatte, vielleicht aus seiner Überzeugung heraus, daß etwas nicht ganz geheuer sei, die Begegnung der beiden Boote mitten auf dem Canal Grande so unheimlich geklungen, daß man unwillkürlich denken mußte, die beiden Schwestern seien Entführerinnen, die eine völlig verwirrte Laura gefangenhielten. Jetzt fühlte er sich von keiner der beiden Frauen mehr bedroht, und so sprach er natürlicher und doch mit großer Aufrichtigkeit, denn zum erstenmal hatte er das Gefühl, daß sie ihm beide wohlgesinnt waren und ihn verstehen würden.

»Sehen Sie, ich hatte wirklich geglaubt, ich hätte Sie mit Laura zusammen gesehen«, erklärte er in einem letzten Bemühen, wiedergutzumachen, daß er überhaupt zur Polizei gegangen war. »Und ich dachte . . . « Er zögerte, weil es nicht sein eigener Gedanke, sondern der des Polizeibeamten gewesen war. »Ich dachte, Laura habe vielleicht plötzlich das Gedächtnis verloren, sei Ihnen am Flughafen begegnet und Sie hätten sie nach Venedig zurückgebracht und mit in Ihr Hotel genommen.«

Sie hatten einen großen Campo überquert und gingen auf ein Haus zu, über dessen Eingang ein Schild mit der Aufschrift ›Pensione‹ hing.

»Hier wohnen Sie?« fragte John.

»Ja«, antwortete die Schwester. »Ich weiß, es sieht nach nichts aus, aber es ist sauber und gemütlich und ist uns von Freunden empfohlen worden.« Sie wandte sich zu dem Polizisten. »*Grazie*«, sagte sie zu ihm, »*grazie tanto*.«

Der Mann nickte kurz, wünschte ihnen eine *buona notte* und ging über den Platz fort.

»Wollen Sie hereinkommen?« fragte die Schwester. »Wir können bestimmt einen Kaffee für Sie auftreiben, oder vielleicht wollen Sie lieber Tee haben?«

»Nein, danke, wirklich nicht. Ich muß wieder zurück ins Hotel. Ich will morgen sehr früh abfahren. Ich möchte nur ganz sicher sein, daß Sie wirklich verstanden haben, was passiert ist, und daß Sie mir verzeihen.«

»Es gibt nichts zu verzeihen«, entgegnete sie. »Es ist nur eine von den vielen Manifestationen des Zweiten Gesichts, die meiner Schwester und mir immer wieder begegnen, und ich würde sie gern für unsere Dokumentation aufzeichnen, wenn ich darf.«

»Natürlich dürfen Sie das«, sagte er, »aber ich selbst kann damit nicht viel anfangen. Ich habe es nie zuvor erlebt.«

»Vielleicht nicht bewußt«, erwiderte sie. »Uns begegnet so vieles, dessen wir uns gar nicht bewußt sind. Meine Schwester hat gespürt, daß Sie eine telepathische Ausstrahlung haben. Sie hat es Ihrer Frau erzählt. Außerdem hat sie ihr gestern abend im Restaurant erzählt, daß Ihnen Unheil bevorsteht, Gefahr, daß Sie Venedig verlassen sollten. Glauben Sie nun, daß das Telegramm ein Beweiß dafür ist? Ihr Sohn war krank, vielleicht schwebte er sogar in Lebensgefahr, und deshalb mußten Sie unbedingt nach England zurück. Dem Himmel sei Dank, daß Ihre Frau nach Hause geflogen und jetzt bei ihm ist.«

»Ja, natürlich«, sagte John. »aber warum habe ich sie dann mit Ihnen und Ihrer Schwester auf dem Vaporetto gesehen, wenn sie doch in Wirklichkeit auf dem Weg nach England war?«

»Gedankenübertragung vielleicht«, antwortete sie. »Ihre Frau hat vielleicht gerade an uns gedacht. Wir haben ihr unsere Adresse gegeben, falls Sie mit uns in Verbindung bleiben wollen. Wir werden noch zehn Tage hier sein. Und sie weiß, daß wir alle Botschaften, die meine Schwester vielleicht von Ihrer Kleinen aus dem Jenseits erhält, an sie weitergeben werden.«

»Ja«, meinte John verlegen, »ja, ich verstehe. Das ist sehr liebenswürdig von Ihnen.« Er sah plötzlich in einer nicht sehr freundlichen und durchaus nicht übersinnlichen Vision die beiden Schwestern vor sich, wie sie sich in ihrem Schlafzimmer Kopfhörer überstülpten, um eine verschlüsselte Botschaft von der armen kleinen Christine aufzufangen. »Hier, das ist unsere Londoner Adresse«, sagte er. »Ich weiß, daß Laura sich freuen würde, von Ihnen zu hören.«

Er kritzelte auf einen Zettel, den er aus seinem Notizbuch gerissen hatte, ihre Adresse und Telefonnummer und überreichte ihn der Schwester. Er konnte sich das Ergebnis schon vorstellen. Eines Abends würde Laura mit der großen Überraschung aufwarten, daß die beiden ›lieben alten Damen‹ auf ihrem Weg nach Schottland durch London kämen, und das mindeste, was man tun könne, sei doch, sie einzuladen, vielleicht sogar zum Übernachten. Dann eine Séance im Wohnzimmer, bei der plötzlich aus dem Nichts Tamburine zu rasseln begännen.

»Ich muß gehen«, sagte er. »Gute Nacht, und ich bitte Sie nochmals um Entschuldigung für alles, was heute abend vorgefallen ist.« Er schüttelte der ersten Schwester die Hand und wandte sich dann der Blinden zu. »Ich hoffe sehr«, sagte er, »daß Sie das alles nicht zu sehr ermüdet hat.«

Die blicklosen Augen waren beunruhigend. Sie hielt seine Hand fest und wollte sie nicht loslassen. »Das Kind«, sagte sie in einem merkwürdigen Stakkato, »das Kind . . . ich sehe das Kind . . . « Und dann erschien zu seinem Entsetzen eine Schaumblase in ihrem Mundwinkel, ihr Kopf flog ruckartig nach hinten, und sie sank halb in den Armen ihrer Schwester zusammen.

»Wir müssen sie ins Haus bringen«, sagte die Schwester hastig. »Es ist nicht schlimm, sie ist nicht krank, es ist der Beginn
einer Trance.«

Zusammen schleppten sie die Blinde, die ganz starr geworden war, ins Haus und setzten sie auf den nächsten Stuhl. Ihre
Schwester stützte sie. Aus einem der hinteren Räume kam, gehüllt in eine Wolke von Spaghettigeruch, eine Frau gerannt.
»Keine Angst«, sagte die Schwester, »die Signorina und ich
werden damit fertig. Ich glaube, Sie gehen jetzt besser. Manchmal muß sie sich nach diesen Anfällen übergeben.«

»Es tut mir ganz entsetzlich leid . . . « begann John, aber die
Schwester hatte ihm bereits den Rücken gekehrt und beugte
sich zusammen mit der Signorina über die Blinde, die merkwürdig würgende Laute von sich gab. Er störte offensichtlich
nur. »Kann ich etwas tun?« fragte er noch, und als er auf diese
letzte Höflichkeitsgeste keine Antwort bekam, machte er auf
dem Absatz kehrt und ging auf den Platz hinaus. Als er ihn
überquerte, sah er sich noch einmal nach dem Haus um. Die
Tür war geschlossen worden.

Was für ein Abschluß für diesen Abend! Und alles war seine
Schuld. Die armen alten Damen – erst waren sie auf die Polizei-
wache geschleppt und verhört worden, und dann kam zu
allem noch ein Trance-Anfall hinzu. Eher wohl Epilepsie. Für
die aktive Schwester kein schönes Leben, aber sie schien sich
damit abzufinden. Immerhin riskant, wenn die Blinde einmal
auf der Straße oder in einem Restaurant zusammenbrach. Und
ihm und Laura nicht besonders willkommen, falls die Schwestern einmal bei ihnen auftauchen sollten, was, so hoffte er in-
ständig, niemals geschehen würde.

Doch wo zum Teufel war er jetzt? Der Campo mit der unvermeidlichen Kirche am einen Ende war völlig menschenleer. Er
konnte sich nicht erinnern, wie sie vom Polizeirevier hierher
gekommen waren, es waren zu viele Abzweigungen gewesen.
Aber die Kirche selbst sah irgendwie vertraut aus. Er ging näher an sie heran, um den Namen zu entdecken, den man
manchmal auf Bekanntmachungen am Kirchentor finden
konnte. San Giovanni in Bragora – das klang bekannt. An

einem Vormittag waren er und Laura einmal hineingegangen, um sich ein Gemälde von Cima de Conegliano anzusehen. War es von hier nicht nur ein Katzensprung bis zur Riva degli Schiavoni und dem offenen Wasser der Lagune mit den hellen Lichtern und den herumschlendernden Touristen? Er erinnerte sich, daß sie von der Riva degli Schiavoni in eine kleine Seitenstraße abgebogen und bei der Kirche herausgekommen waren. War es nicht die kleine Straße dort vor ihm? Er eilte sie entlang, aber auf halbem Wege zögerte er. Es schien nicht die richtige zu sein, und doch kam sie ihm aus irgendeinem Grunde bekannt vor.

Dann merkte er, daß es nicht die Straße war, die sie an jenem Vormittag entlanggegangen waren, sondern die vom letzten Abend, nur daß er diesmal aus der andern Richtung kam. Ja, so war es, und in diesem Fall wäre es am einfachsten, weiterzugehen, bis die Straße aufhörte, und danach die kleine Brücke an dem schmalen Kanal zu überqueren. Dann würde das Arsenal zu seiner Linken liegen und die Straße zur Riva degli Schiavoni zu seiner Rechten. So kam er schneller zum Ziel, als wenn er zurückging und sich in dem Labyrinth von Seitenstraßen verirrte.

Er hatte fast das Ende der kleinen Straße erreicht, und die Brücke war bereits in Sicht, als er das Kind sah. Es war dasselbe kleine Mädchen mit der spitzen Kapuze, das am Abend vorher über die vertäuten Boote gesprungen und in einem der Kellereingänge verschwunden war. Diesmal kam sie aus der Richtung der Kirche jenseits des Kanals und rannte auf die Brücke zu. Sie rannte wie um ihr Leben, und einen Augenblick später sah er, warum. Sie wurde von einem Mann verfolgt, der sich, als sie rennend einen Blick zurückwarf, flach gegen eine Hauswand preßte. Das Kind kam immer näher an die Brücke heran, rannte jetzt darüber. Aus Angst, es noch mehr zu erschrecken, wich John in einen offenen Torweg zurück, der in einen kleinen Hof führte.

Er erinnerte sich an den betrunkenen Schrei vom Abend zuvor; er war aus einem der Häuser gedrungen, bei denen sich der Mann jetzt versteckte. Aha, dachte er, der Kerl ist also wieder hinter ihr her, und mit blitzschneller Intuition verband er die beiden Ereignisse: die Todesangst des Kindes, deren Zeuge er nun zum zweitenmal war, und die Morde, von denen die Zeitungen berichteten und die man für die Tat eines Verrückten hielt. Es konnte Zufall sein, konnte sich um ein Kind handeln, das vor einem betrunkenen Familienangehörigen davonlief, und trotzdem, und trotzdem ... Sein Herz begann zu klopfen, sein Instinkt warnte ihn: renn auch, jetzt, sofort, die Straße zurück, die du gekommen bist. Aber das Kind? Was würde dem Kind geschehen?

Die rennenden Schritte kamen näher. Das kleine Mädchen stürzte durch den Torweg in den Hof, in dem John stand, rannte an ihm vorbei, ohne ihn zu sehen. Sie lief auf die Rückseite des Hauses zu, das den Hof auf einer Seite einschloß, und die Stufen hinunter, die wahrscheinlich zu einem Hintereingang führten. Sie schluchzte beim Rennen, aber es war nicht das gewöhnliche Weinen eines verängstigten Kindes, sondern das panische Keuchen eines hilflosen, verzweifelten Wesens. Waren ihre Eltern in diesem Haus, die sie schützen würden, die er warnen konnte? Er zögerte einen Augenblick und folgte ihr dann die Stufen hinunter durch eine Tür, die sich geöffnet hatte, als sie sich dagegenwarf.

»Ist ja gut«, rief er, »ich lasse nicht zu, daß er dir etwas antut.« Er verfluchte sein schlechtes Italienisch; andererseits würde eine englische Stimme das Kind vielleicht beruhigen. Doch es nützte nichts – das Mädchen rannte schluchzend eine steile Wendeltreppe hinauf, die zum oberen Stockwerk führte. Aber für einen Rückzug war es schon zu spät. Er konnte den Verfolger bereits im Hof hören, jemand schrie etwas auf Italienisch, ein Hund bellte. Jetzt ist es passiert, dachte er, jetzt sitzen wir zusammen in der Falle, das Kind und ich. Wenn wir oben nicht irgendeine Tür verriegeln können, dann erwischt er uns beide.

Er rannte die Treppe hinauf, dem Kind nach, das oben in ein Zimmer gestürzt war, folgte ihm hinein und schlug die Tür zu. Und, o himmlischer Vater, die Tür hatte einen Riegel, den er mit aller Kraft zustieß. Das Kind kauerte am offenen Fenster. Wenn er jetzt um Hilfe rief, hörte ihn bestimmt jemand, würde bestimmt jemand kommen, bevor sich der Verfolger gegen die Tür warf und sie nachgab. Denn in diesem Raum war niemand als sie beide, waren keine Eltern, gab es nichts als eine Matratze auf einem alten Bett und in einer Ecke einen Haufen Lumpen.

»Ist ja gut«, keuchte er, »ist ja gut.« Er streckte die Hand aus und versuchte zu lächeln.

Das Kind richtete sich mühsam auf und stand vor ihm, seine Kapuze war ihm vom Kopf gerutscht und zu Boden gefallen. Er starrte es an. Seine Ungläubigkeit verwandelte sich in Entsetzen, dann in Furcht. Es war überhaupt kein Kind, sondern ein kleiner, untersetzter weiblicher Zwerg, etwa einen Meter groß, mit einem massigen, eckigen Kopf, zu schwer für den kleinen Körper, und sie schluchzte nicht mehr, sie grinste ihn an und ließ den Kopf auf und nieder nicken.

Dann hörte er Schritte auf der Treppe, Hämmern an der Tür, einen bellenden Hund und nicht nur eine, sondern viele Stimmen, die brüllten: »Aufmachen! Polizei!« Das Zwergenwesen faßte in seinen Ärmel, zog ein Messer heraus. Der Wurf war mit furchtbarer Kraft geführt, und das Messer drang in seine Kehle. Er strauchelte und fiel, die schützend erhobenen Hände von warmem, klebrigem Blut bedeckt. Und er sah, wie das Boot mit Laura und den beiden Schwestern den Canal Grande herabfuhr, nicht heute, nicht morgen, aber übermorgen, und er wußte, warum sie zusammen waren und aus welchem traurigen Anlaß sie kamen. Das scheußliche Wesen saß lallend in seiner Ecke. Das Hämmern und die Stimmen und das Bellen wurden immer leiser, und o Gott, dachte er, was für eine verdammt idiotische Art zu sterben . . .

Ganymed

Man nennt es Klein-Venedig. Das vor allem war es, was mich hinzog. Und man muß zugeben, daß eine seltsame Ähnlichkeit vorhanden ist – zum mindesten für Leute, die, wie ich, mit Phantasie begabt sind. Da gibt es zum Beispiel einen Winkel, wo der Kanal eine Biegung macht, wo Häuser mit Terassen angereiht stehen, wo die grellen Mißklänge, die tagsüber bemerkbar sind, wie der Lärm des Rangierens von der Paddington Station, das Rattern der Züge, die ganze Häßlichkeit zu verschwinden scheint. Dagegen ... das gelbe Licht der Straßenlampen könnte sehr wohl jener geheimnisvolle Schimmer der alten Laternen sein, die an der Ecke eines zerbröckelnden Palazzos hängen, dessen geschlossene Fensterläden blind auf die bezaubernde Reglosigkeit eines Seitenkanals hinabschauen.

Es ist – und das muß ich noch einmal betonen – wesentlich, Phantasie zu besitzen, und die Häuseragenten sind klug – sie formulieren ihre Anzeigen so, daß das Auge unentschlossener Menschen, wie ich einer bin, angezogen wird. ›Zweizimmerwohnung mit Balkon und Aussicht auf den Kanal, in der Gegend, die als Klein-Venedig bekannt ist‹, und schon erscheint vor der darbenden Seele, dem wehen Herzen, die Vision einer anderen Zweizimmerwohnung, eines andern Balkons, wo zur Stunde des Erwachens die Sonne auf die abblätternde Zimmerdecke Kringel zeichnet, bewegliche Muster, und der säuerliche venezianische Geruch mit dem Murmeln venezianischer Stimmen, dem tönenden »*Ohê!*« durch das Fenster hereinzieht, wenn die Gondel um die Ecke biegt und verschwindet.

Auch in Klein-Venedig gibt es Verkehr. Keine Gondeln mit scharfen Nasen natürlich, die sich sanft wiegen, sondern Barken gleiten an meinem Fenster vorüber, ihre Last sind Ziegel, ist Kohle – und der Kohlenstaub schwärzt den Balkon; wenn ich die Augen schließe, vom jähen Tuten überrascht, und dem flinken Tschug-tschug des Motors der Barke lausche, dann kann ich mir, mit geschlossenen Augen, vorstellen, daß ich auf einem der Landungsplätze auf ein *vaporetto* warte. Ich stehe auf den hölzernen Planken, umdrängt von einer schwatzenden Menge, und es rauscht und schäumt mächtig, wenn das Schiff rückwärts fährt. Dann hat das *vaporetto* angelegt, und ich, samt meiner schwatzenden Menge, bin an Bord gegangen, und schon fahren wir weiter, werfen in unserem Kielwasser kleine Wellen auf, und ich versuche zu dem Entschluß zu kommen, ob ich gleich nach San Marco fahren soll und von dort auf die *piazza* und an meinen gewohnten Tisch, oder ob ich das *vaporetto* schon weiter oben verlassen und auf diese Art die köstliche Erwartung verlängern soll.

Das Tuten verstummt. Die Barke fährt vorüber. Ich kann euch nicht sagen, wohin. In der Nähe von Paddington ist eine Stelle, wo der Kanal sich teilt. Doch das interessiert mich nicht; mich interessiert nur das Echo des Tutens der Barke, das Echo des Motors – und wenn ich spazierengehe – das Kielwasser der Barke im Kanal, so daß ich mit einem Blick von der Böschung zwischen den Blasen hauchdünn das Öl sehe, und dann verschwindet das Öl, die Blasen verschwinden, und das Wasser wird still.

Kommt mit mir, und ich will euch etwas zeigen. Ihr seht die Straße jenseits des Kanals, dort die Straße mit den Läden, die nach der Paddington Station führt; ihr seht, wo der Autobus hält, es ist gerade auf halbem Weg zum Bahnhof, und ihr seht das Schild mit den blauen Buchstaben. Auf diese Distanz werden eure Augen sie nicht lesen können, aber ich kann euch sagen, daß ›Mario‹ auf dem Schild steht, und das ist der Name eines kleinen Restaurants, eines italienischen Restaurants, kaum größer als eine Bar. Dort kennt man mich. Ich gehe jeden Tag hin. Denn ihr müßt wissen, der Bursche dort, der zum Kellner herangebildet wird – er erinnert mich an Ganymed . . .

Ich bin Alt-Philologe. Daraus dürften vermutlich die Schwierigkeiten entstanden sein. Hätten meine Neigungen sich den

Naturwissenschaften oder der Geographie oder sogar der Geschichte zugewendet – obgleich der Himmel weiß, daß es bei der Geschichte genug Beziehungen gibt –, so wäre meiner Überzeugung nach überhaupt nichts geschehen. Ich hätte nach Venedig fahren, meinen Urlaub genießen und zurückkehren können, ohne mich derart zu verlieren, daß ... Nun, was dort geschah, bedeutete einen völligen Bruch mit allem, was vorher geschehen war.

Ihr begreift – ich habe meine Stelle aufgegeben. Mein Chef war außerordentlich nett, ja, er zeigte großes Verständnis, doch, wie er sagte, man könne sich wirklich nicht leisten, ein derartiges Risiko auf sich zu nehmen, man könne nicht zulassen, daß einer der Mitarbeiter – und das bezog sich natürlich auf mich – weiterhin seine Tätigkeit ausübe, wenn er mit etwas verknüpft – das war das Wort, das er gebrauchte, nicht in etwas verwickelt, sondern mit etwas verknüpft – sei, was er ›unappetitliche Praktiken‹ nannte.

›Unappetitlich‹ ist ein häßliches Wort. Es ist einer der abscheulichsten Ausdrücke im Wörterbuch. Es ist der Gegensatz von Freude, Aufschwung, von jener Lust, die entsteht, wenn Seele und Körper im Einklang wirken; das Unappetitliche ist das übelriechende Verfaulen des Pflanzenwuchses, das verdorbene Fleisch, der Schlamm unter dem Wasser im Kanal. Und noch eins. Das Wort ›unappetitlich‹ läßt an einen Mangel an persönlicher Sauberkeit denken, an nicht gewechselte Wäsche, an Bettücher, die zum Trocknen hängen, an die ausgefallenen Haare im Kamm, an allerlei Schmutz in Abfalleimern. Nichts von all dem kann ich ertragen. Ich bin heikel. Vor allen andern Dingen bin ich heikel. Und darum, als mein Chef das Wort ›unappetitlich‹ aussprach, wußte ich, daß ich gehen mußte. Ich wußte, daß ich nie weder ihm noch sonst einem Menschen erlauben konnte, meine Handlungen so zu mißdeuten, daß man das, was geschehen war, als ekelhaft bezeichnen durfte. Und so trat ich zurück. Ja, ich trat zurück. Es blieb nichts anderes übrig. Ich löste mich einfach von meiner Tätigkeit. Und ich sah die Anzeige der Häuseragenten, und so lebe ich jetzt in Klein-Venedig ...

Ich nahm in diesem Jahr meine Ferien sehr spät, weil meine Schwester, die in Devon wohnt und bei der ich gewöhnlich im August drei Wochen verbringe, mit einem Male häusliche Schwierigkeiten hatte. Die Köchin, eine Perle, verließ sie nach einem Leben treuer Dienste, und so war der ganze Haushalt aus den Fugen. Meine Nichten wollten einen Wohnwagen mieten, schrieb mir meine Schwester: sie alle seien entschlossen, in Wales zu kampieren, und obgleich ich natürlich willkommen gewesen wäre, glaube sie dennoch nicht, daß Ferien dieser Art mich reizen würden. Und darin hatte sie recht. Die Vorstellung von Zeltpflöcken, die man bei heftigem Wind in den Boden klopfen mußte, oder der Gedanke, zu viert in winzigem Raum zusammengedrängt zu sein, während meine Schwester und ihre Töchter aus Konservenbüchsen ein Mittagessen hervorzauberten, erfüllte mich mit bösen Ahnungen. Ich verwünschte die Köchin, deren Abgang einer vergnüglichen Reihe langer, träger Ferien ein Ende gemacht hatte, an die ich so sehr gewöhnt gewesen war und in denen ich mich, ein Lieblingsbuch in der Hand, auf einen Liegestuhl streckte und ausgezeichnet ernährt wurde! So hatte ich viele Jahre hindurch die Augusttage verfaulenzt.

Als ich in mehreren Ferngesprächen erklärt hatte, ich wüßte nicht, wohin ich mich wenden sollte, da sagte oder vielmehr schrie meine Schwester durch den Draht: »Geh doch einmal zur Abwechslung ins Ausland! Es täte dir nur gut, wenn du einmal mit deinen Gewohnheiten brechen wolltest. Versuch's mit Frankreich oder mit Italien!« Sie empfahl mir sogar eine Kreuzfahrt, doch das erschreckte mich noch mehr als ein Wohnwagen.

»Gut, gut«, sagte ich kühl, denn in gewisser Beziehung machte ich ihr einen Vorwurf daraus, daß die Köchin gegangen war und meine Behaglichkeit in den Ferien ein Ende hatte. »Ich fahre nach Venedig.« Denn ich meinte, wenn ich schon gezwungen wäre, mich aus dem gewohnten Geleise zu reißen, so sollte wenigstens etwas ganz Außerordentliches daraus werden. Ich würde, den Reiseführer in der Hand, in ein Touristenparadies fahren. Doch nicht im August. Nein, bestimmt nicht im August! Ich würde warten, bis meine Landsleute und meine Freunde von jenseits des Ozeans dort gewesen und wieder abgereist waren. Erst dann würde ich die Fahrt wagen, wenn die Tageshitze sich gebrochen hatte und ein gewisses Ausmaß an Frieden in diese Stadt zurückgekehrt war, an deren Schönheit ich aus vollem Herzen glaubte.

In der ersten Oktoberwoche kam ich an ... ihr wißt, wie manchmal Ferien, selbst kurze Ferien, ein Wochenendbesuch bei Freunden zum Beispiel, von Anfang an schiefgehen können. Man reist bei Regen ab oder erwischt eine Verbindung nicht oder wacht mit einer Erkältung auf, und die Pechsträhne, mit allerlei Gereiztheit durchwoben, hört nicht auf, jede Stunde zu verderben. So war es mit Venedig nicht. Kurz vor der Dämmerung erreichte ich mein Ziel. Nichts war schiefgegangen. Ich hatte im Schlafwagen eine sehr gute Nacht verbracht. Ich hatte Abendessen und Mittagessen gut verdaut. Ich war nicht genötigt gewesen, zu hohe Trinkgelder zu geben. Venedig mit all seinen Herrlichkeiten lag vor mir. Ich nahm mein Gepäck, stieg aus dem Zug, und da, zu meinen Füßen dehnte sich der Canal Grande, lagen schaukelnd die Gondeln, plätscherte das Wasser, erhoben sich die goldenen *palazzi*, wölbte sich, wolkenbetupft, der Himmel.

Ein Portier aus meinem Hotel war an den Zug gekommen, und er glich so sehr einem Mitglied der königlichen Familie, daß ich ihn sogleich Prinz Hal, Falstaffs Zechkumpan, nannte. Er nahm sich meiner Koffer an, und so wurde ich, wie so viele Reisende vor mir im Verlauf von Jahren und Jahrhunderten, aus dem prosaischen Rattern des Touristenzuges im Nu in eine romantische Traumwelt geweht. Von einem Boot abgeholt zu werden, zu Wassser zu fahren, sich auf Kissen zu rekeln, schwankend dahinzugleiten, von einem Prinzen Hal begleitet, der einem in einem schrecklichen Englisch die Sehenswürdigkeiten zeigt – all das schafft einen Ausgleich dafür, daß man auf die gewohnte Bequemlichkeit verzichten mußte. Ich knöpfte den Kragen auf. Ich warf meinen Hut auf die Bank. Ich wendete die Augen von meinem Spazierstock, meinem Schirm und meinem Burberrymantel, die zusammengeschnallt waren. Dann zündete ich mir eine Zigarette an und war, bestimmt zum ersten Mal in meinem Leben, des Gefühls des Sichgehenlassens bewußt, als gehörte ich einer Zeitperiode an, die keinen Wechsel kannte, die eine venezianische Zeit war, jenseits des übrigen Europas, ja, der übrigen Welt, und wie durch einen Zauber für mich allein vorhanden.

Natürlich wurde mir klar, daß es auch andere Menschen geben mußte. In jener dunklen Gondel, die vorüberglitt, an jenem breiten Fenster, ja, auch auf der Brücke, von der, als wir darunter durchfuhren, eine Gestalt nach uns spähte und sich rasch zurückzog ... Ja, ich wußte, daß es auch andere Menschen geben mußte, die, wie ich selber, plötzlich verzaubert waren, und das nicht durch das Venedig, das sie sahen, nein, durch das Venedig, das sie in sich fühlten. Jene Stadt, aus der kein Wandrer wiederkehrt ...

Wir kamen aus der Dunkelheit ins Licht, wir schossen unter einer Brücke hervor – erst später merkte ich, daß es die Seufzerbrücke gewesen war – und da, vor uns, lag die Lagune mit hundert spitzen, flackernden Lichtern und einem Gedränge von Gestalten, die am Ufer auf und ab gingen. Ich mußte mich sogleich mit den ungewohnten Lire zurechtfinden, mit dem Gondoliere, mit Prinz Hal, bevor das Hotel mich schluckte mit all dem Drum und Dran von Angestellten, Schlüsseln, Pagen, die mich in mein Zimmer führten. Es war eines der kleineren Hotels, die sich in der Nachbarschaft der berühmteren sonnen, doch auf den ersten Blick war es recht bequem, wenn auch vielleicht ein wenig stickig – eigentümlich, wie man hier ein Zimmer, bevor der Gast ankommt, luftdicht verschlossen hält! Als ich die Läden aufstieß, drang langsam die warme, feuchte Luft von der Lagune herein, und das Lachen und die Schritte der Spaziergänger stiegen zu mir auf, während ich auspackte. Ich zog mich um, ging hinunter, doch der erste Blick in den halbleeren Speisesaal hielt mich davon ab, hier zu Abend zu essen, obgleich mein Abkommen mit der Direktion mich dazu ermächtigte, und ich trat ins Freie und gesellte mich zu den Spaziergängern am Ufer der Lagune.

Das Gefühl, das ich empfand, war seltsam, und ich hatte es

nie zuvor erlebt. Nicht die übliche Spannung des Reisenden am ersten Abend seiner Ferien, der sich auf sein Abendessen und auf den Reiz der neuen Umgebung freut. Schließlich war ich, trotz dem Spott meiner Schwester, kein eingefleischter Insulaner. Ich kannte Paris recht gut. Ich war in Deutschland gewesen. Ich hatte vor dem Krieg die skandinavischen Länder durchreist. Ich hatte das Osterfest in Rom verbracht. Es war nur der Umstand, daß ich die letzten Jahre ohne Initiative verfaulenzt, meine jährlichen Ferien in Devon verbracht, mir das Pläneschmieden erspart und gleichzeitig meine Börse geschont hatte.

Nein, das Gefühl, das mich jetzt überkam, als ich unvermeidlich am Dogenpalast vorüberging, dessen ich mich von Ansichtskarten her entsann, und auf die Piazza San Marco gelangte, war ein Gefühl des ... ich weiß kaum, wie ich es anders bezeichnen soll ... des Wiedererkennens. Ich meine damit nicht das Gefühl: »Hier bin ich schon früher gewesen.« Es war, als wäre ich endlich, wie durch innere Schau, ich selber geworden. Ich war angekommen. Dieser besondere Augenblick in der Zeit hatte auf mich gewartet und ich auf ihn. Seltsam, es war wie die erste Ahnung eines Rausches, doch verstärkt, gesteigert. Und im tiefsten Innern. Es ist wichtig, dessen zu gedenken – im tiefsten Innern. Dieses Gefühl war irgendwie greifbar, durchdrang mein ganzes Wesen, meine Handflächen, meine Kopfhaut. Meine Kehle war trocken. Ich fühlte, daß ich mit Elektrizität geladen, daß ich gewissermaßen eine Art Kraftwerk geworden war, das in die feuchte Atmosphäre dieses Venedig, das ich nie gesehen hatte, Kräfte ausstrahlte, Ströme, die, mit anderen Strömen beladen, wieder zu mir zurückkehrten. Die Erregung war heftig, beinahe unerträglich. Und wer mich sah, hätte nie dergleichen geahnt. Ich war einfach ein beliebiger Engländer am Ende der Touristensaison, der, den Stock in der Hand, seinen ersten Abend in Venedig verschlenderte.

Obgleich es beinahe neun war, drängte die Menge auf der *piazza* sich immer noch. Wie viele unter diesen Menschen spürten die gleiche Strömung, die gleiche Erkenntnis? Nichtsdestoweniger mußte ich zu Abend essen, und um mich der Menge zu

345

entziehen, bog ich zur Rechten, ungefähr auf halbem Weg längs der *piazza*, ein und kam an einen der Seitenkanäle, wo es sehr dunkel, sehr still war, und das Glück wollte, daß ich gleich in der Nähe ein Restaurant fand. Ich aß sehr gut, trank einen vorzüglichen Wein, das alles viel weniger kostspielig, als ich gefürchtet hatte, zündete mir eine Zigarre an – eine meiner kleinen Sünden, eine wirklich gute Zigarre – und schlenderte zu der *piazza* zurück, immer noch von demselben Strom durchpulst.

Jetzt hatten sich viele Leute verzogen, und statt zu bummeln, sammelten sich die übrigen vor zwei Orchestern. Diese Orchester – anscheinend Konkurrenten – hatten ihren Standplatz vor zwei Kaffeehäusern, die gleichfalls miteinander wetteiferten. Durch etwa zwanzig Yards voneinander getrennt, spielten sie mit fröhlicher Gleichgültigkeit gewissermaßen gegeneinander. Tische und Stühle standen rund um die beiden Orchester, und die Gäste tranken und schwatzten und lauschten im Halbkreis der Musik und kehrten dem Orchester des andern Kaffeehauses den Rücken; Takt und Rhythmus der beiden Orchester schlugen mißtönend gemischt in die Ohren. Zufällig war ich gerade in der Nähe des Orchesters gegen die Mitte der *piazza*. Ich fand einen leeren Tisch und setzte mich daran. Von der Zuhörerschaft des andern Orchesters, in dem Kaffehaus, näher zu San Marco, wurde gerade lebhaft applaudiert, und das zeigte an, daß die Musikanten sich eine Atempause gönnten. Für unsere Kapelle war es ein Zeichen, nur um so lauter zu spielen. Natürlich Puccini. Im Verlauf des Abends kamen auch die jüngsten Schlager an die Reihe, doch als ich mich setzte und nach einem Kellner Ausschau hielt, der mir einen Likör bringen sollte, natürlich auch, nicht ganz billig, eine Rose kaufen mußte, die ein altes Weib mit schwarzem Kopftuch mir anbot, da spielte unser Orchester gerade ›Madame Butterfly‹. Ich fühlte mich entspannt, erheitert. Und dann erblickte ich ihn.

Ich sagte bereits, daß ich Alt-Philologe bin. Darum werdet, darum solltet ihr verstehen, daß das, was in jener Sekunde geschah, eine Metamorphose, eine Umwandlung war. Die Elektrizität, mit der ich den ganzen Abend geladen war, sammelte sich jetzt in einem einzigen Punkt meines Hirns, und alles andere war davon ausgeschlossen. Sonst war ich wie aus Gallert. Ich konnte spüren, daß der Mann an meinem Tisch die Hand hob, um dem Burschen in der weißen Jacke zu winken, der ein Tablett trug; aber ich war über diesen Mann erhaben, existierte nicht in seiner Zeit; und dieses Ich, das gar nicht vorhanden war, wußte mit jeder Nervenfaser, jeder Gehirnzelle, jedem Blutkörperchen, daß er in Wirklichkeit Zeus war, der Spender von Leben und Tod, der Unsterbliche, der Liebende; und dieser Knabe, der auf ihn zukam, war sein Geliebter, sein Mundschenk, sein Sklave, sein Ganymed. Ich schwebte, nicht in seinem Körper, nicht in dieser Welt, und rief ihn. Er erkannte mich, und er kam.

Dann war alles vorüber. Die Tränen rollten mir über das Gesicht, und ich hörte eine Stimme sagen: »Ist etwas nicht in Ordnung, *signore*?«

Mit einer gewissen Besorgnis beobachtete mich der Knabe. Sonst hatte kein Mensch etwas bemerkt; alle waren mit ihren Getränken, ihren Freundinnen, dem Orchester beschäftigt, und ich tastete nach meinem Taschentuch und schneuzte mich und sagte: »Bringen Sie mir einen Curaçao.«

Ich erinnere mich, wie ich an meinem Tisch saß, vor mich hinstarrte, noch immer meine Zigarre rauchte, den Kopf nicht zu heben wagte, und da hörte ich einen flinken Schritt neben mir. Er stellte das Glas vor mich hin und verzog sich wieder, und die drängendste Frage in meinem Geist war: »Weiß er es?«

Der Blitz des Wiedererkennens, müßt ihr wissen, war so jäh, so überwältigend, als wäre jemand aus lebenslangem Schlaf brüsk ins Bewußtsein geschleudert worden. Die unbedingte Gewißheit dessen, wer ich war und wo ich war und des Bandes zwischen uns befiel mich so, wie Paulus auf dem Weg nach Damaskus befallen worden war. Zum Glück blendeten meine Visionen mich nicht; kein Mensch hätte mich ins Hotel zurückbegleiten müssen. Nein, ich war nichts als ein Tourist, der nach Venedig gekommen war, einem kleinen Orchester auf dem Markusplatz lauschte und seine Zigarre rauchte.

Etwa fünf Minuten ließ ich so vorübergehen, und dann hob ich den Kopf, leichthin, ganz leichthin, und schaute über die Köpfe der Leute hinweg nach dem Kaffeehaus. Dort stand er allein, die Hände hinter dem Rücken, und blickte nach dem Orchester. Er mochte etwa fünfzehn sein, nicht mehr, und für sein Alter war er klein und schmächtig, und seine weiße Jacke und die dunklen Hosen ließen an einen Offiziersburschen bei der englischen Mittelmeerflotte denken. Er sah nicht italienisch aus. Seine Stirne war hoch, und sein hellbraunes Haar war zurückgebürstet. Seine Augen waren nicht braun, sondern blau, und seine Haut war hell, nicht olivfarben. Noch zwei andere Kellner machten sich zwischen den Tischen zu schaffen, einer von ihnen achtzehn oder neunzehn, beide unverkennbar Italiener, der achtzehnjährige schwärzlich und dick. Auf den ersten Blick konnte man erkennen, daß sie geboren waren, um Kellner zu sein, nie würden sie sich über ihren Stand erheben; mein Knabe aber, mein Ganymed! Die Haltung seines stolzen Kopfes, der Ausdruck seiner Züge, die ernste Nachsicht, mit der er die Musiker betrachtete, das alles bewies, daß er von anderm Schlag war ... von meinem Schlag, von dem Schlag der Unsterblichen.

Ich beobachtete ihn verstohlen, die kleinen gefalteten Hände, den schmalen Fuß, der im schwarzen Schuh den Takt der Musik klopfte. Wenn er mich erkannt hat, sagte ich zu mir, dann wird er nach mir schauen. Dieses Sich-Entziehen, dieses Spiel, als beobachtete er das Orchester, das alles ist nur ein Vorwand, denn was wir in diesem Augenblick jenseits der Zeit gemeinsam empfanden, war für uns beide zu stark. Plötzlich – und mit einem köstlichen Gefühl, darin sich Entzücken und Angst mischten – wußte ich, was geschehen würde. Er gelangte zu einem Entschluß. Er wandte die Augen vom Orchester ab und nach meinem Tisch, und, immer noch ernst, immer noch nachdenklich, kam er auf mich zu und sagte:

»Wünschen Sie sonst noch etwas, *signore*?«

Es war töricht von mir, aber ich konnte nicht sprechen. Ich konnte nur den Kopf schütteln. Dann nahm er den Aschenbecher weg und brachte einen sauberen. Die bloße Geste war ir-

348

gendwie besinnlich, liebevoll, und meine Kehle schnürte sich zusammen, und ich erinnerte mich an einen biblischen Ausdruck, den bestimmt Joseph auf Benjamin gebraucht hat. Den Zusammenhang habe ich vergessen, doch irgendwo im Alten Testament heißt es: »Denn seine Eingeweide sehnten sich nach seinem Bruder.« Genau das war es, was ich fühlte.

Bis Mitternacht blieb ich sitzen. Dann dröhnten die großen Glocken, erfüllten die Luft, die Orchester – alle beide – packten ihre Instrumente ein, und die Lauscher verzogen sich. Ich schaute auf den Streifen Papier hinunter, die Rechnung, die er gebracht und neben den Aschenbecher gelegt hatte, und als ich auf die hingekritzelten Ziffern blickte, da schien es mir, daß das Lächeln, das er mir schenkte, die kleine respektvolle Verbeugung just jene Antwort waren, die er ersehnt hatte. Er wußte. Ganymed wußte.

Ich ging allein über die jetzt verödete *piazza* und schlenderte durch den Säulengang des Dogenpalastes, wo ein alter Mann zusammengekauert schlief. Die Lichter waren nicht mehr hell, sondern gedämpft, der feuchte Wind kräuselte das Wasser und schaukelte die Reihen der Gondeln auf der schwarzen Lagune; doch der Geist meines Knaben war bei mir und sein Schatten auch.

Ich erwachte bei herrlicher Klarheit. Der lange Tag war zu füllen, und was für ein Tag! So viel zu sehen, zu erleben, von dem eindrucksvollen Innern von San Marco und des Dogenpalastes bis zu einem Besuch in der Accademia und einer Fahrt über die ganze Länge des Canal Grande. Ich tat alles, was jeder Tourist tut, nur die Tauben fütterte ich nicht; sie waren zu dick, zu betulich. Mit einem gewissen Widerwillen bahnte ich mir den Weg zwischen ihnen hindurch. Bei Florian aß ich ein *gelato*. Ich kaufte Ansichtskarten für meine Nichten. Ich beugte mich über die Brüstung des Rialto. Und der glückliche Tag, von dem ich jede Minute genoß, war nur eine Vorbereitung auf den Abend. Mit gutem Bedacht hatte ich das Kaffeehaus auf der rechten Seite der *piazza* gemieden. Ich war nur die andere Seite entlanggegangen.

Ich entsinne mich, daß ich ungefähr um sechs in mein Hotel

zurückkehrte, mich auf mein Bett legte und eine Stunde lang Chaucer las – die *Canterbury Tales* in der Penguin-Ausgabe. Dann badete ich, zog mich an und ging in dasselbe Restaurant, wo ich am Abend zuvor gegessen hatte. Das Essen war auch diesmal gut, auch diesmal billig. Ich zündete meine Zigarre an und schlenderte auf den Markusplatz. Schon spielten die Orchester. Ich wählte einen Tisch ganz am Rand des Gedränges, und als ich die Zigarre eine Sekunde niederlegte, da sah ich, daß meine Hand zitterte. Die Erregung, die Spannung war unerträglich. Mir schien es unmöglich, daß die Familie am Nebentisch meine Stimmung nicht bemerken sollte. Zum Glück hatte ich eine Abendzeitung bei mir. Ich schlug sie auf und tat, als würde ich lesen. Irgendwer strich mit einem Tuch über meinen Tisch, es war der schwärzliche Kellner, und er fragte, was ich trinken wolle. Ich winkte ihm ab. »Später«, sagte ich und las weiter oder verhielt mich vielmehr wie ein wirklicher Zeitungsleser. Das Orchester begann eine Tanzweise zu spielen, und als ich aufschaute, sah ich, daß Ganymed mich beobachtete. Er stand neben der Musik, die Hände hinter dem Rücken. Ich tat nichts. Ich bewegte nicht einmal den Kopf, doch in der nächsten Sekunde war er bei mir.

»Einen Curaçao, *signore*?« fragte er.

Heute abend blieb das Wiedererkennen nicht bei dem ersten jähen Blitz. Ich spürte den goldenen Stuhl, ich sah die Wolken über meinem Kopf, und der Knabe kniete neben mir, und der Kelch, den er mir darbot, war auch aus Gold. Seine Demut war nicht die schmachvolle Demut des Sklaven, sondern die Ehrerbietung des Geliebten vor seinem Herrn, seinem Gott. Dann war der Blitz vorüber, und zum Glück konnte ich meine Gefühle beherrschen. Ich nickte und sagte: »Ja, bitte«, und bestellte überdies noch eine kleine Flasche Evian.

Als ich ihn an den Tischen vorüber zum Kaffeehaus schlüpfen sah, bemerkte ich, wie ein großer Mann in weißem Regenmantel und breitkrempigem Hut aus dem Schatten der Säulenreihen hervortrat und ihm auf die Schulter klopfte. Mein Knabe hob den Kopf und lächelte. In diesem kurzen Augenblick ahnte mir Böses. Es war das Vorgefühl eines Unglücks. Der Mann,

350

einer großen, weißen Schnecke gleich, erwiderte das Lächeln Ganymeds und gab ihm einen Auftrag. Abermals lächelte der Knabe und verschwand.

Das Orchester beendete sein Stück und verstummte mit einem Trompetenstoß. Die Zuhörer klatschten lebhaft. Der erste Geiger wischte sich den Schweiß von der Stirn und lachte dem Pianisten zu. Der schwärzliche Kellner brachte ihnen etwas zu trinken. Die alte Frau mit dem Kopftuch kam an meinen Tisch, wie sie es am Abend zuvor getan hatte, und bot mir eine Rose an. Diesmal war ich klüger und schickte sie fort. Und es wurde mir bewußt, daß der Mann in dem weißen Mantel mich hinter einer Säule hervor beobachtete . . .

Wißt ihr etwas von der griechischen Mythologie? Ich erwähne den Umstand nur, weil Poseidon, der Bruder des Zeus, auch sein Nebenbuhler war. In besonderer Beziehung stand er zu dem Pferd; und ein Pferd – es sei denn ein beschwingtes Pferd – ist das Symbol der Verderbnis. Der Mann in dem weißen Regenmantel war verderbt, das wußte ich instinktiv. Meine Eingebung warnte mich. Als Ganymed mit meinem Curaçao und dem Evian wiederkam, schaute ich gar nicht auf, sondern hielt die Augen auf die Zeitung gerichtet. Das Orchester hatte sich unterdessen erfrischt und begann abermals zu spielen. Die Frau mit dem Kopftuch kam, all ihre Rosen noch unverkauft, mit kläglichem Blick an meinen Tisch zurück. Ich schüttelte brutal den Kopf, und während ich das tat, merkte ich, daß der Mann im weißen Regenmantel und mit dem Filzhut seinen Platz hinter der Säule verlassen hatte und jetzt neben meinem Stuhl stand.

Der Geruch des Bösen ist tödlich. Er ist durchdringend, er würgt, und gleichzeitig fordert er einen heraus. Ich hatte Angst. Ganz genau gesagt, hatte ich Angst, war aber dennoch entschlossen zu beweisen, daß ich der Stärkere war. Ich lehnte mich in meinem Stuhl zurück, atmete den letzten Zug meiner Zigarre tief ein, bevor ich den Stummel in den Aschenbecher legte, und blies dem Mann den Rauch voll ins Gesicht. Da geschah etwas Außerordentliches. Ich weiß nicht, ob dieser letzte Zug mich schwindlig gemacht hatte, doch sekundenlang

351

drehte es sich um mich, und ich sah dieses abscheuliche, grinsende Gesicht in etwas verschwinden, was ein Wellental von Wasser und Schaum zu sein schien. Ich konnte sogar die Gischt spüren. Als ich mich von dem Hustenanfall erholt hatte, an dem meine Zigarre schuld war, klärte sich die Luft; der Mann im weißen Mantel war verschwunden, und ich entdeckte, daß ich meine Flasche Evian vom Tisch hinuntergeworfen hatte und sie zerbrochen war. Ganymed selbst hob die Scherben auf, Ganymed war es, der mit seiner Serviette den Tisch abwischte, Ganymed war es, der, ohne daß ich bestellt hatte, eine frische Flasche bringen wollte.

»Hat der *signore* sich geschnitten?« fragte er.

»Nein.«

»Ich bringe dem *signore* einen andern Curaçao. Es könnten Splitter in diesem hier sein. Das wird nicht besonders berechnet.«

Er sprach nachdrücklich, mit ruhiger Sicherheit, dieser Knabe von fünfzehn, der die Anmut eines Prinzen hatte, und dann wandte er sich mit köstlicher Überlegenheit dem schwärzlichen Kellner zu, der sein Waffengefährte war, und reichte ihm mit einer Flut italienischer Wörter die Scherben. Und dann brachte er mir die zweite Flasche Evian und das zweite Glas Curaçao.

»*Un sedativo*«, sagte er und lächelte.

Er war nicht anmaßend. Er war nicht zutraulich. Er wußte, weil er es immer gewußt hatte, daß meine Hände zitterten und mein Herz pochte und ich nur ruhig, nur still sitzen bleiben wollte.

»*Piove*!« Er hob das Gesicht, streckte die Hand aus, und wirklich, es begann mit einem Male, ganz ohne Grund, aus einem sternbesäten Himmel zu regnen. Doch eine schwarze, heranziehende Wolke, einer Riesenhand gleichend, deckte, während er sprach, die Sterne zu, und schon prasselte der Regen auf die *piazza* herunter. Schirme wuchsen wie Pilze, und wer keinen hatte, lief über die *piazza* und heim, wie Käfer in ihren Unterschlupf.

Im Nu war alles verödet. Die Tische waren leer, die Stühle

wurden daran gelehnt. Das Klavier wurde mit einer Plane bedeckt, die Lichter im Kaffeehaus glänzten weniger hell. Alles flüchtete. Es war, als hätte es hier nie ein Orchester gegeben, nie ein Publikum, nie klatschende Hände. Das Ganze war ein Traum gewesen.

Ich aber träumte nicht. Ich war, töricht genug, ohne Schirm ausgegangen. Ich wartete in dem Säulengang vor dem jetzt verlassenen Kaffeehaus, während der Regen vor mir auf das Pflaster klatschte. Ich konnte es kaum für möglich halten, daß noch vor fünf Minuten alles so voll, so heiter gewesen war und jetzt in winterlicher Düsterkeit dalag.

Ich klappte den Kragen meines Mantels hoch und versuchte, zu einem Entschluß zu kommen, ob ich mich über die regennasse *piazza* wagen sollte, und da hörte ich flinke, lebhafte Schritte neben mir aus dem Kaffeehaus kommen und in dem Säulengang weitereilen. Es war Ganymed, die straffe, kleine Gestalt immer noch in der weißen Jacke, den breiten Regenschirm wie eine Fahne über sich.

Mein Weg führte nach links auf die Kirche zu. Er ging nach rechts. In der nächsten Sekunde mochte er verschwunden sein. Es war der entscheidende Augenblick. Ihr werdet sagen, daß ich die falsche Entscheidung getroffen habe. Ich wandte mich nach rechts, ich folgte ihm.

Es war eine seltsame, eine tolle Verfolgung. Dergleichen hatte ich in meinem ganzen Leben nie getan. Doch ich konnte nicht anders. Er ging vor mir, seine Schritte waren laut und deutlich zu hören, durch enge, gewundene Durchlässe ein und aus, neben schweigenden, dunklen Kanälen, und sonst war überhaupt kein Geräusch vernehmbar, nur seine Schritte und das Rauschen des Regens, und nicht ein einziges Mal drehte der Knabe sich um, wollte er wissen, wer ihm folgte. Ein- oder zweimal rutschte ich aus; das mußte er gehört haben. Doch er ging weiter, immer weiter, über Brücken, in die Schatten, der Regenschirm hob und senkte sich über seinem Kopf, und dann und wann, wenn er den Schirm höher hielt, erspähte ich seine weiße Jacke. Und noch immer strömte der Regen von den Dächern der schweigenden Häuser auf das

353

Pflaster herab, herab auf die Kanäle, deren jeder einem Styx glich.

Dann aber verlor ich ihn aus den Augen. Er war scharf um eine Ecke gebogen. Ich begann zu laufen. Ich hastete in einen engen Durchlaß, wo die Häuser beinahe ihre Gegenüber berührten, und da stand er vor einer großen Türe mit einem Eisengitter und zog eine Glocke. Die Türe öffnete sich, er faltete den Regenschirm zusammen und ging hinein. Hinter ihm schlug die Türe zu. Er mußte mich laufen gehört, er mußte mich gesehen haben, als ich um die Ecke in den Durchlaß einbog. Ich blieb sekundenlang stehen, starrte auf das Eisengitter über der schweren Eichentüre. Ich sah auf die Uhr; es fehlten noch fünf Minuten bis Mitternacht. Die Torheit meiner Jagd wurde mir mit aller Kraft bewußt. Nichts war erreicht worden, als daß ich völlig durchnäßt war, mir sehr wahrscheinlich eine Erkältung geholt und mich überdies verirrt hatte.

Ich wandte mich ab, und da trat eine Gestalt von der Schwelle, dem Haus mit dem Gitter gegenüber, und kam auf mich zu. Es war der Mann mit dem weißen Regenmantel und dem breitkrempigen Hut.

Mit einem verfälschten amerikanischen Akzent sagte er: »Suchen Sie jemanden, *signore*?«

Ich frage euch – was hättet ihr in meiner Lage getan? Ich war ein Fremder in Venedig, ein Tourist. Der Weg war völlig verlassen. Man hat Geschichten von Italienern, von der Vendetta, von Messern, von Dolchstichen in den Rücken gehört. Eine falsche Geste, und das konnte auch mir geschehen.

»Ich bin spazierengegangen«, erwiderte ich. »Aber ich habe mich anscheinend verirrt.«

Er stand in meiner nächsten Nähe, viel zu nah für meine Nerven. »Ah, Sie sich haben verirrt«, wiederholte er, und der amerikanische Akzent mengte sich mit einem Varieté-Italienisch. »Das passieren in Venedig immer wieder. Ich Sie begleiten.«

Das Laternenlicht über meinem Kopf ließ sein Gesicht unter dem breitrandigen Hut gelb wirken. Er lächelte beim Sprechen und zeigte Zähne, deren Goldplomben blitzten. Das Lächeln war unheimlich.

»Vielen Dank«, sagte ich, »aber ich finde mich schon ganz gut zurecht.«

Ich drehte mich um und machte mich auf den Weg. Er hielt mit mir Schritt.

»Macht mir nichts aus«, sagte er. »Macht mir gar nichts aus.«

Er hatte die Hände in den Taschen seines weißen Regenmantels, und seine Schulter streifte meine Schulter, während wir Seite an Seite gingen. Wir kamen aus dem Durchlaß in die schmale Gasse längs eines Seitenkanals. Es war dunkel. Aus den Dachrinnen strömte das Wasser in den Kanal.

»Ihnen gefällt Venedig?« fragte er.

»Sehr«, erwiderte ich, und dann setzte ich – vielleicht unbedacht – hinzu: »Es ist mein erster Besuch.«

Ich fühlte mich wie ein Gefangener, der eskortiert wird. Das Stapfen unserer Füße widerhallte hohl. Und es war kein Mensch da, der uns gehört hätte. Ganz Venedig schlief. Er grunzte befriedigt.

»Venedig sehr teuer«, sagte er. »In Hotels sie einen plündern. Wo Sie wohnen?«

Ich zauderte. Ich wollte meine Adresse nicht geben; wenn er aber darauf bestand, mich zu begleiten, was konnte ich tun?

»Im Hotel Byron.«

Er lachte verächtlich. »Dort sie setzen zwanzig Prozent auf Rechnung«, sagte er. »Sie bestellen Kaffee, zwanzig Prozent. Immer dasselbe. Sie Touristen plündern.«

»Mein Pensionspreis ist vernünftig«, erwiderte ich. »Ich kann mich nicht beklagen.«

»Was Sie dort bezahlen?« wollte er wissen.

Die Unverschämtheit des Mannes war geradezu erschütternd. Doch der Weg neben dem Kanal war sehr schmal, und noch immer berührte beim Gehen seine Schulter meine Schulter. Ich sagte ihm, was ich für das Zimmer zahlte; und wie hoch der Preis der Mahlzeiten war. Er pfiff.

»Die Ihnen ja die Haut abziehen! Morgen Sie sie schicken zum Teufel. Ich Ihnen finden kleine Wohnung. Sehr billig, sehr *okay*.«

Ich wollte keine kleine Wohnung. Alles, was ich wollte, war, den Kerl loszuwerden und in die vergleichsweise tröstliche Zivilisation des Markusplatzes zurückzukehren. »Vielen Dank«, sagte ich. »Aber ich fühle mich im Hotel Byron sehr wohl.«

Er rückte noch näher an mich heran, und ich merkte, daß ich hart am Rand des schwarzen Wassers des Kanals war. »In kleiner Wohnung«, sagte er, »Sie machen, was Sie wollen. Sie empfangen Freunde. Kein Mensch wird Sie stören.«

»Man stört mich auch nicht im Hotel Byron«, erwiderte ich.

Ich begann schneller zu gehen, aber er hielt noch immer mit mir Schritt, und plötzlich zog er die rechte Hand aus der Tasche, und mein Herzschlag stockte. Ich glaubte, er habe ein Messer gezogen. Doch es war ein Päckchen Lucky Strikes, das er mir hinhielt. Ich lehnte ab. Er zündete sich eine Zigarette an.

»Ich Ihnen finden kleine Wohnung«, wiederholte er beharrlich.

Wir gingen über eine Brücke und in eine andere Gasse, auch sie schlecht beleuchtet, stumm, und während wir gingen, nannte er mir Namen von Leuten, denen er Wohnungen besorgt hatte.

»Sie Engländer?« fragte er. »Das ich mir gedacht. Ich letztes Jahr Wohnung gefunden für Sir Johnson. Sie Sir Johnson kennen? Sehr feiner Mann, sehr zurückhaltend. Ich auch finden Wohnung für Filmstar Bertie Poole. Sie Bertie Poole kennen? Ich ihm erspart habe fünfhunderttausend Lire.« Ich hatte nie von Sir Johnson oder Bertie Poole gehört. Ich wurde immer wütender, doch da war nichts zu machen. Wir gingen abermals über eine Brücke, und zu meiner Erleichterung erkannte ich die Straßenecke neben dem Restaurant, wo ich gegessen hatte. Hier bildete der Kanal eine Art Bucht, und Gondeln lagen Seite an Seite angebunden.

»Bemühen Sie sich nicht weiter«, sagte ich. »Jetzt finde ich schon den Weg.«

Das Unglaubliche geschah. Wir waren miteinander um die Ecke gebogen, gingen im gleichen Schritt, und dann, weil der Durchlaß zu eng für zwei war, ließ er mich vorangehen. Dabei rutschte er aus. Ich hörte einen unterdrückten Ruf, und in der nächsten Sekunde war er im Kanal, der weiße Regenmantel breitete sich um ihn wie ein Baldachin, das Aufschlagen des massigen Körpers ließ die Gondeln schaukeln. Ich schaute einen Augenblick lang hin, zu verwirrt, um etwas zu tun. Dann aber tat ich etwas, und zwar etwas Schreckliches. Ich lief davon. Ich lief in den Durchlaß, der mich schließlich auf den Markusplatz führen mußte, und als ich dort ankam, überquerte ich ihn rasch, ging am Dogenpalast vorbei und gelangte so in mein Hotel. Ich begegnete keinem Menschen. Prinz Hal gähnte hinter seinem Pult. Sobald ich in meinem Zimmer war, nahm ich die kleine Kognakflasche, die ich auf Reisen immer bei mir habe, und leerte sie auf einen Zug.

Ich schlief schlecht und hatte unangenehme Träume, was mich nicht weiter überraschte. Ich sah Poseidon, den Gott Poseidon, aus einem grollenden Meer aufsteigen, er schüttelte den Dreizack gegen mich, und das Meer wurde zu dem Kanal, und Poseidon selber bestieg ein Bronzepferd und ritt davon, den schlaffen Leib Ganymeds auf dem Sattel vor sich.

Ich schluckte mit meinem Kaffee zwei Aspirin und stand spät auf. Ich weiß nicht, was ich zu sehen erwartet hatte, als ich ausging. Gruppen von Zeitungslesern oder die Polizei – irgendeinen Hinweis auf das, was sich ereignet hatte. Statt dessen war es ein heller Oktobertag, und das Leben von Venedig nahm seinen gewohnten Gang.

Ich stieg auf ein Schiff nach dem Lido und aß dort zu Mittag. Mit gutem Bedacht vertrödelte ich den Tag auf dem Lido – für den Fall, daß es Unannehmlichkeiten geben sollte. Eines beunruhigte mich; sollte der Mann im weißen Regenmantel sein Bad von gestern überlebt haben und es mir nachtragen, daß ich ihn in seiner Bedrängnis im Stich gelassen hatte, so mochte er sehr wohl die Polizei verständigt, vielleicht sogar angedeutet haben, daß ich ihn hineingestoßen hätte. Und bei meiner Rückkehr würde die Polizei mich im Hotel erwarten.

Ich gab mir eine Frist bis sechs Uhr. Und dann, kurz vor Sonnenuntergang, nahm ich das Schiff. Heute gab es keine Wolkenbrüche. Der Himmel war von einem milden Gold gefärbt, und Venedigs schmerzliche Schönheit glänzte in dem sanften Abendlicht.

Ich trat ins Hotel und ließ mir den Schlüssel geben. Der Angestellte reichte ihn mir mit einem freundlichen »*Buona sera, signore*«. Auch einen Brief meiner Schwester fand ich vor. Niemand hatte nach mir gefragt. Ich ging hinauf, zog mich um, ging wieder hinunter und aß im Restaurant des Hotels zu Abend. Das Essen war nicht so gut wie an den zwei andern Abenden, doch das war mir gleichgültig. Ich hatte nicht viel Hunger. Auch die gewohnte Zigarre steckte ich mir nicht an. Statt dessen nahm ich eine Zigarette. Etwa zehn Minuten blieb ich vor dem Hotel stehen, rauchte und betrachtete die Lichter auf der Lagune. Der Abend war wundervoll. Ich fragte mich, ob das Orchester auf dem Markusplatz spielte und Ganymed Getränke brachte. Der Gedanke an ihn beunruhigte mich. Wenn er in irgendeiner Beziehung zu dem Mann im weißen Regenmantel stand, so hatte das Geschehene ihn vielleicht hart getroffen. Der Traum konnte eine Warnung sein – ich hielt sehr viel von Träumen. Poseidon, der Ganymed vor sich über dem Sattel liegen hatte ... ich machte mich auf den Weg nach dem Markusplatz. Ich sagte mir, ich würde vor der Kirche stehenbleiben und sehen, ob beide Orchester spielten.

Als ich auf die *piazza* kam, merkte ich, daß alles war wie gewöhnlich. Dieselbe Menge, dieselben wetteifernden Orchester, dasselbe Repertoire, das sie spielten. Langsam ging ich über die *piazza* auf das zweite Orchester zu und setzte, wie zum Schutz, meine dunkle Brille auf. Ja, dort war er. Dort war Ganymed. Ich erblickte sofort sein hellbraunes Haar, seine weiße Jacke. Er und sein schwärzlicher Gefährte waren sehr geschäftig. Die Menge um das Orchester war dichter als sonst, denn der Abend war warm. Ich beobachtete das Publikum genau, spähte auch nach den Schatten hinter den Säulen aus. Kein Zeichen von dem Mann im weißen Regenmantel! Das Klügste war, ins Hotel zurückzugehen, sich ins Bett zu legen und Chaucer zu lesen. Das wußte ich. Und dennoch verweilte ich. Die alte Frau mit den Rosen machte ihre Runde. Irgendwer rief einen Kellner, und Ganymed wandte sich um. Bei dieser Gelegenheit erblickte er mich über die Köpfe der Gäste hinweg. Ich trug die dunkle Brille und einen Hut. Trotzdem erkannte er mich. Er schenkte mir ein strahlendes Lächeln, kümmerte sich nicht um die Bestellung des anderen Gastes, sondern eilte vorwärts, nahm einen Stuhl und stellte ihn an einen freien Tisch.

»Heute regnet's nicht«, sagte er. »Heute sind alle Leute froh. Einen Curaçao, *signore*?«

Wie hätte ich mich wehren sollen? Gegen dieses Lächeln? Gegen diese beinahe flehende Geste? Wenn irgend etwas schiefgegangen, wenn er um den Mann im weißen Mantel besorgt gewesen wäre, dann hätte ich bestimmt eine Andeutung, einen warnenden Blick bemerkt. Ich setzte mich. Und im Nu war er wieder da und brachte mir den Curaçao.

Vielleicht war der Likör stärker als am Abend vorher, vielleicht hatte er auf mich, in meiner verstörten Stimmung, stärkere Wirkung. Wie dem auch sein mag, der Curaçao stieg mir zu Kopf. Meine Nervosität wich. Der Mann im weißen Mantel und sein böser Einfluß beunruhigten mich nicht länger. Vielleicht war er tot. Und wenn schon?! Ganymed war von keinem Kummer betroffen worden. Und um mir seine Gunst deutlich zu machen, blieb er nur wenige Fuß von meinem Tisch entfernt stehen, die Hände hinter dem Rücken, immer bereit, meinen Launen zu dienen.

»Werden Sie nie müde?« fragte ich kühn.

Er fuhr mit seiner Serviette über meinen Tisch.

»Nein, *signore*«, erwiderte er, »meine Arbeit ist ja ein Vergnügen. Besonders diese.« Und er machte eine leichte Verbeugung.

»Gehen Sie in die Schule?«

»In die Schule?« Mit einer Geste bedeutete er, daß das erledigt sei. »*Finito* Schule. Ich bin ein Mann. Ich arbeite, um mein Leben zu verdienen. Um für meine Mutter und meine Schwester zu sorgen.«

Ich war gerührt. Er hielt sich für einen Mann. Und ich sah

359

sogleich seine Mutter vor mir, eine bekümmerte, klagende Frau, und eine kleine Schwester. Sie alle wohnten hinter der Türe mit dem Gitter.

»Bezahlt man Sie gut hier im Kaffeehaus?«

Er zuckte die Achseln.

»In der Saison ist's nicht schlecht. Aber die Saison ist vorüber. Noch vierzehn Tage, und alles ist zu Ende. Alle Fremden fahren weg.«

»Was werden Sie dann anfangen?«

Wieder zuckte er die Achseln.

»Ich muß irgendwo Arbeit finden. Vielleicht geh' ich nach Rom. In Rom habe ich Freunde.«

Der Gedanke, ihn in Rom zu wissen, mißfiel mir – so ein Kind in so einer Stadt! Und wer mochten diese Freunde sein?

»Was täten Sie denn gern?« fragte ich.

Er biß sich auf die Lippen. Sekundenlang sah er traurig drein. »Ich ginge gern nach London«, sagte er. »In eines der großen Hotels. Aber das ist unmöglich. In London habe ich keine Freunde.«

Ich dachte an meinen eigenen Chef, der, neben seinen andern Tätigkeiten, auch im Verwaltungsrat des ›Majestic‹ saß.

»Das ließe sich bewerkstelligen«, meinte ich. »Wenn man ein paar Drähte zieht.«

Er lächelte und machte mit beiden Händen erheiternd die Geste des Drahtziehens. »Es ist einfach, wenn man weiß, wie«, sagte er. »Wenn man's aber nicht weiß, dann ist's besser . . .« Er schnalzte mit der Zunge und hob die Augen. Der Ausdruck sollte besagen, daß es aussichtslos war. Gar nicht daran zu denken.

»Wir wollen sehen«, sagte ich. »Ich habe einflußreiche Freunde . . .«

»Sie sind sehr gütig zu mir, *signore*«, murmelte er. »Wirklich sehr gütig.«

In diesem Augenblick brach das Orchester ab. Und als die Zuhörer Beifall klatschten, applaudierte er mit ihnen; seine Haltung war tadellos.

»Bravo . . . bravo . . .«, sagte er. Ich weinte beinahe.

360

Als ich später bezahlte, zauderte ich, bevor ich ihm ein größeres Trinkgeld gab; das hätte ihn kränken können. Ich wollte nicht, daß er mich einfach als den üblichen Touristen ansah. Unsere Beziehung ging tiefer.

»Für Ihre Mutter und Ihre kleine Schwester«, sagte ich und drückte ihm fünfhundert Lire in die Hand. Mit meinem geistigen Auge sah ich die drei zur Messe in die Markuskirche wandern, die Mutter umfangreich, Ganymed in seinem schwarzen Sonntagsanzug, und die kleine Schwester, für ihre erste Kommunion verschleiert.

»Danke, danke, *signore*!« Und er setzte hinzu: »*A domani*!«

»*A domani*!« wiederholte ich, denn es tat mir wohl, daß er sich schon auf unsere nächste Begegnung freute. Und der Unhold im weißen Regenmantel mochte bereits die Fische der Adria füttern.

Am nächsten Morgen hatte ich eine peinliche Überraschung. Der Hotelsekretär rief mich an und fragte, ob ich nichts dagegen hätte, das Zimmer bis mittag zu räumen. Ich wußte nicht, was er meinte. Das Zimmer war für vierzehn Tage reserviert worden. Er strömte von Entschuldigungen über. Es sei ein Mißverständnis, sagte er. Just dieses Zimmer sei seit mehreren Wochen bestellt gewesen, und er habe geglaubt, das Reisebureau hätte mich davon unterrichtet. Meinetwegen, sagte ich scharf, dann möge man mich in einem anderen Zimmer unterbringen. Abermals erschöpfte er sich in tausend Redensarten. Das Hotel sei voll. Er könne mir aber eine sehr bequeme kleine Wohnung empfehlen, die die Direktion von Zeit zu Zeit als Dépendance zu benützen pflege. Und dadurch würde sich der Preis keinesfalls erhöhen. Das Frühstück würde mir dort ebenso ins Zimmer gebracht werden, und ich hätte sogar mein eigenes Bad.

»Das ist sehr unbequem«, sagte ich. »Ich habe bereits alle meine Sachen ausgepackt.«

Abermals eine Flut von Entschuldigungen. Der Portier würde mein Gepäck übersiedeln. Er würde sogar für mich einpacken. Ich brauchte keine Hand zu rühren. Schließlich willigte ich ein, obgleich ich ganz gewiß keinem Fremden erlauben würde, meine Sachen einzupacken. Dann ging ich hinunter und traf dort Prinz Hal mit einem Karren für mein Gepäck an. Er wartete bereits. Ich war in schlechter Laune, alle meine Pläne waren umgestürzt, und darum war ich auch entschlossen, das Zimmer in der Dépendance abzulehnen und ein anderes zu verlangen.

Wir gingen längs der Lagune, Prinz Hal rollte das Gepäck vor sich her, und ich kam mir recht lächerlich vor, als ich hinter ihm herstapfen mußte und an die Spaziergänger stieß; ich verwünschte die Reiseagentur, die wahrscheinlich das Durcheinander mit dem Hotelzimmer angestellt hatte.

Als wir aber an unserem Ziel ankamen, mußte ich eine andere Tonart anstimmen. Prinz Hal trat in ein Haus mit einer reizvollen, ja, geradezu schönen Fassade, dessen Treppenhaus tadellos sauber war. Einen Aufzug gab es nicht, und er trug mein Gepäck auf der Schulter. Im ersten Stock machte er halt, zog den Schlüssel, steckte ihn in das Schloß der Türe zur linken Hand und öffnete sie. »Wollen Sie, bitte, eintreten«, sagte er.

Es war ein elegantes Zimmer und mußte wohl irgendeinmal der Salon eines privaten *palazzo* gewesen sein. Die Fenster waren nicht geschlossen und mit Läden versehen wie im Hotel Byron, sondern öffneten sich nach einem Balkon, und der Balkon schaute, zu meinem Entzücken, auf den Canal Grande. Besser hätte ich gar nicht untergebracht sein können.

»Sind Sie auch sicher, fragte ich, »daß dieses Zimmer nicht mehr kostet als mein Zimmer im Hotel?«

Prinz Hal starrte mich an. Er verstand ganz offenbar meine Frage nicht.

»Bitte?«

Ich ließ es dabei bewenden. Am Ende hatte der Angestellte im Hotel es mir gesagt. Ich sah mich um. Neben dem Zimmer war ein Badezimmer. Es standen sogar Blumen neben dem Bett.

»Wie steht's mit dem Frühstück?«

Prinz Hal zeigte auf das Telephon. »Sie brauchen nur zu läuten; man wird sich unten melden. Und dann bringt man es Ihnen.« Er gab mir den Zimmerschlüssel.

Sobald er sich verzogen hatte, ging ich abermals auf den Balkon hinaus und schaute hinunter. Der Canal war voller Leben und Geschäftigkeit. Ganz Venedig breitete sich unter mir aus. Die Motorboote und die *vaporetti* störten mich nicht, die ständig wechselnde, belebte Szenerie war so, daß ich ihrer gewiß nie satt werden konnte. Hier konnte ich sitzen und den ganzen Tag faulenzen, wenn ich gerade Lust hatte. Mein Glück war unglaublich. Statt das Reisebureau zu verfluchen, segnete ich es. Zum zweiten Mal in drei Tagen packte ich meine Sachen aus, diesmal aber war ich nicht eine Nummer auf dem dritten Stock des Hotel Byron, nein, ich war Herr und Meister meines eigenen Miniatur-*palazzos*. Ich fühlte mich wie ein König. Die Glocke des großen Campanile läutete zu Mittag, und da ich sehr früh gefrühstückt hatte, lockte es mich, noch einen Kaffee zu trinken. Ich hob das Telefon ab, hörte ein Summen, ein Klicken. Und dann sagte eine Stimme: »Ja?«

»*Café complet!*« bestellte ich.

»Sogleich«, erwiderte die Stimme. War es ... konnte es ... der allzu vertrauliche amerikanische Akzent ...

Ich ging ins Badezimmer, ich wusch mir die Hände, und als ich wieder ins Zimmer kam, klopfte es an der Türe. »*Avanti!*« rief ich.

Der Mann, der das Tablett trug, hatte weder den weißen Regenmantel an noch den breitrandigen Filzhut. Der hellgraue Anzug war sorgfältig gebügelt. Die schrecklichen Schuhe waren hellgelb. Und auf der Stirne hatte er ein Heftpflaster.

»Was haben ich Ihnen gesagt?« rief er. »Ich richten alles. Sehr hübsch. Sehr *okay!*«

Er stellte das Tablett auf den Tisch am Fenster und streckte die Hand mit großer Geste nach dem Balkon und nach den Geräuschen vom Canal Grande.

»Sir Johnson hier den ganzen Tag verbringen«, sagte er. »Er ganzen Tag auf Balkon liegen mit seinem – wie Sie das nennen?«

Er hob die Hände an die Augen wie einen Feldstecher und wandte sich dahin und dorthin. Sein lächelnder Mund ließ die goldgefüllten Zähne sehen.

»Mr. Bertie Poole wieder ganz anders«, setzte er hinzu. »Ein Motorboot nach dem Lido, und wenn dunkel zurück. Kleine Abendessen, kleine Gesellschaften mit Freunden. Er viel Spaß gehabt.«

Sein bedeutungsvolles Zwinkern war mir widerwärtig. Gravitätisch begann er mir den Kaffee in die Tasse zu gießen.

»Hören Sie«, sagte ich. »Ich weiß nicht, wie Sie heißen, und ich weiß nicht, wie dieses Geschäft zustande gekommen ist. Wenn Sie sich mit dem Angestellten im Hotel Byron irgendwie verständigt haben, so hat das nichts mit mir zu schaffen.«

Er riß erstaunt die Augen auf.

»Das Zimmer Ihnen nicht gefallen?«

»Natürlich gefällt's mir. Darauf kommt es nicht an. Worauf es ankommt, ist, daß ich selber meine Vereinbarungen getroffen habe, und jetzt . . .«

Aber er unterbrach mich. »Keine Sorge, keine Sorge!« Er schwenkte die Hand. »Sie hier weniger zahlen als im Hotel Byron. Darauf ich aufpassen. Und niemand Sie hier stören. Keine Seele.« Wieder zwinkerte er, und dann ging er mit schweren Schritten zur Türe. »Wenn Sie irgendwas brauchen«, sagte er noch, »Sie nur läuten. *Okay?*«

Er verließ das Zimmer. Ich goß den Kaffee in den Canal Grande. Das Zeug konnte ja sehr gut vergiftet sein. Und dann setzte ich mich und überdachte die Lage.

Ich war jetzt drei Tage in Venedig. Ich hatte, meiner Überzeugung nach, für vierzehn Tage ein Zimmer im Hotel Byron reserviert gehabt. Es blieben mir somit noch zehn Tage von meinen Ferien. War ich darauf vorbereitet, diese zehn Tage in dem reizenden Zimmer zu verbringen, das, wie man mir versicherte, nicht mehr kosten würde? Das aber unter der Ägide dieses Zubringers? Seinen Sturz in den Kanal trug er mir anscheinend nicht nach. Das Heftpflaster an der Stirn blieb ein Beweis für die Realität des Abenteuers, doch die Sache selbst war nicht erwähnt worden. In dem hellgrauen Anzug sah er weniger unheimlich aus als in dem weißen Regenmantel. Vielleicht war meine Phantasie mit mir durchgegangen. Und doch . . . ich tauchte den Finger in die Kaffeekanne und führte ihn an die

364

Lippen. Der Geschmack war durchaus normal. Ich schaute nach dem Telephon. Wenn ich es hob, würde sein greulicher amerikanischer Mischmasch mir antworten. Nein, ich tat besser, von auswärts das Hotel Byron anzurufen, oder noch richtiger war es, wenn ich selber hinging.

Ich musterte die Schränke und die Kommode und meine Koffer. Dann steckte ich die Schlüssel ein, verließ das Zimmer und sperrte ab. Zweifellos hatte er einen Schlüssel, aber dagegen war ich wehrlos. Nun ging ich, den Spazierstock kampfbereit in der Hand, die Treppe hinunter und ins Freie. Unten war nichts von meinem Feind zu erblicken. Das Haus schien unbewohnt zu sein. Ich ging ins Hotel Byron und versuchte, bei den Angestellten irgendwelche Erkundigungen einzuziehen, doch ich hatte kein Glück. Der Angestellte am Pult beim Eingang war nicht derselbe, der mich am Morgen wegen der Übersiedlung angerufen hatte. Irgendwelche neue Reisenden warteten, wollten sich eintragen, und der Mann war ungeduldig. »Ja, ja«, sagte er, »es ist schon alles in Ordnung. Wenn das Haus voll ist, bringen wir unsere Gäste auswärts unter. Es sind noch nie Klagen eingelaufen.« Das wartende Ehepaar seufzte. Ich hielt die Leute nur auf.

Enttäuscht machte ich kehrt und ging. Da ließ sich anscheinend nichts machen. Die Sonne schien, eine leichte Brise kräuselte das Wasser der Lagune, und die Spaziergänger schlenderten, ohne Mantel und Hut, und atmeten die frische Luft. Vermutlich war es das Vernünftigste, wenn ich ihrem Beispiel folgte. Schließlich war nichts Schlimmes geschehen. Ich war zeitweilig Besitzer eines Zimmers, das über den Canal Grande schaute, und das hätte in der Brust all dieser Touristen zweifellos brennenden Neid geweckt. Warum sollte ich mir Sorgen machen? Ich stieg auf ein *vaporetto*, ich setzte mich in die Kirche neben der Accademia, ich betrachtete Bellinis Madonna mit dem Kind. Das beruhigte meine Nerven.

Den Nachmittag verbrachte ich schlafend und lesend auf meinem Balkon, wenn auch ohne den Vorteil eines Feldstechers – zum Unterschied von Sir Johnson, wer er auch sein mochte –, und kein Mensch kam mir in die Nähe. Soweit ich es

365

feststellen konnte, hatte auch kein Mensch meine Sachen angerührt. Die kleine Falle, die ich gelegt hatte – eine Hundertlire-
note zwischen zwei Krawatten –, war noch immer da. Erleichtert atmete ich auf. Am Ende würde alles gut ausgehn.

Bevor ich zum Abendessen ging, schrieb ich einen Brief an
meinen Chef. Er neigte immer dazu, mich zu bevormunden,
und so war es gewissermaßen ein Schlag für ihn, daß ich ganz
allein eine entzückende Unterkunft mit dem schönsten Blick
auf Venedig gefunden hatte. »Gäbe es übrigens«, schrieb ich,
»im ›Majestic‹ die Möglichkeit für einen jungen Kellner, sich
auszubilden? Hier ist ein braver Junge, der ausgezeichnet aus-
sieht und gute Manieren hat, genau das, woran man im ›Majestic‹ gewöhnt ist. Kann ich ihm Hoffnung machen? Er muß
ganz allein für eine verwitwete Mutter und eine kleine Schwester sorgen.«

Ich aß in meinem Lieblings-Restaurant – dort war ich bereits
als Stammgast angesehen, obgleich ich am Abend zuvor ausge-
blieben war – und bummelte seelenruhig nach der *piazza*.
Mochte der Kerl im weißen Regenmantel und breitrandigen
Hut auftauchen – ich hatte zu gut gegessen, um mir darüber
Sorgen zu machen. Die Musiker waren von den Seeleuten eines
Zerstörers umgeben, der in der Lagune vor Anker lag. Es gab
viel Spaß, die jungen Leute verlangten die neuesten Schlager,
und das Publikum war in bester Stimmung und applaudierte
dem Seemann, der jetzt tat, als wollte er nach der Geige greifen.
Ich lachte mit den anderen, und Ganymed stand neben mir.
Wie recht hatte meine Schwester doch gehabt, als sie mich auf-
munterte, Devon mit Venedig zu vertauschen. Wie segnete ich
die Treulosigkeit ihrer Köchin!

Ich war in heiterster Laune, als ich gewissermaßen aus mir
selbst hervorgehoben wurde. Um meinen Kopf und unter mir
waren Wolken, und mein rechter Arm, der sich nach dem leeren Stuhl neben mir ausstreckte, war ein Flügel. Beide Arme
waren Flügel, und ich schwebte über der Erde. Doch ich hatte
auch Klauen. Die Klauen hielten den leblosen Körper des Knaben. Seine Augen waren geschlossen. Der Wind trug mich auf-
wärts durch die Wolken, und so groß war mein Triumph, daß

der reglose Leib des Knaben nur noch kostbarer zu sein schien. Noch mehr mein Eigentum! Dann hörte ich wieder die Klänge des Orchesters, hörte Lachen und Klatschen und sah, daß ich die Hand ausgestreckt und Ganymeds Hand ergriffen hatte, und daß er seine Hand nicht zurückgezogen hatte, sondern in meiner Hand ließ.

Es war mir sehr peinlich. Ich löste meinen Griff und applaudierte. Dann nahm ich mein Glas Curaçao.

»Viel Glück!« sagte ich und hob mein Glas zu dem Publikum, zu dem Orchester, zu der ganzen Welt. Es wäre unpassend gewesen, dem Knaben allein zuzutrinken.

Ganymed lächelte. »Der *signore* unterhält sich gut.«

Gerade nur das und sonst nichts. Aber ich fühlte, daß er meine Stimmung teilte. Und unter einem Impuls beugte ich mich vor. »Ich habe an einen Freund in London geschrieben. An einen Freund, der mit der Leitung eines großen Hotels zu tun hat. Hoffentlich habe ich in einigen Tagen eine Antwort.«

Er zeigte keine Überraschung. Er verbeugte sich, dann faltete er die Hände hinter dem Rücken und schaute über die Köpfe der Menge hinweg.

»Das ist sehr gütig von dem *signore*«, sagte er.

Ich fragte mich, wie groß sein Vertrauen zu mir war, und ob es größer war als das zu seinen Freunden in Rom. »Sie müssen mir Ihren Namen und alle Einzelheiten angeben«, sagte ich. »Und vermutlich ein Zeugnis des Wirtes hier.«

Ein kurzes Nicken bewies, daß er verstanden hatte. »Ich habe meine Papiere«, sagte er stolz, und ich mußte lächeln, wenn ich an diese Papiere dachte, die wahrscheinlich ein Schulzeugnis und eine Empfehlung von einem seiner Brotgeber enthielten. »Mein Onkel kann auch Auskunft über mich geben«, setzte er hinzu. »Der *signore* braucht sich nur bei meinem Onkel zu erkundigen.«

»Und wer ist Ihr Onkel?«

Er wandte sich zu mir und sah zum ersten Mal ein wenig schüchtern, ein wenig scheu drein. »Der *signore* ist ja in seine Wohnung in der Via Goldoni übersiedelt, glaube ich. Mein Onkel ist ein großer Geschäftsmann in Venedig.«

Sein Onkel . . . dieser widerwärtige Schlepper war sein Onkel! Nun erklärte sich alles. Es war eine Familienbeziehung. Ich hätte mir nie Sorgen zu machen gebraucht. Sogleich machte ich aus dem Mann den Bruder einer unzufriedenen Mutter, und beide wollten meine Gefühle für Ganymed ausbeuten, der wiederum den Wunsch hatte, seine Unabhängigkeit zu zeigen und sich von ihnen zu befreien. Und doch war ich um Haaresbreite entkommen. Ich konnte den Mann tödlich beleidigt haben, als er in den Kanal rutschte.

»Natürlich, natürlich!« Ich tat, als hätte ich das alles längst gewußt, denn das schien er anzunehmen, und ich wollte mich dort nicht ganz lächerlich machen. Dann fuhr ich fort: »Ein sehr behagliches Zimmer. Kennen Sie es?«

»Natürlich kenne ich es, *signore*.« Er lächelte. »Ich bin's ja, der Ihnen jeden Morgen das Frühstück bringen wird.«

Mein Herz stockte beinahe. Ganymed, der mir das Frühstück brachte . . . es war zu viel, als daß ich es so rasch begreifen konnte. Ich verbarg meine Erregung, indem ich noch einen Curaçao bestellte, und schon eilte er davon. Ich war, was die Franzosen *bouleversé* nennen. Der Mieter des schönen Zimmers zu sein – und das ohne Aufschlag –, war schon viel; daß aber überdies Ganymed dazu gehörte und mir das Frühstück bringen sollte, das war mehr, als Fleisch und Blut ertragen konnten. Ich gab mir große Mühe, mich wieder zu beherrschen, bevor er kam, doch seine Mitteilung hatte mich derart verwirrt, daß ich kaum sitzen bleiben konnte. Schon war er mit dem zweiten Glas Curaçao da.

»Freundliche Träume, *signore*«, sagte er.

Freundliche Träume! Ja . . . ich hatte nicht den Mut, zu ihm aufzuschauen. Und nachdem ich meinen Curaçao getrunken hatte, machte ich es mir zunutze, daß ein anderer Gast ihn zu sich rief, und drückte mich, obgleich noch lange nicht Mitternacht war.

Mehr aus Instinkt als auf Grund einer bewußten Überlegung, kehrte ich in mein Zimmer zurück – ich hatte gar nicht bemerkt, in welche Richtung ich ging – und da sah ich auf dem Tisch den Brief nach London, den ich noch nicht eingeworfen hatte. Ich hätte schwören können, daß ich ihn mitgenommen hatte, als ich ausging. Doch morgen war ja auch noch Zeit. Ich war zu aufgeregt, um jetzt noch einmal mein Zimmer zu verlassen.

Ich stand auf dem Balkon und rauchte eine zweite Zigarre, eine unerhörte Ausschweifung, und dann besichtigte ich meinen kleinen Vorrat an Büchern, um eines davon Ganymed zu schenken, wenn er mir morgens das Frühstück brachte. Sein Englisch war so gut, daß ich ihm eine Anerkennung schuldig war, und der Gedanke an ein Trinkgeld war mir irgendwie zuwider. Trollope war nicht das Richtige für ihn, Chaucer wohl auch nicht. Und der Band Memoiren aus der Zeit König Eduards VII. überstieg bei weitem seine Möglichkeiten. Konnte ich mich von meinen abgenützten Shakespeare-Sonetten trennen? Es war mir unmöglich, zu einem Entschluß zu gelangen. Ich würde es überschlafen – wenn ich schlafen konnte, was sehr fraglich war. Doch ich nahm zwei Soneryl-Tabletten und schlief ein.

Als ich erwachte, war schon neun Uhr vorüber. Dem Verkehr auf dem Canal nach hätte es auch Mittag sein können. Der Tag war herrlich. Ich sprang aus dem Bett, eilte in das Badezimmer, rasierte mich, was ich sonst erst nach dem Frühstück tue, dann zog ich Schlafrock und Pantoffeln an und rückte Tisch und Stuhl auf den Balkon. Und dann ging ich, beinahe zitternd, ans Telefon und hob den Hörer ab. Das Summen folgte, das Klicken, und dann drängte sich das Blut in mein Herz. Ich erkannte seine Stimme.

»*Buon giorno, signore.* Gut geschlafen?«

»Sehr gut. Wollen Sie mir meinen Kaffee bringen?«

»Den Kaffee«, wiederholte er.

Ich legte den Hörer hin und setzte mich auf den Balkon. Dann entsann ich mich, daß ich die Türe zugesperrt hatte. Ich drehte den Schlüssel und ging wieder auf den Balkon. Meine Erregung war ungemein heftig und ganz unvernünftig. Ich fühlte mich sogar ein wenig unwohl. Dann, nach fünf Minuten, die eine Ewigkeit zu sein schienen, tönte das Klopfen an der Türe. Er trat ein, das Tablett auf Schulterhöhe tragend, und seine Haltung war so königlich, sein Gang so stolz, als brächte er mir Ambrosia oder einen Schwan, nicht aber Kaffee und Gebäck und Butter. Er hatte eine Morgenjacke mit dünnen schwarzen Streifen an, wie Diener in Klubs sie zu tragen pflegen.

»Guten Appetit, *signore*«, sagte er.

»Danke«, erwiderte ich.

Ich hatte mein kleines Geschenk schon auf den Knien bereit. Die Shakespeare-Sonette mußte geopfert werden. In dieser Ausgabe waren sie unersetzlich, doch was lag daran? Nichts Geringeres konnte in Frage kommen. Zuerst aber, bevor ich ihm den Band gab, wollte ich ihn aushorchen.

»Ich möchte Ihnen ein kleines Geschenk machen«, begann ich.

Er verbeugte sich höflich. »Der *signore* ist zu gütig.«

»Sie sprechen so gut Englisch«, fuhr ich fort, »daß man Ihnen nur die besten Bücher in die Hand geben sollte. Sagen Sie mir doch – wen halten Sie für den größten Engländer?«

Er überlegte ernsthaft. Und er stand da, wie auf dem Markusplatz, die Hände hinter dem Rücken gefaltet.

»Winston Churchill«, sagte er schließlich.

Das hätte ich ahnen müssen. Natürlich, der Knabe lebte in der Gegenwart, oder, wie man in diesem Augenblick wohl richtiger sagen mußte, in der nächstliegenden Vergangenheit.

»Eine gute Antwort!« Ich lächelte. »Denken Sie aber noch einmal nach. Ich will Ihnen meine Frage anders stellen. Wenn Sie ein wenig Geld auszugeben hätten und könnten es an etwas verwenden, das irgendwie mit der englischen Sprache zusammenhängt, was wäre das erste, das Sie kaufen würden?«

Diesmal gab es kein Zaudern. »Ich würde mir ein Grammophon für Langspielplatten kaufen«, sagte er, »und dazu eine Platte von Elvis Presley oder Johnnie Ray.«

Ich war enttäuscht. Das war nicht die Antwort, die ich erhofft hatte. Wer waren diese Kerle? Schlagersänger? Ganymed mußte zu besseren Dingen erzogen werden. Und nach einiger Überlegung beschloß ich, mich doch nicht von den Sonetten zu trennen.

»Gut, gut«, sagte ich und hoffte, daß es nicht gar zu überstürzt klang. Dann zog ich eine Tausendlirenote aus der Tasche. »Aber ich würde vorschlagen, daß Sie sich statt dessen Mozart kaufen.«

Die Banknote verschwand, zerknitterte in seiner Hand. Das alles geschah auf sehr diskrete Art, und ich wußte nicht, ob er auch nur imstande gewesen war, die Ziffer auf dem Schein zu erkennen. Tausend Lire waren am Ende tausend Lire. Ich fragte ihn, wie er es fertiggebracht hatte, sich aus seinem Dienst im Kaffeehaus zu drücken, um mir den Kaffee zu bringen, und er erklärte mir, daß sein Dienst erst kurz vor Mittag begann. Und in jedem Fall herrschte ein Einverständnis zwischen dem Wirt und seinem Onkel.

»Ihr Onkel«, meinte ich, »scheint mit vielen Leuten im Einverständnis zu sein.« Ich dachte an den Angestellten im Hotel Byron.

Ganymed lächelte. »In Venedig kennt jeder Mensch jeden Menschen.«

Ich bemerkte, daß er den Schlafrock bewunderte, den ich mir für die Reise gekauft hatte. Damals fand ich, er sei eine Spur zu hell. Ich dachte an die Grammophonplatte und sagte mir, Ganymed sei doch schließlich nur ein Kind, und man dürfe nicht zu viel von ihm erwarten.

»Haben Sie je einen freien Tag?« fragte ich.

»Am Sonntag; da wechsle ich mit Beppo ab.«

Beppo mußte wohl der unpassende Name für den schwärzlichen jungen Menschen im Kaffeehaus sein.

»Und was tun Sie mit Ihrem freien Tag?«

»Ich gehe mit Freunden aus.«

Ich schenkte mir selber noch eine Tasse Kaffee ein. Würde ich es wagen? Eine Ablehnung wäre so schmerzlich!

»Wenn Sie nichts Besseres vorhaben«, sagte ich, »und am nächsten Sonntag frei sind, möchte ich mit Ihnen nach dem Lido fahren.« Ich spürte, wie ich rot wurde, und beugte mich über den Kaffee, um es zu verbergen.

»In einem Motorboot?« fragte er sofort.

Ich war ziemlich verblüfft. Ich hatte an das übliche *vaporetto* gedacht. Ein Motorboot wäre sicher sehr kostspielig.

»Das hängt davon ab.« Ich versuchte auszuweichen. »Sonntag werden bestimmt alle besetzt sein.«

Da schüttelte er energisch den Kopf. »Mein Onkel kennt einen Mann, der Motorboote vermietet. Man kann sie für den ganzen Tag haben.«

Um Himmels willen, das würde ja ein Vermögen kosten! So weit wollte ich mich doch nicht einlassen. »Wir wollen sehen«, sagte ich. »Man muß auch das Wetter abwarten.«

»Das Wetter ist bestimmt gut.« Er lächelte. »Es bleibt jetzt für den Rest der Woche so, wie es ist.«

Seine Begeisterung war ansteckend. Armer Junge! Viele Vergnügungen hatte er wohl nicht. Den ganzen Tag auf den Beinen und bis in die Nacht hinein beschäftigt. Ein wenig frische Luft in so einem Motorboot, das wäre für ihn ein Paradies!

»Schön«, sagte ich. »Wenn das Wetter gut ist, fahren wir.«

Ich stand auf, strich die Krümel von meinem Schlafrock. Er nahm an, daß er nun entlassen sei, und griff nach dem Tablett.

»Kann ich sonst noch etwas für den *signore* tun?«

»Sie können diesen Brief einwerfen. Das ist der Brief, von dem ich Ihnen erzählt habe; in dem ich Ihretwegen an einen Freund schreibe.«

Er senkte bescheiden die Augen und wartete, daß ich ihm den Brief gab.

»Sehe ich Sie heute abend?« fragte ich.

»Natürlich *signore*! Ich reserviere Ihnen wie immer einen Tisch.«

Er verschwand, dann ließ ich heißes Wasser in mein Bad einlaufen, und erst als ich lässig im heißen Wasser lag, kam mir ein unangenehmer Gedanke. War es möglich, daß Ganymed auch Sir Johnson das Frühstück gebracht hatte? Daß er auch mit Bertie Poole im Motorboot nach dem Lido gefahren war? Das war allzu kränkend . . .

Das Wetter blieb schön, wie er es vorausgesagt hatte, und jeden Tag wuchs mein Entzücken über mein Zimmer, meine Umgebung. Kein Mensch ließ sich sehen. Mein Bett wurde wie von Zauberhänden gemacht. Der Onkel war nach wie vor unsichtbar. Und am Morgen, sobald ich das Telefon berührte,

372

meldete sich Ganymed und brachte mir das Frühstück. Jeden Abend wartete im Kaffeehaus ein Tisch auf mich, stand ein Glas Curaçao und die kleine Flasche Evian an ihrem Platz. Wenn ich auch keine seltsamen Visionen, keine Träume mehr hatte, fühlte ich mich in glücklichster Feriensstimmung, mit etwas zwischen Ganymed und mir, das ich nur ein telepathisches Verständnis, eine außerordentliche gegenseitige Sympathie nennen kann. Für ihn war kein anderer Gast als ich vorhanden. Er tat seine Pflicht, blieb aber stets in Bereitschaft stehen, falls ich ihn rufen sollte. Und das Frühstück auf dem Balkon war der Höhepunkt des Tages.

Der Sonntag brach herrlich an. Der starke Wind, der eine Ausrede für das *vaporetto* gewesen wäre, wehte nicht, und als Ganymed mir das Frühstück brachte, verriet das Lächeln auf seinen Zügen seine Erregung.

»Fährt der *signore* nach dem Lido?« fragte er.

Ich winkte ihm zu. »Natürlich! Ich breche nie ein Versprechen.«

»Dann bereite ich alles vor. Wenn der *signore* um halb zwölf am nächsten Landungsplatz von seiner Wohnung sein will?«

Und zum ersten Mal, seit er mir das Frühstück brachte, war er verschwunden, ohne daß wir noch ein Wort gewechelt hatten; so eilig war es ihm. Das war ein wenig beunruhigend. Ich hatte mich nicht einmal nach dem Preis erkundigt.

Ich ging zur Messe in die Markuskirche, ein großes Erlebnis, das mich in gesteigerte Stimmung versetzte. Die Szenerie war prachtvoll, und der Gesang hätte nicht besser sein können. Ich sah mich nach Ganymed um, denn halb und halb erwartete ich, er werde, eine kleine Schwester an der Hand, da sein, doch in der ganzen, großen Menge war keine Spur von ihm zu erspähen. Nun, die Aufregung wegen des Motorboots war anscheinend zu groß gewesen.

Aus der Kirche trat ich in den blendenden Sonnenschein und setzte die dunkle Brille auf. Das Wasser der Lagune war kaum gekräuselt. Wenn er doch lieber eine Gondel gewählt hätte! In einer Gondel hätte ich mich behaglich ausstrecken können, und wir wären nach Torcello gefahren. Ich hätte sogar die Shakespeare-Sonette mitnehmen und ihm eine laut vorlesen können. Statt dessen mußte ich seine knabenhaften Launen erdulden und mich in das Zeitalter der Geschwindigkeit einfügen. Nun, zum Teufel mit den Kosten! Noch einmal sollte mir das jedenfalls nicht zustoßen.

Ich sah ihn am Rande der Lagune stehn; er hatte sich umgezogen, trug kurze Hosen und ein blaues Hemd. Er sah viel jünger aus, tatsächlich noch wie ein Knabe. Ich winkte mit dem Spazierstock und lächelte.

»Alle Mann an Bord?« rief ich heiter.

»Alles an Bord, *signore*«, erwiderte er.

Ich ging auf den Landungssteg zu und sah dort ein prachtvoll schimmerndes Motorboot mit Kabine liegen, eine kleine Flagge am Heck. Und am Motor stand, in leuchtend orangefarbenem Hemd, das offen war und eine behaarte Brust sehen ließ, eine unerfreuliche Gestalt, die ich bestürzt erkannte. Bei meinem Anblick ließ der Kerl die Hupe erschallen und den Motor dröhnen.

Ich stieg in das Schiff, das Herz wie Blei, und wurde sogleich aus dem Gleichgewicht geworfen, als unser greulicher Bootsmann schaltete. Ich mußte mich an seinen affenartigen Arm klammern, um nicht umzufallen, und er half mir auf den Platz neben sich; gleichzeitig gab er derart Gas, daß ich um mein Trommelfell bangte. Mit erschreckendem Tempo brausten wir durch die Lagune, schlugen immer wieder mit einem Getöse, das unser Boot beinahe in Stücke riß, auf der Oberfläche auf, und nichts von der Anmut, von den Farben Venedigs war zu sehen, weil sich zu beiden Seiten von uns eine schäumende Wasserwand hob.

»Müssen wir so schnell fahren?« schrie ich, um mich über den betäubenden Lärm des Motors hinweg verständlich zu machen.

Das Scheusal grinste mir zu, ließ die goldgefüllten Zähne blitzen und schrie zurück: »Wir Rekord brechen! Wir stärkstes Boot von Venedig haben!«

Ich fügte mich in das Verhängnis. Ich war auf die Prüfung

nicht nur nicht vorbereitet gewesen, sondern auch mein Anzug war so ungeeignet wie nur möglich. Der dunkelblaue Rock war im Nu mit Salzwasser bespritzt, und auf meinem Hosenbein war ein Ölfleck. Der Hut, den ich zur Abwehr gegen die Sonne mitgenommen hatte, war zwecklos. Ich hätte einen Fliegerhelm und eine Schutzbrille gebraucht. Meinen Sitz im Freien zu verlassen und in die Kabine zu kriechen, hätte meine Gliedmaßen gefährdet. Überdies hätte ich an Klaustrophobie gelitten, und der Lärm in einem geschlossenen Raum wäre noch unerträglicher gewesen. Wir rasten weiter auf die Adria zu, brachten alle Fahrzeuge zum Schaukeln, die in Sicht kamen, und um seine Geschicklichkeit als Steuermann zu zeigen, begann das Ungeheuer neben mir allerlei akrobatische Übungen zu machen, ließ das Boot große Kreise beschreiben und in unser eigenes Kielwasser zurückkehren.

»Sie werden sie steigen sehen!« brüllte er mir ins Gesicht, und wahrhaftig, wir stiegen derart, daß mein Magen sich umdrehte, und dann fielen wir mit dem unvermeidlichen Krach wieder auf die Oberfläche, und der Schaum, der nicht hinter uns blieb, tröpfelte über meinen Kragen und rieselte meinen Rücken hinunter ... Im Heck des Bootes, jede Sekunde genießend, das lockere Haar im Wind flatternd, stand Ganymed, ein See-Elf, glücklich und frei. Er war mein einziger Trost, und nur sein Lächeln, wenn er sich manchmal zu mir wandte, hielt mich davon ab, auf der Stelle kehrtmachen zu lassen und nach Venedig zurückzufahren.

Als wir den Lido erreichten – sonst ein angenehmer Ausflug mit dem *vaporetto* –, war ich nicht nur durchnäßt, sondern überdies taub, denn der Schaum und das Dröhnen des Motors hatten es fertiggebracht, mir das rechte Ohr zu verstopfen. Mühsam und wortlos stieg ich an Land, und es war mir höchst peinlich, als der Zubringer mich vertraulich beim Arm packte und in ein wartendes Taxi stieß, während Ganymed auf den Platz neben dem Chauffeur sprang. Wohin jetzt, fragte ich mich. Wie hatte ich mir doch diesen Tag in meiner Phantasie ausgemalt! In der Kirche, während der Messe, hatte ich mich mit Ganymed aus einem einfachen Motorboot steigen sehen, das ein gleichgültiger Mechaniker lenkte, dann wären wir zu zweit in ein kleines Restaurant gebummelt, das ich mir bei meinem ersten Besuch auf dem Lido gemerkt hatte. Wie reizend, hatte ich gemeint, mit ihm an einem Ecktisch zu sitzen, ein Menü zusammenzustellen, sein glückliches Gesicht zu beobachten, das sich vielleicht mit dem ersten Glas Wein färbte, mir von ihm, von sich selber, von seinem Leben erzählen zu lassen, von der armen Mutter, der kleinen Schwester. Dann, beim Likör, hätten wir Zukunftspläne gemacht, falls mein Brief nach London Erfolg haben sollte.

Nichts von all dem geschah. Das Taxi fuhr elegant vor einem der modernen Hotels gegenüber dem Badestrand vor. Trotz der späten Saison war das Hotel noch ganz voll, und mein böser Geist, sichtlich mit dem Oberkellner befreundet, bahnte sich den Weg durch ein schwatzendes Gedränge in einen luftlosen Speisesaal. Ihm zu folgen, war unangenehm genug, denn sein flammenfarbenes Hemd war sehr auffallend, doch noch Schlimmeres sollte kommen. Der Tisch in der Mitte war schon mit fröhlichen Italienern besetzt, die sich *fortissimo* unterhielten und, als sie uns erblickten, aufstanden und die Stühle zurückschoben, um uns Platz zu machen. Eine goldblond gefärbte Dame mit riesigen Ohrringen stürzte mit einer Flut italienischer Wörter auf mich zu.

»Meine Schwester, *signore*«, sagte er ewige Zubringer. »Sie willkommen sein; meine Schwester nicht sprechen Englisch.«

Das war Ganymeds Mutter? Und das vollbusige junge Frauenzimmer neben ihr mit scharlachroten Fingernägeln und klirrenden Armbändern – war das die kleine Schwester? Mir schwirrte der Kopf.

»Es ist eine große Ehre, *signore*«, murmelte Ganymed, »daß Sie meine Familie zum Mittagessen einladen.«

Ich setzte mich. Ich war geschlagen. Ich hatte keinen Menschen eingeladen. Doch nun war mir alles aus den Händen genommen. Der Onkel – wenn er wirklich ein Onkel war, dieser Zubringer, dieser Schlepper, dieses Ungeheuer – reichte allen Tischgenossen Menükarten, groß wie Plakate. Der Oberkellner strömte von Dienstfertigkeit über. Und Ganymed . . . lächelte einem gräßlichen Vetter zu, der ein dünnes Schnurrbärtchen und kurz gestutztes Haar hatte und mit einer rundlichen, olivfarbenen Hand die Bewegungen eines Schnellbootes durch das Wasser nachahmte.

Verzweifelt wandte ich mich zu dem Zubringer. »Ich hatte nicht erwartet, eine ganze Gesellschaft vorzufinden. Ich fürchte, daß ich nicht genug Geld bei mir habe, um . . .«

Er unterbrach die Verhandlung mit dem Oberkellner.

»Nur keine Sorge . . . keine Sorge«, sagte er mit großer Geste. »Ich bezahlen alles. Wir das später regeln.«

Später regeln . . . schon recht, aber wenn der Tag vorüber war, wüßte ich kaum mehr, wie ich das je regeln könnte. Zunächst wurde ein mächtiger Teller mit Spaghetti vor mich hingesetzt, über den sich ein üppiger Fleischsaft ergoß, und ich sah, wie mein Glas mit einem erlesenen Barolo gefüllt wurde, der, mitten am Tag getrunken, den sicheren Tod bedeutete.

»Sie sich gut unterhalten?« fragte Ganymeds Schwester und drückte ihren Fuß auf meinen.

Stunden später sah ich mich am Strand noch immer zwischen ihr und ihrer Mutter sitzend, während die Vettern, die Onkel, die Tanten kreischend und lachend im Wasser planschten, und Ganymed, schön wie ein Engel vom Himmel, vor dem Grammophon saß, das plötzlich wie aus dem Nichts herbeigezaubert worden war. Und er hörte nicht auf, die Langspielplatte kreisen zu lassen, die er mit seinen tausend Lire gekauft hatte.

»Meine Mutter ist Ihnen so dankbar dafür«, sagte Ganymed, »daß Sie nach London geschrieben haben. Wenn ich hingehe, kommt sie mit und meine Schwester auch.«

»Ja, wir alle gehen«, rief der Onkel. »Wir große Gesellschaft machen. Wir alle nach London gehen und Themse anzünden!«

Endlich war es vorüber. Das letzte Geplätscher im Meer, der letzte Druck der scharlachfarbenen Zehe von Ganymeds Schwester, die letzte Flasche Wein. Mein Kopf war dem Bersten nahe und mein Inneres in einem furchtbaren Zustand. Die Verwandten kamen, einer nach dem anderen, um mir die Hand zu schütteln. Die Mutter umarmte mich und öffnete noch einmal alle Schleusen ihrer Beredsamkeit. Daß keiner von ihnen uns im Boot nach Venedig zurückbegleitete und dort das Gelage fortsetzte, war der einzige Trost, der mir am Ende dieses katastrophalen Tages geblieben war.

Wir stiegen ins Schiff. Der Motor sprang an. Wir fuhren. Und das hätte die Rückfahrt sein sollen, die ich in meiner Phantasie erträumt hatte – die gemächliche, hastlose Heimkehr über schimmerndes Wasser, Ganymed neben mir, eine neue Vertraulichkeit hätte sich in den gemeinsam verbrachten Stunden angebahnt, die Sonne, tief am Horizont, verwandelte die Insel, die Venedig hieß, in eine rosige Front.

Auf halbem Weg sah ich, daß Ganymed sich mit einem Seil zu schaffen machte, das zusammengerollt im Heck unseres Bootes lag, und der Onkel verlangsamte die Fahrt, ließ Steuer und Hebel im Stich, um ihm zu helfen. Wir begannen auf höchst unangenehme Art hin und her zu schwanken.

»Was ist jetzt wieder los?« rief ich.

Ganymed strich das Haar aus den Augen und lächelte. »Ich habe Wasser-Ski«, sagte er. »Ich folge Ihnen auf meinen Ski nach Venedig.«

Er verschwand in der Kabine und kam mit den Skiern zurück. Gemeinsam befestigten Onkel und Neffe das Seil, und dann warf Ganymed Hemd und Hose ab und stand aufrecht da, eine schlanke, bronzene Gestalt in seinem Badeslip.

Der Onkel winkte mir. »Sie hier sitzen«, sagte er. »Sie nehmen das Seil so!«

Er schlang das Seil um einen Bolzen im Heck und gab mir das Ende in die Hand; dann trat er wieder an seinen Führerplatz und ließ den Motor brausen.

»Was meinen Sie damit?« schrie ich. »Was soll ich eigentlich tun?«

Ganymed war schon über Bord und im Wasser, steckte die nackten Füße in die Bindungen der Ski, und dann richtete er sich – es war kaum zu glauben – auf, während das Boot zu rennen begann. Mit ohrenbetäubendem Gekreisch brüllte die Hupe, und das Boot sauste mit höchster Geschwindigkeit über das Wasser. Das Seil, um den Bolzen geschlungen, hielt fest, während ich noch immer das Ende in der Hand hatte. In unserem Kielwasser aber, unerschütterlich wie ein Fels, hob sich die schlanke Gestalt Ganymeds gegen den schon verschwindenden Lido ab.

Ich setzte mich in das Heck des Bootes und beobachtete ihn. Er hätte ein Wagenlenker sein können und die beiden Ski Rennpferde. Die Hände hatte er vor sich gestreckt, hielt das Seil wie ein Wagenlenker die Zügel, und als wir einmal, zweimal kreisten und er im Bogen hinter uns schwang, hob er die Hand, um mich zu grüßen, und auf seinen Zügen war ein triumphierendes Lächeln.

Das Meer war der Himmel, das Gekräusel auf dem Wasser waren Wolkenfetzen, und die Götter allein wissen, auf welche Meteore wir stießen, der Knabe und ich, als wir der Sonne entgegenschwebten. Ich weiß nur, daß ich ihn von Zeit zu Zeit auf meinen Schultern trug, daß er mir manchmal entglitt, und einmal war es, als tauchten wir beide kopfüber in einen schmelzenden Dunst, der weder Meer noch Himmel war, sondern leuchtende Ringe, die einen Stern umgaben.

Als das Boot wieder in gerader Richtung fuhr, sich hob und auf das Wasser aufprallte, gab er mir mit der Hand ein Zeichen und wies auf das Seil an dem Bolzen. Ich wußte nicht, ob ich es lockern oder fester anziehen sollte, und tat das Verkehrte, riß brüsk daran, denn im Nu hatte er das Gleichgewicht verloren und wurde ins Wasser geschleudert. Er mußte sich verletzt haben, denn ich sah, daß er keinen Versuch machte, zu schwimmen.

Ganz außer mir schrie ich dem Onkel zu: »Stop! Rückwärts!«

Bestimmt wäre es doch richtig gewesen, das Boot zum Stehen zu bringen? Der Onkel fuhr auf, sah nichts als mein erschrockenes Gesicht und schaltete brüsk den Rückwärtsgang ein. Sein Vorgehen hatte zur Folge, daß ich mich nicht auf den Beinen halten konnte, sondern umfiel, und als ich mich wieder aufrichtete, waren wir beinahe über dem Körper des Knaben. Es war ein Durcheinander von schäumendem Wasser, verwikkeltem Seil, splitterndem Holz, und als ich mich über die Seite des Bootes lehnte, sah ich, daß Ganymeds schlanker Körper in den Wirbel des Propellers gezogen, seine Beine schon gepackt waren ... ich beugte mich vor, wollte ihn befreien, streckte die Hand aus, um ihn bei den Schultern zu fassen.

»Achtung auf das Seil!« schrie der Onkel

Doch er wußte nicht, daß der Knabe neben uns, unter uns war, daß er meinen Händen bereits entglitten war, die sich bemühten, ihn zu halten, ihn zu heben, daß schon ... großer Gott ... daß das Wasser schon begann, sich mit seinem Blut zu röten.

Ja, ja, sagte ich dem Onkel, ich würde eine Entschädigung bezahlen. Ich würde alles bezahlen, was verlangt wurde. Es war mein Fehler gewesen, ein Irrtum, eine falsche Berechnung. Ich hatte nicht verstanden. Ja, ich würde alles bezahlen, was ihm beliebte, auf die Liste zu setzen. Ich würde an meine Bank in London telegraphieren, vielleicht würde auch der englische Konsul mir helfen, mir raten. Wenn ich das Geld nicht sofort zahlen könnte, so würde ich es in Wochenraten, in Monatsraten, in Jahresraten bezahlen. Gewiß, ich würde den Rest meines Lebens nicht aufhören zu zahlen, ich würde die Geschädigten dauernd unterstützen, denn es war meine Schuld, ich gab zu, daß es meine Schuld war.

Meine falsche Handhabung des Seils war die Ursache des Unglücksfalls gewesen. Der englische Konsul saß neben mir und lauschte den Erklärungen des Onkels, der sein Notizbuch und ein Bündel Rechnungen zum Vorschein brachte.

»Dieser Herr nehmen meine Wohnung für zwei Wochen, und mein Neffe ihm bringen jeden Tag Frühstück. Er ihm Blumen bringen. Er ihm bringen Kaffee und Semmeln. Der Herr darauf bestehen, daß nur mein Neffe ihn bedienen und sonst niemand. Der Herr große Neigung gehabt für den Jungen.«

»Ist das wahr?«

»Ja, es ist wahr.«

Die Beleuchtung des Zimmers wurde anscheinend separat berechnet. Auch die Heizung für das Bad. Das Bad mußte von unten her, auf ganz bestimmte Art geheizt werden. Da war die Arbeitszeit für einen Mann zu bezahlen, der einen Fensterladen gerichtet hatte. Die Arbeitszeit des Knaben, weil er mir das Frühstück gebracht und den Dienst im Kaffeehaus nicht vor Mittag angetreten hatte. Der Sonntag, an dem er nicht frei gehabt hatte. Das alles führte der Onkel an. Er wisse nicht, ob der Herr bereit sei, all diese Auslagen zu bezahlen.

»Ich habe schon gesagt, daß ich alles bezahlen werde!«

Abermals wurde das Notizbuch zu Rate gezogen, und da war die Beschädigung an dem Motor des Bootes eingetragen, die Kosten für die Wasserski, die unheilbar zerbrochen waren, die Kosten für das Boot, das uns nach Venedig geschleppt hatte, während Ganymed bewußtlos in meinen Armen lag, und der Telephonanruf vom Landeplatz, um eine Ambulanz kommen zu lassen. Eine nach der andern las er seine Forderungen aus dem Notizbuch vor. Das Spital, der Arzt, der Chirurg . . .

»Dieser Herr, er wollen alles bezahlen.«

»Ist das richtig?«

»Ja, es ist richtig.«

Das gelbe Gesicht wirkte über dem dunklen Anzug noch feister als vorher, und die Augen, vom Weinen geschwollen, schauten von der Seite her den Konsul an.

»Dieser Herr, er an einen Freund in London geschrieben; wegen meines Neffen. Vielleicht schon eine Stelle auf den Jungen warten; eine Stelle, er nicht mehr kann annehmen. Ich haben einen Sohn, Beppo, auch sehr braver Junge, haben beide im Kaffeehaus gearbeitet und den Herrn bedient. Der Herr die beiden Jungen so gern gehabt, er ihnen nach Hause nachgegangen. Ja, ich sehen mit eigenen Augen, er ihnen nachgegangen. Beppo gern nach London gehen an Stelle von seinem armen Vetter. Der Herr können vielleicht einrichten? Er wieder an seinen Freund in London schreiben?«

Der Konsul hüstelte diskret. »Stimmt das? Sind Sie ihnen nachgegangen?«

»Ja, es stimmt.«

Der Onkel zog ein umfangreiches Taschentuch und schneuzte sich.

»Mein Neffe sehr braver Junge gewesen. Mein Sohn auch.

Nie Ärger gehabt mit ihnen. Alles Geld sie geben ihrer Familie. Mein Neffe haben großes Vertrauen zu diesem Herrn gehabt, er mir gesagt, er ganze Familie gesagt, Mutter, Schwester, dieser Herr ihn wollen mitnehmen nach London. Seine Mutter, sie ihm kaufen neuen Anzug, seine Schwester auch, sie kaufen neue Kleider für den Jungen, wenn er nach London geht. Und jetzt sie sich fragen, was tun mit Kleidern, können nicht getragen werden, sein unnütz.«

Ich sagte dem Konsul, ich würde alles bezahlen.

»Seine arme Mutter, ihr brechen das Herz«, fuhr die Stimme fort. »Und seine Schwester auch, sie verlieren alles Interesse an Arbeit, sie nervös geworden, ganz krank. Wer bezahlen Begräbnis für meinen Neffen? Dann dieser Herr sagen, an nichts sparen.«

Nein, an nichts sparen, nicht an den Trauerkleidern, an den Schleiern, an den Kränzen, an der Musik, an dem Zug, dem endlos langen Zug. Und ich würde auch für die Touristen bezahlen, die ihre Kameras schwingen und die Tauben füttern . . . die Tauben, die nichts von dem wußten, was geschehen war, und für die Liebenden, die einander in den Gondeln umarmen, für den Widerhall des Angelus vom Campanile, für das Plätschern des Wassers der Lagune, für das Tschug-tschug des *vaporettos*, das sich in das Tschug-tschug eines Kohlenschiffs auf dem Paddington-Kanal verwandelt.

Es geht natürlich vorüber – nicht das Kohlenschiff dort unten meine ich, aber das Grauen. Das Grauen des Unglücksfalls, des jähen Todes. Wie ich mir selbst später sagte – hätte es keinen Unglücksfall gegeben, so hätte es einen Krieg gegeben. Oder er wäre nach London gekommen, herangewachsen, dick geworden, seinem Onkel nachgeraten, häßlich, alt geworden. Ich will mich für nichts entschuldigen. Nein, für gar nichts will ich mich entschuldigen. Aber mein Leben hat sich danach ziemlich verändert. Wie ich schon vorher sagte – ich bin aus meiner Gegend in dieses Viertel übergesiedelt. Ich habe meine Stelle aufgegeben, ich habe meine Freunde fallengelassen, mit einem Wort . . . ich habe mich verändert. Meine Schwester, meine Nichten sehe ich noch von Zeit zu Zeit. Nein, sonst habe ich keine Verwandten. Es gab einmal einen jüngeren Bruder, der starb, als ich fünf Jahre alt war, aber ich erinnere mich überhaupt nicht an ihn. Ich habe nie an ihn gedacht. Meine Schwester ist viele Jahre lang meine einzige lebende Verwandte gewesen.

Nun, wenn ihr mich entschuldigen wollt – ich sehe auf meiner Uhr, daß es beinahe sieben ist. Das Restaurant unten auf der Straße wird offen sein. Und ich bin gern pünktlich. Es ist nämlich so, daß der Knabe, der dort zum Kellner ausgebildet wird, heute abend seinen fünfzehnten Geburtstag feiert; und ich habe ein kleines Geschenk für ihn. Nichts Besonderes, das versteht ihr wohl – ich bin nicht dafür, daß man diese Burschen verwöhnt –, aber anscheinend ist ein Sänger namens Perry Como jetzt bei den jungen Leuten sehr beliebt. Ich habe die letzte Platte gekauft. Und der Knabe liebt auch helle Farben – ich meinte, diese blaugoldene Krawatte könnte ihm gefallen...

Quellenverzeichnis

Die Vögel (The Birds). Aus »Plötzlich an jenem Abend«, Die großen Meistererzählungen. Copyright (c) by Daphne Du Maurier. Übersetzung aus dem Englischen von Eva Schönfeld. Scherz Verlag Bern, München, Wien.

Das Alibi (The Alibi). Aus »Nächstes Jahr um diese Zeit«. Copyright (c) by Daphne Du Maurier. Einzig berechtigte Übersetzung aus dem Englischen beim Scherz Verlag Bern, München, Wien.

Der kleine Photograph (The Little Photographer). Aus »Plötzlich an jenem Abend«. Copyright (c) by Daphne Du Maurier. Übersetzung aus dem Englischen von Eva Schönfeld. Scherz Verlag Bern, München, Wien.

Nicht nach Mitternacht (Not after Midnight). Aus »Spätestens in Venedig«. Copyright (c) by Daphne Du Maurier. Einzig berechtigte Übersetzung aus dem Englischen beim Scherz Verlag Bern, München, Wien.

Das Rendezvous (The Rendez-vous). Aus »Nächstes Jahr um diese Zeit«. Copyright (c) by Daphne Du Maurier. Einzig berechtigte Übertragung aus dem Englischen beim Scherz Verlag Bern, München, Wien.

Träum erst, wenn es dunkel wird (Fairy Tale). Aus »Träum erst, wenn es dunkel wird«. Copyright (c) by Daphne Du Maurier. Übersetzung aus dem Englischen von Eva Schönfeld und N. O. Scarpi. Scherz Verlag Bern, München, Wien.

Zum Tode erwacht (No Motive). Aus »Nächstes Jahr um diese Zeit«. Copyright (c) by Daphne Du Maurier. Einzig berechtigte Übersetzung aus dem Englischen beim Scherz Verlag Bern, München, Wien.

Wenn die Gondeln Trauer tragen (Don't Look Now). Aus »Spätestens in Venedig«. Copyright (c) by Daphne Du Maurier. Übersetzung aus dem Englischen von Eva Schönfeld. Scherz Verlag Bern, München, Wien.

Ganymed (Ganymede). Aus »Träum erst, wenn es dunkel wird«. Copyright (c) by Daphne Du Maurier. Übersetzung aus dem Englischen von Eva Schönfeld. Scherz Verlag Bern, München, Wien.